UNION GÉNÉRALE D'ÉDITIONS
8, rue Garancière - Paris VIe

MANSFIELD PARK

Tome II

PAR

JANE AUSTEN

Traduit de l'anglais
par Denise GETZLER

10|18

CHRISTIAN BOURGOIS ÉDITEUR

Titre original:
Mansfield Park

ISBN - 2-264-00652-8

CHAPITRE XXV

Les relations entre les deux familles furent alors plus près de retrouver cette intimité qui avait été la leur pendant l'automne, que n'eût pu le croire chacun de ses membres. Le retour d'Henry Crawford et l'arrivée de William Price y étaient pour beaucoup, mais c'était également dû en partie à l'extrême bonne volonté que montrait Sir Thomas devant les tentatives de bon voisinage en provenance du presbytère. Son esprit, maintenant délivré des soucis qui l'avaient tout d'abord accablé, pouvait tout à loisir découvrir que les Grant et les jeunes habitants du presbytère valaient la peine qu'on leur rendît visite ; et bien qu'il fût loin de s'abaisser jusqu'à intriguer et comploter pour établir matrimonialement les êtres qui lui étaient chers, et ce avec le plus de chances de succès, bien qu'il allât même jusqu'à mépriser comme un trait de petitesse sa perspicacité en la matière, il ne put éviter de remarquer, à sa façon nonchalante de grand seigneur, que monsieur Crawford distinguait sa nièce tant soit peu ; et peut-être même ne put-il non plus se défendre pour cette raison d'accepter avec moins de réticence les invitations qui lui étaient adressées.

La promptitude, cependant, avec laquelle il accepta de dîner au presbytère, une fois que ses habitants se furent enfin risqués à lancer une invitation générale, après maintes discussions et doutes quant à savoir si cela en valait la peine, « car Sir Thomas semblait si peu disposé à accepter, et Lady Bertram était si indolente ! » cette promptitude était uniquement un effet de son savoir-vivre et de son bon vouloir, et ne devait rien à monsieur Crawford, sinon dans la mesure où il faisait partie d'une agréable société ; car ce fut précisément au cours de cette visite qu'il commença à penser pour la première fois qu'un spectateur, qui aurait eu coutume de faire ce genre d'observations futiles, eût pensé que monsieur Crawford était l'admirateur de Fanny Price.

De l'avis de tous, la soirée fut jugée fort agréable, car il s'y trouvait une juste proportion de participants désireux de parler ou d'écouter ; le dîner, à la fois abondant et élégant, ainsi qu'il était de règle chez les Grant, était si conforme aux habitudes de tous qu'il ne suscita aucune émotion chez personne, hormis chez madame Norris ; à aucun moment cette dernière ne parvint à contempler patiemment la vaste table ou les nombreux plats qui recouvraient celle-ci ; elle ne cessait, lorsque les domestiques passaient derrière sa chaise, de se sentir menacée par quelque danger, et était convaincue qu'il était impossible que parmi tant de plats il n'y en eût pas un qui ne fût froid.

Au cours de la soirée, on s'aperçut, ainsi que l'avaient décidé à l'avance madame Grant et sa sœur, qu'après avoir établi la composition de la table de whist, il resterait assez de participants pour un autre jeu de cartes, et comme tout le monde se montra parfaitement docile, sans avoir la possibilité de choisir, ainsi que c'est le cas en de telles circonstances, le choix porta sur le Commerce, décision presque aussi rapidement prise que pour le whist ; et Lady Bertram se trouva bientôt dans une situation pénible pour elle, puisqu'on lui demandait en effet de décider par elle-même entre les deux jeux. Elle hésitait. Heureusement Sir Thomas n'était pas loin.

« Que dois-je faire, Sir Thomas ? Jouer au whist ou au commerce ? lequel me distraira le plus ? »

Sir Thomas, après un instant de réflexion, recommanda le commerce. Il était lui-même joueur de whist et peut-être pensait-il que cela ne l'amuserait guère de l'avoir comme partenaire.

« Très bien », répondit Sa Seigneurie d'un air satisfait, « alors, madame Grant nous allons jouer, s'il vous plaît, au commerce. Je ne connais pas du tout ce jeu, mais Fanny m'apprendra. »

A ce moment, Fanny intervint toutefois en protestant avec

inquiétude de son égale ignorance ; elle n'avait de sa vie jamais joué à ce jeu, ni n'avait jamais vu y jouer ; aussi Lady Bertram fut-elle de nouveau un moment indécise, mais après que tout le monde l'eut assurée que rien n'était plus facile, que c'était le jeu de cartes le plus facile qui existât, qu'Henry Crawford se fut avancé et l'eut implorée le plus sérieusement du monde de bien vouloir l'autoriser à s'asseoir entre elle et mademoiselle Price afin qu'il lui soit possible de leur apprendre à toutes deux, l'affaire fut réglée ; et Sir Thomas, madame Norris, le docteur Grant et sa femme étant assis à la table où régnaient une plus grande gravité et activité intellectuelle, les six qui restaient, sous la houlette de mademoiselle Crawford, se disposèrent autour de l'autre table. Cet arrangement convenait parfaitement à Henry Crawford, qui était assis à côté de Fanny et avait de quoi s'occuper, car il lui fallait, outre ses propres cartes, veiller à celles de deux autres personnes ; en effet, bien qu'au bout de trois minutes Fanny eût maîtrisé les règles du jeu (il lui était impossible de faire autrement), il lui fallut cependant insuffler un peu d'animation dans son jeu, aiguiser son avarice et endurcir son cœur, ce qui était une entreprise difficile, surtout lorsqu'elle devait entrer en compétition avec William ; et quant à Lady Bertram, il dut continuer à prendre soin de sa réputation et de sa fortune pendant toute la soirée ; et s'il fut assez prompt pour l'empêcher au début de la donne de regarder ses cartes, il lui fallut, tout le temps que celle-ci dura, lui donner des conseils sur la façon dont elle devrait les utiliser.

Il était de fort belle humeur, faisait toute chose avec une heureuse aisance, n'avait pas son pareil pour toutes les manœuvres et tous les expédients exigeant qui de la vivacité, qui de la promptitude, et le tout avec une insolence badine qui faisait honneur au jeu ; leur table offrait ainsi un spectacle agréable qui contrastait tout à fait avec le sérieux, la fermeté et le silence discipliné des autres joueurs.

Par deux fois Sir Thomas s'enquit des succès de Lady Bertram et demanda si elle s'amusait, mais en vain ; la lenteur de ses manières mesurées exigeait plus de temps que ne lui en accordaient les interruptions du jeu ; et il ne put apprendre que peu de choses, jusqu'au moment où madame Grant, à la fin du premier rob, put se rendre auprès d'elle et lui présenter ses compliments.

« J'espère que ce jeu plaît à votre seigneurie. »

« Oh ! oui, ma chère. Très amusant, en vérité. Un drôle de jeu. Je ne comprends pas de quoi il s'agit. Je n'ai pas le droit de regarder du tout mes cartes ; et monsieur Crawford fait tout le reste. »

« Bertram », dit Crawford un instant plus tard, saisissant l'occasion qui s'offrait à un moment où la partie languissait quelque peu, « je ne vous ai pas raconté ce qui m'est arrivé hier, lorsque je suis rentré chez moi à cheval. » Ils avaient chassé ensemble et étaient au beau milieu d'un bon galop, à quelque distance de Mansfield, lorsque s'étant aperçu que son cheval avait perdu un fer, Henry Crawford avait été contraint d'abandonner et de se débrouiller du mieux qu'il le pouvait pour rentrer. « Je vous ai dit que je m'étais perdu en chemin après avoir dépassé le vieux bâtiment de ferme avec les ifs, parce que je ne supporte pas d'avoir à demander mon chemin ; mais je ne vous ai pas raconté qu'avec ma chance habituelle — car je ne me trompe jamais sans en retirer quelque avantage — je me suis retrouvé en temps voulu précisément à l'endroit que j'étais fort curieux de voir. Soudain, après avoir contourné un champ en pente plutôt raide, je me suis retrouvé au beau milieu d'un petit village isolé, entre des collines aux douces ondulations ; j'avais devant moi un petit ruisseau à franchir à gué, et à ma droite une église, perchée sur une sorte de butte, laquelle paraissait remarquablement belle et grande pour les lieux, et il n'y avait en vue pas la moindre demeure qui fût digne ou partiellement digne d'un gentleman, hormis une seule, que je présumais être le presbytère, à moins d'un jet de pierre de la butte et de l'église ci-dessus mentionnées ? Bref, je me trouvais à Thornton Lacey. »

« Cela m'en a tout l'air », dit Edmond ; « mais de quel côté avez-vous tourné après avoir dépassé la ferme des Sewel ? »

« Je ne réponds pas à des questions aussi insidieuses et qui n'ont rien à voir avec mon propos ; et même si je répondais à toutes les questions que vous pourriez me poser pendant une heure, vous ne pourriez aucunement prouver qu'il *ne* s'agissait *pas* de Thornton Lacey car c'était sans conteste cette demeure-là. »

« Vous avez donc demandé ? »

« Non, c'est une chose que je ne fais jamais. Mais j'ai *dit* à un homme qui arrangeait une haie que c'était Thornton Lacey, et il a été d'accord. »

Thornton Lacey était le nom du bénéfice qui allait être le sien très prochainement, ainsi que le savait mademoiselle Crawford ; et l'intérêt qu'elle montrait dans les négociations qu'elle menait afin d'obtenir le valet de William Price s'accrut.

« Eh bien », poursuivit Edmond, « que pensez-vous de ce que vous avez vu ? »

« Le plus grand bien, en vérité. Vous avez bien de la chance. Il y aura de l'ouvrage pour cinq étés au moins avant que l'endroit soit habitable. »

« Non, non, la situation n'est pas aussi mauvaise que cela. La cour de la ferme doit être supprimée, je vous l'accorde ; mais je ne crois pas qu'il y ait autre chose à faire. La maison n'est pas mal, et une fois la cour de la ferme supprimée, la perspective d'arrivée sera tout à fait convenable. »

« La cour de la ferme doit être entièrement dégagée et plantée d'arbres afin de masquer la forge. La maison doit faire face à l'est et non au nord comme elle le fait — l'entrée et les pièces principales, à mon avis, doivent être de ce côté, car la vue est très jolie ; je suis sûr que cela est faisable. Et c'est *là* que doit se trouver votre perspective d'arrivée, à l'endroit où se trouve maintenant l'arrière de la maison ; ce qui fait qu'elle paraîtra sous son meilleur jour, c'est-à-dire sur un terrain qui s'incline vers le sud-ouest. L'emplacement semble exactement conçu dans ce but. J'ai avancé une cinquantaine de mètres sur le chemin qui va de l'église à la maison, afin de regarder autour de moi ; et j'ai vu quel parti on pouvait en tirer. Rien n'est plus facile. Les prairies qui se trouvent de l'autre côté de ce qui sera le jardin, qui s'étendent vers le nord-est à partir du chemin sur lequel je me trouvais, doivent toutes être redessinées évidemment ; ce sont de très belles prairies, joliment parsemées d'arbres de futaie. Elles font, je suppose, partie du bénéfice. Sinon, il faudra que vous les achetiez. Ensuite le ruisseau ; il faudra faire quelque chose avec ce ruisseau ; mais je n'ai pas réussi tout à fait à décider de quelle façon le modifier. J'ai là-dessus deux ou trois idées. »

« Et j'ai moi aussi deux ou trois idées », dit Edmond, « et

l'une d'elles est que je ne mettrai jamais à exécution qu'une infime partie de votre projet d'embellissement pour Thornton Lacey. Je dois me contenter de moins d'ornementation et de beauté. Je crois que la maison et les lieux peuvent devenir confortables et revêtir l'aspect d'une demeure de gentleman sans que cela exige pour autant de grandes dépenses, et je m'en contenterai ; j'espère que ceux qui éprouvent quelque affection pour moi sauront aussi s'en contenter. »

À entendre un certain ton de voix, à voir le regard hésitant qui accompagnait la dernière partie de la phrase dans laquelle il exprimait ses espoirs, mademoiselle Crawford éprouva à la fois de la méfiance et un léger ressentiment, et mit précipitamment fin à ses tractations avec William Price ; et, après avoir fait l'acquisition de son valet à un prix exorbitant, elle s'exclama : « Voilà, je vais jouer ma dernière carte, en femme courageuse que je suis ; pas de froide prudence pour moi. Je ne suis pas née pour rester tranquillement sans rien faire. Si je perds la partie, il ne sera pas dit que c'est faute de m'être efforcée de la gagner. »

Ce fut elle qui gagna la partie, la seule restriction étant qu'elle ne reçut pas autant qu'elle avait donné pour s'assurer de la victoire. On procéda à une autre donne, et Crawford se remit à parler de Thornton Lacey.

« Mon projet n'est peut-être pas le meilleur qui soit ; il ne m'a pas été donné beaucoup de temps pour le former, quelques minutes seulement ; mais vous avez là un grand nombre de choses à accomplir. L'endroit le mérite, et vous ne serez pas satisfait si vous n'effectuez pas toutes les transformations qu'il est en droit de subir. (Je vous en prie, votre Seigneurie, ne doit pas regarder ses cartes. Laissez-les là où elles sont.) L'endroit le mérite, Bertram. Vous parlez de lui donner un air de demeure de gentleman. *Ce souhait* sera accompli, si vous supprimez la cour de la ferme, car indépendamment de ce désagrément terriblement fâcheux, je n'ai jamais vu maison qui eût comme celle-ci tant l'air d'appartenir à un gentleman ; car elle est en apparence bien plus qu'un simple presbytère, et mérite bien plus qu'une dépense de quelques centaines de livres par an. Ce n'est pas un assemblage désordonné de pièces séparées, au plafond bas, avec autant de toits que de fenêtres ; elle n'est pas à l'étroit et resserrée dans la masse compacte et vulgaire d'une ferme carrée ; c'est une maison de vastes proportions, aux murs massifs, et qui vous a un petit air de manoir ; on imagine volontiers qu'une famille campagnarde, ancienne et respectable, y vit depuis plusieurs générations, au moins depuis deux siècles, et que sa dépense annuelle est maintenant de deux ou trois mille livres. » Mademoiselle Crawford écouta, et Edmond acquiesça. « Par conséquent, vous ne pourrez manquer de lui donner cet air de demeure de gentleman, du moment où vous ferez quelque chose. Mais elle présente de plus grandes possibilités d'embellissements. (Voyons, Mary ; Lady Bertram fait une offre de douze pour cette reine ; non, non, douze est plus qu'elle ne vaut ; Lady Bertram *ne fait pas une offre* de douze. Elle n'a rien à dire là-dessus. Continuez, continuez.) Avec ces améliorations que j'ai suggérées (Je n'exige pas réellement de vous que vous agissiez selon mon plan, bien que je doute, à propos, que quiconque en invente un de meilleur), vous pouvez lui donner plus de noblesse. Vous l'élèverez ainsi jusqu'au rang de *véritable manoir*. De la simple demeure d'un gentleman, elle deviendra, par de judicieuses améliorations, la résidence d'un esprit cultivé, d'un homme de goût, ayant acquis les manières modernes, en possession d'une bonne parenté. Il est possible de lui donner tous ces caractères ; et de faire en sorte que son propriétaire soit considéré comme le grand propriétaire terrien de la paroisse par tous les voyageurs qui passeront sur la route ; surtout s'il n'existe aucune maison de squire qui puisse lui disputer ce titre ; soit dit entre nous, cette circonstance va accroître sa valeur, en matière de privilèges et d'indépendance. *Vous* êtes de mon avis, j'espère (se tournant vers Fanny et parlant d'une voix plus douce). Avez-vous déjà vu cette maison ? »

Fanny répondit brièvement que non, et essaya de cacher l'intérêt qu'elle éprouvait pour ce sujet en reportant toute son attention sur son frère et le regardant avec enthousiasme, tandis qu'il s'efforçait de lui arracher ses derniers centimes et de lui en faire accroire ; mais Crawford poursuivit : « Non, non, ne vous séparez pas de votre reine. Vous l'avez achetée bien trop cher, et votre frère n'en offre même pas la moitié de son prix. Non, non, monsieur, n'y touchez pas. Votre sœur ne se sépare pas de sa reine. Sa décision est tout à fait prise.

Vous allez gagner cette partie », se tournant vers elle à nouveau, « vous allez la gagner, à n'en pas douter. »

« Mais Fanny préférerait de beaucoup que ce fût William », dit Edmond, la regardant avec un sourire. « Pauvre Fanny ! on ne lui permet pas de tricher comme elle le voudrait ! »

« Monsieur Bertram », dit mademoiselle Crawford, quelques minutes plus tard, « Henry est, comme vous le savez, un merveilleux paysagiste, et vous ne sauriez entreprendre quoi que ce soit à Thornton Lacey, sans accepter son aide. Il suffit de penser à Sotherton et à la façon dont il s'est rendu utile en cette circonstance ! Songez à tout ce qui a été accompli de grandiose, lorsque nous nous sommes tous rendus à Sotherton par une chaude journée du mois d'août, tandis que nous nous promenions dans le parc et les jardins, et que son génie s'enflammait. Nous nous sommes rendus à Sotherton, puis nous sommes retournés à Mansfield ; et quelles merveilles indicibles ont été accomplies là-bas ! »

Fanny regarda Crawford, et il y avait dans ses yeux une expression presque sévère, de la réprobation même ; mais elle détourna son regard à l'instant précis où il rencontra le sien. Ce fut avec un certain sentiment d'embarras qu'il dit en riant après avoir hoché la tête et regardé sa sœur : « Je ne peux pas dire qu'il y ait eu beaucoup de choses faites à Sotherton ; sinon qu'il faisait chaud et que nous sommes tous partis à la recherche l'un de l'autre, et étions tous désemparés. » Dès que le murmure d'une conversation générale lui eut permis de se dissimuler, il ajouta à voix basse et à la seule intention de Fanny, « Je serais désolé que l'on jugeât de mes talents pour *aménager et embellir* d'après la seule journée à Sotherton. Je vois les choses différemment, maintenant. Ne croyez pas que je suis pareil à celui que je fus alors. »

Le mot de Sotherton ne pouvait manquer d'attirer l'attention de madame Norris ; et comme le gain d'une levée lui offrait un heureux temps de répit, et ce grâce à l'excellence de leur façon de jouer, Sir Thomas et elle, dans leur combat contre les grands joueurs qu'étaient monsieur et madame Grant, elle s'écria de fort bonne humeur : « Sotherton ! Oui, quelle belle demeure ! Nous y avons passé une journée charmante. William, vous n'avez pas de chance, mais la prochaine fois que vous viendrez, j'espère que ces chers monsieur et madame Rushworth seront chez eux, et je peux affirmer avec certitude que vous serez accueilli avec bienveillance. Vos cousines ne sont pas d'une sorte à oublier leur parenté, et monsieur Rushworth est un homme fort aimable. Ils sont à Brighton maintenant, voyez-vous, dans l'une des plus belles maisons de la ville, ainsi que les y autorise la magnifique fortune de monsieur Rushworth. Je ne sais pas très bien quelle distance sépare ces deux villes, mais quand vous retournerez à Portsmouth, ce n'est pas très loin, vous devriez vous y rendre et leur présenter vos hommages ; et je pense que je pourrais vous confier un petit paquet que je désire faire parvenir à vos cousines. »

« J'en serais très heureux, tante, mais Brighton est presque à côté de Beachey Head ; et si j'arrive jusque- là, je ne peux m'attendre à être le bienvenu dans un endroit aussi élégant, pauvre et insignifiant, aspirant de marine que je suis. »

Madame Norris commença à l'assurer avec enthousiasme qu'il pourrait compter sur la plus grande courtoisie, lorsque Sir Thomas l'interrompit en disant d'un ton d'autorité : « Je ne vous conseille pas de vous rendre à Brighton, William, car j'espère bien que vous aurez des occasions de vous rencontrer plus commodes, mais mes filles seront heureuses de voir leur cousin en quelque endroit que ce soit ; et vous trouverez monsieur Rushworth tout disposé à considérer toute notre parenté comme la sienne. »

« Je préférerais qu'il fût secrétaire particulier du Premier Lord, plus que toute autre chose », se contenta de répondre William, à mi-voix, car il ne voulait pas être entendu par les autres, et on laissa tomber le sujet.

Sir Thomas n'avait jusqu'à présent rien vu de particulier dans la conduite de monsieur Crawford ; mais quand les joueurs de la table de whist se séparèrent à la fin du second rob, abandonnant le docteur Grant et madame Norris à leurs querelles à propos de la dernière partie, il devint spectateur à l'autre table et s'aperçut que sa nièce était l'objet d'attentions, ou plutôt que les discours que monsieur Crawford lui adressait avaient un caractère assez explicite.

Henry Crawford s'enthousiasmait avec une ardeur renouvelée devant un autre projet qu'il avait conçu pour Thornton Lacey, et comme il ne parvenait pas à se faire entendre d'Edmond, il en faisait le récit détaillé à sa jolie voisine avec

sur le visage un air d'extrême gravité. Son projet était de
louer lui-même la maison pour l'hiver suivant, afin d'avoir
une maison à lui dans le voisinage ; et il ne s'agissait pas
seulement pour lui de l'utiliser pendant la saison de la chasse,
ainsi qu'il le lui donnait à entendre, bien que *cette* dernière
considération eût certainement pesé d'un certain poids, car il
sentait bien, malgré l'extrême obligeance de monsieur Grant,
qu'il était impossible que lui et ses chevaux fussent logés là
où ils étaient alors sans que cela créât un embarras considérable ; mais son attachement pour le voisinage ne dépendait
pas d'une distraction ou d'une saison de l'année : il était
résolu à avoir quelque endroit dans les alentours où il
pourrait venir quand il le désirerait, un certain nombre de
stalles d'écuries à sa disposition sur les lieux où il pouvait
passer toutes les vacances de l'année, et pourrait poursuivre,
améliorer et *parfaire* cette amitié, et cette intimité avec la
famille qui demeurait à Mansfield Park, et à laquelle il
attachait tant de prix. Sir Thomas entendit ces paroles et ne
fut pas offensé. Il n'y avait aucun manque de respect dans le
discours du jeune homme ; et Fanny accueillait ces paroles
avec une réserve si convenable, un calme si farouche, qu'on
ne pouvait en rien la blâmer. Elle ne disait pas grand- chose,
approuvait seulement de temps en temps, et ne laissait rien
apparaître qui pût révéler quelque penchant à s'approprier la
moindre partie des compliments qui lui étaient adressés, ni
apporter son appui à ses opinions favorables du comté de
Northampton. Découvrant qui était en train de l'observer,
Henry Crawford s'adressa à Sir Thomas en poursuivant sur
le même sujet, d'un ton de voix plus ordinaire, mais toutefois
avec sentiment :

« Je désire être votre voisin, Sir Thomas, ainsi que vous
m'avez peut-être entendu le dire à mademoiselle Price.
Puis-je espérer votre approbation, et que vous n'exercerez
pas l'autorité que vous avez sur votre fils pour le prédisposer
contre un pareil locataire ? »

S'inclinant poliment, Sir Thomas répondit : « C'est, monsieur, la seule circonstance pour laquelle *je ne souhaiterais
pas* vous avoir comme voisin permanent ; mais je l'espère, et
veux croire qu'Edmond occupera sa maison à Thornton
Lacey. Est-ce trop m'avancer, Edmond ? »

Entendant cette requête, Edmond dut tout d'abord s'enquérir du sujet de la conversation, mais il ne fut pas en peine de répondre lorsqu'il eut compris quelle avait été la question.

« Assurément, je n'ai jamais songé à habiter ailleurs. Mais, Crawford, bien que je vous récuse comme locataire, venez me voir comme ami. Considérez que la moitié de la maison vous appartient chaque hiver, et nous ferons une adjonction aux écuries, suivant en cela vos projets d'embellissements, en y ajoutant toutes les améliorations qui pourront vous venir à l'esprit ce printemps. »

« Nous serons les perdants », poursuivit Sir Thomas. « Son départ, ne serait-ce qu'à huit milles de là, restreindra fâcheusement notre cercle de famille ; mais j'aurais été profondément blessé si l'un de mes propres fils avait accepté d'en faire moins. Il est parfaitement naturel que vous n'ayez pas beaucoup réfléchi là-dessus, monsieur Crawford. Mais une paroisse a des besoins et des droits que seul peut connaître un pasteur habitant sur les lieux, et qui ne sauraient être satisfaits au même degré par procuration. Edmond pourrait, selon l'expression populaire, remplir ses fonctions de pasteur de Thornton Lacey, c'est-à-dire, lire les prières et prêcher, sans renoncer à habiter Mansfield Park ; il pourrait chaque dimanche se rendre dans une maison habitée nominalement, et célébrer l'office ; il pourrait être le pasteur de Thornton Lacey le septième jour de la semaine, durant trois ou quatre heures, et s'en contenter. Mais ce n'est pas le cas. Il sait que la nature humaine réclame plus de leçons que n'en peut apporter un sermon hebdomadaire, et que s'il ne vit pas parmi ses paroissiens et ne fait la preuve qu'il est par ses soins assidus leur ami et leur soutien, il accomplit peu de choses, tant pour son propre bien que pour le leur. »

Monsieur Crawford s'inclina en guise d'assentiment.

« Je répète à nouveau », ajouta Sir Thomas, « que Thornton Lacey est la seule maison du voisinage que *je n'aimerais pas* voir occupée par monsieur Crawford lorsque je m'y présenterai pour lui rendre visite. »

Monsieur Crawford s'inclina en guise de remerciement.

« Sir Thomas », dit Edmond, « comprend sans aucun doute quels sont les devoirs d'un clergyman dans sa paroisse. Il faut espérer que son fils fera la preuve qu'il les connaît aussi ».

Quel qu'ait pu être l'effet sur monsieur Crawford de la petite harangue prononcée par Sir Thomas, elle fit naître un certain embarras chez deux autres personnes présentes, les plus attentifs de ses auditeurs, mademoiselle Crawford et Fanny. L'une, qui n'avait pas compris auparavant que Thornton Lacey devait être son lieu de résidence, et ce si vite et si totalement, méditait les yeux baissés, se demandant comment elle supporterait de *ne pas* voir Edmond chaque jour ; et l'autre, réveillée des agréables rêveries dans lesquelles son imagination s'était complue précédemment sur la foi de la description qu'avait faite son frère, ne parvenant plus dans le tableau qu'elle avait formé d'un futur Thornton Lacey, à exclure l'église, et faire disparaître le clergyman pour ne voir que la demeure occasionnelle, respectable, élégante et dans le goût moderne d'un homme vivant de ses rentes, était en train de considérer Sir Thomas avec une franche animosité, comme celui qui avait détruit ses rêves ; et elle souffrait d'autant plus que, par son caractère et ses manières, il réclamait que ses auditeurs montrassent de la longanimité, si bien qu'elle n'osait pas laisser libre cours à ses sentiments, en essayant, ne fût-ce qu'une fois de tourner sa cause en dérision.

Tout ce que la partie de commerce pouvait lui offrir d'agréable fut dès lors terminé pour elle. Il était temps d'en finir avec les cartes si les sermons l'emportaient, et elle fut heureuse d'en venir à une conclusion et de pouvoir se délasser en changeant de place et de voisin.

Ils étaient alors pour la plupart disposés de façon irrégulière autour du feu et attendaient que les joueurs se séparent enfin. William et Fanny étaient les plus insouciants. Ils demeuraient ensemble à la table de jeux autrement désertée, conversant tout à leur aise sans songer aux autres, jusqu'au moment où certains commencèrent à songer à eux. Henry Crawford fut le premier à tourner vers eux sa chaise, et il resta quelques minutes à les observer en silence ; pendant ce temps, il était lui-même sous le feu des regards de Sir Thomas, debout, et en train de parler avec le docteur Grant.

« C'est aujourd'hui le jour de la soirée dansante », dit William. « Si je me trouvais à Portsmouth, j'y serais peut-être. »

« Mais vous ne regrettez pas de ne pas être à Portsmouth, William ? »

« Non, Fanny, aucunement. J'aurai bien assez de Portsmouth et des bals également une fois que je ne vous aurai plus. Et je ne crois pas que me rendre à ce bal annuel offre quelque intérêt pour moi, car je pourrais bien m'y trouver sans partenaire. Les demoiselles de Portsmouth font les dédaigneuses, et regardent de haut celui qui n'est pas officier de marine. On a beau être aspirant, on n'est rien à leurs yeux. On n'*est* réellement rien pour elles. Vous vous souvenez des Gregory ; ce sont maintenant des demoiselles d'une grande beauté, mais elles *m*'adressent à peine la parole, parce qu'un lieutenant fait la cour à Lucy. »

« Oh ! quelle honte, quelle honte ! Mais peu importe, William. (Ses joues étaient toutes rouges d'indignation à ces paroles.) Cela ne vaut pas la peine qu'on s'en soucie. Cela ne peut vous nuire. Les amiraux les plus illustres en ont eu autant à supporter, en leur temps. Pensez à cela, efforcez-vous d'en prendre votre parti, et de considérer que c'est là l'une des épreuves qui est le lot de tous les marins, comme le mauvais temps, ou la dure vie que vous menez, avec ce seul avantage que cela aura une fin, que viendra un moment où vous n'endurerez plus rien de la sorte. Quand vous serez lieutenant ! pensez-y seulement, William, quand vous serez lieutenant de marine, combien peu vous importeront ces sottises. »

« Je commence à croire, Fanny, que je ne serai jamais lieutenant. Tout le monde le devient, sauf moi. »

« Oh ! mon cher William, ne parlez pas ainsi, ne soyez pas si mélancolique. Mon oncle ne dit rien, mais je suis sûre qu'il fera tout ce qui est en son pouvoir pour que vous le deveniez. Il sait, aussi bien que vous, que c'est une chose d'importance. »

Voyant que son oncle était plus près d'elle qu'elle ne le croyait, elle s'interrompit, et chacun d'eux sentit la nécessité de parler d'autre chose.

« Aimez-vous danser, Fanny ? »

« Oui beaucoup, seulement, je me fatigue vite. »

« J'aimerais aller à un bal avec vous et vous voir danser. N'avez-vous jamais de bal à Northampton ? J'aimerais vous voir danser, et je danserais avec vous si vous le *vouliez*, car personne ne saurait qui je suis dans cette ville, et j'aimerais encore une fois être votre partenaire. Nous avons maintes fois sautillé ensemble quand l'orgue de Barbarie était dans la rue, n'est-ce pas ? Je suis à ma façon un assez bon danseur, mais je crois que vous dansez mieux que moi. » Et, se tournant vers son oncle, qui était maintenant près d'eux : « Fanny n'est-elle pas une bonne danseuse, monsieur ? »

Fanny, épouvantée de cette question inouïe, ne savait de quel côté se tourner, où poser les yeux ni comment se préparer à entendre sa réponse. Une remontrance sévère, ou du moins l'expression la plus froide de son indifférence viendraient nécessairement peiner son frère, et la feraient rentrer sous terre. Mais au contraire, ce ne fut rien de plus méchant que : « Je regrette de devoir dire que je suis incapable de répondre à cette question. Je n'ai jamais vu Fanny danser depuis qu'elle était petite fille ; mais j'ai confiance que nous découvrirons tous les deux qu'elle s'acquitte de cette tâche en demoiselle bien née, lorsque nous la verrons danser, ce que nous aurons peut-être l'occasion de faire sous peu. »

« J'ai eu le plaisir de voir votre sœur danser, monsieur Price », dit Henry Crawford, se penchant en avant, « et m'engage à répondre à toutes les questions que vous pouvez poser à ce sujet, et ce à votre entière satisfaction. Mais je crois (voyant que Fanny paraissait chagrinée) que ce sera à un autre moment. Il y a parmi nous *une* personne qui n'aime pas qu'on parle de mademoiselle Price. »

Il avait en vérité vu Fanny danser une fois ; et il était également vrai qu'il eût volontiers parlé maintenant de sa légèreté, de son élégance et de sa réserve, de la merveilleuse façon dont elle évoluait parfaitement en mesure, mais en réalité il ne parvenait pas le moins du monde à se rappeler quoi que ce soit à son sujet : elle avait été présente, mais il n'en avait gardé aucun souvenir.

Il passa, cependant, pour un admirateur de ses talents de danseuse ; et Sir Thomas, nullement fâché, prolongea la conversation sur la danse en général ; et il était à ce point absorbé dans le récit des bals donnés à Antigua, et écoutait si attentivement son neveu lui décrire les différents styles de danses qu'il se trouvait avoir observés, qu'il n'avait pas entendu annoncer sa voiture, et ce fut madame Norris par son manège qui porta ce fait à sa connaissance.

« Allons, Fanny, allons, à quoi pensez-vous ? Nous partons. Ne voyez-vous pas que votre tante est en train de partir ? Vite, vite. Je ne supporte pas de faire attendre notre bon vieux Wilcox. Vous devriez toujours vous souvenir du cocher et des chevaux. Mon cher Sir Thomas, nous avons pris des dispositions pour que la voiture vienne vous chercher, ainsi que William et Edmond. »

Sir Thomas ne pouvait qu'obtempérer, car c'était lui qui en avait décidé ainsi, et qui avait fait part à sa femme et à la sœur de celle-ci de cet arrangement ; mais madame Norris semblait avoir oublié *ce fait*, et s'imaginait avoir tout décidé par elle-même.

Et cette visite se termina pour Fanny sur un sentiment de déception ; car le châle qu'Edmond recevait tranquillement de la main d'un serviteur pour le lui apporter et le mettre autour de ses épaules, fut saisi par la main plus preste de monsieur Crawford, et elle fut obligée de lui être redevable de cette marque de courtoisie plus grande.

CHAPITRE XXVI

Le désir qu'avait exprimé William de voir danser Fanny produisit sur son oncle plus qu'une impression passagère. Cette occasion, que Sir Thomas avait laissé espérer alors, ne fut pas abandonnée. Il demeurait fermement résolu de satisfaire de si aimables sentiments, de se montrer agréable à quiconque souhaitait voir Fanny danser, et de faire plaisir à tous les jeunes gens et jeunes filles en général ; et après avoir réfléchi et pris sa décision calmement, et librement, il révéla le lendemain matin le fruit de ses réflexions, au petit déjeuner ; ayant tout d'abord rappelé ce que son neveu lui avait dit et l'ayant approuvé, il ajouta : « Je ne souhaite pas, William, que vous quittiez le comté de Northampton sans que cette réjouissance vous soit offerte. Il me plairait de vous voir danser tous les deux. Vous avez parlé des bals de Northampton. Vos cousins et cousines s'y sont rendus à l'occasion ; mais ils ne nous conviendraient pas maintenant. La fatigue serait trop grande pour votre tante. Je crois qu'il ne nous faut pas songer à un bal à Northampton. Un bal donné à Mansfield serait bien préférable, et si... »

« Ah ! mon cher Sir Thomas », l'interrompit madame Norris, « je savais ce qui allait se passer. Je savais ce que vous alliez dire. Si notre chère Julia était avec nous, ou si notre chère madame Rushworth était à Sotherton, nous en fournissant la raison, l'occasion, vous seriez tenté d'offrir à nos jeunes gens un bal à Mansfield. Je sais que vous seriez tenté de le faire. Si *elles* étaient à la maison pour honorer le bal de leur présence, vous organiseriez un bal ce Noël même. Remerciez votre oncle, William, remerciez votre oncle ».

« Mes filles », répondit Sir Thomas, s'interposant avec gravité, « ont leurs plaisirs à Brighton, et j'espère qu'elles sont très heureuses ; mais le bal que je songe à donner à Mansfield, sera en l'honneur de leur cousin et de leur cousine. Si nous avions tous été réunis, notre satisfaction eût été assurément plus complète, mais que l'absence de certains d'entre nous ne nous prive pas de distractions. »

Madame Norris ne trouva rien à répondre. Elle vit qu'il avait l'air tout à fait décidé, aussi sa surprise et son dépit furent tels qu'il lui fallut quelques minutes avant de pouvoir retrouver son sang-froid. Un bal, en un pareil moment ! En l'absence de ses filles, et sans qu'on l'eût consultée ! Il y avait toutefois en perspectives d'imminentes consolations. *Elle* ne pouvait manquer d'être celle qui mènerait les choses ; on épargnerait bien sûr tout effort de réflexion et toute fatigue à Lady Bertram, et tout retomberait sur *elle*. C'est à elle qu'il reviendrait de faire les honneurs de la soirée, et cette idée rétablit si bien sa bonne humeur, qu'elle fut en mesure de joindre ses remerciements à ceux des autres, et d'exprimer sa joie en même temps qu'eux.

Devant cette promesse d'un bal, Edmond, William et Fanny exprimèrent, chacun à sa manière, par leur air et leurs paroles, toute la joyeuse gratitude que Sir Thomas était en droit d'attendre d'eux. Edmond partageait cette allégresse et jouissait de plus du bonheur des deux autres. Jamais son père n'avait accordé de faveur ou fait acte de bienveillance qui lui fît plus plaisir.

Lady Bertram, qui était dans un état de parfaite quiétude et de parfait contentement, n'eut aucune objection à faire. Sir Thomas lui promit qu'elle n'en aurait que peu de désagrément, et elle l'assura en retour « qu'elle ne redoutait nullement les désagréments, et qu'à dire vrai elle n'imaginait pas qu'il pût y en avoir ».

Madame Norris était sur le point de proposer ses suggestions quant aux pièces qui devaient, à son avis, convenir le mieux pour le bal, lorsqu'elle s'aperçut que tous les arrangements nécessaires avaient déjà été décidés ; et alors même qu'elle se préparait à faire des conjectures et des recommandations quant au jour où aurait lieu le bal, il apparut que cela aussi avait été réglé. Sir Thomas s'était amusé à dresser un plan complet de toute l'entreprise, et dès qu'elle fut à même d'écouter calmement, il lut à haute voix la liste des familles qui devaient être invitées, au sein desquelles il lui serait possible, en tenant compte d'un aussi bref délai, de réunir assez de jeunes gens et jeunes filles pour former douze ou quatorze couples ; et il expliqua par le menu quelles raisons l'avaient incité à choisir le vingt-deux comme le jour préférable. William devait être à Portsmouth le vingt-quatre ; le vingt-deux serait par conséquent le dernier jour de sa visite ; mais alors qu'il restait si peu de jours, il serait peu sage de choisir un jour plus proche. Madame Norris dut, par la force des choses, se contenter d'acquiescer et de dire qu'elle avait été sur le point elle-même de proposer le vingt-deux comme étant de loin le meilleur jour pour ce projet de bal.

Le bal était maintenant chose décidée, et avant la fin de la journée, la nouvelle avait été annoncée publiquement à tous ceux qui étaient concernés. Des invitations furent envoyées en toute hâte, et mainte jeune lady alla se coucher ce soir-là, la tête pleine de joyeuses préoccupations, tout comme Fanny. Quant à elle, les préoccupations l'emportaient presque parfois sur ses sentiments de bonheur ; car, jeune et inexpérimentée comme elle l'était, n'ayant que de maigres possibilités de choix à sa disposition et aucune confiance dans son propre goût, le « comment s'habiller » était pour elle un motif d'inquiétude ; l'unique ou presque unique parure en sa possession, une très jolie croix d'ambre que William lui avait rapportée de Sicile, la plongeait dans le plus grand embarras, car elle n'avait rien d'autre qu'un bout de ruban pour l'attacher ; et bien qu'elle l'eût portée ainsi une fois, serait-il convenable de la porter ainsi en un moment pareil, au milieu de toutes les riches parures avec lesquelles, supposait-elle, les autres jeunes ladies apparaîtraient ? Et cependant, était-il possible qu'elle ne la portât pas ? William avait eu l'intention de lui acheter aussi une chaîne en or, mais cet achat avait dépassé les moyens qu'il avait à sa disposition, et par conséquent, ne pas porter cette croix pourrait le blesser. C'étaient là des pensées bien affligeantes ; et elles suffirent à tempérer l'enthousiasme de Fanny, alors que s'annonçait un bal donné surtout en son honneur.

Pendant ce temps les préparatifs se poursuivaient, et Lady Bertram continuait à demeurer assise sur le sofa sans être le moins du monde incommodée. Elle reçut quelque visites supplémentaires en la personne de la femme de l'intendant, et sa femme de chambre, qu'elle pressa quelque peu, dut faire diligence pour lui faire une nouvelle robe ; Sir Thomas donnait des ordres, et quant à madame Norris, elle allait et venait, sans que cela *la* dérangeât, car, ainsi qu'elle l'avait laissé entendre, « il n'y avait là-dedans rien qui pût la déranger ».

Edmond avait alors grand nombre de soucis en tête ; son esprit était tout entier absorbé par deux événements maintenant imminents, l'ordination et le mariage, événements d'une nature si sérieuse, qu'auprès d'eux le bal qui serait aussitôt suivi par l'un de ces deux événements, lui apparaissait comme de moindre importance, contrairement à ce qui se passait pour tous les autres habitants de la maison. Le vingt-trois, il se rendait auprès d'un ami, près de Peterborough, qui se trouvait dans la même situation que lui, puisqu'ils devaient tous deux être ordonnés pendant la semaine de Noël. Son sort serait alors arrêté pour moitié, mais peut-être que la seconde moitié de sa destinée ne se laisserait pas aussi aisément courtiser. Ses devoirs seraient établis, mais la femme qui devait les partager, les récompenser et lui apporter son encouragement, serait peut-être inaccessible. Il savait ce qu'il voulait, mais il n'était pas toujours parfaitement certain de savoir ce que mademoiselle Crawford voulait. Il y avait des sujets sur lesquels ils n'étaient pas tout à fait d'accord ; il y avait des moments pendant lesquels elle ne semblait pas lui être favorable, et bien qu'il eût pleinement confiance qu'elle éprouvait pour lui une certaine tendresse, au point d'être résolu (ou presque résolu) à faire aboutir les choses dans les plus brefs délais, dès qu'il aurait réglé les diverses affaires qui se présentaient à lui — et il savait ce qu'il était en son pouvoir de lui offrir — il éprouvait maintes sensations douloureuses et demeurait dans le doute de nombreuses heures quand il pensait au dénouement. Parfois, la certitude qu'elle avait de l'estime pour lui était fort vive ; lorsqu'il regardait en arrière, il voyait une longue succession de signes d'encouragement, et qu'elle se montrait aussi parfaitement désintéressée dans son attachement pour lui que dans tout autre domaine ; mais à d'autres moments, le doute et l'inquiétude se mêlaient à l'espérance, et quand il pensait à sa répugnance avouée pour une vie de retraite et d'intimité, à sa préférence marquée pour Londres — à quoi pouvait-il s'attendre, sinon à un refus catégorique ; à moins qu'elle n'acceptât sa demande et, dans ce cas, cela exigerait de sa part des sacrifices dans l'exercice de ses devoirs que sa conscience ne pourrait que lui interdire.

Tout reposait en fin de compte sur une seule question. L'aimait-elle assez pour renoncer à ce qu'elle avait eu coutume de considérer jusque-là comme essentiel ? L'aimait-elle assez pour que ces choses-là ne lui parussent plus si essentielles ? Et la réponse à cette question qu'il ne cessait de se répéter en son for intérieur, bien qu'elle fût « Oui » le plus souvent, était aussi parfois « Non ».

Mademoiselle Crawford devait bientôt quitter Mansfield, et, en cette circonstance, le « non » et le « oui » n'avaient cessé de se succéder en alternance. Il avait vu ses yeux briller lorsqu'elle parla de la lettre de sa chère amie qui réclamait qu'elle lui rendît longuement visite à Londres, et de la gentillesse d'Henry qui s'engageait à rester là où il était jusqu'au mois de janvier, afin de pouvoir l'y conduire ; il l'avait entendue parler de ce voyage avec une animation qui disait « non » dans la moindre intonation de sa voix. Mais ceci avait eu lieu le premier jour, lorsque la décision de donner un bal avait été prise, dans la première heure où avait éclaté la nouvelle d'une telle réjouissance, alors qu'elle n'avait en perspective que les amis à qui elle devait rendre visite. Il l'avait entendue depuis s'exprimer différemment — ses sentiments étaient autres, ils étaient plus variés — ; il l'avait entendue dire à Madame Grant qu'elle la quitterait avec regret ; qu'elle commençait à penser que ni les amis ni les plaisirs qu'elle allait rencontrer ne valaient ceux qu'elle allait quitter ; et que, bien qu'elle sût qu'il était de son devoir de partir, et qu'elle s'amuserait une fois partie, elle attendait déjà d'être de retour à Mansfield. N'y avait-il pas un « oui » dans tout cela ?

Avec en tête de pareils sujets sur lesquels méditer, qu'il mettait en ordre et ne cessait d'ordonner à nouveau, Edmond n'avait guère le temps, pour son propre compte, de beaucoup penser à la soirée que les autres membres de la famille attendaient avec une impatience vive, mais plus égale. Indépendamment du plaisir qu'y prenait ses deux cousins, la soirée n'avait pas de plus grande importance pour lui que n'en avaient généralement toute autre réunion prévue entre les deux familles. À chacune de ces réunions, il espérait tant soit peu recevoir confirmation de façon plus marquée de l'attachement qu'éprouvait pour lui mademoiselle Crawford ; mais le tourbillon d'une salle de bal n'était peut-être particulièrement propice ni pour donner plus d'ardeur à des sentiments sérieux, ni pour permettre qu'on les exprimât. La retenir dès les premiers moments pour les deux premières danses, fut tout ce qu'il fut en mesure de demander pour assurer son propre bonheur, et le seul préparatif pour le bal auquel il pût s'engager, en dépit de tout ce qui se déroulait autour de lui, du matin au soir.

Jeudi était le jour du bal : et le mercredi matin, Fanny, toujours incapable de se décider sur ce qu'elle devait porter, résolut de chercher conseil auprès de personnes plus éclairées et d'avoir recours à madame Grant et à sa sœur, dont le goût reconnu la soutiendrait et ne pouvait être qu'irréprochable ; et comme Edmond et William étaient partis à Northampton, et qu'elle avait des raisons de penser que monsieur Crawford était également absent, elle se rendit au presbytère, où elle était presque assurée de pouvoir parler en privé ; et il était extrêmement important pour Fanny que cette discussion gardât un caractère privé, car elle avait grand-honte de l'inquiétude qu'elle éprouvait.

Elle fit la rencontre de mademoiselle Crawford à quelques mètres à peine du presbytère ; celle-ci venait de se mettre en route pour lui rendre visite, et comme il lui parut que son amie, bien qu'obligée par politesse d'insister pour retourner sur ses pas, était peu désireuse de perdre l'occasion d'une promenade, elle lui expliqua sur-le-champ le problème qui la tourmentait, et fit remarquer que si elle voulait bien avoir l'obligeance de lui donner son avis, l'affaire pourrait tout aussi bien être réglée dehors que dedans. Mademoiselle Crawford parut heureuse qu'on eût recours à ses services et, après un instant de réflexion, pressa Fanny de revenir avec elle, avec des manières plus cordiales qu'auparavant, et lui proposa de monter avec elle dans sa chambre, où elles pourraient faire un brin de conversation à leur aise, sans déranger le docteur Grant et sa femme qui se trouvaient ensemble dans le salon. Ce plan ne pouvait que convenir à

Fanny ; et après qu'elle eut exprimé sa grande reconnaissance pour des attentions aussi promptes et bienveillantes, elles pénétrèrent à l'intérieur de la maison, montèrent les escaliers et furent bientôt plongées dans ce sujet intéressant. Mademoiselle Crawford, heureuse qu'on eût fait appel à elle, exerça son jugement et son goût pour sa gouverne et dans ce qu'ils avaient de meilleur, rendit toute chose facile par ses suggestions et essaya de rendre par ses encouragements les choses plus agréables. Le problème de la robe ayant été réglé pour tous les détails d'importance : « Mais que mettrez-vous comme collier ? » dit mademoiselle Crawford. « Ne porterez-vous pas la croix de votre frère ? » Et, tout en parlant, elle défaisait un petit paquet, que Fanny avait remarqué dans sa main lors de leur rencontre. Fanny avoua ses espoirs et ses craintes ; elle ne savait ni comment porter cette croix, ni comment s'abstenir de la porter. En guise de réponse, elle vit qu'on plaçait devant elle un petit coffret à bijoux et lui demandait de faire son choix parmi plusieurs chaînes d'or et colliers. Tel avait été le paquet dont mademoiselle Crawford s'était munie, tel avait été le but de la visite qu'elle avait eu l'intention de lui faire ; et elle pressait maintenant Fanny avec une extrême bienveillance d'en prendre une pour sa croix et de la garder, employant tous les arguments qui lui venaient à l'esprit afin de prévenir les scrupules qui firent tout d'abord reculer d'horreur Fanny devant une telle proposition.

« Vous voyez quelle collection est la mienne », dit-elle, « il y en a plus de la moitié dont je ne me sers jamais, et auxquels je ne songe même pas. Je ne vous les offre pas comme neufs. Je ne vous offre qu'un vieux collier. Pardonnez la liberté que je prends et accordez-moi cette faveur. »

Fanny résistait encore, et de tout son cœur. C'était là un cadeau qui avait trop de prix. Mais mademoiselle Crawford persévéra, et défendit sa cause avec tant de gravité et d'affection, passant en revue successivement les différentes rubriques, à savoir William, la croix, le bal et elle-même, qu'elle finit par réussir. Fanny en fut réduite à céder afin de ne pas être accusée d'orgueil ou d'indifférence, ou de quelque autre petitesse ; et après avoir donné son accord, avec une humble réticence, elle se mit à faire son choix. Elle regarda longuement, cherchant à reconnaître le bijou qui avait le moins de valeur ; et enfin arrêta son choix sur le collier que l'on plaçait, s'imaginait-elle, sous ses yeux plus souvent que les autres. Il était en or et joliment ouvragé ; et bien qu'elle eût préféré une chaîne plus longue et plus ordinaire, comme convenant mieux à la circonstance, elle espérait en choisissant celui-ci prendre celui que mademoiselle Crawford espérait le moins garder. Mademoiselle Crawford montra par un sourire qu'elle approuvait entièrement cette décision ; et elle se hâta de parfaire le don en lui mettant le collier autour du cou et en lui montrant combien il lui allait bien.

Il produisait un heureux effet si bien que Fanny ne trouva rien à redire, et hormis les quelques scrupules qui lui restaient, elle était extrêmement satisfaite de cette acquisition qui tombait si fort à propos. Elle eût peut-être préféré devoir en être reconnaissante à quelqu'un d'autre. Mais c'était là un sentiment méprisable. Mademoiselle Crawford avait devancé ses désirs avec une bonté qui faisait d'elle une amie véritable. « Quand je porterai ce collier, je penserai toujours à vous », dit-elle, « et sentirai combien vous vous êtes montrée bonne envers moi. »

« Il faudra que vous pensiez aussi à quelqu'un d'autre quand vous porterez ce collier », répondit mademoiselle Crawford. « Il faudra que vous pensiez à Henry, car c'est lui qui l'a choisi en premier lieu. Il me l'a donné, et en même temps que le collier, je vous transmets le devoir de vous souvenir de celui qui en a fait don à l'origine. Cela sera un souvenir de famille. La sœur ne sera pas présente à votre esprit sans que le frère y soit aussi. »

Fanny, extrêmement confuse et étonnée, eût volontiers rendu à l'instant même le présent. Prendre ce que quelqu'un d'autre, et un frère qui plus est, avait offert, était impossible ! Cela ne pouvait être ! et avec un empressement et un embarras tout à fait divertissant pour sa compagne, elle posa de nouveau le collier sur la doublure en coton du coffret, et parut décidée, soit à prendre autre chose, soit à ne rien prendre du tout. Mademoiselle Crawford pensait qu'elle n'avait de sa vie vu de conscience plus délicate. « Ma chère enfant », dit-elle en riant, « de quoi avez-vous peur ? Croyez-vous qu'Henry réclamera le collier comme étant le mien, et s'imaginera que vous l'avez obtenu malhonnêtement ? ou supposez-vous qu'il serait trop flatté de voir autour de votre jolie gorge une parure qu'il a achetée avec son propre argent voici trois ans, avant même de savoir qu'une telle gorge existait ? ou peut-être (avec un air malicieux) soupçonnez-vous une conspiration de notre part, et que ce que j'ai fait a été fait sciemment et à sa demande ? »

Le visage de Fanny fut envahi par une vive rougeur et elle se défendit d'avoir eu une telle pensée.

« Eh bien alors », reprit mademoiselle Crawford d'un air plus grave, mais sans toutefois croire ses paroles, « si vous voulez me convaincre que vous n'imaginez aucun sacrifice, et accueillez sans défiance les hommages, ce que je vous ai toujours vu faire, prenez ce collier, et ne dites plus un mot là-dessus. Qu'il s'agisse d'un cadeau de mon frère ne doit pas faire la plus petite différence, dans votre décision d'accepter, car je vous assure que c'est de très bon cœur que je m'en sépare. J'ai reçu de lui des présents en quantité innombrable, à tel point qu'il m'est impossible de les répertorier tous, et qu'il lui est à lui impossible de se souvenir de tous ceux qu'il m'a donnés. Et quant à ce collier, je ne crois pas l'avoir porté plus de six fois ; il est très joli, mais je n'y pense jamais ; et quoique je vous eusse volontiers invitée à choisir toute autre parure de mon coffret, il se trouve que vous avez arrêté votre choix précisément sur celui-là même que j'eusse choisi pour vous, si cela avait été à moi de choisir. Je vous en supplie, ne dites plus rien contre cette décision. Une pareille babiole ne vaut pas qu'on en parle aussi longtemps. »

Fanny n'osa pas faire plus longue résistance ; et après avoir réitéré ses remerciements, elle accepta le collier à nouveau, moins heureuse cette fois, car il y avait dans le regard de mademoiselle Crawford une expression qui ne lui plaisait guère.

Il lui était impossible de demeurer insensible aux changements qu'avaient subis les manières de monsieur Crawford. Elle s'en était aperçue depuis longtemps. Il essayait à l'évidence de lui plaire, il était galant avec elle, plein d'attentions ; il était presque celui qu'il avait été pour ses cousines ; il avait l'intention, supposait-elle, de la priver de sa tranquillité d'esprit, ainsi qu'il l'avait fait pour la leur ; et quant à savoir s'il avait joué un rôle dans cette affaire de collier ! Elle ne parvenait pas à se convaincre qu'il n'avait rien eu à voir là-dedans, car mademoiselle Crawford, si elle était une sœur complaisante, était en tant que femme et amie plutôt insouciante.

Pensive et indécise, sentant que la possession de ce qu'elle avait souhaité ne lui apportait pas grand plaisir, elle rentra alors chez elle, et les soucis, qu'elle ramenait avec elle, en foulant à nouveau ce même chemin, avaient plus changé de nature qu'ils n'avaient diminué.

CHAPITRE XXVII

Dès qu'elle atteignit Mansfield, Fanny monta immédiatement déposer son acquisition inattendue, cet article équivoque qu'était le collier, dans l'un de ses coffrets favoris qui se trouvait dans la chambre de l'est, lieu qui contenait tous ses petits trésors ; mais en ouvrant la porte, quelle ne fut pas sa surprise, lorsqu'elle découvrit que son cousin Edmond était à sa table, en train d'écrire ! Ce spectacle, tout nouveau, lui parut presque aussi merveilleux qu'il était bienvenu.

« Fanny », dit-il sans attendre, laissant là sa chaise et sa plume et avançant vers elle avec quelque chose à la main, « je vous prie de bien vouloir excuser ma présence ici. C'est vous que je désirais voir ; j'étais en train d'utiliser votre encrier, après avoir attendu un petit moment dans l'espoir de votre arrivée, afin de vous expliquer le but de ma visite. Vous trouverez les premières lignes d'un billet que j'étais en train de vous adresser ; mais je peux maintenant expliquer ce qui m'amène, qui est simplement de vous prier d'accepter cette menue babiole, une chaîne pour la croix de William. Vous auriez dû l'avoir voici une semaine, mais il y a eu un retard inattendu ; j'attendais mon frère depuis plusieurs jours, en ville, et il a été absent plus longtemps que je ne m'y attendais ; aussi vient-elle à peine de me parvenir à l'instant de Northampton. J'espère qu'elle vous plaira, Fanny. Je me suis efforcé de tenir compte de la simplicité de votre goût, mais de toute manière, je sais que vous considérerez mes efforts avec bonté, et jugerez qu'elle est, ce qui est vraiment le cas, un gage de la tendre affection que vous porte l'un de vos plus vieux amis. »

Et, en disant ces mots, il s'apprêtait à quitter la pièce

hâtivement, avant même que Fanny, accablée par mille sensations dans lesquelles se mêlaient de la douleur et de la joie, fût parvenue à prononcer un seul mot ; mais ranimée par un désir souverain, elle s'écria : « Oh ! mon cousin, arrêtez un instant, je vous en prie, arrêtez. »

Il se retourna.

« Je ne sais comment vous remercier », poursuivit-elle dans un état d'extrême agitation, « il ne saurait être question de remerciements. Je ne pourrais exprimer qu'une faible partie de tout ce que je ressens. La bonté dont vous avez fait preuve en pensant à moi de cette façon dépasse... »

« Si c'est tout ce que vous avez à dire, Fanny », dit-il avec un sourire et se détournant à nouveau.

« Non, non, ce n'est pas cela. J'ai besoin de vous consulter. »

Sans presque s'en rendre compte, elle avait défait le paquet qu'il venait de mettre entre ses mains, et voyant sous ses yeux, dans le délicat emballage du bijoutier, une chaîne en or, sans ornement, parfaitement simple et de bon goût, elle ne put se retenir de s'extasier à nouveau. « Oh ! Comme elle est belle ! C'est précisément ce que je désirais ! C'est la seule parure que j'aie jamais désiré posséder. Elle sera parfaitement assortie à ma croix. Elles sont faites pour être portées ensemble. Et, de plus, il m'est si agréable qu'elle arrive à ce moment. Oh ! cousin, vous ne savez pas à quel point elle est la bienvenue. »

« Ma chère Fanny, vous ressentez les choses trop vivement. Je suis fort heureux que vous aimiez cette chaîne, et qu'elle soit arrivée à temps pour demain ; mais la circonstance ne mérite pas tant de remerciements de votre part. Croyez-moi, je n'ai de plaisir au monde qui soit supérieur à celui de contribuer au vôtre. Non, je peux dire sans crainte qu'aucun plaisir n'est pour moi aussi parfait, aussi pur. C'est un bonheur sans mélange. »

Une heure aurait pu s'écouler sans que Fanny trouvât autre chose à dire, tant ces tendres expressions emplissaient son cœur ; mais Edmond, après avoir attendu un instant, la contraignit à redescendre sur terre, après ces envolées divines en disant : « Mais à quel sujet désiriez-vous me consulter ? »

C'était à propos du collier, qu'elle désirait vivement

rendre à son propriétaire, et elle espérait obtenir son approbation. Elle lui fit le récit de sa récente visite, et ses transports de joie furent alors terminés, car Edmond fut si frappé de cette circonstance, si enchanté de ce que mademoiselle Crawford avait fait, si satisfait que leurs façons d'agir eussent ainsi concordé, que Fanny fut obligée de reconnaître quelle emprise supérieure avait sur son esprit, bien qu'il y eût peut-être des inconvénients, le plaisir d'*une* personne en particulier. Il s'écoula un certain temps avant qu'elle réussît à attirer son attention sur son projet, ou l'entendre répondre à la requête qu'elle lui avait adressée pour avoir son opinion. Il était plongé dans une rêverie pleine de tendres pensées, et prononçait seulement parfois quelques bribes de phrases qui étaient toutes de louange ; mais quand il sortit enfin de son rêve et comprit ses intentions, son opposition fut très ferme.

« Rendre le collier ! Non, ma chère Fanny, sous aucun prétexte. Vous la blesseriez profondément. Il n'y a guère de sensations plus pénibles que de voir que l'on remet entre vos mains ce que l'on a donné, en espérant raisonnablement contribuer au bien-être d'un ami. Pourquoi lui ôter un plaisir qu'elle s'est montrée digne de mériter ? »

« S'il m'avait été donné de première main », dit Fanny, « je n'eus pas songé à le rendre ; mais comme il s'agit d'un cadeau de son frère, n'est-il pas juste de supposer qu'elle préférerait ne pas s'en séparer, dès l'instant où je n'en ai pas besoin ? »

« Il ne faut pas qu'elle puisse supposer que vous n'en avez pas besoin, ni du moins qu'il ne vous est pas agréable ; et qu'il ait été à l'origine un cadeau de son frère ne fait aucune différence, car puisque cette raison ne l'a pas empêchée de vous l'offrir, ni ne vous a empêchée, vous, de l'accepter, elle ne devrait pas non plus entrer en ligne de compte, lorsque vous décidez de garder le collier. Il est sans conteste plus beau que le mien, et convient mieux à une salle de bal. »

« Non, il n'est pas plus beau, en aucune manière, et pour ce que je veux en faire, il me convient tout aussi bien. La chaîne ira infiniment mieux avec la croix de William que ne le fera le collier. »

« Pour une nuit, Fanny, pour une nuit seulement, si *c'est réellement* pour vous un sacrifice. Je suis sûr, qu'après réflexion, vous ferez ce sacrifice plutôt que d'infliger de la peine à celle qui a été si attentive à votre confort et à votre agrément. Les égards qu'a eus mademoiselle Crawford ont été, non pas plus grands que ceux auxquels vous avez à juste titre droit (je suis la dernière personne qui pût penser que cela *pourrait être* le cas), mais constants : et répondre à ces égards par un geste qui sera inévitablement considéré comme ayant toute *l'apparence* de l'ingratitude, bien que je sache fort bien qu'il n'aurait pas cette *signification-là*, me semble contraire à votre nature. Portez ce collier demain soir, ainsi que vous avez promis de le faire, et gardez la chaîne, qui avait été commandée sans songer au bal, pour des occasions plus ordinaires. Tel est mon conseil. Je ne voudrais pas qu'il y ait l'ombre d'une fâcherie, fût-elle légère, entre les deux êtres dont j'ai observé l'intimité avec le plus grand plaisir, et dont les caractères se ressemblent pour ce qui est de la vraie générosité et de la délicatesse naturelle des sentiments ; je ne voudrais pas que les rares et infimes différends, qui résultent surtout des circonstances, soient des obstacles importants à leur parfaite amitié. Je ne veux pas qu'apparaisse l'ombre d'une fâcherie », répéta-t-il, en baissant la voix légèrement, « entre les deux êtres qui sont ce que j'ai de plus précieux au monde. »

Et sur ces mots, il quitta la pièce ; Fanny, après son départ, essaya de retrouver autant qu'elle le put une certaine tranquillité d'esprit. Elle était l'un des deux êtres qu'il chérissait le plus. Voilà qui était un réconfort. Mais l'autre ! celui des deux êtres qui était le premier ! Jamais auparavant elle ne l'avait entendu parler aussi ouvertement, et bien qu'elle n'apprît là rien qu'elle n'eût su depuis longtemps, elle avait l'impression d'avoir reçu un coup de poignard ; car cette phrase était l'expression même de ses convictions et opinions intimes. Ses idées étaient arrêtées. Il épouserait mademoiselle Crawford. Et, bien que cela confirmât ce qu'elle pensait depuis fort longtemps, ce fut pour elle comme un coup de poignard ; aussi lui fut-il nécessaire de se répéter à elle-même plusieurs fois de suite qu'elle était l'un des deux êtres qu'il chérissait le plus, avant de pouvoir en retirer quelque émotion. Si seulement elle parvenait à croire que mademoiselle Crawford méritait qu'il l'aimât, ce serait — oh ! comme ce serait différent ! et combien plus supporta-

ble ! Mais il se trompait sur son compte ; il lui attribuait des
mérites qu'elle ne possédait pas ; ses défauts étaient toujours
les mêmes, mais il ne les voyait plus. Ce ne fut pas avant
d'avoir versé bien des larmes sur cette duperie, que Fanny
put maîtriser la violence de ses émotions ; et l'accès de
mélancolie qui suivit ne put être apaisé que lorsqu'elle
s'employa à faire d'ardentes prières pour son bonheur.

Elle désirait vivement, car elle pensait qu'il était de son
devoir d'agir ainsi, vaincre en elle tout ce que pouvait avoir
d'excessif sa tendresse envers Edmond, et qui était presque
de l'égoïsme. Qu'elle l'appelât anéantissement ou désillusion, ou s'imaginât qu'elle était telle, était se montrer
présomptueuse ; et elle n'avait pas de mots assez forts pour
satisfaire le sentiment qu'elle avait de sa propre humilité. Il
serait folie pour elle de penser à lui ainsi que le faisait
mademoiselle Crawford, qui avait, elle, tout droit de le faire.
Il ne pouvait, en aucune circonstance, être quoi que ce soit
pour elle ; il ne pouvait être rien de plus qu'un ami. Pourquoi
pareille idée lui était-elle venue en tête en un moment où elle
ne pouvait que la condamner et la proscrire ? Pareille idée
n'aurait pas dû pénétrer jusqu'aux confins de son imagination. Elle s'efforcerait d'être raisonnable, de mériter le droit
de porter un jugement sur le caractère de mademoiselle
Crawford, et, par la rectitude de son esprit et l'honnêteté de
son cœur, elle acquerrait le privilège de montrer pour lui une
vraie sollicitude.

Il y avait en elle cet héroïsme qui naît des bons principes, et
elle était résolue à accomplir son devoir ; mais comme ses
sentiments étaient également ceux qui naissent de la jeunesse
et de la nature, il ne faut pas s'étonner si, après avoir pris
toutes ces bonnes résolutions pour parvenir à la maîtrise
d'elle-même, elle s'empara du bout de papier sur lequel
Edmond avait commencé à lui écrire, comme s'il s'agissait
d'un trésor qu'elle n'eût jamais espéré découvrir, et lut les
mots qui y étaient inscrits avec la plus tendre des émotions,
« Ma très chère Fanny, il faut que vous me fassiez la faveur
d'accepter... » et elle l'enferma à clef avec la chaîne, car
c'était pour elle la partie la plus précieuse de ce cadeau.
C'était la seule chose qu'elle eût reçue de lui qui ressemblât à
une lettre ; peut-être n'en recevrait-elle jamais une autre qui
lui procurât un plaisir aussi parfait, et dont le style fût plus en

accord avec les circonstances. Jamais célèbre auteur n'avait laissé tomber de sa plume deux lignes aussi prisées de ses lecteurs ; jamais on n'avait accueilli avec une si grande plénitude de bonheur les découvertes du plus tendre des biographes. L'enthousiasme d'une femme qui aime dépasse de loin celui du biographe. L'écriture, elle-même, était pour celle-ci, indépendamment du message transmis, un don béni du ciel. Jamais créature humaine n'avait tracé de caractères semblables à ceux que l'on trouvait dans l'échantillon le plus ordinaire de l'écriture d'Edmond ! Ce spécimen, écrit en hâte, comme il l'avait été, n'avait pas une seule imperfection ; et les quatre premiers mots, « Ma très chère Fanny », étaient si heureusement choisis, qu'elle eût pu les regarder jusqu'à la fin des temps.

Ayant ordonné ses pensées et apaisé la violence de ses sentiments par cet heureux mélange de raison et de faiblesse, elle put vaquer bientôt à ses occupations coutumières auprès de sa tante Bertram, et s'acquitter de ses devoirs coutumiers sans paraître manquer de courage.

Le jeudi, jour qui devait être consacré à l'espoir et au plaisir, arriva ; et il apporta à Fanny tout d'abord plus d'agrément que n'en apportent souvent ces journées indociles et intraitables, car, peu de temps après le petit déjeuner, arriva de la part de monsieur Crawford un message adressé à William, déclarant que, comme il se trouvait dans l'obligation de se rendre à Londres quelques jours, au lendemain du bal, il ne pouvait se retenir d'essayer de trouver un compagnon de route ; il espérait par conséquent, dans le cas où William déciderait de quitter Mansfield une demi-journée plus tôt qu'il ne s'était proposé de le faire, qu'il accepterait une place dans sa voiture. Monsieur Crawford pensait être en ville à l'heure habituelle et tardive à laquelle son oncle dînait, et il invitait William à se joindre à eux, pour le dîner chez l'amiral. William fut enchanté de cette proposition, car il appréciait l'idée de voyager dans une voiture tirée par un attelage de quatre chevaux, et en compagnie d'un ami d'un naturel aussi obligeant et affable ; et, en établissant une comparaison avec les courriers qui expédient les dépêches, il exprima séance tenante tout ce qui pouvait être dit de la joie qu'il éprouverait et du sentiment de l'honneur qui lui serait ainsi fait, autant que son imagination le lui permettait ; et

Fanny, pour des raisons différentes, en fut extrêmement heureuse : car le projet initial était que William devait partir par la malle-poste de Northampton, le jour suivant, ce qui ne lui eût pas accordé une seule heure de repos avant de monter dans la diligence qui devait l'amener à Portsmouth ; et bien que l'offre faite par monsieur Crawford dût la priver de sa compagnie de nombreuses heures, elle était trop heureuse de voir ainsi épargnée à William la grande fatigue d'un pareil voyage ; elle était trop heureuse pour penser à autre chose. Sir Thomas approuva cette proposition pour une autre raison. Que son neveu fût présenté à l'amiral Crawford pourrait se révéler fort utile. L'amiral avait, pensait-il, du crédit. Somme toute, c'était là un message de joie. Fanny y puisa du courage pendant la moitié de la matinée, et l'idée que celui qui l'avait écrit était prêt à partir lui procura une grande satisfaction.

Quant au bal, si proche maintenant, ses inquiétudes et craintes étaient trop vives pour lui permettre d'éprouver tout le bonheur qu'elle eût dû éprouver, ou qu'on eût pu penser qu'elle éprouvait, ainsi que c'est le cas pour maintes jeunes ladies qui attendent impatiemment ce même événement, dans des situations plus confortables, mais en des circonstances moins neuves et moins chargées d'intérêt, et qui ne ressentent certainement pas ce plaisir qu'on lui attribuait. Mademoiselle Price, que la moitié des personnes présentes ne connaissaient que de nom, devait alors faire son entrée dans le monde, et serait nécessairement considérée comme la Reine de la soirée. Y avait-il quelqu'un de plus heureux que mademoiselle Price ? Mais l'éducation qu'avait reçue mademoiselle Price ne l'avait pas préparée à ce rôle social que représente *faire ses débuts dans le monde* ; si elle avait su que le bal était donné en son honneur, cela eût bien diminué son sentiment d'agréable bien-être, en accroissant sa peur de mal faire, ainsi que la crainte qu'on la regardât. Danser sans trop attirer l'attention, et sans être par trop harassée, avoir de la résistance et des partenaires pendant environ la moitié de la soirée, danser un peu avec Edmond, et pas beaucoup avec monsieur Crawford, voir William s'amuser, et parvenir à se tenir à l'écart de sa tante Norris, voilà à quoi s'élevaient ses ambitions, et ce qui lui offrirait, semblait-il les plus grandes chances d'être heureuse au cours de la soirée. Comme c'étaient là ses plus hautes espérances, elles ne pouvaient évidemment pas prévaloir tout le temps ; et pendant tout le temps que dura cette longue matinée, qu'elle passa principalement en la compagnie de ses deux tantes, elle fut sous l'emprise de pensées moins optimistes. William, résolu à consacrer sa dernière journée entièrement à des plaisirs, était dehors à chasser la bécassine ; Edmond était au presbytère, ainsi qu'elle avait bien trop de raisons de le croire ; et comme Fanny était restée seule à supporter les tracasseries de madame Norris, qui était de méchante humeur parce que la femme de l'intendant n'en faisait qu'à sa tête à propos du souper, et que, contrairement à la femme de l'intendant, *elle* ne pouvait quant à elle pas l'éviter, ses facultés de résistance finirent par s'épuiser, et elle se prit à considérer tout ce qui touchait au bal comme fâcheux ; et, lorsque sa tante l'envoya s'habiller, avec en guise d'au revoir des remarques acrimonieuses, elle s'avança jusqu'à sa chambre comme si tout bonheur lui était interdit, et avec un air de langueur qui eût pu faire croire qu'on ne l'avait pas autorisée à se joindre aux danseurs.

Tout en montant lentement les escaliers, elle pensait à ce qui s'était passé le jour d'avant ; à peu près à la même heure, elle était de retour du presbytère et avait trouvé Edmond dans la chambre de l'Est. « Et si aujourd'hui encore, je le revoyais ! » se disait-elle, laissant naïvement vagabonder son imagination.

« Fanny », dit à cet instant une voix auprès d'elle. Elle sursauta, leva les yeux, et vit de l'autre côté du couloir qu'elle venait de gagner, Edmond en personne, debout, en haut d'un autre escalier. Il s'avança vers elle. « Vous avez l'air fatigué et éreinté, Fanny. Vous avez fait une trop longue promenade à pied. »

« Non, je n'ai pas mis le nez dehors. »

« Alors, c'est que les fatigues que vous avez endurées à l'intérieur étaient pires encore. Il eût été préférable que vous fussiez sortie. »

Fanny, qui n'aimait pas se plaindre, trouva plus facile de ne pas répondre ; et bien qu'il la regardât avec sa bonté coutumière, elle était persuadée qu'il n'avait pas tardé à oublier sa présence. Il semblait abattu, quelque contrariété, sans doute, mais qui n'avait aucun rapport avec elle. Ils continuèrent à monter les escaliers, leurs chambres étant toutes deux à l'étage supérieur.

« Je viens de chez le docteur Grant », dit bientôt Edmond. « Vous devinez peut-être quel était le but de ma visite, Fanny ». Et il avait l'air si mal à l'aise que Fanny pensa qu'il ne pouvait y avoir qu'un seul et même but à sa visite, et, la mort dans l'âme, elle ne trouva rien à dire. « Je souhaitais inviter mademoiselle Crawford pour les deux premières danses » ; telle fut l'explication qu'il donna et qui ramena Fanny à la vie, tout en lui permettant, car elle s'aperçut qu'il attendait quelque réponse de sa part, de prononcer une phrase dans laquelle elle lui demandait quel avait été le résultat de sa démarche.

« Oui », répondit-il, « elle m'a promis de me les réserver ; mais (avec un sourire forcé), elle dit que ce sera la dernière fois où elle dansera avec moi. J'espère qu'elle ne dit pas cela sérieusement. Je l'espère, je le souhaite. Mais j'eusse préféré ne rien savoir. Elle n'a jamais, dit-elle, dansé avec un pasteur, et cela ne lui *arrivera*, dit-elle, jamais. J'eusse souhaité, pour ma propre gouverne, qu'il n'y eût pas eu du tout de bal, justement — je veux dire cette semaine, pas aujourd'hui même ; demain je quitte la maison. »

Fanny s'efforça de parler et dit : « Je suis désolée qu'il soit arrivé quelque chose pour vous affliger. Ce devrait être une journée de réjouissances. Mon oncle a souhaité qu'il en soit ainsi. »

« Oh ! oui, oui, ce sera une journée de réjouissances. Tout se terminera bien. Je suis seulement fâché, mais ce n'est que passager. Non que je considère le bal comme inopportun ; qu'importe ? Mais, Fanny ? » l'arrêtant et lui prenant la main en parlant à voix basse, et avec le plus grand sérieux, « vous savez ce que cela veut dire. Vous voyez ce qu'il en est ; et peut-être pourriez-vous me dire, mieux que je ne le ferais moi-même, pour quelle raison je suis à ce point contrarié. Permettez-moi de bavarder un peu avec vous. Vous êtes une auditrice si bonne et si bienveillante. Son attitude ce matin m'a attristé, et je ne parviens pas à vaincre mon abattement. Je sais que sa nature est aussi tendre et irréprochable que la vôtre, mais l'influence qu'a eue sur elle la compagnie qu'elle a fréquentée auparavant donne parfois à sa conversation et à ses opinions déclarées, ou plutôt les fait paraître légèrement pernicieuses. Ses *pensées* ne sont pas contraires à la morale, mais ses paroles le sont ; elle les prononce en badinant, et bien que je sache que c'est du badinage, mon âme en est douloureusement blessée. »

« L'effet de son éducation », dit Fanny avec douceur.

Edmond ne pouvait qu'acquiescer. « Oui, cet oncle et cette tante ! Ils ont gâté une âme qui était parmi les plus belles ! car, quelquefois, Fanny, je vous l'avoue, il me semble que le mal est plus profond, et que ce n'est pas simplement une attitude ; on dirait que l'esprit lui-même est corrompu. »

Fanny supposa qu'il en appelait à sa perspicacité ; aussi dit-elle, après avoir réfléchi un instant : « Si vous voulez bien me considérer seulement comme une auditrice, cousin, je ferai de mon mieux pour vous être utile ; mais comme conseillère, je ne suis pas qualifiée. Ne *me* demandez pas conseil. Je ne suis pas compétente. »

« Vous avez raison, Fanny, de protester contre pareil service, mais vous n'avez pas besoin d'avoir peur. C'est un sujet sur lequel je ferais mieux de ne pas demander conseil. C'est là un sujet sur lequel on ne devrait jamais poser de questions ; et peu de personnes, j'imagine, demandent conseil, et encore seulement lorsqu'elles veulent prendre une décision qui est contraire à celle que leur dicte leur conscience. Je désire seulement bavarder avec vous. »

« Encore autre chose. Excusez cette liberté — mais prenez garde à *la façon* dont vous me parlerez. Ne dites rien maintenant, que vous ne regrettiez par la suite d'avoir dit. Le moment viendra peut-être... »

Ses joues furent envahies par une vive rougeur, lorsqu'elle prononça ces mots.

« Ma très chère Fanny ! » s'écria Edmond, en pressant sa main contre ses lèvres, avec presque autant d'ardeur que s'il se fût agi des mains de mademoiselle Crawford, « la moindre de vos pensées est la considération même ! Mais cela n'est dans ce cas pas nécessaire. Ce moment ne viendra jamais. Le moment auquel vous faites allusion n'arrivera jamais. Je commence à croire que la chose est fort improbable ; il y a de moins en moins de chances pour que cela se produise. Et même si ce moment devait arriver, il n'y aura rien à en retenir, rien que nous redoutions vous ou moi, car je n'aurai jamais honte d'éprouver des scrupules ; et si ces scrupules disparaissent, ce sera parce qu'il se sera produit des métamorphoses qui relèveront d'autant plus son caractère dans notre estime que nous nous souviendrons des défauts qui étaient les siens auparavant. Vous êtes la seule personne au monde à qui je puisse dire ce que je viens de dire ; mais vous avez toujours su ce que je pensais d'elle ; vous êtes témoin, Fanny, que je n'ai jamais été aveugle. Combien de fois n'avons-nous pas débattu de ses menues imperfections ! Vous n'avez rien à redouter de moi. J'ai presque renoncé à songer sérieusement à elle ; mais je serais un sot, en vérité, si, quel que soit mon sort, je ne songeais pas à votre bonté et sympathie avec la plus sincère gratitude. »

C'était là des paroles qui suffirent à ébranler la jeune expérience d'une lady de dix-huit ans. Il en avait dit assez pour que Fanny se sentît bien plus heureuse maintenant qu'elle ne l'avait été quelques instants auparavant, et elle répondit avec plus d'animation : « Oui, cousin, je suis convaincue que *vous* seriez incapable d'agir autrement, bien que certains puissent penser différemment. Je ne saurais redouter d'entendre ce que vous aurez envie de me dire. Ne vous retenez pas. Dites-moi ce qu'il vous plaira. »

Ils avaient maintenant atteint le deuxième étage, et l'apparition d'une femme de chambre les empêcha de poursuivre leur conversation. Elle se conclut peut-être pour Fanny au moment de plus intense bonheur ; s'il lui avait été donné de parler avec elle encore pendant cinq minutes, il eût sans aucun doute par ses paroles fait à la fois disparaître les défauts de mademoiselle Crawford et sa propre mélancolie. Mais, en l'état des choses, lorsqu'ils se quittèrent, ce fut de son côté avec une tendresse mêlée de gratitude, et du côté de Fanny des sentiments qui n'avaient pas de prix. Elle n'avait depuis des heures et des heures rien ressenti de pareil. Depuis que s'était évanouie la joie que lui avait apportée le billet écrit par monsieur Crawford et adressé à William, elle s'était trouvée dans un état inverse du bonheur ; elle n'avait rien vu autour d'elle qui pût la consoler, et il n'y avait eu en elle aucune raison d'espérer. Maintenant, tout lui souriait. La bonne fortune qui était échue à William lui revint en mémoire, et lui parut mille fois plus précieuse qu'elle ne lui avait paru tout d'abord. Le bal également ; quelle soirée de

bonheur s'annonçait pour elle ! Elle s'anima, et se mit à
s'affairer. Elle commença à s'habiller pour le bal avec une
sorte d'ardeur qui ressemblait fort à l'heureuse fébrilité qui
s'empare de ceux qui vont assister à un bal. Tout allait bien ;
elle ne se déplaisait point ; et quand ce fut le moment pour
elle de revêtir les colliers, sa bonne fortune fut totale, car, en
dépit de tous ses efforts, elle ne parvint en aucune façon à
faire passer celui que lui avait donné mademoiselle Crawford
à travers l'anneau de la croix. Elle avait résolu de le porter,
pour obliger Edmond, mais il était trop gros et ne faisait pas
l'affaire. C'était donc la chaîne d'Edmond qu'elle porterait ;
et après avoir, avec de délicieuses sensations, attaché ensemble la chaîne et la croix, ces gages d'affection qui lui
rappelaient les deux êtres que son cœur chérissait plus que
tout au monde, elle mit autour de son cou ces deux
témoignages d'amour, si bien accordés, dans la réalité et dans
son imagination, et à travers lesquels elle sentait et voyait la
présence de William et d'Edmond ; et, grâce à eux, elle fut
capable, sans aucun effort, de se décider à porter aussi le
collier de mademoiselle Crawford. Elle reconnut que ce
serait agir avec équité. Mademoiselle Crawford avait des
droits ; et quand ils n'empiétaient pas sur des droits plus
puissants, ni ne les entravaient, ni n'étaient un obstacle à une
bonté plus sincère, elle pouvait lui rendre justice, et se faire
en même temps plaisir. Le collier lui allait réellement bien ;
et Fanny quitta enfin sa chambre, en paix avec elle-même et
satisfaite de sa toilette.

Sa tante Bertram s'était souvenue d'elle en la circonstance,
montrant par là une vigilance inaccoutumée. Il lui était bel et
bien venu à l'esprit, de son propre mouvement, que Fanny,
se préparant pour un bal, serait peut-être heureuse de
recevoir l'assistance d'une femme de chambre autre que celle
qui s'occupait des étages supérieurs, et, une fois habillée, lui
avait réellement envoyé sa propre camériste pour l'aider à sa
toilette ; trop tard, évidemment, pour être d'aucun secours.
Madame Chapman venait d'atteindre l'étage où se trouvait la
chambre mansardée, lorsque mademoiselle Price sortit de sa
chambre habillée de pied en cap, et seules des civilités furent
nécessaires ; mais Fanny fut sensible à cette marque d'attention de la part de sa tante, presque autant que ne l'étaient
Lady Bertram ou madame Chapman.

CHAPITRE XXVIII

Lorsque Fanny descendit, son oncle et ses deux tantes étaient dans le salon. Elle était pour le premier un objet d'intérêt, aussi vit-il avec plaisir l'air général d'élégance qui était le sien, et remarqua-t-il avec satisfaction qu'elle était particulièrement en beauté. Il ne s'autorisa à louer en sa présence que le bon goût et la correction de sa mise, mais lorsqu'elle quitta la pièce peu de temps après, il parla de sa beauté en des termes fort élogieux.

« Oui », dit Lady Bertram, « elle est tout à fait charmante. Je lui ai envoyé Chapman. »

« Charmante ! oh ! oui », s'écria madame Norris, « elle peut bien l'être avec tous les privilèges qu'on lui a accordés : élevée comme elle l'a été dans le sein de cette famille, avec tous les avantages qu'elle pouvait en retirer, et sous les yeux les manières de ses cousines. Pensez seulement, mon cher Sir Thomas, que c'est par notre entremise, à vous et à moi, qu'il lui a été donné de profiter de ces extraordinaires bienfaits. Cette robe, que vous avez remarquée, est le généreux présent que vous lui avez fait lorsque cette chère madame Rushworth s'est mariée. Que serait-elle devenue si nous ne l'avions pas prise à notre charge ? »

Sir Thomas n'ajouta mot ; mais, lorsqu'ils s'assirent à la table, les regards des deux jeunes gens l'assurèrent qu'il pourrait aborder le sujet avec plus de succès, une fois que les dames se seraient retirées. Fanny vit cette approbation ; et la conscience qu'elle plaisait la rendit encore plus charmante à regarder. Pour toute une variété de raisons, elle était heureuse, et elle le fut bientôt encore plus ; car Edmond, qui tenait la porte ouverte au moment où elle quittait la pièce à la suite de ses tantes, lui dit lorsqu'elle passa à côté de lui : « Il faut que vous dansiez avec moi, Fanny ; il faudra que vous me réserviez deux danses ; celles que vous voudrez, hormis les deux premières. » Elle ne pouvait souhaiter rien de plus. Jamais de sa vie, elle n'avait été dans un état qui fût si proche de la gaieté. Il ne lui paraissait plus surprenant d'avoir vu pareil entrain, autrefois, chez ses cousines, le jour d'un bal ; c'était là, trouvait-elle, une situation fort agréable ; et elle se mit bel et bien à répéter quelques pas de danse dans le salon, tant qu'elle put échapper aux regards de sa tante Norris qui était alors entièrement absorbée par la magnifique flambée qu'avait préparée le majordome et s'employait à tout disposer à nouveau, et tout déranger.

La demi-heure qui suivit eût pu, en toute autre circonstance, paraître bien languissante, mais le bonheur de Fanny résista toutefois à cette attente. Il lui suffisait pour cela de penser à sa conversation avec Edmond ; que lui importait alors la fébrile agitation de madame Norris ? que lui importait les bâillements de Lady Bertram ?

Les gentlemen les rejoignirent ; et peu de temps après commença l'exquise attente des voitures, tandis que tout, autour d'elle, ne parlait que de plaisir et d'enjouement, qu'ils étaient tous debout, à rire et bavarder, et que chaque instant apportait avec lui ses joies et ses espoirs particuliers. Fanny s'aperçut que la belle humeur que montrait Edmond n'était pas tout à fait naturelle, mais elle était ravie de voir que ses efforts étaient couronnés de succès.

Quand on entendit vraiment les voitures arriver, quand les invités commencèrent vraiment à se rassembler, sa propre gaieté de cœur ne fut plus du tout aussi vive ; la vue de tant d'inconnus la fit rentrer en elle-même ; et outre la solennité cérémonieuse du vaste cercle d'invités qui se forma tout d'abord, et que ni Sir Thomas, ni Lady Bertram n'étaient en mesure par leurs manières de faire disparaître, elle dut à l'occasion supporter bien pis. De temps à autre, son oncle la présentait, et elle était alors contrainte de s'entendre adresser la parole, de faire la révérence, et de parler à nouveau. C'était là une tâche ardue, et chaque fois qu'on la mettait ainsi en demeure d'accomplir ces devoirs, elle regardait William qui évoluait avec aisance à l'arrière-plan de la scène, et regrettait de ne pas être avec lui.

L'entrée des Grant et des Crawford marqua un tournant
fort propice dans le déroulement de la soirée. La raideur de la
fête céda bientôt sous l'effet de leurs manières avenantes et de
la faculté qu'ils avaient de se répandre en conversations
intimes ; de petits groupes se formèrent et tout le monde
commença à se sentir à son aise. Fanny sentit tout l'avantage
qu'elle pouvait en retirer ; et elle eût été heureuse après s'être
retirée des fatigues de la civilité, si elle avait pu s'empêcher de
laisser son regard aller d'Edmond à Mary Crawford, et de
Mary Crawford à Edmond. Celle-ci était la beauté et le
charme incarnés ; comment tout cela se terminerait-il ? Tout
était possible. Apercevoir monsieur Crawford devant elle
mit une fin à sa rêverie, et ses pensées prirent un autre cours
lorsque, presque immédiatement, il la retint pour les deux
premières danses. Le bonheur qu'elle éprouva en cette
circonstance ne fut pas sans mélange. Être assurée d'avoir un
partenaire pour les premières danses, était une excellente
chose, car le moment où le bal allait commencer était
maintenant sérieusement proche, et elle comprenait si peu ce
qui lui était dû, qu'elle pensait que, si monsieur Crawford ne
lui avait fait cette demande, elle eût été la dernière à qui l'on
eût songé pour l'inviter, et n'eût trouvé de partenaire
qu'après avoir effectué toute une série de requêtes, s'être
affairée et interposée, ce qui eût été terrible pour elle ; mais
elle n'aimait pas la manière par trop explicite qu'il avait
employée pour faire cette demande ; elle vit de plus son
regard, accompagné d'un sourire (elle crut voir un sourire),
se poser sur le collier, ce qui la fit rougir et la rendit
malheureuse. Et bien que son unique dessein parût être de lui
être agréable, et ce avec de la retenue, elle ne parvint pas à
surmonter son embarras, qui s'accroissait d'autant plus à
l'idée qu'il l'avait perçu, et elle ne retrouva son calme que
lorsqu'elle se fut tournée vers quelqu'un d'autre. Ce fut
seulement alors qu'elle put se réjouir d'avoir un partenaire,
un partenaire qui s'était présenté de lui-même, avant que l'on
eût commencé à danser.

Alors que les invités pénétraient dans la salle de bal, elle se
trouva pour la première fois aux côtés de mademoiselle
Crawford, dont le regard et le sourire furent sur-le-champ
attirés là où le regard de son frère s'était attardé, quoique de
façon moins équivoque ; et elle commençait à l'entreprendre

sur ce sujet, lorsque Fanny, impatiente d'en avoir terminé avec cette histoire, se hâta d'expliquer la présence du second collier, de la vraie chaîne. Mademoiselle Crawford écouta, et oublia tous les compliments pleins d'insinuations qu'elle avait eu l'intention d'adresser à Fanny ; elle était sensible à une seule chose ; et ses yeux, déjà si brillants, montrèrent qu'ils pouvaient l'être encore plus, lorsqu'elle s'exclama avec le plus vif plaisir : « Il a fait cela ? Edmond a fait cela ? Cela ne m'étonne nullement de lui. Nul homme que lui n'était capable d'avoir cette idée. Je lui rends hommage, plus que je ne saurais l'exprimer. » Et elle regarda autour d'elle comme pour lui dire ce qu'elle pensait. Il n'était pas auprès d'elle, il accompagnait un groupe de ladies qui sortaient de la pièce ; et comme madame Grant avança vers les deux jeunes filles et prit chacune par le bras, elles suivirent toute la troupe.

Le cœur de Fanny se serra, mais elle n'eut pas le loisir de réfléchir plus longuement, fût-ce même aux sentiments de mademoiselle Crawford. Ils étaient dans la salle de bal, les violons étaient en train de jouer, et son esprit était dans un état d'agitation tel qu'elle ne pouvait l'arrêter sur aucun sujet sérieux. Il lui fallait observer les dispositions prises, et voir comment les choses se déroulaient.

Au bout de quelques minutes, Sir Thomas avança jusqu'à elle, et lui demanda si elle était engagée pour la première danse ; et le « oui, monsieur, avec monsieur Crawford », fut précisément ce qu'il avait souhaité lui entendre dire. Monsieur Crawford n'était pas loin ; Sir Thomas le fit venir auprès d'eux, et ce qu'il lui dit fit comprendre à Fanny que c'était à *elle* d'ouvrir le bal ; idée qui ne lui était pas une seule fois venue à l'esprit auparavant. Chaque fois qu'elle avait pensé aux menus détails de la soirée, il lui était apparu comme évident qu'Edmond ouvrirait le bal avec mademoiselle Crawford, et cette certitude était si bien ancrée en elle, que bien que son oncle lui affirmât le contraire, elle ne put retenir une exclamation de surprise, ni s'empêcher de faire allusion à son incompétence, allant même jusqu'à supplier qu'on l'en dispensât. Qu'elle soutînt sa position, malgré l'opinion contraire de Sir Thomas, prouvait à quelle extrémité elle se trouvait réduite ; l'horreur qu'elle ressentit tout d'abord fut telle qu'elle lui permit de bel et bien le regarder en face, et de lui dire qu'elle espérait qu'on réglât les choses autrement ; ce fut en vain toutefois ; Sir Thomas sourit, s'efforça de l'encourager, et puis s'adressa à elle avec trop de solennité, et d'un ton trop décidé : « Cela doit être, Fanny », pour qu'elle se risquât à parler plus longuement ; et, l'instant d'après, voilà que monsieur Crawford la conduisait à l'une des extrémités de la salle de bal, et qu'ils y restaient jusqu'à ce que couple après couple se fussent formés, et que tous les autres danseurs les eussent rejoints.

Elle n'en croyait pas ses yeux. Qu'on l'élevât ainsi bien au-dessus de tant d'élégantes jeunes femmes ! C'était un trop grand honneur. On la traitait comme ses cousines ! Et ses pensées s'envolèrent vers ses cousines, et elle regrettait qu'elles ne fussent pas à Mansfield pour prendre la place qui était la leur dans la salle de bal, et partager des plaisirs qu'elles eussent trouvés si délicieux. Elle les avait si souvent entendues exprimer le vœu qu'il y eût un bal à Mansfield ; c'était pour elles le comble de la félicité ! Et qu'elles ne soient pas là alors qu'on le donnait ; et que ce fût à *elle* d'ouvrir le bal, et qui plus est avec monsieur Crawford ! Elle espérait que *maintenant*, elles ne lui envieraient pas l'honneur qui lui était fait ; mais quand elle se ressouvenait du passé, et de l'état des choses au cours de l'automne, des liens qui les avaient unis les uns aux autres lorsqu'il leur était arrivé de danser, elle ne parvenait pas à comprendre ce qui était en train de se dérouler.

Le bal commença. Ce fut plutôt un honneur pour Fanny que du bonheur, du moins pendant la première danse ; son partenaire était d'excellente humeur, et s'efforça de la lui communiquer, mais elle était trop bien effrayée pour éprouver du plaisir, et ce, jusqu'au moment où il lui fut possible d'imaginer qu'elle avait cessé d'attirer les regards. Si maladresses il y avait, sa jeunesse, sa beauté et sa distinction en faisaient autant de grâces, et rares étaient les personnes présentes qui n'étaient pas disposées à faire son éloge. Elle était charmante, elle était réservée, elle était la nièce de Sir Thomas, et on disait aussi que monsieur Crawford était de ses admirateurs. Voilà qui suffit à lui accorder la faveur générale. Sir Thomas lui-même observait avec une grande satisfaction ses évolutions pendant que la danse se déroulait ; il était fier de sa nièce, et sans aller, ainsi que paraissait le croire madame Norris, jusqu'à attribuer la beauté de sa personne à sa transplantation à Mansfield, il était heureux d'avoir été celui qui avait été à l'origine de tout le reste ; c'était à lui qu'elle devait son éducation et ses manières.

Mademoiselle Crawford comprit, pour la plupart, quelles étaient les pensées de Sir Thomas, tandis qu'il demeurait debout à regarder Fanny, et, comme elle désirait avant toute chose, malgré les torts qu'il avait envers elle, entrer dans ses bonnes grâces, elle saisit une occasion favorable pour s'écarter du groupe des danseurs et lui dire quelques mots aimables à propos de Fanny. Son éloge fut chaleureux, et il l'accueillit ainsi qu'elle le souhaitait, associant ses éloges aux siens, autant que l'y autorisaient sa prudente courtoisie et la lenteur de son élocution ; et il lui apparut qu'il faisait assurément meilleure figure que son épouse, Lady Bertram, lorsque l'instant d'après, l'apercevant sur un sofa, Mary se tourna vers elle avant que la danse ne commençât, pour la complimenter sur la beauté de mademoiselle Price.

« Oui, elle est en beauté, ce soir », répondit placidement Lady Bertram. « Chapman l'a aidée à s'habiller. Je lui ai envoyé Chapman. » On ne pouvait dire qu'elle n'était pas réellement heureuse de voir qu'on admirait Fanny ; mais ce qui la frappait encore plus, au point qu'elle ne pouvait ôter cette idée de sa tête, était qu'elle se fût montrée assez bonne pour lui envoyer Chapman.

Mademoiselle Crawford connaissait trop bien madame Norris pour songer à *lui* être agréable en chantant les louanges de Fanny ; pour elle ce fut, ainsi que le suggéraient les circonstances : « Ah ! madame, comme nous regrettons ce soir de ne point avoir parmi nous Julia et notre chère madame Rushworth ! » Et madame Norris, dans l'intervalle de temps que lui laissaient ses nombreuses occupations, lui adressa autant de sourires et de paroles courtoises qu'elle le put, car il lui fallait composer des tables pour les joueurs de cartes, suggérer certaines choses à Sir Thomas, et tenter de rassembler tous les chaperons à un endroit de la salle de bal qui leur convînt mieux.

Dans son désir de plaire, mademoiselle Crawford se montra particulièrement maladroite envers Fanny. Elle voulait semer un heureux émoi dans ce petit cœur, et le remplir de ces exquises sensations qui naissent du sentiment de sa propre importance, et elle ne comprit pas pourquoi Fanny rougissait ; elle s'approcha d'elle après les deux premières danses, sentant qu'il était de son devoir d'agir ainsi, et lui dit d'un air chargé de sous-entendus : « Peut-être pouvez-*vous* me dire pourquoi mon frère se rendra en ville demain. Il dit qu'il a quelque affaire en train là-bas, mais ne veut pas me dire de quoi il s'agit. C'est la première fois qu'il refuse de se confier à moi ! Mais c'est ce qui nous menace toutes, tant que nous sommes. Quelqu'un nous supplante toujours, tôt ou tard. Eh bien, j'aurai recours à vous pour en savoir plus. Dites-moi, je vous prie, pour quelle raison Henry se rend-il en ville ? »

Fanny affirma qu'elle n'en savait rien, avec autant de fermeté que le lui permettait son embarras.

« Eh bien », répondit mademoiselle Crawford en riant, « je dois donc supposer que c'est purement parce qu'il lui plaît d'avoir votre frère comme compagnon de route, et de pouvoir parler de vous avec lui en chemin. »

Fanny était confuse, mais cette confusion naissait de son mécontentement, tandis que mademoiselle Crawford s'étonnait qu'elle ne sourît point, et pensait, soit qu'elle était inquiète au plus haut point, soit qu'elle était bizarre, et il ne lui venait pas à l'idée qu'elle pût être insensible au plaisir de recevoir les attentions d'Henry. Fanny avait de nombreuses raisons d'être heureuse, parmi lesquelles ne figuraient pas les attentions d'Henry. Elle eut de beaucoup préféré qu'il *ne l'eût pas invitée* à nouveau si vite, et regrettait de ne point avoir deviné que les questions qu'il lui avait précédemment posées, à propos de l'heure du souper, étaient toutes destinées à s'assurer de son concours à ce moment de la soirée. Mais elle ne pouvait l'éviter ; elle avait, à cause de lui, l'impression qu'elle était le point de mire de toute la compagnie ; elle ne pouvait toutefois dire qu'il se montrait désagréable, ou qu'il y eût dans ses manières un manque de délicatesse ou de l'ostentation ; et parfois, quand il parlait de William, il était plutôt aimable, et montrait même des sentiments chaleureux qui étaient tout à son honneur. Mais ses attentions ne contribuaient nullement cependant à accroître son bonheur. Elle était heureuse chaque fois qu'elle regardait William, et qu'elle voyait combien parfaitement il s'amusait, lorsqu'il trouvait cinq minutes pour faire un petit tour avec elle, et lui parler de ses partenaires ; elle était heureuse de se voir admirée, et également heureuse d'avoir encore devant elle les deux danses avec Edmond, de devoir les attendre pendant la plus grande partie de la soirée, car on s'emparait avec tant d'empressement de sa main pour danser que son engagement indéfini avec *lui* était continuellement reculé. Elle fut même heureuse lorsque les danses promises eurent lieu ; mais ce ne fut pas parce qu'il épanchait sa bonne humeur, ou à cause d'expressions de tendre galanterie semblables à celles qui avaient illuminé pour elle la matinée. Il était accablé, et la joie qu'elle éprouvait venait de ce qu'elle était pour lui l'amie auprès de laquelle son esprit fatigué pouvait se reposer. « Je suis épuisé par les civilités », dit-il. « J'ai bavardé sans arrêt toute la soirée, et sans avoir rien à dire. Mais avec *vous*, Fanny, je peux trouver la paix. Vous n'exigerez pas que je vous fasse la conversation. Offrons-nous ce luxe qu'est le silence. » Fanny acquiesça, mais en fort peu de mots. Ces sentiments, qu'il lui avait avoués au cours de la matinée, étaient assurément à l'origine de cette lassitude qui était la sienne, et elle se devait de la respecter ; aussi menèrent-ils à bien leurs deux danses avec un calme et une gravité qui ne pouvaient que satisfaire ceux qui les regardaient et leur faire dire : ce n'est pas une épouse pour son fils que Sir Thomas a élevée.

Cette soirée avait très peu contribué à rendre Edmond heureux. Mademoiselle Crawford avait été pleine d'entrain et de bonne humeur lorsqu'ils avaient dansé ensemble la première fois, mais ce n'était pas sa gaieté qui pouvait lui faire du bien ; elle l'accablait plus qu'elle n'accroissait son sentiment de bien-être ; et après, car il ne put s'empêcher pourtant de rechercher sa présence, elle l'avait franchement peiné par la manière dont elle avait parlé de la profession à laquelle il était maintenant sur le point d'appartenir. Ils avaient échangé des propos, puis ils avaient gardé le silence ; il avait poursuivi ses raisonnements, elle s'était moquée, et quand ils avaient fini par se séparer, ils étaient tous deux mortifiés. Fanny, incapable de se retenir complètement de les observer, en avait suffisamment vu pour être passablement satisfaite du cours que prenait les choses. Il était cruel d'être heureuse alors qu'Edmond était en train de souffrir. Toutefois, un certain bonheur naissait, par force, de la certitude même de sa souffrance.

Quand furent terminées ces deux danses, elle eut presque épuisé son énergie et son envie de danser ; et comme Sir Thomas s'aperçut qu'elle marchait plutôt qu'elle ne dansait, tandis que le groupe de danseurs s'amenuisait, qu'elle était essoufflée et portait la main à son côté, il donna des ordres catégoriques pour qu'elle s'assît. Dès ce moment, monsieur Crawford demeura pareillement assis.

« Pauvre Fanny ! » s'écria William, venant lui rendre une brève visite, et manœuvrant l'éventail de sa partenaire comme s'il s'agissait d'une question de vie ou de mort. « Comme elle est vite fourbue ! Ma foi, la fête vient à peine de commencer. J'espère que nous allons la poursuivre pendant les deux heures qui viennent. Comment pouvez-vous être si vite fatiguée ! »

« Si vite ! Mon bon ami », dit Sir Thomas, sortant sa montre avec toute la prudence nécessaire, « il est trois heures, et votre sœur n'est pas accoutumée à de pareilles heures. »

« Eh bien, Fanny, vous ne vous lèverez pas demain avant mon départ. Dormez aussi longtemps que vous le pourrez, et ne vous occupez pas de moi. »

« Oh ! William ! »

« Quoi ! Pensait-elle être debout avant que vous vous fussiez mis en route ? »

« Oh ! oui, monsieur », s'écria Fanny, se levant vivement de son siège pour se rapprocher de son oncle. « Il faut que je me lève et que je déjeune avec lui. Ce seront, vous le savez, les tout derniers instants, la dernière matinée. »

« Vous feriez mieux de n'en rien faire. Il doit avoir fini de déjeuner et être parti à neuf heures et demie. Monsieur Crawford, je crois que vous venez le chercher à neuf heures et demie ? »

Fanny insista tant et tant, il y eut tant de larmes à ses yeux qu'on ne put lui refuser ; et, pour finir, ces mots aimables, « bien, bien », lui apportèrent la permission désirée.

« Oui, à neuf heures et demie », dit Crawford à William, comme ce dernier les quittait, « et je serai ponctuel, car aucune tendre sœur ne se lèvera pour *moi*. » Et, à Fanny, d'une voix plus basse : « Je n'aurai qu'une maison vide à quitter hâtivement. Votre frère aura demain une conception du temps qui différera de la mienne. »

Après avoir réfléchi un moment, Sir Thomas demanda à Crawford de se joindre à eux pour le petit déjeuner matinal qui aurait lieu de bonne heure dans la maison, au lieu de manger tout seul ; il serait présent ; et la promptitude avec laquelle son invitation fut acceptée, le convainquit que les soupçons que ce bal avait fait naître, étaient, devait-il le reconnaître, tout à fait fondés. Monsieur Crawford était amoureux de sa nièce Fanny. Il eut une vision agréable de l'avenir. Sa nièce, pendant ce temps, ne le remercia pas pour ce qu'il venait de faire. Elle avait espéré, pour cette dernière matinée, avoir William pour elle toute seule. C'eût été pour elle un bonheur indicible. Mais bien que ses désirs eussent été réduits à néant, aucun esprit de rébellion ne s'éveilla en elle. Au contraire, elle avait été si peu accoutumée qu'on consultât son bon plaisir, ou à voir réaliser ses désirs, qu'elle était plus encline à s'émerveiller et se réjouir de l'avoir emporté jusque-là, que d'être mécontente de la proposition qui avait suivi et qui allait à l'encontre de ce qu'elle avait espéré.

Peu de temps après, Sir Thomas contraria de nouveau son inclination, en lui conseillant d'aller immédiatement se coucher. « Conseiller », fut le mot qu'il employa, mais c'était le conseil que donne le pouvoir absolu, et elle n'eut plus qu'à se lever, et, après avoir entendu les adieux cordiaux de monsieur Crawford, à disparaître tranquillement ; s'arrêtant à la porte d'entrée, pareille à la Dame de Branxholm Hall, « un instant, et un seul », pour contempler ce spectacle de bonheur, et jeter un dernier regard sur les cinq ou six couples résolus, qui étaient encore à l'ouvrage, et puis monta lentement et à contrecœur l'escalier principal, poursuivie par les airs incessants de danses rustiques, rendue fébrile par ses espoirs et par ses craintes, par la soupe et le vin chaud aux épices, épuisée, les pieds endoloris, nerveuse et agitée, mais sentant toutefois quelle chose délicieuse était un bal en vérité.

En l'envoyant ainsi se coucher, Sir Thomas n'avait peut-être pas seulement pensé à sa santé. Il lui était peut-être venu à l'idée que monsieur Crawford était demeuré assis à ses côtés assez longtemps, ou bien désirait-il recommander ses qualités d'épouse, en montrant combien il était aisé de la convaincre.

CHAPITRE XXIX

Le bal était terminé, et le petit déjeuner se termina également bientôt ; le dernier baiser fut donné, et William s'en alla. Monsieur Crawford avait été fort ponctuel, ainsi qu'il l'avait annoncé, et le repas avait été bref et agréable.

Après être restée dans la compagnie de William jusqu'à la dernière minute, Fanny revint, le cœur bien triste, dans la petite salle à manger, pour s'y lamenter de la mélancolique transformation qu'elle y trouvait ; et là, son oncle fit preuve de bienveillance en la laissant pleurer en paix, s'imaginant peut-être qu'elle pourrait exercer son tendre enthousiasme sur la chaise qu'avait abandonnée chacun des deux jeunes gens, et pourrait partager ses sentiments également, entre les os refroidis de viande de porc qui restaient dans l'assiette de William, et les coquilles d'œuf brisées qui se trouvaient dans celle de monsieur Crawford. Elle s'assit et pleura *con amore*, ainsi que son oncle avait compté qu'elle le ferait, mais c'était *con amore* fraternel, et rien d'autre. William était parti, et elle avait maintenant le sentiment d'avoir galvaudé, en préoccupations futiles et soucis égoïstes qui n'avaient aucun rapport avec lui, la moitié de sa visite à Mansfield.

Le caractère de Fanny était tel qu'elle ne songeait jamais à sa tante Norris, dans la tristesse morne et étriquée de sa petite maison, sans se reprocher d'avoir manqué d'égards envers elle en quelque infime circonstance, la dernière fois où elles s'étaient trouvées ensemble ; et elle ne pouvait non plus se pardonner de n'avoir pas tout fait pour William, de n'avoir pas uniquement pensé à lui, ou parlé de lui, ainsi qu'elle eût dû le faire pendant la quinzaine de jours qui s'était écoulée.

Ce fut une journée pesante et mélancolique. Peu de temps après qu'on eut servi un deuxième petit déjeuner, Edmond leur fit ses adieux, car il partait pour une semaine, enfourcha son cheval et s'en fut en direction de Peterborough ; et, maintenant, tous ceux qui devaient partir étaient partis. Rien ne demeurait de la soirée de la veille, rien, sinon des souvenirs qu'elle ne pouvait partager avec personne. Elle parla à sa tante Bertram ; il fallait qu'elle parlât du bal avec quelqu'un, mais c'était là une entreprise difficile, car sa tante n'avait que très peu vu ce qui s'était passé, et n'avait guère de curiosité. Lady Bertram n'était sûre, ni des robes des danseuses, ni des places qu'avaient occupées les invités au souper, hormis la robe qu'elle avait portée et la place à laquelle elle s'était assise. « Elle avait bien entendu parler des demoiselles Maddox, mais elle ne se souvenait de rien ; elle ne se rappelait pas non plus la remarque que Lady Prescott lui avait faite à propos de Fanny ; elle se demandait si le colonel Harrison avait parlé de monsieur Crawford, plutôt que de William, lorsqu'il avait dit que c'était le plus beau jeune homme de toute la salle de bal ; quelqu'un lui avait murmuré quelque chose, elle avait oublié de demander à Sir Thomas de quoi il avait bien pu s'agir. » Tels furent ses propos les plus longs, et ses informations les plus explicites ; le reste se réduisait à de languissants : « Oui, oui, très bien, n'est-ce pas, vraiment ? Je n'ai pas vu *cela* ; je ne les distinguerais pas l'un de l'autre. » C'était fort désagréable, mais c'était tout de même préférable aux brusques réponses qu'eût pu faire madame Norris ; mais, comme celle-ci avait regagné sa maison avec une surabondance de gelées destinées à soigner une femme de chambre malade, la paix et la bonne humeur régnaient sur leur petite troupe, bien que ce fût la seule raison dont ils pussent se faire gloire.

La soirée fut aussi pesante que ne l'avait été la journée. « Je ne sais pas ce que j'ai ! » dit Lady Bertram, une fois qu'on eut desservi la table à thé. « Je me sens toute stupide. C'est certainement parce que j'ai veillé tard, hier au soir. Fanny, faites quelque chose pour m'empêcher de dormir. Je n'arrive pas à travailler. Allez chercher les cartes. Je me sens toute stupide. »

On apporta les cartes, et Fanny joua au cribbage avec sa tante jusqu'à l'heure du coucher ; et comme Sir Thomas lisait de son côté, on n'entendait d'autres bruits dans la pièce que ceux qui provenaient des comptes de la partie : « Et cela fait trente et un ; quatre en main et huit dans le " crib ". A vous de donner, madame ; donnerais-je les cartes pour vous ? » Fanny pensait sans cesse à la différence que vingt-quatre heures avaient produite dans cette pièce, et dans toute cette partie de la maison. La veille au soir, ce n'avait été qu'espérances et sourires, remue-ménage et mouvement, bruit et lumière éclatante dans le salon, ainsi qu'en dehors du salon et partout ailleurs. Ce n'était plus maintenant que langueur et solitude.

Une bonne nuit de repos lui rendit sa bonne humeur. Elle parvint le lendemain à penser à William plus joyeusement, et comme la matinée lui offrit l'occasion de bavarder de la nuit de jeudi avec madame Grant et mademoiselle Crawford, d'abondance et dans le grand style, avec tous les ajouts de l'imagination et tous les rires de l'enjouement qui sont si essentiels à l'ombre d'un bal défunt, elle parvint ensuite sans grand effort à rétablir ses esprits dans l'état où ils se trouvaient habituellement, et à se soumettre aisément à la sérénité de la paisible semaine qui allait suivre.

Leur société était la plus petite qu'elle eût jamais vue à Mansfield, pendant un jour entier, et *celui,* de qui dépendait le bien-être et l'entrain de chacune des réunions familiales et de chaque repas, était parti. Mais il faudrait apprendre à le supporter. Bientôt, il partirait pour toujours ; et elle était reconnaissante envers son oncle de pouvoir maintenant demeurer assise dans la même pièce que lui, d'entendre sa voix, d'écouter ses questions, et même d'y répondre, sans éprouver comme autrefois des sentiments malheureux.

« Nos deux jeunes gens nous manquent », fit remarquer Sir Thomas, le premier et le second jour, tandis qu'ils formaient, après le dîner, le cercle fort restreint qui était maintenant le leur ; et le premier jour, par égard pour Fanny dont les yeux s'emplissaient de larmes, il n'ajouta rien de plus, et se contenta de boire à leur santé ; mais, le deuxième jour, quelque chose d'autre se produisit. Il fit avec bienveillance l'éloge de William, et souhaita le voir obtenir son

avancement. « Et il y a toute raison de supposer », ajouta Sir
Thomas, « que ses visites ici pourront être désormais assez
fréquentes. Quant à Edmond, il faut que nous apprenions à
nous passer de lui. Ce sera le dernier hiver où il sera des
nôtres. » « Oui », dit Lady Bertram, « mais je regrette qu'il
s'en aille. Ils s'en vont tous, voyez-vous. Je regrette qu'ils ne
restent pas à la maison. »

C'était surtout à Julia qu'elle pensait, lorsqu'elle exprima
ces regrets, car celle-ci venait de demander l'autorisation de
se rendre en ville avec Maria ; et comme Sir Thomas pensait
qu'il était préférable, tant pour l'une que pour l'autre des
deux sœurs, que cette permission fût accordée, Lady Bertram déplorait le changement qui s'opposait au retour de
Julia, bien qu'elle n'eût rien fait avec sa bonté naturelle, pour
empêcher son mari de prendre cette décision, retour qui eût
dû avoir lieu à peu près à cette époque. Il s'ensuivit, de la part
de Sir Thomas, un grand nombre de remarques de bon sens,
tendant à inciter sa femme à se réconcilier avec cette idée.

Il avança à son usage tout ce qu'un parent attentionné *se*
devait d'éprouver ; et attribua à sa nature tout ce que *se
devait* d'éprouver une mère affectueuse, lorsqu'elle contribuait aux plaisirs de ses enfants. Lady Bertram acquiesça avec
un « oui » fort placide, et fit remarquer spontanément au
bout d'un quart d'heure de réflexion silencieuse : « Sir
Thomas, j'ai réfléchi, et je suis très heureuse que nous ayons
pris Fanny avec nous, car nous ressentons les bienfaits d'une
pareille action. »

Sir Thomas accrut encore la vigueur d'un pareil hommage
en ajoutant immédiatement après : « Cela est très vrai. Nous
montrons à Fanny tout le bien que nous pensons d'elle en
faisant son éloge en sa présence ; elle est désormais devenue
pour nous une précieuse compagne. Si nous avons témoigné
de la bienveillance à *son* égard, elle *nous* est maintenant tout à
fait indispensable. »

« Oui », dit Lady Bertram, « et c'est un réconfort que de
penser qu'*elle* sera toujours avec nous. »

Sir Thomas hésita, ébaucha un sourire, jeta un coup d'œil
à sa nièce, et puis répondit gravement : « Elle ne nous
quittera pas, je l'espère, avant d'être invitée à demeurer dans
quelque autre maison qui pourra raisonnablement lui per-

mettre un plus grand bonheur que celui qu'elle connaît ici. »

« Il est peu probable que *cela* se produise, Sir Thomas. Qui songerait à l'inviter ? Maria serait peut-être très heureuse de la voir à Sotherton de temps en temps, mais elle ne songerait pas à lui demander de vivre là-bas avec eux ; et je suis sûre qu'elle est mieux ici ; et en outre, je ne peux me passer d'elle. »

La semaine qui s'écoula à Mansfield, dans la grande maison, fut paisible et sereine, tandis qu'elle revêtit au presbytère un caractère tout à fait différent. Du moins fit-elle naître dans chaque famille, dans le sein de chacune des jeunes dames, des sentiments bien différents. Ce qui était pour Fanny, tranquillité et bien-être, était pour Mary ennui et contrariété. Cela pouvait être imputé en partie à la différence qui existait entre leurs deux natures et leurs habitudes de vie, l'une si facile à contenter, l'autre si peu accoutumée à souffrir avec patience ; mais la raison en revenait surtout à des différences dans leurs situations réciproques. Sur certains sujets d'intérêt, elles étaient précisément à l'opposé l'une de l'autre. Fanny considérait l'absence d'Edmond comme un véritable soulagement, tant à cause des motifs de cette absence que par ce qu'elle signifiait. Pour Mary, elle était au contraire en tout point pénible à supporter. Elle sentait chaque jour, presque chaque heure, combien sa compagnie lui manquait ; et ce sentiment, déjà si fort, ne faisait que s'exacerber lorsqu'elle songeait dans quel but il était parti. Il n'eût pu imaginer rien de plus susceptible d'accroître son importance auprès d'elle que cette absence d'une semaine, arrivant comme elle le faisait au moment même où son frère la quittait, où William s'en allait aussi, et mettant un point final à cette dispersion générale d'une société qui avait été si animée. Ses émotions là-dessus étaient des plus vives. Ils formaient maintenant un trio pitoyable, renfermé entre quatre murs, tandis que pluie et neige ne cessaient de tomber de façon ininterrompue ; sans rien avoir à faire, et sans espoir que quelque chose vînt rompre la monotonie des jours. Si courroucée qu'elle fût contre Edmond, lorsqu'il se montrait irréductible sur ses principes et les mettait en pratique sans prendre en considération ce qu'elle pouvait en penser (elle avait été à ce point en colère qu'ils étaient presque fâchés lorsqu'ils s'étaient quittés après le bal), elle ne pouvait s'empêcher de penser continuellement à lui quand il était absent, s'attardant sur ses mérites et sa tendresse, et aspirant de nouveau à ces rencontres presque quotidiennes qui avaient été les leurs récemment. Son absence était inutilement longue. Il n'eût pas dû projeter d'être absent si longtemps ; il n'eût pas dû quitter sa maison pendant une semaine, alors que son propre départ était si proche. Et puis elle commença à s'en prendre à elle-même. Elle regrettait de s'être emportée trop violemment lors de leur dernière conversation. Elle craignait d'avoir fait usage d'expressions tantôt fort vives, tantôt fort méprisantes lorsqu'elle avait parlé du clergé, et *c'était là* une chose qu'elle n'eût pas dû faire. Elle regrettait d'avoir prononcé de telles paroles, et ce de tout son cœur.

La fin de la semaine n'apaisa nullement son chagrin et sa contrariété. La situation lui était pénible, mais il y avait encore en perspective pour elle d'autres raisons de souffrir ; car le vendredi arriva sans amener Edmond, et elle apprit de plus, lors des brèves rencontres qui se produisaient le dimanche, qu'il avait écrit en fait chez lui pour dire qu'il différait son retour, et avait promis de demeurer quelques jours de plus chez son ami.

Si elle avait auparavant ressenti de l'impatience et des regrets, si elle s'était repentie d'avoir parlé ainsi qu'elle l'avait fait et avait craint d'avoir par ses paroles produit un effet trop puissant sur lui, ces mêmes sentiments furent alors comme accrus au centuple. Il lui fallut, de plus, lutter contre un sentiment désagréable et tout nouveau pour elle, la jalousie. Son ami, monsieur Owen, avait des sœurs. Peut-être les trouverait-il séduisantes ? Mais de toute manière, son absence en un moment où, selon tous les projets antérieurs, elle devait changer de résidence et aller habiter à Londres, avait pour elle une signification intolérable. Si Henry revenait, ainsi qu'il songeait à le faire, au bout de trois ou quatre jours, il ne la trouverait pas, car elle aurait quitté Mansfield. Il lui parut nécessaire d'aller trouver Fanny afin d'en apprendre davantage. Elle ne pouvait plus longtemps demeurer dans cette solitude malheureuse ; et elle se dirigea vers Mansfield, venant pour cela à bout de difficultés dans la marche à accomplir qu'elle avait jugées une semaine auparavant insurmontables, dans l'espoir d'en apprendre un peu plus, pour le plaisir d'entendre au moins prononcer son nom.

La première demi-heure fut perdue, car Fanny et Lady Bertram étaient ensemble, et à moins d'avoir Fanny pour elle toute seule, elle n'avait rien à espérer. Mais enfin Lady Bertram quitta la pièce, et alors, presque immédiatement, elle parla ainsi, en essayant de contrôler sa voix du mieux qu'elle le pouvait : « Et comment prenez-*vous* l'absence prolongée de votre cousin Edmond ? Comme vous êtes la seule jeune personne de la maison, je considère que c'est *vous* qui souffrez le plus. Il doit vous manquer. Est-ce que sa longue absence vous étonne ? »

« Je ne sais pas », dit Fanny, d'une voix hésitante. « Oui, je ne m'y attendais pas précisément. »

« Peut-être restera-t-il encore plus longtemps qu'il ne l'a annoncé. C'est l'habitude généralement ; tous les jeunes gens agissent ainsi. »

« Cela n'a pas été le cas, la seule fois auparavant où il a rendu visite à monsieur Owen. »

« Il trouve *maintenant* la maison plus agréable ; il est lui-même un jeune homme très, très agréable, et je ne peux m'empêcher d'être plutôt préoccupée de ne pas le revoir avant mon départ pour Londres, ainsi que ce sera sans doute le cas. J'attends Henry d'un jour à l'autre, et dès qu'il arrivera, rien ne me retiendra plus à Mansfield. J'eusse désiré le revoir une fois encore, je dois le reconnaître. Mais vous lui transmettrez de ma part mes amitiés. N'y a-t-il pas, mademoiselle Price, quelque chose qui manque dans notre langue, un mot intermédiaire entre amitiés et amour, qui conviendrait à cette sorte de commerce amical qui a été le nôtre ? Nous connaître depuis tant de mois ! Mais amitiés suffit peut-être dans ce cas. Sa lettre était-elle longue ? Vous fait-il un récit détaillé de ce qu'il a fait ? Sont-ce les festivités de Noël qui le retiennent ?

« Je n'ai entendu qu'une partie de cette lettre ; elle était destinée à mon oncle, mais je crois qu'elle était très courte ; en réalité, je suis certaine qu'elle ne contenait que quelques lignes. Tout ce que j'ai entendu, c'est que son ami l'a pressé de rester plus longtemps, et qu'il a accepté. *Quelques* jours de plus, ou *un certain* nombre de jours, je ne suis pas tout à fait sûre du terme qui a été employé. »

« Oh ! s'il écrit à son père... Mais je pensais que la lettre eût pu être adressée à Lady Bertram, ou à vous. Mais s'il a écrit à son père, il n'y a rien d'étonnant à ce qu'il se soit montré concis. Qui songerait à écrire à Sir Thomas une lettre sur le ton de la conversation ? S'il vous avez écrit à vous, il y aurait eu plus de détails. Vous auriez entendu parler de bals et de fêtes. Il vous aurait envoyé une description de toutes choses et de tout le monde. Combien de demoiselles Owen y a-t-il ? »

« Trois, et qui sont en âge. »

« Sont-elles bonnes musiciennes ? »

« Je n'en sais vraiment rien. On ne m'en a rien dit. »

« C'est la première question, croyez-moi », dit mademoiselle Crawford, essayant de paraître gaie et insouciante, « celle que toute femme qui joue elle-même d'un instrument ne manque jamais de poser à propos d'une autre femme. Mais il est fort ridicule de poser des questions à propos de jeunes ladies, de trois jeunes sœurs, qui viennent à peine d'atteindre l'âge adulte ; car il est facile de deviner, sans qu'on vous le dise, exactement à quoi elles ressemblent ; toutes trois très accomplies et aimables, et l'*une* d'entre elles, très jolie. Il y a toujours une beauté dans chaque famille. C'est monnaie courante. Deux des sœurs jouent du piano, et la troisième de la harpe ; et elles chantent toutes trois, ou du moins chanteraient si on leur apprenait, ou chantent d'autant mieux qu'on ne leur a pas appris à le faire, ou quelque chose d'approchant. »

« Je ne connais pas du tout les demoiselles Owen », dit Fanny calmement.

« Vous ne les connaissez pas et ne vous en souciez guère, ainsi que le dit le dicton. Jamais intonation n'a de façon plus évidente exprimé l'indifférence. En vérité, comment se soucier de ceux qu'on a jamais vus ? Eh bien, quand votre cousin reviendra, il trouvera Mansfield fort tranquille ; tous ses habitants les plus tapageurs l'auront quitté, votre frère, le mien, et moi-même. Maintenant que le moment de la séparation approche, je n'ai pas envie de quitter madame Grant. Elle n'a pas envie non plus que je m'en aille. »

Fanny sentit qu'il était de son devoir de dire quelque

chose. « Vous pouvez être certaine que nous serons nombreux à vous regretter », dit-elle. « Nous vous regretterons beaucoup. »

Mademoiselle Crawford tourna les yeux vers elle, comme si elle désirait en entendre ou en voir davantage, et puis dit en riant : « Oh ! oui, on s'apercevra de mon absence, comme l'on s'aperçoit avec plaisir de la disparition d'un bruit déplaisant ; il est vrai qu'on a alors le sentiment d'une grande différence. Mais je ne cherche pas les compliments ; ne m'en adressez aucun. Si l'on *me* regrette, on en donnera quelques signes. Ceux qui voudront me voir sauront me découvrir. Je ne serai pas dans une région incertaine, lointaine ou inaccessible. »

Cette fois-ci, Fanny ne put se résoudre à dire quoi que ce fût, et mademoiselle Crawford fut dépitée ; car elle avait espéré entendre de la bouche même de celle qui était la plus susceptible de connaître l'état des choses, quelque assurance de son pouvoir ; et de nouveau sa belle humeur s'assombrit.

« Les demoiselles Owen », dit-elle peu de temps après. « Imaginez l'une des demoiselles Owen installée à Thornton Lacey ; comment prendriez-vous la chose ? On a vu des choses encore plus étranges. Elles vont s'y employer, vous pouvez en être certaine. Et elles ont grandement raison, car ce serait pour elles s'établir assez joliment. Je ne m'étonne nullement ni ne les en blâme. On a tous le devoir de prendre soin de soi-même, du mieux que possible. Le fils de Sir Thomas Bertram n'est pas n'importe qui ; et de plus, sa profession est la même. Leur père est pasteur, et leur frère l'est aussi et ils ne fréquentent que des clergymen. Il est leur propriété légitime, il leur appartient de droit. Vous ne dites rien, Fanny, mademoiselle Price, vous ne dites rien. Mais parlons franchement, maintenant, croyez-vous qu'il puisse en être autrement ? »

« Oui », dit Fanny avec une vigoureuse énergie, « j'en suis tout à fait persuadée. »

« Tout à fait ! » s'écria mademoiselle Crawford promptement. « Je m'en étonne. Mais je crois que vous savez les choses exactement. J'imagine toujours que vous êtes..., peut-être ne pensez-vous pas qu'il soit susceptible de se marier, ou du moins pas à présent. »

« Non, je ne le pense pas », dit Fanny doucement, espérant en disant ces mots qu'elle ne se trompait, ni en croyant qu'il en fût ainsi, ni en l'avouant à mademoiselle Crawford.

Sa compagne la regarda, en lui lançant un regard pénétrant ; et reprenant courage et retrouvant sa belle humeur en apercevant la rougeur que son regard avait bientôt fait naître, elle se contenta de dire : « Qu'il reste comme il est, c'est ainsi qu'il est le plus heureux », et changea de sujet de conversation.

CHAPITRE XXX

L'inquiétude qu'avait éprouvée mademoiselle Crawford fut considérablement allégée par cette conversation, et quand elle rentra chez elle, elle était de si belle humeur qu'elle eût peut-être affronté encore une autre semaine, bien que la compagnie fût restreinte et toujours identique, et le temps fort mauvais, si elle avait eu l'occasion de mettre ses forces à l'épreuve ; mais comme cette même soirée ramena son frère de Londres, et qu'il apportait avec lui sa gaieté coutumière, plus grande encore que d'habitude, rien ne vint mettre à l'épreuve sa propre bonne humeur. Il continuait de refuser de lui dire pourquoi il était parti, mais cela contribuait seulement à accroître son allégresse ; ce refus eût pu la veille l'irriter, mais ce lui paraissait être maintenant une agréable facétie ; elle croyait tout bonnement que ce refus de répondre recouvrait quelque entreprise qui lui serait agréable, et devait la surprendre. Et quand le lendemain arriva, *il y eut* bel et bien une véritable surprise pour elle. Henry avait dit qu'il irait rendre une brève visite aux Bertram pour prendre de leurs nouvelles, et serait de retour au bout de dix minutes ; mais il fut absent plus d'une heure ; et quand sa sœur, qui l'attendait pour se promener avec lui dans le jardin, le vit enfin surgir au détour d'une allée après avoir montré la plus grande impatience, et s'exclama, « mon cher Henry, qu'a-vez-vous pu bien faire tout ce temps-là ? » la seule et unique réponse qu'elle obtint fut qu'il était resté assis aux côtés de Lady Bertram et de Fanny.

« En leur compagnie pendant une heure et demie ! » s'écria Mary.

Mais son étonnement ne faisait que commencer.

« Oui, Mary », dit-il, s'emparant de son bras et le passant sous le sien, tout en s'avançant dans l'allée sans avoir l'air de très bien savoir où il se trouvait. « Je n'ai pas pu partir avant ; Fanny était si jolie ! Mary, ma résolution est tout à fait prise. Cela vous surprendra-t-il ? Non, vous devez vous rendre compte que je suis tout à fait décidé à épouser Fanny Price. »

L'étonnement qu'éprouvait Mary fut alors porté à son comble ; car en dépit de ce qu'avait pu lui suggérer Henry, elle n'avait point soupçonné chez lui de pareilles pensées, même en usant de son imagination ; et l'étonnement qu'elle ressentait parut si franchement sur son visage, qu'il fut obligé de répéter ce qu'il avait dit, plus complètement et avec plus de gravité. Une fois qu'elle fut convaincue de sa détermination, la nouvelle ne lui parut pas le moins du monde fâcheuse. Un certain plaisir se mêlait même à la surprise éprouvée. Mary était d'humeur à se réjouir d'une alliance avec la famille Bertram, et à ne point être mécontente que son frère épousât quelqu'un d'une condition légèrement inférieure à la sienne.

« Oui, Mary », conclut Henry avec assurance. « Je suis bel et bien pris. Vous savez quels desseins futiles étaient les miens pour commencer, mais c'en est terminé. J'ai (je m'en flatte) fait des progrès sensibles dans son affection ; et quant à mon attachement envers elle, il n'y en a pas de plus solide. »

« Heureuse, heureuse jeune fille ! » s'écria Mary, dès qu'elle fut en mesure de parler. « Quelle belle alliance pour elle ! Mon très cher Henry, voilà mon *premier* sentiment ; mais mon *second*, que je vous communique tout aussi sincèrement, est que j'approuve votre choix de toute mon âme et prédis que vous trouverez le bonheur ainsi que je le désire et le souhaite vivement. Vous aurez là une gentille petite femme ; reconnaissante et dévouée. Exactement celle que vous méritez. Quelle alliance prodigieuse pour elle ! Madame Norris parle souvent de la chance qui a été la sienne ; mais que dira-t-elle maintenant ? Quelle joie ce sera, en vérité, pour la famille entière ! Et elle y compte de vrais amis. Comme *ils* vont se réjouir ! Mais, dites-moi tout. Continuez à parler, sans jamais vous arrêter. Quand avez-vous commencé à songer sérieusement à elle ? »

Il n'était guère possible de trouver une réponse à une pareille question, bien qu'il fût bien agréable de se l'entendre poser. « Comment cette agréable maladie s'était-elle emparée de lui ? » il ne pouvait le dire, et avant qu'il n'eût exprimé le même sentiment trois fois de suite, sans guère varier dans le choix de ses mots, sa sœur l'interrompit par : « Ah ! mon cher Henry, et c'est ce qui vous a amené à Londres ! Voilà en quoi consistaient vos affaires ! Vous avez décidé de consulter l'amiral, avant de prendre votre décision. »

Mais il nia la chose vigoureusement. Il connaissait trop bien son oncle pour le consulter sur quelque projet matrimonial que ce fût. L'amiral haïssait le mariage, et le jugeait en toute circonstance impardonnable chez un jeune homme qui possédait une fortune personnelle.

« Quand il connaîtra Fanny », poursuivit Henry, « il raffolera d'elle. Elle est exactement le genre de femme qui fera s'évanouir tous les préjugés d'un homme comme lui, car elle est exactement l'incarnation de la femme qui ne saurait d'après lui exister, dût-il la chercher dans le monde entier. Elle est l'image même de ce qu'il s'acharne à décrire comme impossible, dans la mesure où il est maintenant capable d'user d'un langage assez délicat pour mettre en mots ses propres idées. Mais tant que tout n'est pas entièrement réglé, et réglé de façon définitive, sans qu'il soit du tout possible d'intervenir, il ne saura rien de toute l'histoire. Non, Mary, vous vous trompez du tout au tout. Vous n'avez pas encore découvert le but de ma visite à Londres ! »

« Bien, bien, je m'en contenterai. Je sais maintenant à qui tout doit se rapporter, et n'ai aucune impatience d'apprendre le reste. Fanny Price. Merveilleux. Tout à fait merveilleux ! Que Mansfield ait tant fait pour… que *votre* sort se soit décidé à Mansfield ! Mais vous avez raison, vous ne pouviez mieux choisir. Il n'y a pas au monde de meilleure jeune fille, et vous n'avez nullement besoin d'accroître votre fortune par un mariage ; et quant à sa parenté, il n'y en a guère de meilleure. Les Bertram occupent sans conteste une des plus hautes positions, dans cette région. Elle est la nièce de Sir Thomas Bertram ; cela suffira aux yeux du monde. Mais, poursuivez, poursuivez. Dites-en-moi plus. Quels sont vos projets ? Connaît-elle son propre bonheur ? »

« Non. »

« Qu'attendez-vous ? »

« Pas grand-chose, rien d'autre qu'une occasion. Mary, elle ne ressemble pas à ses cousines ; mais je pense que je ne ferai pas ma demande en vain. »

« Oh ! non, cela est impossible. Même si vous étiez moins aimable, et en supposant qu'elle ne vous aime pas déjà (ce dont cependant je ne peux guère douter), vous ne risqueriez rien. La douceur et les facultés de gratitude qui sont dans sa nature feraient d'elle la vôtre immédiatement. Par ma foi, je peux vous assurer qu'elle ne vous épouserait pas *sans* amour ; c'est-à-dire, s'il existe au monde une jeune fille capable de ne pas se laisser influencer par l'ambition, je suppose que c'est elle ; mais demandez-lui de vous aimer, et elle n'aura pas le cœur de vous refuser. »

Dès que son impatience fut apaisée et qu'elle put redevenir silencieuse, il fut tout aussi heureux de raconter qu'elle l'était d'écouter, et la conversation qui s'ensuivit fut presque aussi intéressante pour elle que pour lui, bien qu'il n'eût rien d'autre en fait à raconter que ses propres sensations, rien sur quoi s'attarder sinon les charmes de Fanny. La beauté de son visage et de sa personne, la grâce amène de ses manières, et la bonté de son cœur, tels étaient ses thèmes inépuisables. Il s'étendit longuement et avec beaucoup de chaleur sur la douceur, la réserve et l'affabilité de son caractère, cette douceur qui est aux yeux des hommes l'attribut féminin par excellence, et ce, à tel point, que là où elle est parfois absente, l'homme qui aime ne parvient pas à croire qu'elle puisse faire défaut. Il avait de bonnes raisons de croire qu'elle était d'humeur égale et en tout point digne d'éloges. Il l'avait souvent vue mise à l'épreuve. N'avait-elle pas souvent dû s'armer de patience et faire preuve d'indulgence envers chacun des membres de la famille, hormis Edmond ? Là où elle s'attachait, ses sentiments étaient à l'évidence fort vifs. Il n'y avait qu'à la voir avec son frère ! Y avait-il preuve plus exquise qui montrât que son cœur savait être aussi ardent qu'il était tendre ? Existait-il de plus puissant encouragement pour l'homme qui cherchait à conquérir son cœur ? Et puis, à l'évidence, son intelligence était rapide et claire ; et ses manières reflétaient l'élégance et la réserve de son esprit. Et ce n'était point tout. Henry Crawford avait trop de bon sens pour ne pas sentir tout le prix qu'ont, chez une femme, les bons principes, bien qu'il fût si peu accoutumé aux réflexions sérieuses qu'il était dans l'incapacité de leur donner un nom ; mais, quand il disait que sa conduite montrait la plus grande constance et régularité, qu'elle avait la plus haute conception de l'honneur, et que la façon dont elle obéissait aux lois de la bienséance seraient pour un homme la garantie qu'il pourrait s'en remettre à son intégrité et à sa foi, il exprimait, par ces mots, ce qui lui avait été inspiré par la certitude que sa conduite était dictée par des principes de la plus stricte moralité et par la religion.

« Je pourrai avoir en elle une confiance totale et absolue », dit-il, « et *c'est* précisément ce dont j'ai besoin. »

Il était donc naturel que sa sœur, croyant comme elle le faisait que la haute opinion qu'il avait de Fanny Price ne surpassait point les mérites de celle-ci, se réjouît du bonheur qui attendait Fanny.

« Plus j'y songe », s'écria-t-elle, « plus je suis convaincue que vous agissez fort justement, et bien que je n'eusse jamais choisi Fanny Price comme celle qui était la plus susceptible de conquérir votre cœur, je suis maintenant persuadée qu'elle est précisément celle-là même qui saura vous rendre heureux. Le cruel projet qui s'en prenait à la paix de son cœur se révèle être en vérité une idée des plus heureuses. Vous y trouverez tous deux votre bonheur. »

« C'était mal, très mal de ma part de m'en prendre à un être pareil ! Mais c'est que je ne la connaissais pas. Elle n'aura jamais de raison de déplorer l'heure où une telle idée m'a traversé l'esprit. Je la rendrai très heureuse, Mary, plus heureuse qu'elle ne l'a jamais été, plus heureuse que tous les gens heureux qu'elle a pu voir. Je ne l'enlèverai pas à son comté de Northampton. Je louerai Everingham, et prendrai quelque demeure dans le voisinage, peut-être Stanwix Lodge. Je choisirai un bail de sept ans pour Everingham. Je n'aurai qu'un mot à dire pour trouver un excellent locataire. Je pourrais d'ores et déjà nommer trois personnes qui prendraient Everingham, aux conditions que j'offrirais, et en me remerciant ! »

« Ah ! » s'écria Mary, « s'établir dans le comté de

Northampton ! Quelle idée agréable ! Alors nous serons tous ensemble. »

Ces paroles prononcées, elle se reprit et regretta de les avoir dites ; mais elle n'avait nul besoin d'être confuse, car son frère ne voyait pas en elle autre chose que l'habitante supposée du presbytère de Mansfield, et répondit en l'invitant de la façon la plus obligeante dans sa propre maison et en réclamant sa présence à leurs côtés.

« Il faudra que vous nous fassiez la faveur de passer avec nous une bonne partie de votre temps », dit-il ; « je ne peux admettre que madame Grant ait autant de droits que Fanny et moi à votre présence, car nous vous réclamerons tous deux. Fanny sera si sincèrement votre sœur. »

Mary se contenta de montrer de la reconnaissance et d'acquiescer de façon générale ; mais elle était maintenant tout à fait résolue à ne plus être longtemps l'hôte de sa sœur ou de son frère, pendant les mois à venir.

« Vous partagerez votre temps pendant l'année, entre Londres et le comté de Northampton ? »

« Oui. »

« C'est ce qui se fait ; et bien sûr, à Londres, aurez une maison à vous ; plus chez l'amiral. Mon très cher Henry, quelle bonne chose pour vous que de vous éloigner de l'amiral, avant que ses manières n'aient corrompu les vôtres, avant que vous n'ayez été contaminé par ses idées, ou ayez appris à rester attablé pendant le dîner, comme s'il s'agissait du don le plus précieux que la vie nous accordait ! *Vous* n'appréciez pas suffisamment ce que vous gagnez ainsi, car votre déférence envers lui vous a aveuglé ; mais, à mon avis, votre mariage précoce peut vous sauver. Vous voir ressembler à l'amiral par vos paroles, vos actes et gestes, et devenir comme lui dans votre aspect extérieur, m'eût brisé le cœur. »

« Bien, bien, nous n'avons pas tout à fait la même opinion là-dessus. L'amiral a ses défauts, mais c'est un homme excellent, et il a été plus qu'un père pour moi. Peu de pères m'eussent laissé agir à ma guise autant qu'il l'a fait. Ne prédisposez pas Fanny contre lui. Je veux qu'ils éprouvent de l'affection l'un pour l'autre. »

Mary s'abstint de dire à haute voix ce qu'elle pensait, à savoir qu'il ne pouvait exister deux personnes aussi dissem-

blables, tant par leurs manières que par leur caractère ; il le
découvrirait avec le temps ; mais elle ne put s'empêcher de
faire *cette* réflexion sur l'amiral : « Henry, j'ai une si haute
opinion de Fanny Price, que si je pouvais supposer que la
prochaine madame Crawford ait, ne fût-ce que la moitié des
raisons qui incitèrent ma pauvre tante, à maltraitée, à avoir
en horreur le nom de Crawford, j'empêcherais, si possible, le
mariage ; mais je vous connais, je sais qu'une femme que
vous aimeriez, serait la plus heureuse des femmes, et que
même si vous cessiez de l'aimer, elle trouverait en vous la
libéralité et la bonne éducation qui sont celles d'un gentleman. »

L'impossibilité qu'il y avait à ne point faire tout au monde
pour rendre heureuse Fanny Price, ainsi que cette autre
impossibilité qu'était l'idée qu'il pût cesser de l'aimer,
constitua évidemment le fond de son éloquente réponse.

« Ah ! si vous l'aviez vue, ce matin, Mary », poursuivit-il,
« en train de se conformer, avec une douceur et une patience
ineffables, à toutes les exigences stupides de sa tante, en train
de travailler avec elle à son ouvrage, le teint animé de la plus
belle façon tandis qu'elle se penchait sur son ouvrage ; il
fallait la voir retourner ensuite s'asseoir, pour terminer le
billet qu'elle avait commencé d'écrire peu de temps auparavant, à la demande de cette femme stupide, et tout cela, avec
une amabilité sans prétention, comme s'il était naturel qu'elle
n'eût pas un seul instant à sa disposition, ses cheveux
arrangés avec autant de soin que de coutume, avec une petite
boucle qui retombait sur son front tandis qu'elle écrivait, et
qu'elle rejetait en arrière avec un mouvement de tête ; et au
beau milieu de ces occupations, elle continuait malgré tout à
m'adresser la parole, ou à m'écouter, comme si cela lui faisait
plaisir d'écouter ce que je disais. Si vous l'aviez vue ainsi,
Mary, vous n'auriez pas suggéré qu'il fût possible que son
pouvoir sur mon cœur cessât jamais. »

« Mon très cher Henry », s'écria Mary, s'arrêtant pour le
regarder en souriant, « comme je suis heureuse de voir que
vous êtes si fort amoureux ! J'en suis enchantée au plus haut
point. Mais que diront madame Rushworth et Julia ? »

« Peu importe ce qu'elles diront, tant l'une que l'autre, ni
ce qu'elles penseront. Elles verront maintenant quelle sorte
de femme peut captiver mon cœur, et retenir un homme

sensé. J'espère que cette découverte leur sera profitable. Et elles verront désormais leur cousine traitée ainsi qu'elle devrait l'être, et j'espère qu'elles auront honte au fond de leur cœur, de l'avoir négligée si abominablement. Elles seront en colère », ajouta-t-il, après être demeuré un instant silencieux, et il reprit d'une voix plus calme, « madame Rushworth sera fort courroucée. Ce sera pour elle une amère pilule ; c'est-à-dire, que comme d'autres amères pilules, elle aura mauvais goût un ou deux instants, et puis sera avalée et oubliée ; car je ne suis pas assez fat pour supposer que ses sentiments soient plus durables que ceux des autres jeunes femmes, bien que j'aie été, *moi*, l'objet de ses attentions. Oui, Mary, chaque jour, chaque heure, Fanny sentira en vérité, que tous ceux qui l'approcheront auront changé de conduite à son égard ; et ma félicité sera portée à son comble, car c'est moi qui serai à l'origine de ces métamorphoses ; je serai celui qui lui aura donné le rang et le rôle qui lui étaient dus. Elle est en ce moment à la charge des autres, n'a pas d'amis, d'appui, est délaissée et oubliée ».

« Non, Henry, elle n'est pas oubliée de tous, ni sans amis, ni oubliée. Son cousin Edmond ne l'oublie jamais. »

« Edmond, cela est vrai, je crois qu'il est plein de bienveillance envers elle (de façon générale) ; et il en est de même de Sir Thomas, à sa manière, qui est celle d'un oncle riche, condescendant, autoritaire et amateur de mots pompeux. Que peuvent-ils faire tous deux, Sir Thomas comme Edmond, que *font-ils* pour son bonheur, son bien-être, son honneur, son rang dans le monde en comparaison de ce que je ferai *moi* ? »

CHAPITRE XXXI

Le lendemain matin, Henry Crawford se rendit de nouveau à Mansfield, et de fort bon matin, plus tôt qu'il n'est coutume pour une visite ordinaire. Les deux ladies se trouvaient toutes deux dans la petite salle à manger, et, heureusement pour lui, Lady Bertram était sur le point de quitter la pièce lorsqu'il entra. Elle était alors près de la porte, et, comme il ne lui plaisait point d'avoir fait cet effort en vain, elle poursuivit son chemin, après l'avoir accueilli avec courtoisie, et prononcé une brève phrase pour dire qu'elle était attendue, ainsi qu'un « Prévenez Sir Thomas », adressé à un domestique.

Au comble de la joie de la voir s'en aller, Henry la salua et s'assura qu'elle était bel et bien partie, puis, sans perdre un instant de plus, il se tourna vers Fanny sur-le-champ, et dit avec la plus grande vivacité en sortant des lettres de sa poche : « Je dois avouer que je suis infiniment reconnaissant à tout être qui me donne ainsi l'occasion de vous voir en tête à tête ; vous ne pouvez vous imaginer combien vif a été mon désir de vous rencontrer. Connaissant ainsi que je le fais vos sentiments envers votre frère, j'eusse difficilement supporté que quelqu'un d'autre dans la maison eût partagé avec vous la primeur de la nouvelle que je vous apporte. Il a été nommé. Votre frère est officier de marine. Vous me voyez infiniment heureux de pouvoir vous présenter mes félicitations pour l'avancement que votre frère a reçu. Voici les lettres qui l'annoncent et qui viennent de me parvenir à l'instant. Peut-être vous plaira-t-il d'y jeter un coup d'œil. »

Fanny fut incapable de prononcer une seule parole, mais il ne souhaitait point l'entendre. Il lui suffisait de voir l'expression de ses yeux, de voir son teint s'altérer, ainsi que le cheminement de ses sentiments, de voir ses doutes, sa confusion et sa félicité. Elle prit les lettres qu'il lui tendait. La première était de l'amiral, et informait son neveu, en peu de mots, qu'il avait réussi dans son entreprise, c'est-à-dire dans l'avancement du jeune Price, et il joignait deux lettres à la sienne ; l'une était adressée à un ami par le secrétaire du Premier Lord, aux services duquel l'amiral avait eu recours dans cette affaire ; l'autre lui était adressée par cet ami, et il apparaissait que Sa Seigneurie était extrêmement heureuse d'avoir à s'occuper de l'affaire recommandée par Sir Charles, que Sir Charles était enchanté au plus haut point d'avoir ainsi l'occasion de prouver en quelle estime il tenait l'amiral Crawford, et que, une fois connue la nouvelle de l'avancement de l'aspirant William Price au grade de lieutenant en second du sloop de Sa Majesté, le *Thrush*, celle-ci s'était propagée à la satisfaction générale, dans un cercle fort vaste de personnages importants.

Tandis que la main de Fanny tremblait en tenant ces lettres, que son regard passait sans cesse de l'une à l'autre, et que l'émotion gonflait son cœur, Crawford continua, avec une impatience qui n'était pas feinte, à exprimer l'intérêt qu'il éprouvait pour un pareil événement.

« Je ne dirai rien de mon propre bonheur », dit-il, « si grand qu'il soit, car je ne pense qu'au vôtre. Qui d'autre, plus que vous, a le droit d'être à ce point heureux ? Je m'en suis presque voulu d'avoir appris avant vous ce que vous eussiez dû apprendre avant tout le monde. Je n'ai toutefois pas perdu un seul instant. Le courrier a été en retard ce matin, mais il n'y a pas eu, depuis son arrivée, un seul autre moment de retard. Je n'essaierai pas de décrire quelle a été mon impatience, mon inquiétude, ni quelle fièvre s'est emparée de moi ; ni combien j'ai été cruellement blessé, mortellement déçu, de ne pas avoir tout terminé lorsque j'étais à Londres ! Je restais là, jour après jour, dans l'espoir d'apprendre la nouvelle, et il fallait que le but poursuivi me fût bien cher pour me retenir si longtemps loin de Mansfield. Mais bien que mon oncle entrât dans mes sentiments avec autant d'enthousiasme que je pouvais le désirer, qu'il se fût ingénié à me satisfaire aussi rapidement que possible, il y eut des difficultés dues à l'absence de l'un de ses amis, et aux engagements d'un autre de ses amis, ce qui fit que je ne pus supporter plus longtemps de rester à Londres pour attendre de voir la tournure que prendraient les choses, et, sachant que l'affaire était en de bonnes mains, je suis parti lundi, confiant que je n'aurais pas à attendre trop longtemps avant qu'un courrier me portât ces lettres que voici. Mon oncle, qui est le meilleur homme du monde, s'est employé du mieux qu'il a pu, ce que j'étais certain qu'il ferait, après la visite que votre frère lui a faite. Il a été enchanté de lui. Je n'ai pas voulu m'autoriser à dire hier *à quel point* il était enchanté, ni répéter la moitié des louanges que lui a adressées l'amiral. J'ai renvoyé le tout à plus tard, au moment où ces compliments apparaîtraient de façon incontestable comme des compliments faits par un ami, et voici que le jour d'aujourd'hui *prouve bien* qu'il en est ainsi. Je peux dire *maintenant* que je n'eus pu *moi-même* exiger plus d'intérêt pour la cause de William Price, ni espérer les vœux si chaleureux et les éloges si nobles que mon oncle lui a prodigués de son plein gré, après la soirée qu'ils ont passé ensemble. »

« Est-ce donc *vous* qui avez tout fait ? » s'écria Fanny. « Grand dieu ! C'est trop, bien trop de bonté ! Avez-vous vraiment... est-ce à *votre* requête... Je vous demande pardon, mais je perds la tête ! L'amiral Crawford s'y est-il employé ? Comment en est-il venu à le faire ? je suis frappée de stupeur. »

Henry fut fort heureux d'éclaircir les choses, en commençant par le commencement, et en expliquant dans le détail ce qu'il avait fait. Son dernier voyage à Londres avait été entrepris dans le seul but de présenter son frère à Hill-Street, et d'amener l'amiral à s'efforcer d'employer toute son influence pour obtenir son avancement. Voilà à quelles affaires il s'était occupé à Londres. Il n'en avait fait part à qui que ce fût ; il n'avait même pas soufflé mot de son entreprise à Mary ; tant que le résultat demeurait incertain, il n'eût pas supporté de s'ouvrir de ses sentiments à quiconque, car c'était lui et lui seul qui avait mis l'affaire en train : et il parla avec tant d'ardeur de l'inquiétude qui avait été la sienne, et employa des expressions si vigoureuses, il employa si abondamment *le plus profond intérêt, des motifs doubles, des idées*

et des désirs indicibles, que Fanny n'eût pu demeurer
insensible à la portée de ses paroles, eût-elle été en mesure de
l'écouter ; mais son cœur était si pleinement comblé, ses sens
étaient sous le coup d'une si forte surprise, qu'elle ne pouvait
que lui prêter une oreille distraite, même lorsqu'il lui parlait
de William, et qu'elle se borna à dire, quand *il* s'arrêta de
parler : « Quelle bonté, quelle extrême bonté ! Oh ! monsieur Crawford, nous vous en sommes extrêmement recon-
naissants. Mon très cher, très cher William ! » Elle se leva
d'un bond et avança précipitamment vers la porte, en
s'écriant : « Je vais aller auprès de mon oncle. Il faut que mon
oncle soit informé de la nouvelle aussitôt que possible. »
Mais il ne le permit point. L'occasion était trop belle, et ses
sentiments trop ardents. Il la rejoignit promptement. « Il ne
fallait pas qu'elle parte, il faudrait qu'elle lui accorde encore
cinq minutes », et il lui prit la main et la ramena à son siège ;
et il en était déjà au milieu de son explication supplémentaire,
qu'elle n'avait pas encore deviné la raison pour laquelle il
l'avait retenue. Quand elle comprit enfin, toutefois, et
qu'elle se rendit compte qu'on s'attendait à ce qu'elle crût
qu'*elle* avait fait naître chez lui des sentiments que son cœur
n'avait jamais connus auparavant, et que tout ce qu'il avait
fait pour William, devait être mis sur le compte de l'amour
excessif et inégalé qu'il avait pour elle, elle fut plongée dans
un extrême embarras et, pendant quelques instants, incapable de prononcer un mot. Tout cela lui apparaissait comme
pure absurdité, un simple badinage, de simples galanteries,
dans l'unique intention de la tromper sur le moment ; elle ne
pouvait s'empêcher de penser que c'était la traiter de façon
malséante et fort méprisable, et qu'elle ne méritait pas qu'on
la traitât pareillement ; mais elle le retrouvait bien là ; cela
allait de pair avec ce qu'elle avait vu auparavant ; et parce
qu'elle avait envers lui une dette de reconnaissance, elle ne
s'autorisa à lui témoigner qu'une partie du mécontentement
qu'elle ressentait ; s'il avait manqué de délicatesse, l'obligation qu'elle lui devait n'en était pas moins grande pour
autant. Tandis que son cœur continuait à bondir de joie et de
gratitude, lorsqu'elle pensait à William, elle ne parvenait
point à témoigner d'un vif ressentiment quand elle était seule
à être blessée ; et, après avoir par deux fois retiré sa main, et
par deux fois essayé en vain de se détourner de lui, elle se leva

et dit seulement, avec la plus grande agitation : « Non, monsieur Crawford, non. Je vous en prie. Cette conversation m'est très pénible. Il faut que je m'en aille. Je ne peux le supporter. » Mais il n'en continuait pas moins de parler, décrivait sa tendresse, demandant avec insistance qu'elle le payât de retour, et il usa pour finir de mots si clairs de sens qu'ils ne pouvaient avoir qu'une seule signification, même pour *elle*, à savoir qu'il lui offrait sa main, sa personne, sa fortune, enfin tout ce qu'il possédait, dans le seul but qu'elle les acceptât. Voilà ; la chose était dite. Son étonnement et sa confusion s'accrurent ; et bien qu'elle ne fût pas encore sûre qu'il fût sérieux, il lui était difficile de supporter cette proposition. Il la pressa de répondre.

« Non, non, non », s'écria-t-elle, en se cachant le visage. « Tout cela est absurde. Ne m'affligez pas ainsi. Je ne peux en entendre plus. Votre bonté envers William fait de moi votre obligée, plus que je ne saurais l'exprimer ; mais je ne veux pas, je ne peux supporter, je ne dois pas écouter pareille... Non, non, ne pensez pas à moi. Mais, vous *ne pensez pas* à moi. Je sais que tout cela ne signifie rien pour vous. »

Elle s'était violemment écartée de lui, et, à cet instant, ils entendirent Sir Thomas, en train de parler à un domestique, alors qu'il se rendait dans la pièce où ils se tenaient. L'heure n'était plus à de nouvelles prières et promesses, bien que cela lui parût une cruelle nécessité que d'avoir à la quitter en un moment où, pour son esprit confiant, et d'avance persuadé de succès, le seul obstacle au bonheur auquel il aspirait semblait être sa réserve naturelle. Elle s'échappa en toute hâte par la porte opposée à celle par laquelle son oncle allait entrer, animée par des sentiments contradictoires, tout le temps que durèrent les excuses et civilités adressées à Crawford par Sir Thomas, car ce dernier fut un certain temps avant de comprendre quelle était l'heureuse nouvelle que son visiteur était venu lui communiquer.

Toute tremblante, elle se laissa emporter par ses sensations et sentiments ; tour à tour agitée, heureuse ou malheureuse, emplie d'une infinie gratitude, d'une extrême colère. Cela était incroyable ! Il était inexcusable, incompréhensible ! Il ne pouvait rien faire que ne s'y mêlât une certaine cruauté, car il était trop accoutumé à agir ainsi. Quelques instants auparavant, il avait fait d'elle la plus heureuse des femmes, et puis il l'avait profondément offensée. Elle ne savait que dire… ni comment classer ou considérer l'offre qui venait de lui être faite. Elle ne désirait nullement que cette offre fût sérieuse, et pourtant, y avait-il quelque moyen d'excuser les mots employés et les propositions faites, s'il ne les lui avait adressés que par badinage ?

Mais William était officier de marine. *Voilà* qui était un fait d'une incontestable pureté. Elle y penserait toujours, et oublierait tout le reste. Monsieur Crawford ne s'adresserait certainement plus à elle ; et dans ce cas, comme elle pourrait lui être reconnaissante de son amitié envers William !

Elle ne se hasarda à sortir de la chambre de l'est que pour aller jusqu'au haut de l'escalier, afin de s'assurer que monsieur Crawford avait bien quitté la maison ; mais une fois convaincue qu'il était parti, elle fut impatiente de descendre pour retrouver son oncle et partager avec lui le bonheur qu'il éprouverait, et pour profiter des détails et hypothèses qu'il lui donnerait sur les perspectives d'avenir de William. Sir Thomas se montra aussi heureux qu'elle pouvait le souhaiter, témoigna de la bienveillance à son égard, et fut extrêmement communicatif ; et la conversation qu'elle eut avec lui au sujet de William fut si agréable qu'elle lui fit oublier ce qui l'avait si fort irritée, jusqu'au moment où elle découvrit, vers la fin de la conversation, que monsieur Crawford avait promis de venir dîner avec eux le jour même. Ce fut pour elle une fâcheuse nouvelle, car bien qu'*il* pensât peut-être que ce qui s'était passé fût sans importance, il lui serait à elle fort pénible de le revoir aussi vite.

Elle s'efforça de surmonter son mécontentement, elle essaya du mieux qu'elle le put, tandis qu'approchait l'heure du dîner, de paraître celle qu'elle était à l'accoutumée ; mais il lui fut tout à fait impossible de ne pas avoir l'air fort mal à l'aise et confuse, lorsque leur visiteur entra dans la pièce. Elle n'eût pas cru qu'un concours de circonstances pût ainsi lui faire éprouver tant de douloureuses sensations le jour où, pour la première fois, elle apprenait l'avancement de William.

Il ne suffisait pas à monsieur Crawford d'être dans la pièce, il lui fallut aussi bientôt s'approcher d'elle. Il devait lui remettre un billet de la part de sa sœur. Fanny n'arrivait pas à

le regarder en face, mais il n'y avait plus trace dans sa voix et
son accès de folie passée. Elle ouvrit le billet immédiatement,
contente d'avoir quelque chose à faire, et heureuse, pendant
qu'elle le lisait, de sentir que l'agitation et les gestes de
nervosité de sa tante Norris, qui devait dîner avec eux, la
protégeait des regards.

« Ma chère Fanny, car c'est ainsi que je peux vous appeler
désormais, pour toujours, à l'infini soulagement de ma
langue qui trébuche depuis ces six dernières semaines, au
moins, lorsqu'elle prononce ce *mademoiselle Price*, je ne
peux laisser partir mon frère sans vous faire parvenir ces
quelques lignes de félicitations générales, et vous donner
mon consentement ainsi que mon approbation la plus
joyeuse. Acceptez, ma chère Fanny, et sans crainte ; il ne
peut y avoir d'obstacles dignes de ce nom. Je me plais à
imaginer que la *certitude* d'avoir *mon* consentement sera
pour quelque chose dans votre décision ; aussi, vous pouvez
lui accorder vos sourires les plus doux cet après-midi, et ne
me le renvoyer que lorsqu'il sera encore plus heureux qu'au
moment où il est parti. »

Affectueusement.
M.C.

Les expressions employées dans cette lettre ne pouvaient
guère faire beaucoup de bien à Fanny ; car bien que sa lecture
eût été trop hâtive pour lui permettre de se faire une idée
claire de ce qu'avait voulu dire mademoiselle Crawford, il
était évident que celle-ci avait eu l'intention de lui adresser
des compliments sur l'attachement que son frère éprouvait
pour elle, et qu'elle *paraissait* croire qu'il était sérieux. Elle
ne savait que faire ni que penser. Que son offre pût être
sérieuse, l'affligeait ; de toute manière, c'était pour elle une
source d'embarras et de désarroi. Chaque fois que monsieur
Crawford s'adressait à elle, elle se sentait mal à l'aise, et il lui
parlait hélas fort souvent ; et elle redoutait ce je-ne-sais-quoi
de différent dans sa voix et ses manières, lorsqu'il s'adressait
à elle. Les sensations agréables qu'elle eût pu ressentir, au
cours de ce dîner, furent complètement anéanties ; elle
montrait fort peu d'appétit, et lorsque Sir Thomas lui fit
remarquer, sur un ton de bonne humeur, que c'était la joie
qui lui avait ainsi enlevé l'appétit, elle se sentit si honteuse
qu'elle eût voulu disparaître sous terre, car elle craignait de

voir monsieur Crawford mal interpréter ces paroles ; en effet, bien que pour rien au monde elle n'eût consenti à diriger son regard vers la droite, là où il était assis, elle sentait que *son* regard à lui était franchement posé sur elle.

Elle était plus silencieuse que jamais. Elle ne participait même pas à la conversation quand William en était l'objet, car celui-ci devait ce grade d'officier de marine à celui qui se trouvait à sa droite, et il lui était pénible de penser à ce lien qui les unissait tous deux.

Elle eut l'impression que Lady Bertram demeurait assise bien longtemps, et commença à désespérer pouvoir jamais quitter la pièce ; mais ils se rendirent enfin dans le salon, et là, elle fut en mesure de réfléchir à son aise ; tandis que ses tantes continuaient à discourir sur l'avancement de William à leur manière.

L'économie que cet avancement représenterait pour Sir Thomas, plus que l'avancement lui-même, enchantait, semblait-il, madame Norris. « *Désormais*, William serait en mesure de subvenir à ses besoins, ce qui serait un grand changement pour son oncle, car il était difficile de savoir combien il avait coûté à son oncle ; et en vérité, cela ferait aussi un grand changement dans *ses* cadeaux. Elle était fort heureuse d'avoir donné à William un présent lorsqu'il était parti, très heureuse en vérité que cela lui eût été possible, sans désagrément sensible, à ce moment, de lui donner quelque chose d'assez considérable ; c'est-à-dire, pour *elle*, pour *ses* moyens limités, car maintenant tout cela serait utile et contribuerait à l'aménagement de sa cabine. Elle savait qu'il lui faudrait engager des frais, qu'il lui faudrait acheter beaucoup de choses, bien que son père et sa mère fussent à même de trouver pour lui ces choses très bon marché, mais elle était très heureuse d'y être allée de sa bourse en lui offrant cette obole. »

« Je suis heureuse que vous lui ayez donné une somme considérable », dit Lady Bertram, avec une sérénité qui ne montrait aucune défiance, « car *je* ne lui ai donné que dix livres. »

« Vraiment ! » s'écria madame Norris, en rougissant. « Ma parole, il a dû partir avec la poche bien garnie ! et sans avoir non plus à débourser un liard pour son voyage ! »

« Sir Thomas m'a dit que dix livres suffiraient. »

Madame Norris, qui n'était nullement disposée à mettre cette affirmation en cause, jugea préférable de changer le cours de la conversation.

« Il est étonnant », dit-elle, « de voir combien les jeunes gens coûtent à leurs amis, que ce soit pour leur éducation ou pour les lancer dans le monde ! Ils ne songent guère au montant de la somme qui a été dépensée pour eux, ni à ce que leurs parents, leurs oncles et leurs tantes paient pour eux tout au long d'une année. Prenez, par exemple, le cas des enfants de ma sœur Price ; considérez-les tous ensemble ; il serait, je crois, difficile d'évaluer la somme que Sir Thomas a dépensée pour eux chaque année, et je ne parle pas de ce que *je* fais pour eux. »

« Ce que vous dites, ma sœur, est très vrai. Mais, les pauvres créatures ! Ce n'est pas leur faute ; et, croyez-moi, cela ne fait guère de différence pour Sir Thomas. Fanny, il ne faut pas que William oublie mon châle, s'il doit aller dans les Indes Orientales ; et je lui passerais commande pour toute autre chose qui vaudra la peine d'être achetée. J'espère qu'il pourra se rendre dans les Indes Orientales, afin que je puisse avoir mon châle. Je crois que je prendrai deux châles, Fanny. »

Pendant ce temps, Fanny parlait seulement quand elle ne pouvait faire autrement et essayait très sérieusement de comprendre quel était le but poursuivi par monsieur et mademoiselle Crawford. Tout indiquait qu'ils *ne parlaient pas* sérieusement, tout sauf leurs paroles et leurs manières. Tout ce qui était naturel, probable et raisonnable, indiquait qu'il était impossible qu'ils parlassent sérieusement ; toutes leurs habitudes, leurs façons de penser, ainsi que les défauts qui étaient les siens. Comment aurait-*elle* pu faire naître un attachement sérieux chez un homme qui avait vu tant de femmes infiniment supérieures à elle, qui leur avait fait la cour et s'était fait admirer d'elles… qui semblait si peu accessible aux choses sérieuses, même lorsqu'on s'était efforcé de lui plaire, qui avait des opinions si méprisantes, si insouciantes, si indifférentes sur tous les sujets sérieux ; qui se plaisait également avec tout le monde et n'avait, semblait-il, personne qui lui fût indispensable ? Et en outre, était-il possible d'imaginer que sa sœur, avec ses idées supérieures et mondaines sur le mariage, était prête à soutenir un dessein

aussi grave ? Chez l'un comme chez l'autre, cela paraissait
contre nature. Fanny avait honte de ses propres doutes. Tout
pouvait être possible, tout sauf une affection et un attachement sincères, ou encore l'assentiment sincère donné à cet
attachement. Telle était la conclusion à laquelle elle avait
abouti, lorsque Sir Thomas et monsieur Crawford les
rejoignirent. Restait pour elle à garder cette certitude de
façon aussi absolue, une fois qu'elle se trouverait en présence
de monsieur Crawford dans la même pièce ; car il lui parut
une ou deux fois que le regard qu'il attachait sur elle avait une
signification toute particulière ; du moins eût-elle dit s'il
s'était agi d'un autre, qu'il y avait dans ce regard quelque
chose de franchement sincère et d'explicite. Mais elle essayait
toutefois de se persuader que ce n'était rien d'autre que ces
regards qu'il avait souvent lancés à ses cousines, et à une
cinquantaine d'autres femmes.

Elle crut qu'il désirait lui parler sans que les autres
l'entendissent. Elle s'imagina qu'il s'y était efforcé pendant
toute la soirée, à certains moments, quand, par exemple, Sir
Thomas sortait de la pièce, ou était en train de converser avec
madame Norris, et elle s'employa fort soigneusement à lui
refuser toute occasion de le faire.

Enfin, et ce fut bien enfin pour Fanny, dans l'état
d'agitation dans lequel elle se trouvait, bien que l'heure ne fût
pas particulièrement tardive, enfin donc, il commença à
parler de s'en aller ; mais l'agréable soulagement que cette
phrase avait fait naître s'évanouit, lorsqu'il se tourna vers
elle, l'instant d'après, en lui disant : « N'avez-vous aucun
message pour Mary ? Aucune réponse à son billet ? Elle sera
déçue si elle ne reçoit rien de vous. Je vous en prie,
écrivez-lui, ne serait-ce qu'une ligne. »

« Oh ! oui, certainement », s'écria Fanny, se levant précipitamment, avec cette précipitation que donnent l'embarras
et le désir de s'en aller. « Je vais écrire sur-le-champ. »

Elle avança donc jusqu'à la table qu'elle avait coutume
d'occuper lorsqu'elle écrivait le courrier et les messages de sa
tante et prépara son matériel pour écrire, sans savoir le moins
du monde ce qu'elle allait dire ! Elle n'avait lu le billet de
mademoiselle Crawford qu'une seule fois ; et répondre à ce
qu'elle n'avait qu'imparfaitement compris était une chose
fort embarrassante. Comme elle était novice dans l'art de

rédiger des billets, elle eût ressenti force scrupules et force craintes quant à son style, si il lui avait été donné plus de temps pour le rédiger ; mais il fallait écrire quelque chose sur l'heure, qui sût exprimer de façon nette et incontestable son sentiment, qui était de ne point paraître croire qu'il pût être sérieux dans ses intentions à son égard ; aussi écrivit-elle ce qui suit, tandis que sa main tremblait, et que son courage vacillait :

« Je vous suis fort reconnaissante, mademoiselle Crawford, de vos aimables félicitations, dans la mesure où elles s'adressent à mon cher William. Quant au restant de votre billet, je sais qu'il ne veut rien dire ; mais je suis si peu de taille à affronter quoi que ce soit de la sorte, que j'espère que vous voudrez bien m'excuser si je vous supplie de ne plus y accorder d'attention. J'ai trop vu monsieur Crawford pour ne pas connaître ses façons ; s'il me comprenait aussi bien, il se conduirait, j'ose le croire, différemment. Je ne sais pas très bien ce que j'écris, mais je considérerais comme une faveur que vous ne mentionniez plus jamais ce sujet. Je suis très honorée d'avoir reçu ce billet.

« Je demeure, chère mademoiselle Crawford, etc. »

La conclusion n'était guère intelligible, car sa terreur s'accrut, lorsqu'elle s'aperçut que monsieur Crawford, sous prétexte de se faire donner le billet, était en train de s'approcher d'elle.

« Ne pensez pas que je songe à vous presser », dit-il à voix basse, en apercevant l'état de fébrilité surprenante dans lequel elle se trouvait alors qu'elle écrivait : « ne pensez pas que tel est mon dessein. Ne vous pressez pas, je vous en prie. »

« Oh ! je vous remercie, j'ai tout à fait terminé, presque terminé… Ce sera prêt dans un instant… Je vous sais gré de… si vous vouliez avoir l'obligeance de donner *cela* à mademoiselle Crawford. »

Elle lui tendit le billet et il dut le prendre ; et comme, en détournant les yeux, elle s'avança sans plus attendre vers la cheminée, où étaient assis les autres, il n'y eut rien d'autre à faire pour lui que de partir pour de bon.

Fanny avait le sentiment de n'avoir jamais vécu de journée aussi chargée en émotions, peines et plaisirs que celle qu'elle venait de vivre ; mais heureusement pour elle, ces plaisirs ne mourraient pas avec le jour ; car chaque jour verrait renaître la certitude que William avait reçu de l'avancement, tandis que les peines, du moins l'espérait-elle, ne reviendraient jamais plus. Elle était certaine que son billet paraîtrait excessivement mal écrit, que le langage qu'elle avait employé eût déshonoré un enfant, car elle avait été dans un tel embarras qu'elle avait été incapable d'ordonner ses idées ; mais du moins, il les assurerait, elle comme lui, que les attentions de monsieur Crawford, ni ne la trompaient, ni ne lui procuraient de plaisir.

CHAPITRE XXXII

Fanny n'avait aucunement oublié monsieur Crawford, lorsqu'elle se réveilla le lendemain matin ; mais elle se souvenait du contenu du billet, et avait tout autant que la veille, confiance quant à l'effet qu'il ne pourrait manquer de produire. Si seulement monsieur Crawford pouvait s'en aller ! C'était son vœu le plus cher ; s'en aller et emmener sa sœur avec lui, ainsi qu'il devait le faire, et avait eu le dessein de le faire, lorsqu'il était revenu à Mansfield. Et elle ne pouvait concevoir que ce n'eût pas déjà été fait, car mademoiselle Crawford ne désirait certainement pas prolonger son séjour. Fanny avait espéré, au cours de la visite de la veille, entendre nommer le jour ; mais il avait seulement parlé de leur voyage comme de quelque chose qui se produirait très prochainement.

Ayant ainsi résolu de façon satisfaisante la question de savoir quel effet son billet produirait, elle ne put manquer d'être étonnée de voir, par pur hasard, monsieur Crawford qui s'avançait à nouveau vers la maison, et à une heure aussi matinale que le jour précédent. Son arrivée n'avait peut-être rien à voir avec elle, mais elle allait tâcher de l'éviter, si possible ; et comme elle était alors en train de monter l'escalier pour se rendre chez elle, elle décida de rester dans sa chambre tout le temps que durerait la visite, à moins que l'on ne l'envoyât chercher ; et comme madame Norris était encore dans la maison, il était peu probable qu'on eût recours à ses services.

Elle demeura assise un certain temps, en proie à une vive

agitation, l'oreille tendue, craignant à chaque instant qu'on l'envoyât chercher ; mais, comme aucun bruit de pas n'approchait de la chambre de l'est, elle retrouva peu à peu ses esprits, et parvint à s'occuper tout en restant assise, et réussit à se persuader que monsieur Crawford était venu et s'en irait, sans qu'elle fût obligée d'en rien savoir.

Il s'était écoulé près d'une demi-heure et elle commençait à se sentir fort à son aise, quand, tout à coup, le bruit d'un pas qui approchait régulièrement se fit entendre ; un pas lourd, inhabituel dans cette partie de la maison ; c'était le pas de son oncle ; elle le connaissait aussi bien que le son de sa voix ; elle avait souvent tremblé en l'entendant, et elle se reprit à trembler, à l'idée qu'il montait pour lui parler, quel que pût être le sujet. Ce fut Sir Thomas, en effet, qui ouvrit la porte et demanda si elle était là, et s'il pouvait entrer. Ce fut comme si renaissait en elle cette terreur qui s'emparait d'elle autrefois lorsqu'il lui rendait parfois visite, et elle avait l'impression qu'il allait à nouveau l'interroger pour savoir où elle en était de son anglais et de son français.

Elle veilla toutefois à se montrer courtoise, installa une chaise pour lui et essaya de paraître honorée ; et, dans son trouble, avait tout à fait oublié les insuffisances et imperfections de sa pièce, jusqu'au moment où, avec un air d'étonnement, il dit, s'arrêtant net sur le seuil : « Pourquoi n'y a-t-il pas aujourd'hui de feu dans votre cheminée ? »

Il y avait de la neige sur le sol, et elle était assise avec un châle autour d'elle. Elle hésita.

« Je n'ai pas froid, monsieur. Je ne reste jamais longtemps ici, à cette époque de l'année. »

« Mais, vous avez du feu, d'habitude ? »

« Non, monsieur. »

« Comment cela se fait-il, on doit s'être trompé. J'avais cru comprendre que cette pièce était réservée à votre usage, afin que vous puissiez vous y installer confortablement. Dans votre chambre à coucher, je sais que vous ne *pouvez* avoir un feu. Voici un grave malentendu qui doit être réparé. Il ne convient pas que vous restiez, ne fût-ce qu'une demi-heure seulement, sans feu. Vous n'êtes pas de santé robuste. Vous êtes glacée. Votre tante n'est certainement pas au courant. »

Fanny eût préféré rester silencieuse, mais comme elle était

obligée de répondre, elle ne put s'abstenir, pour rendre justice à celle des deux tantes qu'elle aimait le mieux, de dire une phrase dans laquelle on pouvait distinguer les mots, « ma tante Norris ».

« Je comprends », s'écria son oncle, retrouvant ses esprits et refusant d'en entendre davantage. « Je comprends. Votre tante Norris a toujours été d'avis, et en cela elle se montre fort sage, que les jeunes gens soient élevés sans complaisance inutile ; mais, en toute chose, il faut de la modération. Elle est elle-même fort vigoureuse, ce qui ne peut que l'influencer dans l'opinion qu'elle se fait des besoins des autres. Et, aussi pour une autre raison, à ce que je crois comprendre. Je connais ses sentiments depuis fort longtemps. Le principe était bon en lui-même, mais peut-être a-t-il été... et je crois que *c'est* le cas pour vous, poussé bien trop loin. Je me rends compte que parfois et sur certains points, on a établi des distinctions fort mal à propos ; mais j'ai trop haute opinion de vous, Fanny, pour supposer que vous nourrissiez du ressentiment à cause de cela. Votre entendement est tel qu'il vous empêchera d'avoir une vue fragmentaire des choses, et de porter sur elles un jugement partiel. Vous considérerez le passé dans son ensemble, étudierez les circonstances, les personnes, les probabilités, et sentirez que *ceux* qui vous préparaient et vous éduquaient pour cette condition médiocre qui *semblait* devoir être votre lot, n'en étaient pas moins pour autant vos amis. Bien que leur prudence se révèle peut-être finalement inutile, les intentions étaient bienveillantes ; et vous pouvez être certaine d'une chose, c'est que tous les bienfaits de la richesse sont multipliés par les petites privations et restrictions qui vous ont peut-être été imposées. Je suis sûr que vous ne décevrez pas la bonne opinion que j'ai de vous, et que vous ne manquerez pas de traiter votre tante Norris, à tout moment, avec le respect et les égards qui lui sont dus. Mais suffit. Asseyez-vous, ma chère enfant. Il faut que je vous parle quelques minutes, mais je ne vous retiendrai pas longtemps. »

Fanny obéit, les yeux baissés et le rouge aux joues. Après un moment de silence, Sir Thomas poursuivit, en essayant de réprimer un sourire : « On ne vous a peut-être pas avisée que j'ai eu un visiteur ce matin. Il n'y avait pas longtemps que je me trouvais dans ma pièce, après le petit déjeuner, lorsqu'on a fait entrer monsieur Crawford. Vous devinez peut-être le but de sa visite. »

La rougeur qui avait envahi le visage de Fanny se fit encore plus vive ; et son oncle, voyant qu'elle était à ce point embarrassée qu'il lui était tout à fait impossible de prononcer un mot ou de lever les yeux, détourna d'elle son regard, et sans s'arrêter plus longtemps, poursuivit le récit de la visite de monsieur Crawford.

Le but de la visite avait été pour monsieur Crawford de déclarer son amour à Fanny, de lui faire la plus franche des offres de mariage, et de demander instamment à l'oncle qui semblait lui tenir lieu de parents, son consentement ; et cette demande avait été faite avec une si parfaite sincérité, avec tant de générosité et de bienséance, que Sir Thomas était excessivement heureux de donner tous les détails de leur conversation, car il sentait, en outre, que les réponses et les remarques qu'il avait faites étaient dignes de celles qu'on pouvait attendre de lui ; et, comme il ne savait pas ce qui se passait dans l'esprit de sa nièce, il s'imaginait que, ce faisant, il lui procurait une satisfaction plus grande même que celle qu'il se donnait. Il parla donc plusieurs minutes, sans que Fanny osât l'interrompre. Son état était tel qu'elle ne souhaitait même pas qu'il s'interrompît. Son esprit était plongé dans un trop grand désarroi. Elle avait changé de position, et tout en gardant les yeux fixés intensément sur l'une des fenêtres, elle écoutait son oncle, bouleversée et atterrée. Il s'interrompit un instant, mais elle s'en était à peine rendu compte, et dit en se levant de sa chaise : « Et maintenant, Fanny, j'ai accompli une partie de ma mission, et vous ai montré toute chose bien établie sur des fondements solides et sensés ; je peux donc exécuter le restant en vous invitant à m'accompagner en bas, et là… bien que je pense ne pas avoir été un compagnon désagréable, je dois me soumettre et accepter que vous trouviez préférable d'écouter quelqu'un qui a de plus grands mérites que moi. Monsieur Crawford, ainsi que vous l'avez peut-être deviné, est encore dans la maison. Il est dans ma pièce et vous y attend. »

Elle lui lança un regard, eut un sursaut et poussa une exclamation, en entendant ces mots, qui surprirent Sir Thomas ; mais quel ne fut pas sa stupeur lorsqu'il l'entendit s'exclamer : « Oh ! non, monsieur, je ne peux pas, vraiment, je ne peux pas descendre auprès de lui. Monsieur Crawford devrait savoir... il doit savoir que... Je lui en ai assez dit hier pour le convaincre... il m'a parlé hier de ce sujet ; et je lui ai dit sans fard que cela m'était pénible, et qu'il n'était pas en mon pouvoir de le payer de retour. »

« Je ne saisis pas ce que vous voulez dire », dit Sir Thomas en se rasseyant. « Il n'est pas en votre pouvoir de le payer de retour ! Qu'est-ce que tout cela ? Je sais qu'il a eu un entretien avec vous hier, et (dans la mesure où je comprends ce qui s'est passé) il a été encouragé à poursuivre, autant que peut s'y autoriser une jeune femme avisée. La conduite que vous aviez montrée dans ces circonstances me réjouissait le cœur ; elle faisait preuve d'une sagesse fort digne d'éloges. Mais, maintenant, au moment où il s'est déclaré si honorablement, selon les plus strictes règles de la bienséance, quels sont vos scrupules, *maintenant* ? »

« Vous vous méprenez, monsieur », s'écria Fanny, contrainte par l'anxiété du moment à aller jusqu'à dire à son oncle qu'il se trompait. « Vous vous méprenez tout à fait. Comment monsieur Crawford aurait-il pu dire une chose pareille ? Je ne lui ai donné aucun encouragement hier. Au contraire, je lui ai dit, je ne me rappelle pas les mots précis, mais je suis sûre de lui avoir dit que je ne voulais pas l'écouter, que cela m'était franchement désagréable, et que je le suppliais de ne plus jamais me parler ainsi. Je suis certaine d'avoir dit tout cela et davantage ; et j'en aurais dit encore plus, si j'avais été tout à fait certaine que ses intentions étaient sérieuses, mais je ne voulais pas... je ne pouvais supporter d'être en train de faire allusion à quelque chose qui dépasserait peut-être ses intentions. Je pensais que cela ne servirait à rien avec *lui* ».

Elle ne put en dire plus ; elle était presque hors d'haleine.

« Dois-je comprendre », dit Sir Thomas, après quelques moments de silence, « que vous avez l'intention de *refuser* monsieur Crawford ? »

« Oui, monsieur. »

« Le refuser ? »

« Oui, monsieur. »

« Refuser monsieur Crawford ? Sous quel prétexte ? pour quelle raison ? »

« Je... je ne l'aime pas suffisamment, monsieur, pour l'épouser. »

« Cela est étrange ! » dit Sir Thomas, d'une voix où perçait un froid mécontentement. « Il y a là-dedans quelque chose qui dépasse mon entendement. Voici un jeune homme qui désire vous faire sa cour, et tout le recommande ; pas seulement son rang dans la société, sa fortune ou sa réputation ; il est d'une amabilité peu ordinaire, d'un abord plaisant pour tout le monde, et sa conversation est des plus agréables. Et ce n'est pas un ami de fraîche date ; vous le connaissez depuis un certain temps. En outre, sa sœur est votre amie intime, et il a fait pour votre frère, *ce qui* eût dû, du moins, je le supposais, être auprès de vous une recommandation plus que suffisante, n'y en eût-il eu pas d'autre. Il est fort douteux que mon crédit eût suffi pour obtenir son avancement. Et lui l'a déjà obtenu ! »

« Oui », dit Fanny, sa voix réduite à un filet de voix, les yeux baissés, et avec un sentiment accru d'embarras, car, après le tableau que son oncle avait brossé, elle se sentait, à vrai dire presque honteuse de ne point aimer monsieur Crawford.

« Vous vous êtes certainement aperçue », poursuivit bientôt Sir Thomas, « vous vous êtes certainement aperçue depuis un certain temps que les attentions de monsieur Crawford envers vous présentaient quelques particularités. Cette proposition ne vous a certainement pas prise par surprise. Vous avez certainement remarqué ses attentions ; et bien que vous les ayez toujours acceptées ainsi qu'il se devait (je ne saurais porter la moindre accusation contre vous à ce sujet), je n'ai jamais eu l'impression qu'elles vous étaient désagréables. Je suis plutôt porté à croire que vous ne connaissez pas ses propres sentiments. »

« Oh ! si monsieur, je les connais bien. Ses attentions ont toujours été... ce que je n'aime pas. »

Sir Thomas la regarda avec la surprise la plus profonde. « Cela me dépasse », dit-il. « Cela exige des explications. Jeune comme vous l'êtes, vous qui n'avez rencontré presque personne, il n'est guère possible que vous vous soyez attachée... »

Il s'arrêta et la regarda fixement, d'un air soupçonneux. Il vit ses lèvres former un *non*, sans qu'aucun son ne sortît de sa

bouche, mais son visage était cramoisi. Chez une jeune fille
aussi réservée, ce pouvait être toutefois tout à fait compatible
avec l'innocence ; et après avoir décidé de paraître s'en
satisfaire, il ajouta rapidement : « Non, non, je sais que *c'est*
tout à fait hors de question... tout à fait impossible. Bien,
n'en parlons plus. »

Et pendant quelques minutes, il ne prononça pas un mot.
Il était plongé dans ses pensées. Sa nièce était pareillement
plongée dans les siennes, et essayait de s'endurcir quelque
peu afin de se préparer à être interrogée plus longuement.
Elle eût préféré mourir plutôt que d'avouer la vérité, et
espérait par l'exercice de la réflexion pouvoir éviter de se
trahir.

« Indépendamment du *choix* fait par monsieur Crawford,
et qui présente tant d'intérêt », dit Sir Thomas reprenant le fil
de son discours, et avec un certain détachement, « qu'il
désire se marier de si bonne heure, me paraît être en soi une
recommandation. Je suis partisan des mariages précoces, là
où il y a des fortunes en rapport, et voudrais que tout jeune
homme à la tête d'un revenu suffisant, s'établisse le plus tôt
possible, dès qu'il a atteint l'âge de vingt-quatre ans. J'en suis
si fort convaincu, que je suis désolé de penser à quel point il
est improbable que mon fils aîné, votre cousin, monsieur
Bertram, se marie de bonne heure. Mais, à présent, autant
que je puisse en juger, le mariage ne fait aucunement partie
de ses intentions, ou de ses pensées. Je regrette qu'il y ait si
peu de chances de le voir s'établir. » Ici, un coup d'œil à
Fanny. « Quant à Edmond, à en juger d'après son caractère
et ses habitudes, il est plus susceptible de se marier précocement que son frère. En vérité, il m'a semblé qu'*il* a vu
récemment la femme qu'il pourrait aimer, ce qui n'est, j'en
suis convaincu, pas le cas pour mon fils aîné. Me trompai-je ?
Êtes-vous d'accord avec moi, ma chère enfant ? »

« Oui, monsieur. »

Ce fut dit doucement, mais avec sérénité, et Sir Thomas fut
rassuré sur le chapitre des cousins. Mais la disparition de ses
inquiétudes ne fut d'aucun secours pour Fanny ; comme le
mystère demeurait entier, le déplaisir de Sir Thomas s'accrut ; il se leva et se mit à marcher de long en large dans la
pièce, le sourcil froncé, et avec un air de désapprobation que
Fanny n'avait aucun mal à imaginer, bien qu'elle n'osât pas

lever les yeux, et dit ensuite d'un ton péremptoire : « Y a-t-il quelque raison, mon enfant, qui vous incite à avoir si mauvaise opinion du caractère de monsieur Crawford ? »

« Non, monsieur. »

Elle brûlait d'envie d'ajouter : « Mais j'ai des raisons de me méfier de ses principes » ; mais le cœur lui manqua, lorsqu'elle pensa à cette perspective effroyable que représenterait pour elle une discussion, une explication, et qu'elle échouerait probablement dans ses efforts pour le convaincre. Le peu d'estime qu'elle avait pour Henry Crawford se fondait principalement sur des observations qu'elle ne pouvait guère mentionner au père de ses cousines. Maria et Julia, Maria surtout, étaient impliquées de façon si compromettante dans l'inconduite de monsieur Crawford, qu'elle ne pouvait dessiner son caractère, tel qu'elle croyait le comprendre, sans trahir celles-ci. Elle avait espéré que pour un homme aussi perspicace, honorable et bon que son oncle, le simple aveu de sa part d'une *répugnance* marquée eût été suffisant. Elle découvrit à sa profonde douleur qu'il n'en était rien.

Sir Thomas s'avança vers la table où elle était assise, malheureuse et toute tremblante, et sur un ton de voix d'une sévérité glaciale, lui dit : « Il ne sert à rien que je converse avec vous, à ce que je vois. Nous ferions mieux de mettre un terme à cette conférence des plus humiliantes. Il ne faut pas faire attendre monsieur Crawford plus longtemps. Je me contenterai donc d'ajouter, car je pense qu'il est de mon devoir de dire ce que je pense de votre conduite, que vous avez déçu toutes les espérances que j'avais formées, et que votre caractère s'est révélé à l'opposé de ce que j'avais cru connaître. Car *j'avais*, Fanny, ainsi que ma conduite envers vous vous l'a certainement montré, formé une haute opinion de vous à l'époque de mon retour en Angleterre. J'avais pensé que vous étiez d'un naturel particulièrement dépourvu de cette vanité, de cet entêtement et de cette tendance à montrer de l'indépendance d'esprit qui est si fréquente dans les temps qui sont les nôtres, même chez les jeunes femmes, et qui est chez elles plus choquante que tout autre défaut. Mais vous m'avez maintenant montré que vous pouvez vous montrer d'une obstination perverse, que vous êtes capable de n'en faire qu'à votre tête, sans témoigner d'égards ou de respect envers ceux qui ont assurément le droit de vous

guider, sans même demander leur avis. Vous m'êtes apparue
fort différente de celle que je m'étais imaginée. Que votre
famille, vos frères et sœurs, puissent en cette circonstance,
retirer quelque avantage ou désavantage, ne semble pas vous
avoir traversé l'esprit. Il ne *vous* est rien qu'*ils* puissent tirer
profit de cette alliance, ou s'en réjouir. Vous ne songez qu'à
vous ; et parce que vous n'éprouvez pas pour monsieur
Crawford exactement ce qu'une imagination, jeune et
enflammée, croit nécessaire au bonheur, vous décidez de le
refuser sur-le-champ sans même souhaiter avoir un peu de
temps pour y réfléchir... un peu de temps pour y réfléchir
plus calmement, pour examiner vraiment votre propre
inclination, et vous rejetez loin de vous, dans un fol accès de
fureur, l'occasion d'être établie pour la vie, établie avec un
bon parti, honorable et noble, ce qui ne se reproduira
probablement plus jamais. Voici un jeune homme qui a
raison et caractère, un bon naturel, de bonnes manières et de
la fortune, qui vous est excessivement attaché, et qui
recherche votre main de la façon la plus noble et la plus
désintéressée ; et laissez-moi vous dire une chose, Fanny :
vous aurez beau vivre dix-huit ans de plus en ce monde, que
vous ne recevrez jamais plus les hommages d'un homme en
possession de la moitié de la fortune de monsieur Crawford,
ou du dixième de ses mérites. J'eusse été heureux de lui
accorder la main de l'une de mes filles. Maria a fait un
mariage magnifique, mais si monsieur Crawford avait
recherché la main de Julia, je la lui aurais donnée, avec une
satisfaction plus grande que lorsque j'ai donné la main de
Maria à monsieur Rushworth. » Après un bref silence : « Et
j'eusse été fort surpris, si l'une ou l'autre de mes filles, en
recevant, à n'importe quel moment, une proposition de
mariage, qui leur eût apporté ne fût-ce que la *moitié* des
avantages que présentait ce parti, et ce sans plus attendre, et
de façon péremptoire, sans me faire l'honneur de me
consulter ou de demander mon avis, y avaient répondu par la
négative. J'aurais été fort surpris et fort blessé d'un tel
procédé. J'eusse pensé que c'était là un grossier manquement
au devoir et au respect. On ne peut pas *vous* juger selon les
mêmes règles. Vos devoirs envers moi ne sont pas ceux d'un
enfant envers un père. Mais, Fanny, si votre cœur peut vous
acquitter du péché *d'ingratitude*... »

Il s'arrêta. Fanny était alors en train de verser des larmes amères, à tel point que Sir Thomas, si fâché qu'il fût, ne voulut pas la presser plus longtemps sur ce chapitre. Le cœur de Fanny, devant ce portrait d'elle qu'il lui tendait, manqua se briser ; devant de pareilles accusations, si lourdes, si multiples, qui s'amplifiaient et croissaient de façon effroyable ! Obstinée, entêtée, égoïste et ingrate. Voilà ce qu'il pensait d'elle. Elle avait déçu ses espérances ; elle avait perdu son estime. Qu'allait-il advenir d'elle ?

« Je suis tout à fait désolée », dit-elle à travers ses larmes et de façon presque inaudible. « Je suis vraiment tout à fait désolée. »

« Désolée ! Oui, j'espère bien que vous êtes désolée ; et que vous aurez longtemps des raisons d'être désolée des transactions de cette journée. »

« S'il m'était permis d'agir autrement », dit-elle en faisant encore un violent effort, « mais je suis si parfaitement convaincue que je ne pourrais jamais le rendre heureux, et que je serais moi-même *malheureuse*. »

Fanny répandit à nouveau des larmes ; mais, malgré ces nouveaux pleurs, malgré ce long et sombre mot qu'était le mot *malheureuse*, qui avait été à l'origine de cette crise de larmes, Sir Thomas commença à penser qu'elle se radoucissait quelque peu, et inclinait à croire que son humeur avait changé légèrement, ce qui avait peut-être quelque chose à voir avec ses pleurs ; et il se prit à penser que les prières que le jeune homme en personne pourrait lui adresser seraient favorables à son projet. Il savait qu'elle était timide et craintive à l'extrême ; il n'était donc pas impossible que son prétendant, étant donné l'état d'esprit dans lequel elle se trouvait, puisse produire sur elle l'effet que produisent d'habitude un peu de temps, d'insistance, de patience, et d'impatience, s'il savait employer un mélange judicieux de tous ces ingrédients. Si le gentleman voulait bien persévérer, si son amour pour elle était assez fort pour l'inciter à persévérer... Sir Thomas commença à reprendre espoir, et, après que ces pensées lui eurent traversé l'esprit, et l'eurent réconforté : « Eh bien ! » dit-il, d'une voix solennelle ainsi qu'il se devait, mais où il y avait moins de colère, « eh bien, ma chère enfant, séchez vos pleurs. Ces larmes ne servent à rien ; elles ne vous feront aucun bien. Il faut maintenant que vous descendiez avec moi. Nous avons déjà fait attendre monsieur Crawford trop longtemps. Vous devez lui donner votre réponse ; nous ne pouvons nous attendre à ce qu'il se satisfasse de moins ; et il n'y a que vous qui puissiez lui expliquer les raisons de ce malentendu sur vos sentiments, car il s'est fort malheureusement mépris sur votre compte. Je me sens tout à fait incapable d'accomplir cette tâche. »

Mais Fanny montra une telle répugnance et une telle détresse, à l'idée qu'il lui fallait descendre avec lui, que Sir Thomas, après avoir réfléchi un certain temps, jugea préférable de contenter ce désir. Les espoirs qu'il avait conçus, tant envers la jeune lady qu'envers le gentleman, furent en conséquence quelque peu découragés ; mais quand il regarda sa nièce, et vit dans quel état se trouvaient son visage et son teint après cette effusion de larmes, il pensa qu'il y aurait peut-être autant de perdu que de gagné dans une entrevue immédiate. Il quitta donc la pièce, sur quelques paroles sans grand intérêt, laissant sa pauvre nièce s'asseoir et verser des larmes sur ce qui s'était passé, et plongée dans la plus profonde affliction.

Son esprit était dans la plus grande confusion. Le passé, le présent, le futur, tout lui paraissait terrible. Mais c'était la colère de son oncle qui lui était la souffrance la plus cruelle. Égoïste et ingrate ! Lui être apparue sous ce jour ! Elle serait éternellement malheureuse. Elle n'avait personne pour la soutenir, la conseiller, ou parler avec elle. Son unique ami était absent. Il aurait pu apaiser le courroux de son père ; mais tous, tous peut-être, penseraient qu'elle était égoïste et ingrate. Il lui faudrait peut-être subir ce reproche maintes fois ; elle aurait toujours conscience que ceux qui l'entouraient avaient en tête ce reproche, elle le verrait dans leurs yeux, et l'entendrait à jamais dans leur bouche. Elle ne put se retenir d'éprouver un certain ressentiment contre monsieur Crawford ; pourtant, s'il l'aimait réellement, s'il était lui aussi pareillement malheureux ! Ce n'était de tous côtés qu'infortune.

Un quart d'heure environ s'écoula avant que son oncle ne revînt ; elle manqua s'évanouir en le voyant. Il parla toutefois avec calme, sans sévérité, et s'abstint de lui faire des reproches, aussi se sentit-elle renaître quelque peu. Et les paroles qui suivirent ainsi que ses manières lui apportèrent aussi un certain réconfort, car il commença ainsi : « Monsieur Crawford est parti ; il vient de me quitter à l'instant. Je n'ai pas besoin de répéter ce qui s'est passé. Je ne veux nullement accroître l'intensité de vos sentiments en décrivant pour vous ses réactions. Qu'il vous suffise de savoir qu'il s'est conduit avec la plus grande générosité, en vrai gentleman ; et a confirmé l'opinion favorable que j'avais de son intelligence, de son cœur et de son bon naturel. Lorsque je lui ai représenté quelles étaient vos souffrances, il a sur-le-champ, et avec la plus grande délicatesse, cessé de me presser pour que je l'autorise à vous voir pour le moment. »

Ici Fanny, qui avait levé les yeux, les baissa à nouveau. « Évidemment », poursuivit son oncle, « on ne peut que supposer qu'il réclamera de vous parler seul à seule, ne serait-ce que cinq minutes ; et c'est là une requête trop naturelle, une exigence trop juste pour qu'on puisse la lui refuser. Mais nous n'avons pas décidé du moment, demain peut-être, ou tout autre moment où vous aurez suffisamment retrouvé votre sang-froid. Pour l'heure, efforcez-vous seulement de vous apaiser. Retenez vos larmes ; elles vous épuisent. Si votre désir est, ainsi que je veux bien l'imaginer, de me montrer une certaine obéissance, vous ne vous abandonnerez pas à ces émotions, mais vous efforcerez au contraire par la raison de retrouver une disposition d'esprit plus ferme. Je vous conseille d'aller faire un tour dehors, l'air vous fera du bien ; passez une heure dehors, et promenez-vous dans les allées sablées, vous aurez le bosquet pour vous toute seule, et n'en serez que mieux pour avoir respiré du bon air et fait un peu d'exercice. Et, Fanny (se tournant encore une fois vers elle un instant), je ne ferai aucune allusion en bas à ce qui vient de se passer ; je n'en parlerai même pas à votre tante Bertram. Il n'y a pas lieu de répandre partout la nouvelle de mon désappointement ; n'en dites rien vous-même. »

Elle ne pouvait manquer d'obéir à cet ordre avec plaisir ; c'était un geste de bonté qui toucha Fanny au cœur. Qu'il lui fût épargné d'entendre sa tante Norris lui faire d'interminables reproches ! Voir monsieur Crawford lui apparaissait presque, en comparaison, moins affreux.

Elle sortit sans plus tarder de sa pièce, obéissant ainsi aux recommandations de son oncle, et suivit autant qu'elle le

put ses conseils d'un bout à l'autre ; elle parvint à refouler ses
larmes, essaya de tout son cœur de retrouver son sang-froid
et d'aguerrir son esprit. Elle désirait lui prouver qu'elle
souhaitait être l'artisan de son bonheur, et cherchait à
regagner sa faveur ; et en évitant de porter toute l'histoire à la
connaissance de ses tantes, il lui avait donné une autre raison
de s'y employer. Ne pas éveiller de soupçons, par son
apparence ou ses manières, lui paraissait maintenant être le
but qu'elle devait essayer d'atteindre ; et elle se sentait de
taille à affronter n'importe quoi, à la seule condition qu'il lui
fût épargné de rencontrer sa tante Norris.

Elle fut frappée de stupeur, réellement frappée de stupeur,
lorsqu'en rentrant de sa promenade et pénétrant à nouveau
dans la chambre de l'est, la première chose qui attira ses
regards fut un feu qu'on avait allumé et qui était en train de
brûler dans sa cheminée. Un feu ! C'en était trop, lui
semblait-il ; ce plaisir, accordé en un moment pareil, suscita
en elle un élan de reconnaissance douloureux. Elle s'étonnait
que Sir Thomas eût trouvé le loisir de penser à une telle
bagatelle ; mais elle apprit bientôt de la bouche même de la
femme de chambre qui entra pour s'en occuper, et qui lui
donna spontanément ce renseignement, qu'il en serait de
même chaque jour. Sir Thomas avait donné des ordres pour
qu'il en soit ainsi.

« Je serais en vérité pire qu'un animal, si je me montrais
ingrate », se disait-elle, tout en monologuant. « Que le ciel
me préserve de l'ingratitude ! »

Elle n'aperçut pas plus son oncle que sa tante Norris,
jusqu'au moment où ils se rencontrèrent pour le dîner.
L'attitude de son oncle envers elle fut alors aussi proche que
possible de ce qu'elle était à l'accoutumée : il n'avait pas
l'intention, elle en était certaine, de la modifier le moins du
monde, et si elle s'imaginait voir quelque modification,
c'était uniquement que sa conscience parlait en elle ; mais
bientôt, sa tante lui chercha querelle ; et quand elle découvrit
à quel point elle pouvait s'appesantir de façon fâcheuse sur le
seul fait qu'elle fût sortie sans que sa tante en eût eu
connaissance, elle sentit combien elle devait être reconnaissante à son oncle de cette bonté qui la préservait de sentir
s'acharner sur elle, et ce, sur un sujet bien plus sérieux, cette
vivante incarnation de l'acrimonie qu'était sa tante.

« Si j'avais su que vous sortiez, je vous aurais demandé de prolonger votre promenade jusqu'à ma maison, avec quelques ordres à communiquer à Nounou », dit-elle, « que j'ai dû moi-même transmettre en personne, ce qui m'a fort incommodée. Je n'avais guère de temps devant moi, et vous auriez pu m'épargner cette peine, si vous aviez seulement eu l'obligeance de nous faire savoir que vous sortiez. Cela n'eût guère fait de différence pour vous, je suppose, que de vous promener dans le bosquet ou d'aller à pied jusqu'à ma maison. »

« J'ai recommandé le bosquet à Fanny comme étant l'endroit le plus sec », dit Sir Thomas.

« Oh ! » dit madame Norris, qui rencontrait là un obstacle imprévu, « vous avez fait preuve d'une grande bienveillance, Sir Thomas ; mais vous ne savez pas combien le chemin qui mène à ma maison est sec. Fanny aurait fait là, je vous l'assure, une promenade tout aussi agréable ; avec cet avantage qu'elle se serait rendue utile, et aurait obligé sa tante : tout est de sa faute. Si elle nous avait seulement fait savoir qu'elle sortait... Mais il y a chez Fanny quelque chose de tout à fait particulier, j'en ai souvent fait en moi-même la remarque, elle aime à en faire à sa tête, pour tout ce qu'elle entreprend ; elle n'aime pas qu'on lui donne des ordres ; elle va faire sa promenade, chaque fois qu'elle le peut, de son côté ; il y a assurément en elle un penchant pour faire les choses en secret, un goût pour l'indépendance et le manque d'obéissance, que je lui recommanderais fort de maîtriser. »

Cette considération d'ordre général sur Fanny, Sir Thomas ne put que la trouver fort injuste, bien qu'il eût lui-même exprimé peu de temps auparavant les mêmes opinions, aussi essaya-t-il de détourner la conversation, et il s'y prit à plusieurs fois avant d'y parvenir ; car madame Norris n'avait pas assez de perspicacité pour se rendre compte, maintenant ou à tout autre moment, à quel point il avait bonne opinion de sa nièce, ou combien il était loin de souhaiter voir les mérites de ses enfants rehaussés par les paroles de dénigrement qu'elle adressait à Fanny. Toutes ses paroles étaient dirigées *contre* Fanny, et pendant presque tout le temps que dura le dîner, elle lui tint rigueur d'avoir fait toute seule cette promenade.

Le repas se termina enfin, toutefois ; et à mesure qu'avançait la soirée, elle apportait à Fanny plus de recueillement et de gaieté qu'elle n'eût pu espérer en trouver, après une matinée si orageuse ; mais, en premier lieu, elle pensait avoir agi justement, et que son jugement ne l'avait pas induite en erreur ; car elle pouvait répondre de la pureté de ses intentions ; et en second lieu, elle était encline à croire que le mécontentement de son oncle était en train de s'apaiser, et s'apaiserait encore lorsqu'il considérait les choses avec plus d'impartialité, et sentirait, car c'était un homme bon, combien impardonnable était un mariage sans amour, combien se marier sans éprouver de vraie affection était une chose cruelle, qui ne pouvait que mal se terminer.

Quand fut passée l'heure à laquelle elle avait été menacée le lendemain de rencontrer monsieur Crawford, elle se flatta qu'un point final avait été mis là-dessus, et qu'une fois monsieur Crawford loin de Mansfield, on pourrait dire que rien ne s'était passé. Elle ne voulait, ne pouvait croire que l'attachement que monsieur Crawford avait pour elle pût l'affliger longtemps ; son âme n'était point de cette sorte-là. Londres le guérirait bientôt. A Londres, il apprendrait bientôt à s'étonner de son engouement, et lui serait reconnaissant d'avoir montré cette juste sagesse qui lui avait permis d'échapper à de funestes conséquences.

Tandis que Fanny était toute occupée à nourrir pareilles espérances, Sir Thomas quitta la pièce peu de temps après qu'on eut pris le thé, car on l'appelait au-dehors ; événement trop ordinaire pour la surprendre, et elle n'y songea plus, jusqu'au moment où, dix minutes plus tard, le majordome fit de nouveau son apparition et s'avança vers elle d'un air décidé en lui disant : « Sir Thomas désire vous parler, Madame, dans sa pièce. » Alors, il lui vint à l'esprit que ce qu'elle redoutait allait se produire ; ce soupçon chassa toute couleur de son visage ; elle fut debout à l'instant, et se préparait à obéir, lorsque madame Norris s'écria : « Restez, restez, Fanny ! A quoi songez-vous ? où allez-vous ? ne vous pressez pas tant. Croyez-moi, ce n'est pas vous qu'on demande ; soyez certaine que c'est moi (regardant le majordome) ; mais vous êtes si impatiente de vous mettre en avant. Pour quelle raison Sir Thomas aurait-il besoin de vous voir ? C'est de moi dont il s'agit, Baddeley ; je viens à l'instant.

C'est moi, Baddeley, certainement. Sir Thomas veut me voir, et pas mademoiselle Price. »

Mais Baddeley répéta énergiquement : « Non, Madame, c'est mademoiselle Price, je suis sûr que c'est mademoiselle Price. » Et il esquissa, en prononçant ces mots, un léger sourire qui voulait dire : « Je ne pense pas que *vous* seriez d'aucune utilité. »

Madame Norris, fort mécontente, fut obligée de rassembler ses esprits, et Fanny, sortant de la pièce, mal à l'aise et toute troublée, se trouva, ainsi qu'elle l'avait prévu, dans la minute qui suivit, toute seule avec monsieur Crawford.

CHAPITRE XXXIII

La conférence ne fut ni aussi brève, ni aussi concluante que ne l'avait projeté la jeune lady. Le gentleman ne fut pas aussi aisément satisfait. Il se montrait aussi enclin à persévérer que pouvait le souhaiter Sir Thomas. Sa vanité l'incitait vivement d'une part à croire qu'elle l'aimait, sans qu'elle le sût probablement elle-même, et, d'autre part, lorsqu'il fut enfin contraint de reconnaître qu'elle connaissait fort bien ses sentiments envers lui, cette même vanité le persuada qu'il parviendrait à la longue à changer l'état de son cœur.

Il était épris, profondément épris ; et cet amour, agissant comme il le faisait sur un naturel entreprenant et optimiste, plus ardent que délicat, lui fit considérer qu'il était pour lui de la plus haute importance de gagner sa tendresse, et ce d'autant plus vivement que celle-ci lui était refusée ; ainsi, l'amour qu'il avait d'elle l'incita à tout faire pour obtenir, en la contraignant à l'aimer, la gloire et la félicité.

Il s'interdisait de désespérer ; il s'interdisait de renoncer. Il avait de solides raisons de se l'attacher de façon durable, et elles étaient toutes légitimes ; il savait qu'elle possédait tous les mérites qui justifiaient les espérances les plus vives et les plus certaines de bonheur ; sa conduite, en ces instants mêmes, révélant ainsi qu'elle le faisait un caractère d'une générosité emplie de délicatesse (qualités rares, en vérité, pensait-il), était de celles qui ne pouvaient qu'encourager ses espérances, et confirmer toutes ses résolutions. Mais il ne savait pas qu'il s'attaquait à un cœur déjà pris. Il n'avait de *cela* aucun soupçon. Il pensait plutôt qu'elle n'avait jamais suffisamment songé à ce sujet pour encourir quelque danger de ce côté-là ; qu'elle avait été préservée d'aimer par sa jeunesse, jeunesse d'esprit aussi charmante que l'était toute sa personne ; qu'elle avait été retenue de comprendre ses attentions par sa pudeur, et qu'elle était encore comme subjuguée par cette cour si soudaine et si totalement inattendue, ainsi que par la nouveauté d'une situation que son imagination n'avait jamais considérée.

N'était-il donc pas logique de penser qu'il réussirait, quand ses intentions seraient comprises ? Il en était pleinement persuadé. Un amour comme le sien, l'amour d'un homme comme lui, ne pouvait manquer avec de la persévérance d'être payé de retour, et sans qu'il eût à attendre fort longtemps ; et l'idée qu'il réussirait à la contraindre de l'aimer en un temps aussi court le ravissait tellement qu'il ne regrettait presque pas de n'être point alors aimé. Quelques difficultés à surmonter n'étaient point pour déplaire à Henry Crawford. Cela lui donnait plutôt du courage. Conquérir les cœurs lui avait toujours été trop facile. La situation dans laquelle il se trouvait était pour lui neuve et stimulante.

Pour Fanny, toutefois, elle qui avait toute sa vie rencontré trop souvent de l'opposition pour y trouver quelque charme que ce fût, tout cela était incompréhensible. Elle s'aperçut qu'il avait vraiment l'intention de persévérer ; mais qu'il lui fût possible de s'obstiner ainsi, après qu'il eut entendu le langage qu'elle avait été dans l'obligation d'employer, elle ne pouvait le comprendre. Elle lui dit qu'elle ne l'aimait pas, ne pouvait l'aimer, et était sûre qu'elle ne l'aimerait jamais, qu'il était impossible qu'elle changeât de sentiments, que le sujet lui était extrêmement pénible, qu'elle se sentait obligée de le supplier de ne plus jamais le mentionner, qu'elle l'implorait de lui permettre de le quitter immédiatement, et qu'il devait considérer les choses comme terminées à jamais. Et, pressée dans ses retranchements, elle avait ajouté, qu'à son avis, ils étaient tous deux, par nature, d'un caractère si différent, que toute affection mutuelle était incompatible avec leurs caractères ; et que rien dans leur complexion, éducation et habitudes, ne les prédisposait à s'entendre. Elle dit toutes ces choses avec franchise et sincérité ; et pourtant ce ne fut point suffisant, car il nia promptement que leurs caractères fussent si éloignés l'un de l'autre, ou qu'il y eût entre eux quelque hostilité naturelle ; et il déclara catégoriquement qu'il continuerait pourtant à l'aimer et à espérer !

Fanny savait clairement ce qu'elle voulait ; mais elle n'était nullement juge de la manière dont elle exprimait ses opinions. Ses manières étaient d'une douceur sans remède, et elle ne se rendait pas compte combien elles masquaient la sévérité de son dessein. Son manque d'assurance, sa gratitude et sa douceur faisaient presque apparaître chacun des témoignages de son indifférence comme un effort de renoncement ; ils semblaient du moins lui infliger à elle presque autant de peine qu'à lui. Monsieur Crawford n'était plus le monsieur Crawford qu'elle avait eu en horreur, lorsqu'il était l'admirateur clandestin, insidieux et perfide de Maria Bertram, celui dont elle avait haï jusqu'à la vue et la conversation, dont elle avait à peine reconnu les talents, à qui elle avait même refusé la faculté de savoir se rendre agréable. Il était devenu maintenant ce monsieur Crawford qui lui faisait une cour ardente et désintéressée ; dont les sentiments incarnaient en apparence tout ce qui était honorable et intègre, et dont les idées de bonheur s'étaient toutes fixées sur un mariage d'amour ; ce monsieur Crawford qui répandait sur elle la haute opinion qu'il avait d'elle et de ses mérites, lui dépeignant continuellement sa tendresse, et qui prouvait autant que le peuvent les mots, et en employant en sus le langage, le ton et l'énergie d'un homme de talent, qu'il recherchait en elle la douceur et la bonté ; et il était devenu, maintenant, pour couronner le tout, ce monsieur Crawford qui avait obtenu l'avancement de William !

Quelle métamorphose ! Les droits qu'il avait ainsi acquis sur elle ne pouvaient manquer d'opérer. Si elle avait pu lui montrer son mépris, dans les parcs et jardins de Sotherton, ou le théâtre de Mansfield, avec toute la majesté d'une vertu qu'on a offensée, elle ne pouvait que le traiter différemment, dès l'instant où il avait ces titres nouveaux à sa reconnaissance. Il lui fallait se montrer courtoise envers lui, et lui témoigner de la compassion. Elle devait lui faire sentir combien elle était honorée, et lorsqu'elle pensait à elle-même ou à son frère, elle ne pouvait que lui montrer une extrême reconnaissance. Tous ces sentiments produisaient un effet pitoyable de confusion, et elle mêlait à ses paroles de refus des expressions qui parlaient à tel point d'obligations et d'inquiétude, que, pour un naturel aussi empli d'une vanité sûre d'elle que l'était celui de monsieur Crawford, la vraisemblance ou du moins la vigueur de son indifférence, pouvaient paraître contestables ; et il n'était pas aussi irrationnel que ne l'avait pensé Fanny, lorsqu'il conclut leur entretien, en déclarant qu'il persévérerait dans son attachement, avec une constance assidue et exempte de mélancolie.

Ce fut à contrecœur qu'il la laissa partir, mais quand il la quitta, nul air de désespoir ne vint contredire ses paroles, ou lui donner l'espoir qu'il était moins déraisonnable qu'il ne le déclarait.

Elle était maintenant fort en colère. Il s'éleva en elle du ressentiment devant un acharnement si égoïste, si peu généreux. De nouveau, elle avait un exemple de ce manque de délicatesse et d'égards envers les autres qui l'avait autrefois si fort frappée et qu'elle trouvait si méprisable. Voilà que surgissaient à nouveau certains traits de ce monsieur Crawford-là, qu'elle avait tant auparavant désapprouvé. Là où son propre plaisir était en jeu, combien, à l'évidence, il manquait grossièrement de sentiment et d'humanité ! Et hélas ! quand le cœur a quelque insuffisance, nul n'ignore qu'aucun principe ne saurait le remplacer dans l'accomplissement du devoir. Même si elle n'avait pas déjà engagé son cœur ailleurs, là où elle n'eût peut-être pas dû le faire, elle n'aurait pu s'éprendre de lui.

Ainsi, avec honnêteté, avec une tristesse qui s'épanchait peu, Fanny réfléchissait ; elle méditait sur le luxe et le témoignage de complaisance excessifs qu'était pour elle un feu, là-haut, dans la pièce de l'est, s'étonnait de ce qu'avait été le passé, de ce qu'était le présent, et se demandait ce que l'avenir lui réservait ; dans son trouble et son désarroi, elle ne parvenait pas à voir clair dans tout ce qui lui était arrivé ; une seule chose était certaine pour elle : elle ne pourrait aimer monsieur Crawford, quelles que fussent les circonstances, et c'était pour elle la plus grande félicité que d'avoir un feu auprès duquel s'asseoir et réfléchir.

Sir Thomas fut contraint, ou se contraignit à attendre le lendemain pour apprendre ce qui s'était passé entre les deux jeunes gens. Il vit alors monsieur Crawford, qui lui fit son

récit. Son premier sentiment fut de la déception ; il avait
espéré mieux ; il avait cru qu'une heure de prières, venant
d'un jeune homme comme monsieur Crawford, pourrait
produire de plus grands changements sur une jeune fille au
caractère aussi docile que Fanny ; mais la fermeté d'intention
du prétendant, ainsi que la confiance obstinée dont il
témoignait, lui apportèrent un rapide réconfort ; et comme
Sir Thomas vit que le principal intéressé était persuadé de
réussir, il s'autorisa bientôt à penser que les choses se
passeraient ainsi.

Il ne négligea rien, quant à lui, pour aider à la réussite de ce
projet, en employant force civilités, hommages et actes de
bienveillance. Il honora la constance de monsieur Crawford,
loua fort Fanny, et présenta l'alliance comme la chose la plus
souhaitable qui fût au monde. Monsieur Crawford serait
toujours le bienvenu à Mansfield Park ; il lui suffirait, pour
choisir la fréquence de ses visites, dans le présent et à
l'avenir, de s'en rapporter à son propre jugement et à ses
sentiments. Il n'y avait, dans la famille de sa nièce, qu'une
seule et même opinion, qu'un seul et même désir sur ce
chapitre ; tous ceux qui aimaient sa nièce inclinaient du
même côté.

Une fois que fut dit tout ce qui pouvait être dit en guise
d'encouragement, et que ces encouragements eussent été
accueillis avec une joie reconnaissante, les deux gentlemen se
quittèrent les meilleurs amis du monde.

Certain maintenant que la cause s'annonçait sous les
meilleurs auspices, Sir Thomas résolut de s'abstenir d'importuner sa nièce plus longtemps, et de ne pas s'interposer
ouvertement. La gentillesse était, à son avis, ce qui avait le
plus de chances de réussir sur un naturel comme le sien. Les
sollicitations ne viendraient que d'un seul côté. Peut-être que
le moyen le plus sûr de faire avancer leur cause, était que la
famille montrât de la longanimité à propos de cette alliance
qu'elle désirait vivement, ainsi que Fanny ne pouvait manquer de le penser. Ce fut par conséquent, animé par ce
principe que Sir Thomas saisit la première occasion pour lui
dire avec une gravité exempte de rigueur, mais qui voulait
avoir raison de sa résistance : « Eh bien, Fanny, j'ai revu
monsieur Crawford, et ai appris de lui exactement quel était
l'état de vos relations. C'est un jeune homme fort extraordi-

naire, et quel que soit le résultat final, vous ne pouvez manquer de vous apercevoir que vous avez suscité là un attachement hors du commun ; et pourtant, vous ne pouvez, jeune comme vous l'êtes, et si peu au courant de la nature fugitive, changeante et instable de l'amour, tel qu'on le trouve en général, être autant frappée que je le suis par cette persévérance merveilleuse, qui refuse de se décourager. C'est pour lui, semble-t-il, entièrement affaire de sentiment ; il ne prétend y avoir aucun mérite, peut-être n'en mérite-t-il pas. Cependant, sa constance exige le respect, car il a fait le meilleur choix qu'il pouvait faire. S'il avait choisi de façon moins irréprochable, j'aurais condamné sa persévérance. »

« En vérité, monsieur », dit Fanny, « je regrette fort que monsieur Crawford continue à... Je sais qu'il me fait un grand honneur, et je sais combien je mérite peu ses hommages, mais je suis si parfaitement convaincue, ainsi que je lui ai dit, qu'il ne serait jamais en mon pouvoir... »

« Ma chère », l'interrompit Sir Thomas, « il n'y a pas de raisons pour qu'il en soit ainsi. Je connais aussi bien vos sentiments que vous connaissez mes souhaits et mes regrets. Il n'y a rien de plus à dire, ou à faire. Dorénavant, nous ne reprendrons plus jamais ce sujet. Vous n'aurez rien à redouter, rien ne viendra vous troubler. Vous ne pouvez imaginer que j'essaierai de vous persuader de contracter un mariage qui ne serait pas d'inclination. Ce sont votre bonheur tout comme vos droits que j'ai en vue, et on ne vous demande rien d'autre que d'entendre monsieur Crawford s'efforcer de vous convaincre. Il agit à ses risques et périls. Vous êtes en terrain sûr. J'ai promis de l'autoriser à vous voir chaque fois qu'il viendra, comme cela eût été le cas, si rien de la sorte ne s'était produit. Vous le verrez en notre compagnie, ni plus ni moins que nous, autant que vous le pourrez, en chassant le souvenir de tout ce qui vous est désagréable. Il quittera le comté de Northampton dans si peu de temps, que même ce léger sacrifice ne pourra être souvent exigé de vous. L'avenir doit demeurer incertain. Et maintenant, chère Fanny, que ce chapitre soit terminé entre nous. »

La promesse du départ de monsieur Crawford fut la seule chose à laquelle Fanny pût penser avec beaucoup de satisfaction. Toutefois, elle accueillit avec plaisir les expressions bienveillantes de son oncle ainsi que ses manières indulgen-

tes ; et quand elle se prit à considérer quelle infime partie de
la vérité il connaissait, elle se sentit en droit de s'étonner de la
ligne de conduite qu'il avait choisie. Lui qui avait donné sa
fille à monsieur Rushworth. Il ne fallait point s'attendre à ce
qu'il montrât dans ses sentiments une délicatesse et une
exaltation romanesques. Elle ferait, ainsi qu'elle le devait,
son devoir, en souhaitant seulement que le temps rendît ce
devoir plus facile à accomplir qu'il ne l'était maintenant.

Bien qu'elle n'eût que dix-huit ans, elle ne croyait pas que
l'attachement de monsieur Crawford pût durer toujours ;
elle pensait que si elle le repoussait, sans cesse, et régulièrement, il finirait par se lasser de ne point être payé de retour.
Combien de temps lui faudrait-il pour mettre un terme à son
emprise, là n'est pas notre propos. Il ne serait pas équitable
de chercher à savoir quel prix ont pour une jeune lady ses
vertus incomparables.

Bien qu'il eût décidé de se taire, Sir Thomas se trouva une
fois de plus obligé de mentionner le sujet à sa nièce, et de la
préparer brièvement à l'idée qu'il allait communiquer la
chose à ses tantes ; il se fût pourtant efforcé d'éviter pareille
mesure, si cela lui avait été possible, mais elle devint
nécessaire, car monsieur Crawford, contrairement à lui,
pensait qu'il était inutile de garder la chose secrète. Il ne
songeait nullement à se cacher d'être amoureux. Tout le
monde au presbytère était au courant, et il aimait à parler de
son avenir avec ses deux sœurs ; ce lui serait fort agréable
d'avoir des témoins éclairés qui le verraient avancer dans son
entreprise et être couronné de succès. Quand Sir Thomas eut
compris qu'il en était ainsi, il sentit la nécessité de communiquer la nouvelle à sa femme et à sa belle-sœur, sans plus
tarder ; bien que, par égard pour Fanny, il redoutât, presque
autant que Fanny, l'effet que celle-ci ne pouvait manquer de
produire sur madame Norris. Il tenait en piètre estime le zèle
intempestif, quoique bien intentionné de cette dernière. En
vérité, à cette époque, Sir Thomas n'était pas loin de ranger
madame Norris parmi ces gens bien intentionnés qui agissent
toujours mal à propos, et ce pour accomplir des actions
désagréables.

Madame Norris, toutefois, apaisa ses inquiétudes. Il la
pressa de se montrer patiente et d'observer le silence le plus
complet avec sa nièce ; non seulement promit-elle, mais

encore se conforma-t-elle scrupuleusement à ses injonctions. Elle se contenta d'arborer sur son visage un air accru de malveillance. Elle ne décolérait pas, et sa colère était mêlée d'amertume ; mais ce courroux, tout dirigé contre Fanny, provenait plus du fait qu'elle eût reçu une pareille demande en mariage, que de son refus d'accepter cette offre. C'était offenser Julia, lui faire affront, elle qui eût dû être l'heureuse élue choisie par monsieur Crawford ; et, qui plus est, elle n'aimait pas Fanny, pour avoir manqué d'égards envers elle, et témoignait de l'animosité à voir l'élévation de celle qu'elle s'était toujours efforcée de rabaisser.

Sir Thomas lui sut gré de sa discrétion en la circonstance, alors qu'elle ne le méritait nullement ; et Fanny l'eût volontiers mille fois remerciée de lui laisser seulement voir et non entendre son mécontentement.

Lady Bertram prit la chose fort différemment. Elle avait été toute sa vie, une beauté, et une beauté prospère ; beauté et richesse étaient les seules choses qui suscitaient son respect. Apprendre que Fanny était recherchée en mariage par un homme fortuné, l'élevait donc considérablement dans son estime. Ainsi convaincue que Fanny était *très* jolie, ce dont elle avait douté auparavant, et qu'elle allait faire un mariage avantageux, elle commença à éprouver comme une fierté à l'idée qu'elle était sa nièce.

« Eh bien, Fanny », dit-elle, dès qu'elles se retrouvèrent seules quelques instants plus tard, et son désir de se trouver seule avec Fanny avait été presque de l'impatience, et l'expression de son visage, lorsqu'elle prononça ces mots, était extraordinairement animée, « eh bien Fanny, j'ai eu une très agréable surprise ce matin. Je désire seulement en parler *une fois* avec vous ; j'ai dit à Sir Thomas qu'il fallait que j'en parle avec vous *une fois,* et puis j'en aurai terminé. Je vous félicite, ma chère nièce. » Et, la regardant à nouveau avec complaisance, elle ajouta : « Hum, nous sommes tous assurément fort beaux dans notre famille. »

Fanny rougit et hésita tout d'abord à répondre ; puis, désirant l'attaquer là où elle était vulnérable, elle répondit bientôt :

« Ma chère tante, *vous* ne sauriez vouloir que j'agisse différemment. j'en suis certaine. *Vous* ne sauriez vouloir que je me marie ; car je vous manquerais, n'est-ce pas ? Oui, j'en suis certaine, je vous manquerais trop pour que vous ayez pareil souhait. »

« Non, ma chère, pareille idée ne me viendrait pas à l'esprit, en un moment où une offre comme celle-ci se présente à vous. Je me passerai très bien de vous, si vous épousez un homme qui possède comme monsieur Crawford une si belle demeure. Et il faut que vous vous rendiez compte que c'est le devoir de toute jeune femme que d'accepter une offre aussi irréprochable que celle-là. »

C'était là son unique ou presque unique règle de conduite, et ce fut l'unique conseil que Fanny eût jamais reçu de sa tante pendant huit années et demie. Elle fut réduite au silence. Elle savait qu'il serait vain d'en discuter. Si les sentiments de sa tante étaient contraires aux siens, rien ne servait de s'attaquer à sa raison. Lady Bertram se montrait fort loquace.

« Écoutez ce que j'ai à vous dire, Fanny », dit-elle. « Je suis sûre qu'il est tombé amoureux de vous pendant le bal, je suis sûre que c'est ce soir-là que le mal a été fait. Vous étiez vraiment particulièrement en beauté. Tout le monde l'a dit. Sir Thomas l'a dit. Et vous savez que vous aviez Chapman pour vous aider à vous habiller. Je suis contente de vous avoir envoyé Chapman. Je dirai à Sir Thomas que je suis sûre que tout s'est passé ce soir-là. » Et poursuivant le cours de ses idées, elle ajouta peu de temps après : « Écoutez ce que j'ai à vous dire, Fanny, et c'est plus que je n'en ai fait pour Maria, la prochaine fois que mon carlin aura une portée, je vous donnerai un de ses chiots. »

CHAPITRE XXXIV

De grandes nouvelles attendaient Edmond à son retour. Il allait apprendre maintes choses fort surprenantes. La première surprise pour lui ne fut point celle qui présentait le moins d'intérêt ; il aperçut en effet Henry Crawford et sa sœur qui traversaient le village à pied, tandis qu'il y pénétrait à cheval. La conclusion à laquelle il était arrivé pour lui-même, et aussi son désir profond étaient qu'ils seraient fort loin. Il avait prolongé son absence au-delà d'une quinzaine de jours, dans le but précis d'éviter mademoiselle Crawford. Il revenait à Mansfield dans des dispositions d'esprit telles qu'il était prêt à se nourrir de souvenirs mélancoliques et de tendres réminiscences, or voilà qu'avait surgi devant lui, appuyée au bras de son frère, la belle dame en personne ; voilà qu'il était sans conteste accueilli en ami, par la jeune femme qu'il imaginait, à peine quelques minutes auparavant, à soixante milles de là, et plus éloignée, bien plus éloignée de lui par les sentiments que par une distance véritable.

Se fût-il attendu à la rencontrer, qu'il n'eût pu espérer se voir pareillement accueilli. Ayant rempli le devoir qu'il s'était assigné et qui lui avait fait quitter Mansfield, il s'était attendu à toute autre chose qu'un air de plaisir et des paroles d'une aimable simplicité. Et ce fut suffisant pour que son cœur reprît courage, et qu'il s'en retournât dans un état d'esprit propre à lui faire sentir pleinement le prix des autres heureuses surprises qui l'attendaient.

L'avancement de William, avec tous les détails qui s'y rapportaient, n'eut bientôt plus aucun secret pour lui ; et comme il avait au plus profond de son cœur une source secrète de satisfaction qui accrut encore son bonheur, cette nouvelle lui procura des sensations extrêmement agréables, si bien que tout le temps que dura le dîner, il fut constamment de fort bonne humeur.

Après le dîner, quand il se retrouva seul avec son père, il apprit ce qui était arrivé à Fanny ; et alors, il sut tous les événements importants des derniers quinze jours, et fut au courant de l'état dans lequel se trouvaient les choses à Mansfield.

Fanny devina ce qui se passait. Ils restaient bien plus longtemps que de coutume dans la petite salle à manger, et elle était sûre qu'ils étaient en train de parler d'elle ; quand l'heure du thé les eût enfin chassés de cette pièce, et qu'elle fût prête à voir Edmond à nouveau, elle se sentit horriblement coupable. Il s'avança vers elle, s'assit à ses côtés, lui prit la main et la serra affectueusement ; et elle pensa, à cet instant, que si elle n'avait pas trouvé à s'employer à servir le thé, elle eût trahi son émotion par quelque excès impardonnable.

Il n'avait toutefois pas l'intention, par ce geste, de lui donner à penser qu'il l'approuvait sans réserve, et l'encourageait ainsi qu'elle pouvait le croire. Il voulait seulement montrer qu'il était sensible à tout ce qui la touchait, et venait d'apprendre une nouvelle qui ravivait la tendresse qu'il avait pour elle. Il partageait, à dire vrai, tout à fait l'opinion de son père sur la question. Son étonnement de la voir refuser Crawford n'avait pas été aussi grand que celui de son père, parce qu'il était loin de penser qu'elle le considérait avec quelque chose qui ressemblât à de l'inclination ; il avait toujours plutôt été d'avis qu'elle éprouvait pour lui des sentiments opposés, et qu'elle avait été entièrement prise par surprise ; mais il n'en considérait pas moins cette alliance comme fort désirable, tout comme son père. Tout parlait en la faveur d'une pareille alliance, et bien qu'il lui sût gré d'avoir agi ainsi qu'elle l'avait fait sous l'empire de son indifférence, et qu'il eût exprimé cela en termes énergiques dont Sir Thomas n'eût guère pu se faire l'écho, il espérait de tout cœur et avec confiance que tout se terminerait par un mariage, et qu'il apparaîtrait, une fois qu'ils auraient été réunis par une tendresse réciproque, que leurs tempéraments étaient par nature si bien assortis qu'ils ne pourraient trouver le bonheur que l'un par l'autre, et il commençait sérieusement à croire qu'il en serait ainsi. Crawford avait montré trop de précipitation. Il ne lui avait pas laissé le temps de s'attacher à lui. Il avait pris les choses à rebours. Toutefois, avec des talents comme les siens et un naturel comme celui de Fanny, Edmond voulait croire que tout se terminerait par une heureuse conclusion. Il s'aperçut, pendant ce temps, que Fanny était fort embarrassée, si bien qu'il se gardât scrupuleusement d'accroître une nouvelle fois son embarras, par ses paroles, regards ou gestes.

Crawford vint leur rendre visite le lendemain, et en raison du retour d'Edmond, Sir Thomas se sentit plus qu'autorisé à l'inviter à rester à dîner ; c'était là une civilité indispensable. Il resta, bien sûr, et Edmond eut alors amplement l'occasion d'observer comment les choses se passaient entre lui et Fanny, et quel degré d'encouragement apparaissait dans ses manières envers lui ; et il trouva ces encouragements à tel point infimes et imperceptibles (tout reposait sur son seul embarras ; les chances, les probabilités d'un encouragement, l'unique espoir venait de son trouble, et de nulle autre chose), qu'il était presque prêt à s'étonner que son ami persévérât. Fanny valait bien qu'on fît tous ces efforts ; elle méritait qu'on s'armât de patience et employât toutes les ressources de l'esprit ; mais il n'eût pu, pensait-il, poursuivre sa cour auprès de n'importe quelle femme au monde, s'il n'avait eu pour exalter son courage quelque chose de plus que ce que ses yeux laissaient voir. Il souhaitait que Crawford vît les choses plus clairement ; telle était la conclusion la plus rassurante pour son ami à laquelle il parvint, après les avoir observés tous deux, avant, pendant et après le dîner.

Quelques menus faits se produisirent au cours de la soirée, qu'il jugea plus prometteurs. Quand ils entrèrent, Crawford et lui, dans le salon, sa mère et Fanny étaient assises et travaillaient en silence à leur ouvrage, avec une attention aussi soutenue que si elles n'avaient pas eu d'autre souci en tête. Edmond ne put s'empêcher de faire remarquer la profonde tranquillité qui semblait être la leur.

« Nous n'avons pas été tout le temps aussi silencieuses », répondit sa mère. « Fanny m'a fait la lecture, et a seulement posé le livre quand elle vous a entendu arriver. » Et il y avait bel et bien en effet un livre sur la table, qui avait l'air d'avoir été fermé à l'instant, un volume de Shakespeare. « Elle me lit souvent des passages de ces livres, et elle était au milieu d'une très belle tirade que déclamait cet homme... Comment s'appelle-t-il, Fanny ? lorsque nous avons entendu le bruit de vos pas. »

Crawford prit le volume. « Accordez-moi le plaisir de finir cette tirade pour Votre Seigneurie », dit-il. « Je vais la trouver immédiatement. » Et, en se laissant guider par la courbure qu'avaient prise les pages, il la trouva bel et bien, ou du moins, avec un écart d'une ou deux pages, ce qui était suffisamment proche pour satisfaire Lady Bertram, qui l'assura, dès qu'il mentionna le nom du cardinal Wolsey, qu'il avait précisément trouvé la tirade dont il était question. Fanny ne lui avait pas accordé un seul regard, ni n'avait fait un seul geste pour l'aider ; elle n'avait pas non plus prononcé la moindre syllabe en sa faveur ou contre lui. Toute son attention était consacrée à son ouvrage. Elle semblait résolue à ne point témoigner de l'intérêt pour autre chose. Mais le goût qu'elle avait pour les belles choses fut trop fort. Elle ne put, plus de cinq minutes, abstraire son esprit, et fut contrainte d'écouter ; il lisait merveilleusement bien, et le plaisir qu'elle prenait à l'entendre lire était des plus vifs. Elle était depuis longtemps accoutumée à entendre *bien* lire ; son oncle lisait bien, tous ses cousins et cousines aussi ; Edmond, quant à lui, lisait très bien ; mais il y avait dans la manière de lire de monsieur Crawford une perfection et une diversité qui dépassaient de loin tout ce qu'elle avait jamais pu rencontrer. Le roi, la reine, Buckingham, Wolsey, Cromwell, tous apparurent, car il les joua tous, à leur tour ; et il avait l'heureux talent, l'heureuse faculté, de sauter les pages, de deviner, et de toujours tomber pour chacun d'entre eux, à volonté, sur leurs meilleures scènes ou leurs meilleures tirades ; et peu importait qu'il eût à exprimer la dignité ou l'orgueil, la tendresse ou les remords, ou d'autres sentiments, car il les restituait tous avec un égal bonheur. C'était en vérité du vrai théâtre. Fanny avait découvert pour la première fois, grâce à sa manière de jouer, quel plaisir une pièce pouvait donner, et sa lecture évoquait de nouveau pour elle toutes les scènes qu'il avait jouées ; mais sa joie était plus grande parce qu'elle était inattendue, sans le déplaisir et la souffrance qu'avait été pour elle la présence avec lui sur scène de mademoiselle Bertram.

Edmond observa l'intérêt croissant qu'elle prenait à l'écouter, et prit plaisir à voir, avec amusement, comment, petit à petit, ses travaux d'aiguille semblaient se ralentir, alors qu'ils l'avaient tout d'abord si totalement absorbée en apparence ; il vit l'ouvrage lui tomber des mains, tandis que sans bouger, elle demeurait à ne rien faire ; il vit ensuite son regard se tourner vers Crawford, alors qu'elle avait paru si soigneusement éviter de le regarder pendant toute la journée, et se poser sur lui, l'espace d'un instant, bref, jusqu'à ce que le regard de Crawford, comme attiré par le sien, se fût posé sur elle ; alors le livre fut posé, et le charme rompu. Elle rentra alors en elle-même, rougit, et se consacra entièrement à son ouvrage ; mais cela avait suffi pour qu'Edmond eût découvert quelques signes d'encouragement à l'égard de son ami, et tout en remerciant chaleureusement celui-ci, il espérait bien se faire aussi l'interprète des sentiments intimes de Fanny.

« Cette pièce doit être l'une de vos pièces favorites », dit-il. « A vous entendre la lire, on dirait que vous la connaissez bien. »

« Elle sera, je crois, désormais, ma pièce préférée », répondit Crawford ; « mais je ne pense pas avoir eu entre les mains un volume de Shakespeare depuis ma quinzième année. J'ai jadis vu jouer " Henry VIII ". Ou alors j'ai entendu quelqu'un qui avait vu jouer la pièce en parler ; je ne me souviens pas très bien. Mais c'est sans s'en rendre compte que l'on connaît Shakespeare. Il entre dans la constitution même de tout Anglais. Ses pensées et ses beautés sont si répandues qu'on les rencontre partout, et on pénètre comme par instinct dans un monde qui nous est tout de suite familier. Aucun homme intelligent ne peut ouvrir la plupart de ses pièces sans entendre immédiatement ce que l'auteur veut dire et suivre la pente de son discours. »

« A l'évidence on connaît Shakespeare », dit Edmond, « depuis sa plus tendre enfance, jusqu'à un certain point. Tout le monde cite les passages illustres qu'on trouve dans la moitié des livres que nous ouvrons ; nous parlons tous la langue de Shakespeare, employons ses images et utilisons pour décrire ses descriptions ; mais cela n'a rien à voir avec la façon dont vous avez, à la lecture, fait apparaître le sens profond de ces passages. Connaître des bribes et des fragments de Shakespeare, n'a rien que de très ordinaire ; l'avoir approfondi est peut-être moins ordinaire ; mais savoir, comme vous l'avez fait, bien le lire à haute voix, est un talent hors du commun. »

« Monsieur, vous me faites trop d'honneur », répondit Crawford, avec un air de feinte gravité et une révérence.

Les deux gentlemen lancèrent un bref regard vers Fanny, pour voir si quelque parole de louange en accord avec leurs propos ne pouvait lui être arrachée, bien qu'ils sentissent tous deux qu'il n'en serait rien. L'attention avec laquelle elle les avait écoutés fut son unique louange ; *cela* devait leur suffire.

Lady Bertram exprima son admiration et, qui plus est, fort énergiquement. « Je me croyais au spectacle », dit-elle. « Je regrette que Sir Thomas n'ait pas été là. »

Crawford fut extrêmement satisfait. Si Lady Bertram, ignorante et nonchalante comme elle l'était, avait éprouvé pareilles sensations, il pouvait en conclure que sa nièce, avec sa sensibilité et son intelligence, avait éprouvé des sensations encore plus vives, ce qui ne manqua pas d'exalter son courage.

« Vous avez assurément beaucoup de dons pour le théâtre, monsieur Crawford », dit Sa Seigneurie peu de temps après. « Et écoutez bien ce que je vais vous dire, je pense que vous aurez un théâtre, un jour ou l'autre, dans votre maison du Norfolk. Je veux dire quand vous vous y serez établi. Je le crois vraiment. Je pense que vous aménagerez un théâtre dans votre maison du Norfolk. »

« Vraiment, madame ? » s'écria-t-il promptement. « Non, non, cela ne sera jamais. Votre Seigneurie se trompe. Pas de théâtre à Everingham ! Oh ! non. » Et il regarda Fanny avec un sourire significatif, qui voulait dire de toute évidence : « Cette jeune lady ne permettra jamais qu'il y ait un théâtre à Everingham. »

Edmond comprit le sens de ces paroles, et vit Fanny si *décidée à ne pas* comprendre, qu'il était clair que la voix suffisait à communiquer pleinement le sens de cette déclaration ; qu'elle fût pareillement sensible aux hommages et comprît si promptement une allusion, lui parut plutôt de bon augure.

Ils poursuivirent leur conversation à propos de la lecture à haute voix. Les deux jeunes gens étaient les seuls orateurs, mais cela ne les empêcha pas, debout devant le feu, de discourir sur l'oubli dans lequel était tombé trop fréquemment ce talent, de l'absence totale d'attention qu'on lui portait dans les écoles, dans l'éducation des garçons, et par conséquent du degré naturel et, en de certaines circonstances, toutefois presque monstrueux, d'ignorance et de gaucherie de la plupart des hommes, alors même qu'il s'agissait d'hommes sensés et instruits, lorsqu'ils étaient appelés par la nécessité à lire à haute voix, fait qu'ils avaient tous deux remarqué ; et ils illustrèrent leurs discours d'exemples de maladresses et d'échecs, ainsi que de leurs corollaires, l'absence de maîtrise de la voix, de modulation et d'emphase là où il le fallait, de prévoyance et de jugement, qui résultaient de la première cause, c'est-à-dire, l'absence de soins et d'habitudes données précocement ; et Fanny se remit à les écouter avec beaucoup d'intérêt.

« Même dans ma profession », dit Edmond avec un sourire, « comme ils sont rares ceux qui ont étudié l'art de la lecture à haute voix ! Comme on s'efforce peu d'acquérir une élocution claire et aisée ! Je parle toutefois plutôt du passé que du présent. Il y a dans l'air du temps quelques idées de progrès ; mais la majorité de ceux qui ont été ordonnés voici vingt, trente ou quarante ans, pensait certainement que lire et prêcher sont deux choses bien différentes. Il en va autrement de nos jours. On considère le sujet avec plus d'équité. On sent le poids que peuvent avoir la vigueur et la netteté de l'élocution pour faire entendre les vérités les plus solides et massives ; et, en outre, plus qu'autrefois, se sont répandus un sens critique et un goût pour cette question, ainsi qu'une connaissance plus exigeante de ses difficultés ; dans chaque paroisse, il y a une plus forte proportion de fidèles qui en connaissent un bout sur ce chapitre, et savent tout autant juger que critiquer. »

Il était déjà arrivé à Edmond, depuis son ordination, de lire l'office à haute voix ; et lorsque Crawford eut appris la

chose, il lui posa des questions fort diverses sur ses sentiments, et sur la réussite de cette lecture ; et comme ces
questions, quoique posées avec cette vivacité que donne un
intérêt amical et une prédilection toute particulière pour le
sujet, furent exemptes de cette pointe de badinage ou de cet
air de légèreté qui étaient, Edmond le savait, extrêmement
offensants pour Fanny, il eut beaucoup de plaisir à le
satisfaire ; et lorsque Crawford se mit à lui demander son
avis et à lui donner le sien quant à la manière la plus
appropriée dont certains passages de l'office devaient être
dits, montrant par là qu'il avait réfléchi au sujet auparavant,
avec bonheur et perspicacité, Edmond fut de plus en plus
heureux. C'était ainsi qu'il devait s'y prendre pour gagner le
cœur de Fanny. On ne pouvait trouver le chemin de son
cœur en déployant tout à la fois les ressources de la galanterie
amoureuse, du bel esprit et d'un bon naturel ; ou, du moins,
elle ne se laisserait pas si prestement conquérir, il lui faudrait
avoir recours à la sensibilité, à l'émotion, et témoigner une
sérieuse gravité sur des sujets sérieux.

« Notre liturgie », fit remarquer Crawford, « a des beautés
que ne saurait même parvenir à détruire une diction nonchalante er négligée ; mais elle a aussi des redondances et
des répétitions, qui exigent qu'on les lise bien, afin de les
effacer dans l'oreille de l'auditeur. Quant à moi, du moins,
j'avoue que je ne suis pas toujours aussi attentif que je le
devrais (ici un coup d'œil à Fanny) que dix-neuf fois sur
vingt, je pense à la manière dont la prière devrait être dite, et
aspire à la lire moi-même. Avez-vous dit quelque chose ? »
Et il s'avança vers Fanny avec empressement, s'adressant à
elle d'une voix radoucie ; et lorsqu'elle eût dit : « Non », il
ajouta : « Êtes-vous certaine de n'avoir rien dit ? J'ai vu vos
lèvres bouger. Je m'étais imaginé que vous alliez me dire que
je *devrais* être plus attentif, et ne pas *permettre* à mes pensées
de vagabonder ainsi. N'est-ce pas ce que vous allez me
dire ? »

« Non, vraiment, vous connaissez trop bien votre devoir
pour que, même en supposant... »

Elle s'arrêta, car elle sentit qu'elle touchait là à des
questions bien embarrassantes, et il ne put obtenir qu'elle
ajoutât une autre parole, même après l'avoir suppliée et
attendue plusieurs minutes. Il revint alors à l'endroit où il se

trouvait précédemment, et poursuivit comme s'il n'y avait pas eu de tendre interruption.

« Un sermon bien dit est encore moins courant que des prières bien dites. Il n'est pas rare d'avoir de bons sermons. Il est plus difficile de bien dire que de bien composer ; c'est-à-dire, les règles et les procédés de composition font plus souvent l'objet d'études. Un sermon parfaitement écrit et parfaitement bien dit donne un plaisir incomparable. Je n'écoute jamais un sermon de cette sorte que je n'éprouve la plus grande admiration et le plus grand respect, et, pour un peu, je prendrais moi les ordres et me mettrais à prêcher. Il y a dans l'éloquence de la chaire, quand il s'agit vraiment d'éloquence, un je-ne-sais-quoi qui mérite les éloges et les honneurs les plus hauts. Le prédicateur qui sait émouvoir et toucher une masse d'auditeurs aussi hétérogène, sur des sujets fort restreints et qui sont, à force d'être passés depuis si longtemps entre les mains d'une multitude de gens ordinaires, pour ainsi dire usés jusqu'à la corde ; le prédicateur, qui sait trouver des choses neuves et frappantes, qui éveillent l'intérêt, sans offenser le goût ni lasser la sensibilité de son auditoire, est un homme qu'on ne saurait trop honorer (dans sa fonction envers le public). J'aimerais être cet homme. »

Edmond se mit à rire.

« C'est la pure vérité, je vous l'assure. Je n'ai jamais au cours de ma vie écouté de prédicateur de renom que je n'aie éprouvé pareille envie. Mais alors, il faudrait que je me fasse entendre à Londres. Je ne saurais prêcher qu'à des esprits cultivés ; qu'à des auditeurs capables d'apprécier à sa juste valeur ma composition. Et je crois que je n'aimerais pas prêcher souvent ; de temps à autre, une ou deux fois au printemps, après m'être fait impatiemment attendre une demi-douzaine de dimanches d'affilée ; mais pas de façon permanente et constante ; cela ne me conviendrait pas. »

Ici Fanny, qui ne pouvait s'empêcher d'écouter, fit un geste involontaire de dénégation, et Crawford se trouva à nouveau à ses côtés, la suppliant de lui faire connaître son opinion ; et comme Edmond s'aperçut, à le voir tirer une chaise et s'asseoir près d'elle, que l'attaque allait être sérieuse, et que Crawford allait exercer la force des regards et des chuchotements, il s'enfonça aussi discrètement que possible dans un coin, leur tourna le dos, et prit un journal, espérant sincèrement que sa chère petite Fanny, à la satisfaction de son prétendant passionné, se laisserait persuader de donner quelque explication de son hochement de tête ; et il s'efforça tout aussi sérieusement de couvrir du son de sa voix les bruits que ne pourraient manquer de produire cette entreprise, en chuchotant de son côté et commentant à voix haute les diverses annonces du journal : « Propriété fort avantageuse dans le sud du pays de Galles » ; « Aux parents et Tuteurs » ; « Excellent Hunter remarquablement entraîné. »

Pendant ce temps, Fanny, irritée contre elle-même pour n'avoir point su être aussi immobile qu'elle avait été muette, et profondément blessée de voir les dispositions prises par Edmond, essayait de repousser les avances de monsieur Crawford, en employant toutes les ressources de sa nature douce et réservée, et d'éviter tout à la fois ses regards et ses questions ; quant à lui, il ne se laissait pas rebuter, et s'obstinait à l'interroger et la regarder.

« Que voulait dire ce hochement de tête ? » dit-il. « Qu'avait-il l'intention d'exprimer ? La désapprobation, je le crains. Mais de quoi ? Qu'ai-je dit qui vous ait déplu ? Avez-vous trouvé que j'ai parlé d'une manière inconvenante, légère, ou irrévérencieuse sur ce sujet ? S'il en est ainsi, dites-le moi. Je veux qu'on me remette dans le droit chemin. Non, non, je vous en prie ; posez un instant votre ouvrage. Que voulait dire ce hochement de tête ? »

Ce fut en vain qu'elle répéta par deux fois : « Je vous en prie, monsieur, non, je vous en prie, monsieur Crawford » ; en vain qu'elle essaya de changer de place. Avec la même voix, impatiente et contenue, et toujours aussi proche d'elle, il poursuivit, la pressant encore de répondre aux mêmes questions qu'auparavant. Son trouble et son mécontentement s'accrurent.

« Comment pouvez-vous, monsieur ? Vous me surprenez fort. Je m'étonne que vous puissiez... »

« Est-ce que je vous surprends ? » dit-il. « Vous vous étonnez ? Y a-t-il quelque chose dans ma présente prière que vous ne compreniez pas ? Je vais sur-le-champ vous expliquer ce qui m'incite à vous presser ainsi et de cette façon, tout ce qui suscite mon intérêt pour vos attitudes et gestes, et éveille maintenant ma curiosité. Je ne vous laisserai pas vous étonner plus longtemps. »

Elle ne put, malgré elle, se retenir d'esquisser un sourire, mais elle ne dit rien.

« Vous avez hoché la tête lorsque j'ai reconnu que je n'aimerais pas m'engager dans les devoirs d'un pasteur de façon permanente et constante. Oui, c'est bien le mot. Constance, je n'ai pas peur du mot. Je suis prêt à l'épeler, l'écrire et le lire auprès de n'importe qui. Je ne vois rien d'inquiétant dans ce mot. Pensiez-vous que j'aurais dû voir là quelque chose d'inquiétant ? »

« Peut-être, monsieur », dit Fanny, que la lassitude finit par faire parler, « peut-être, monsieur, pensais-je qu'il était regrettable que vous ne vous connaissiez pas toujours aussi bien que vous ne semblez le faire en cet instant. »

Crawford, qui était ravi d'avoir réussi à la faire parler, était résolu à maintenir le train de la conversation ; et la pauvre Fanny, qui avait espéré le réduire au silence en employant des termes de réprobation aussi extrêmes, découvrit qu'elle avait commis une malencontreuse erreur ; sa curiosité s'était simplement déplacée d'un objet à un autre, un nouvel assortiment de mots avait remplacé le premier. Il y avait toujours quelque chose dont il la suppliait de lui donner l'explication. L'occasion était trop belle pour lui. Aucune occasion semblable ne s'était présentée à lui depuis son entretien avec elle dans la pièce de son oncle, aucune occasion semblable ne se produirait peut-être avant son départ de Mansfield. Que Lady Bertram se trouvât juste de l'autre côté de la table était sans importance, car on pouvait toujours penser qu'elle n'était qu'à demi éveillée, et les annonces que lisait Edmond dans le journal lui étaient encore de la première utilité.

« Eh bien », dit Crawford, après un échange de questions soudaines et de réponses données à contrecœur, « je suis plus heureux que je ne l'étais auparavant, car je comprends maintenant plus clairement l'opinion que vous avez de moi. Vous pensez que je suis sans cesse vacillant, que le caprice du moment me fait balancer ; je me laisse aisément tenter, et me déprends tout aussi aisément. Il n'est pas étonnant qu'avec une pareille opinion... Mais nous verrons. Ce n'est pas avec des déclarations que je m'efforcerai de vous convaincre que vous me jugez mal ; ce n'est pas en vous disant que mon attachement pour vous est inébranlable. Ma conduite parlera pour moi ; l'absence, l'éloignement et le temps parleront pour moi. *Ils* prouveront que je mérite de gagner votre cœur, dans la mesure où quelqu'un mérite de l'obtenir. Vous m'êtes infiniment supérieure. *Cela*, je le sais. Je n'imaginais pas auparavant qu'existât à ce degré chez un être humain des qualités comme les vôtres. Il y a en vous certains traits qu'on ne trouve que chez les anges, et qui surpassent... non seulement ce que l'on peut voir, car on ne voit jamais ce genre de choses, mais qui surpassent tout ce que l'on peut imaginer. Mais pourtant je n'ai pas peur. Ce n'est pas par un mérite égal que l'on pourra vous conquérir. Cela est hors de question. C'est celui qui voit le mieux vos mérites et les vénère le plus fortement, qui vous aime avec la plus grande dévotion, qui mérite d'être aimé en retour. C'est là-dessus que reposent mes espérances. C'est à ce titre-là que je vous mérite et vous mériterai ; et une fois convaincue que mon attachement pour vous est tel que je le déclare, je vous connais trop bien pour ne pas me nourrir des espoirs les plus ardents. Oui, ma très chère, ma très douce Fanny, non (la voyant se reculer, mécontente), pardonnez-moi. Peut-être n'ai-je encore aucun droit... mais quel autre nom vous donner ? Croyez-vous que je vous appelle autrement dans mon imagination ? Non, c'est à " Fanny " que je pense toute la journée, à " Fanny " que je rêve toute la nuit. Vous avez fait de ce nom une telle incarnation de la douceur féminine qu'il me suffit de le prononcer pour vous voir apparaître devant moi. »

Il eût été impossible à Fanny de rester assise plus long-temps, ou du moins de se retenir d'essayer de s'échapper, bien qu'elle pressentît que c'eût été un geste d'opposition trop manifeste, si elle n'avait eu le soulagement d'entendre se rapprocher le bruit même qu'elle guettait depuis longtemps, bruit qu'elle avait cru depuis un long moment inhabituelle-ment retardé.

Baddeley en tête, la solennelle procession des domestiques portant qui le plateau, qui la fontaine d'eau chaude pour le thé, qui les gâteaux, fit son apparition, la délivrant ainsi de la douloureuse prison où elle avait été, corps et âme, enfermée. Elle était libre, occupée, protégée.

Edmond ne regretta pas d'être à nouveau admis au nombre de ceux qui pouvaient parler et écouter. Mais, bien que la conférence lui eût paru fort longue, et qu'il lui eût semblé, lorsqu'il jeta un coup d'œil sur Fanny, que celle-ci était toute rouge et fâchée, il voulut croire que l'orateur n'avait pas en pure perte tant parlé, et qu'il avait retiré quelque profit de s'être fait aussi longuement écouter.

CHAPITRE XXXV

Edmond en était venu à penser que c'était à Fanny de décider si elle devait, oui ou non, lui parler de la situation dans laquelle elle se trouvait vis-à-vis de Crawford ; et que si elle ne prenait pas cette initiative, il n'en dirait mot ; mais, après un ou deux jours de réserve mutuelle, son père l'amena à changer d'avis et le persuada d'employer son autorité pour essayer de faire ce qu'il pouvait en faveur de son ami.

Le départ de Crawford était bel et bien fixé pour un jour fort proche ; et Sir Thomas pensa qu'il se devait de faire encore un effort pour le jeune homme, avant que celui-ci ne quittât Mansfield, afin qu'il eût, pour le soutenir dans ses déclarations et ses serments d'attachement inaltérable, autant d'espérances que possible.

Sir Thomas souhaitait de tout cœur trouver sur ce chapitre le caractère de monsieur Crawford aussi proche que possible de la perfection. Son plus cher désir était qu'il fût l'incarnation même de la constance ; et il croyait que le meilleur moyen que ce souhait se réalisât était de ne point mettre trop longtemps le jeune homme à l'épreuve.

Edmond ne montra nulle réticence et se laissa convaincre d'entreprendre de parler à Fanny ; il désirait connaître ses sentiments. Chaque fois qu'elle s'était trouvée dans l'embarras, elle avait eu coutume de le consulter, et il l'aimait trop pour supporter de ne pas être maintenant dans sa confidence ; il espérait lui être de quelque secours et pensait qu'il était de son devoir de l'être, car à qui d'autre pouvait-elle ouvrir son cœur ? Si elle n'avait pas besoin de conseils, du moins avait-elle certainement besoin de ce réconfort qu'était la possibilité de s'entretenir avec lui. Que Fanny demeurât comme étrangère, silencieuse et réservée, était un état de choses inhabituel ; il lui faudrait percer cette réserve, et il lui était impossible de croire qu'elle ne désirait point qu'il la perçât.

« Je vais aller lui parler, monsieur ; dès la première occasion qui se présentera, je m'entretiendrai avec elle en tête-à-tête », dit-il, exprimant ainsi le fruit de ses réflexions ; et ayant appris de la bouche même de Sir Thomas qu'elle se trouvait en cet instant seule dans le bosquet, il l'y rejoignit sur-le-champ.

« Je suis venu me promener avec vous, Fanny », dit-il. « Puis-je ? (lui prenant le bras et le passant dans le sien), il y a bien longtemps que nous n'avons pas fait ensemble une de nos bonnes et agréables promenades. »

Elle acquiesça, mais ce fut plutôt par un air général d'approbation que par ses paroles. Elle était fort abattue.

« Mais, Fanny », ajouta-t-il bientôt, « pour rendre cette promenade agréable, il ne nous suffit pas d'arpenter ensemble cette allée sablée. Il faut que vous conversiez avec moi. Je sais que vous avez des soucis en tête. Je sais à quoi vous pensez. Ne croyez pas que je ne suis pas au courant. Faut-il que j'entende tout le monde sauf vous répéter la nouvelle ? »

Fanny, tout à la fois troublée et mélancolique, répondit : « Si vous l'entendez dans la bouche de tous, il ne me reste rien à dire. »

« Peut-être pas les faits eux-mêmes ; mais les sentiments, Fanny. Personne d'autre que vous n'est en mesure d'en parler. Je ne veux pas vous presser, toutefois. Si vous ne le souhaitez pas, n'en parlons plus. J'eusse cru que c'eût peut-être été pour vous un réconfort. »

« Je crains fort que nous ne pensions là-dessus trop différemment pour que j'aie quelque réconfort à parler de ce que je ressens. »

« Croyez-vous que nous pensions différemment ? Je ne le crois pas. À mon avis, si l'on comparaît nos opinions respectives, on s'apercevrait qu'elles sont aussi semblables qu'elles l'ont toujours été : venons-en au fait. Je considère l'offre de mariage de Crawford comme extrêmement flatteuse et souhaitable, à la condition que vous lui rendiez son affection. Il est, je crois, bien naturel pour votre famille de souhaiter vous voir lui rendre son affection ; mais je pense que si cela ne vous est pas possible, vous avez agi exactement comme vous le deviez en le refusant. Peut-il y avoir quelque désaccord entre nous sur ce sujet ? »

« Oh non ! Mais je pensais que vous me désapprouviez. Je croyais que vous étiez contre moi. Quel réconfort pour moi ! »

« Ce réconfort, Fanny, il vous était possible de le trouver bien plus tôt, si vous l'aviez recherché. Mais je ne comprends pas qu'il vous ait été possible d'imaginer que je puisse être contre vous ; même si je m'étais montré en général insouciant sur de pareils sujets, comment pouviez-vous imaginer qu'il en serait de même, là où *votre* bonheur était en jeu ? »

« Mon oncle a jugé que j'étais dans l'erreur, et je savais qu'il avait eu un entretien avec vous. »

« Jusqu'à présent, Fanny, je pense que vous avez eu parfaitement raison d'agir ainsi que vous l'avez fait. Je suis peut-être désolé, peut-être surpris, bien que ce ne soit guère *le mot,* car vous n'avez guère eu le temps de vous attacher ; mais je pense que vous avez eu parfaitement raison. Cela admet-il le doute ? Ce serait honteux de notre part à tous deux. Vous ne l'aimiez pas, rien ne saurait justifier que vous l'acceptiez. »

Fanny ne s'était pas sentie aussi à son aise depuis des jours et des jours.

« Jusqu'à maintenant votre conduite a été irréprochable, et ceux qui eussent voulu vous voir agir différemment sont tout à fait dans l'erreur. Mais nous n'en avons pas terminé pour autant. L'amour que vous porte Crawford n'est point ordinaire ; il persévère dans l'espoir de susciter en vous cette estime qui n'était pas apparue chez vous auparavant. Cela ne peut être accompli qu'avec le temps. Mais (avec un sourire affectueux), accordez-lui de réussir enfin, Fanny, accordez-lui de réussir enfin. Vous avez prouvé que vous étiez honnête et désintéressée, montrez aussi que vous savez être reconnaissante et que votre cœur est sensible ; alors vous serez devenue la femme exemplaire et parfaite que j'ai toujours pensé vous voir devenir. »

« Oh ! jamais, jamais, jamais ; il ne réussira jamais. » Et elle s'exprima avec un emportement qui surprit grandement Edmond et qui la fit rougir, lorsqu'elle vit son regard et entendit sa réponse : « Jamais, Fanny, comme vous voilà résolue et sûre de vous ! Cela ne vous ressemble pas, je ne retrouve pas la Fanny qui sait raisonner. »

« Je veux dire », s'écria-t-elle, douloureusement affligée, et en se corrigeant, « que je *pense* que jamais, dans la mesure où on peut se porter garant de l'avenir… je pense que jamais je ne répondrai à son attachement. »

« J'espère que l'avenir contredira vos paroles. J'ai, plus que Crawford, conscience que l'homme qui voudra se faire aimer de vous (et nous avons été dûment informés de ses intentions), aura nécessairement une tâche difficile, car vous avez disposé en ordre de bataille tous vos premiers attachements et vos premières habitudes ; et avant qu'il puisse s'attacher votre cœur, il faudra qu'il le libère de l'emprise qu'ont sur lui tous les liens qui le rattachent aux choses animées et inanimées que tant d'années ont ancrées si solidement en vous, et qui semblent se resserrer autour de vous à la seule idée que vous puissiez les quitter. Je sais que la crainte d'être obligée de vous éloigner de Mansfield armera un certain temps votre cœur contre lui. Je regrette qu'il se soit cru obligé de vous dire ses intentions. Je regrette qu'il ne vous ait pas connu, Fanny, aussi bien que moi. Nous eussions, à nous deux, su gagner votre cœur. En conjuguant ma connaissance théorique et sa connaissance pratique, nous n'eussions pu échouer. Il eût agi selon mes plans. J'espère toutefois (j'en ai la ferme conviction) que le temps prouvera qu'il vous mérite par la constance de ses affections, et qu'il obtiendra sa récompense. Je ne saurais croire que vous n'ayez pas le *désir* de l'aimer, ce désir d'aimer qui vient tout naturellement d'un sentiment de gratitude. Il y a nécessairement en vous des sentiments de cette sorte. Vous devez regretter votre propre indifférence. »

« Nous sommes si totalement différents », dit Fanny, évitant de répondre directement, « tous nos penchants, toutes nos habitudes sont si éloignés, que je considère comme une chose tout à fait impossible que nous soyons jamais même modérément heureux ensemble, à supposer que je *puisse* l'aimer. Il n'y a jamais eu deux personnes aussi dissemblables. Nous n'avons pas un seul goût en commun. Nous serions malheureux. »

« Vous vous trompez, Fanny. La dissimilitude n'est pas si forte. Vous vous ressemblez plutôt. Vous *avez* des goûts en commun. Ne serait-ce que pour ce qui est de la littérature et de la morale. Vous avez tous deux un cœur passionné et généreux ; et quel est celui qui pourrait penser, Fanny, que vous n'êtes pas faits l'un pour l'autre, surtout s'il a entendu Crawford lire Shakespeare l'autre soir et vous a vue en train de l'écouter ? Vous oubliez vous-même quelque chose : il y a, je dois le reconnaître, une différence marquée dans vos caractères. Il est enjoué, vous êtes grave ; mais tant mieux ; son entrain soutiendra votre humeur. Vous êtes aisément encline à la mélancolie, et à imaginer que les difficultés sont plus grandes qu'elles ne le sont en réalité. Sa gaieté sera une contrepartie nécessaire. Il ne voit de difficultés nulle part ; et son enjouement ainsi que son allégresse seront pour vous un soutien constant. Que vous soyez si différents, Fanny, ne détruit nullement vos chances de bonheur : ne le croyez pas. Je suis moi-même convaincu que c'est plutôt une circonstance favorable. Je suis entièrement persuadé qu'il est préférable que les caractères diffèrent ; je veux dire dans le fond de gaité, les manières, le goût pour une compagnie nombreuse ou restreinte, la propension à être taciturne, à être grave ou gai. Ma conviction intime est que ce contraste favorise le bonheur conjugal. J'exclus, évidemment, les extrêmes ; et de même une très forte ressemblance sur tous ces points serait susceptible de produire un effet inverse du bonheur. Un certain antagonisme, léger et continu, est la meilleure sauvegarde des manières et de la conduite. »

Fanny comprit fort bien vers qui étaient tournées ses pensées en cet instant. Il était de nouveau sous l'emprise de mademoiselle Crawford. Dès la première heure de son retour à Mansfield, il lui avait parlé d'elle joyeusement. Il n'était plus question pour lui de l'éviter. Il avait dîné la veille au presbytère.

Après l'avoir, quelques instants, laissé suivre le cours heureux de ses pensées, Fanny, qui sentait ce qu'elle se devait à elle-même, revint à monsieur Crawford, en disant : « Il n'y a pas que par le *caractère* que nous différons ; bien que je considère, qu'à *cet* égard, la différence entre nous soit trop grande, infiniment trop grande ; son entrain m'oppresse souvent, mais il y a en lui quelque chose que je critique encore plus. Je dois dire, cousin, que je désapprouve le personnage qu'il joue. Depuis l'époque de la pièce, je n'ai guère une haute opinion de lui. Je l'ai alors vu se conduire, m'a-t-il semblé, de façon si contraire à la bienséance, et avec une telle insensibilité, je peux en parler maintenant que tout est terminé, se conduire si malhonnêtement envers le pauvre monsieur Rushworth ; il ne paraissait guère se soucier de le livrer au ridicule ou de le blesser, alors qu'il faisait sa cour à ma cousine Maria, si bien que... bref, pendant toute la durée de la pièce, il a produit sur moi une impression qui ne s'effacera jamais. »

« Ma chère Fanny », répondit Edmond, entendant à peine ce qu'elle avait dit en dernier, « ne jugeons personne d'entre nous d'après ce que nous avons paru être en ce moment de déraison générale. Je déteste me rappeler l'époque où nous avons monté cette pièce. Maria a eu tort, Crawford a eu tort, nous avons tous eu tort ensemble ; mais aucun d'entre nous n'a eu aussi tort que moi. En comparaison avec moi, tous les autres étaient irréprochables. J'ai fait le bouffon en connaissance de cause. »

« En tant que spectatrice », dit Fanny, « peut-être ai-je vu plus de choses que vous ; et je crois que monsieur Rushworth a été parfois fort jaloux. »

« Très possible. Rien d'étonnant. Rien ne pouvait être plus inconvenant que toute notre entreprise. Je suis scandalisé chaque fois que je pense à ce que Maria a été capable de faire ; mais si elle a pu entreprendre de jouer ce rôle, nous ne devons pas nous étonner de la conduite des autres. »

« Avant la pièce, si je ne m'abuse, *Julia* pensait que c'était à elle qu'il faisait la cour. »

« Julia ! J'ai entendu, voici de cela un certain temps, quelqu'un dire qu'il était amoureux de Julia, mais je ne me suis jamais aperçu de quoi que ce soit. Et, Fanny, il est à mon avis fort possible, bien que je désire rendre justice aux excellentes qualités de mes sœurs, que l'une d'entre elles ou toutes les deux à la fois aient pu souhaiter se faire admirer de Crawford et aient dévoilé leurs intentions inconsidérément, plus en tout cas qu'il n'était prudent de le faire. Je me souviens qu'elles appréciaient sans aucun doute sa compagnie ; et sur un homme aussi plein de fougue que Crawford et agissant parfois, il faut bien le dire, sans discernement, leurs encouragements étaient peut-être susceptibles d'amener... Rien d'extraordinaire ne pouvait se produire, car il était clair qu'il n'avait nulle prétention ; il vous réservait son cœur. Et je puis dire qu'en vous réservant ainsi son cœur, il s'est élevé dans mon estime de façon inconcevable. C'est tout à son honneur ; cela montre qu'il juge comme il se doit ce don du ciel qu'est le bonheur domestique et un pur attachement. Cela prouve qu'il n'a pas été corrompu par son oncle. Bref, cela montre qu'il est bel et bien ce que j'avais coutume d'espérer qu'il fût, tout en redoutant qu'il n'en soit rien. »

« Je suis persuadée, que lorsqu'il s'agit de graves sujets, il ne juge pas les choses comme il le devrait. »

« Dites plutôt qu'il n'a nullement réfléchi à de graves sujets, ce qui est, à mon avis, surtout le cas. Comment pourrait-il en être autrement, alors qu'entre les mains d'un pareil conseiller il a reçu pareille éducation ? N'est-il pas en vérité surprenant qu'ils soient tous deux devenus ce qu'ils sont maintenant, alors qu'ils ont tous deux subi pareil préjudice ? Crawford, je dois le reconnaître, s'est jusqu'à présent trop laissé guider par ses *sentiments*. Heureusement, ces sentiments ont été fort bons en général. Vous lui apporterez tout le reste ; et c'est un homme heureux car il a été assez fortuné pour s'attacher à un être comme vous, qui est ferme sur les principes et sait en même temps les recommander par la douceur de son caractère. Il a choisi sa partenaire, en vérité, avec un rare bonheur. Il vous rendra heureuse, Fanny, je sais qu'il vous rendra heureuse ; mais quant à vous, vous saurez le métamorphoser. »

« Je ne saurais m'engager à prendre pareille responsabilité », s'écria Fanny, avec des accents craintifs, « à me charger d'une si haute tâche ! »

« Comme d'habitude, vous ne vous croyez pas à la hauteur de la tâche ! Vous vous imaginez que tout est trop difficile pour vous ! Eh bien, quoique je ne sois pas en mesure de vous persuader de changer de sentiments, je veux croire qu'on saura vous en persuader. J'avoue désirer ardemment qu'il en soit ainsi. J'éprouve pour la félicité de monsieur Crawford un intérêt tout particulier. Après votre bonheur, Fanny, c'est le sien qui m'importe. Vous le savez, l'intérêt que je porte à Crawford n'est point ordinaire. »

Fanny ne le savait que trop bien, et elle n'eut rien à ajouter ; ils continuèrent donc ensemble leur promenade pendant une centaine de mètres, tous les deux en silence et fort préoccupés. Le premier à parler fut Edmond : « J'ai été très heureux hier de la façon dont elle a parlé de ce sujet, particulièrement heureux, car je ne croyais pas qu'elle aurait vu les choses sous ce jour-là, aussi justement. Je savais qu'elle avait beaucoup d'affection pour vous, mais je craignais pourtant qu'elle ne vous estimât pas à votre juste valeur, selon vos mérites, lorsqu'elle vous comparerait à son frère, et qu'elle regrettât qu'il ne se soit pas plutôt attaché à quelque femme de distinction, ou quelque femme fort riche. Je craignais son goût pour les maximes du monde, celles qu'elle n'a eu que trop coutume d'entendre. Mais il n'en a rien été. Elle a parlé de vous, Fanny, ainsi qu'il se devait. Elle souhaite cette alliance aussi vivement que mon oncle ou moi-même. Nous avons eu sur ce chapitre une longue conversation. Je n'eus pas de moi-même entrepris d'aborder un pareil sujet bien que fort impatient de connaître ses sentiments, mais je n'étais pas demeuré dans la pièce plus de cinq minutes qu'elle avait mis le sujet sur le tapis, et s'en était ouvert à moi en toute franchise, usant dans ses manières de cette douceur qui lui est propre, de cette ardeur et naïveté qui font partie de sa nature. Madame Grant s'est gaussée de sa promptitude. »

« Madame Grant était donc dans la pièce ? »

« Oui, quand je suis arrivé au presbytère, les deux sœurs étaient ensemble, sans autre compagnie ; et une fois que nous eûmes commencé, nous n'en eûmes pas terminé avec vous, Fanny, avant l'arrivée de Crawford et du docteur Grant. »

« Je n'ai pas vu mademoiselle Crawford depuis plus d'une semaine. »

« Oui, et elle le déplore ; en reconnaissant toutefois que cela valait peut-être mieux. Vous la verrez cependant avant qu'elle ne parte. Elle est fort en colère contre vous, Fanny ; il faut que vous le sachiez. Elle dit qu'elle est fort en colère, mais je vous laisse imaginer de quelle sorte de colère il s'agit. Ce sont les regrets et le dépit d'une sœur qui pense qu'un frère est en droit d'obtenir tout ce qu'il désire, dès l'instant où il le demande. Elle est blessée, ainsi que vous le seriez, s'il se fût agi de William ; mais elle vous aime et vous estime de tout son cœur. »

« Je savais qu'elle serait fort en colère contre moi. »

« Ma très chère Fanny », s'écria Edmond, en serrant son bras plus fortement contre lui, « que sa colère ne vous afflige pas. C'est un genre de colère dont on parle plus qu'on ne la ressent. Son cœur est fait pour l'amour et la bonté, et non pour le ressentiment ; je regrette que vous ne l'ayez pas entendue vous rendre hommage et faire votre éloge ; je regrette que vous n'ayez pas vu l'expression de son visage, quand elle a dit que vous *devriez* être la femme d'Henry. Et j'ai remarqué qu'elle vous appelle toujours Fanny, quand elle parle de vous, ce qu'elle ne faisait jamais auparavant ; et lorsqu'elle prononce ce nom, c'est chaleureusement, ainsi que le ferait une sœur. »

« Et madame Grant, a-t-elle dit... a-t-elle parlé... était-elle présente tout ce temps-là ? »

« Oui, et elle acquiesçait précisément à tout ce que disait sa sœur. Sa surprise devant votre refus, Fanny, a été semble-t-il, infinie. Que vous ayez pu refuser un homme comme Henry Crawford dépasse apparemment leur entendement. Je vous ai défendue du mieux que je l'ai pu ; mais, pour parler franchement, à la façon dont elles ont présenté l'affaire, il faudra, dès que vous serez en mesure de le faire, que vous leur apportiez la preuve en agissant différemment, que vous avez bien tous vos esprits ; rien d'autre ne saura les satisfaire. Mais voilà que je vous taquine. Plus un mot là-dessus. Ne vous détournez pas de moi. »

« *J'eusse* cru », dit Fanny, après s'être fait violence un instant et avoir rassemblé ses esprits, « que toutes les femmes pouvaient comprendre qu'il était possible à une personne de mon sexe de ne point accepter, ni aimer un homme, fût-il infiniment aimable. Et si même cet homme avait toutes les perfections, on n'en devrait pas pour autant considérer comme chose établie que le devoir d'une femme est de l'accepter, sous prétexte qu'il se trouve éprouver à son égard quelque affection. Mais à supposer même qu'il en soit ainsi, en admettant que monsieur Crawford a tous les droits que ses sœurs semblent vouloir lui accorder, comment pouvais-je être en mesure de répondre à ses sentiments ? Il m'a prise entièrement par surprise. Je n'avais pas la moindre idée auparavant qu'il y eût dans son comportement envers moi une signification particulière ; et faudrait-il donc que j'apprenne à l'aimer seulement parce qu'il me prêtait une attention, en apparence, bien vaine. Dans la situation où je me trouve, c'eût été faire preuve de la plus extrême vanité que d'avoir formé des espérances à l'égard de monsieur Crawford. Je suis certaine que ses sœurs, qui le portent si haut, ont jugé les choses différemment, et supposé qu'il n'avait aucun dessein sur moi. Etait-il donc possible que je sois... que je sois amoureuse de lui à l'instant où il me déclarait son amour ? Fallait-il que je garde en réserve pour lui un attachement à son service, dès l'instant où il le réclamerait ? Ses sœurs devraient aussi songer à moi. Plus grands sont ses mérites, plus il est inconvenant pour moi d'avoir jamais songé à lui. Et, et... notre opinion sur la nature des femmes diffère grandement si, ainsi que cela semble le donner à entendre, elles imaginent qu'une femme puisse aimer en retour aussi promptement. »

« Ma chère, très chère Fanny, voici la vérité maintenant. Je sais que c'est la vérité ; et ces sentiments sont tout à votre honneur. Je vous les ai imputés auparavant. Je pensais bien que je parviendrais à vous comprendre. Vous avez donné là précisément l'explication que je me hasardais à donner pour vous à votre amie et à madame Grant, et elles en étaient toutes deux mieux satisfaites, bien que votre généreuse amie eût continué à se laisser emporter par l'enthousiasme de sa tendresse envers Henry. Je leur ai dit que vous étiez de tous les êtres humains celui sur qui l'habitude avait le plus d'emprise, et la nouveauté le moins ; et que la cour que vous faisait Crawford, par sa nouveauté même, jouait contre lui. Et qu'elle fût si inattendue et si récente lui était contraire ; que vous ne tolériez que ce que à quoi vous étiez accoutumée ; et encore bien d'autres choses dans le même dessein : celui de leur faire connaître votre caractère. Mademoiselle Crawford nous a fait rire en parlant de ses projets pour encourager son frère. Elle songeait à le presser de persévérer dans l'espoir qu'il se ferait finalement aimer de vous, et que vous répondriez à ses attentions avec bienveillance au bout de dix ans de mariage environ. »

Fanny éprouva quelque difficulté à lui accorder le sourire

qu'il attendait d'elle à ces paroles. Elle était indignée. Elle craignait d'avoir fait une erreur, d'en avoir trop dit, et, à vouloir se protéger d'un mal, de s'être montrée excessivement prudente si bien qu'elle se trouvait exposée à un autre mal ; et l'entendre revenir en un pareil moment, et sur un pareil sujet, sur la vivacité de mademoiselle Crawford l'emplissait d'amertume et envenimait les choses.

Edmond vit se peindre sur son visage une douloureuse lassitude, et il résolut immédiatement de s'abstenir de prolonger la discussion ; et même de ne plus mentionner le nom de Crawford, sauf dans la mesure où il pourrait l'associer à quelque chose qui *ne pouvait que* lui être agréable. Mû par ce principe, il fit bientôt remarquer : « Ils s'en vont lundi. Vous verrez certainement votre amie soit demain, soit dimanche. Ils partent pour de bon lundi ! et il s'en est fallu de peu que je ne me laisse persuader de rester à Lessingby précisément jusqu'à ce jour ! J'ai failli en faire la promesse. Combien les choses eussent peut-être été différentes ! Ces cinq ou six jours de plus à Lessingby, j'aurais bien pu le regretter toute ma vie. »

« Vous avez failli rester là-bas ? »

« Oui, on me pressait de le faire avec beaucoup de bienveillance, et j'avais presque accepté. Si j'avais reçu une lettre de Mansfield pour me dire comment vous allez tous, je crois que je serais certainement resté ; mais je ne savais rien de tout ce qui s'était passé depuis une quinzaine de jours, et trouvais que j'étais demeuré assez longtemps absent. »

« Vous avez passé le temps là-bas agréablement. »

« Oui, c'est-à-dire, si cela n'a pas été le cas, la faute en revient à mon propre esprit. Ils étaient tous charmants. Je doute qu'on m'ait trouvé aimable. Il m'a été impossible de me débarrasser avant mon retour à Mansfield du sentiment de malaise que j'avais emmené avec moi. »

« Vous aimiez bien les demoiselles Owen, n'est-ce pas ? »

« Oui, beaucoup. Des jeunes filles charmantes, pleines de bonne humeur et dépourvues d'affectation. Mais on m'a gâté, Fanny, et je me montre difficile en matière de compagnie féminine. Des jeunes filles sans prétention et pleines de bonne humeur ne conviennent pas à un homme accoutumé comme moi à des femmes sensées. Ce sont deux mondes fort différents. Mademoiselle Crawford et vous m'avez rendu trop difficile. »

Fanny continuait toutefois à être lasse et accablée ; et il comprit à son air qu'il ne parviendrait pas à dissiper par ses paroles ces sentiments ; il cessa donc de s'y employer et l'accompagna sans plus attendre jusque dans la maison, avec la bienveillante autorité d'un tuteur privilégié.

CHAPITRE XXXVI

Edmond croyait désormais parfaitement connaître tout ce que Fanny pourrait dire ou laisser deviner de ses sentiments, et il était satisfait. Crawford avait entrepris là une démarche par trop précipitée, ainsi qu'il l'avait supposé auparavant, et il faudrait du temps pour qu'elle s'accoutumât tout d'abord à cette idée et la trouvât ensuite à sa convenance. Il faudrait qu'elle se familiarisât avec l'idée qu'il était amoureux d'elle, et une fois qu'elle s'y serait habituée, il ne s'écoulerait que fort peu de temps avant qu'elle ne répondît à son amour.

Il communiqua son opinion à son père, comme étant le fruit de leur entretien ; et recommanda qu'on ne lui parlât plus de ce sujet, ni qu'on essayât en aucune manière de l'influencer ou de la persuader ; il fallait s'en remettre à Crawford et à sa cour empressée et laisser les pensées de Fanny suivre leur cours naturel.

Sir Thomas promit d'agir selon ses recommandations. Il était enclin à penser que l'état d'esprit de Fanny avait été justement décrit par Edmond, était prêt à supposer que tels étaient ses sentiments, mais jugeait fort regrettable qu'elle les *éprouvât* ; car il était moins confiant en l'avenir que son fils et ne pouvait s'empêcher de redouter, s'il fallait l'autoriser à réfléchir et à s'accoutumer aussi longuement, que le jeune homme ne se lassât de faire sa cour avant qu'elle ne se laissât dûment persuader d'accepter ses hommages. Il n'y avait, cependant, rien d'autre à faire que de se soumettre tranquillement et d'espérer que tout aille pour le mieux.

La promesse d'une visite de la part de son « amie », car c'était ainsi qu'Edmond appelait mademoiselle Crawford, apparaissait à Fanny comme une formidable menace, et elle vivait dans une terreur perpétuelle, redoutant le moment où cette visite surviendrait. Aussi bien comme sœur, si partiale et si courroucée, que triomphante et sûre d'elle-même en d'autres circonstances, elle était de toute façon pour elle une source de douloureuse inquiétude. Son mécontentement tout comme sa perspicacité et son bonheur étaient redoutables à affronter ; et l'assurance que d'autres personnes seraient présentes lorsqu'elles se rencontreraient était, en attendant cette rencontre, la seule consolation pour Fanny. Elle ne quittait pas Lady Bertram d'une semelle, se tenait à l'écart de la pièce de l'est, et ne faisait aucune promenade solitaire dans le bosquet, et ce par prudence, afin d'éviter toute attaque soudaine.

Elle réussit. Elle était en sécurité dans la petite salle à manger, en compagnie de sa tante, lorsque mademoiselle Crawford arriva ; et une fois passés les premiers et pénibles instants, comme mademoiselle Crawford lui parut, tant par son air que par ses paroles, avoir une attitude moins lourde de sous-entendus qu'elle ne s'y était attendue, Fanny commença à espérer qu'elle n'aurait rien de plus à supporter qu'une demi-heure d'inquiétude modérée. Mais ses espoirs étaient démesurés, mademoiselle Crawford n'étant pas esclave des circonstances. Elle était résolue à voir Fanny en tête à tête, aussi lui dit-elle à voix basse peu de temps après son arrivée : « Il faut que je vous parle quelques minutes en particulier ! » paroles qui ébranlèrent Fanny dans tout son être, dans son cœur tout entier et tous ses nerfs. Refuser était impossible. Ses habitudes de prompte soumission, au contraire, la firent se lever presque instantanément et sortir la première de la pièce. Elle était extrêmement malheureuse de devoir agir ainsi, mais c'était inévitable.

A peine se trouvèrent-elles dans la grande entrée que le visage contraint de mademoiselle Crawford se détendit. Elle hocha la tête en regardant Fanny, en guise de reproche, avec une espièglerie affectueuse, lui prit la main et était, semblait-il, hors d'état de se contenir plus longtemps. Elle ne dit toutefois rien d'autre que : « Cruelle, cruelle Fanny ! Il va falloir que je vous gronde encore », et fut assez avisée pour garder par-devers elle le reste, jusqu'au moment où elles seraient sûres d'être seules entre quatre murs. Tout naturellement Fanny se dirigea vers l'escalier et conduisit son invitée à la chambre qui était maintenant toujours aménagée de façon confortable ; ce fut toutefois le cœur douloureux qu'elle ouvrit la porte, car elle sentait que la scène qui allait se dérouler serait plus affligeante que n'en avaient jamais connu les lieux. Mais le cours nouveau que prirent les pensées de mademoiselle Crawford détourna le coup qui allait s'abattre sur elle ; l'esprit de celle-ci était comme saisi de se trouver à nouveau dans la chambre de l'est.

« Ah ! » s'écria-t-elle, recouvrant à l'instant sa vivacité, « suis-je ici à nouveau ? La chambre de l'est. Je ne m'y suis trouvée qu'une fois auparavant ! » et après s'être arrêtée pour regarder autour d'elle et se remémorer apparemment tout ce qui s'y était passé, elle ajouta, « une fois seulement auparavant. Vous en souvenez-vous ? Je suis venue répéter. Votre cousin est venu aussi ; et nous avons eu une répétition. Vous étiez notre auditoire et notre souffleur. Une délicieuse répétition. Je ne l'oublierai jamais. Nous étions ici, exactement dans cette partie de la chambre ; votre cousin était ici, j'étais ici, ici il y avait les chaises. Oh ! pourquoi de pareilles choses prennent-elles fin ? »

Heureusement pour sa compagne, elle n'avait nul besoin qu'on lui répondît. Son esprit était entièrement absorbé en lui-même. Elle était plongée dans une rêverie pleine de tendres souvenirs.

« La scène que nous répétions n'était pas une scène ordinaire ! Le sujet en était tellement... tellement, comment dirai-je ? Votre cousin devait décrire pour moi l'état de mariage et me le conseiller. Je le revois maintenant, alors qu'il essayait, pendant deux longues tirades, d'être aussi grave et maître de lui que devait l'être Anhalt. « Quand deux cœurs à l'unisson s'unissent dans le mariage, ils trouvent dans cet état conjugal la félicité. » Jamais je n'oublierai, je crois, l'air qu'il prit lorsqu'il prononça ces paroles, ni le son de sa voix. Quelle chose singulière que nous ayons eu pareille scène à jouer ! S'il était en mon pouvoir de revivre une des semaines de mon existence, ce serait cette semaine-là, cette semaine de théâtre. Dites ce que vous voudrez, Fanny, ce serait *celle-là*, et aucune autre. Car je n'ai jamais connu pendant toute autre semaine bonheur aussi délicieux. Voir se soumettre ainsi un esprit aussi ferme ! Oh ! Quelle indicible douceur ! Mais hélas, le soir même tout était anéanti. Le soir même eut lieu l'arrivée de votre importun d'oncle. Pauvre Sir Thomas, qui était si heureux de vous voir ! Pourtant, Fanny, ne croyez pas que je parlerais aujourd'hui de façon irrévérencieuse de Sir Thomas, bien que je l'aie haï pendant de nombreuses semaines. Non, je lui rends justice maintenant. Il est précisément ce que le chef d'une telle famille doit être. Non, dans ma sage mélancolie, j'aime, je crois, toute la famille. » Et sur ces paroles, dites avec un degré de tendresse et de sentiment que Fanny n'avait jamais rencontré chez elle auparavant, et ne trouvait maintenant que trop seyant, elle se détourna un instant pour retrouver ses esprits. « Ainsi que vous vous en êtes aperçue », dit-elle bientôt, avec un sourire enjoué, « j'ai eu une petite crise depuis que je suis entrée dans cette pièce, mais c'est terminé maintenant ; asseyons-nous donc et installons-nous à notre aise ; car pour ce qui est de vous gronder, Fanny, ce que j'étais venue avec la ferme intention de faire, je n'en ai pas le courage au moment d'en venir au fait. » Et la serrant affectueusement dans ses bras : « Douce et bonne Fanny ! Quand je pense que c'est la dernière fois que je vous vois ; car je ne sais pas combien de temps… Il me paraît tout à fait impossible de ne pas vous aimer. »

Fanny fut touchée. Elle n'avait pressenti rien de pareil, et dans son émotion, il était rare qu'elle résistât longtemps à l'influence mélancolique qu'exerçait sur elle le mot « dernière ». Elle se mit à pleurer comme si elle éprouvait pour mademoiselle Crawford une vive tendresse, plus vive assurément que celle qu'elle éprouvait en réalité ; et mademoiselle Crawford, qu'attendrissait encore plus le spectacle d'une pareille émotion, la pressait avec affection en s'écriant : « Je n'ai pas du tout envie de vous quitter. Je ne verrai personne d'aussi aimable là où je vais. Qui sait, peut-être deviendrons-nous sœurs ? Je sais qu'il en sera ainsi. Je sais que nous sommes nées pour être de la même parenté ; et ces larmes me convainquent que c'est aussi votre sentiment, ma chère Fanny. »

Fanny sortit de sa torpeur et dit, ne répondant qu'à une partie de son discours : « Mais si vous quittez un groupe d'amis, c'est pour en retrouver un autre. Vous allez chez l'une de vos amies intimes. »

« Oui, cela est vrai. Madame Fraser est mon amie de cœur depuis de nombreuses années. Mais je n'ai pas la moindre envie de me rendre auprès d'elle. Tout ce que je peux faire, c'est penser aux amis que je quitte ; mon excellente sœur, vous-même, et la famille Bertram en général. Vous avez tous tellement plus de *cœur* que l'on en trouve généralement dans le monde. Avec vous tous, j'ai le sentiment que je peux m'ouvrir à vous en toute confiance ; chose qui n'est pas courante dans le commerce ordinaire du monde. Je regrette de ne pas m'être entendue avec madame Fraser afin d'aller la voir seulement après Pâques, qui est une meilleure époque pour une visite, mais maintenant il n'est pas question que j'en recule la date. Et quand mon séjour chez elle sera terminé, je dois me rendre chez sa sœur, Lady Stornaway, parce que c'était *elle* qui des deux était la plus intimement liée avec moi ; mais ces trois dernières années, je ne me suis guère souciée d'*elle*. »

Après ce discours, les deux jeunes filles demeurèrent silencieuses plusieurs minutes, chacune absorbée dans ses pensées ; Fanny méditait sur les différentes sortes d'amitié qui existent au monde, Mary sur un sujet de couleur moins philosophique. C'est *elle* qui fut la première à rompre le silence.

« Comme je me souviens parfaitement de ce que j'ai fait ! Je suis partie à la recherche de la chambre de l'est sans avoir la moindre idée de l'endroit où elle se trouvait ! Comme je me souviens bien de tout ce à quoi je pensais tout en avançant ; j'ai jeté un coup d'œil à l'intérieur et vous ai vue, assise à votre table, en train de travailler ; et puis je me souviens de l'étonnement de votre cousin quand il a ouvert la porte et m'a vue ! En vérité, le retour de votre oncle ce soir-là ! Jamais on n'a vu chose pareille ! »

Il y eut ensuite un autre bref accès de rêverie, et puis, après s'être libérée de l'emprise de cette songerie, elle s'attaqua ainsi à sa compagne.

« Eh bien, Fanny, vous voilà bel et bien songeuse ! En train de penser, je l'espère, à celui qui ne cesse de penser à vous. Oh ! si je pouvais vous transporter un seul instant dans le cercle de notre société à Londres, afin que vous puissiez comprendre ce que l'on pense là-bas de votre pouvoir sur Henry ! Oh ! la jalousie et le dépit de maintes et maintes jeunes personnes ! l'incrédulité, l'étonnement qui seront éprouvés lorsque l'on apprendra ce que vous avez fait ! Car, pour ce qui est des secrets, Henry est tout à fait le héros romanesque de l'ancien temps, qui se fait gloire de ses chaînes. Vous devriez venir à Londres, et vous y apprendriez à apprécier votre conquête. Si vous voyiez comme on sollicite son amitié et combien on me courtise pour l'amour de lui ! Et je sais fort bien que l'on ne m'accueillera pas avec autant de plaisir chez madame Fraser, maintenant qu'il y a de tels liens entre vous et lui. Quand elle apprendra la vérité, elle n'aura qu'un désir, c'est de me voir m'en retourner dans le comté de Northampton ; car monsieur Fraser a une fille d'un premier lit qu'il est fort impatient de marier, et voudrait bien qu'Henry la prît comme épouse. Oh ! elle s'est efforcée de le conquérir par tous les moyens possibles ! Vous qui restez ici, innocente et tranquille, vous n'imaginez pas la *sensation* que vous créerez, la curiosité que les gens auront de vous voir, et les innombrables questions auxquelles il me faudra répondre ! La pauvre demoiselle Fraser me harcèlera sans cesse de questions sur vos yeux, vos dents, votre coiffure, et votre bottier. J'aimerais, pour l'amour de ma pauvre amie, que Margaret soit mariée, car les Fraser sont, à mon avis, aussi malheureux que la plupart des couples mariés. Et pourtant, cette alliance avait alors paru fort flatteuse à Janet. Nous étions tous enchantés. Elle ne pouvait faire autrement que l'accepter, car il était riche, et elle n'avait rien ; mais il s'est révélé fort *grincheux et exigeant* (1) ; il veut qu'une jeune femme, une jeune et belle femme de vingt-cinq ans, mène une vie aussi rangée que la sienne. Et mon amie ne sait pas bien s'y prendre avec lui ; elle ne sait pas, semble-t-il, tirer le meilleur parti de la situation. Il règne chez eux une atmosphère générale d'irritation qui est assurément, et pour ne rien dire de pire, une marque de mauvaise éducation. Je me remémorerai avec respect, quand je serai parmi eux, les manières conjugales que je trouvais au presbytère de Mansfield. Même le docteur Grant témoigne envers ma sœur d'une entière confiance, et a pour son jugement une certaine

(1) En français dans le texte.

estime, ce qui vous donne à penser qu'il *existe* entre eux quelque attachement ; mais je ne verrai rien de cet ordre chez les Fraser. Je serai toujours à Mansfield, Fanny. Pour moi, les modèles de la perfection sont, comme épouse, ma propre sœur, et comme mari, Sir Thomas Bertram. La pauvre Janet a été cruellement dupée ; et pourtant il n'y a eu de sa part rien d'inconvenant ; elle ne s'est pas lancée dans ce mariage étourdiment, ce n'est pas faute de se montrer prévoyante. Il lui a fallu trois jours pour réfléchir à sa demande ; et pendant ces trois jours elle a demandé l'avis de tous ceux de sa parenté dont l'opinion valait la peine d'être obtenue ; et elle a surtout eu recours à ma chère tante défunte ; les jeunes gens dans l'entourage de celle-ci appréciaient généralement et à juste titre sa sagesse due à sa connaissance du monde ; et elle s'est montrée extrêmement favorable à monsieur Fraser. Rien n'est, dirait-on, jamais certain et sûr lorsqu'il s'agit de bonheur conjugal ! Je n'ai pas grand-chose à dire pour défendre mon amie Flora, qui avait trahi la foi d'un fort aimable jeune homme de la Cavalerie Royale, pour l'amour de cet horrible Lord Stornaway, qui a à peu près autant d'intelligence que monsieur Rushworth, mais est moins bien tourné de sa personne et a la réputation d'être un vaurien. J'éprouvais alors quelques doutes sur la justesse de sa décision, car il ne ressemble même pas à un gentleman et, désormais, je suis sûre qu'elle était dans l'erreur. A propos, le premier hiver où elle faisait ses débuts dans le monde, Flora se mourait d'amour pour Henry. Mais si j'essayais de vous parler de toutes les femmes qui ont été, à ma connaissance, amoureuses de lui, je n'en aurais jamais terminé. Vous êtes la seule, Fanny, vous, l'insensible, qui puissiez penser à lui avec des sentiments proches de l'indifférence. Mais êtes-vous aussi insensible que vous déclarez l'être ? Non, non, je vois qu'il n'en est rien. »

Il y avait, à dire vrai, en cet instant, sur le visage de Fanny une si vive rougeur, qu'elle pouvait justifier les soupçons d'un esprit prévenu.

« Excellente créature ! Je ne vous taquinerai pas. Les choses suivront leurs cours. Mais chère Fanny, reconnaissez que vous n'avez pas été totalement prise par surprise lorsque la question vous a été posée, ainsi que votre cousin se l'imagine. Vous avez nécessairement eu quelques pensées là-dessus, et avez fait quelques suppositions sur ce qui pouvait se passer. Vous avez dû vous apercevoir qu'il s'efforçait de vous plaire, en voyant tous les égards qu'il avait pour vous. Ne s'est-il pas montré plein d'attentions envers vous lors du bal ? Et puis, avant le bal, le collier ? Oh ! Vous l'avez accepté, ce qui était son dessein. Vous saviez fort bien ce qu'il représentait, autant que pouvait le souhaiter son cœur. Je m'en souviens parfaitement. »

« Voulez-vous donc dire que votre frère savait à l'avance ce qu'il en était du collier ? Oh ! mademoiselle Crawford, ce n'était pas agir de façon équitable. »

« Savait ! C'est lui qui a tout imaginé du début à la fin, c'est lui qui a eu cette idée. J'ai honte de le dire, mais cette idée ne m'était pas venue à l'esprit ; mais j'ai été enchantée de me conformer à ses instructions, pour l'amour de vous deux. »

« C'est bien ce que je redoutais à demi alors », répondit Fanny ; « car il y avait un je-ne-sais-quoi dans votre air qui me faisait peur ; mais pas au début, au début je n'ai pas éprouvé le moindre soupçon ! En vérité, pas le moindre, cela est vrai. Aussi vrai que me voilà assise ici. Et si j'avais eu le moindre soupçon, rien n'aurait pu m'inciter à accepter le collier. Quant à la façon dont votre frère se comportait envers moi, j'avais certes le sentiment qu'il y avait là quelque chose de particulier, impression que j'éprouvais depuis peu de temps, depuis peut-être deux ou trois semaines ; mais j'ai alors considéré que cela ne voulait pas dire grand-chose, j'ai jugé que c'était simplement sa manière d'être, et étais aussi éloignée d'imaginer que d'espérer qu'il pût songer sérieusement à moi. Je n'avais pas été sans remarquer, mademoiselle Crawford, ce qui s'était passé entre lui et certain membre de la famille pendant l'été. J'étais silencieuse, mais je n'étais point aveugle. Je n'ai pu m'empêcher de voir que monsieur Crawford se permettait des galanteries sans qu'il y eût de sa part d'intentions sérieuses. »

« Ah ! Je ne saurais le nier. Il a été parfois un cruel bourreau des cœurs, et ne s'est guère soucié des ravages qu'il pouvait faire dans le cœur des jeunes ladies. Je l'ai souvent chapitré là-dessus, mais c'est là son seul défaut ; et il faut dire ceci, c'est que fort peu de jeunes ladies méritent qu'on se soucie de l'état de leur cœur. Et puis, Fanny, quel honneur pour vous que celui de retenir celui que tant d'autres ont visé de leurs flèches ; quelle gloire que de pouvoir payer les dettes de son sexe ! Oh ! je suis sûre qu'il n'est pas dans la nature de la femme que de refuser de remporter pareil triomphe. »

Fanny hocha la tête. « Je ne saurais faire grand cas d'un homme qui se joue des sentiments des femmes ; et souvent le spectateur ne peut voir toutes les souffrances endurées. »

« Je ne le défends pas. Je l'abandonne à votre merci entièrement ; et quand il vous aura fait venir à Everingham, peu m'importe que vous lui fassiez la morale sur ce sujet. Mais voici ce que je dirai : ce travers qui est le sien, ce penchant qu'il a pour rendre les jeunes filles un peu amoureuses de lui, est moitié moins dangereux pour le bonheur d'une femme mariée, qu'une disposition à tomber lui-même amoureux, faiblesse à laquelle il ne s'est jamais abandonné. Et je crois de tout mon cœur et en toute sincérité que l'attachement qu'il a pour vous n'a rien de commun avec ceux qu'il a pu éprouver pour d'autres femmes. Si jamais homme doit aimer pour toujours, c'est bien Henry. »

Fanny ne put se retenir d'esquisser un sourire, mais ne dit mot.

« Je ne crois pas avoir jamais vu Henry aussi heureux », poursuivit-elle bientôt, « qu'au moment où il a obtenu l'avancement de votre frère. »

Elle avait porté là indubitablement un coup qui ne pouvait que toucher le cœur de Fanny.

« Oh ! Oui. Quelle bonté, quelle grande bonté il a montrée ! »

« Je sais qu'il a dû déployer tous ses talents, car je connais les personnes auprès desquelles il a dû s'entremettre. L'amiral déteste les ennuis, se trouve indigne de lui de devoir demander des faveurs ; et tant de jeunes gens réclament qu'on s'emploie à répondre à leurs demandes, qu'une amitié et énergie peu résolues sont aisément repoussées. Comme William doit être heureux ! Comme j'aimerais pouvoir le recontrer ! »

Les tourments les plus divers s'emparèrent de l'esprit de la pauvre Fanny. Elle était retenue de prendre parti contre monsieur Crawford par le souvenir de ce qu'il avait fait pour son frère, bien que ce fût toujours pour elle une cause puissante de désarroi ; aussi demeura-t-elle plongée dans ses réflexions, jusqu'à ce que Mary, qui l'avait tout d'abord observée avec satisfaction et puis avait songé à autre chose, attirât son attention tout à coup en disant : « J'aimerais fort demeurer ici avec vous à bavarder toute la journée, mais nous ne devons pas oublier les deux ladies en bas, aussi au revoir, ma chère, mon aimable et excellente Fanny, car bien que nous ne devions nous faire nos adieux que dans la petite salle à manger, c'est ici que je veux prendre congé. Et je le fais en espérant de tout cœur que nous nous trouvions à nouveau heureusement réunies, et confiante que lorsque nous nous rencontrerons, ce sera dans des circonstances qui feront que nos cœurs s'ouvriront l'un à l'autre, sans la moindre ombre entre nous ou la moindre trace de réserve. »

Ces paroles s'accompagnèrent d'une très, très tendre étreinte, et d'un certain émoi.

« Je verrai bientôt votre cousin à Londres ; il parle de s'y rendre sous peu ; et Sir Thomas également, je crois, dans le courant du printemps ; quant à l'aînée de vos cousines, les Rushworth et Julia, je les rencontrerai certainement sans cesse, tout à l'exception de vous. J'ai deux faveurs à vous demander, Fanny ; l'une est que vous correspondiez avec moi. Il faut que vous m'écriviez. Et l'autre, que vous rendiez souvent visite à madame Grant et répariez le tort que je lui fais en la quittant. »

Fanny eût préféré qu'elle ne lui demandât point, du moins, la première de ces faveurs ; mais il lui était impossible de refuser cette correspondance ; il lui était impossible même de ne pas accéder à cette requête plus volontiers que ne le lui recommandait son jugement. Elle ne savait pas résister à un tel semblant d'affection. Son naturel l'inclinait tout particulièrement à priser les témoignages de tendresse à son égard, et comme elle avait jusqu'à présent fort peu connu ce genre de choses, elle fut d'autant plus aisément subjuguée par l'affection que lui montrait mademoiselle Crawford. En outre, elle éprouvait envers elle de la reconnaissance, parce qu'elle avait rendu leur tête-à-tête moins pénible qu'elle ne l'avait redouté.

Leur conversation était terminée, et elle avait réussi à se soustraire aux reproches et était parvenue à n'être point découverte. Elle avait gardé son secret ; et dès lors, elle pourrait presque, pensait-elle, se résigner à tout.

Il y eut le soir un autre départ. Henry Crawford vint s'asseoir quelques instants auprès d'elle ; et comme elle avait été elle-même auparavant quelque peu abattue, et eut le sentiment qu'il était ému, son cœur se radoucit quelque temps. Il n'était pas comme à l'accoutumée, et ne dit presque rien. À l'évidence, il était accablé, et Fanny ne put s'empêcher d'éprouver de la compassion pour lui, bien qu'elle espérât bien ne jamais le revoir avant qu'il fût devenu le mari d'une autre femme.

Quand vint le moment du départ, il lui prit la main ; elle ne pouvait la lui refuser ; mais il ne dit rien, toutefois, ou rien d'audible, et quand il eut quitté la pièce, elle fut heureuse qu'ils eussent échangé un tel gage d'amitié.

Le lendemain, les Crawford avaient quitté Mansfield.

CHAPITRE XXXVII

Monsieur Crawford parti, Sir Thomas eut alors comme dessein qu'on le regrettât, et espéra vivement que sa nièce sentirait combien lui manquaient ces attentions qu'elle avait jusque-là considérées comme néfastes ou crues telles. Elle avait goûté au plaisir de jouer un rôle d'importance fort flatteuse ; et il voulait croire qu'une fois disparue cette agréable sensation, lorsqu'elle serait de nouveau réduite à n'être plus rien, ce nouvel état ferait naître de salutaires regrets dans son esprit. C'était avec cette idée en tête qu'il l'observait, mais il ne pouvait dire que ce fut avec succès. Il lui était difficile de dire si son humeur était ou non altérée. Elle était toujours si douce et réservée que sa perspicacité ne pouvait discerner ses émotions. Il ne la comprenait pas ; il sentait bien qu'il ne la comprenait pas ; aussi eut-il donc recours à Edmond afin que celui-ci lui fît connaître l'état de son esprit en la présente circonstance, et dans le but aussi de s'enquérir pour savoir si elle était plus heureuse ou moins heureuse qu'auparavant.

Edmond, qui n'avait aperçu aucun symptôme de regret, trouva que son père était quelque peu déraisonnable de supposer que les trois ou quatre premiers jours pourraient produire quelque effet.

La chose qui étonna le plus Edmond fut que Fanny ne regrettât pas plus visiblement la sœur de Crawford, l'amie et la compagne qui avait été tant représentée pour elle. Il s'étonna que Fanny parlât si rarement d'*elle*, et eût si peu à dire de son propre chef de son désarroi d'être ainsi séparée d'elle.

Hélas, c'était cette sœur, cette amie et compagne qui empoisonnait maintenant le bonheur de Fanny. Si elle avait pu croire que le sort futur de Mary comme celui de son frère n'avaient pas de rapport avec Mansfield, si elle avait pu espérer que son retour comme celui de son frère étaient fort éloignés, ce qu'elle était du moins encline à croire, son cœur eût été léger en vérité ; mais plus elle se laissait aller à ses souvenirs, plus elle observait, plus elle était profondément convaincue que, du train dont allaient les choses, tout semblait indiquer, plus qu'auparavant, que mademoiselle Crawford épouserait Edmond. L'inclination qu'il éprouvait pour elle était plus vive, celle de Mary pour lui moins incertaine. Les objections et scrupules que lui avait suggérés son intégrité avaient, semblait-il, disparu comme par enchantement ; quant aux doutes et hésitations dus à l'ambition de celle-ci, ils avaient été eux aussi surmontés, et également sans raison apparente. Seul un plus grand attachement pouvait expliquer qu'il en soit ainsi. Les justes sentiments d'Henry et ceux, pernicieux, de Mary, cédaient sous l'emprise de l'amour, amour qui ne pourrait que les réunir. Il devait se rendre à Londres, dès que certaine affaire relative à Thornton Lacey aurait été réglée, peut-être avant une quinzaine de jours ; il parlait de partir, il se plaisait à parler de son départ ; et Fanny n'avait aucun doute sur ce qui s'ensuivrait lorsqu'il se trouverait en sa présence. Une certitude s'imposait à elle, il y aurait une demande en mariage, il y aurait consentement ; il demeurait pourtant encore de mauvais sentiments qui rendaient cette perspective excessivement douloureuse pour elle, indépendamment, du moins le croyait-elle, de sa propre personne.

Au cours de leur toute dernière conversation, mademoiselle Crawford, en dépit d'une certaine amabilité et de beaucoup de bienveillance à son égard, était demeurée mademoiselle Crawford, celle dont l'esprit, sans qu'elle en eût le moins du monde conscience, était dévoyé et égaré ; obscurci et s'imaginant plein de lumière. Peut-être aimait-elle Edmond, mais c'était le seul sentiment à son honneur qui l'autorisait à conquérir son cœur. Pour Fanny, ils n'avaient nul autre sentiment à partager ; que les personnes sages et plus avancées en âge lui pardonnent d'avoir pensé que mademoiselle Crawford avait fort peu de chances de s'amender à l'avenir, et que si, en cette saison où régnait l'amour, Edmond avait échoué à éclairer son jugement et tempérer ses convictions, il finirait dans les années de mariage par dépenser pour elle en pure perte ses mérites.

L'expérience eût peut-être attendu mieux de jeunes gens occupant de pareils rangs dans le monde, et l'impartialité n'eût pas manqué d'accorder à mademoiselle Crawford cette part de la nature commune des femmes qui l'eût conduite à faire sienne les opinions de l'homme qu'elle aimait et respectait. Mais Fanny étant persuadée qu'il en serait ainsi, souffrit beaucoup de ces certitudes, et ne sut jamais parler de mademoiselle Crawford sans que cela ne lui fût pénible.

Pendant ce temps, Sir Thomas continuait à nourrir les mêmes espérances et à poursuivre ses observations ; il se sentait toujours en droit, grâce à sa connaissance de la nature humaine, d'attendre l'effet que ne pouvait manquer de produire sur sa nièce la disparition de son pouvoir et de son importance ; et il croyait que celle-ci éprouverait une envie irrésistible de retrouver les attentions passées de son amoureux ; et peu de temps après, il donna à entendre que s'il n'avait rien remarqué qui fût parfaitement indubitable, c'était parce qu'un autre visiteur était annoncé ; cette arrivée suffisait à expliquer qu'elle ne fût pas plus abattue. William avait obtenu une permission de dix jours, qu'il devait consacrer au comté de Northampton, et d'autant plus heureux d'être lieutenant de marine que son bonheur était de fraîche date, il allait venir à Mansfield montrer quelle était sa félicité et décrire son uniforme.

Il arriva ; et il eût été ravi de montrer aussi son uniforme, si une coutume cruelle ne l'eût interdit en dehors du service. L'uniforme resta donc à Portsmouth, et Edmond fit cette hypothèse qu'avant que Fanny ait eu quelque chance de le voir, tout l'éclat de neuf de l'uniforme ainsi que la fraîcheur des sentiments de celui qui l'aurait porté se seraient effacés. Il en serait réduit à n'être plus que l'insigne du déshonneur ; car qu'y a-t-il d'aussi déplacé, d'aussi insignifiant que l'uniforme d'un lieutenant qui est lieutenant depuis une ou deux années, et qui voit les autres devenir avant lui capitaines de frégate ? Ainsi raisonnait Edmond, jusqu'à ce que son père l'entretînt en confidence d'un projet qui permettrait à Fanny de voir sous un autre jour et dans toute sa splendeur le lieutenant en second du *Thrush*, au service de Sa Majesté.

Ce projet était que Fanny accompagnât son frère lorsqu'il retournerait à Portsmouth, et passât quelque temps avec sa famille. Il était venu à l'esprit de Sir Thomas, au cours de l'une de ses majestueuses rêveries méditatives, que ce serait une mesure équitable et souhaitable ; mais avant d'en décider de façon définitive, il consulta son fils. Edmond considéra la chose sous tous les angles, et jugea qu'il n'y avait là rien que de très légitime. L'idée était bonne en elle-même et ne pouvait être mise en pratique en un moment plus approprié ; et il ne doutait nullement que Fanny ne la trouvât tout à fait à son gré. Cela suffit pour que Sir Thomas prît sa résolution, et un « qu'il en soit ainsi » vint mettre un terme à cette partie de leur entretien ; ce projet procurait à Sir Thomas une vive satisfaction ainsi que le sentiment d'agir pour le bien général, et ce, bien plus qu'il ne s'en était ouvert à son fils, car la raison essentielle qui le poussait à l'éloigner de Mansfield n'avait guère de lien avec l'idée opportune de lui faire revoir ses parents, et aucun lien du tout avec l'idée de la rendre heureuse. Certes, il désirait qu'elle partît sans répugnance, mais sans aucun doute aussi il souhaitait qu'elle regrettât Mansfield de tout cœur avant que ne s'achevât sa visite ; son plus cher désir était que, se voyant privé des raffinements élégants de Mansfield Park, son esprit s'assagît et l'inclinât à juger à sa juste valeur la demeure d'un égal confort dont on lui avait fait l'offre et qui devait être pour elle un lieu de séjour permanent.

C'était là un projet entrepris à des fins curatives, qui devait agir sur les facultés d'entendement de sa nièce, car, à l'évidence, elle ne pouvait qu'être malade. Être demeurée huit ou neuf ans dans une maison où régnaient richesse et abondance lui avait dérangé l'esprit, si bien qu'elle était incapable tant de juger que de comparer. La maison de son père lui apprendrait selon toute vraisemblance la valeur d'un bon revenu ; et il voulait croire que l'expérience qu'il avait conçue ne la rendrait que plus sage et plus heureuse tout au long de sa vie.

Si Fanny avait eu quelque penchant pour les transports d'enthousiasme, elle eût été nécessairement atteinte d'un accès de ce mal, quand elle apprit pour la première fois quelles étaient les intentions de son oncle, quand ce dernier lui proposa de rendre visite à ses parents et à ses frères et sœurs, dont elle avait été séparée pendant presque la moitié de sa vie, de retourner un ou deux mois sur les lieux de son enfance, avec William comme protecteur et compagnon de voyage ; et avec de plus la certitude de continuer à voir William jusqu'à la dernière heure de son séjour à terre. Elle se fût laissée emporter par des épanchements de joie, si telle avait été sa nature, car elle était au comble du bonheur, mais ce bonheur était une plénitude tranquille qui lui gonflait le cœur ; et c'était lorsque ses sentiments étaient les plus vifs qu'elle était, elle déjà si peu bavarde, encore plus encline à demeurer silencieuse. Pour le moment, elle fut seulement en mesure de remercier et d'accepter. Puis, quand elle se fut familiarisée avec les visions radieuses qui se dévoilaient si soudainement à elle, elle parvint à parler d'abondance de ce qu'elle ressentait avec William et Edmond ; mais certaines de ces émotions dues à la tendresse ne pouvaient être revêtues de mots. Le souvenir de tous les plaisirs de ses premières années et de son affliction, lorsqu'on l'avait arrachée à eux, l'envahit à nouveau avec une force renouvelée, et il lui sembla qu'une fois de retour dans le sein de sa famille, toutes les souffrances que cette séparation avait engendrées seraient guéries. Être dans le cercle de sa famille, recevoir de tous des marques d'amour, se sentir plus qu'autrefois encore aimée par les membres de cette famille, éprouver de l'affection sans peur ni contrainte, se sentir l'égale de ceux qui l'entouraient, être en paix et à l'abri de toute allusion aux Crawford, en sûreté loin de tous les regards qui lui paraissaient être des reproches à elle adressés à cause de ces derniers ! Elle chérissait ces espérances nouvelles avec une prédilection qu'elle sut taire.

Et Edmond... être deux mois loin de *lui* (et peut-être l'autoriserait-on à prolonger d'un mois sa visite), lui ferait certainement du bien. A une distance où ne viendraient l'assaillir ni ses regards ni sa bonté, à l'abri de l'irritation perpétuelle qui naissait de la connaissance qu'elle avait de l'état de son cœur et des efforts qu'elle faisait pour éviter qu'il lui fît ses confidences, il lui serait possible, par l'exercice de la raison, de parvenir à des sentiments plus convenables :

elle penserait à lui, à Londres, en train de prendre toutes les dispositions nécessaires, sans être profondément malheureuse. Ce qui eût été difficile à supporter à Mansfield, deviendrait un contretemps sans importance à Portsmouth.

La seule chose qui la retînt était ce doute : Lady Bertram saurait-elle se passer d'elle? Elle n'était utile à personne d'autre ; mais elle n'aimait pas penser qu'on la regretterait, *dans ce cas-là*, tout particulièrement ; et ce fut pour Sir Thomas la partie de l'entreprise la plus difficile à accomplir.

Mais il était le maître de Mansfield Park. Une fois qu'il avait résolu de prendre certaines mesures, il savait les mener à bien ; et, en cette circonstance, à force de converser longuement sur ce chapitre, à force d'expliquer avec insistance que le devoir de Fanny était de voir quelquefois sa famille, il réussit à obtenir de sa femme qu'elle la laissât partir ; il obtint cependant pareil résultat par soumission plutôt que par conviction, car la seule chose dont Lady Bertram fût convaincue était que son devoir était d'accepter, dès l'instant où Sir Thomas pensait qu'elle devait partir. Dans le calme et la paix de son boudoir, lorsqu'elle méditait de façon impartiale, se laissant aller au courant de ses pensées, sans que ses affirmations déroutantes vinssent fausser son jugement, il ne lui paraissait point nécessaire que Fanny s'en allât auprès d'un père et d'une mère qui avaient si bien su se passer d'elle et pendant si longtemps, alors que cette dernière avait été pour elle de la plus grande utilité. Et quand madame Norris entreprit de démontrer au cours de la discussion qu'elle ne la regretterait pas, ce fut avec une grande fermeté qu'elle éloigna cette idée.

Sir Thomas avait fait appel à sa raison, sa conscience et au sentiment de sa dignité. Il parla du sacrifice que réclamaient sa bonté et sa maîtrise d'elle-même. Mais madame Norris s'efforça de la persuader qu'elle pourrait fort bien se passer de Fanny ; (*elle* serait, quant à elle, toute disposée à lui consacrer son temps chaque fois qu'il le lui demanderait), bref, elle n'aurait nul besoin de Fanny ni ne la regretterait.

« Peut-être bien, ma sœur », se contenta de répondre Lady Bertram, « je crois que vous avez raison, mais elle me manquera assurément beaucoup. »

Il fallut ensuite se mettre en relations avec Portsmouth.

Fanny écrivit pour proposer sa venue ; et la réponse de sa mère, bien que brève, fut si bienveillante, quelques lignes toutes simples exprimaient la joie si naturelle d'une mère qui va retrouver sa fille, qu'elle confirma les idées que se faisait Fanny du bonheur qui l'attendait quand elles seraient réunies, et la convainquit qu'elle trouverait maintenant une amie tendre et affectueuse en la personne de la « Maman » qui n'avait guère jadis assurément témoigné beaucoup de tendresse pour elle ; mais elle se persuadait aisément que c'était sa faute, ou que cela avait été un effet de son imagination. Elle avait sans doute éloigné d'elle l'Amour, par l'irritabilité et la faiblesse de sa nature craintive, ou bien s'était montrée déraisonnable en voulant obtenir plus qu'elle ne le méritait, alors qu'elle n'était qu'une enfant parmi tant d'autres enfants. Maintenant qu'elle avait appris à être utile et patiente, maintenant que sa mère n'était plus absorbée par les soins incessants d'une maisonnée emplie de jeunes enfants, elles auraient le loisir et le désir de s'entourer de bien-être, et deviendraient bientôt ce que devraient être l'une pour l'autre une mère et une fille.

William était presque aussi heureux de ce projet que sa sœur. Il était extrêmement heureux à l'idée qu'il l'aurait auprès de lui jusqu'au dernier moment, celui de son embarquement, et qu'il la retrouverait peut-être encore là à son retour de sa première campagne ! Et en outre il désirait tellement qu'elle vît le *Thrush* avant que celui-ci ne quittât le port, (le *Thrush* était sans conteste le plus beau sloop de la marine en activité). Et il y avait également plusieurs améliorations dans le chantier de construction navale qu'il souhaitait vivement lui montrer.

Il n'hésita pas à ajouter que sa présence pendant quelque temps avec eux leur serait bénéfique.

« Je ne comprends pas comment cela se fait », dit-il, « mais il me semble que chez mon père, nous n'avons aucune de vos manières délicates et habitudes d'ordre. La maison est toujours sens dessus dessous. Je suis sûr que grâce à vous, les choses iront mieux. Vous direz à ma mère comment faire les choses, et serez si utile à Susan, et vous apprendrez beaucoup de choses à Betsey, et les garçons vous aimeront et feront attention à ce que vous leur direz. Comme tout sera confortable et exactement comme il se doit ! »

Quand la réponse de madame Price arriva, il ne resta plus que fort peu de jours à passer à Mansfield ; et pendant une grande partie de l'une de ces journées, les jeunes voyageurs furent plongés dans une vive inquiétude au sujet de leur voyage, car lorsqu'on en vint à parler du mode de transport et que madame Norris découvrit que les efforts qu'elle faisait pour réduire la dépense dans la demeure de Sir Thomas étaient vains, et que malgré ses souhaits et ses allusions dans le seul dessein de faire prendre à Fanny un véhicule moins coûteux, le frère et la sœur devaient voyager en malle-poste, quand elle vit donc sir Thomas leur donner bel et bien des billets de banque dans ce but, il lui vint soudain à l'idée qu'il y avait de la place pour une tierce personne dans la voiture, et elle se prit brusquement d'envie de partir avec eux et d'aller voir sa pauvre et chère sœur Price. Elle fit connaître ses intentions. Il lui était impossible de celer plus longtemps son désir de voyager avec les jeunes gens ; ce lui serait une si grande joie ; elle n'avait pas vu sa pauvre et chère sœur Price depuis plus de vingt ans ; et ce serait d'un grand secours pour les jeunes gens pendant leur voyage que d'avoir auprès d'eux une personne plus âgée qui pourrait prendre la direction des affaires ; et elle ne pouvait s'empêcher de penser que sa pauvre et chère sœur Price trouverait désobligeant qu'elle ne vînt pas alors qu'elle avait une occasion pareille de le faire.

William et Fanny furent saisis d'horreur à une pareille idée.

Tout le bien-être de leur confortable voyage serait détruit sur-le-champ. Ils se regardèrent, l'affliction peinte sur le visage. Pendant une ou deux heures la question demeura en suspens. Il n'y eut ni encouragement ni dissuasion. On laissa madame Norris trancher la question ; et toute l'affaire se termina à la joie infinie du neveu et de la nièce, car elle se souvint qu'il n'était pas possible qu'on se passât d'elle à Mansfield Park en ces instants, qu'elle était bien trop nécessaire à Sir Thomas et à Lady Bertram pour s'engager à les abandonner ne fût-ce qu'une semaine, et par conséquent devait sacrifier tout autre plaisir avec l'unique dessein de leur être utile.

À dire la vérité, il lui était venu à l'idée que si elle était en mesure de se rendre pour rien à Portsmouth, il ne lui serait guère possible d'éviter de payer son voyage de retour. Aussi abandonna-t-elle sa pauvre et chère sœur Price à la déception que ne manquerait pas de produire cette occasion ratée ; et peut-être fut-ce le début d'une autre séparation de vingt années.

Le voyage à Portsmouth et l'absence de Fanny eurent quelque influence sur les projets d'Edmond. Il avait, comme sa tante, un sacrifice à faire à Mansfield Park. Il avait été dans ses intentions de se rendre à Londres à peu près à cette époque, mais il ne pouvait laisser son père et sa mère juste au moment où tous ceux qui étaient de quelque importance pour leur bien-être les quittaient ; et il retarda, faisant par là un effort dont il ne tira nulle gloire mais qu'il ressentit douloureusement, d'une semaine ou deux un voyage qu'il attendait avec impatience, car il avait l'espoir qu'il édifierait à jamais son bonheur.

Il en parla à Fanny. Elle savait déjà tant de choses, qu'il fallait qu'elle sache tout. Ce fut la matière d'un autre discours confidentiel à propos de mademoiselle Crawford ; et Fanny fut d'autant plus émue qu'elle sentait bien que c'était la dernière fois ou le nom de mademoiselle Crawford serait jamais mentionné entre eux avec liberté. Il fit encore allusion à elle peu de temps après. Lady Bertram avait au cours de la soirée demandé à sa nièce de lui écrire bientôt et souvent, et lui avait promis d'être elle-même une bonne correspondante, et Edmond avait alors ajouté à un moment opportun et dans un chuchotement : « Et *je* vous écrirai, Fanny, quand j'aurai quelque chose à dire qui en vaille la peine ; quelque chose qu'il vous plaira d'apprendre, et que vous n'apprendrez pas de sitôt d'une autre personne. » Eût-elle douté du sens de ses paroles, que son visage rayonnant lorsqu'elle leva les yeux pour le regarder, lui eût appris les choses avec certitude.

Elle essaierait de s'aguerrir afin d'être prête à recevoir cette lettre. Qu'une lettre d'Edmond pût être un sujet de terreur ! Elle commença à penser que ses idées et sentiments n'avaient pas encore subi toutes les transformations que provoquent dans ce monde changeant le cours du temps et le bouleversement des circonstances. Son esprit n'avait pas encore épuisé toutes les vicissitudes qui sont le lot des humains.

Pauvre Fanny ! bien qu'elle fût heureuse et vivement désireuse de partir, la dernière soirée à Mansfield Park ne fut pourtant pour elle qu'affliction. Sa tristesse au moment du départ fut absolue. Chaque pièce de la maison lui fit verser des larmes, et chacun de ses habitants bien-aimés encore bien plus. Elle se serra étroitement contre sa tante, parce que cette dernière la regrettait ; elle embrassa la main de son oncle en refoulant des sanglots, parce qu'elle l'avait mécontenté ; mais quand vint l'ultime moment, le moment de quitter *Edmond*, elle ne comprit que lorsque tout fut terminé qu'il lui avait fait les tendres adieux d'un frère.

Tous ces adieux eurent lieu le soir, car le voyage devait commencer de fort bonne heure le lendemain matin ; et quand le petit groupe restreint des habitants de Mansfield se retrouva au petit déjeuner, ce fut pour parler de William et de Fanny comme ayant déjà franchi une étape de leur voyage.

CHAPITRE XXXVIII

La nouveauté que représentait pour elle ce voyage, ainsi que le bonheur d'être avec William, agirent tout naturellement sur l'humeur de Fanny, une fois qu'ils eurent laissé Mansfield Park suffisamment loin derrière eux ; et, quand ils eurent franchi la première étape et quitté la voiture de Sir Thomas, ce fut avec un air de gaieté qu'elle prit congé du vieux cocher et lui demanda dûment de se charger de quelques messages pour Mansfield.

La conversation, fort agréable, entre frère et sœur, allait bon train. Tout était source d'amusement et de distraction pour William, dont l'esprit n'était qu'allégresse ; tout lui était prétexte à de folâtres plaisanteries quand ils ne s'entretenaient pas de sujets plus nobles ; car alors, il commençait ou terminait toujours par l'éloge du *Thrush*, par des suppositions sur la façon dont celui-ci serait employé, ou des projets pour un combat naval avec des forces supérieures, ce qui devrait lui permettre (à supposer que l'on eût écarté le lieutenant en premier, et William ne montrait guère de pitié pour ce dernier) d'accéder dès que possible au grade supérieur, ou encore par des spéculations quant aux parts de prise, qui devaient être généreusement distribuées et dont il mettrait de côté une part suffisante pour rendre confortable la maisonnette dans laquelle Fanny et lui vieilliraient ensemble.

Les préoccupations immédiates de Fanny, dans la mesure où elles se rapportaient à monsieur Crawford, ne firent point partie de leur conversation. William savait ce qui s'était passé et déplorait de tout son cœur que sa sœur éprouvât tant de froideur à l'égard de celui qu'il considérait comme le plus important des personnages ; mais il était à un âge où l'amour doit primer, et incapable par conséquent de lui faire des reproches ; sachant ce qu'elle désirait, il ne voulait point, par la moindre allusion sur ce chapitre, l'affliger.

Elle avait des raisons de supposer que monsieur Crawford ne l'avait pas encore oubliée. Au cours des trois semaines qui s'étaient écoulées depuis que les Crawford avaient quitté Mansfield, elle avait reçu à plusieurs reprises des nouvelles de sa sœur, et dans chacune de ses lettres, il y avait eu quelques lignes de la main de celui-ci, ardentes et résolues comme l'avaient été ses propos. Cette correspondance avait paru à Fanny aussi fâcheuse qu'elle l'avait redouté auparavant. Le style de mademoiselle Crawford, d'une vivacité affectueuse, était en lui-même pernicieux, indépendamment du fait qu'elle était obligée de lire l'œuvre écrite de la plume même du frère, car Edmond n'avait eu de cesse qu'il ne lui eût fait lire presque tout le contenu de la lettre, et il lui fallait alors l'écouter s'extasier sur la manière dont elle avait tourné ses pensées, et parler avec enthousiasme de ses facultés d'attachement. Il y avait eu, en vérité, tant de messages, d'allusions et de souvenirs dans ses lettres, elles étaient si pleines de Mansfield, que Fanny ne pouvait s'empêcher de penser qu'elles étaient destinées à ce qu'Edmond les entendît ; et se trouver ainsi contrainte de se soumettre, être ainsi obligée d'entretenir une correspondance qui lui apportait les hommages de l'homme qu'elle n'aimait point et exigeait d'elle qu'elle dispensât à l'homme qu'elle aimait les témoignages d'une passion si contraire à ses intérêts, était pour elle une cruelle humiliation. Dans ce cas également, son éloignement présent offrait quelques avantages. Quand elle ne se trouverait plus sous le même toit qu'Edmond, elle voulait croire que mademoiselle Crawford ne pourrait invoquer de raison assez puissante qui justifiât pareille correspondance, et qu'une fois à Portsmouth, celle-ci finirait par s'éteindre.

Ce fut avec, en tête, de pareilles pensées, parmi des centaines d'autres, que Fanny poursuivit son voyage, dans la bonne humeur et avec un sentiment de sécurité, et avec autant de célérité qu'on était raisonnablement en droit

d'attendre d'un mois de février aussi méchamment crotté. Ils
entrèrent dans Oxford, mais elle ne fit qu'entrevoir hâtivement le collège d'Edmond lorsqu'ils passèrent devant, et ils
ne s'arrêtèrent nulle part avant d'avoir atteint Newbury, où
un repas copieux, faisant à la fois office de dîner et de souper,
mit un point final aux plaisirs et aux fatigues de la
journée.

Le lendemain matin ils se mirent à nouveau en route de
fort bonne humeur ; et comme nul incident ou retard ne
survint, ils avancèrent fort régulièrement et parvinrent dans
les environs de Portsmouth alors qu'il faisait encore suffisamment jour pour que Fanny pût jeter un coup d'œil autour
d'elle et s'étonner de voir tant de nouvelles maisons. Ils
franchirent le pont à bascule, et la lumière du jour commençait seulement à faiblir, lorsque, guidés par la voix puissante
de William, ils quittèrent la grand-rue, pénétrèrent à grand
fracas dans une rue étroite, et s'arrêtèrent devant la porte de
la petite maison où habitait alors monsieur Price.

Fanny était dans un état de grande agitation et de grand
émoi, à la fois pleine d'espoir et d'appréhension. À l'instant
où ils s'arrêtèrent, une servante malpropre, en faction selon
toute apparence à la porte, s'avança, et plus résolue à donner
les nouvelles qu'à leur être de quelque secours, commença
sur-le-champ par ces mots : « Le *Thrush* a quitté le port, s'il
vous plaît, monsieur, et l'un des officiers est venu pour... »
Elle fut interrompue par un grand et beau garçon de dix ans,
qui sortit précipitamment de la maison, écarta la servante, et
s'écria, tandis que William était en train d'ouvrir lui-même la
porte du cabriolet : « Vous arrivez juste à temps. Nous vous
avons cherché une demi-heure. Le *Thrush* a quitté le port ce
matin. Je l'ai vu. C'était un beau spectacle. Et on pense qu'il
recevra ses ordres dans un jour ou deux. Et monsieur
Campbell est venu ici à quatre heures pour vous chercher ; il
doit aller à bord à six heures, et espérait que vous seriez ici à
temps pour l'accompagner. »

Un ou deux regards étonnés, tandis que William aidait
Fanny à descendre de voiture, fut tout ce que, de son propre
chef, ce frère accorda comme attention à sa sœur ; mais il ne
refusa point de se laisser embrasser par elle, bien qu'il fût
entièrement absorbé par le récit détaillé dans lequel il
décrivait le *Thrush* quittant le port, événement qui était en

droit de susciter tout son intérêt, puisqu'il allait à cette époque entamer à bord de celui-ci sa carrière de marin.

Un instant plus tard, Fanny était dans l'étroit vestibule qui composait l'entrée de la maison, puis dans les bras de sa mère qui l'accueillit en ces lieux avec des airs de sincère bonté, et avec un visage que Fanny aima d'autant plus qu'il lui rappela par ses traits celui de Lady Bertram ; et il y avait ses deux sœurs, Susan, une belle et grande jeune fille de quatorze ans, et Betsey, la benjamine de la famille, alors âgée de cinq ans environ, toutes deux fort heureuses de l'avoir parmi elles, bien que leurs manières ne les eussent point fait paraître à leur avantage lorsqu'elles l'avaient accueillie. Mais Fanny ne se souciait guère des belles manières. Tout ce qu'elle souhaitait, c'était qu'on l'aimât.

On la conduisit dans un petit salon, de dimension si modeste qu'elle crut tout d'abord que ce n'était qu'un couloir qui donnait sur quelque chose de plus grand, aussi demeura-t-elle un moment à attendre qu'on l'invitât à avancer ; mais quand elle s'aperçut qu'il n'y avait pas d'autre porte et vit sous ses yeux des marques d'habitation, elle rassembla ses esprits, se reprit, craignant qu'ils n'eussent soupçonné ses pensées. Sa mère ne resta toutefois pas assez longtemps pour soupçonner quoi que ce fût. Elle était à nouveau à la porte d'entrée pour accueillir William. « Oh ! mon cher William, comme je suis heureuse de te voir. Mais as-tu appris les nouvelles concernant le *Thrush* ? Il a déjà quitté le port ; trois jours avant la date prévue ; et je ne sais que faire des affaires de Sam, elles ne seront jamais prêtes à temps ; car peut-être les instructions seront-elles données demain. Cela me prend entièrement par surprise. Et maintenant il faut que tu partes pour Spithead ; Campbell est passé par ici, et il était fort préoccupé à ton sujet. Et maintenant, que dois-je faire ? Je pensais que nous passerions ensemble une soirée agréable, et voilà que tout me tombe dessus à la fois. »

Son fils répondit gaiement, en lui disant comme à l'accoutumée que tout était pour le mieux ; traitant à la légère ce contretemps qui l'obligeait à partir si précipitamment.

« Bien sûr, j'aurais préféré qu'il reste au port, me permettant ainsi de passer confortablement quelques heures avec vous ; mais comme il y a une embarcation à terre, je ferais mieux de partir sans plus tarder, il n'y a rien d'autre à faire. A quel endroit environ est-ce que le *Thrush* est ancré à Spithead ? Près du *Canope* ? Mais peu importe... Fanny est dans le salon, je ne vois pas pourquoi nous resterions dans le couloir ? Venez ma mère, vous avez à peine jusqu'à présent jeté un coup d'œil à votre chère Fanny. »

Ils entrèrent tous deux, et madame Price ayant à nouveau tendrement embrassé sa fille, et remarqué combien elle avait grandi, commença avec une sollicitude toute naturelle à s'enquérir des fatigues et des besoins des deux voyageurs.

« Mes pauvres chéris ! Comme vous devez être fatigués tous les deux ! Que prendrez-vous maintenant ? Je commençais à croire que vous n'arriveriez jamais. Betsey et moi sommes restées à guetter votre arrivée depuis une demi-heure. Et quand avez-vous eu quelque chose à manger ? Et que désirez-vous prendre maintenant ? Je ne savais pas si vous auriez envie d'un peu de viande, ou seulement d'une tasse de thé après votre voyage, ou alors j'aurais préparé quelque chose pour vous. Et maintenant, j'ai bien peur que Campbell n'arrive, avant que je n'aie eu le temps d'apprêter quelque morceau de viande, et nous n'avons pas de boucher à proximité. C'est très malcommode de ne pas avoir de boucher dans notre rue. Nous avions de plus amples commodités dans notre ancienne maison. Peut-être voudriez-vous un peu de thé, dès que je pourrai le faire préparer. »

Ils déclarèrent d'un commun accord que c'était ce qu'ils préféraient entre toutes choses. « Alors, Betsey, ma chérie, cours à la cuisine et vois si Rebecca a mis l'eau sur le feu ; et dis-lui d'apporter dès qu'elle le pourra le plateau à thé. J'aimerais bien que la sonnette soit réparée, mais Betsey est une petite ménagère qui sait bien se débrouiller. »

Betsey quitta la pièce avec empressement ; fière de montrer ses talents à son élégante et nouvelle sœur.

« Grands dieux ! » poursuivit la mère dans son inquiétude, « quel méchant feu nous avons là, et je crois bien que vous êtes tous deux transis de froid. Approchez votre chaise, ma chérie. Je ne comprends pas ce que peut bien faire Rebecca. Susan, *tu* aurais dû t'occuper du feu. »

« J'étais en haut en train de changer mes affaires de place, maman », dit Susan, hardiment, sur un ton de légitime

défense qui surprit Fanny. « Vous aviez décidé, vous le savez
bien, que ma sœur Fanny et moi prendrions l'autre chambre ; et je n'ai pas réussi à me faire aider de Rebecca. »

La discussion fut interrompue par divers va-et-vient et
remue-ménage ; ce fut d'abord le cocher qui vint se faire
payer, puis il y eut une prise de bec entre Sam et Rebecca sur
la façon dont il fallait porter la malle de Fanny pour
l'emmener en haut, car il voulait à tout prix se tirer d'affaire
tout seul ; et enfin ce fut monsieur Price en personne qui
entra, précédé par les éclats de sa voix puissante, tandis que
dans le couloir, avec force jurons, il écartait d'un coup de
pied la valise de son fils et le carton à chapeaux de sa fille, et
réclamait à grands cris une chandelle ; on ne lui en porta pas
toutefois, et il entra dans le salon.

Fanny s'était levée pour aller à sa rencontre, avec des
sentiments partagés, mais elle se laissa retomber sur sa chaise,
car elle vit qu'il ne l'avait pas aperçue dans la pénombre, et ne
songeait point à elle. Après avoir serré amicalement la main
de son fils, et d'une voix impatiente, il s'écria sans plus
attendre : « As-tu appris les nouvelles ? Le *Thrush* a quitté le
port ce matin. Il n'a pas traîné, vois-tu, c'est le mot.
Sacrebleu, tu es arrivé juste à temps. Le docteur est venu ici
pour savoir quand tu arriverais ; il a pris l'une des embarca-
tions, et il faut qu'il soit à Spithead à six heures, aussi tu ferais
mieux d'y aller avec lui. Je suis allé chez Turner au sujet de
ton uniforme ; on est en train de le terminer. Je ne serais pas
étonné si tu recevais l'ordre d'appareiller ; mais tu ne peux
pas appareiller avec ce vent, si tu dois croiser à l'ouest ; et le
capitaine Walsh pense que vous allez croiser à l'ouest, vers
l'Éléphant. Sacrebleu, j'espère que ce sera possible. Mais le
vieux Scholey était en train de dire à l'instant qu'à son avis on
vous enverrait d'abord à l'île de Texel. Eh bien, eh bien, nous
sommes prêts, quoi qu'il advienne. Mais, sacrebleu, tu as
raté un beau spectacle en n'étant pas là ce matin pour voir le
Thrush quitter le port. Je n'aurais pas manqué ça pour mille
livres. Le vieux Scholey est arrivé en courant au moment du
petit déjeuner, pour dire que le sloop filait le corps mort et
sortait de sa cale de lancement. Je me suis levé d'un bond, et
n'ai eu qu'à faire deux pas pour me trouver sur l'embarcadère. Si jamais il y a eu une vraie beauté sur l'eau, c'est
assurément ce vaisseau ; et il est à l'ancre à Spithead, et tout le

monde en Angleterre le prendrait pour une frégate de vingt-huit canons. Je suis resté sur l'embarcadère deux heures cet après-midi, à le regarder. Il est à l'ancre à côté de l'*Endymion*, entre celui-ci et le *Cléopâtre*, juste à l'est du ponton-mâture. »

« Ah ! » s'écria William, « c'est *précisément* là que je l'aurais mis moi-même. C'est le meilleur mouillage de Spithead. Mais voici ma sœur, monsieur, voici Fanny » ; se tournant vers elle et la conduisant à lui : « Il fait si sombre que vous ne l'aviez pas vue. »

Après avoir reconnu qu'il n'avait pas du tout songé à elle, monsieur Price souhaita alors la bienvenue à sa fille ; il la serra cordialement dans ses bras, fit remarquer qu'elle était devenue une femme et qu'elle aurait bientôt besoin d'un mari ; puis il parut tout disposé à l'oublier à nouveau.

Fanny se fit toute petite sur son siège, douloureusement peinée par son langage et l'odeur d'alcool qu'il dégageait ; et il poursuivit, s'adressant uniquement à son fils et parlant uniquement du *Thrush*, bien que William eût essayé à maintes reprises, malgré l'intérêt passionné qu'il éprouvait pour le sujet, d'inciter son père à penser à Fanny, à sa longue absence et à son voyage.

Un certain temps s'écoula avant qu'on ne leur apportât une chandelle ; puis, comme rien n'annonçait l'arrivée du thé, que Betsey ne réapparaissait pas et qu'il n'y avait aucune nouvelle de ce qui se passait à la cuisine, comme il y avait peu d'espoir que le thé arrivât avant longtemps, William résolut d'aller changer de costume, et de prendre les dispositions nécessaires pour son départ à bord, afin de pouvoir prendre plus tard le thé tout à son aise.

Au moment où il quittait la pièce, deux garçons aux joues roses, dépenaillés et malpropres, âgés d'environ huit et neuf ans, se précipitèrent à l'intérieur, à peine délivrés de l'école, et impatients de voir leur sœur et de lui dire que le *Thrush* avait quitté le port ; Tom et Charles : Charles était né après le départ de Fanny, mais elle s'était souvent occupée de Tom quand il était bébé, et éprouvait maintenant un plaisir tout particulier à le revoir. Elle les embrassa tous deux fort tendrement, mais c'était Tom qu'elle eût désiré retenir auprès d'elle pour essayer de retrouver sur son visage les traits du nourrisson qu'elle avait aimé, et lui parler de la

préférence qu'il manifestait pour elle dans sa petite enfance.
Tom n'avait toutefois nulle envie qu'on le traitât ainsi : il
rentrait à la maison, non pour rester debout à bavarder, mais
pour courir partout dans la maison en faisant du tapage ; et
les deux garçons furent bientôt partis en trombe en claquant
si fort la porte du salon qu'elle en eût les tempes toutes
bourdonnantes.

Elle avait maintenant vu tous ceux qui vivaient à la
maison ; il y avait encore deux frères entre elle et Susan, l'un
étant employé dans quelque emploi public à Londres, et
l'autre aspirant à bord d'un navire faisant le service des Indes
Orientales. Mais bien qu'elle eût *vu* tous les membres de la
famille, elle n'avait pas encore *entendu* tout le bruit qu'ils
pouvaient faire. Au bout d'un quart d'heure il y eut encore
bien plus de vacarme. William, qui était sur le palier du
deuxième étage, appela à grands cris sa mère et Rebecca. Il
était dans l'embarras, car il ne trouvait plus quelque chose
qu'il avait laissée là. Une clef avait été égarée, on accusa
Betsey d'avoir touché à son chapeau tout neuf, et on avait
oublié, alors qu'on le lui avait promis, de faire une retouche
légère mais essentielle au gilet de son uniforme.

Madame Price, Rebecca et Betsey montèrent toutes trois
pour se défendre de pareille accusation, parlant toutes à la
fois, et Rebecca plus fort que les autres, et l'ouvrage dut être
fait, tant bien que mal, dans la plus grande précipitation ;
William essayant, mais en vain, d'obliger Betsey à redescendre, ou s'efforçant de l'empêcher de se mettre dans leurs
jambes ; et comme presque toutes les portes étaient ouvertes,
on entendait tout cela distinctement dans le salon, sauf quand
ces bruits étaient couverts par le plus grand tapage que
faisaient Charles, Tom et Sam, en train de se pourchasser
dans les escaliers et de dégringoler à vive allure les marches en
criant à tue-tête.

Fanny était comme étourdie. L'étroitesse de la maison,
ainsi que le peu d'épaisseur des murs rendaient tous ces
bruits si distincts et si proches qu'elle avait du mal à les
supporter, étant en outre fatiguée par le voyage et le
tohu-bohu de l'arrivée. *A l'intérieur* de la pièce, tout était
presque calme, car Susan avait disparu avec les autres, et il ne
resta bientôt plus dans le salon que son père et elle ; ce
dernier, après avoir déplié un journal, emprunté comme de

coutume à l'un de ses voisins, entreprit de l'étudier, et sembla avoir oublié jusqu'à l'existence de sa fille. L'unique et solitaire bougie était placée entre le journal et lui, sans égard pour elle ; mais elle n'avait rien à faire, et était heureuse qu'il y eût un écran entre la lumière et elle, car elle avait mal à la tête ; aussi demeura-t-elle toute pensive et désorientée, et plongée dans une rêverie perpétuellement interrompue et fort mélancolique.

Elle était dans le sein de sa famille. Mais hélas ! ce n'était pas un pareil foyer, ce n'était pas un pareil accueil qui... elle se contint ; elle était déraisonnable. Pouvait-elle prétendre à être de quelque importance dans sa famille ? Cela était impossible, ils l'avaient perdue de vue depuis si longtemps ! Il en avait toujours été ainsi, c'étaient les préoccupations de William qui les intéressaient surtout, c'était lui qui avait tous les droits. Et pourtant, on lui avait si peu parlé, si peu posé de questions sur elle-même... on s'était si peu enquis de Mansfield Park ! Cela lui fit de la peine que Mansfield eût été ainsi oublié ; les amis qui avaient tant fait... les chers, les très chers amis ! Mais ici, un sujet dominait tous les autres. Peut-être devait-il en être ainsi. Désormais, c'était la destination du *Thrush* qui allait être le sujet d'un intérêt souverain. Dans un jour ou deux, ces choses seraient différentes. *Elle* était la seule qui devait être blâmée. Elle pensait toutefois que les choses se seraient passées différemment à Mansfield. Non, dans la maison de son oncle, on eût considéré l'heure et le moment, il y aurait eu une certaine étiquette selon les sujets, des règles de bienséance et des égards envers les autres, toutes choses qu'elle ne trouverait pas ici.

Le cours de ses pensées ne fut pas autrement interrompu pendant une demi-heure que par une soudaine explosion de colère de la part de son père, peu calculée pour rétablir le calme dans son esprit. Alors que dans le couloir les piétinements et les cris étaient plus forts qu'à l'ordinaire, il s'exclama : « Que le diable emporte ces jeunes chenapans ! Comme ils chantent à tue-tête ! Eh bien, c'est la voix de Sam qui est la plus forte ! Ce garçon fera un bon maître d'équipage. Hé, toi, là-bas, Sam, arrête tes satanés cris ou je vais t'attraper. »

Ils ne tinrent aucun compte de cette menace, et bien qu'ils eussent tous trois fait irruption dans la pièce cinq minutes plus tard et se fussent assis, l'opinion de Fanny fut que ce n'était point pour obéir à leur père mais qu'ils étaient pour l'heure fourbus, ce que semblait montrer leur visage rouge et leur souffle haletant, et ils continuaient à se donner des coups de pied dans les tibias, et à pousser de grandes clameurs à chaque coup, jusque sous le nez de leur père.

Elle accueillit avec plus de plaisir ce qui arriva quand la porte s'ouvrit une seconde fois ; c'était le plateau à thé, qu'elle avait presque désespéré de voir ce soir-là. Susan et une jeune servante, dont l'aspect subalterne informa Fanny, à sa grande stupéfaction, qu'elle avait précédemment vu la servante qui était à la tête de la domesticité, apportèrent tout ce qui était nécessaire au repas ; tout en mettant la bouilloire sur le feu, Susan jeta un coup d'œil à sa sœur, et sembla partagée entre le plaisir et l'honneur de montrer qu'elle savait être aussi utile qu'active, et, d'autre part, la crainte qu'on pensât qu'elle s'abaissait en s'employant ainsi. « Elle était allée dans la cuisine », dit-elle, « pour presser Sally et aider à préparer le pain grillé et faire les tartines de beurre, car sinon, nul ne sait quand le thé aurait été servi, et sa sœur avait certainement envie de prendre quelque chose après ce voyage. »

Fanny lui en fut fort reconnaissante. Elle reconnut qu'elle serait heureuse de prendre un peu de thé, aussi Susan s'empressa-t-elle de le préparer, et elle paraissait être heureuse d'être la seule à présider à cette tâche ; elle s'en acquitta fort bien, à l'exception d'un affairement parfois peu nécessaire et de quelques tentatives mal avisées pour essayer d'obliger ses frères à se tenir tranquilles. Fanny en fut corps et âme toute rafraîchie ; ce geste de bonté fit que son esprit et son cœur se sentirent plus à leur aise. Susan avait un visage ouvert et l'air sensé ; elle ressemblait à William, et Fanny espéra qu'elle serait comme lui pleine de bienveillance envers elle.

Quand William fit à nouveau son apparition, suivi l'instant d'après par sa mère et par Betsey, il régnait dans la pièce une plus grande quiétude. Il avait revêtu l'uniforme complet de lieutenant de marine, qui le faisait paraître plus grand, plus résolu et élégant, et, arborant sur le visage un sourire de bonheur, il s'avança immédiatement vers Fanny, qui se levant de son siège, le regarda un moment muette d'admiration, et puis se jeta à son cou en sanglotant, déchargeant ainsi son cœur du trop-plein d'émotions dans lesquelles se mêlaient la joie et la douleur.

Ne voulant pas donner l'impression qu'elle était malheureuse, elle reprit bientôt ses esprits ; et essuyant ses larmes, sut remarquer et admirer tous les détails frappants de son habit, et l'écouter en reprenant courage exprimer l'espoir qu'il se trouverait à terre chaque jour quelques instants avant que le vaisseau n'appareillât, et confiant qu'il pourrait même l'amener à Spithead voir le sloop.

Il y eut ensuite un autre remue-ménage à la porte qui vit entrer monsieur Campbell, le chirurgien du *Thrush*, jeune homme aux manières courtoises, qui venait rendre visite à son ami, et pour qui on dénicha avec une certaine ingéniosité une chaise, et après que la jeune personne qui avait préparé le thé eut lavé précipitamment un peu de vaisselle, on trouva pour lui une tasse et une soucoupe ; et après un quart d'heure de conversation fort sérieuse entre les gentlemen, tandis que les bruits s'ajoutaient aux bruits, que l'agitation grandissait, hommes et garçons se levèrent enfin d'un même mouvement, et ce fut le moment de se mettre en route ; tout était prêt, William prit congé, et ils partirent tous, car les trois garçons, en dépit des prières de leur mère, étaient résolus à accompagner leur frère et monsieur Campbell jusqu'au sabord de coupée ; et monsieur Price sortit en même temps pour rapporter le journal à son voisin.

On pouvait espérer maintenant quelque tranquillité, et donc, quand on eut réussi à obtenir de Rebecca qu'elle débarrassât la table à thé, quand madame Price eût marché en long et en large dans la pièce à la recherche de la manche d'une chemise, quand Betsey l'eût finalement dénichée dans un tiroir de la cuisine, le petit nombre de personnes du sexe féminin qui demeurait jouit d'une certaine quiétude ; et la mère de famille, après avoir encore une fois déploré que Sam ne soit jamais prêt à l'heure, eut enfin le loisir de penser à sa fille aînée et aux amis qu'elle avait quittés.

Elle entreprit de poser quelques questions ; mais la toute première : « Comment sa sœur Bertram se débrouillait-elle avec les domestiques ? Etait-elle aussi en peine qu'elle pour trouver des domestiques qui soient passables ? » emporta bientôt son esprit loin du comté de Northampton, et elle ne songea plus qu'à ses doléances domestiques ; le comportement abominable de tous les domestiques de Portsmouth, parmi lesquels les deux siens étaient, croyait-elle, les pires, l'absorba complètement. Elle oublia tous les Bertram en énumérant par le menu tous les travers de Rebecca, contre laquelle Susan avait aussi beaucoup d'accusations à porter, ainsi que la petite Betsey ; et cette servante semblait avoir si peu de choses pour la recommander que Fanny ne put s'empêcher de supposer humblement que sa mère avait l'intention de s'en séparer quand l'année échue serait écoulée.

« L'année ! » s'écria madame Price, « assurément, j'espère bien m'être débarrassée d'elle avant que son année de service ne se soit écoulée, car ce ne serait pas avant le mois de novembre. Les choses en sont à tel point avec les domestiques, que c'est vraiment un miracle si on les garde plus de six mois. Je n'ai pas le moindre espoir de jamais arranger les choses, et si je devais me séparer de Rebecca, tout ce que je trouverais serait pire. Et pourtant, je ne dois pas être une maîtresse difficile à satisfaire, et la place n'est guère pénible, car il y a toujours sous ses ordres une jeune servante, et je fais souvent moi-même la moitié de l'ouvrage. »

Fanny était silencieuse ; mais ce n'était pas parce qu'elle était convaincue qu'on ne pouvait trouver de remèdes à certains de ces maux. Tandis qu'elle demeurait assise à regarder Betsey, elle ne pouvait s'empêcher de penser tout particulièrement à une autre de ses sœurs, une très jolie petite fille, qui avait à peu près l'âge de celle-ci lorsqu'elle était partie pour se rendre dans le comté de Northampton, et qui était morte quelques années plus tard. Il y avait eu chez elle une grâce inimitable. Fanny, dans ses premières années, l'avait préférée à Susan ; et quand la nouvelle de sa mort était enfin parvenue à Mansfield, elle avait été pendant une brève période fort affligée. La vue de Betsey faisait ressurgir l'image de la petite Mary, mais elle n'eût pour rien au monde chagriné sa mère en faisant allusion à elle. Pendant que Fanny songeait à ces choses, Betsey, qui était à ses côtés, essayait d'attirer son attention en lui tendant quelque chose qu'elle s'efforçait en même temps de cacher à la vue de Susan.

« Que tiens-tu là, ma chérie ? » dit Fanny. « Viens me le montrer. »

C'était un canif en argent. D'un bond Susan se leva, le réclamant comme le sien et essayant de le lui arracher ; mais l'enfant courut se réfugier dans les bras de sa mère, et Susan dut se contenter de lui adresser de vifs reproches, espérant à l'évidence mettre Fanny de son côté. C'était tout de même bien cruel pour elle de ne pas avoir en main ce canif qui était *le sien* ; il lui appartenait ; sa petite sœur Mary le lui avait donné sur son lit de mort, et elle aurait dû le garder pour elle depuis longtemps. Mais maman le lui avait enlevé et permettait toujours à Betsey de s'en emparer ; et à force de jouer avec Betsey finirait par l'abîmer et le considérer comme le sien, bien que maman lui ait *promis* que Betsey ne s'en saisirait pas.

Fanny fut tout à fait scandalisée. Tous ses sentiments de l'honneur, de devoir et de tendresse furent blessés par les propos de sa sœur et la réponse de sa mère.

« Allons, Susan », s'exclama madame Price d'une voix plaintive, « allons, comment peux-tu être si querelleuse. Ma pauvre petite Betsey ; comme Susan est fâchée contre toi ! Mais tu n'aurais pas dû le sortir, quand je t'ai envoyée chercher quelque chose dans le tiroir. Tu sais bien que je t'ai dit de ne pas le toucher, parce que Susan est si fâchée à cause de lui. Il faudra que je le cache encore une fois, Betsey. La pauvre Mary ne pensait guère que ce serait un motif de discorde lorsqu'elle me l'a donné à garder, à peine deux heures avant sa mort. La pauvre petite créature ! sa voix était à peine audible, et elle a dit si joliment : " Que ma sœur Susan prenne ce canif, maman, quand je serai morte et enterrée. " La pauvre petite chérie ! elle l'aimait tellement, Fanny, qu'elle voulut l'avoir sur le lit auprès d'elle tout le temps que dura sa maladie. C'était un cadeau de sa bonne marraine, la femme du vieil amiral Maxwell, seulement six semaines avant sa mort. La pauvre et douce petite ! Eh bien, elle est partie bien loin de tous les maux à venir. Ma Betsey (la caressant), *tu* n'as pas, toi, la chance d'avoir une bonne marraine. La tante Norris habite trop loin, pour penser à d'aussi petites gens que nous. »

Fanny n'avait en vérité rien à transmettre de la part de la tante Norris hormis un message pour dire qu'elle espérait que sa filleule était une bonne petite fille et apprenait ses prières. Il avait été tant soit peu question à un moment, dans le salon de Mansfield Park qu'elle lui envoyât un livre de prières ; mais par la suite on n'entendit plus parler de ce projet. Madame Norris était pourtant allée chez elle et avait pris deux vieux livres de prières de son mari, avec cette idée en tête, mais après les avoir examinés, l'enthousiasme de la générosité s'était envolé. Elle trouva que le premier était imprimé en caractères trop petits pour les yeux d'un enfant, et que le deuxième était trop encombrant pour qu'elle pût le transporter.

Fanny, qui était lasse et épuisée, fut heureuse d'accepter la première invitation qui lui fut faite d'aller se coucher ; et avant que Betsey eût fini de réclamer à cor et à cri la permission de rester seulement une heure de plus, exception-nellement, en l'honneur de sa sœur, elle avait quitté la pièce, abandonnant le désordre et le bruit qui régnaient au rez-de-chaussée, les garçons suppliant leur mère de leur donner des rôties au fromage, son père demandant à grands cris son rhum additionné d'eau, et Rebecca au beau milieu, et jamais là où elle eût dû se trouver.

Il n'y avait rien dans l'étroite chambre chichement meublée qu'elle devait partager avec Susan qui pût lui redonner du courage. A dire vrai, la petitesse des pièces, au rez-de-chaussée et dans les étages, ainsi que l'étroitesse du couloir et de l'escalier, frappèrent son imagination au-delà de toute mesure. Elle apprit bientôt à songer avec respect à sa petite mansarde de Mansfield Park, dans *cette* maison qui ne pouvait, à cause de sa petitesse, assurer le confort de qui que ce fût.

CHAPITRE XXXIX

Si Sir Thomas avait pu connaître les sentiments qu'éprouvait Fanny tandis qu'elle écrivait sa première lettre à sa tante, il n'eût pas désespéré de voir réussir son projet ; car bien qu'une bonne nuit de repos, une agréable matinée, l'espoir de revoir bientôt William et la tranquillité relative de la maison (Tom et Charles étant à l'école, Sam étant parti de son côté, et son père en train comme de coutume de se promener en flânant) lui eussent permis de parler avec gaieté de sa maison de Portsmouth, elle avait passé sous silence bien des inconvénients, ce dont elle avait parfaitement conscience. S'il avait su ne fût-ce que le quart de ce qu'elle avait éprouvé pendant seulement la moitié d'une semaine, il eût pensé que monsieur Crawford était assuré de gagner son cœur, et se fût réjoui de sa propre sagacité.

La semaine n'était pas écoulée, que tout n'était plus pour elle que désenchantement. Tout d'abord, William était parti. Le *Thrush* avait reçu l'ordre d'appareiller, le vent avait changé, et il avait fait voile moins de quatre jours après qu'ils furent arrivés à Portsmouth ; et pendant ces quatre jours, elle ne l'avait vu que deux fois, brièvement, précipitamment, quand il était descendu à terre en service commandé. Il n'avait pu s'entretenir librement avec elle, ni se promener sur les remparts, ni visiter les chantiers navals, elle n'avait pu non plus faire connaissance avec le *Thrush*, rien de tout ce qu'ils avaient projeté de faire n'avait été fait. Sur ce chapitre, rien n'avait répondu à son attente, sauf l'affection de William. Ce fut à elle que ses pensées s'adressèrent en dernier lorsqu'il quitta sa maison. Il revint sur ses pas, avança à nouveau jusqu'à la porte et dit : « Prenez soin de Fanny, ma mère. Elle est d'une nature délicate, et n'est pas habituée comme nous autres à vivre à la dure. Je vous recommande de prendre soin de Fanny. »

William était parti ; et le foyer qu'il avait quitté était à tous égards, Fanny ne pouvait se le dissimuler, à l'opposé de ce qu'elle avait espéré trouver. C'était la demeure du bruit, du désordre et du manque total de bienséance. Personne n'occupait la place qui lui revenait, rien n'était fait comme il fallait. Elle ne pouvait éprouver du respect pour ses parents, contrairement à ses désirs. Elle n'avait jamais attendu beaucoup de son père, mais il était encore plus oublieux de ses devoirs envers sa famille, ses habitudes étaient plus néfastes et ses manières plus grossières qu'elle ne s'y était attendue. Il ne manquait pas de talents ; mais n'avait nulle curiosité, nulles connaissances, en dehors de sa profession ; il se contentait de lire le journal et l'annuaire de la marine ; ne savait parler que de chantiers navals, du port, de Spithead et de Motherbank ; jurait et buvait, était sale et vulgaire. Elle avait beau chercher, elle ne découvrait dans ses souvenirs aucun geste de tendresse envers elle. Elle avait surtout retenu de lui l'image d'un homme bruyant et grossier. Et maintenant, il prêtait à peine attention à elle, sinon pour faire quelque plaisanterie inconvenante.

La désillusion que lui avait infligée sa mère était plus vive encore ; elle avait beaucoup attendu d'*elle*, et n'avait rien trouvé en elle qui répondît à ses espérances. Les projets flatteurs qu'elle avait conçus de jouer un rôle d'importance s'effondraient. Madame Price n'était pas méchante, mais au lieu d'accorder à sa fille une confiance et une affection plus grandes, au lieu de s'efforcer de lui devenir encore plus chère, elle ne lui témoigna pas de plus grands égards que ceux qu'elle lui avait témoignés le premier jour de son arrivée. L'instinct maternel que lui avait donné la nature fut bientôt comblé, et les sentiments de madame Price envers sa fille n'avaient pas d'autre source où s'alimenter. Son cœur et son temps étaient déjà bien remplis ; il ne lui restait ni loisir ni tendresse à accorder à Fanny. Ses filles n'avaient jamais compté pour elle. Elle était attachée à ses fils, à William surtout, et Betsey était la première de ses filles à laquelle elle eût prêté attention. William était l'orgueil de son cœur ; Betsey sa préférée ; et John, Richard, Sam, Tom et Charles avaient pris ce qui restait en elle de sollicitude maternelle, qui était tantôt préoccupation, tantôt réconfort. Ils se partageaient son cœur ; son temps était principalement consacré à sa maison et à ses domestiques. Elle passait ses journées à se donner pour ainsi dire du mouvement avec lenteur ; toujours affairée sans faire avancer les choses, toujours en retard dans son ouvrage et le déplorant, mais sans pour autant modifier ses habitudes ; souhaitant se montrer économe, mais sans déployer d'efforts d'imagination journaliers pour y parvenir ; mécontente de ses servantes, mais ne possédant pas l'art de les rendre plus efficaces, et ne parvenant pas à se faire respecter d'elles, qu'elle les aidât, les réprimandât ou les tolérât.

Si on la comparait à ses deux sœurs, madame Price ressemblait bien plus à Lady Bertram qu'à madame Norris. Si elle s'occupait des affaires du ménage, c'était par nécessité, et sans éprouver comme madame Norris un penchant pour l'économie domestique ou déployer comme elle une si grande activité. Elle était comme Lady Bertram d'un naturel indolent et débonnaire ; et une situation de richesse et de farniente identique à celle de sa sœur, eût été mieux adaptée à ses talents que les efforts et les renoncements qu'exigeait d'elle la situation dans laquelle son mariage inconsidéré l'avait placée. En de pareilles circonstances, elle eût, aussi bien que Lady Bertram, su jouer son rôle dans ce rang élevé qui eût été le sien, tandis que madame Norris eût fait, avec un petit revenu, une mère de famille de neuf enfants plus respectable qu'elle.

Fanny avait conscience de cet état de choses. Et même si elle éprouvait quelque scrupule à le dire crûment, elle était par force obligée de voir que sa mère était une mère injuste, dépourvue de jugement, une traîne-savate, lambine et souillon, qui ne savait ni éduquer ni contenir ses enfants, dont la maison était de part en part mal tenue et inconfortable, qui n'avait ni talents, ni conversation, et n'éprouvait aucune tendresse pour sa fille ; et enfin qu'elle n'était point curieuse de mieux connaître celle-ci, ni ne désirait acquérir son amitié, ni ne recherchait sa compagnie, toutes choses qui eussent pu tempérer le jugement que Fanny portait sur elle.

Fanny souhaitait vivement se montrer utile, et ne point paraître dédaigner sa nouvelle maison ; elle ne voulait pas non plus qu'on crût que son éducation différente l'avait rendue inapte ou peu encline à accomplir sa tâche pour améliorer le confort de la maison, aussi se mit-elle à l'ouvrage immédiatement, et en travaillant de bon matin et tard le soir, avec persévérance et grande diligence, elle fit tant et si bien que son frère Sam, lorsqu'il s'embarqua finalement, avait plus de la moitié de son linge prêt. Elle ressentit un grand plaisir à se sentir utile, et se demanda même comment ils s'y seraient pris si elle n'avait pas été là.

Elle regretta Sam, tout bruyant et présomptueux qu'il fût, quand il les eut quittés, car il était adroit et intelligent et aimait à s'employer à quelque course en ville ; et bien qu'il repoussât avec mépris les remontrances de Susan, qui toutes raisonnables qu'elles fussent par elles-mêmes, étaient administrées mal à propos et avec une véhémence impuissante, il commençait à se laisser influencer par les bons offices de Fanny, ainsi que par ses paroles douces et persuasives ; et elle s'aperçut que c'était le meilleur des trois garçons qui était parti ; quant à Tom et Charles ils étaient ses cadets et fort éloignés d'atteindre à cet âge de raison, cet âge affectueux qui les eût peut-être incités à recourir à son amitié, et à s'efforcer d'être moins désagréables. Leur sœur désespéra bientôt de produire sur *eux* la moindre impression ; il lui était impossible de les dompter en utilisant même toutes les ressources de la parole qu'elle avait et le temps et le courage d'essayer sur eux. Chaque après-midi ramenait à nouveau dans la maison leurs jeux turbulents ; et il ne s'écoula guère de temps avant qu'elle ne se prît à soupirer lorsque approchait la demi-journée de vacances du samedi.

Et elle était presque sur le point aussi de renoncer à aimer ou à aider Betsey, l'enfant gâtée de la maison, instruite à considérer l'alphabet comme son plus grand ennemi, livrée à elle-même en la seule compagnie des servantes, à faire ce que bon lui semblait, et puis encouragée à rapporter à sa mère toutes les fautes que celles-ci avaient pu commettre ; quant au caractère de Susan, elle avait à son sujet de nombreux doutes. Ses querelles perpétuelles avec sa mère, ses chamailleries virulentes et irréfléchies avec Tom et Charles, ainsi que ses mouvements d'humeur envers Betsey, affligeaient tellement Fanny que, tout en reconnaissant qu'il y avait presque toujours provocation, elle craignait que le naturel qui la poussait à de pareilles extrémités ne fût guère aimable, et ne fût point de ceux qui pourraient lui apporter quelque tranquillité d'esprit.

Telle était la demeure qui devait chasser Mansfield de son esprit et lui apprendre à penser à son cousin Edmond avec des sentiments plus mesurés. Au contraire, elle ne cessait de penser à Mansfield, à ses habitants bien-aimés, à ses coutumes heureuses. Tout contrastait fortement avec Mansfield dans les lieux où elle habitait alors. L'élégance, le savoir-vivre, les habitudes régulières, l'harmonie... et surtout peut-être, la paix et la tranquillité de Mansfield lui revenaient en mémoire à chaque heure du jour, car elle trouvait précisément *ici* tout le contraire.

Vivre au milieu d'un bruit incessant, était pour une disposition et un naturel aussi délicats et nerveux que ceux de Fanny un mal si grand que nulle adjonction d'élégance ou d'harmonie n'eût pu le racheter entièrement. C'était là pour elle un supplice. À Mansfield, aucun bruit de disputes, on ne haussait jamais la voix ; on n'entendait ni éclats de voix, ni bruits de pas furieux ; tout se déroulait en suivant un cours régulier, joyeusement et en bon ordre ; chacun était à sa place ; tout le monde était consulté. Si la tendresse, pouvait-on supposer, manquait parfois, le bon sens et la bonne éducation y remédiaient ; et quant aux menues contrariétés quelquefois provoquées par sa tante Norris, elles étaient brèves et négligeables, pareilles à une goutte d'eau dans l'océan, comparées avec le tumulte incessant de sa présente demeure. Ici, tout le monde était bruyant, toutes les voix étaient fortes (hormis, peut-être celle de sa mère, qui avait à peu près la même douce monotonie de celle de Lady Bertram, qui était seulement devenue maussade). Chaque fois qu'on avait besoin de quelque chose, on le réclamait à tue-tête, et les servantes hurlaient leurs excuses depuis la cuisine. On claquait sans arrêt les portes, jamais les escaliers ne demeuraient silencieux et inutilisés, tout était fait avec fracas, personne ne restait tranquillement assis, et personne ne savait se faire écouter des autres.

Lorsque Fanny eut passé en revue les deux maisons, telles qu'elles lui apparurent après une semaine, elle fut tentée de leur appliquer la célèbre maxime du docteur Johnson sur le mariage et le célibat, et de dire que si Mansfield Park avait peut-être ses peines, Portsmouth ne pouvait avoir de plaisirs.

CHAPITRE XL

Fanny ne s'était pas beaucoup trompée en pensant qu'à Portsmouth elle n'aurait pas aussi rapidement des nouvelles de mademoiselle Crawford que dans les commencements de leur correspondance ; la lettre qu'elle reçut alors de Mary fut bien plus longue à lui parvenir que celle qu'elle avait reçue précédemment, mais elle se trompait en pensant que ce serait pour elle un réconfort. C'était encore l'un de ces étranges bouleversements de l'esprit ! Quand la lettre arriva, elle fut en vérité fort heureuse de la recevoir. Dans son présent exil, loin de la bonne société, éloignée de tout ce qui avait eu coutume de l'intéresser, une lettre écrite par quelqu'un qui faisait partie du cercle auquel son cœur était attaché, lettre affectueuse et rédigée avec un certain degré d'élégance, était chose fort agréable. L'habituel prétexte d'engagements en nombre croissant fut donné comme excuse pour ne pas avoir écrit plus tôt, « et maintenant que j'ai commencé » poursuivait-elle, « ma lettre ne vaudra pas la peine que vous la lisiez, car il n'y aura pas à la fin de petite offrande d'amour, il n'y aura pas les trois ou quatre lignes passionnées du plus dévoué H.C. qui existe au monde, car Henry est dans le Norfolk ; des affaires l'ont rappelé à Everingham voici dix jours, ou peut-être a-t-il seulement prétendu qu'on l'avait appelé, afin d'être sur les routes en même temps que vous. Quoi qu'il en soit, il est là-bas, et à propos, son absence explique suffisamment la négligence de sa sœur pour écrire, car il n'y a pas eu de « eh bien, Mary, quand écrirez-vous à Fanny ? N'est-ce pas le moment pour vous d'écrire à

Fanny ? » Pour m'inciter à le faire. J'ai enfin, après diverses tentatives pour les rencontrer, vu vos cousines, « cette chère Julia et chère madame Rushworth » ; elles m'ont rendu visite hier chez moi, et nous avons été heureuses de nous revoir. Nous *paraissions* heureuses de nous voir, et, à mon avis, nous l'étions un peu. Nous avions beaucoup de choses à nous dire. Vous dirai-je l'air qu'a pris madame Rushworth lorsque votre nom a été mentionné ? Je croyais qu'elle savait garder la maîtrise d'elle-même, mais son sang-froid n'a pas été tout à fait suffisant pour ce qu'on a exigé d'elle hier. Somme toute, c'est Julia, qui des deux, a fait meilleure mine, du moins, après qu'on eut parlé de vous. Il a été impossible à madame Rushworth de retrouver ses couleurs, dès l'instant où j'ai parlé de « Fanny », ainsi qu'une sœur le ferait. Mais le jour viendra où madame Rushworth retrouvera tous ses grands airs ; nous avons des cartons d'invitation pour sa première réception, le vingt-huit. Alors, elle sera en beauté, car elle ouvrira l'une des demeures les plus élégantes de Wimpole Street. J'y suis allée il y a deux ans, quand elle appartenait à Lady Lascelles, et c'est parmi toutes les maisons de Londres que je connais celle que je préfère ; et nul doute qu'elle n'ait le sentiment, pour employer une expression vulgaire, qu'elle en a eu pour son argent. Henry n'aurait pu lui offrir pareille maison. J'espère qu'elle s'en souviendra, et se contentera, autant qu'elle le pourra, de jouer le rôle de reine du palais, même si le roi est plus à son aise à l'arrière-plan, et, comme je ne désire pas la taquiner, je ne la *contraindrai* plus jamais à entendre à nouveau votre nom. Petit à petit, elle deviendra plus sage. D'après tout ce que j'entends dire et devine, le Baron Wildenheim continue à faire sa cour à Julia, mais je ne crois pas qu'on l'y encourage sérieusement. Elle devrait trouver mieux. Un misérable titre d'Honorable Un Tel est bien piètre chose, ce n'est guère une belle prise, et je ne saurais imaginer qu'il y ait quelque penchant de son côté, car si l'on enlève au Baron ses déclamations extravagantes, il ne lui reste rien ! Votre cousin Edmond voyage fort lentement ; retenu, je suppose, par les devoirs de sa paroisse. Il y a peut-être quelque vieille femme à convertir à Thornton Lacey. Je refuse de croire que l'on puisse m'oublier pour une *jeune* femme. Adieu, ma chère et douce Fanny, voici une longue lettre en provenance de

Londres ; répondez-moi par une jolie lettre qui puisse réjouir les yeux d'Henry quand il reviendra, et faites-moi parvenir la description de tous les jeunes et fringants capitaines que vous dédaignez pour lui. »

Cette lettre lui fournit matière à réflexion, et surtout à réflexion douloureuse, et cependant, malgré toute l'inquiétude qu'elle fit naître, elle était un lien avec les absents, elle lui parlait de gens et de choses envers lesquels elle n'avait jamais autant que maintenant éprouvé si vive curiosité, et elle était fort heureuse d'être assurée de recevoir une lettre semblable chaque semaine. Son seul intérêt d'un ordre plus relevé était sa correspondance avec sa tante Bertram.

Quant à trouver à Portsmouth quelconque société qui pût compenser les déficiences de sa famille, il n'y avait personne dans le cercle des connaissances de son père ou de sa mère qui fut en mesure de lui procurer quelque satisfaction ; elle ne vit personne en l'honneur de qui elle souhaitât surmonter sa timidité et sa réserve. Les hommes lui semblaient tous vulgaires, les femmes toutes effrontées, et ils étaient tous des malappris ; et lorsqu'on la présenta à d'anciennes et de nouvelles connaissances, elle n'en retira pas plus de plaisir qu'elle n'en donna. Les jeunes dames, qui l'abordaient tout d'abord avec un certain respect parce qu'elle venait de la famille d'un baronnet, étaient bientôt offensées par ce qu'elles appelaient « ses grands airs », et, comme elle ne jouait pas du piano-forte ni ne portait de belles pelisses, elles ne lui reconnurent, après l'avoir observée plus longuement, aucun droit à quelque supériorité que ce fût.

La première et réelle consolation qui fut donnée à Fanny et apaisa sa déconvenue devant les insuffisances de son foyer, la première que son bon sens approuvât entièrement et qui promit de n'être point éphémère, fut qu'elle apprit à mieux connaître Susan et se prit à espérer qu'elle pourrait lui être de quelque utilité. Susan s'était toujours conduite envers elle avec beaucoup de gentillesse, mais elle avait été étonnée et alarmée de voir combien ses manières étaient en général pleines de hardiesse, et une quinzaine de jours s'écoulèrent avant qu'elle ne commençât à comprendre un caractère aussi différent du sien. Susan voyait que bien des choses allaient de travers dans la maison, et elle voulait redresser la situation. Il n'était pas étonnant qu'une fillette de quatorze ans, agissant sous l'impulsion de sa seule raison, et sans autre assistance, se méprît sur la méthode à employer pour effectuer cette réforme ; et Fanny fut bientôt plus encline à admirer les lumières naturelles d'un esprit qui savait si précocement et avec tant de justesse distinguer les choses, qu'à condamner sévèrement les erreurs commises. Susan agissait en obéissant à des vérités que Fanny reconnaissait comme telles lorsqu'elle exerçait son jugement, et s'efforçait d'atteindre au même but, la seule différence étant que Fanny, dont le caractère était plus nonchalant et plus accommodant eût répugné à les imposer. Susan essayait d'être utile, dans des circonstances où elle fût quant à *elle* partie en pleurant ; et elle se rendait compte que Susan savait être efficace ; que si l'état des choses était bien piètre, il eût été pire si Susan ne s'était pas interposée, et que c'était grâce à elle si sa mère et Betsey n'outrepassaient point de façon choquante les règles de la bienséance.

Dans toutes les disputes avec sa mère, Susan l'emportait dans le domaine de la raison, et il n'y avait jamais eu d'amour maternel pour acheter ses faveurs. *Susan* n'avait jamais connu cette tendresse aveugle qui était la source de tant d'erreurs autour d'elle. Elle ne pouvait avoir nulle reconnaissance pour des témoignages d'amour passés ou présents, qui lui eussent permis d'être plus indulgente pour les excès que cet amour faisait commettre aux autres.

Toutes ces choses apparurent progressivement à Fanny comme des certitudes, et progressivement ce fut Susan, plus que sa sœur, qui fut pour elle un objet de compassion et de respect mêlés. Fanny ne pouvait s'empêcher toutefois de reconnaître que ses manières étaient défectueuses, et parfois fort défectueuses, que les mesures choisies par elle étaient souvent malavisées et intempestives, que ses airs et son langage étaient très souvent inexcusables ; mais elle commença de penser qu'on pourrait y porter remède. Susan, ainsi qu'elle s'en aperçut, la tenait en grande estime, et désirait qu'elle eût bonne opinion d'elle ; et bien que l'exercice de l'autorité fût chose nouvelle pour Fanny, bien que ce lui fût chose nouvelle que d'imaginer qu'elle pouvait guider ou informer, elle finit par se résoudre à faire quelques suggestions à Susan à l'occasion, et s'efforcer pour son plus grand bien de faire usage de notions équitables sur ce qui était dû à chacun et qui serait sage pour elle-même, notions qu'une éducation privilégiée avait ancrées en elle.

L'autorité qu'elle acquit sur elle, ou du moins, la conscience qu'elle avait d'avoir sur elle de l'autorité et de pouvoir en user, eut comme origine un acte de bienveillance envers Susan auquel elle finit par se résoudre, après avoir éprouvé maintes hésitations, dues à la délicatesse de ses sentiments. Il lui était venu à l'esprit, tout au début de son séjour, qu'une petite somme d'argent pourrait peut-être restaurer pour toujours la paix quant au douloureux sujet du canif d'argent, sujet dont on débattait sans cesse ; et les richesses dont elle disposait, son oncle lui ayant donné dix livres lors de son départ, lui permirent d'accomplir, ainsi qu'elle le souhaitait, cet acte de générosité. Mais elle était si peu habituée à conférer des faveurs, sauf aux indigents, si inexperte dans l'art de supprimer les causes de souffrance, ou de faire acte de bienveillance envers ses égaux, et elle redoutait tant d'apparaître comme jouant la grande dame aux yeux de sa famille, qu'il lui fallut du temps pour décider s'il ne serait pas déplacé de sa part de faire un tel présent. Elle finit toutefois par s'y résoudre ; un canif en argent fut acheté pour Betsey, et accepté avec le plus grand ravissement, sa nouveauté lui conférant sur l'autre la supériorité souhaitable ; Susan prit possession du sien sans restriction, Betsey déclarant généreusement que maintenant qu'elle en avait un tellement plus joli, elle ne voudrait plus jamais de *l'autre*, et, chose que Fanny avait cru impossible, il n'y eut de la part de sa mère aucune réprimande. Ce geste produisit l'effet désiré ; une source de conflit domestique avait été supprimée, et ce fut par ce moyen qu'elle trouva le chemin du cœur de Susan, et lui offrit quelque chose de plus à aimer et pour lequel éprouver de l'intérêt. Susan montra qu'elle avait de la délicatesse de sentiments ; bien qu'elle fût heureuse d'être maîtresse d'un bien qu'elle avait cherché à acquérir depuis au moins deux ans, elle craignit cependant que sa sœur n'eût mauvaise opinion d'elle, et qu'on eût l'intention de lui témoigner de la réprobation de s'être ainsi démenée au point de rendre cet achat nécessaire pour la tranquillité de la maison.

Elle avait un caractère ouvert. Elle reconnut ses craintes, se reprocha d'avoir lutté avec tant d'acharnement, et depuis

cette heure, Fanny comprit la valeur d'un pareil caractère, vit
combien elle était encline à rechercher son estime et s'en
rapporter à son jugement, et commença à ressentir les
bienfaits de l'affection, et à nourrir l'espoir d'être utile à un
esprit qui avait tant besoin de secours et méritait tellement
qu'on l'aidât. Elle donna des conseils ; des conseils si
raisonnables que son intelligence ne pouvait que les accepter,
et donnés avec beaucoup de douceur et de bienveillance afin
de ne pas irriter son humeur irascible ; et elle eut le bonheur
d'observer les heureux effets qu'ils produisaient assez souvent ; plus souvent que ne l'eût cru Fanny, car tout en voyant
la nécessité et l'à-propos de la soumission et de la patience,
elle voyait aussi avec une compatissante perspicacité tout ce
qui devait être une source perpétuelle d'exaspération pour
une jeune fille comme Susan. Son grand motif d'étonnement
devint bientôt, non que Susan eût été incitée au manque de
respect et de patience, et à l'intolérance bien qu'elle sût fort
bien que c'était là mal agir, mais qu'elle eût malgré tout
appris tant de choses justes et équitables ; et que, élevée
comme elle l'avait été dans l'erreur et l'insouciance, elle se fût
forgée des opinions aussi justes de ce qui devait être, elle qui
n'avait pas un cousin Edmond pour diriger ses pensées ou
établir ses principes.

L'intimité qui commença ainsi pour elles fut pour chacune
fort bénéfique. En restant en haut dans leur chambre, elles
échappèrent en grande partie au tumulte qui régnait dans la
maison ; Fanny avait la paix, et Susan apprit à penser que ce
n'était pas une calamité que d'être employée calmement à
quelque ouvrage. Elles demeuraient sans feu, mais *c'était là*
une privation qui était familière à Fanny, et elle en souffrit
d'autant moins que cela lui rappelait la chambre de l'est.
C'était le seul point de ressemblance. L'espace, la lumière,
l'ameublement, la vue, tout différait, dans ces deux pièces ;
et elle poussait souvent un soupir au souvenir de tous ses
livres et boîtes, et en pensant aux divers réconforts qui s'y
trouvaient. Par degrés, les deux jeunes filles en vinrent à
passer là la plus grande partie de la matinée, d'abord
seulement pour travailler et bavarder ; mais après quelques
jours, le souvenir des livres ci-dessus mentionnés devint si
puissant et si vif qu'il incita Fanny à essayer d'en trouver à
nouveau. Il n'y en avait aucun dans la maison de son père ;

mais la richesse aime le luxe et montre de la hardiesse, aussi une certaine partie de son argent trouva-t-elle le chemin de la bibliothèque de prêt. Elle y prit un abonnement, et fut stupéfaite d'avoir quelque chose qui lui appartînt en propre, stupéfaite à tous égards de cette action ; devenir celle qui louait et choisissait des livres ! Tenir entre ses mains, par le choix de ces livres, les progrès d'une autre personne ! Mais c'était ainsi. Susan n'avait rien lu, et Fanny aspirait à lui faire connaître, à lui faire partager les premiers plaisirs qu'elle avait eus à la lecture, et à éveiller en elle un goût pour les biographies et pour la poésie qu'elle chérissait elle-même.

Elle espérait, en outre, enfouir, en se consacrant à cette occupation, certains souvenirs de Mansfield qui étaient trop enclins à s'emparer de son esprit si ses doigts seuls étaient occupés ; et surtout à cette époque, espérait que cela lui servirait à retenir ses pensées de suivre Edmond jusqu'à Londres, où elle savait qu'il était allé, sur la foi de la dernière lettre de sa tante. Elle ne doutait nullement de ce qui allait suivre. L'annonce qu'il lui avait promis de lui faire était suspendue au-dessus de sa tête. Le facteur qui frappait aux portes des maisons voisines commençait à être pour elle une source de terreurs quotidiennes, et si la lecture pouvait chasser cette idée de sa tête, ne fût-ce qu'une demi-heure, c'était autant de gagné.

CHAPITRE XLI

Fanny, qui supposait qu'Edmond devait être à Londres depuis une semaine, n'avait reçu de lui aucune nouvelle. On pouvait tirer de son silence trois conclusions différentes entre lesquelles son esprit ne cessait d'osciller ; et chacune à son tour paraissait la plus probable. Soit son départ avait été retardé, soit aucune occasion de voir mademoiselle Crawford en tête à tête ne s'était encore présentée à lui, soit il était trop heureux pour écrire des lettres !

Un matin, à peu près à cette époque, Fanny ayant maintenant été absente de Mansfield presque quatre semaines (point qui était l'objet quotidien de ses réflexions et de ses calculs), tandis que Susan et elle s'apprêtaient à se rendre comme d'habitude dans leur chambre, elles furent arrêtées par le bruit d'un visiteur qui frappait à la porte, et qu'elles n'avaient pu éviter, à cause de la promptitude avec laquelle Rebecca alla ouvrir la porte, tâche qu'elle affectionnait entre toutes.

C'était la voix d'un gentleman ; voix qui fit pâlir Fanny quand elle l'eut entendue, et ce fut monsieur Crawford qui entra dans la pièce.

Mis en demeure d'agir, le bon sens réagit toujours, et Fanny avait du bon sens ; et voilà qu'elle fut capable de dire son nom à sa mère, de se souvenir de ce nom, de parler de lui comme étant « l'ami de William », bien que l'instant d'avant elle n'eût pas cru être en état de prononcer alors une syllabe. La certitude qu'on ne le connaissait ici que comme l'ami de William la soutint. Après l'avoir toutefois présenté, et que tout le monde se fut assis à nouveau, elle fut assaillie par une peur irrésistible à l'idée des conséquences possibles de cette visite, et crut qu'elle allait s'évanouir.

Tandis qu'elle s'efforçait de ne pas perdre conscience, leur visiteur, qui s'était tout d'abord approché d'elle avec comme de coutume le visage fort animé, évitait sagement de poser son regard sur elle, lui donnant ainsi le temps de reprendre ses esprits, tandis qu'il se consacrait entièrement à sa mère, s'adressant à elle, s'empressant auprès d'elle avec une extrême politesse et bienséance, et en même temps avec un degré de bienveillance, ou du moins d'intérêt, qui rendaient ses manières parfaites.

Les manières de madame Price apparaissaient sous leur meilleur jour. S'animant à l'idée que son fils avait un tel ami, et mue par le désir de paraître à son avantage devant lui, elle débordait de gratitude, gratitude maternelle et dépourvue d'artifice, qui n'était pas sans attrait. Monsieur Price n'était pas à la maison, ce qu'elle regrettait beaucoup. Fanny avait suffisamment retrouvé ses esprits pour sentir qu'*elle* ne saurait quant à elle le regretter ; car à ses nombreuses autres sources d'embarras, s'ajoutait cette cruelle source de honte qu'était pour elle la maison dans laquelle il la trouvait. Elle avait beau se faire des reproches pour cette marque de faiblesse, elle ne pouvait s'ôter de l'esprit ce sentiment de honte. Elle avait honte et elle eût éprouvé une honte encore plus grande, si son père avait été là.

Ils s'entretinrent de William, sujet dont madame Price ne se lassait jamais ; et monsieur Crawford fit de lui les éloges chaleureux que son cœur souhaitait. Elle avait l'impression de n'avoir jamais de sa vie rencontré homme aussi aimable ; et elle fut seulement étonnée de découvrir que le but de sa visite à Portsmouth, si supérieur et aimable qu'il fût, n'était point de rendre visite à l'amiral du port ou au commissaire de marine, ni encore d'aller jusque dans l'île, ni de voir les chantiers de construction navale. Rien, de tout ce qu'elle avait eu coutume de considérer comme la marque du personnage d'importance ou une preuve de richesse, ne l'avait attiré à Portsmouth. Il y était parvenu à une heure tardive de la nuit, la veille au soir, était venu y passer un jour ou deux, demeurait à l'auberge de la Couronne, avait par hasard rencontré un ou deux officiers de marine de sa connaissance, depuis son arrivée, mais tel n'avait pas été le but de sa visite.

Une fois qu'il eut donné tous ces renseignements, il lui parut raisonnable de supposer qu'il pourrait peut-être regarder Fanny et lui parler ; et elle s'avéra capable de supporter son regard, et de l'entendre dire qu'il avait passé une demi-heure avec sa sœur, le soir qui avait précédé son départ de Londres ; qu'elle lui faisait parvenir ses pensées les plus affectueuses, mais n'avait pas eu le temps d'écrire ; qu'il avait eu de la chance même de la voir une demi-heure, car il n'avait guère passé que vingt-quatre heures à Londres après son retour du Norfolk, avant de se mettre en route à nouveau ; que son cousin Edmond était allé à Londres, y était resté, d'après ce qu'il avait cru comprendre, quelques jours ; qu'il ne l'avait pas vu lui-même, mais qu'il allait bien, que tous les habitants de Mansfield allaient bien, et qu'il devait dîner, la veille, chez les Fraser.

Fanny écouta sans montrer d'agitation, même lorsqu'il mentionna en dernier cette circonstance ; qui plus est, il semblait à son esprit fatigué que ce lui serait un réconfort que d'avoir enfin une certitude ; et les mots « alors, tout sera réglé », lui traversèrent l'esprit, sans que parût sur son visage d'autre marque d'émotion qu'une légère rougeur.

Après avoir parlé un peu plus longuement de Mansfield, sujet pour lequel elle éprouvait selon toute évidence l'intérêt le plus vif, Crawford commença à suggérer qu'une promenade matinale serait fort opportune : « C'était une matinée agréable, et, en cette saison de l'année, une belle matinée tournait souvent court, aussi était-il sage de ne point repousser à plus tard cet exercice » ; et comme de pareilles allusions restaient sans effet, il poursuivit bientôt en recommandant avec beaucoup de fermeté à madame Price et à ses filles de faire leur promenade sans perdre de temps. Ils en vinrent alors à un arrangement. Madame Price, semblait-il, ne mettait guère le nez dehors, hormis le dimanche ; elle reconnut qu'elle avait rarement le temps de se promener, avec la famille qu'elle avait. « Ne pourrait-elle persuader ses filles qu'il serait regrettable de ne pas profiter de ce beau temps, et lui permettrait-elle de les accompagner ? » Madame Price se déclara enchantée de cette proposition, et accéda à sa requête. « Ses filles restaient très souvent confinées au logis, Portsmouth était un endroit lugubre, elles ne sortaient pas souvent, mais elles avaient, elle le savait, des courses à faire en ville, qu'elles seraient heureuses de faire avec lui. » Et, avant que dix minutes ne se fussent écoulées, Fanny et Susan se trouvèrent donc en train de se diriger vers la Grand-Rue, en la compagnie de monsieur Crawford.

Bientôt, ce ne fut pour Fanny que succession d'émotions douloureuses, et désarroi ; car à peine avaient-ils atteint la Grand-Rue qu'ils rencontrèrent son père, qui n'avait pas meilleure apparence parce que c'était samedi. Il s'arrêta, et, bien qu'il eût si peu l'air d'un gentleman, Fanny fut obligée de le présenter à monsieur Crawford. Elle ne pouvait douter le moins du monde que monsieur Crawford ne fût désagréablement frappé. Il était certainement à la fois confus et dégoûté. Il ne pouvait que renoncer à elle, et cesser d'éprouver le moindre penchant pour cette alliance. Et cependant, bien qu'elle eût si vivement désiré le voir guéri de son attachement ce genre de remède lui parut presque aussi mauvais que la maladie elle-même ; et je crois que dans tous nos royaumes réunis, il n'y a guère de jeune lady qui ne préférât endurer cette infortune d'être recherchée en mariage par un jeune homme intelligent et aimable plutôt que de le voir repoussé par la vulgarité du membre de sa famille qui lui est le plus proche.

Certes, monsieur Crawford ne pouvait considérer son futur beau-père comme un modèle dans le domaine de l'habillement ; mais (ainsi que Fanny s'en aperçut immédiatement, et avec un grand soulagement), son père était un homme très différent, un monsieur Price très différent dans sa manière de se conduire avec cet étranger fort respecté de ce qu'il était dans le sein de sa propre famille. Ses manières, bien que dépourvues de distinction, étaient plus que passables ; il y avait en elles de la gratitude, de l'animation et une certaine virilité ; les termes qu'il employait étaient ceux d'un père affectueux, et d'un homme sensé ; sa voix forte faisait fort bel effet dehors, à l'air libre, et il ne prononça pas un seul juron. Tel fut l'hommage instinctif qu'il rendit aux bonnes manières de monsieur Crawford ; et quoi qu'il en résultât, l'inquiétude qu'avait éprouvée Fanny fut pour l'heure infiniment apaisée.

L'échange de civilités entre les deux hommes s'acheva sur

l'offre que fit monsieur Price à monsieur Crawford de
l'emmener voir les chantiers navals ; et monsieur Crawford,
désireux d'accepter comme une faveur ce qui était proposé
comme tel, bien qu'il eût vu ces chantiers à maintes reprises,
et espérant demeurer ainsi plus longtemps en compagnie de
Fanny, se montra tout disposé à profiter avec gratitude d'une
offre pareille, si du moins les demoiselles Price ne redou-
taient pas la fatigue ; et comme on l'assura d'une manière ou
d'une autre qu'elles n'étaient pas du tout fatiguées, ou qu'on
le supposa, ou agit comme si elles ne l'étaient point, ils
décidèrent de se rendre tous aux chantiers de construction
navale ; et si monsieur Crawford ne s'était pas interposé,
monsieur Price se fût sur-le-champ dirigé vers ces chantiers,
sans songer le moins du monde aux courses que ses filles
devaient faire dans la Grand-Rue. Il veilla, toutefois, à ce
qu'elles ne se rendissent que dans les magasins qu'elles
étaient venues expressément visiter ; et cela ne retarda guère
les promeneurs, car Fanny supportait si peu de susciter
l'impatience, ou de se faire attendre, qu'avant que les
gentlemen, debout à la porte, n'eussent entamé une conversation sur les derniers règlements de la marine, ou établi le
nombre de trois-ponts maintenant armés, leurs compagnes
étaient prêtes à se mettre en route.

Ils devaient alors diriger sur-le-champ leurs pas vers les
chantiers navals, et si on avait laissé monsieur Price décider
des choses, la promenade eût été menée de façon fort
singulière (selon monsieur Crawford), et les deux jeunes
filles eussent dû s'efforcer de les suivre, en réglant du mieux
que possible, l'allure de leurs pas sur les leurs, tandis qu'ils
avançaient de concert, à vive allure. Il parvint en la circonstance à améliorer quelque peu les choses, bien que ce ne fût
pas autant qu'il l'eût espéré ; il refusa absolument de s'écarter
d'elles ; et à tous les carrefours, ou chaque fois qu'il y avait
foule, alors que monsieur Price se contentait de s'écrier :
« Allons les filles, allons, Fan, allons Sue, attention, prenez
garde », il veillait sur elles avec le plus grand soin.

Une fois arrivés dans les chantiers navals, il commença à
penser qu'il lui serait sans doute possible de s'entretenir
agréablement avec Fanny, car ils furent bientôt rejoints par
un compagnon de flânerie de monsieur Price, qui était venu
faire son examen quotidien des chantiers pour voir comment

allaient les choses, et qui serait nécessairement un compagnon bien plus digne que lui ; et après un certain temps, les deux officiers semblèrent tout à fait satisfaits de poursuivre leur promenade ensemble et de discuter de sujets avec un intérêt égal et qui ne faiblissait jamais, tandis que les jeunes gens s'assirent sur des madriers dans le chantier, ou trouvèrent un siège à bord d'un vaisseau en construction qu'ils étaient tous allés voir. Fanny, chose fort commode pour lui, eut besoin de se reposer. Crawford, sans désirer qu'elle fût plus fatiguée ou plus désireuse de s'asseoir, eût souhaité que sa sœur s'en allât. Une jeune fille de l'âge de Susan, aussi vive qu'elle l'était était la pire des choses au monde ; elle ne ressemblait pas à Lady Bertram, était tout yeux et tout oreilles, et il n'était pas question d'aborder le sujet principal en sa présence. Il lui fallait se contenter de se montrer généralement agréable, et de laisser Susan se divertir avec eux, avec de temps à autre, le plaisir d'un regard ou d'une allusion destinés à une Fanny, mieux informée et consciente de leur signification. Il parlait souvent du Norfolk ; il y était resté quelque temps, et tout ce qui s'y rapportait prenait grande importance à ses yeux à cause de ses projets présents. Il était de ces personnes qui, quel que soit le lieu ou la société qu'elles fréquentent, en retirent toujours quelque anecdote amusante ; ses voyages et les connaissances qu'il avait faites furent tous utilisés et Susan fut divertie de façon fort nouvelle pour elle. Mais il y avait pour Fanny, dans le récit des réceptions auxquelles il avait assisté, autre chose qu'un aspect occasionnellement plaisant. Il lui expliqua, pour la soumettre à son approbation, la raison particulière pour laquelle il s'était rendu dans le Norfolk, à un moment de l'année inhabituel. C'était dans des buts d'affaires, relatives au renouvellement d'un bail qui mettait en jeu le bien-être d'une nombreuse et (croyait-il) industrieuse famille. Il avait soupçonné son régisseur de tractations malhonnêtes, de vouloir le prédisposer contre cette famille méritante, et s'était décidé à s'y rendre en personne et à mener lui-même son enquête pour reconnaître quelles étaient les particularités de cette affaire. Il y était allé ; et cela s'était révélé plus utile qu'il ne l'avait cru, car il avait fait plus de bien qu'il ne l'avait prévu tout d'abord, et pouvait maintenant se féliciter de cette entreprise et sentir qu'en accomplissant son devoir, il avait emmagasiné dans son esprit d'agréables souvenirs. Il s'était présenté à quelques fermiers qu'il n'avait jamais vus auparavant ; il avait commencé à visiter des chaumières dont il avait jusqu'ici ignoré jusqu'à l'existence, bien qu'elles se trouvassent sur ses terres. C'était à Fanny que son discours s'adressait, et son discours portait. Il lui était agréable de l'entendre parler si convenablement ; il avait dans ce cas agi comme il le devait. Être l'ami des pauvres et des opprimés ! Rien ne pouvait lui faire plus plaisir, et elle était sur le point de lui jeter un regard approbateur, lorsqu'elle se retint, effrayée de l'entendre ajouter quelque remarque trop explicite sur l'espoir qu'il avait d'avoir bientôt quelqu'un pour l'aider, un ami, un guide, dans tous les projets utiles ou charitables à Everingham, quelqu'un qui ferait d'Everingham et de ses alentours un objet plus cher à son cœur qu'il ne l'avait été jusqu'à présent.

Elle se détourna, regrettant qu'il continuât à dire des choses pareilles. Elle était disposée à reconnaître qu'il possédait un plus grand nombre de qualités qu'elle n'avait eu coutume de lui attribuer. Elle se prit à croire qu'il serait possible qu'il finisse par devenir une personne digne d'estime ; mais il était et ne pouvait qu'être à jamais trop différent d'elle, et il ferait bien de ne plus songer à elle.

Il se rendit compte qu'il avait assez parlé d'Everingham, et qu'il devrait parler de quelque autre sujet, qu'il devrait changer de conversation et parler de Mansfield. Il n'eût pu mieux choisir ; c'était là rappeler son attention sur-le-champ et ramener sur son visage un air de gaieté. Ce fut pour elle une joie que d'entendre parler de Mansfield ou d'en parler elle-même. Séparée et depuis si longtemps de tous ceux qui connaissaient les lieux, elle crut entendre, lorsqu'il prononça ce nom, une voix amicale, ce qui lui fit pousser des exclamations pleines de tendresse et de louanges dans lesquelles elle célébrait ses beautés et son confort, et, en rendant lui-même un hommage fort honorable à ses habitants, il lui permit de satisfaire son cœur par des éloges enthousiastes, en parlant de son oncle comme de l'incarnation même de la bonté et de l'intelligence, et de sa tante comme de quelqu'un qui avait un des caractères les plus aimables qui fût au monde.

Il était lui-même extrêmement attaché à Mansfield ; c'est

ainsi qu'il s'exprima ; il attendait avec impatience le moment
où il pouvait y passer la plus grande partie de son temps, où il
pourrait y rester toujours, là-bas, ou dans les alentours. Il
échafauda des plans pour un été et un automne de bonheur
extrême ; un été et un automne infiniment supérieurs à
l'automne et à l'été précédents. Avec autant d'animation, de
diversité et de bonne compagnie, mais combien supérieurs
par les circonstances, ces choses-là étaient impossibles à
décrire.

« Mansfield, Sotherton, Thornton Lacey », poursuivit-il,
« entre toutes ces maisons, quelle société se formera ! Et à la
Saint-Michel, peut-être viendra-t-il s'y en ajouter une quatrième, quelque petit pavillon de chasse dans le voisinage de
tous ces lieux si chers à mon cœur... mais quant à me prendre
comme associé à Thornton Lacey, ainsi qu'Edmond Bertram
le proposa jadis avec sa bonne humeur, je crois bien entrevoir
pour ce projet, deux belles, excellentes, irrésistibles objections. »

Fanny fut par ces mots doublement réduite au silence ; elle
regretta toutefois, lorsque cet instant fut passé, ne pas s'être
contrainte à avouer qu'elle avait compris l'autre moitié de ses
propos, et de ne pas l'avoir encouragé à parler un peu plus
longuement de sa sœur et d'Edmond. Il faudrait qu'elle
apprenne à parler de ce sujet, et bientôt, la faiblesse qui la
faisait maintenant se dérober serait tout à fait impardonnable.

Une fois que monsieur Price et son ami eurent vu tout ce
qu'ils désiraient voir, ou avaient le temps de voir, les autres
promeneurs furent prêts à prendre le chemin du retour ; et
pendant qu'ils s'en retournaient, monsieur Crawford s'ar-
rangea pour se trouver seul avec Fanny durant une minute et
lui dire que l'affaire qui l'avait amené à Portsmouth, et la
seule, était qu'il désirait la voir, qu'il était venu dans le but de
rester un ou deux jours, et qu'elle était l'unique but de sa
visite, et ce, parce qu'il ne pouvait supporter plus longtemps
une complète séparation. Elle était désolée, vraiment désolée ; et cependant, malgré ces paroles ainsi que quelques
autres qu'elle eût préféré ne point lui entendre prononcer,
elle trouvait, que depuis leur dernière rencontre, il s'était fort
amélioré ; il avait plus de douceur, montrait plus d'obligeance, d'attentions envers les autres, bien plus qu'il n'en avait

jamais montré à Mansfield ; elle ne l'avait jamais vu aussi
aimable... si *près* de devenir vraiment aimable ; sa conduite
envers son père n'avait rien qui pût blesser, et il se montrait
dûment bienveillant envers Susan. Il était incontestablement
autre. Elle avait hâte d'être au lendemain, et eût souhaité
qu'il ne fût venu que pour un jour, mais ce n'avait point été
aussi pénible qu'elle ne l'eût pensé ; le plaisir de parler de
Mansfield était si grand !

Quand vint le moment de se séparer, elle eut une autre
raison de le remercier, parce qu'il lui procura une joie qui
n'était pas des moindres. Son père lui demanda de leur faire
l'honneur de partager avec eux leur plat de mouton, et Fanny
frissonnait déjà d'horreur quand il se déclara retenu par un
engagement antérieur. Il était déjà invité à dîner, à la fois
pour cette journée et la suivante ; il avait rencontré une
connaissance à l'auberge de la Couronne, et il lui était
impossible de refuser l'invitation qui lui avait été faite, il
aurait toutefois l'honneur de se présenter chez eux à nouveau
le lendemain matin, etc., et ce fut ainsi qu'ils se quittèrent ;
Fanny, quant à elle, était bel et bien véritablement heureuse
d'avoir évité une aussi effroyable catastrophe !

Il eût été affreux de le voir se joindre à la famille pour le
dîner ! Il eût été affreux qu'il vît toutes les imperfections de la
famille ! La cuisine de Rebecca et sa manière de faire le
service, les manières à table de Betsey, qui mangeait goulû-
ment, et s'emparait librement de tout ce qui lui plaisait,
toutes choses auxquelles Fanny elle-même ne s'était point
encore accoutumée au point de pouvoir souvent faire un
repas convenable. Si *elle* était difficile, c'était parce qu'elle
était par nature délicate, mais *il* avait été quant à lui élevé à
l'école du luxe et de l'épicurisme.

CHAPITRE XLII

Les Price se mettaient en route pour se rendre à l'église le lendemain matin, quand monsieur Crawford fit à nouveau son apparition. Il venait se joindre à eux et non s'arrêter un moment chez eux ; on le pria de les accompagner jusqu'à la chapelle de la garnison, ce qu'il avait eu précisément l'intention de faire, et ils s'y rendirent de concert.

La famille se présentait alors sous son meilleur jour. La nature les avait tous dotés d'une beauté certaine, et chaque dimanche les parait de leurs plus beaux atours, après les avoir contraints à faire peau nette. Le dimanche apportait toujours à Fanny ce réconfort, et ce dimanche-là il fut particulièrement vif. Sa pauvre mère pouvait presque apparaître comme digne d'être la sœur de Lady Bertram, ce qui n'était hélas pas souvent le cas. Son cœur était douloureusement blessé de voir le contraste qui existait entre les deux sœurs, de penser que là où la nature avait fait si peu de différence, les circonstances, elles, avaient tant fait, et de constater que sa mère, quoique d'une aussi grande beauté que Lady Bertram et de quelques années sa cadette, était dans toute son apparence tellement plus marquée par le temps, tellement plus fanée, si peu avenante et si peu soignée. Mais le dimanche faisait d'elle une madame Price parfaitement estimable, et d'assez belle humeur, qui s'aventurait dans le monde entourée de sa nombreuse et belle famille, laissait loin d'elle un court instant les soucis de la semaine, et ne perdait son sang-froid que lorsqu'elle voyait ses garçons s'exposer à quelque danger, ou Rebecca qui les dépassait avec à son chapeau une fleur.

À l'église, ils furent obligés de se séparer, mais monsieur Crawford veilla à ne pas être séparé de la branche féminine de la famille ; et après l'église, il resta encore avec eux, et fit partie de la promenade sur les remparts.

Madame Price faisait chaque dimanche quand il faisait beau, et ce tout au long de l'année, sa promenade hebdomadaire sur les remparts, la commençant tout de suite après l'office du matin et demeurant dehors jusqu'à l'heure du dîner. C'était son lieu public ; c'était là qu'elle rencontrait ses connaissances, apprenait quelques menues nouvelles, discutait de la mauvaise qualité des domestiques à Portsmouth, et rassemblait son énergie pour les six jours à venir.

C'est là qu'ils se rendirent alors et monsieur Crawford fut heureux de prendre sous sa houlette les demoiselles Price ; et avant peu de temps, d'une manière ou d'une autre, impossible de dire comment, Fanny n'eut pas cru cela possible, voilà qu'elle se trouvait en train de se promener bras dessus, bras dessous entre Susan et monsieur Crawford, sans savoir comment l'empêcher ou y mettre un terme. Cela la mit quelques instants fort mal à l'aise, mais elle ne put longtemps se retenir de jouir du spectacle et des plaisirs que cette journée lui offrait.

Il faisait singulièrement beau. On était à dire vrai au mois de mars ; mais c'était avril que l'on sentait dans la douceur de l'air, dans la légèreté d'une brise vivifiante, dans l'éclat du soleil, parfois obscurci par un nuage ; et sous un tel ciel, tout paraissait magnifique, les jeux des ombres qui se pourchassaient sur les navires à Spithead et sur l'île au-delà, les teintes sans cesse changeantes de la mer alors à marée haute, qui dansait d'allégresse et se précipitait contre les remparts si bellement ; tout cela se mêlait pour créer tant de séductions que petit à petit Fanny devint insensible aux circonstances qui étaient à leur origine. Qui plus est, si elle n'avait pas eu le secours de son bras, elle se fût bientôt rendu compte qu'il lui était nécessaire, car elle n'avait pas suffisamment de force pour flâner de la sorte pendant deux heures, promenade qui survenait ainsi qu'elle le faisait après l'inactivité de la semaine. Fanny commençait à sentir les effets d'être privée de son exercice régulier et habituel ; sa santé s'en ressentait et depuis qu'elle était à Portsmouth elle s'était affaiblie ; s'il n'y avait pas eu monsieur Crawford et ce temps magnifique, elle eût été à présent exténuée.

Il était, tout comme elle, sensible à la beauté de cette journée et à celle du paysage. Ils s'arrêtaient souvent parce qu'ils éprouvaient tous deux les mêmes sensations, qu'ils partageaient les mêmes goûts, et s'appuyaient contre le mur quelques minutes pour regarder et admirer ; et bien qu'il ne fût pas Edmond, Fanny reconnut qu'il était suffisamment sensible aux charmes de la nature, et fort capable d'exprimer son admiration. Parfois, elle se laissait emporter par de tendres rêveries, ce dont il profitait de temps à autre pour regarder son visage sans qu'elle s'en aperçût ; et ces regards lui apprenaient que, bien qu'elle fût aussi ravissante que jamais, son visage avait moins d'éclat qu'il n'eût dû en avoir. Elle *disait* qu'elle allait très bien, ne voulait pas qu'on supposât qu'il pût en être autrement ; mais, tout bien considéré, il était convaincu que sa présente demeure ne pouvait être très confortable, et, par conséquent, ne pouvait lui être salutaire, et il désirait ardemment qu'elle retournât à Mansfield, où son bonheur et le sien seraient d'autant plus grands.

« Vous êtes ici depuis un mois, je crois », dit-il.

« Non. Pas tout à fait un mois. Il y aura demain quatre semaines que j'aurai quitté Mansfield. »

« Vous êtes une calculatrice précise et honnête. J'appelle cela un mois, quant à moi. »

« Je ne suis pas arrivée ici avant le mardi soir. »

« Et votre visite doit durer deux mois, n'est-ce pas ? »

« Oui, mon oncle a parlé de deux mois. Je suppose que ce ne sera pas moins. »

« Et comment s'accomplira votre voyage de retour ? Qui viendra vous chercher ? »

« Je ne sais pas. Ma tante ne m'en a pas encore parlé. Peut-être resterai-je plus longtemps. Ce sera peut-être un dérangement que de venir me chercher exactement au bout de deux mois. »

Après un instant de réflexion, monsieur Crawford répondit : « Je connais Mansfield, je connais ses usages, je connais les torts qu'il a envers *vous*. Je sais qu'il y a danger que l'on vous oublie au point de négliger votre confort pour la commodité imaginaire de chacun des membres de la famille. J'ai le sentiment que l'on peut vous abandonner ici semaine après semaine, si Sir Thomas ne peut prendre des dispositions pour venir en personne, ou envoyer la femme de chambre de votre tante vous chercher, sans qu'en soient pour autant modifiés les arrangements qu'il a établis pour le quart de l'année à venir. Cela ne peut pas se passer ainsi. Deux mois est une ration généreuse, je trouvais que six semaines suffisaient amplement. Je pense à la santé de votre sœur », dit-il, s'adressant à Susan, « et je pense qu'il n'est pas bénéfique pour elle que de se trouver confinée à Portsmouth. Elle requiert du bon air et de l'exercice constamment. Quand vous la connaîtrez aussi bien que moi, je suis sûr que vous vous accorderez pour dire que c'est le cas, et qu'on ne devrait jamais la bannir loin de l'air et de la liberté qu'on trouve à la campagne. Si, par conséquent (se tournant de nouveau vers Fanny), vous sentez que votre santé décline, et que des difficultés surgissent à propos de votre retour à Mansfield, sans attendre que les deux mois soient écoulés, *cela* ne doit pas être considéré comme important, si vous vous sentez le moins du monde affaiblie, l'allusion la plus infime suffira pour que moi et ma sœur venions immédiatement, et vous ramenions à Mansfield. Vous savez quels seraient nos sentiments en pareille circonstance. »

Fanny le remercia, mais essaya de prendre tout cela à la légère, en se moquant.

« Je suis parfaitement sérieux », répondit-il, « ainsi que vous le savez fort bien. Et j'espère que vous ne serez pas assez cruelle pour nous dissimuler la moindre indisposition. En vérité, vous *ne* serez *pas* si cruelle, vous en seriez incapable, et tant que vous direz fermement dans chacune de vos lettres à Mary, « Je vais bien », et je sais que vous êtes incapable de dire ou d'écrire des mensonges, nous vous considérerons comme bien portante. »

Fanny le remercia à nouveau, mais fut à ce point troublée et émue qu'elle ne trouva que peu de choses à dire et n'était guère certaine qu'il fallût les dire. Cette conversation se déroulait alors que la promenade touchait à sa fin. Monsieur Crawford les accompagna jusqu'au bout, ne les quittant qu'à la porte de la maison, lorsqu'il apprit qu'ils allaient dîner, et prétendit par conséquent qu'on l'attendait ailleurs.

« Je suis désolé que vous soyez ainsi fatiguée », dit-il, retenant encore Fanny après que tous les autres furent entrés dans la maison, « j'eusse souhaité vous voir en vous quittant d'une santé plus robuste. Y a-t-il quelque chose que je puisse faire pour vous à Londres ? J'ai envie de repartir dans le Norfolk. Je ne suis pas satisfait de Maddison. Je suis sûr qu'il continue à vouloir m'en faire accroire si possible, et veut placer l'un de ses cousins dans un certain moulin que j'ai l'intention de destiner à quelqu'un d'autre. Il faut que je m'entende avec lui. Je dois lui faire savoir que je ne me laisserai pas duper pour ce qui est du côté sud d'Everingham, pas plus que pour le côté nord, et que je demeure maître des terres et biens. Je ne me suis pas suffisamment expliqué avec lui auparavant. Tout le mal que peut faire un homme comme lui sur un domaine, en ce qui concerne la réputation du propriétaire des terres et le bonheur des pauvres, est inconcevable. J'ai grande envie de retourner sur-le-champ dans le Norfolk afin de régler les choses immédiatement, de telle façon que rien ne puisse ensuite s'écarter du chemin que j'aurai tracé. Maddison est fort habile ; je n'ai nul désir de le supplanter, à la condition qu'il n'essaie pas de me supplanter *moi* ; mais ce serait être naïf que de se laisser duper par un homme qui n'a pas pour me duper les droits dont peut s'autoriser un créditeur, et pire que naïf que de lui permettre de me donner comme locataire au lieu et place de l'honnête homme auprès duquel je me suis déjà plus qu'à demi engagé, un individu insensible et rapace. Ne serait-ce pas faire pire que de se montrer naïf ? Irai-je ? Me le conseillez-vous ? »

« Que je vous conseille ! Vous savez fort bien ce qu'il convient de faire. »

« Oui. Quand vous me donnez votre opinion, je sais toujours ce qui est juste. Votre sagesse m'assigne les règles de ce qui est juste. »

« Oh, non ! Ne parlez pas ainsi. Notre meilleur guide est en nous-même, si nous voulions bien l'écouter, et on peut s'y fier plus qu'à toute autre personne. Adieu ; je vous souhaite pour demain un agréable voyage. »

« N'y a-t-il rien que je puisse faire à Londres pour vous ? »

« Rien, je vous remercie. »

« N'avez-vous pas de message à faire porter ? »

« Mon amitié à votre sœur, je vous en prie ; et quand vous verrez mon cousin, mon cousin Edmond, je désirerais que vous ayez l'obligeance de lui dire que... je suppose que j'aurai bientôt des nouvelles de lui. »

« Certainement ; et s'il est paresseux ou négligent de ses devoirs, j'écrirai moi-même ses excuses... »

Il s'arrêta, car Fanny refusa d'être plus longtemps retenue. Il serra sa main entre les siennes, la regarda et s'en alla. *Il partit tuer le temps pendant les trois heures suivantes du mieux qu'il le pouvait, en compagnie de son autre connaissance, jusqu'à ce que le meilleur dîner qu'une excellente auberge pouvait procurer fût prêt pour leur plaisir, et elle* rentra sans plus tarder dans la maison pour un dîner d'une plus grande simplicité.

Leur ordinaire était bien différent de celui de l'auberge ; et s'il avait pu soupçonner les nombreuses privations, sans parler de la privation d'exercice, qu'elle devait endurer dans la maison de son père, il se fût étonné que sa santé ne fût pas plus altérée. Elle était si peu capable d'absorber les puddings de Rebecca, et ses ragoûts, dans l'état où ils arrivaient sur table, accompagnés d'assiettes malpropres et de fourchettes et couteaux même pas à demi nettoyés, qu'elle était souvent contrainte de remettre à plus tard le repas plus copieux qui serait le sien, quand elle aurait pu envoyer ses frères chercher pour elle dans la soirée des biscuits et des brioches. Elle avait été élevée dans le luxe et ménagée à Mansfield, et il était maintenant trop tard pour que Portsmouth pût l'endurcir ; et bien que Sir Thomas, s'il avait su toutes ces choses, eût pensé que sa nièce était en bonne voie et promettait de changer d'avis, grâce à la faim, et de considérer plus justement la compagnie et la fortune de monsieur Crawford, il eût probablement craint de pousser plus loin son expérience, de peur que le remède choisi ne la fît périr.

Tout le restant de la journée, Fanny fut abattue. Bien qu'à peu près certaine de ne pas revoir monsieur Crawford, elle ne pouvait s'empêcher de ressentir un certain découragement. C'était comme si elle s'était séparée d'un ami, en quelque sorte ; et bien qu'elle fût à certains égards contente de le voir partir, il lui semblait que maintenant elle était abandonnée de tous ; c'était comme si à nouveau on l'arrachait à Mansfield ; et lorsqu'elle songeait qu'il retournait à Londres, et serait fréquemment en compagnie de Mary et d'Edmond, elle ne pouvait se retenir d'éprouver un sentiment qui était proche de l'envie, et elle se haïssait d'éprouver pareil sentiment.

Rien de ce qui se passait autour d'elle n'était de nature à apaiser sa mélancolie ; un ou deux amis de son père, qui arrivaient toujours quand il n'était pas déjà avec eux, partageaient leur longue, leur interminable soirée ; et de six heures à neuf heures et demie, c'était une succession ininterrompue de bruits et de grogs. Elle était fort malheureuse. La merveilleuse transformation, qu'elle croyait entrevoir chez monsieur Crawford, était la seule chose qui pût la consoler, parmi toutes les pensées qui lui traversaient l'esprit. Elle ne considérait pas combien la compagnie dans laquelle elle l'avait vu était différente, ni combien était dû au contraste, et était tout à fait persuadée qu'il était de façon surprenante plus aimable et plein d'égards envers les autres qu'auparavant. Et s'il en était ainsi dans les petites choses, ne devait-il pas en être de même dans les grandes ? S'il s'était montré à tel point soucieux de sa santé et de son confort, si plein de compassion maintenant dans sa façon de s'exprimer, s'il était tel qu'il semblait être vraiment devenu, ne pouvait-elle pas supposer en toute équité, qu'il ne persévérerait point et cesserait de la poursuivre, alors que sa demande en mariage l'affligeait si douloureusement ?

CHAPITRE XLIII

On supposa chez les Price que monsieur Crawford s'en était retourné à Londres le lendemain, car il ne réapparut pas chez eux ; et deux jours plus tard, ce fut chose certaine, car Fanny reçut de la sœur de celui-ci la lettre suivante, qu'elle ouvrit et lut, pour d'autres raisons, avec une inquiétude et une curiosité des plus vives :

« Je dois vous informer, ma très chère Fanny, qu'Henry est allé jusqu'à Portsmouth afin de vous voir ; qu'il a fait une délicieuse promenade avec vous jusqu'aux chantiers navals, samedi dernier, et une autre le lendemain sur laquelle il s'est étendu plus longuement ; alors, la brise suave, la mer étincelante, et votre exquise conversation, sans parler de votre doux visage, se sont mêlés pour former une harmonie enchanteresse, qui ont suscité, lors d'un examen rétrospectif, des transports de ravissement. Voilà, si je comprends bien, la substance de ce que je dois vous communiquer. Il m'oblige à écrire, mais je ne sais que vous dire d'autre, hormis ladite visite à Portsmouth, et les deux promenades ci-dessus mentionnées, et sa présentation à votre famille, particulièrement à l'une de vos sœurs, fort jolie paraît-il, une belle jeune fille de quinze ans, qui vous a accompagnés dans votre promenade sur les remparts, et a pris là, j'imagine, sa première leçon d'amour. Je n'ai pas le temps de vous écrire plus longuement, mais ce serait, si je le faisais, chose fort incongrue, car ceci est une simple lettre d'affaires, rédigée à seule fin de vous transmettre des renseignements nécessaires qui n'auraient pu être retardés sans danger. Ma chère, très chère Fanny, si vous étiez seulement avec moi, comme je bavarderais avec vous ! Vous m'écouteriez à en être lasse, et me conseilleriez jusqu'à en être plus lasse encore ; mais il m'est impossible de coucher par écrit ne fût-ce que la centième partie de tout ce que j'ai en tête, aussi m'en abstiendrai-je complètement, et vous laisserai imaginer ce que vous voudrez. Je n'ai pas de nouvelles particulières pour vous. Il y a bien sûr le train dont va le monde ; mais ce serait cruel de ma part de vous empoisonner avec le nom de toutes les personnes et les réceptions qui occupent mon temps. J'aurais dû vous envoyer une description détaillée de la première réception de votre cousine, mais j'ai été paresseuse, et maintenant tout ceci est bien trop loin de moi ; qu'il vous suffise de savoir que tout était précisément ainsi qu'il devait être, que toutes mes connaissances ont été satisfaites de la façon dont les choses se sont déroulées, et que la robe et les manières de l'hôtesse ont été toutes à son honneur. Mon amie, madame Fraser, est folle d'envie devant une pareille demeure, et je ne serais, quant à *moi*, pas malheureuse si elle était en ma possession. Je me rends chez Lady Stornaway, après Pâques. Elle semble de fort belle humeur et très heureuse. Je crois que Lord Stornaway, quand il est dans sa propre famille, est facile à vivre et aimable, et je ne pense pas qu'il ait si piètre apparence que j'avais pu le croire, du moins il y a pire. Il ne peut se comparer à votre cousin Edmond. Du héros que je viens de mentionner, que dirai-je ? Si j'évitais son nom complètement, cela paraîtrait suspect. Je dirai donc, que nous l'avons vu deux ou trois fois, et qu'il a fait grande impression sur mes amis, avec son air de gentleman. Madame Fraser (qui n'est pas mauvais juge en la matière) déclare ne connaître à Londres que deux hommes qui aient aussi belle prestance et aussi belle mine que lui ; et je dois avouer que, lorsqu'il a dîné ici l'autre jour, personne ne pouvait se comparer à lui, et nous étions seize à être réunis. Heureusement qu'aujourd'hui il n'y a rien dans le costume qui puisse révéler l'état des choses, mais, mais… mais.

Affectueusement vôtre.

« J'ai failli oublier (c'est la faute d'Edmond, je pense plus souvent à lui que cela n'est bon pour moi) une chose importante à vous dire de la part d'Henry et de moi-même, je veux dire la possibilité qui existe de vous ramener dans le comté de Northampton. Chère petite créature, ne restez pas à Portsmouth assez longtemps pour y perdre votre beauté. Ces exécrables brises de mer sont la ruine de la beauté et de la santé. Ma pauvre tante se sentait toujours incommodée chaque fois qu'elle se trouvait à moins de dix milles de la mer, ce que l'amiral n'a jamais voulu croire, mais je sais qu'il en était ainsi. Je suis à votre service, et au service d'Henry, prête à partir dans un délai d'une heure. J'aimerais bien mettre ce projet en pratique, et nous ferions un petit détour pour vous montrer Everingham en chemin, et peut-être cela ne vous déplairait-il pas de passer par Londres et de visiter l'église Saint-Georges et Hanover Square. Il faudra seulement que vous empêchiez votre cousin de s'approcher de moi, car je n'aimerais pas me laisser tenter. Quelle longue lettre ! Un dernier mot. J'apprends qu'Henry a l'intention de se rendre à nouveau dans le Norfolk afin d'y régler quelque affaire que *vous* approuvez, mais ceci ne pourra se faire que dans le courant de la semaine prochaine, c'est-à-dire qu'il ne pourra en aucune manière être disponible avant le quatorze, car *nous* avons une réception ce jour-là. Vous ne sauriez concevoir à quel point un homme comme Henry peut être utile en une pareille circonstance ; aussi, croyez-moi sur parole, sa présence est-elle inappréciable. Il rencontrera les Rushworth, rencontre que je suis, j'ai le regret de le dire, fort impatiente de voir, et lui aussi je crois, bien qu'il ne veuille pas le reconnaître. »

Cette lettre méritait qu'on la parcourût rapidement, qu'on la relût posément, elle fournissait matière à réflexion, et laissait plus que jamais toutes choses en suspens. La seule certitude qui pouvait en être retirée était que rien de décisif n'avait encore eu lieu. Edmond n'avait pas encore parlé. Quels étaient les sentiments réels de mademoiselle Craw-ford, quelles étaient ses intentions, était-il possible qu'elle agisse contrairement à ses intentions, Edmond avait-il à ses yeux une importance plus grande qu'avant qu'ils ne se fussent quittés, et dans le cas où cette importance était moins considérable, était-elle susceptible de s'amoindrir encore, ou au contraire de redevenir ce qu'elle avait été, tels furent les sujets qui, ce jour-là et les nombreux jours qui suivirent,

furent matière à d'interminables conjectures et réflexions,
sans qu'elle pût aboutir à une conclusion. L'idée qui revenait
le plus souvent était que mademoiselle Crawford, bien qu'un
retour à ses habitudes londoniennes l'eût attiédie et ébranlée,
finirait cependant par se révéler trop attachée à lui pour le
refuser. Elle s'efforcerait de faire en sorte que son ambition
l'emportât sur les désirs de son cœur. Elle hésiterait, le
tourmenterait, lui imposerait des conditions, exigerait beaucoup, mais finirait par accepter. Voilà quel était le plus
souvent le fruit de ses réflexions. Une maison à Londres !
Cela ne pouvait être. Il était impossible de savoir tout ce que
mademoiselle Crawford était capable de demander. Son
cousin avait devant lui des perspectives bien noires. Une
femme qui, lorsqu'elle parlait de lui, était capable de ne
parler que de sa prestance ! Quel attachement méprisable ! Et
elle se fortifiait dans les éloges qu'avait pu faire madame
Fraser ! *Elle* qui connaissait intimement Edmond depuis six
mois. Fanny avait honte pour elle. En comparaison, les
passages de la lettre, qui ne se rapportaient qu'à monsieur
Crawford et à elle-même, ne la touchèrent que légèrement.
Peu lui importait que monsieur Crawford se rendît dans le
Norfolk avant ou après le quatorze, même si, tout bien
considéré, elle jugeait qu'il *devrait* y aller sans retard. Que
mademoiselle Crawford s'efforçât de lui faire rencontrer
madame Rushworth était l'un de ces gestes pernicieux,
malavisés et excessivement cruels qui la caractérisait si bien ;
mais elle espérait qu'il ne se laisserait pas inspirer par une
curiosité dégradante. Un tel mobile n'était pas l'une de ses
raisons reconnues d'agir, et sa sœur eût dû lui rendre cet
hommage de lui attribuer de meilleurs sentiments que les
siens.

Elle était toutefois encore plus impatiente de recevoir une
autre lettre de Londres qu'elle ne l'avait été auparavant ; et
pendant quelques jours, fut si profondément troublée, par ce
qui était arrivé et allait peut-être arriver, que ses lectures et
conversations avec Susan furent presque interrompues. Elle
ne parvenait pas, autant qu'elle l'eût désiré, à maîtriser ses
facultés d'attention. Si monsieur Crawford se souvenait du
message qu'elle lui avait demandé de communiquer à son
cousin, celui-ci probablement, plus que probablement, lui
écrirait ; ce serait en accord avec sa bonté coutumière, et tant

qu'elle ne se fût pas débarrassée de cette idée, ce qui se
produisit fort progressivement lorsqu'elle ne vit apparaître
aucune lettre pendant trois ou quatre jours, elle fut dans un
état d'extrême agitation et inquiétude.

Elle réussit enfin à retrouver un semblant de sang-froid.
Elle ne pouvait faire autrement que d'attendre, mais elle ne
devait pas s'autoriser de cette attente pour se laisser aller à la
fatigue et cesser de se rendre utile. Le temps produisit son
effet, ses propres efforts encore bien plus, et elle se montra à
nouveau tout aussi attentionnée envers Susan, et éveilla à
nouveau chez elle la même sympathie.

Susan éprouvait envers elle une affection de plus en plus
vive, et bien qu'elle ne prît guère de plaisir à lire, plaisir qui
avait été chez Fanny si précoce et si intense, car elle était par
nature moins encline à s'occuper à des activités sédentaires
ou à acquérir des connaissances pour le seul plaisir de la
connaissance, elle désirait ardemment ne point *paraître*
ignorante, et comme elle avait de plus de l'intelligence et une
grande clarté d'esprit, elle était une élève attentive et
reconnaissante, qui étudiait avec fruit. Fanny était son
oracle. Les explications et les remarques de Fanny à chacun
de ses essais, à chaque chapitre d'histoire, étaient pour elle de
la plus grande importance. Ce que Fanny lui disait des temps
anciens, se fixait dans son esprit plus aisément que les pages
de Goldsmith ; et elle rendait à sa sœur cet hommage de
préférer son style à celui de tout auteur publié. L'habitude
précoce de la lecture lui faisait défaut.

Leurs conversations, cependant, ne portaient pas toujours
sur des sujets aussi nobles que l'histoire ou l'étude des
mœurs. D'autres venaient à leur heure ; et parmi les sujets
moins élevés, il y en avait un surtout qui revenait sans cesse et
sur lequel elles s'attardaient plus longuement, c'était Mansfield Park, la description des habitants, manières, distractions et coutumes de Mansfield Park. Susan, qui avait un
goût inné pour ce qui était distingué et confortablement
équipé, était avide d'entendre, et Fanny ne pouvait qu'é-
prouver du plaisir en parlant longuement d'un sujet si cher à
son cœur. Elle espérait ne pas mal agir ; bien qu'après un
certain temps, l'extrême admiration de Susan pour tout ce
qui était dit ou fait dans la maison de son oncle, et son vif
désir d'aller dans le comté de Northampton, semblât presque

lui reprocher de susciter des espérances qui ne pourraient pas être satisfaites.

La pauvre Susan n'était guère mieux adaptée à son foyer que sa sœur aînée ; et à mesure que Fanny s'en rendait compte, elle commençait à penser que lorsqu'elle quitterait sa prison de Portsmouth, sa félicité serait sensiblement amoindrie, parce qu'elle laisserait Susan derrière elle. Elle était de plus en plus affligée à l'idée qu'une jeune fille capable de se transformer à tel point allait être abandonnée en de pareilles mains. Si *elle* avait eu une maison à elle pour l'y inviter, c'eût été pour elle le plus grand des bonheurs ! Et s'il lui avait été possible de rendre à monsieur Crawford son amour, il n'eût sans doute fait aucune objection à une pareille mesure, ce qui eût grandement accru son bonheur. Il avait vraiment bon caractère, pensait-elle, et il lui paraissait comme chose presque certaine qu'il accepterait fort aimablement un projet de cette sorte.

CHAPITRE XLIV

Sur les deux mois prévus pour sa visite, sept semaines s'étaient déjà presque écoulées, lorsqu'on remit entre les mains de Fanny, la lettre d'Edmond, cette lettre qu'elle attendait depuis si longtemps. Quand elle l'eut ouverte et en eut considéré la longueur, elle se prépara à une description détaillée de sa félicité, à une abondance d'amour et de louanges destinées à l'heureuse créature qui était maintenant maîtresse de sa destinée. Voici quel était le contenu de cette lettre.

Mansfield Park.

« Ma chère Fanny,

« Veuillez me pardonner de ne pas avoir écrit plus tôt. Crawford m'a dit que vous souhaitiez avoir des nouvelles de moi, mais il m'a été impossible d'écrire de Londres, et je me suis persuadé que vous comprendriez mon silence. Si j'avais pu vous envoyer quelques lignes joyeuses, elles n'auraient point fait défaut, mais il ne m'a pas été donné de pouvoir le faire. Me voici, maintenant que je suis de retour à Mansfield plus incertain que lorsque j'en suis parti. Mes espérances ne sont plus aussi grandes. Vous le savez sans doute déjà. L'affection que vous porte mademoiselle Crawford est si vive qu'elle vous aura fort naturellement fait part de ses sentiments, suffisamment pour vous permettre de deviner à

peu près correctement les miens. Toutefois, que cela ne
m'empêche pas de vous présenter les choses de mon côté. Et
les confidences que nous vous avons faites tous deux
n'auront nul besoin de s'affronter. Je ne pose pas de
questions. Il y a pour moi quelque chose d'apaisant dans
l'idée que notre amitié se porte sur la même personne, et que
quels que soient les malheureux différends qui puissent
exister entre nous, nous nous retrouvons dans l'amour que
nous vous portons. Ce sera un réconfort pour moi que de
vous dire où j'en suis maintenant, et ce que sont mes projets
pour l'avenir, si avenir il y a. Je suis ici depuis samedi. Je suis
resté trois semaines à Londres, et l'ai vue (pour Londres) très
souvent. Les Fraser ont eu pour moi tous les égards que je
pouvais raisonnablement attendre d'eux. Il n'était *pas*, je
crois, raisonnable de ma part de nourrir l'espoir que nos
relations pourraient être du tout semblables à celles que nous
avions à Mansfield. C'étaient ses manières, toutefois, plus
que la rareté de nos rencontres. Si elle avait été différente
quand je l'ai rencontrée, je ne me serais pas plaint, mais dès
l'abord, elle n'était plus du tout la même ; elle m'accueillit,
quand je la rencontrai pour la première fois, de façon si
différente de celle que j'attendais, que j'avais presque résolu
de quitter à nouveau Londres sans plus attendre. Nul besoin
d'entrer dans les détails. Vous connaissez la faiblesse de
certains traits de son caractère, et pouvez imaginer les
sentiments et les expressions qui me torturaient. Elle était de
fort belle humeur, et entourée de ceux qui apportaient à son
esprit trop vif le concours de leur manque de jugement. Je
n'aime pas madame Fraser. C'est une femme vaine et
insensible, qui a fait un mariage entièrement de convenance,
et bien qu'elle soit à l'évidence malheureuse de son mariage,
elle attribue cette désillusion non à des défauts de jugement, à
une mésentente entre les caractères où à la disproportion
d'âge, mais au fait qu'elle soit malgré tout moins riche que
nombre de ses connaissances, et moins surtout que sa sœur,
Lady Stornaway, et elle soutient résolument toute entreprise
mercenaire et ambitieuse, pourvu que ces entreprises soient
suffisamment ambitieuses et mercenaires. Son intimité avec
ses deux sœurs est, à mon avis, le plus grand malheur de sa
vie et de la mienne. Depuis de nombreuses années, elles l'ont
détournée du droit chemin. Si elle pouvait se détacher

d'elles ! et quelquefois je ne désespère pas qu'il en soit ainsi, car l'affection me semble être surtout de leur côté. Elles l'aiment beaucoup ; mais elle n'éprouve pas, j'en suis sûr, pour elles la même affection que pour vous. Quand je songe à l'amitié qu'elle a pour vous, en vérité, et à sa conduite en général en tant que sœur, si avisée et équitable, il me semble qu'il s'agit d'une tout autre personne, capable de gestes de la plus grande noblesse, et je suis alors prêt à me faire reproche d'interpréter trop durement ses manières enjouées. C'est la seule femme au monde avec laquelle je pourrais songer me marier. Évidemment, si je ne croyais pas qu'elle a quelque estime pour moi, je ne dirais pas cela, mais je le crois. Je suis convaincu qu'elle n'est pas sans éprouver pour moi une préférence marquée. Je n'ai de jalousie envers personne en particulier. En vérité, c'est du monde à la mode dont je suis vraiment jaloux. Ce sont les habitudes que donne l'opulence que je redoute. Ses idées sont celles qu'autorise sa fortune personnelle, mais elles dépassent ce à quoi peuvent prétendre nos revenus réunis. Je puise cependant dans cette idée un certain réconfort. Je supporterais mieux de la perdre parce que je ne suis pas assez riche, qu'à cause de ma profession. Cela prouverait seulement que ses sentiments ne sont pas en mesure de faire face à des sacrifices que je n'ai guère de raison, en fait, d'exiger d'elle ; et si l'on me refuse, *cette raison*, sera, je crois, un motif honnête. Je crois que ses préjugés ne sont pas aussi forts qu'ils ne l'étaient. Vous entendez mes pensées telles qu'elles m'apparaissent, ma chère Fanny ; peut-être sont-elles contradictoires, mais ce n'en sera pas moins une image fidèle de l'état dans lequel se trouve mon esprit. Maintenant que j'ai commencé, c'est une joie pour moi que de vous dire tout ce que je ressens. Je ne peux renoncer à elle. Les liens qui nous unissent déjà, ainsi que ceux qui doivent se nouer, j'espère, entre nous, font que renoncer à Mary Crawford, serait renoncer à la société de ceux qui me sont chers entre tous, m'exiler loin de ces maisons et amis vers qui je me serais tourné, pour me consoler de tout autre malheur. Je dois considérer que perdre Mary ne peut que signifier que je perdrai en même temps Crawford et Fanny. Si c'était un véritable refus, si c'était chose décidée, je saurais, je crois, le supporter, et sans doute après quelques années…, mais j'écris des sottises… si l'on me refusait, il faudrait bien que je le supporte ; et jusqu'à ce que cela arrive, je ne cesserai jamais d'essayer d'obtenir son consentement. Voilà la vérité. La seule question est *comment* ? Quels sont les moyens les plus susceptibles de réussir ? J'ai parfois pensé me rendre à Londres à nouveau après Pâques, et parfois ai pris la résolution de ne rien faire avant qu'elle ne soit à nouveau à Mansfield. Même maintenant, elle parle avec plaisir de son retour à Mansfield au mois de juin ; mais juin est fort loin, et je crois que je lui écrirai. J'ai presque décidé de m'expliquer par lettre. Avoir rapidement une certitude est un but appréciable. Je suis en ce moment dans un état d'esprit douloureux et lamentable. Somme toute, je crois qu'une lettre sera sans contredit la meilleure façon pour moi de m'expliquer. Je pourrai coucher par écrit ce que je n'aurais pas pu dire de vive voix, et lui donnerai le temps de la réflexion avant qu'elle ne se détermine pour une réponse, et je redoute moins le résultat de la réflexion qu'un premier mouvement hâtif et irréfléchi ; du moins je le crois. Le plus grand danger serait pour moi qu'elle consultât madame Fraser, tandis que je serai quant à moi, loin d'elle, et hors d'état de soutenir ma propre cause. Une lettre vous expose à tout ce que peut comporter de néfaste l'avis qu'on sollicite de quelqu'un d'autre, et le conseiller peut malencontreusement amener celui qui n'est pas arrivé à une parfaite décision, à faire ce que peut-être il regrettera plus tard. Il faut que je réfléchisse un peu sur ce sujet. Cette longue lettre, pleine de mes seules préoccupations, suffirait à lasser même l'amitié d'une Fanny. La dernière fois que j'ai vu Crawford, c'était à la réception de madame Fraser. Je suis de plus en plus heureux de tout ce que j'apprends de lui. Il n'y a pas l'ombre d'une hésitation. Il sait parfaitement ce qu'il veut, et agit conformément à ses décisions, qualité inestimable. Je n'ai pas pu les voir tous deux, lui et ma sœur aînée, dans la même pièce, sans me rappeler ce que vous m'aviez dit une fois, et je dois reconnaître que leur rencontre n'a pas été fort amicale. Il y avait chez ma sœur une froideur marquée. Ils ont à peine échangé une parole. Je l'ai vu se reculer sous l'effet de la surprise, et j'ai regretté que madame Rushworth eût montré du dépit, se fût fâchée d'un affront fait à mademoiselle Bertram. Vous souhaitez certainement que je vous fasse

connaître mon opinion sur le degré de bonheur qu'éprouve
Maria en tant que femme mariée. Elle ne semble nullement
malheureuse. Je crois qu'ils vivent en bonne intelligence. J'ai
dîné deux fois à Wimpole Street, et aurais pu m'y trouver
plus souvent, mais c'est chose mortifiante d'avoir Rushworth comme frère. Julia semble trouver Londres fort à son
goût. Je n'y ai quant à moi guère de plaisirs, mais j'en ai
encore moins ici. Nous ne sommes pas très joyeux, nous les
habitants de Mansfield. On déplore votre absence. Vous me
manquez plus que je ne saurais le dire. Ma mère vous envoie
son plus affectueux souvenir, et espère avoir bientôt de vos
nouvelles. Elle parle de vous presque à tout moment, et je
suis désolé d'apprendre qu'elle sera sans vous voir sans doute
encore de nombreuses semaines. Mon père songe à aller vous
chercher lui-même, mais seulement après Pâques, quand il
ira à Londres pour affaires. J'espère que vous êtes heureuse à
Portsmouth, mais que cela ne devienne pas une visite d'un
an. J'ai besoin de vous ici, afin d'entendre votre avis sur
Thornton Lacey. Je n'ai guère le cœur d'entreprendre des
travaux d'embellissements considérables avant de savoir si la
demeure aura une maîtresse. Je crois que je vais écrire. Les
Grant iront à Bath, la chose est établie ; ils quittent Mansfield lundi. J'en suis heureux. Je ne me sens pas suffisamment
à mon aise pour être disposé à rencontrer qui que ce soit ;
mais votre tante semble penser que cette importante nouvelle
eût dû tomber de sa plume et non de la mienne, et estime
avoir joué de malchance. Vôtre à jamais, ma très chère
Fanny. »

« Jamais, jamais plus, assurément, je ne souhaiterai recevoir à nouveau de lettres », voilà ce que se dit Fanny en son
for intérieur, tandis qu'elle finissait sa lecture. « Qu'appor-
tent-elles, sinon des déconvenues et des chagrins ? Après
Pâques ! Comment vais-je le supporter ? Et ma pauvre tante
qui parle de moi à tout moment ! »

Fanny réprima autant qu'elle le put de pareilles pensées,
mais il s'en fallut de peu qu'elle ne commençât à juger Sir
Thomas fort cruel, tant envers sa tante qu'envers elle-même.
Quant à l'objet essentiel de la lettre, il ne s'y trouvait rien qui
fût en mesure d'apaiser son irritation. Elle était à ce point
fâchée qu'elle éprouvait presque à l'égard d'Edmond du
mécontentement et de la colère. « Rien de bien ne proviendra

de ce retard », se disait-elle. « Pourquoi n'est-ce pas réglé ? Il est aveuglé et rien ne lui ouvrira les yeux, rien, et c'est en vain qu'il a eu pendant si longtemps sous les yeux tant de vérités. Il l'épousera, et sera pauvre et malheureux. Dieu fasse que, malgré son influence, il demeure respectable ! » Elle parcourut la lettre à nouveau. « " Une si grande affection pour moi ! " Balivernes que tout cela. Elle n'aime qu'elle-même et son frère. " Ses amis l'ont détournée du droit chemin depuis des années ! " Il est tout aussi probable que ce soit elle qui *les* ait détournés du droit chemin. Ils se sont peut-être corrompus les uns les autres ; mais s'ils éprouvent pour elle une affection plus vive que n'est la sienne envers eux, elle aura été sans doute moins atteinte qu'eux, sinon par leurs flatteries. " La seule femme au monde avec laquelle je pourrais jamais songer à me marier. " Ceci, c'est une chose que je crois fermement. Son attachement est de ceux qui gouvernent toute une vie. Accepté ou rejeté, son cœur est uni au sien pour toujours. " Je dois considérer que perdre Mary ne peut que signifier que je perdrai en même temps Crawford et Fanny. " Edmond, vous ne *me* connaissez pas. Aucun lien n'unirait ces familles, si vous ne les unissiez pas. Oh ! écrivez, écrivez. Finissez-en sur-le-champ. Qu'il soit mis un terme à cette attente. Décidez-vous, engagez-vous, condamnez-vous. »

Pareilles émotions ressemblaient trop cependant à du ressentiment pour que Fanny se laissât guider longtemps par elles au cours de son monologue. Elle se radoucit bientôt et devint fort mélancolique. La déférence chaleureuse, les expressions de tendresse, la confiance qu'il lui témoignait, l'émurent fortement. Il était toujours trop bon avec tout le monde. Bref, elle eût été excessivement malheureuse de ne point recevoir cette lettre, qui était pour elle d'un prix inestimable. Voilà tout.

Tous ceux qui consacrent une certaine partie de leur temps à écrire des lettres, ce qui inclut grand nombre de personnes du sexe féminin, seront d'accord pour penser avec Lady Bertram qu'elle avait joué de malchance en ne pouvant tirer parti d'une nouvelle aussi admirable que la certitude que les Grant allaient à Bath ; et ils ne manqueront pas de reconnaître qu'il était mortifiant pour elle de voir cette nouvelle échoir entre les mains de son ingrat de fils, qui la traitait avec

une extrême concision à la fin d'une longue lettre, alors
qu'elle l'eût quant à elle développée jusqu'à presque couvrir
une page entière. Car bien que Lady Bertram brillât d'une
certaine manière dans l'art épistolaire, ayant dans les premiers temps de son mariage, faute d'autres occupations, et à
cause de la présence de Sir Thomas au Parlement, acquis cette
habitude de se faire des correspondants et d'entretenir avec
eux des liens épistolaires, et s'étant forgé pour elle-même un
style fort estimable, banal et profus, de sorte que très peu de
substance lui suffisait, elle ne pouvait toutefois s'en passer
complètement ; il lui fallait pour écrire, fût-ce à sa nièce, un
sujet, et c'était chose cruelle que de perdre aussi rapidement
le bénéfice des symptômes de goutte du docteur Grant, et
des visites matinales de madame Grant, et d'être ainsi
empêchée de les utiliser pour la dernière fois à des fins
épistolaires.

De généreuses compensations l'attendaient cependant.
L'heure de la chance était venue pour Lady Bertram. Moins
de quelques jours après avoir reçu la lettre d'Edmond, Fanny
en reçut une de sa tante, qui commençait par ces mots :

« Ma chère Fanny,

Je prends la plume pour vous communiquer une nouvelle
inquiétante dont vous serez certainement fort affectée. »
Cela valait mieux que de devoir prendre la plume pour
l'informer de tous les détails du voyage projeté par les Grant,
car la nouvelle en question était d'une nature à promettre de
l'occupation à sa plume pendant de nombreuses journées à
venir, n'étant autre que la dangereuse maladie de son fils
aîné, dont ils avaient été informés par courrier exprès,
quelques heures auparavant.

Tom avait quitté Londres pour se rendre à Newmarket
avec d'autres jeunes gens, et là, une chute mal soignée et de
nombreuses libations, avaient provoqué un accès de fièvre ;
et une fois le groupe de jeunes gens dispersé, comme il était
hors d'état de bouger, il était demeuré seul dans la demeure
de l'un de ces jeunes gens, sans d'autre recours que la maladie
et la solitude, et sans autre assistance que celle des domestiques. Au lieu de se rétablir assez promptement pour être en
mesure de rejoindre ses amis, ainsi qu'il l'avait espéré, il vit

son mal s'accroître considérablement, et avant peu, fut tout aussi disposé que ses médecins à faire partir une dépêche pour Mansfield, car il s'estimait fort malade.

« Cette nouvelle affligeante, vous pouvez le supposer », faisait remarquer Sa Seigneurie, après en avoir communiqué la substance, « nous a émus à l'extrême, et nous ne pouvons nous empêcher de craindre pour la vie du malheureux invalide, dont l'état est peut-être des plus critiques, ainsi que le redoute Sir Thomas ; et Edmond propose obligeamment de se rendre auprès de son frère pour le soigner, mais je suis heureuse d'ajouter que Sir Thomas ne me quittera pas en cette douloureuse circonstance, car ce serait une trop dure épreuve pour moi. Nous déplorerons fort l'absence d'Edmond dans notre petit cercle, mais je veux croire et espère qu'il trouvera le malheureux invalide dans un état moins inquiétant qu'on ne pouvait le craindre, et qu'il pourra le ramener à Mansfield peu de temps après, ce que suggère Sir Thomas, qui pense que c'est, à tous égards, ce qu'il y a de mieux à faire, et je me flatte que le pauvre malade sera bientôt en mesure de supporter le voyage sans en être incommodé, et sans que sa santé puisse en souffrir. Comme je ne doute nullement que vous n'éprouviez de la compassion pour nous, en ces douloureuses circonstances, je vous écrirai très prochainement. »

Les sentiments de Fanny en cette occasion furent en vérité considérablement plus vifs et sincères que ne l'était le style épistolaire de sa tante. Elle partageait leur émotion à tous. Tom dangereusement malade, Edmond parti pour le soigner, et la société de Mansfield si pitoyablement réduite, c'était là des préoccupations qui chassèrent toutes les autres, ou presque toutes les autres préoccupations de son esprit. Elle parvint à peine à trouver en elle suffisamment d'égoïsme pour se demander si Edmond *avait* écrit à mademoiselle Crawford avant que ne leur soit parvenu cet appel pressant, mais tout sentiment qui n'était pas pure affection et sollicitude désintéressée ne demeurait jamais longtemps en elle. Sa tante ne l'oublia pas ; elle lui écrivit à maintes reprises ; ils recevaient de fréquents comptes rendus d'Edmond, et ceux-ci étaient tout aussi régulièrement transmis à Fanny, dans le style profus qui était le sien, un pêle-mêle confus de désirs, espoirs et craintes, tous à la suite les uns des autres, et laissant

au hasard le soin de les relier. On eût pu croire qu'elle jouait
à se faire peur. Les souffrances que Lady Bertram ne voyait
pas n'avaient guère d'emprise sur son imagination ; et elle
parlait tout à son aise dans ses lettres d'inquiétude et
d'angoisse, et de malheureux invalides, jusqu'au jour où l'on
ramena bel et bien Tom à Mansfield, et où elle vit de ses
propres yeux à quel point la maladie avait altéré son fils ;
alors, elle termina une lettre qu'elle avait précédemment
préparée pour Fanny, dans un style fort différent, en
employant le langage que donnent des sentiments sincères et
une réelle inquiétude ; alors elle écrivit comme on parle. « Il
vient d'arriver, ma chère Fanny, et on le transporte en haut ;
et je suis si bouleversée de le voir que je ne sais que faire. Je
crois qu'il a été très malade. Le pauvre Tom, je suis
douloureusement peinée et très effrayée, et Sir Thomas
aussi ; et comme je serais heureuse si vous étiez ici pour me
réconforter. Mais Sir Thomas espère qu'il ira mieux demain,
et dit que nous devons considérer qu'il a voyagé. »

La réelle sollicitude maintenant éveillée dans le sein
maternel ne se dissipa nullement. L'extrême impatience
qu'avait montrée Tom de se voir transporté à Mansfield, afin
d'y trouver le réconfort du foyer et de la famille auxquels il
n'avait guère songé tant que sa santé était bonne, avait sans
doute été la raison pour laquelle on l'avait ramené trop tôt à
Mansfield, si bien que la fièvre réapparut, et que, pendant
une semaine, son état fut plus alarmant que jamais. Ils furent
tous très sérieusement effrayés. Lady Bertram fit part à sa
nièce de ses terreurs quotidiennes, et l'on pouvait dire que
cette dernière vivait littéralement de lettres, car elle passait
tout son temps à souffrir, soit à cause de la lettre reçue dans la
journée, soit parce qu'elle attendait celle du lendemain. Bien
qu'elle n'eût aucune affection particulière pour l'aîné de ses
cousins, son cœur tendre lui faisait sentir qu'elle ne pourrait
se passer de lui ; et sa sollicitude envers lui était d'autant plus
vive que la pureté de ses sentiments lui rappelait combien sa
vie avait été apparemment dépourvue d'utilité, et combien il
avait peu montré d'abnégation.

Susan était sa seule compagne et son seul auditoire sur ce
chapitre, ainsi qu'en des circonstances plus ordinaires. Susan
était toujours prête à écouter et compatir. Personne d'autre
ne s'intéressait à cette chose aussi lointaine qu'une maladie

dans une famille qui se trouvait à plus de cent milles de là, pas même madame Price, qui posait une ou deux questions si elle voyait sa fille avec une lettre à la main, et faisait de temps à autre remarquer tranquillement : « Ma pauvre sœur Bertram doit avoir bien des soucis ».

Les liens du sang, entre deux sœurs si longtemps séparées, occupant une position si différente dans la société, étaient presque réduits à néant. Leurs sentiments, aussi placides que l'étaient leurs caractères, n'étaient plus qu'une chose purement formelle. Madame Price fit tout autant pour Lady Bertram que Lady Bertram n'en eût fait pour madame Price. Trois ou quatre Price auraient pu être balayés de la surface de la terre, l'un d'entre eux ou tous à la fois, à l'exception de Fanny et de William, sans que Lady Bertram s'en fût souciée le moins du monde ; ou peut-être eût-elle fait sienne cette phrase hypocrite tombée de la bouche de madame Norris selon laquelle c'était une fort heureuse chose et un grand bienfait pour leur pauvre chère sœur Price qu'ils soient à l'abri du besoin.

CHAPITRE XLV

Lorsque Tom eut passé environ une semaine à Mansfield, après son retour, ses jours ne furent plus en danger, et on le déclara à ce point rétabli que sa mère fut parfaitement rassurée ; car, comme Lady Bertram s'était maintenant accoutumée au spectacle de son fils impuissant et malade, qu'elle n'entendait que les nouvelles favorables et n'allait pas jusqu'à imaginer qu'il pût y avoir autre chose que ce qu'elle entendait, que la nature ne l'avait pas prédisposée à s'alarmer ou à saisir les allusions voilées, une menue supercherie médicale suffit à faire d'elle la sujette la plus heureuse du royaume. La fièvre s'était atténuée ; c'était d'une fièvre dont il avait souffert, et nul doute que bientôt il en serait guéri ; Lady Bertram ne pouvait songer qu'il en allât autrement, et Fanny partagea ses sentiments de sécurité jusqu'au jour où elle reçut quelques lignes d'Edmond, écrites dans le but de lui donner une idée plus nette de l'état dans lequel était son frère, et lui apprendre les craintes dont le médecin les avait pénétrés, son père et lui, à propos de certains symptômes hectiques, qui s'étaient, semblait-il, emparés de la charpente du malade, quand la fièvre l'avait quitté. Ils jugeaient préférable de ne point tourmenter Lady Bertram, en lui communiquant des inquiétudes qui s'avéreraient, espéraient-ils, sans fondement ; mais il n'y avait pas de raison pour que Fanny ignorât la vérité. Ils craignaient pour ses poumons.

Il suffit des quelques lignes écrites par Edmond pour lui dépeindre le malade et la chambre du malade plus crûment et avec plus de justesse que ne l'avaient fait tous les feuillets rédigés par Lady Bertram. Il n'y avait pas une seule personne dans la maison qui n'eût été mieux qu'elle en mesure de décrire l'état des choses d'après ses propres observations ; pas une seule personne qui n'eût été parfois plus utile à son fils. Elle ne savait rien faire d'autre que de rentrer en silence dans sa chambre d'un pas feutré, et le regarder ; mais, quand le malade se sentait de force à parler ou à écouter quelqu'un lui parler ou lui faire la lecture, c'était Edmond qu'il préférait comme compagnon. Sa tante l'importunait avec ses ménagements, et Sir Thomas ne savait pas ramener la conversation ou le ton de sa voix à des proportions qui puissent convenir à un état d'irritation et de faiblesse. Edmond était indispensable. Fanny croyait volontiers qu'il en était ainsi, et il était naturel que son estime pour lui s'accrût quand elle le considérait sous les traits du garde-malade, qui soutenait et réconfortait un frère malade. Il ne fallait pas seulement porter remède à l'étiolement qu'avait entraîné la récente maladie ; il fallait aussi, comme elle l'apprit alors, calmer des nerfs fortement ébranlés et relever un courage fortement abattu ; et son imagination ajoutait qu'il y avait aussi un esprit à guider et à remettre dans le droit chemin.

Il n'y avait pas de poitrinaires dans la famille, et elle était plus encline à espérer qu'à redouter lorsqu'elle pensait à son cousin, sauf quand elle songeait à mademoiselle Crawford, mais mademoiselle Crawford lui apparaissait comme l'enfant chérie de la fortune, et il lui venait à l'idée que ce serait pour son égoïsme et sa vanité une bonne fortune qu'Edmond devînt le fils unique.

Même dans la chambre du malade, on n'oubliait point l'heureuse Mary. La dernière lettre d'Edmond contenait un post-scriptum. « A propos de ce que je vous écrivais en dernier, j'avais bel et bien commencé une lettre pour elle, lorsque la maladie de Tom m'a empêché de continuer, mais j'ai maintenant changé d'avis, et crains de m'en remettre à l'influence de ses amis. Quand Tom ira mieux, j'irai. »

Telle était la situation à Mansfield, et elle ne changea guère jusqu'à Pâques. Une ligne qu'il ajouta à l'occasion à une lettre de sa mère suffit à renseigner Fanny. La guérison de Tom était d'une lenteur alarmante.

Pâques arriva, et il était cette année-là particulièrement tardif, ainsi que Fanny l'avait douloureusement constaté lorsqu'elle avait appris pour la première fois qu'elle ne quitterait sans doute Portsmouth qu'après Pâques. Pâques arriva, et on ne parlait toujours pas de son retour à Mansfield, on ne parlait même pas du voyage à Londres qui devait précéder son retour. Sa tante exprimait souvent le désir de la voir, mais il n'y avait aucune notification, aucun message de l'oncle sur qui tout reposait. Il ne lui était pas encore possible, supposa-t-elle, de quitter son fils, mais ce retard était cruel et terrible pour elle. Le mois d'avril touchait à sa fin ; il y aurait bientôt trois mois au lieu de deux qu'elle était loin de tous, et que ses journées s'écoulaient dans un état de pénitence, mais elle les aimait trop pour souhaiter qu'ils connussent entièrement cet état ; et qui pouvait dire quand ils auraient le loisir de penser à elle ou de venir la chercher ?

Sa hâte, son impatience, son vif désir de se trouver parmi eux étaient tels qu'ils évoquaient sans cesse pour elle un ou deux vers du *Tirocinium* de Cowper. « Avec quelle impatience elle aspire à rentrer chez elle », ce vers était sans cesse à sa bouche, car il décrivait avec véracité une impatience qu'aucun écolier n'avait, supposait-elle, ressenti aussi vivement qu'elle le faisait maintenant.

Quand elle était en route pour Portsmouth, elle s'était plue à l'appeler sa maison, et elle avait aimé dire qu'elle se rendait chez elle ; le mot lui avait été très cher ; et il en était encore ainsi, mais c'était à Mansfield que le terme s'appliquait. *C'était là* que se trouvait dorénavant sa maison. Portsmouth était Portsmouth. C'est ainsi que dans le secret de ses méditations, elle avait arrangé les choses ; et rien n'était plus réconfortant pour elle que de découvrir que sa tante utilisait le même langage. « Je dois dire que je regrette beaucoup que vous ne soyez pas à la maison en ces heures d'affliction si éprouvantes pour mon courage. J'espère et veux croire sincèrement que vous ne serez plus jamais absente de la maison aussi longtemps », furent pour elle des phrases fort délicieuses. Mais ces joies demeurèrent toutefois secrètes. La délicatesse de ses sentiments lui faisait veiller à ne point trahir sa préférence pour la maison de son oncle : c'était toujours, « quand je retournerai dans le comté de Northampton, ou quand je repartirai à Mansfield, je ferai ceci ou cela ». Il en fut ainsi fort longtemps ; mais son impatience à la fin fut la plus forte et l'emporta sur sa prudence ; et avant de s'en être aperçue, elle se trouva en train de parler de ce qu'elle ferait quand elle serait rentrée à la maison. Elle s'adressa des reproches, rougit et lança un regard craintif vers son père et sa mère. Il n'était nul besoin pour elle de se sentir mal à l'aise. Il n'y eut aucun signe de mécontentement, ils ne l'avaient même pas entendue. Ils n'éprouvaient pas la moindre jalousie vis-à-vis de Mansfield. Elle était libre de souhaiter, ou d'être là-bas, cela leur était indifférent.

Perdre toutes les joies du printemps fut une triste chose pour Fanny. Elle n'avait pas su auparavant quelles joies elle perdrait *nécessairement*, en passant le mois de mars et d'avril dans une ville. Elle n'avait pas su auparavant, à quel point elle avait éprouvé du plaisir à voir percer et grandir la végétation. Combien son corps et son esprit s'étaient animés à observer l'approche d'une saison qui, en dépit de ses caprices, n'est pas dépourvue d'attraits, et à en voir croître les beautés, depuis les premières fleurs dans les coins les plus ensoleillés du jardin de sa tante, jusqu'à l'éclosion des bourgeons et des feuilles dans les futaies de son oncle, et la splendeur de ses bois. Perdre de pareilles joies n'était pas chose insignifiante ; les perdre parce qu'elle se trouvait dans le bruit et la promiscuité, voir des lieux étroits, un air confiné et de mauvaises odeurs remplacer la liberté, la fraîcheur, les parfums et la verdure, était infiniment pire ; mais même ces incitations au regret étaient faibles en comparaison avec la certitude que ses meilleurs amis la regrettaient, et l'ardent désir de se montrer utile à ceux qui avaient besoin d'elle !

Si elle avait pu se trouver chez elle, elle aurait rendu service à tous les habitants de Mansfield. Elle aurait été utile à tous, elle le savait. Elle leur aurait épargné bien des soucis, tant matériels que spirituels ; et si elle avait seulement soutenu le courage de sa tante Bertram, en lui évitant cette chose néfaste qu'est la solitude, ou ce mal encore plus grand qu'est une compagnie trop zélée et inquiète, trop encline à accroître le danger afin de rehausser sa propre importance, sa présence aurait été un bienfait pour tout le monde. Elle se plaisait à s'imaginer en train de faire la lecture à sa tante, de s'entretenir avec elle, de s'efforcer de lui faire ressentir ce qui était favorable et de la préparer aussi à ce qui arriverait peut-être ; et combien d'allées et venues dans les escaliers elle aurait pu lui épargner, et combien de messages elle aurait pu porter.

Elle était étonnée que les sœurs de Tom puissent demeurer à Londres en un pareil moment, alors que cette maladie durait, avec des degrés de gravité différents, depuis de nombreuses semaines. *Elles* pouvaient quant à elles retourner à Mansfield quand elles le souhaitaient ; voyager n'était pour elle d'*aucune* difficulté, et elle ne pouvait comprendre comment elles restaient toutes deux absentes de Mansfield. Si madame Rushworth pouvait imaginer quelque obligation pour contrecarrer ce projet, Julia était certainement en mesure de quitter Londres dès qu'elle le désirerait. Il apparut, d'après l'une des lettres de sa tante, que Julia avait proposé de rentrer si l'on avait besoin d'elle, mais c'était tout. Il était évident qu'elle préférait demeurer là où elle se trouvait.

Fanny se prit à penser que l'influence de Londres œuvrait contre tout attachement respectable. Elle en voyait la preuve chez mademoiselle Crawford comme chez ses cousines ; *son* attachement envers Edmond avait été digne d'estime, il avait été l'élément de son caractère le plus digne d'estime, et son amitié pour elle-même avait été du moins irréprochable. Qu'était-il advenu de ces sentiments maintenant ? Il y avait si longtemps que Fanny n'avait reçu de lettre d'elle, qu'elle avait raison de faire peu de cas de cette amitié sur laquelle on s'était tant appesanti. Cela faisait des semaines qu'elle n'avait eu de nouvelles de mademoiselle Crawford ou de ses autres connaissances en ville, si ce n'est par l'intermédiaire de Mansfield, et elle commençait à supposer qu'elle ne saurait jamais si monsieur Crawford était parti ou non à nouveau dans le Norfolk, lorsqu'elle reçut la lettre suivante qui fit renaître d'anciennes émotions et en suscita de nouvelles.

« Pardonnez-moi, ma chère Fanny, dès que vous serez en mesure de le faire, pour mon long silence, et agissez comme si vous pouviez me pardonner sur-le-champ. C'est mon humble requête et mon humble espoir, car vous êtes si bonne, que je compte être mieux traitée que je ne le mérite, et vous écris maintenant afin de vous supplier de me répondre immédiatement. Je veux savoir ce qu'il en est à Mansfield Park, et vous êtes, sans aucun doute, parfaitement en mesure de m'informer là-dessus. Il faudrait être insensible pour ne pas compatir avec l'affliction qui les touche tous, et d'après

ce que j'entends dire, le pauvre monsieur Bertram n'a que
très peu de chances de guérison finale. J'ai tout d'abord prêté
peu d'attention à sa maladie. Je le considérais comme ce
genre de personnes pour lesquelles on est aux petits soins, et
qui font beaucoup d'embarras elles-mêmes pour la plus
insignifiante indisposition, et me préoccupais surtout de
ceux qui le soignaient ; mais on affirme maintenant de façon
catégorique qu'il est bel et bien en train de décliner, que les
symptômes sont alarmants à l'extrême, et qu'une partie de la
famille au moins s'en rend compte. S'il en est ainsi, je suis
sûre que vous êtes incluse dans cette partie-là, qui sait
discerner les choses, et vous implore par conséquent de me
faire savoir si l'on m'a jusqu'à présent justement informée. Je
n'ai pas besoin de dire que je me réjouirai d'apprendre qu'il y
a eu erreur, mais la rumeur est si générale, que j'avoue être
incapable de m'empêcher de trembler. Voir emporter à la
fleur de l'âge un jeune homme aussi beau, est chose fort
mélancolique. Le pauvre Sir Thomas sera effroyablement
atteint. Fanny, Fanny, je vous vois sourire, et prendre l'air
entendu, mais sur mon honneur, je n'ai jamais soudoyé de
médecin de ma vie. Pauvre jeune homme ! S'il doit mourir, il
y aura dans le monde *deux* pauvres jeunes gens de moins ; et
dirai-je, le visage intrépide et d'une voix hardie à tout le
monde que la richesse et le rang ne pouvaient tomber entre
des mains plus méritantes. Il y a eu Noël dernier une sotte
précipitation ; mais le mal de quelques jours peut être effacé
en partie. Le vernis et les dorures cachent maintes taches. Il
n'y aura rien de plus que la perte du titre de Gentleman
Esquire après son nom. Une vraie affection comme la mienne
sait passer sur bien des choses. Ecrivez-moi par retour du
courrier, jugez de mon anxiété, et ne jouez pas avec elle.
Dites-moi la vérité, puisque vous la tenez de la source même.
Et maintenant, n'ayez pas honte de vos sentiments ou des
miens. Croyez-moi, ils sont naturels, ils sont philanthropi-
ques et vertueux. Je m'en remets à votre conscience, pour
juger, si « Sir Edmond », ne ferait pas plus de bien avec
toutes les terres des Bertram que tout autre et imaginable
« Sir ». Si les Grant avaient été chez eux, je ne vous
aurais pas importunée, mais vous êtes maintenant la
seule à qui je puisse recourir pour connaître la vérité, car ses
sœurs sont hors d'atteinte pour moi. Madame R. a passé

Pâques avec les Aylmer, à Twickenham (comme vous devez assurément le savoir), et n'est pas encore de retour ; et Julia est avec des cousines qui vivent près de Bedford Square ; mais j'ai oublié leur nom ainsi que celui de la rue. Et même si je pouvais avoir recours à l'une ou l'autre immédiatement, je préférerais toutefois m'en remettre encore à vous, parce que je suis frappée de voir à quel point elles ont été toutes deux si peu désireuses de devoir rogner sur leurs distractions, et qu'elles ferment les yeux, sans vouloir voir la vérité. Je suppose que les vacances pascales de madame R. ne dureront guère plus longtemps ; nul doute que ce ne soit de parfaites vacances pour elle. Les Aylmer sont des gens aimables ; et une fois son mari parti, elle ne peut qu'être heureuse. Elle saura l'encourager, j'en suis sûre, à se rendre à Bath afin d'aller chercher sa mère ; mais comment la douairière et elle s'entendront-elles dans la même maison ? Henry n'est pas à mes côtés, aussi n'ai-je rien à dire de sa part. Ne croyez-vous pas qu'Edmond se serait rendu à Londres voici longtemps s'il n'y avait pas eu cette maladie ? Vôtre pour toujours, Mary. »

« J'avais bel et bien commencé à plier ma lettre, lorsqu'Henry est entré, mais il ne m'apporte aucune nouvelle qui m'empêche de vous l'envoyer. Madame R. sait qu'on redoute que la consomption ne prenne le dessus ; il l'a vue ce matin ; elle retourne à Wimpole Street aujourd'hui, la vieille lady est arrivée. Voyons, n'allez pas vous inquiéter en vous mettant des idées bizarres en tête, sous prétexte qu'il a passé quelques jours à Richmond. Il en est ainsi chaque printemps. Soyez assurée qu'il ne se soucie de personne d'autre que vous. En cet instant, il est furieusement impatient de vous voir, et s'occupe seulement de prendre des dispositions dans ce but, et faire que son plaisir contribue au vôtre. La preuve en est qu'il répète, avec plus d'ardeur encore, ce qu'il a dit à Portsmouth, quand il a parlé de vous amener chez nous, et je me joins à lui de tout mon cœur. Chère Fanny, écrivez sur-le-champ, et dites-moi de venir. Cela nous fera du bien à tous. Lui et moi pouvons aller au presbytère, vous le savez, et ne point déranger nos amis de Mansfield Park. Nous serions réellement heureux de les revoir tous, et un léger surcroît de compagnie leur serait peut-être excessivement utile ; et, quant à vous, vous devez savoir qu'on a besoin de vous là-bas, que vous ne pouvez en conscience (consciencieuse comme vous l'êtes) vous tenir à l'écart, alors que vous avez le moyen de retourner à Mansfield. Je n'ai ni le temps ni la patience de vous communiquer la moitié des messages d'Henry ; soyez assurée que notre âme à tous deux est emplie d'une affection inaltérable. »

Le dégoût, que ressentit Fanny durant la plus grande partie de cette lettre, et son extrême répugnance à associer dans son esprit la personne qui l'avait écrite avec son cousin Edmond, la rendait incapable de juger de façon impartiale, pensait-elle, si l'offre que contenait la lettre pouvait être ou non acceptée. Elle était fort tentante pour elle. Se trouver, en moins de trois jours, transportée à Mansfield, était l'image même de la félicité, mais devoir pareille félicité à ceux dont la conduite et les sentiments lui paraissaient pour l'heure fort critiquables, était un inconvénient majeur ; les sentiments de la sœur, la conduite du frère, la froide ambition de *la première*, la vanité inconséquente du *second*. Qu'il fît encore partie de la société qui fréquentait madame Rushworth, et peut-être faisait-il même le galant auprès d'elle ! Elle était humiliée. Elle avait eu meilleure opinion de lui. Heureusement, toutefois, elle ne demeura pas à peser le pour et le contre et à balancer entre des désirs opposés et de douteuses notions de ce qu'il était juste de faire ; il n'y avait pas lieu de décider si elle devait maintenir oui ou non Edmond et Mary à l'écart l'un de l'autre. Elle eut recours à une règle qui réglait tout. La crainte qu'elle éprouvait envers son oncle, et la crainte de prendre quelque liberté avec lui, lui permirent de voir clairement quel était son devoir. Il était nécessaire qu'elle déclinât cette offre. S'il le voulait, il l'enverrait chercher ; et un retour proche était une supposition que peu de choses semblaient justifier. Elle remercia mademoiselle Crawford, mais répondit fermement par la négative. « D'après ce qu'elle avait cru comprendre, son oncle avait l'intention de venir la chercher ; et comme la maladie de son cousin continuait depuis de nombreuses semaines sans qu'on eût songé que sa présence était nécessaire, elle ne pouvait que supposer que son retour n'était pas souhaitable à présent, et qu'elle serait une cause d'embarras. »

L'image qu'elle donnait alors de son cousin était fidèle à la représentation qu'elle s'en faisait, et elle supposait qu'elle renforcerait dans l'esprit optimiste de sa correspondante les espérances qui étaient les siennes. Elle pardonnerait à Edmond de devenir clergyman, semblait-il, à condition qu'il devint riche ; et c'était là, pensait-elle, à quoi se résoudrait cette victoire sur les préjugés, dont il était prêt à se réjouir. Elle avait seulement appris à ne faire cas que de l'argent.

CHAPITRE XLVI

Fanny pensait que sa réponse serait sans aucun doute
une réelle déconvenue, et s'attendait donc d'une certaine
manière, si elle se fiait à la connaissance qu'elle avait du
caractère de mademoiselle Crawford, à ce que celle-ci la
pressât à nouveau ; et bien qu'aucune deuxième lettre ne lui
fût parvenue pendant une semaine, elle éprouvait encore les
mêmes sentiments quand celle-ci finit par arriver.

À l'instant où elle la reçut, elle se rendit immédiatement
compte qu'elle ne contenait qu'un bref message, et il lui
parut qu'il avait été rédigé à la hâte, comme pour régler une
affaire ; il n'y avait aucun doute quant à l'objet de cette
lettre ; et il suffit de quelques brefs instants pour commencer
à songer qu'il s'agissait sans doute de lui notifier leur arrivée
à Portsmouth ce même jour, et pour la plonger dans le doute
et l'embarras sur la conduite à prendre en une pareille
circonstance. Si quelques brefs instants peuvent vous assaillir
de difficultés, quelques brefs instants peuvent aussi les
disperser ; et elle n'avait pas encore ouvert la lettre qu'elle se
rassurait en pensant que peut-être monsieur et mademoiselle
Crawford avaient eu recours à son oncle et obtenu son
consentement. Voici le contenu de la lettre.

« Des rumeurs infâmes et odieuses sont parvenues jusqu'à
moi, et je vous écris, chère Fanny, pour vous mettre en garde
contre elles afin que vous ne leur accordiez aucune créance, si
par hasard elles se propageaient dans le pays. Soyez certaine
qu'il y a là-dedans quelque méprise, et qu'en dépit d'un

instant d'*étourderie* (1), Henry est sans tache, et ne songe à personne d'autre que vous. N'écoutez personne, ne dites rien, n'imaginez rien, aucun murmure, avant que je ne vous écrive à nouveau. Je suis sûre qu'on pourra étouffer l'affaire, et que rien ne sera prouvé sinon la bêtise de Rushworth. S'ils sont partis, je mettrais ma main au feu qu'ils sont allés seulement à Mansfield Park, et que Julia est avec eux. Mais pourquoi n'avez-vous pas voulu nous laisser venir vous chercher ? J'espère que vous n'aurez pas à le regretter.

À vous, etc. »

Fanny demeurait stupéfaite. Comme aucune rumeur infâme et odieuse n'était parvenue jusqu'à elle, il lui fut impossible de comprendre grand-chose à cette étrange lettre. Elle comprit seulement qu'elle devait se rapporter à Wimpole Street et à monsieur Crawford, et seulement supposer que quelque chose de très imprudent venait de se passer en ces lieux qui attirerait l'attention du monde, et exciterait, selon mademoiselle Crawford, sa jalousie, si elle l'apprenait. Mademoiselle Crawford n'avait nul besoin de s'inquiéter pour elle. Elle était seulement désolée pour les parties concernées et pour Mansfield, dans le cas où les bruits se répandraient jusque-là. Si les Rushworth étaient eux-mêmes partis pour Mansfield, ainsi qu'on pouvait le déduire de ce que disait mademoiselle Crawford, il était fort improbable que quelque bruit désagréable les eût précédés, ou du moins eût fait quelque impression.

Quant à monsieur Crawford, elle espérait qu'il apprendrait peut-être ainsi à connaître son propre cœur, se convaincrait qu'il n'y avait pas de femme au monde qui fût en mesure de se l'attacher, et qu'il aurait honte de poursuivre la cour qu'il lui faisait.

Quelle chose étrange ! Elle avait commencé à penser qu'il l'aimait vraiment, à croire que son affection pour elle était hors du commun, et sa sœur continuait à dire qu'il ne se souciait de personne d'autre. Il devait avoir toutefois témoigné envers sa cousine des attentions fort marquées, il devait y avoir eu quelque action inconsidérée, car sa correspondante n'eût pas prêté attention à un écart de conduite de moindre importance.

---

(1) En français dans le texte.

Elle était fort mal à l'aise, et ne cesserait d'être dans l'embarras que lorsqu'elle aurait reçu à nouveau des nouvelles de mademoiselle Crawford. Il lui était impossible de bannir cette lettre de ses pensées, et elle n'avait personne à qui parler pour se consoler un tant soit peu. Mademoiselle Crawford n'avait nul besoin de la presser si fort de garder le secret, elle aurait dû avoir confiance dans ses sentiments quant aux devoirs qu'elle avait envers sa cousine.

Le lendemain matin n'apporta pas de deuxième lettre. Fanny fut fort déçue. Elle continua à ne pas pouvoir penser à autre chose pendant toute la matinée ; mais quand son père revint dans l'après-midi comme d'habitude avec le journal quotidien, elle était si loin de s'attendre à ce que les choses soient élucidées par cette entremise, que le sujet avait disparu un instant de son esprit.

Elle était plongée dans des rêveries sur d'autres sujets. Le souvenir de la première soirée qu'elle avait passée dans cette pièce, de son père et de son journal lui traversa l'esprit. On n'avait nul besoin, *maintenant*, de bougie. Le soleil resterait encore une heure et demie au-dessus de l'horizon. Elle se rendit compte qu'elle était là, *en vérité* depuis trois mois, et au lieu de la réconforter, les rayons de soleil qui se déversaient dans le salon, la rendaient encore plus mélancolique ; car la lumière du soleil lui paraissait ne se ressembler aucunement à la ville et à la campagne. Ici, sa puissance était seulement un éclat aveuglant, une clarté étouffante, maladive, qui ne servait qu'à faire ressortir les taches et la saleté qui eussent pu autrement passer inaperçues. Le soleil n'apportait en ville ni santé ni gaieté. Elle demeura assise, tandis qu'une chaleur oppressante flamboyait dans la pièce, et qu'un nuage de poussière se déplaçait autour d'elle ; et il n'y avait rien d'autre à faire que de laisser son regard errer, aller des murs portant la trace de la tête de son père, à la table que ses frères avaient entaillée et balafrée, jusqu'à l'endroit où se trouvait la table à thé, jamais parfaitement nettoyée, avec les tasses et les soucoupes mal essuyées où se dessinaient de larges stries, le lait, un mélange de particules flottant dans un liquide clair et bleuâtre, et les tartines de pain et de beurre qui devenaient à chaque instant plus graisseuses même que lorsqu'elles étaient sorties des mains de Rebecca. Son père était en train de lire son journal, et sa mère se lamentait comme de coutume sur le tapis qui tombait en lambeaux, tandis que le thé était en cours de préparation, et elle exprimait le souhait que Rebecca pût le raccommoder ; et Fanny fut tout d'abord réveillée de ses songeries, par son père qui l'appela à grand bruit, après avoir poussé des hem et considéré tout particulièrement un paragraphe : « Comment s'appellent vos illustres cousins, à Londres, Fan ? »

Il lui fallut un moment de réflexion pour que le nom lui revint en mémoire : « Rusworth, monsieur. »

« Et n'habitent-ils pas à Wimpole Street ? »

« Oui, monsieur. »

« Alors, il va y avoir de fâcheuses conséquences, voilà tout. Là (tendant le journal), grand bien peut vous faire cette belle parenté. Je ne sais pas ce que Sir Thomas peut penser de tout ça ; il est peut-être trop homme de cour et beau gentleman pour moins aimer sa fille pour autant. Mais, grand dieu, si elle était mienne, je lui ferais tâter le bout de la corde aussi longtemps que je serais capable de la surveiller. Quelques coups de fouet, pour un homme comme pour une femme, seraient le meilleur moyen d'empêcher ce genre de choses. »

Fanny lut ce qui suit : « Le journal devait annoncer avec d'infinis regrets à ses lecteurs, un éclat matrimonial dans la famille de monsieur R. de Wimpole Street ; la belle madame R., dont le nom n'était pas depuis longtemps inscrit sur les listes des hyménées, et qui promettait de devenir l'une des brillantes personnalités de la société élégante, ayant quitté le toit conjugal en compagnie du célèbre et séduisant monsieur C., ami intime de monsieur R., et personne, même pas l'éditeur, ne savait où ils s'étaient rendus. »

« C'est une méprise, monsieur », dit-elle immédiatement ; « il doit y avoir une erreur, ce ne peut être vrai, il doit s'agir d'autres personnes. »

C'était le désir instinctif de repousser les sentiments de honte qui l'incitaient à parler ; elle s'exprimait avec cette fermeté qui naît du désespoir, car elle ne parvenait même pas à croire ce qu'elle était en train de dire. Elle avait été frappée de cette nouvelle comme par une certitude. La vérité l'avait assaillie ; et ce fut un sujet d'étonnement pour elle que d'avoir été en état de prononcer une parole.

Monsieur Price ne s'intéressait pas suffisamment à cette

nouvelle pour exiger d'elle qu'elle répondît longuement. « Peut-être est-ce un mensonge », reconnut-il, « mais tant de belles ladies se perdent ainsi de réputation de nos jours, qu'on ne peut être sûr de personne. »

« J'espère vraiment que ce ne sera pas vrai », dit madame Price plaintivement, « ce serait tellement abominable ! J'ai touché un mot de ce tapis à Rebecca plus d'une fois ; je crois lui en avoir parlé une douzaine de fois au moins, n'est-ce pas, Betsey ? et il n'y en aurait que pour dix minutes de travail. »

On ne saurait dire à quel point Fanny était pénétrée d'horreur, à mesure que s'imposait à elle la certitude d'une pareille culpabilité, et qu'elle commençait à comprendre toute l'affliction qu'elle allait engendrer. Elle fut d'abord comme stupéfaite ; mais chaque instant qui passait ravivait sa perception de l'horreur de la faute. Elle n'éprouvait pas le moindre doute ; elle n'osait pas nourrir l'espoir que le paragraphe fût mensonger. La lettre de mademoiselle Crawford, qu'elle avait lue si souvent au point d'en connaître la moindre ligne par cœur, s'accordait trop effroyablement avec cette nouvelle. L'ardeur avec laquelle elle prenait la défense de son frère, son désir que l'affaire ne s'ébruitât pas, son émoi manifeste, tout indiquait qu'il s'agissait de quelque funeste événement ; et s'il existait au monde une femme capable de traiter comme une bagatelle un péché aussi considérable, capable d'essayer de farder la vérité, et souhaiter qu'il échappât au châtiment, mademoiselle Crawford était bien, pensait-elle, cette femme-là ! Elle comprenait maintenant sa méprise à propos de *ceux qui* étaient partis, ou *qu'on disait* partis. Il ne s'agissait pas de monsieur et de madame Rushworth, mais de madame Rushworth et de monsieur Crawford.

Jamais Fanny n'avait été, à sa connaissance, aussi bouleversée auparavant. Impossible pour elle de trouver quelque tranquillité d'esprit. La soirée s'écoula, sans apporter de répit à ses souffrances, et la nuit fut une nuit sans sommeil. Les sentiments de dégoût succédaient à des frissons d'horreur ; et toute agitée par la fièvre, elle était tantôt glacée, tantôt brûlante. L'événement était si horrible qu'à certains moments même, son cœur se révoltait et le jugeait impossible, ou elle pensait que pareille chose ne pouvait être. Une femme dont on venait à peine de célébrer le mariage six mois auparavant, un homme qui faisait profession d'être à la dévotion d'une autre femme, qui s'était même *engagé* auprès d'elle, cette autre femme la proche parente de la première, la famille entière, les deux familles liées comme elles l'étaient par mille liens, tous amis, tous des intimes ! C'était là un mélange trop confus d'offenses, un engrenage de fautes trop compliqué pour que la nature humaine soit capable de les accomplir, si elle n'était pas totalement barbare ! Et pourtant la voix de la sagesse lui disait que les choses étaient ainsi. L'instabilité de *ses* sentiments, que sa vanité faisait sans cesse vaciller, l'attachement déclaré de *Maria* pour lui, et de part et d'autre l'insuffisance des principes, s'accordaient pour dire que c'était dans l'ordre des choses possibles, et quant à la lettre de mademoiselle Crawford, elle déclarait sans ambages que tout cela était véridique.

Qu'adviendrait-il ? Qui en sortirait indemne ? Cela n'affecterait-il pas les projets de tout le monde ? Qui verrait à jamais sa paix détruite ? Mademoiselle Crawford elle-même, Edmond ; mais il était peut-être dangereux d'avancer sur ce terrain. Elle se borna, ou plutôt essaya de se borner au simple et indubitable malheur familial qui n'épargnerait personne, si la culpabilité était reconnue de façon notoire et si le scandale était public. Les souffrances de la mère, celles du père, elle s'arrêta un instant. Celles de Julia, de Tom, d'Edmond, elle s'arrêta alors un peu plus longuement. C'était sur eux que le coup tomberait de plus effroyable façon. La sollicitude parentale de Sir Thomas, et son sens élevé de l'honneur et de la bienséance, les principes intègres d'Edmond, son caractère confiant et la sincérité de son cœur, tout autorisait à penser que leur vie et leur raison seraient gravement ébranlées par un tel déshonneur ; et il lui apparaissait que dans la mesure où tout le monde était concerné, le plus grand bienfait pour toutes les personnes apparentées à madame Rushworth serait d'être à l'instant anéanties.

Rien ne se produisit le lendemain, ni le surlendemain, qui pût apaiser son effroi. Deux courriers arrivèrent et n'apportèrent aucune réfutation, publique ou privée. Il n'y eut pas de deuxième lettre pour expliquer la première, de la part de mademoiselle Crawford ; il n'y eut pas de nouvelles de Mansfield Park, bien que le moment fût venu pour elle d'avoir à nouveau des nouvelles de sa tante. C'était là un mauvais présage. Nul espoir ne venait apaiser son esprit, et l'état d'abattement et de lassitude dans lesquels elle était plongée était si grand, elle était si tremblante que toute mère point trop cruelle, hormis madame Price, s'en fût aperçue ; mais quand vint le troisième jour, il y eut bel et bien un coup frappé à la porte, qui lui serra le cœur, et on remit entre ses mains une lettre. Elle portait le cachet de la poste de Londres, et venait d'Edmond.

« Chère Fanny,

Vous connaissez le malheur qui nous frappe en ces instants. Que Dieu vous soutienne pour ce qui est de *votre* part de malheur. Nous sommes ici depuis deux jours, mais il n'y a rien à faire. On ne sait où ils sont. Vous n'avez peut-être pas appris le dernier coup qui nous frappe. Julia s'est enfuie, elle est partie en Ecosse avec Yates. Elle a quitté Londres quelques heures après notre arrivée. À tout autre moment, nous aurions considéré cela comme une chose affreuse. Maintenant, cela nous paraît être insignifiant, et pourtant cela envenime encore les choses. Mon père ne s'avoue pas vaincu. On ne saurait souhaiter plus. Il est encore de force à réfléchir et agir ; et j'écris, à sa demande, pour vous proposer de revenir à la maison. Il est impatient de vous avoir ici pour ma mère. Je serai à Portsmouth le lendemain du jour où vous recevrez ce mot, et j'espère que vous vous tiendrez prête à vous mettre en route pour Mansfield. Mon père désire inviter Susan à vous accompagner et demeurer avec nous quelques mois. Arrangez les choses comme il vous plaira ; dites ce qu'il faut ; je suis sûr que vous apprécierez ce geste de bienveillance, accompli en un moment pareil ! Rendez justice à ses intentions, même si j'embrouille les choses. Je vous laisse imaginer dans quel état je me trouve présentement. Le mal qui s'abat sur nous est infini. J'arriverai par la malle-poste. Vôtre etc. »

Jamais Fanny n'avait eu plus besoin d'un cordial. Mais jamais le contenu d'une lettre ne lui avait fait autant que celui-ci l'effet d'un cordial. Demain ! quitter Portsmouth demain ! Elle courait le danger, elle le sentait bien, d'être plongée dans le plus délicieux des bonheurs, alors que tant d'autres étaient malheureux. Ce mal qui lui apportait tant de bien ! Elle craignait d'apprendre à se montrer insensible.

Partir si vite, qu'on réclamât sa présence avec tant de bonté, qu'on l'envoyât chercher comme réconfort, et l'autorisât à se faire accompagner de Susan, c'était là, tout bien considéré, une telle combinaison de bonheurs qu'ils exaltèrent son cœur, et semblèrent, un certain temps, rejeter dans le lointain, tout chagrin, et la rendre hors d'état de partager comme il convenait l'affliction de ceux auxquels elle pensait le plus. La fuite de Julia ne la touchait que peu en comparaison ; elle était stupéfaite et accablée ; mais cette nouvelle ne pouvait occuper entièrement son esprit, ni s'y fixer. Elle fut obligée de se rappeler à l'ordre pour y penser et reconnaître qu'il s'agissait de quelque chose de terrible et de cruel, ou alors elle l'oubliait parmi toutes les préoccupations joyeuses, pressantes et si chargées en émotion qu'entraînait pour elle l'intimation de se rendre à Mansfield.

Il n'y a rien de tel pour apaiser la souffrance, qu'une occupation, une occupation active, indispensable. Une occupation même mélancolique peut chasser la mélancolie, et les occupations auxquelles elle s'employait parlaient d'espoir. Elle avait tant à faire que même l'horrible histoire de madame Rushworth (qui était établie maintenant de façon certaine) ne pouvait la toucher comme elle l'avait fait auparavant. Elle n'avait pas le temps d'être malheureuse. Elle espérait être partie dans moins de vingt-quatre heures ; il lui fallait parler à son père et à sa mère, préparer Susan au départ, veiller à ce que tout fût prêt. Les tâches succédaient aux tâches ; la journée était trop courte pour elle. La joie qu'elle communiquait à sa famille, joie peu altérée par la funeste nouvelle qui l'avait précédée de peu, le joyeux consentement de son père et de sa mère au départ de Susan en sa compagnie, la satisfaction générale avec laquelle leur départ à toutes deux semblait être considéré, et le ravissement de Susan elle-même, tout contribuait à soutenir sa belle humeur.

On ne ressentait guère de compassion pour la détresse de la famille Bertram. Madame Price parla quelques minutes de sa pauvre sœur, mais ce qui occupait surtout ses pensées était de savoir comment trouver quelque chose qui pût contenir les vêtements de Susan, parce que Rebecca prenait tous les cartons et les abîmait ; et quant à Susan, qui voyait se réaliser de façon inattendue un désir cher à son cœur, son premier désir, et qui ne connaissait pas personnellement ceux qui

avaient péché, ou ceux qui étaient dans la peine, elle
parvenait à se retenir de se réjouir tout le temps, mais on ne
pouvait s'attendre à beaucoup plus d'une vertueuse enfant de
quatorze ans.

Comme madame Price n'avait rien à décider, et Rebecca
rien à faire, tout fut dûment et raisonnablement achevé, et les
jeunes filles furent prêtes pour le lendemain. Il leur fut
impossible de se préparer à leur voyage en ayant recours à un
long sommeil. Le cousin qui s'acheminait vers elles, visita
leurs esprits agités, l'un toute félicité, l'autre dans un état
d'indescriptible émotion.

A huit heures du matin, Edmond était dans la maison. Les
jeunes filles l'entendirent d'en haut faire son entrée, et Fanny
descendit. La pensée qu'elle allait le voir immédiatement, la
pensée de toutes ses souffrances, ramena dans son esprit tous
ses premiers sentiments. Qu'il fût si près d'elle, et si
malheureux. Elle était prête à défaillir, lorsqu'elle pénétra
dans le salon. Il était seul, et vint sur-le-champ à sa
rencontre ; et elle se trouva dans ses bras, tandis qu'il la
serrait contre son cœur, en lui disant simplement, d'une voix
à peine audible : « Ma Fanny, mon unique sœur, mon seul
réconfort maintenant. » Elle ne put prononcer un mot ; et
pendant quelques minutes, il demeura silencieux.

Il se détourna pour reprendre ses esprits, et quand il parla
à nouveau, bien que sa voix fût encore hésitante, ses manières
montraient qu'il désirait retrouver la maîtrise de lui-même,
et était résolu à éviter toute autre allusion à ce qui s'était
passé. « Avez-vous pris votre petit déjeuner ? Quand serez-
vous prête ? Susan vous accompagne-t-elle ? » telles furent
les questions qui se suivirent rapidement. Il songeait avant
tout à partir dès que possible. Le temps était précieux, car il
s'agissait de Mansfield ; et son esprit était dans un état tel
qu'il ne trouvait d'apaisement que dans le mouvement. Il fut
décidé qu'il ferait venir la voiture à la porte dans une
demi-heure ; Fanny lui promit qu'elles auraient pris le petit
déjeuner, et seraient tout à fait prêtes en temps voulu. Il avait
déjà mangé, et déclina courtoisement l'offre de se joindre à
leur repas. Il ferait un tour sur les remparts et les rejoindrait à
la voiture. Il partit à nouveau, heureux de s'éloigner, fût-ce
de Fanny.

Il avait l'air très malade ; évidemment sous le coup de ces

violentes émotions qu'il était décidé à étouffer. Elle savait qu'il ne pouvait en être autrement, mais c'était pour elle une effroyable sensation.

La voiture arriva ; et il pénétra à nouveau au même instant dans la maison, juste à temps pour passer quelques minutes avec la famille, et être le témoin (mais il ne vit rien) de la manière tranquille avec laquelle la famille se sépara de ses filles, et juste à temps pour les empêcher de s'asseoir à la table du petit déjeuner, qui avait été préparée avec un empressement inhabituel, et était alors toute prête, tandis que la voiture s'éloignait de la porte de leur maison. Le dernier repas qu'avait pris Fanny dans la maison de son père était à l'unisson avec celui qu'elle avait pris en premier ; l'hospitalité qui avait présidé à son arrivée fut la même que celle qui présida à son départ.

Il est aisé d'imaginer combien son cœur se gonfla de joie et de gratitude, lorsqu'ils franchirent les barrières de Portsmouth, et comme le visage de Susan arborait ses plus larges sourires. Assise à l'avant, toutefois, et cachée par son bonnet, on ne voyait pas ses sourires.

Selon toute vraisemblance, le voyage serait silencieux. Les profonds soupirs que poussaient Edmond parvenaient souvent à l'oreille de Fanny. S'il avait été seul avec elle, il lui aurait ouvert son cœur, malgré ses résolutions ; mais la présence de Susan le fit rentrer en lui-même, et il ne parvint pas à soutenir longtemps la conversation sur des sujets qui lui étaient indifférents.

Fanny l'observait avec une sollicitude inépuisable, et recevait parfois, quand elle saisissait son regard, un sourire affectueux qui la réconfortait ; mais la première journée de voyage s'écoula sans qu'elle l'entendît prononcer un mot sur les sujets qui l'accablaient. Le lendemain matin fut plus fertile. Juste avant leur départ d'Oxford, tandis que Susan était postée à une fenêtre, à observer avec avidité une famille aux nombreux enfants en train de quitter l'auberge, ils se trouvèrent tous deux, debout, près du feu ; et Edmond, particulièrement frappé de voir combien Fanny avait changé, et ignorant combien néfaste avait été la vie quotidienne dans la maison de son père, attribua aux récents événements une part excessive, ou plutôt *toute* la responsabilité de cette transformation ; aussi lui prit-il la main et lui dit-il à voix

basse, mais d'un ton expressif : « Ce n'est guère étonnant...
Vous devez ressentir... Vous devez souffrir. Comment cet
homme, qui vous aimait, a-t-il pu vous délaisser ? Mais
votre... votre amitié était toute nouvelle comparée à...
Fanny, pensez à moi ! »

La première partie de leur voyage dura toute une longue
journée, et ils étaient bel et bien fourbus lorsqu'ils arrivèrent
à Oxford ; mais la deuxième partie se termina bien plus
rapidement. Ils se trouvèrent dans les environs de Mansfield
bien avant l'heure où l'on avait coutume d'y dîner, et tandis
qu'ils approchaient de ce lieu bien-aimé, le cœur des deux
sœurs se serra un peu. Fanny commença à redouter la
rencontre avec ses tantes et Tom, alors qu'ils étaient sous le
coup d'une aussi effroyable humiliation ; et Susan à sentir
avec inquiétude qu'elle devrait incessamment faire usage de
ses plus belles manières, et de tout ce qu'elle avait appris
récemment sur les coutumes qui y étaient en vigueur.
Passaient devant ses yeux des règles de savoir-vivre et des
manquements à la politesse, des habitudes vulgaires
anciennes et des manières nouvelles et de bon ton, et elle se
livrait à maintes méditations à propos de fourchettes d'argent, de serviettes et de rince-doigts. Tout au long du
voyage, Fanny avait été sensible aux progrès qu'avait faits la
végétation depuis le mois de février ; mais quand ils pénétrèrent à Mansfield, ses sensations et ses joies furent alors des
plus vives. Il s'était écoulé trois mois, trois bons mois depuis
qu'elle était partie ; et l'hiver s'était mué en printemps. Elle
parcourait du regard tout ce qui s'offrait à ses yeux, les
pelouses et les bois d'un vert délicieusement tendre ; les
arbres, bien que n'ayant pas encore toute leur parure de
feuillage, étaient alors à ce moment exquis où l'on sait
qu'approche une beauté encore plus grande, et où, si l'œil a
beaucoup à regarder, il reste encore bien plus à découvrir
pour l'imagination. Elle gardait toutefois ces joies pour
elle-même. Edmond n'aurait pas été en mesure de les
partager. Elle le regardait, mais il était rejeté en arrière, et
plus que jamais plongé dans une profonde mélancolie, les
yeux fermés comme si la vue de quelque chose de joyeux ne
pouvait que l'accabler, comme s'il lui fallait écarter les
charmantes scènes autour de la demeure familiale.

La mélancolie envahit alors Fanny à nouveau ; et la pensée

de toutes les souffrances que devaient endurer les habitants de cette demeure, fut-elle aussi bien située, moderne et spacieuse que l'était Mansfield, donna à toute chose un air de mélancolie.

Et parmi les malheureux habitants de Mansfield, il y avait une personne qui les attendait avec une impatience jamais éprouvée auparavant. A peine Fanny avait-elle franchi le cercle de domestiques à l'air grave, que Lady Bertram sortit du salon et vint à sa rencontre ; et elle ne vint pas à elle d'un pas indolent ; elle se jeta à son cou, en disant : « Chère Fanny ! maintenant, je me sentirai rassurée. »

CHAPITRE XLVII

Ils avaient tous trois été fort malheureux, et chacun d'entre eux croyait avoir été plus malheureux que les deux autres. À dire vrai, c'était madame Norris qui était la plus infortunée, car c'était elle qui était la plus attachée à Maria. Maria était sa préférée, celle qui était la plus chère à son cœur ; son mariage, ainsi qu'elle avait eu coutume de dire avec tant de fierté, avait été son œuvre, et le voir ainsi se conclure l'avait comme anéantie.

Elle n'était plus la même ; engourdie et hébétée, elle demeurait insensible à tout ce qui se déroulait autour d'elle. Elle n'avait point tiré parti de l'occasion offerte — avoir sa sœur, son neveu, et toute la maison sous sa responsabilité — et celle-ci s'était avérée totalement inutile ; elle avait été incapable de donner des ordres ou de faire acte d'autorité, ou même de s'imaginer qu'elle était utile. Une fois réellement frappée par le malheur, elle avait vu ses facultés d'agir paralysées ; et ni Lady Bertram, ni Tom n'avaient reçu d'elle le moindre secours, car elle ne s'était aucunement employée à leur en offrir. Elle n'avait pas plus fait pour eux qu'ils n'avaient fait l'un pour l'autre. Ils avaient tous été pareillement solitaires, impuissants et abandonnés à eux-mêmes ; et désormais, l'arrivée des autres habitants de Mansfield contribuait seulement à établir la prééminence de sa douleur. Ses compagnons furent réconfortés, mais cette arrivée ne pouvait être bénéfique pour *elle*. Edmond fut accueilli aussi chaleureusement par son frère que Fanny l'avait été par Lady Bertram ; mais madame Norris, au lieu de trouver en eux

quelque réconfort, fut d'autant plus irritée qu'elle avait sous
les yeux celle que, dans l'aveuglement de la colère, elle eût
pu accuser d'être le mauvais génie de la pièce. Si Fanny
avait accepté monsieur Crawford, rien de tout cela ne fût
arrivé.

La présence de Susan était aussi pour elle une source
d'irritation. Elle n'était pas d'humeur à arborer pour elle
autre chose que des airs de dégoût, mais elle lui apparaissait
comme l'espionne, la nièce indigente, qui représentait tout ce
qu'il y avait de plus odieux. Susan fut accueillie par son autre
tante avec une bienveillance tranquille. Lady Bertram ne put
lui consacrer beaucoup de temps, mais jugea qu'en tant que
sœur de Fanny, elle avait un certain nombre de droits,
maintenant qu'elle se trouvait à Mansfield, et elle fut prête à
l'embrasser et à l'aimer ; et Susan fut plus que satisfaite, car
elle s'aperçut parfaitement qu'il n'y avait rien à attendre
d'autre de sa tante Norris que de la mauvaise humeur ; et tant
de plaisirs s'offraient à elle, elle avait si miraculeusement
échappé à des maux nombreux et certains dans la maison de
son père, qu'elle eût été de taille à supporter une plus grande
indifférence de la part des autres habitants de Mansfield.

On la laissa alors se familiariser du mieux qu'elle le pouvait
avec la maison, le parc et les jardins, et elle passa ainsi fort
agréablement ses journées, tandis que ceux qui eussent, en
toute autre circonstance, veillé sur elle, demeuraient enfer-
més avec la personne qui dépendait alors d'eux pour tout ce
qui touchait à son bien-être, et se consacraient entièrement à
elle ; Edmond s'employait à ensevelir ses propres sentiments
dans les efforts qu'il faisait pour soulager la détresse de son
frère, et Fanny passait son temps auprès de sa tante Bertram,
reprenant les occupations d'autrefois, avec un zèle encore
plus grand, et pensait qu'elle ne ferait jamais assez pour celle
qui semblait avoir tellement besoin d'elle.

L'unique consolation de Lady Bertram était de parler de
cet effroyable événement, d'en parler et de se lamenter. Être
écoutée sans être repoussée, entendre en retour la voix de la
bonté et de la compassion, était tout pour elle. On ne pouvait
lui apporter d'autre réconfort. Cette affaire ne souffrait pas
qu'on apportât du réconfort à qui que ce fût. Les pensées de
Lady Bertram n'avaient guère de profondeur, mais, avec Sir
Thomas pour la guider, elles étaient, sur tous les sujets

importants, fort justes ; elle voyait par conséquent, dans toute son énormité, ce qui s'était passé, et n'essaya ni d'amoindrir la faute ou l'infamie, ni de demander à Fanny de lui donner pareil conseil.

Ses attachements n'étaient pas intenses, ni son esprit tenace. Après un certain temps, Fanny s'aperçut qu'il était possible de détourner le cours de ses pensées vers d'autres sujets, et de susciter quelque intérêt pour les occupations habituelles ; mais chaque fois que Lady Bertram avait *arrêté* son esprit sur cet événement, c'était toujours sous le même jour qu'il se présentait à elle : elle avait perdu une fille, et le déshonneur qui l'avait frappée ne s'effacerait jamais.

Fanny apprit d'elle tous les détails qui avaient déjà transpiré. Sa tante n'était pas une narratrice très méthodique ; mais avec le secours de quelques lettres adressées à Sir Thomas ou émanant de lui, à quoi s'ajoutait ce qu'elle savait déjà, elle fut bientôt en mesure de rassembler tous les éléments de l'histoire et de comprendre, ainsi qu'elle le désirait, comment les choses s'étaient déroulées.

Madame Rushworth était partie passer les vacances de Pâques à Twickenham, dans une famille qui faisait depuis peu partie de ses intimes, famille dont les manières étaient aimables et enjouées, et les mœurs et la sagesse à l'avenant, puisque monsieur Crawford avait sans cesse et à tout moment accès dans *leur* maison. Fanny savait déjà que ce dernier se trouvait dans le voisinage. Monsieur Rushworth était alors parti à Bath, pour passer quelques jours avec sa mère, et la ramener ensuite à Londres, et Maria se trouvait chez ces amis sans qu'aucune contrainte pesât sur elle, sans même la présence de sa sœur ; car Julia avait quitté Wimpole Street, deux ou trois semaines auparavant, pour rendre visite à des parents de Sir Thomas ; et maintenant, son père et sa mère étaient enclins à penser que ce départ avait été conçu dans le but de retrouver plus aisément monsieur Yates. Peu de temps après le retour des Rushworth à Wimpole Street, Sir Thomas avait reçu une lettre de l'un de ses plus proches et vieux amis, qui résidait à Londres, et qui, ayant appris un certain nombre de choses inquiétantes à leur sujet, écrivait à Sir Thomas pour lui recommander de se rendre à Londres et d'user de son autorité auprès de sa fille pour qu'elle mît un terme à une intimité qui l'exposait déjà à des remarques

déplaisantes et plongeait à l'évidence monsieur Rushworth
dans l'embarras.

Sir Thomas se préparait à se conformer à ces conseils, sans
avoir communiqué le contenu de la lettre à aucun des
habitants de Mansfield, lorsque celle-ci fut suivie par une
autre, envoyée en courrier exprès et émanant de ce même
ami, pour l'informer de la situation presque désespérée dans
laquelle se trouvaient les affaires des jeunes gens. Madame
Rushworth avait quitté le domicile conjugal ; monsieur
Rushworth était venu *le* voir (lui, monsieur Harding), empli
à la fois de colère et d'affliction, afin de lui demander
conseil ; monsieur Harding craignait qu'une imprudence
flagrante ait été, du moins, commise. La femme de chambre
de madame Rushworth, la douairière, était une menace
inquiétante. Il faisait tout son possible pour étouffer l'affaire,
espérait le retour de madame Rushworth, mais était contre-
carré dans ses efforts à Wimpole Street, par l'influence de la
mère de monsieur Rushworth, et craignait qu'on eût à
redouter les pires conséquences.

Sir Thomas ne put dissimuler cette effroyable nouvelle aux
autres membres de la famille. Il se mit en route ; Edmond
voulut à tout prix l'accompagner ; et les autres habitants de
Mansfield furent abandonnés à eux-mêmes, et leur désespoir
était tel qu'il fut à peine accru par les lettres qui leur
parvinrent ensuite de Londres. Tout fut alors étalé au grand
jour, irrémédiablement. La domestique de madame Rushworth, la douairière, tenait en son pouvoir un scandale
public, et, soutenue par sa maîtresse, ne put être réduite au
silence. Si peu de temps qu'elles eussent passé ensemble, les
deux ladies ne s'étaient point entendues ; et la rancune de la
plus âgée, à l'égard de sa belle-fille, naissait peut-être autant
du ressentiment éprouvé à avoir été traitée avec tant d'irres-
pect par cette dernière, que par amour et compassion pour
son fils.

Quelle que fût la raison, elle demeura intraitable. Mais
même si elle s'était montrée moins obstinée, ou avait eu
moins d'autorité sur son fils, qui se laissait toujours guider
par celui qui lui avait parlé en dernier et avait su le réduire au
silence après s'être saisi de lui, le cas eût été désespéré, car
madame Rushworth ne réapparut point, et il y avait toutes
raisons de croire qu'elle était cachée quelque part avec

monsieur Crawford, car il avait quitté la maison de son oncle, comme pour un voyage, le jour même où elle était elle-même partie.

Cependant Sir Thomas resta à Londres un peu plus longtemps, dans l'espoir de découvrir où elle se trouvait et de l'arracher ainsi au vice dans lequel elle risquait de tomber plus avant, bien qu'elle fût tout à fait perdue de réputation.

Penser à l'état d'esprit de Sir Thomas en de pareils moments était pour Fanny presque intolérable. Parmi ses enfants, il n'y en avait qu'un qui ne fût pas pour lui source d'affliction. Le mal dont souffrait Tom fut grandement accru par le saisissement d'apprendre quelle avait été la conduite de sa sœur, et sa guérison à ce point différée que Lady Bertram même fut frappée par l'altération de sa santé, et s'empressa de communiquer toutes ses inquiétudes à son mari ; et il devait aussi ressentir douloureusement la fuite de Julia, ce coup supplémentaire qui l'avait frappé à son arrivée à Londres, bien que sa violence en eût été amortie sur le moment. Elle savait qu'il ne pouvait en être autrement. Ses lettres révélaient à quel point il déplorait ce nouveau coup du sort. En toute autre circonstance, c'eût été une alliance regrettable, mais qu'elle dût s'accomplir en un pareil moment, faisait apparaître les sentiments de Julia sous un jour excessivement défavorable, et accroissait d'autant la folie de son choix. Il considérait cette alliance comme une chose funeste, accomplie de la pire des façons et au pire moment ; et bien que l'on pût mieux pardonner toutefois à Julia qu'à Maria, car elle avait agi par déraison plutôt que poussée par le vice, il ne pouvait s'empêcher de penser que la décision qu'elle avait prise promettait, comme pour sa sœur, de se terminer de la pire des façons. Et il avait piètre estime de la compagnie à laquelle elle s'était attachée.

Fanny éprouvait pour lui la plus vive des compassions. Son unique réconfort était Edmond. Chacun de ses autres enfants lui torturait le cœur à n'en pas douter. Elle espérait que le mécontentement qu'il avait éprouvé envers elle, et son raisonnement là-dessus différait de celui de madame Norris, se serait maintenant dissipé. *Elle* ne pouvait qu'être justifiée d'avoir agi ainsi qu'elle l'avait fait. Monsieur Crawford l'absolvait ainsi de ce qu'elle l'eût refusé, mais ce serait bien

piètre consolation pour Sir Thomas, bien que ce fût pour elle
d'une importance considérable. Le mécontentement de son
oncle était chose terrible pour elle ; mais son innocence, sa
gratitude ou son attachement pour lui, pouvaient-ils quoi
que ce soit pour lui ? Il ne pouvait trouver du réconfort
qu'auprès d'Edmond.

Elle se trompait, toutefois, en pensant qu'Edmond n'infli-
geait pour l'heure aucune peine à son père. Ces peines-là
étaient moins poignantes que celles que faisaient naître ses
autres enfants ; mais Sir Thomas jugeait que son bonheur
était profondément compromis par l'offense que lui avaient
infligé sa sœur et son ami, et qui devait couper tout lien avec
la femme qu'il avait recherchée et poursuivie de son amour,
de façon indéniable, et qu'il avait les plus grandes chances de
conquérir ; et qui eût été pour lui un parti si avantageux, s'il
n'y avait pas eu ce frère méprisable. Il avait conscience de
tout ce que devait souffrir Edmond de son côté, en plus de
toutes les autres raisons qu'il avait de souffrir, lorsqu'ils se
trouvaient à Londres ; il avait vu quels étaient ses sentiments
ou les avait imaginés, et croyant comme il le faisait qu'une
entrevue avait eu lieu entre mademoiselle Crawford et lui, de
laquelle Edmond n'avait retiré que des souffrances accrues,
avait été fort désireux de lui faire quitter Londres et l'avait
invité à ramener Fanny chez sa tante, afin de lui procurer
quelque soulagement bénéfique, et ce, plus encore que pour
leur réconfort à toutes deux. Fanny n'était pas dans le secret
des sentiments de son oncle, Sir Thomas n'était pas non plus
dans le secret du caractère de mademoiselle Crawford. S'il
avait été témoin de la conversation entre cette dernière et son
fils, il n'eût pas souhaité qu'elle lui appartînt, eût-elle même
été en possession de quarante au lieu de vingt mille livres de
rente.

Qu'Edmond dût être à jamais séparé de mademoiselle
Crawford, ne faisait aucun doute pour elle ; et pourtant, tant
qu'elle n'aurait pas la certitude qu'il considérait les choses
comme elle, sa propre conviction était insuffisante. Elle
pensait qu'il en était ainsi, mais désirait en recevoir l'assurance. Si seulement il pouvait lui parler maintenant avec
cette franchise qui avait été si pénible pour elle auparavant, ce serait pour elle une grande consolation ; mais,
cela ne se produisait pas. Elle le voyait rarement, jamais en

tête à tête, il évitait sans doute de se trouver seul avec elle. Que fallait-il en conclure ? Que son jugement se soumettait et acceptait sa part de l'affliction qui frappait sa famille, si particulière et amère fût-elle, mais que le sujet était à ce point douloureux pour lui qu'il lui était impossible de s'en ouvrir, même un peu, à qui que ce fût. Tel devait être l'état de son cœur. Il renonçait, mais était au supplice, et sa souffrance ne pouvait pas s'épancher en mots. Il faudrait très longtemps, bien longtemps avant que le nom de mademoiselle Crawford ne s'échappât à nouveau de ses lèvres, ou qu'elle pût espérer le voir reprendre avec elle les conversations intimes qui avaient lieu entre eux auparavant.

Ce *fut* long en effet. Ils étaient arrivés à Mansfield le mardi, et ce ne fut pas avant le dimanche soir qu'Edmond commença à se confier à elle. Assis à ses côtés, le dimanche soir, un dimanche soir pluvieux, moment propice entre tous aux effusions du cœur lorsqu'un ami se trouve auprès de vous, personne d'autre dans la pièce, excepté sa mère, qui, après avoir entendu un sermon émouvant s'était assoupie à force d'avoir pleuré, tout prédisposait aux confidences ; et ce fut donc ainsi, après le préambule habituel, qui ne permettait pas de distinguer clairement ce qui venait en premier, après la déclaration habituelle par laquelle il affirmait vouloir être très bref, quelques minutes seulement, si elle acceptait de l'écouter, il n'abuserait certainement plus jamais ainsi de sa bonté... Elle n'avait pas à craindre que pareille chose se renouvelât... le sujet serait dorénavant entièrement prohibé... ce fut donc ainsi qu'il entreprit de relater avec grande abondance de détails toutes les circonstances et les sensations qui avaient été si importantes pour lui, à celle qui éprouvait à son égard, il en était convaincu, une affectueuse compassion.

Il n'est pas difficile d'imaginer avec quelle curiosité, quelle sollicitude, quelle douleur et quel ravissement, Fanny l'écouta, combien elle observa le trouble qui faisait défaillir sa voix, et comme elle évita de poser son regard sur lui. Les premières de ses paroles furent fort inquiétantes. Il avait vu mademoiselle Crawford. Il avait été invité à aller la voir. Il avait reçu un billet de Lady Stornaway qui le priait de leur rendre visite ; et, considérant que ce devait être leur dernier entretien amical, et lui prêtant tous les senti-

ments de honte et de désarroi que ne pouvait manquer
d'éprouver la sœur de Crawford, il s'était rendu auprès d'elle
dans un état d'esprit si radouci, si fervent, que Fanny craignit
quelques instants de découvrir que cette conversation n'avait
pas été la dernière. Mais à mesure qu'il avançait dans son
récit, ses craintes se dissipèrent. Elle l'avait abordé, dit-il,
avec un air de gravité, oui de gravité, cela était indubitable,
voire de désarroi ; mais avant qu'il eût été en mesure de
prononcer une phrase intelligible, elle avait mis la question
sur le tapis d'une manière qui l'avait, il devait l'avouer,
scandalisé. « J'ai appris que vous étiez à Londres », dit-elle,
« je voulais vous voir. Parlons de cette déplorable affaire. Y
a-t-il quelque chose qui égale la sottise de ce frère et de cette
sœur ? » J'étais hors d'état de parler, mais je crois que l'air
que je pris dut parler pour moi. Elle sentit ma réprobation.
Comme elle est parfois prompte à saisir les choses ! Elle
ajouta alors d'une voix et d'un air plus sérieux : « Je n'ai pas
l'intention de défendre Henry aux dépens de votre sœur. »
Ainsi commença-t-elle, mais ce qu'elle dit ensuite, n'est pas
convenable, et il ne sied pas que je vous le répète. Je ne me
souviens pas de toutes ses paroles. Et même si je m'en
souvenais, je ne m'appesantirais pas sur elles. En substance,
il s'agissait d'une grande colère contre leur *sottise* à tous
deux. Elle réprouvait la folle sottise de son frère, qui se
laissait entraîner par une femme pour laquelle il n'avait
jamais eu le moindre attachement, à faire ce qui devait
l'amener à perdre la femme qu'il adorait ; mais plus grande
encore était la folie de la pauvre Maria, car elle sacrifiait sa
position dans le monde pour se précipiter dans les plus
funestes difficultés, en vertu de l'idée selon laquelle l'homme, qui avait depuis longtemps clairement témoigné de son
indifférence envers elle, l'aimait réellement. Devinez quels
ont pu être mes sentiments. Entendre la femme que... pas de
terme plus sévère que folie ! En débattre de son propre
mouvement, avec autant de liberté, de hardiesse et de
sang-froid ! Aucune répugnance, aucun sentiment d'horreur, aucune... comment dirai-je... aversion comme celle
qu'inspire la pudeur féminine ! Voilà l'œuvre du monde.
Car où trouver, Fanny, femme qui plus qu'elle ait été
plus richement douée par la nature ? Corrompue, corrompue ! »

Après un temps de réflexion, il poursuivit avec un calme qui avait un air de désespoir : « Je vous dirai tout et puis j'en aurai terminé pour toujours. Elle ne considérait tout cela que comme une folie, et ce, parce que le scandale public l'avait marquée du sceau de la folie. L'absence de discernement, de prudence, la présence de Crawford à Richmond tout le temps qu'elle se trouvait à Twickenham, qu'elle soit mise à la merci d'une domestique ; tout cela a été découvert, bref... Oh Fanny, c'était la découverte et non la faute qu'elle réprouvait. C'était l'imprudence commise qui avait amené les choses à cette extrémité, et contraint son frère à abandonner ses espoirs les plus chers, afin de s'enfuir avec elle. »

Il s'arrêta. « Et », dit Fanny, croyant qu'il attendait d'elle quelques paroles, « que pouviez-vous dire ? »

« Rien, rien qui eût été compris. J'étais comme un homme étourdi. Elle poursuivit, commença à parler de vous ; oui, alors elle commença à parler de vous, regrettant la perte d'une pareille... Là elle parla fort raisonnablement. Mais elle vous a toujours rendu justice. Il a sacrifié », dit-elle, « une femme comme il n'en retrouvera jamais. Elle aurait su le fixer, l'aurait rendu heureux pour toujours. Ma très chère Fanny, je vous donne, je l'espère, plus de plaisir que de peine, avec cet examen rétrospectif de ce qui aurait pu être. Vous ne désirez pas que je me taise, n'est-ce pas ? Sinon, il me suffira d'un signe, d'un seul mot, et j'en aurai terminé. »

Il n'y eut ni signe, ni mot.

« Dieu merci ! » s'écria-t-il. « Nous étions tous enclins à nous étonner, mais il semble que dans sa miséricorde la Providence n'ait pas voulu qu'un cœur innocent souffrît. Elle a fait de vous les plus nobles éloges, a parlé de vous avec la plus vive tendresse ; et pourtant, même alors, vint se mêler à ses paroles je ne sais quel alliage abominable, quel trait funeste, car elle s'est avérée capable, au beau milieu de son discours, de s'exclamer ainsi : « Pourquoi l'a-t-elle refusé ? Tout est de sa faute. Jeune fille crédule ! Jamais je ne lui pardonnerai. Si elle l'avait accepté, ainsi qu'elle le devait, ils auraient été maintenant sur le point de se marier, et Henry eût alors été trop heureux pour poursuivre un autre dessein. Il n'eût pas pris tant de peine pour se trouver au mieux avec madame Rushworth. Tout se serait terminé par quelques galanteries de bon ton, par des rencontres annuelles à Sotherton ou Everingham. » Auriez-vous cru cela possible ? Mais le charme est rompu. Mes yeux sont dessillés. »

« Cruel ! » dit Fanny, « cela a été vraiment cruel ! En un moment pareil, se laisser aller à la gaieté, à parler avec légèreté, et à vous, qui plus est. Cruauté absolue ! »

« Cruauté, l'appelez-vous ? Nous différons sur ce point. Non, sa nature n'est pas cruelle. Je ne pense pas qu'elle ait voulu me blesser dans mes sentiments. Le mal est plus profond encore ; dans son ignorance totale de l'existence d'autres sentiments, dans cette perversion de l'esprit qui lui permet de traiter pareillement pareil sujet. Elle ne faisait que répéter ce qu'elle a eu coutume d'entendre dans d'autres bouches, et s'imaginait que tout le monde parlait ainsi. Ses défauts ne sont pas des défauts de caractère. Elle ne saurait infliger volontairement de peine, et bien que je puisse me tromper, je ne peux m'empêcher de penser qu'elle eût par égard pour moi et mes sentiments... Ses défauts sont, Fanny, une absence de principes, une délicatesse de sentiments émoussée, ainsi qu'un esprit dénaturé et corrompu. Peut-être en est-il mieux ainsi pour moi, car il ne me reste que fort peu à regretter. Et pourtant, il n'en est rien. Il me serait aisé de supporter la souffrance de la perdre, si je portais sur elle un autre jugement. C'est ce que je lui ai dit. »

« Vraiment ? »

« Oui, c'est ce que je lui ai dit au moment de la quitter. »

« Combien de temps étiez-vous restés ensemble ? »

« Vingt-cinq minutes. Eh bien, elle continua en disant que ce qu'il restait à faire maintenant était d'arranger un mariage entre eux. Elle en parla, Fanny d'une voix plus assurée que ne l'est la mienne maintenant. » Il fut contraint de s'arrêter plus d'une fois avant de pouvoir reprendre. « Nous devons persuader Henry de l'épouser », dit-elle, « et tant à cause du sentiment de l'honneur que par la certitude d'avoir perdu Fanny à jamais, je ne désespère pas d'y arriver. Quant à Fanny, il doit y renoncer. Je ne crois pas que même *Henry* pourrait réussir avec quelqu'un de cette trempe, et par conséquent, j'espère que nous n'aurons pas de difficultés insurmontables. J'exercerai sur lui dans ce but mon autorité,

qui n'est pas des moindres ; et une fois mariés, et convenablement soutenue par sa propre famille, gens respectables
tant s'en faut, elle retrouvera peut-être jusqu'à un certain
point sa position dans le monde. Elle ne serait, nous le
savons, jamais reçue dans certains cercles de la société, mais
avec de bons dîners et de vastes réceptions, il y aura toujours
des gens qui seront heureux de faire sa connaissance ; et nul
doute qu'il n'y ait aujourd'hui plus de libéralité d'esprit et de
franchise sur ce chapitre qu'autrefois. La seule chose que je
recommande est que votre père ne bouge pas. Ne lui
permettez pas, par son ingérence, de gâter sa propre cause.
Persuadez-le de laisser les choses suivre leur cours. Si par ses
efforts officieux, il l'amène à quitter la protection d'Henry,
au lieu de rester avec lui, il y aura moins de chances qu'il
l'épouse. Que Sir Thomas fasse confiance à son sens de
l'honneur et à sa compassion pour elle, et tout peut bien se
terminer ; mais s'il la persuade de le quitter, elle détruira la
seule chose qui eût pu lui être de quelque secours. »

Après avoir répété tout cela, Edmond fut à ce point ému
que Fanny, qui l'observait en silence mais avec une tendre
sollicitude, regretta presque que le sujet eût été abordé.
Pendant un long moment, il fut hors d'état de prononcer un
mot. Enfin : « Allons, Fanny », dit-il, « j'en aurai bientôt
terminé . Je vous ai communiqué la substance de ce qu'elle
m'a dit. Dès que je fus en mesure de parler, je répondis que,
dans l'état dans lequel je me trouvais en arrivant dans cette
maison, il m'avait paru impossible que quelque chose pût se
produire pour accroître ma douleur, mais que chacune de ses
phrases n'avait cessé de m'infliger blessure sur blessure.
Que, bien que j'eusse été, tout au long de notre intimité,
sensible aux désaccords d'opinion qui existaient entre eux, et
ce sur des points d'importance, il ne m'était pas venu à l'idée
d'imaginer que ce désaccord pût être profond à ce point. Que
la façon dont elle jugeait le crime effroyable commis par son
frère et par ma sœur (je n'ai pas prétendu affirmer de quel
côté il y avait eu le plus grand désir de séduire), que la
manière donc dont elle parlait de la faute elle-même, blâmant
tout sauf ce qui devait être critiqué, ne considérant ses
funestes conséquences que dans la mesure où il fallait les
affronter, ou passer outre, en faisant fi des convenances, et
en se conduisant avec une extrême impudence ; et par-dessus

le marché, pour couronner le tout, nous conseillant de nous
montrer accommodants, conciliants et soumis, de persister
dans la voie du péché, sur la foi d'un mariage que l'on
devrait, à en juger par ce qu'est maintenant son frère,
s'efforcer d'interdire plutôt que de le rechercher, toute cette
argumentation, mise bout à bout, me convainquit fort
douloureusement que je ne l'avais jamais comprise auparavant, et que pour tout ce qui appartenait au domaine de
l'esprit, j'avais créé de toute pièce, grâce à mon imagination,
un être qui n'avait rien de commun avec mademoiselle
Crawford, et que je n'avais été que trop enclin à rêver à cette
créature imaginaire pendant les nombreux mois passés. Que
cela valait peut-être mieux pour moi ; mes regrets étaient
moins grands de sacrifier une amitié, des sentiments, des
espérances qui m'auraient été maintenant ôtés nécessairement de l'esprit. Et qu'il me fallait pourtant avouer que s'il
m'avait été possible de faire revivre celle qui m'était apparue
auparavant, j'aurais infiniment préféré voir la douleur de la
séparation s'accroître, car alors j'aurais emporté avec moi le
droit de lui réserver ma tendresse et mon estime. Telles furent
mes paroles, voilà ce qu'elles contenaient, mais ainsi que
vous pouvez l'imaginer, je ne les ai pas prononcées avec
autant de sang-froid et de méthode que lorsque je les répète
devant vous. Elle fut surprise, extrêmement surprise, plus
que surprise. Je vis son visage s'altérer. Elle devint excessivement rouge. J'ai cru voir se mêler sur son visage de
nombreux sentiments, il y eut en elle une lutte violente
quoique brève, partagée qu'elle était entre le désir de céder
devant la force de ces vérités et un sentiment de honte, mais
l'habitude, oui, l'habitude l'emporta. Elle se fût moquée, si
elle avait été en état de le faire. Elle répondit, avec quelque
chose qui ressemblait à un rire : « Ma foi, vous savez bien
chapitrer les gens. Cela faisait-il partie de votre dernier
sermon ? A cette allure, vous aurez bientôt réformé tout le
monde à Mansfield et à Thornton Lacey ; et la prochaine fois
que j'entendrai parler de vous, ce sera peut-être comme
prédicateur renommé de quelque célèbre société méthodiste,
ou comme missionnaire dans de lointains pays. » Elle essaya
de parler avec insouciance, mais elle n'était pas aussi insouciante qu'elle l'eût souhaité. Je me bornais à répondre que je
souhaitais du fond du cœur qu'elle trouvât le bonheur, et

espérais ardemment qu'elle apprendrait bientôt à juger les choses plus équitablement, sans devoir pour autant aux leçons du malheur la connaissance la plus précieuse que nous puissions acquérir, la connaissance de nous-mêmes et de nos devoirs, et quittai immédiatement la pièce. J'avais fait quelques pas, Fanny, quand j'entendis la porte s'ouvrir derrière moi. « Monsieur Bertram », dit-elle. Je me retournai pour regarder derrière moi. « Monsieur Bertram », dit-elle avec un sourire, mais c'était un sourire mal assorti à la conversation qui venait de se dérouler, un sourire impertinent et badin, comme pour me tenter afin de mieux me soumettre ; du moins c'est ainsi qu'il m'est apparu. Je résistai ; j'obéis à l'impulsion du moment, et continuai à avancer. J'ai depuis, l'espace d'un instant, regretté de ne pas être retourné sur mes pas ; mais je sais que j'ai eu raison ; et voilà comment a pris fin notre amitié ! Et quelle amitié ! Comme j'ai été également abusé et par le frère et par la sœur ! Je vous sais gré, Fanny, de votre patience. Cela a été pour moi un extrême réconfort, et maintenant, nous en avons terminé. »

Et Fanny avait une si grande confiance en ses paroles, que pendant cinq minutes, elle crut qu'ils *en avaient vraiment* terminé. Mais alors il lui tint à nouveau le même langage, ou à peu près, et sur le même sujet, il fallut pour mettre un terme à cette conversation que Lady Bertram sortît du sommeil dans lequel elle avait été plongée. Et jusqu'à ce moment, ils continuèrent à parler uniquement de mademoiselle Crawford, de la façon dont elle avait su conquérir son cœur, combien la nature avait fait d'elle une délicieuse créature, combien incomparable elle eût pu devenir, si elle avait été plus tôt en de meilleures mains. Libre qu'elle était désormais de parler franchement, Fanny se sentit en droit d'enrichir la connaissance qu'il avait d'elle, en rapportant la part qu'avait sans doute pris l'état de santé de son frère dans son désir d'une réconciliation totale. Ce ne fut pas pour lui une agréable suggestion. La nature repoussa pareille idée quelque temps. Il eût été bien plus agréable pour lui d'apprendre que ses sentiments avaient été plus désintéressés ; mais sa vanité n'était pas de force à combattre longtemps contre la raison. Il se résigna à croire que la maladie de Tom l'avait influencée ; se réservant le droit de garder par-devers lui cette pensée consolante que, somme toute, étant donné les actions contraires qu'avaient exercé sur elle des habitudes adverses, elle lui avait été attachée certainement *plus* qu'on eût pu s'y attendre, et par amour de lui plus près d'agir comme il se devait. Fanny pensait de même ; ils étaient également tout à fait d'accord pour penser qu'une telle déception produirait sur elle un effet durable, une impression indélébile. Quant à Edmond, nul doute que sa douleur s'apaiserait quelque peu avec le temps, mais c'était toutefois une sorte de chose qu'il ne surmonterait jamais tout à fait ; et quant à la possibilité qu'il rencontrât une autre femme qui pourrait... c'était trop improbable pour que l'on pût en parler avec autre chose que de l'indignation. L'amitié de Fanny était la seule chose à laquelle il pouvait se raccrocher.

CHAPITRE XLVIII

Laissons à d'autres plumes que la mienne le soin de s'attarder sur la culpabilité et le malheur. J'abandonne promptement des sujets aussi détestables, car je suis impatiente de faire retrouver à ceux qui n'ont pas grand-chose à se reprocher une certaine tranquillité, et d'en avoir terminé avec les autres.

En vérité, je sais, à ma grande satisfaction, que ma Fanny a été fort heureuse en dépit de tout. Elle a certainement été heureuse, et ce malgré tout ce qu'elle a éprouvé ou cru éprouver, en partageant ainsi qu'elle l'a fait l'affliction de ceux qui l'entouraient. Il était impossible que les raisons qu'elle avait de se réjouir ne se fassent pas jour. Elle était de retour à Mansfield, était utile, et aimée de tous ; elle n'avait plus rien à redouter de monsieur Crawford, et lorsque Sir Thomas revint, elle reçut de lui, autant que le lui permettaient son abattement et sa mélancolie, le témoignage manifeste de son entière approbation et de son estime accrue ; et si heureuse qu'elle fût, elle l'eût été tout autant si même elle n'avait reçu toutes ces assurances, car Edmond n'était plus la dupe de mademoiselle Crawford.

Edmond, à vrai dire, était lui-même loin d'être heureux. Ses souffrances étaient celles qu'infligent la désillusion et les regrets, il était malheureux de ce qui était, et désirait ce qui ne pouvait être. Elle s'en rendait compte et en était navrée ; mais sa peine était si intimement mêlée à sa satisfaction, était si proche de la tranquillité d'esprit et tellement en harmonie avec toutes les sensations les plus agréables, que bien des gens eussent été heureux d'échanger leur bonheur contre sa peine.

Sir Thomas, le pauvre Sir Thomas, conscient des erreurs commises en tant que père et chef de famille, fut celui qui souffrit le plus longtemps. Il sentait bien qu'il n'eût pas dû donner son consentement à ce mariage, que les sentiments de sa fille lui avaient été suffisamment connus, qu'il était donc coupable de l'avoir autorisé, avait, en agissant ainsi, sacrifié ce qui était juste à ce qui était flatteur, et qu'il avait été gouverné par l'égoïsme et la sagesse mondaine. De pareilles réflexions ne pouvaient être tempérées que par le temps ; mais le temps peut presque tout, et bien qu'il n'y eût guère de réconfort à attendre de madame Rushworth, à l'origine de toute cette affliction, il trouva dans ses autres enfants plus de réconfort qu'il ne l'eût supposé. Le mariage de Julia se révéla moins désespérément néfaste qu'on ne l'avait considéré tout d'abord. Elle montrait de l'humilité, souhaitait qu'on lui pardonnât, et monsieur Yates qui désirait être réellement accepté par la famille, était disposé à s'en remettre à lui et se laisser guider. Il était plutôt inconsistant ; mais il y avait quelque espoir qu'il devînt moins futile, que du moins il s'attachât à une tranquille vie de famille ; et, en tout cas, il y avait un certain réconfort à découvrir que ses biens étaient plus vastes et ses dettes moindres qu'il ne l'avait redouté, et à se voir consulté et traité comme l'ami dont les paroles méritaient le plus qu'on les écoutât. Il trouvait du réconfort chez Tom, qui recouvrait progressivement la santé, sans retrouver l'insouciance et l'égoïsme de ses habitudes d'autrefois. Sa maladie avait été bénéfique. Il avait souffert, avait appris à réfléchir, deux bienfaits qu'il ne connaissait pas auparavant ; et les reproches qu'il s'adressait lorsqu'il considérait le déplorable événement de Wimpole Street, événement qu'il avait contribué à provoquer par la dangereuse intimité qu'avait créée son impardonnable théâtre, produisirent de durables et d'heureux effets sur son esprit, lui, qui, à vingt-six ans, ne manquait ni de bon sens ni de véritables amis. Il devint ce qu'il devait être, se rendant utile à son père, menant une vie bien réglée et tranquille, et ne vivant pas seulement pour lui-même.

C'était là un bien grand réconfort pour Sir Thomas ! Et à peine Sir Thomas avait-il acquis la certitude que de ce

côté-là les choses n'allaient point trop mal, qu'Edmond
contribua aussi à rassurer son père sur le seul point pour
lequel *il* lui avait infligé de la peine auparavant, car il reprit
courage et retrouva quelque entrain. À force de se promener
avec Fanny et de s'asseoir sous les arbres à ses côtés tous les
soirs d'été, à force aussi de lui ouvrir son cœur, il avait si bien
amené son esprit à se résigner qu'il était à nouveau d'assez
belle humeur.

Telles furent les circonstances et espérances qui apportèrent à Sir Thomas quelque apaisement par degrés, en
émoussant le sentiment de ce qui était perdu, et le réconci-
liant en partie avec lui-même ; sans toutefois que la vive
douleur qui naissait de la certitude de ses propres erreurs
dans l'éducation de ses filles fût jamais entièrement dissipée.

Il s'aperçut trop tard combien néfaste pouvait être pour
jeunes gens et jeunes filles, l'attitude si contraire que madame
Norris et lui avaient eue envers Julia et Maria : sa propre
sévérité contrastant perpétuellement avec l'indulgence et les
flatteries excessives de leur tante. Il comprit à quel point il
s'était trompé, quand il s'était attendu à contrebalancer tout
ce qui était pernicieux chez madame Norris, quand il leur
avait appris à contenir leur ardeur en sa présence, si bien qu'il
lui avait été impossible de connaître leur vraie nature, quand
il les avait envoyées satisfaire leurs désirs auprès de celle qui
avait su se les attacher uniquement par une affection aveugle
et des compliments outrés.

Il avait dans ce cas fort mal mené les choses ; mais si
déplorables qu'eussent été les choses, il se prenait à penser
que là n'avait pas été l'erreur la plus funeste de son
éducation. Quelque chose faisait *foncièrement* défaut, ou
alors le temps eût dû faire disparaître la plupart de ses
néfastes effets. C'étaient, il le craignait, les principes qui
avaient fait défaut, des principes actifs, et on ne leur avait
sans doute jamais appris à gouverner leurs penchants et leurs
humeurs, en leur communiquant ce sens du devoir qui se
suffit à lui-même. On les avait instruites dans la religion, leur
avait appris la théorie, mais on n'avait jamais exigé d'elles que
ces principes religieux fussent mis en pratique. Le but
autorisé de leur jeunesse, se voir distinguées par leur élégance
et leurs talents d'agrément, ne pouvait avoir exercé sur leur

esprit d'influence bénéfique ou morale. Il eût voulu les voir croître en sagesse, mais avait appliqué tous ses soins à leur intelligence et leurs manières, et non à leur caractère ; et il craignait bien que nulle bouche ne leur ait jamais conseillé l'abnégation et l'humilité.

Il déplorait amèrement cette carence et parvenait à peine à comprendre maintenant comment les choses en étaient venues là. Et il était malheureux à l'extrême d'avoir élevé ses filles, malgré la dépense et le soin d'une éducation coûteuse et empressée, sans qu'elles eussent compris où étaient leurs premiers devoirs, ou qu'il eût appris à connaître et leur caractère et leur tempérament.

La fougue et les vigoureuses passions de madame Rush-worth tout particulièrement ne lui furent connues que par leurs funestes conséquences. On ne parvint pas à obtenir d'elle qu'elle quittât monsieur Crawford. Elle espérait l'épouser, et s'obstina jusqu'à ce qu'elle fût obligée de reconnaître que ses espérances étaient vaines, jusqu'à ce que le dépit et la douleur qui naquirent de cette certitude eussent gâté son humeur et changé en haine les sentiments de monsieur Crawford envers elle, à tel point qu'ils furent l'un pour l'autre leur propre châtiment, et finirent par se séparer de leur plein gré.

Elle avait vécu avec lui pour s'entendre reprocher d'être la cause de l'anéantissement du bonheur qu'il aurait su trouver auprès de Fanny, et sa seule consolation lorsqu'ils se furent quittés fut qu'*elle* les avait séparés. Existe-t-il des souffrances pareilles à celle qu'elle endura en la circonstance ?

Monsieur Rushworth n'eut aucune difficulté à obtenir le divorce ; et c'est ainsi que prit fin un mariage contracté dans des circonstances telles que toute conclusion heureuse eût été un effet de la chance. Elle avait éprouvé du mépris pour lui et de l'amour pour quelqu'un d'autre... et il avait toujours su qu'il en était ainsi. Les affronts qu'engendre la bêtise et les déconvenues d'une âme égoïste ne sauraient exciter qu'une maigre pitié. Son châtiment ne fut que la conséquence de sa conduite, et un châtiment plus sévère encore fut la consé-quence de la faute plus grave que sa femme avait commise. *Il* ne fut libéré de ces liens que pour être plongé dans une douloureuse humiliation, jusqu'à ce que quelque autre jolie jeune fille l'eût attiré à nouveau dans le mariage, et qu'il se fût essayé, espérons-le avec plus de succès, une seconde fois à la vie conjugale ; et s'il fut dupé, souhaitons du moins que ce fut de meilleure grâce ; quant à *elle,* elle dut trouver à l'écart du monde une retraite ignominieuse, ce qu'elle fit la rancune au cœur, sans qu'il y eût pour elle le moindre espoir de ressusciter sa réputation.

On débattit pour savoir en quel lieu l'établir, sujet de la plus haute importance mais fort mélancolique. Madame Norris, dont l'attachement semblait croître à mesure qu'augmentaient les démérites de sa nièce, aurait voulu qu'on l'accueillît à la maison et qu'elle pût recevoir le soutien de tous les membres de la famille. Sir Thomas ne voulut pas en entendre parler et la colère de madame Norris envers Fanny s'accrut, car elle considérait que *sa* présence à Mansfield était à l'origine de tout ce qui s'était passé. Elle s'entêta, soutenant que s'il avait des scrupules, c'était à cause de Fanny, bien que Sir Thomas l'eût assurée fort solennellement que même s'il n'y avait pas eu de jeune fille en question, ou de jeunes gens de l'un ou de l'autre sexe dans la famille qui pût être mis en danger par la compagnie de madame Rushworth, ou atteint par sa réputation, il n'aurait pas fait l'affront aux gens de son voisinage de croire qu'ils pourraient faire quelque attention à elle. Elle était sa fille, et comme telle, si elle se montrait, ainsi qu'il l'espérait, repentante, il la protégerait et lui procurerait tous les réconforts possibles, la soutiendrait en l'encourageant à agir comme elle le devait, dans la mesure où leurs situations respectives le permettaient ; mais il refusait d'aller *plus loin.* Maria avait détruit sa réputation, et il n'essaierait pas vainement de rétablir ce qui ne pouvait aucunement être rétabli, en sanctionnant le vice ou s'efforçant de diminuer le déshonneur que celui-ci avait entraîné ; il refusait de devenir complice et de faire connaître à la famille d'un autre homme cette affliction qui était la sienne.

Il s'ensuivit que madame Norris résolut de quitter Mansfield afin de se consacrer à la malheureuse Maria, et une fois établies à l'étranger, dans une retraite éloignée, enfermées l'une avec l'autre sans guère de compagnie, l'une dépourvue de tendresse et l'autre de jugement, on peut raisonnablement supposer que leur caractère à toutes deux fut leur propre châtiment.

Le départ de madame Norris fut une source supplémen-

taire de bien-être pour Sir Thomas. Depuis son retour
d'Antigua, elle n'avait cessé de baisser dans son estime ;
depuis cette période, dans chaque transaction qu'ils avaient
effectuée ensemble, dans les conversations de tous les jours,
que ce fût pour affaire ou en devisant de choses et d'autres,
elle avait régulièrement perdu du terrain dans son estime, et
l'avait convaincu soit que le temps qui passait ne l'améliorait
point, soit qu'il avait auparavant considérablement surestimé
sa perspicacité, et s'étonna d'avoir pu supporter autrefois ses
façons. Il l'avait considérée comme un mal quotidien, et
d'autant plus pénible à supporter qu'il était peu probable,
semblait-il, qu'il cessât avant sa mort ; elle lui paraissait faire
partie intégrante de lui-même, et il lui faudrait donc toujours
la supporter. Être délivré de sa présence, par conséquent, fut
pour lui une félicité si grande que si elle n'avait pas laissé
derrière elle d'amers souvenirs, il eût été en danger d'apprendre presque à approuver un mal qui avait entraîné une si
heureuse conséquence.

Personne ne la regretta à Mansfield. Jamais elle n'avait su
s'attacher ceux qu'elle aimait le plus, et depuis la fuite de
madame Rushworth, son humeur avait été si exécrable
qu'elle ne cessait de s'en prendre à tout le monde. Et Fanny
même ne versa pas de larmes sur sa tante Norris, même
lorsqu'elle fut partie pour toujours.

Si, à la différence de Maria, le sort de Julia avait été moins
funeste, c'était d'une part grâce à des différences bénéfiques
dans leur caractère et dans les circonstances, mais c'était
surtout parce qu'elle avait moins été choyée par sa tante,
moins flattée, moins gâtée. Sa beauté et ses talents n'occu-
paient que le second rang. Elle avait toujours eu coutume de
se considérer comme légèrement inférieure à Maria. Elle était
d'un naturel plus accommodant que sa sœur, ses sentiments,
quoique vifs, étaient plus faciles à gouverner ; et l'éducation
ne lui avait pas donné le sentiment de sa propre importance
au point que cela en devînt nuisible.

Elle s'était plus aisément résignée à sa déconvenue amoureuse avec Henry Crawford. Une fois que s'était dissipée la
première amertume infligée par la certitude qu'il faisait peu
de cas d'elle, elle n'avait point tardé à ne plus songer à lui ; et
quand elle eut renoué connaissance avec lui à Londres, et que
monsieur Crawford s'en vint rendre de fréquentes visites

dans la maison de monsieur Rushworth, elle avait eu le
mérite de savoir ne point se laisser à nouveau séduire, en
décidant de se tenir éloignée de cette maison, et en choisissant ce moment pour rendre visite à d'autres amis. Telle avait
été la raison pour laquelle elle s'était rendue chez ses cousins.
Le bon plaisir de monsieur Yates n'avait rien à voir là-
dedans. Elle l'avait, depuis un certain temps, autorisé à lui
faire la cour, mais n'avait jamais pensé qu'elle pût l'accepter ;
et si sa sœur n'avait pas été à l'origine de ce scandale public,
événement qui avait accru sa crainte de son père et de sa
famille (car elle s'imaginait qu'il en résulterait pour elle-
même une sévérité et une contrainte plus grandes), elle ne se
fût jamais aussi précipitamment résolue à éviter des choses
aussi effroyables au mépris d'autres dangers, et monsieur
Yates n'eût sans doute jamais réussi. Les sentiments qui
l'avaient incitée à s'enfuir n'étaient autres qu'une inquiétude
égoïste. Il lui avait paru que c'était la seule chose à faire. La
faute commise par Maria avait entraîné ce geste stupide de la
part de Julia.

Henry Crawford, que sa fortune personnelle et le mauvais
exemple familial avaient amené à sa perte, s'abandonna un
peu trop longtemps aux caprices d'une froide et impitoyable
vanité. Cette vanité lui avait offert jadis une occasion
involontaire et imméritée de trouver le bonheur. S'il avait pu
se contenter de conquérir le cœur d'une femme aimable, si
surmonter la répugnance de celle-ci lui avait paru entreprise
suffisamment exaltante, s'il s'était employé à gagner et
l'estime et le cœur de Fanny Price, il eût sans doute réussi et
eût trouvé le bonheur. La force de son attachement avait déjà
accompli quelque chose. Le pouvoir qu'elle exerçait sur lui,
lui avait permis en retour d'avoir sur elle quelque emprise.
S'il avait été plus digne d'elle, il aurait incontestablement su
obtenir plus encore ; et surtout, une fois qu'aurait eu lieu ce
mariage, qui lui apporterait le secours de sa conscience, car
elle aurait su maîtriser ses premières inclinations, mariage qui
les aurait souvent réunis. S'il avait seulement honnêtement
persévéré, Fanny eût été sa récompense, récompense accordée de son plein gré, dans un délai raisonnable après le
mariage d'Edmond et de Mary.

S'il avait agi selon ses intentions et selon le devoir qu'il
s'était fixé, c'est-à-dire, s'il s'était rendu à Everingham après

son retour de Portsmouth, il eût peut-être été l'artisan de son propre bonheur. Mais on le pressa de rester pour la réception de madame Fraser ; on fit de sa présence un élément indispensable, ce dont il fut flatté, et il devait y rencontrer madame Rushworth. Sa curiosité et sa vanité furent éveillées, et la tentation d'un plaisir immédiat fut trop forte pour un esprit aussi peu accoutumé que le sien à sacrifier à ce qui était juste ; il résolut de différer son voyage dans le Norfolk, résolut d'arranger son affaire en écrivant, ou alors décida que le but de ce voyage était sans importance, et resta. Il vit madame Rushworth, fut reçu par elle avec une froideur qui aurait dû le repousser, et établir entre eux une apparente indifférence ; mais il fut humilié, et ne put supporter d'être rejeté par la femme dont les sourires avaient été entièrement à ses ordres ; il lui fallut s'employer à réduire ce ressentiment dont elle faisait si fièrement étalage ; c'était Fanny qui était la cause de cette colère ; il fallait qu'il en eût raison, et que madame Rushworth redevint Maria Bertram dans sa façon de se comporter avec lui.

Ce fut dans cet esprit qu'il passa à l'attaque ; et grâce à son ardente obstination, il eût bientôt rétabli cette sorte de commerce intime et galant, mêlé de badinage amoureux auquel il avait bien l'intention de se borner, mais en triomphant de cette réserve qui, bien qu'ayant commencé dans la colère, les eût sans doute sauvés, il se mit à la merci de sentiments qui étaient de son côté plus vifs qu'il ne l'eût supposé. Elle l'aimait ; il ne fut pas en mesure de cesser d'être attentif auprès d'elle, alors qu'elle chérissait si ouvertement ses hommages. Il fut entraîné de façon inextricable par sa propre vanité, sans avoir comme excuse l'amour ou l'inconstance de la cousine de Maria. Son but essentiel fut alors d'empêcher Fanny et les Bertram d'apprendre ce qui s'était passé. Pour madame Rushworth comme pour lui, le secret eût été souhaitable. Quand il revint de Richmond, il eût été heureux de ne plus revoir madame Rushworth. Tout ce qui arriva ensuite fut la conséquence de l'imprudence de cette dernière ; et il finit par s'enfuir avec elle parce qu'il ne pouvait faire autrement, regrettant Fanny, même en cet instant, et la regrettant infiniment plus lorsque fut terminé tout le remue-ménage de l'intrigue, et qu'un très petit nombre de mois lui eussent suffi, par la vertu du contraste, à faire encore plus de cas de la douceur de son caractère, de la pureté de son âme, et de l'excellence de ses principes.

Qu'un châtiment, le châtiment public qu'est le déshonneur, fût la juste conséquence de la part qu'*il* avait prise dans ce scandale, n'est pas, nous le savons, l'une des barrières que la société propose à la vertu. En ce monde, la sanction est moins également distribuée qu'on pourrait le souhaiter ; mais sans avoir la présomption d'attendre une rétribution plus équitable dans l'autre monde, nous sommes en droit de considérer qu'un homme de bon sens comme l'était Henry Crawford s'infligea à lui-même une grande part de ses souffrances et regrets, souffrances et regrets qui ne pouvaient parfois manquer de croître jusqu'à devenir des remords, ou une profonde tristesse ; remords et tristesse d'avoir ainsi payé de retour l'hospitalité d'une famille, d'en avoir pareillement troublé la tranquillité, d'avoir pareillement démérité et d'être déchu dans l'estime de la meilleure, la plus estimable, la plus chère à son cœur de ses connaissances, et perdu ainsi la femme qu'il avait aimée avec autant de raison que de passion.

Après ce qui s'était passé et qui avait blessé les deux familles et contribué à les éloigner l'une de l'autre, c'eût été fort éprouvant si les Bertram et les Grant avaient continué à séjourner dans le proche voisinage les uns des autres ; mais l'absence de ces derniers, prolongée à dessein quelques mois, s'acheva fort heureusement par la nécessité, ou du moins l'avantage d'un éloignement permanent. Grâce à des protections sur lesquelles il avait cessé de compter, le docteur Grant prit la succession d'une stalle à Westminster, ce qui lui offrit une occasion de quitter Mansfield et une excuse pour s'établir à Londres, ainsi qu'un accroissement de revenu pour répondre aux frais encourus par pareil changement ; et cette nouvelle fut la bienvenue, autant pour ceux qui partaient que pour ceux qui restaient.

Madame Grant, dont le naturel était d'aimer et d'être aimée, quitta certainement avec regret les lieux et les gens auxquels elle était accoutumée ; mais ce même heureux naturel ne pouvait que lui faire découvrir dans tous les rangs de la société beaucoup de choses à aimer, et elle eut de nouveau un foyer à offrir à Mary ; quant à Mary, elle avait vu à satiété ses propres amis, avait eu assez de vanité, d'ambi-

tion, d'amour et de désillusions au cours de ces six mois,
pour lui faire éprouver le besoin d'avoir recours à la sincère
bonté de sa sœur, et à la sage tranquillité de ses manières.
Tous les trois habitèrent ensemble ; et lorsque le docteur
Grant finit par provoquer sa propre mort par apoplexie, en
instituant trois grands dîners par semaine, elles continuèrent
à habiter ensemble ; car Mary, bien que parfaitement décidée
à ne jamais s'attacher à nouveau à un frère cadet, mit
longtemps à trouver parmi les oisifs et fringants rejetons ou
héritiers présomptifs qui étaient à la merci de sa beauté et de
ses vingt mille livres de rente, quelqu'un qui pût satisfaire le
goût difficile qu'elle avait acquis à Mansfield, quelqu'un dont
le caractère et les manières fussent en mesure d'autoriser
l'espoir de trouver ce bonheur domestique qu'elle avait
appris à apprécier, et lui permettre de chasser suffisamment
Edmond Bertram de son esprit.

Edmond avait à cet égard de grands avantages sur elle. Il ne
lui fallut point attendre et espérer, le cœur vide, qu'un objet
digne de son amour lui succédât dans son cœur. À peine les
regrets qu'il éprouvait au sujet de mademoiselle Crawford
s'étaient-ils évanouis, à peine faisait-il remarquer à Fanny
combien il était impossible qu'il rencontrât jamais une autre
femme semblable à elle, que l'idée lui vint que peut-être une
femme tout à fait différente lui conviendrait tout autant,
sinon bien mieux ; et il se demanda si Fanny n'était pas en
train de devenir pour lui toute aussi chère, aussi importante,
avec tous ses sourires et ses manières que ne l'avait jamais été
Mary Crawford ; ne serait-il pas possible d'entreprendre,
avec l'espoir de réussir, de la persuader que sa vive et
fraternelle tendresse pour lui pourrait être un fondement
suffisant pour l'amour conjugal.

Je m'abstiens à dessein en la circonstance de donner des
dates, afin que chacun puisse choisir la sienne en toute
liberté, car je sais que la guérison de passions ingouvernables
et le transfert d'attachements inaltérables doit beaucoup
varier quant à sa durée selon les gens. Je supplie seulement
tout le monde de croire qu'au moment où il était naturel que
cela se produisît, et pas une semaine plus tôt, Edmond cessa
bel et bien d'aimer mademoiselle Crawford, et devint tout
aussi désireux d'épouser Fanny que Fanny elle-même pouvait le souhaiter.

Éprouvant pour elle comme il le faisait autant de sollicitude, et ce, depuis longtemps, sollicitude qui se fondait sur les droits qu'ont l'innocence et la faiblesse, et qui était accrue par les mérites grandissants de Fanny, n'était-il pas naturel qu'il eût ainsi changé de sentiments ? Il avait aimé, guidé et protégé Fanny depuis l'âge de dix ans, s'était appliqué à former son esprit, avait fait dépendre le bonheur de celle-ci de sa propre bienveillance, elle avait été pour lui l'objet d'un intérêt constant et particulier, était plus chère à son cœur que tous les autres habitants de Mansfield parce qu'il était presque tout pour elle, aussi, qu'ajouter d'autre maintenant, sinon qu'il lui faudrait apprendre à préférer aux yeux noirs étincelants, des yeux lumineux et tendres. Et comme il se trouvait toujours en sa compagnie, que ses sentiments étaient dans ces dispositions propices qui naissent d'un chagrin d'amour, ces yeux lumineux et tendres ne mettraient sans doute pas longtemps à obtenir la prééminence.

Il avait désormais le sentiment de s'être engagé sur la voie qui conduit au bonheur, et nulle prudence ne le retiendrait ou ne ralentirait le cours des événements ; aucun doute sur ses mérites, aucune crainte qu'il y eût quelque désaccord entre leurs goûts réciproques, aucune nécessité de réfléchir sur la dissemblance des caractères pour y puiser quelque espoir. Son esprit, son caractère, ses opinions et habitudes n'avaient nul besoin de se dissimuler, et il n'avait quant à lui nul besoin de s'abuser sur ce qui était, ni de compter sur l'avenir pour apporter quelque amélioration. Alors même qu'il était bel et bien entiché de mademoiselle Crawford, il avait reconnu la supériorité morale de Fanny. Se pouvait-il que ses sentiments à ce sujet ne fussent pas maintenant encore plus vifs ? A l'évidence, elle était trop bien pour lui ; mais comme nul ne regrette d'obtenir ce qui est trop bien pour lui, il s'attacha avec beaucoup de constance et d'ardeur à la conquérir, et bientôt reçut d'elle, ce dont nul ne saurait douter, des encouragements. Si timide, inquiète et mal assurée qu'elle fût, il était impossible que la tendre sensibilité qui était la sienne ne lui laissât parfois entrevoir qu'il avait les plus grandes chances de réussir, bien qu'elle attendît en fait une période bien plus tardive pour lui apprendre dans son entier la délicieuse et surprenante vérité. Le bonheur qu'il éprouva à apprendre qu'il avait été depuis si longtemps celui qu'elle aimait de tout son cœur, dut suffire pour justifier la vigueur du langage dont il usa en la circonstance ; son bonheur dut être ô combien délicieux ! Mais une autre personne était dans un état de parfaite félicité qui ne saurait se décrire. Nul ne saurait prétendre être en mesure de décrire les sentiments d'une jeune femme qui reçoit l'assurance d'un amour qu'elle avait toujours cru hors de portée.

Une fois qu'ils se furent avoué leur amour, il n'y eut pour les retenir ni fâcheux contretemps, ni l'obstacle de la pauvreté ou de la parenté. Cette alliance avait été pressentie et souhaitée même par Sir Thomas. Dégoûté par les mariages ambitieux et mercenaires, prisant par-dessus tout l'excellence des principes et du caractère, et surtout désireux d'unir dans le même goût pour le bonheur domestique tous ceux qui lui restaient, ses pensées s'étaient tournées avec un plaisir sincère sur cette probabilité selon laquelle les deux jeunes gens trouveraient l'un par l'autre une consolation mutuelle à tous les déboires amoureux qui avaient été les leurs ; et le consentement joyeux qui accueillit la demande en mariage d'Edmond, le noble sentiment qu'il avait su trouver en la personne de Fanny une excellente nouvelle fille, forma avec l'opinion qu'il avait tout d'abord eue sur le sujet lorsqu'on avait débattu de la venue à Mansfield de la petite fille pauvre, un de ces contrastes comme le temps a toujours coutume de produire entre les projets et les décisions des mortels, pour leur édification et pour l'amusement du voisinage.

En vérité, Fanny était la fille qu'il eût pu souhaiter. Il avait, dans sa charitable bonté, su élever en la personne de Fanny celle qui allait être pour lui la meilleure des consolations. Sa libéralité trouva une riche récompense, et la bonté qu'il avait montrée envers elle en général méritait qu'il en fût ainsi. Il eût pu rendre son enfance plus heureuse ; mais l'air de sévérité qu'il s'était donné, se privant ainsi de son amour, n'avait pas été suscité par autre chose qu'une erreur de jugement ; et maintenant qu'ils se connaissaient tous deux réellement, leur affection mutuelle devint très vive. Après qu'il l'eut établie à Thornton Lacey avec toutes les attentions bienveillantes pour son confort, le but de presque toutes ses journées fut d'aller la voir ou de la faire venir à Mansfield.

Bien que Lady Bertram eût témoigné pour elle d'une affection égoïste, elle ne se sépara pas d'*elle* volontiers. Le bonheur de son fils ou de sa nièce n'étaient pas raison suffisante pour lui faire souhaiter le mariage. Mais il lui fut possible de se séparer d'elle, parce que Susan resta pour occuper sa place. Susan devint la nièce en titre, qui demeurait sur les lieux, et elle en était ravie ! et sa vivacité d'esprit, le plaisir qu'elle prenait à se rendre utile, convenaient aussi bien à pareille situation que n'avaient convenu la douceur de caractère et les vifs sentiments de gratitude dont avait témoigné Fanny. Dans tous les cas, Susan se montra indispensable. D'abord comme réconfort de Fanny, puis comme celle qui lui prêtait main-forte, et finalement comme substitut de celle-ci, et elle s'installa à Mansfield pour y rester selon toute apparence définitivement. Son tempérament moins craintif, son humeur plus enjouée, lui rendirent les choses plus faciles. Prompte à comprendre le caractère de ceux à qui elle avait affaire, et sans timidité naturelle qui l'empêchât d'exprimer ses désirs, lorsqu'ils étaient d'importance, elle fut bientôt la bienvenue à Mansfield, et sut se montrer utile à tous ; après le départ de Fanny, elle prit tout naturellement auprès de sa tante la place qu'avait occupée sa sœur, et sut si bien assurer son confort de tous les instants que peu à peu elle devint des deux celle que Lady Bertram chérissait le plus. Dans l'utilité de *Susan,* dans l'excellence de Fanny, dans la conduite sans défaillance de William, dans la réputation grandissante, la prospérité et réussite générales des autres membres de sa famille qui s'employaient tous à leur avancement mutuel, et faisaient honneur aux encouragements et soutien qu'il leur avait prodigués, Sir Thomas découvrit de nouvelles et constantes raisons de se réjouir de ce qu'il avait fait pour eux tous, reconnaissant les bienfaits qu'apportent les épreuves et les déconvenues précoces, et ayant le sentiment d'être né pour lutter et supporter.

Le bonheur que trouvèrent les deux cousins dans le mariage, eux qui possédaient vrai mérite et amour vrai, et qui n'étaient pas dépourvus de fortune, fut certainement aussi solide et durable que peut l'être bonheur terrestre. Pareillement façonnés par la nature pour le bonheur domestique, attachés qu'ils étaient aux joies de la campagne, la tendresse et la paix régnèrent dans leur demeure ; et pour parfaire cette image idéale, il y eut pour eux l'acquisition du bénéfice de Mansfield, à la mort du docteur Grant, événement qui se

produisit à un moment où ils commençaient à ressentir le
besoin d'un accroissement de revenu, et à considérer l'éloignement de la demeure paternelle comme un fâcheux désagrément.

Ils s'installèrent alors à Mansfield, et le presbytère, que
Fanny n'avait jamais approché sans ressentir quelque pénible
sensation de contrainte ou d'inquiétude, devint bientôt aussi
cher à son cœur, aussi parfait à ses yeux que ne l'avait été,
depuis longtemps pour elle, tout ce qui se trouvait dans le
voisinage et sous la haute protection de Mansfield.

CATALOGUE

10 | **18**

collection dirigée par christian bourgois

A paraître du 1er janvier au 31 mars 1985

allais le captain cap 1692***** / f.s.

allais à se tordre/vive la vie !/pas de bile ! 1693/f.s.

allais deux et deux font cinq/on n'est pas des bœufs 1694/f.s.

austen (jane) mansfield park t. 1 1675*****
t. 2 1676*****

cain la belle de la nouvelle orléans 1690***** / d.é.

foote l'amour en saison sèche 1679***** / d.é.

foote septembre en noir et blanc 1680***** / d.é.

garnett un homme au zoo 1685*** / d.é.

garnett le retour du marin 1686*** / d.é.

garnett elle doit partir 1697***** / d.é.

harrison légendes d'automne 1682***** / d.é.

london les mutinés de l'elseneur (version intégrale inédite)
t. 1 1677***** / a
t. 2 1678***** / a

mcguane 33° à l'ombre 1681***** / d.é.

madame solario 1684***** / d.é.

• **roussel** comment j'ai écrit certains de mes livres 1124***** / f.s.

scerbanenco profession : salopard 1689***** / g.d.

• **van gulik** le mystère du labyrinthe 1673***** / g.d.

• **van gulik** le collier de la princesse 1688**** / g.d.

les vies des troubadours (magarita egan) 1663*** / b.m.

waugh hommes en armes 1674***** / d.é.

waugh officiers et gentlemen 1691*** / d.é.

wharton (edith) été 1683***** / d.é.

liste alphabétique des titres disponibles au 31 mars 1985

abélard et héloïse correspondance 1309***** / b.m.

aleichem un violon sur le toit 1484*** / d.é.

anderson (sherwood) la mort dans les bois 1466***** / d.é.

andritch au temps d'anika/la soif et autres nouvelles 1566***** / d.é.

anthologie des troubadours (p. bec) (éd. bilingue) 1341***** / b.m.

anthologie critique de la littérature africaine anglophone 1552*****

arrabal le cimetière des voitures 735**

arrabal l'enterrement de la sardine 734**

arrabal la pierre de la folie 1162***

arrabal la tour de babel 1352*****

arrabal viva la muerte (baal babylone) 439***

arsan (voir emmanuelle)

• **artaud (cerisy)** 804***

• **austen (jane)** emma t. I 1526*****

• **austen (jane)** emma t. II 1527*****

austen (jane) raison et sentiments 1475*****

austen (jane) northanger abbey 1596*****

austen (jane) orgueil et préjugés 1505*****

•	Inédit.	
■	Interdit à la vente aux mineurs et à l'exposition (t.v.a. 33 %).	
(cerisy)	colloques de Cerisy-la-salle.	
(esth.)	série « esthétique » dirigée par Mikel Dufrenne.	
a	série « l'appel de la vie » dirigée par Francis Lacassin.	
ai	série « l'aventure insensée » dirigée par Francis Lacassin.	
b.a.	série « bibliothèque asiatique » dirigée par René Vienet.	
f.f.	série « féminin futur » dirigée par Hélène Cixous et Catherine Clément.	
f.s.	série « fins de siècles » dirigée par Hubert Juin.	
g.d.	série « grands détectives » dirigée par Jean-Claude Zylberstein.	
g.r.	série « grands reporters » dirigée par Francis Lacassin.	
s.	série dirigée par Bernard Lamarche-Vadel.	
7	série dirigée par Robert Jaulin.	
b.m.	série « bibliothèque médiévale » dirigée par Paul Zumthor.	
d.é.	série « domaine étranger » dirigée par Jean-Claude Zylberstein.	

Hors collection

babylone n° 0	**50,00**
babylone n° 1	**60,00**
babylone n° 2/3	**90,00**

ACHEVÉ D'IMPRIMER SUR LES PRESSES
DE COX & WYMAN LTD (GRANDE-BRETAGNE)

N° d'édition : 1543
Dépôt légal : janvier 1985

COLLECTION FOLIO

Junichiro Tanizaki

Journal
d'un vieux fou

Traduit du japonais
par Georges Renondeau

Gallimard

Titre original :

FOTEN RÒJIN NIKKI

© *Chuokoron sha, Tokyo.*
©*Éditions Gallimard, 1967, pour la traduction française.*

Junichiro Tanizaki, né à Tokyo en 1886, mort en 1965, occupe une place importante dans la littérature japonaise.

Attiré pendant sa jeunesse par la littérature occidentale qu'il connaissait bien (il fut membre honoraire de l'Académie américaine et du *National Institute of Art and Letters*), il revint, avec l'âge mûr, à la célébration des valeurs traditionnelles du Japon.

Ses œuvres traduites en français sont : *Le Goût des orties, La Confession impudique, Quatre sœurs,* et ce roman aussi étonnant qu'audacieux : *Journal d'un vieux fou.*

1

Ce soir je suis allé au Kabuki[1] de Shinjuku[2].
Le programme affichait un acte de Sukeroku[3] qui
était la seule pièce que je tenais à voir. Kanya, dans
le rôle de Sukeroku, ne m'intéressait pas mais Tossho
jouait le rôle d'Agemaki et je savais qu'il ferait une
magnifique courtisane. Je partis avec ma femme et
Satsuko[4]. Jokichi vint de son bureau pour se joindre
à nous. Ma femme et moi étions les seuls à connaître
la pièce. Satsuko ne l'avait jamais vue. Ma femme
pensait qu'elle l'avait vue, jouée par Danjuro, mais
elle n'en était pas sûre. « Il y a de longues années de
cela, j'ai dû la voir une fois ou deux avec Uzaemon »,

1. Le Kabuki est un des théâtres classiques japonais.
2. Shinjuku, quartier de Tôkyô.
3. Pièce célèbre où le samouraï appelé Sukeroku est épris
d'une courtisane nommée Agemaki. Comme dans tout le Kabuki
les rôles de femmes sont tenus par des hommes spécialisés.
4. Satsuko est la femme de Jokichi, fils du vieux fou auteur de
ce journal.

me dit-elle. Quant à moi je me rappelais fort bien l'avoir vu jouer par Danjuro. Je crois que c'était vers 1897, quand j'avais treize ou quatorze ans... C'était la première fois que Danjuro jouait Sukeroku. Il est mort en 1903. Le rôle d'Agemaki était tenu par Uzaemon qui n'avait pas encore pris le nom de Fukusuke[1]. Nous habitions alors le quartier de Honjo. Je n'ai pas oublié une vitrine d'un célèbre marchand d'estampes (comment s'appelait-il donc ?) où l'on voyait un triptyque représentant Sukeroku, Ikyû (son rival) et Agemaki. Je crois que c'était la première fois que Kanya jouait le rôle et j'étais sûr que son jeu ne me dirait rien. Depuis quelque temps tous les acteurs jouent Sukeroku en couvrant leurs jambes avec des maillots collants. Quelquefois le collant fait des plis et tout l'effet s'évanouit. Ils devraient simplement poudrer leurs jambes et les laisser nues.

Tossho dans le rôle d'Agemaki me plut beaucoup. A lui seul il valait la peine d'être venu. D'autres auraient pu s'acquitter mieux de ce rôle, mais il y avait longtemps que je n'avais vu une Agemaki si admirable. Je n'ai pas de goût pour l'homosexualité mais depuis quelque temps je me sens étrangement attiré par les jeunes acteurs du Kabuki qui jouent des rôles de femmes. Mais à la scène seulement. Il faut

1. Les acteurs portent des noms de théâtre qui varient et que ne connaissent pas toujours les non-initiés.

que leurs visages soient maquillés et qu'ils portent des costumes féminins. Pourtant, quand j'y pense, il me faut admettre une certaine inclination pour l'homosexualité.

Quand j'étais jeune j'ai fait une étrange expérience de ce genre, la seule. Il y avait un splendide acteur de rôles féminins appelé Wakayama Chidori. Il jouait au théâtre Masago à Nakasu, quelques années plus tard il fut le partenaire d'Arashi Yochizaburo au théâtre. Quand je dis quelques années, il devait avoir trente ans et il était encore très beau. Il donnait l'impression d'une jeune femme et l'on n'aurait jamais cru qu'il fût un homme. Lorsque je le vis dans le rôle de la fille de la « Robe d'été » de Koyo, je fus fasciné par cette femme. Un jour je dis en plaisantant à la patronne d'une maison de thé que j'aimerais le voir un soir, costumé comme à la scène, et même coucher avec lui. « Je peux vous arranger cela », me dit-elle. Tout se déroula à la perfection. Coucher avec lui était comme si l'on voulait coucher avec une geisha. Il était vraiment une femme et ne laissait pas croire un instant à son partenaire qu'il pût être un homme. Il se mit au lit dans un sous-vêtement de fine soie ; encore coiffé de sa perruque il posa sa tête sur l'oreiller de bois, la chambre restant dans la pénombre. Il avait une technique extrêmement habile ; ce fut une expérience vraiment singulière. Cependant, en fait, il n'était pas un hermaphrodite mais un mâle

9

pourvu de magnifiques organes. Mais sa technique vous les faisait oublier.

En dépit de toute son habileté technique, je n'ai jamais eu de goût pour ce genre de plaisirs et je me suis contenté de cette unique expérience que je n'ai jamais renouvelée. Eh bien, maintenant que j'ai soixante-dix-sept ans et que je serais incapable de telles relations, pourquoi commencé-je à me sentir attiré non par de jolies filles en pantalon, mais par des hommes élégants en costumes féminins ? Mon vieux souvenir de Wakayama Chidori s'est-il réveillé ? J'ai peine à le croire. Non, il semble y avoir des rapports avec la vie sexuelle d'un vieillard impotent ; mais même si vous êtes impotent il semble qu'une vie sexuelle persiste.

Aujourd'hui ma main est fatiguée. Je m'arrête ici.

17 juin

Je continue un peu ce que j'écrivais hier. Bien que la saison des pluies ait commencé et qu'il ait plu la nuit dernière, j'ai trouvé la chaleur étouffante. Naturellement la salle de théâtre était rafraîchie, mais cet air conditionné m'est très mauvais. Il m'a fait souffrir plus que jamais de ma névralgie de la main gauche et ma peau est devenue plus engourdie. J'ai toujours eu mal depuis le poignet jusqu'au bout des doigts mais la nuit dernière j'avais mal jusqu'au coude et parfois la douleur remontait jusqu'à l'épaule.

Ma femme me dit :

— Vous voyez ! vous n'avez pas voulu m'écouter. Etait-ce la peine de venir voir une pièce de deuxième ordre comme celle-là ?

— Ce n'est pas si mal. Rien que de regarder cette Agemaki me fait oublier ma douleur.

Les reproches de ma femme ne firent que m'entêter. Pourtant mon bras se refroidissait beaucoup. Je portais un gilet de corps à mailles de soie, un kimono de laine fine et poreuse et, par-dessus, un manteau d'été de soie brute. De plus ma main gauche était enfoncée dans un gant fourré gris et je tenais une chaufferette de poche enveloppée dans un mouchoir.

— Je comprends ce que Père veut dire, dit Satsuko. Tossho est merveilleux.

— Ma chérie, commença Jokichi, mais il se reprit : Satsuko, as-tu réellement goûté son jeu aussi ?

— Je ne parle pas de son jeu mais j'ai admiré son visage et ses manières. Père, que diriez-vous d'aller à la matinée de demain ? On verrait Koharu à la maison de thé des *Suicides d'amour à Amijima* [1], ce sera sûrement très bien. Voudriez-vous y aller demain ? Plus on attendra plus il fera chaud.

A dire vrai, mon bras m'ennuyait tellement que

1. Célèbre pièce de Chikamatsu.

j'aurais renoncé à cette matinée, mais les critiques de ma femme me donnaient envie d'y aller, par esprit de contradiction. Satsuko devina étonnamment vite mon état d'esprit. Elle est mal avec ma femme parce que dans des circonstances comme celle-là elle l'ignore et s'efforce de gagner mes bonnes grâces. Elle apprécie sans doute Tossho mais je ne sais si elle n'est pas plus intéressée par Danko qui joue le rôle de Jihei, le héros.

La scène de la maison de thé commençait à 14 heures et se terminait à 15 h 20. Il faisait plus chaud qu'hier, le soleil était brûlant. La chaleur dans la voiture m'incommodait mais je fus surtout ennuyé par les effets de l'air trop rafraîchi sur mon bras.

Mon chauffeur voulait que nous partions de bonne heure. « Hier soir cela allait mais aujourd'hui nous risquons de nous trouver dans une démonstration quelconque aux alentours de la Diète ou de l'Ambassade d'Amérique. » Nous devions partir à 13 heures. Nous étions seuls tous les trois, Jokichi ne vint pas.

Par bonheur nous arrivâmes sans avoir été gênés. Le lever de rideau n'était pas fini. Nous nous rendîmes au restaurant pour nous reposer en attendant qu'il fût terminé. Satsuko et ma femme se firent servir des glaces. J'en commandai une aussi mais ma femme me l'interdit. Dans la scène de la maison de thé Tossho faisait Koharu, Danko était Jihei et Ennosuke Magoemon. Je me rappelais l'avoir vue il y a de longues années au théâtre Shintomi, le père d'Ennosuke dans le rôle de Magoemon et le Baiko d'autrefois dans Koharu.

Danko dans Jihei était merveilleux ; on voyait qu'il y mettait tout son cœur, mais il exagérait et s'énervait. Naturellement on ne peut exiger davantage d'un homme jeune jouant un rôle d'aussi grande classe. On peut simplement souhaiter que tant d'efforts conduiront un jour à de brillants succès. Je crois qu'il aurait mieux fait de choisir un rôle du répertoire d'Edo plutôt que de s'essayer à jouer un héros d'une pièce d'Osaka. Tossho était très beau aujourd'hui encore mais j'ai l'impression qu'il était mieux dans le rôle d'Agemaki. On donnait ensuite une autre pièce mais nous sommes partis sans la voir.

— Puisque nous voilà arrivés par ici, entrons donc au magasin Isetan, dis-je, m'attendant de la part de ma femme à une objection qui ne se fit pas attendre.

— Vous n'avez donc pas respiré assez d'air rafraîchi ? Par cette chaleur vous devriez rentrer tout de suite.

— Regarde ! — Je montrai ma canne en bois de serpent dont le bout était perdu. Je ne sais pourquoi, mais ces bouts ne durent pas longtemps. Deux ou trois ans tout au plus. Je pourrais peut-être trouver une canne de mon goût à l'Isetan.

En réalité, j'avais une autre idée en tête, mais je n'en parlai pas.

— Nomura, pourra-t-on rentrer sans encombre ?

D'après les explications du chauffeur, une branche

13

de l'Association générale des étudiants devait faire une démonstration aujourd'hui, on disait qu'elle devait se rassembler au parc d'Hibya à 14 heures et marcher sur la Diète et le quartier général de la police.

— Si nous évitons ces quartiers tout ira bien, dit-il.

Le rayon des articles pour hommes était au troisième étage. Il n'y avait pas de canne à mon goût. Je proposai de nous arrêter au deuxième étage pour voir l'exposition de couture pour femmes. La vente d'été battait son plein et on s'écrasait dans le rayon. Il y avait une exposition de toutes sortes de robes d'été dans le style italien venant de chez les grands faiseurs.

— Oh! quelles merveilles! dit Satsuko qui ne voulait pas s'en aller.

Je lui achetai une écharpe de soie Cardan de trois mille yens.

— Je voudrais tant en avoir un comme cela! Mais c'est trop cher.

Elle se pâmait devant un sac d'importation en suède beige dont la monture était garnie de faux saphirs. Le prix dépassait vingt mille yens.

— Demande à Jokichi de te l'acheter. Il peut bien t'offrir cela.

— Ce n'est pas la peine. Il est trop pingre!

Ma femme ne disait rien.

— Il est déjà 17 heures, lui dis-je, si nous allions dîner dans Ginza ?

— Dans Ginza, où donc ?

— Allons au Hamasaku. Depuis quelque temps je meurs d'envie de manger de l'anguille.

Je fis téléphoner par Satsuko pour retenir trois ou quatre places. Je lui dis également d'appeler Jokichi pour lui demander de venir nous retrouver à 18 heures s'il le pouvait. Nomura ajouta que la démonstration continuerait le soir ; elle arriverait de Kasumigaseki à Ginza vers 22 heures et se disperserait.

— En allant maintenant au Hamasaku on pourrait être à 20 heures à la maison sans risques... Nous n'aurions qu'à contourner le Palais et nous ne tomberions pas sur les manifestants.

18 juin
(suite d'hier)

Nous arrivâmes au Hamasaku à 18 heures ainsi que nous l'avions projeté. Jokichi y était avant nous. Nous nous mîmes dans cet ordre : ma femme, moi, Satsuko, Jokichi. Le ménage Jokichi se fit servir de la bière, ma femme et moi du thé vert. Comme hors-d'œuvre ma femme et moi choisîmes du tôfu glacé [1],

---

1. Le tôfu est une pâte de haricots prise en gelée. C'est un mets des plus courants.

Jokichi des pois mange-tout, Satsuko des algues mesogloie. J'eus envie d'ajouter du poisson assaisonné de sauce de riz et de haricots à mon tôfu. Comme poisson cru ma femme et Jokichi prirent de fines tranches de dorade, Satsuko et moi de l'anguille hamo avec de la sauce aux prunes ; je fus le seul à prendre de l'anguille grillée ; les trois autres choisirent de la truite rôtie au sel. Comme soupe on nous servit à tous quatre un potage aux champignons nouveaux et nous eûmes encore des aubergines sautées.

— Je prendrais bien encore quelque chose, dis-je.

— Vous plaisantez ! Cela ne vous suffit pas ?

— Ce n'est pas que j'aie encore faim, mais chaque fois que je viens ici j'ai envie de manger des spécialités de Kyôto.

— Ils ont des guji [1], dit Jokichi.

— Père, ne voudriez-vous pas finir ceci ?

Satsuko avait laissé presque tout son hamo. Elle en avait pris une ou deux tranches dans l'intention de me donner tout le reste. Pour dire la vérité j'étais peut-être allé là hier soir dans l'espoir de manger ses restes, ou bien avais-je un autre but ?

— C'est ennuyeux, j'ai mangé le mien si vite qu'il ne me reste plus de sauce à la prune.

1. Le guji est une sorte de dorade très estimée.

— J'en ai encore — et Satsuko me tendit sa soucoupe de sauce en même temps que son anguille.

— Ou bien on pourrait demander simplement de
la sauce.

— Ce n'est pas la peine. Ceci me suffira.

Bien qu'elle n'eût mangé que deux tranches,
Satsuko avait arrosé abondamment tout le reste avec
sa sauce, ce qui n'est guère distingué. Elle l'avait
peut-être fait exprès.

— Voilà les parties de truite que vous aimez, me
dit ma femme.

Elle a un talent tout spécial pour enlever les arêtes
proprement. Elle les dispose avec les têtes et les
queues sur un coin du plat et elle mange tous les
filets, laissant une assiette aussi nette que si un chat
l'avait léchée. Elle a aussi l'habitude de me donner
œufs et laitance.

— Vous pouvez prendre les miens aussi, dit
Stasuko en me les offrant. Mais je suis maladroite
pour manger le poisson, aussi ne sont-ils pas aussi
propres que ceux de Mère.

Les restes de truites de Satsuko étaient en effet peu
appétissants. Son assiette en était toute barbouillée,
encore plus que par la sauce aux prunes. Cela aussi
dénotait une mauvaise éducation.

Au cours de la conversation pendant le dîner,
Jokichi annonça qu'il partirait sans doute deux ou
trois jours pour Sapporo, dans le Hokkaïdo. Il y
prévoyait un séjour d'environ une semaine et

17

demanda à Satsuko si elle voulait l'accompagner. Satsuko réfléchit ; elle avait toujours envie de voir le Hokkaïdo en été mais elle devait y renoncer cette fois. Elle avait promis à Haruhisa d'aller avec lui le 20 à un match de boxe. Jokichi se contenta de dire :

— Ah ! bon.

Nous rentrâmes à la maison vers 19 h 30.

Ce matin 18, après le départ de Keisuke pour l'école et de Jokichi pour son bureau, je suis allé me promener dans le jardin pour me reposer dans le pavillon d'été. Il y a environ trente mètres pour aller jusqu'au pavillon mais mes jambes se meuvent avec difficulté. Aujourd'hui il m'était plus pénible qu'hier de marcher. Est-ce à cause de la forte humidité que nous vaut la saison des pluies ? L'an dernier à la même époque je n'éprouvais pas la même chose. Mes jambes ne sont pas aussi sensibles au froid que mes bras, mais elles sont lourdes et s'enchevêtrent. Cette lourdeur me vient dans les genoux ; elle arrive au cou-de-pied et à la plante du pied ; cela varie tous les jours. Les médecins ont des opinions partagées. L'un d'eux me dit que c'est une séquelle de la légère congestion cérébrale que j'ai eue il y a quelques années. Il en est résulté dans mon cerveau un petit changement qui a une influence sur mes jambes. D'après un examen radio mes vertèbres cervicales et lombaires sont déplacées. On m'a conseillé de coucher sur un lit incliné, le cou étiré, et aussi de porter temporairement autour de mon cou un collier en plâtre. Je ne pouvais endurer un traitement si cruel et j'y ai renoncé. Bien que la marche me soit pénible, il faut que je marche un peu chaque jour. On m'a dit que sans cela je perdrais l'usage de mes jambes. Pour ne pas tomber je m'appuie sur une canne de bambou mais généralement Satsuko, l'infirmière ou quelqu'un d'autre m'accompagne. Ce matin c'était Satsuko.

— Satsuko, tiens ! dis-je alors que je me reposais dans le pavillon.

Je tirai de la manche de mon kimono un paquet de billets bien enveloppé et je le lui glissai dans la main.

— Qu'est-ce que c'est ?

— Vingt-cinq mille yens. Tu pourras t'acheter le sac d'hier.

— Comme c'est gentil de votre part !

Satsuko glissa prestement le paquet à l'intérieur de sa blouse.

— Peut-être que ma femme soupçonnera que je te l'ai acheté si elle te l'aperçoit à la main.

— Mère n'a pas vu celui-là quand nous étions dans le magasin. Elle marchait en avant de nous à ce moment-là.

En effet, je crois maintenant que Satsuko avait raison.

19 juin

Bien que nous soyons dimanche, Jokichi est parti ce matin de l'aéroport de Haneda. Satsuko a quitté la maison peu après, dans la Hillman qui est devenue sa voiture, car l'allure à laquelle elle conduit effraie tout le monde à la maison et personne ne monte avec elle. Elle n'est pas allée à l'aéroport. Elle est partie au cinéma pour voir Alain Delon dans *Le Soleil brille*, probablement encore avec Haruhisa. Keisuke se promenait tout triste autour de la maison. Il avait l'air d'attendre avec impatience Kugako qui doit venir de Tsujido avec ses enfants.

Un peu après 13 heures le docteur Sugita est venu m'examiner. Je souffrais tellement que mon infirmière, Sasaki, s'est inquiétée et lui a téléphoné pour qu'il vienne. D'après le docteur Kajiura de l'hôpital de l'université, le foyer de ma maladie cérébrale est maintenant à peu près hors de cause. Mes souffrances doivent être dues à un état rhumatismal ou à une affection nerveuse. Sur le conseil du docteur Sugita je suis allé l'autre jour à l'hôpital du Toranomon pour un examen orthopédique à la radio. Ils m'ont alarmé en me disant que c'était peut-être un cancer puisque mes souffrances dans le bras étaient si vives et que la zone de mes vertèbres cervicales présente un voile. Ils m'ont même radiographié le cou. Heureusement je n'ai pas de cancer mais mes sixième et septième vertèbres cervicales sont déformées. Mes vertèbres lombaires le sont aussi mais à un moindre degré. Puisque c'était là la source de mes souffrances au bras et de son engourdissement, il fallait pour me soigner me faire faire une planche lisse à laquelle on adapterait des roues et qui serait inclinée à trente degrés ; pour commencer je m'y étendrais environ quinze minutes matin et soir, le cou pris dans une bretelle Gilson faite à mes mesures par un spécialiste ; elle m'allongerait le cou sous le poids de mon corps. Si je pratique cet exercice deux ou trois mois, augmentant progressivement la durée et la fréquence, je devrais me sentir mieux. Par cette chaleur je n'avais pas envie de me soumettre à un pareil traitement, mais le docteur Sugita a insisté car il ne voyait rien de mieux à faire. M'y déciderai-je ou non, je n'en sais rien, mais j'ai fait venir un menuisier pour qu'il me fasse cette planche munie de roues et j'ai demandé un orthopédiste pour l'appareillage.

Kugako est arrivé vers 14 heures avec ses deux plus jeunes enfants ; l'aîné était au base-ball ou je ne sais où. Akiko et Natsuji sont allés immédiatement dans la chambre de Keisuke. Ils ont l'air de vouloir aller tous les trois au jardin zoologique. Kugako est venue me saluer rapidement puis elle est allée dans le salon où elle eut avec ma femme une conversation animée. Il ne faut pas s'en étonner, c'est leur habitude.

Aujourd'hui je n'ai rien de particulier à noter. Je vais essayer d'écrire quelques pensées qui me tourmentent l'esprit.

Je ne sais s'il en est de même pour tous ceux qui deviennent vieux mais il n'est pas un jour où je ne pense à ma mort. A la vérité ce n'est pas chose nouvelle pour moi. J'y pense depuis l'âge de vingt à trente ans, mais maintenant plus que jamais. Deux ou trois fois par jour je me dis : « C'est peut-être aujourd'hui que je mourrai. » Lorsque j'étais jeune cette pensée me terrifiait mais à présent elle arrive à me donner un certain plaisir. Je m'imagine ce que seront mes derniers moments et ce qui suivra ma mort. Je ne veux pas d'un service au cimetière d'Aoyama ; je veux que mon cercueil soit placé dans la pièce de dix nattes qui fait face au jardin. Ce sera commode pour ceux qui viendront offrir de l'encens. Ils entreront par le grand portail et suivront les dalles plates. Je ne me soucie pas de cette musique shintô avec orgue à bouche et flageolets mais je voudrais que quelqu'un chantât *La Lune à l'aube* de Tomiyama Seikin. Je peux presque entendre sa voix maintenant :

A demi cachée par les pins du rivage
La lune plonge vers la mer.
Vous êtes-vous éveillé de ce monde de rêve
Pour demeurer dans la pure clarté du Paradis ?

On me croit mort mais j'ai l'impression de l'entendre. J'écoute ma femme pleurer. Itsuko et Kugako sanglotent aussi, quoique nous n'ayons jamais été bien d'accord. Satsuko sera sans doute calme, ou bien elle surprendra peut-être tout le monde en pleurant. Ou, du moins, elle fera semblant.

Je me demande ce que sera mon visage quand je serai mort. Je le voudrais aussi replet que maintenant, même si cela doit me rendre un peu repoussant.

J'avais écrit tout cela quand ma femme entra avec Kugako.

— Père, Kugako voudrait vous demander quelque chose.

Voici ce qu'elle désirait. Son fils aîné Tsutomu aimait une fille qu'il désirait épouser. Il était encore bien jeune, n'étant qu'en deuxième année d'université, mais ils avaient décidé de lui donner leur consentement. Ils se seraient sentis embarrassés de voir partir le jeune ménage dans un appartement à part, de sorte qu'ils aimeraient voir les jeunes gens s'installer chez eux jusqu'à ce que Tsutomu ait passé ses examens et trouvé un emploi. Mais leur maison à Tsujido n'est pas assez grande pour cela. Même à l'heure actuelle elle est trop petite et inconfortable pour Kugako, son mari et ses trois enfants. Si Tsutomu y vient habiter avec sa femme tôt ou tard ils auront un bébé. Dans ces conditions ils désirent déménager dans une maison un peu plus grande et plus moderne. Or, à Tsujido, à cinq ou six rues plus loin que chez eux existe la maison qu'il leur faudrait et qui se trouve à vendre. Ils cherchent l'argent qui serait nécessaire. Il leur manque deux ou trois millions de yens. Ils pourraient rassembler un autre million à la rigueur mais faire plus les mettrait actuellement dans l'embarras. Ils avaient l'intention d'emprunter à une banque mais elle se demandait si je ne pourrais les aider en leur prêtant les vingt mille yens à payer d'avance pour les intérêts. Ils me rembourseraient avant la fin de l'année prochaine.

— N'avez-vous pas de valeurs ? Ce serait le cas de les vendre.

— Si nous les vendons il ne nous restera pas un centime !

— Bien sûr, renchérit ma femme. Il ne faut pas toucher à cet argent.

— Oui, nous voulons le garder en prévision d'une absolue nécessité imprévue.

— Que me racontes-tu ? Ton mari a à peine dépassé la quarantaine. Peut-on être aussi timoré quand on est encore aussi jeune ?

— Kugako ne vous a jamais rien demandé depuis qu'elle est mariée, dit ma femme. C'est la première fois. Ne voulez-vous pas lui donner satisfaction ?

— Elle a dit vingt mille yens, mais que feront-ils s'ils ne peuvent pas payer les intérêts au bout du premier trimestre ?

— A ce moment-là on verra bien.

— Dans ce cas, il n'y aura pas de fin !

— Hokota, le mari de Kugako, ne vous causera sûrement pas d'ennuis. Il dit simplement qu'il serait heureux d'être aidé momentanément pour ne pas regretter de voir la maison vendue à d'autres.

Je demandai à ma femme :

— Est-ce que tu ne pourrais pas leur trouver toi-même ces intérêts ?

— Quelle idée de me demander cela à moi quand vous avez acheté une Hillman à Satsuko !

La remarque m'ennuya fort et je m'arrangeai pour trouver une excuse. Alors je me sentis plus à l'aise.

— Eh bien, laissez-moi réfléchir.

— Ne pourriez-vous pas leur donner une réponse aujourd'hui ?

— J'ai un tas de dépenses en ce moment.

Murmurant entre elles quelques paroles, elles s'en allèrent toutes deux. Quel moment pour entrer brusquement dans ma chambre et courber l'échine ! Je vais combiner un peu ce que je dirai. Jusqu'à l'âge de cinquante ans je ne craignais rien autant que l'approche de la mort mais maintenant ce n'est plus vrai. Je suis peut-être las de la vie. Il m'est indifférent de mourir. L'autre jour, quand à l'hôpital de Toranomon, on me dit que j'avais peut-être un cancer, ma femme et l'infirmière ont pâli mais je suis resté tout à fait calme. Il était étonnant que je puisse rester calme en un tel moment. Je me sentais presque soulagé à la pensée que ma longue vie touchait à sa fin. Je n'ai pas le moindre désir de m'accrocher à la vie, et pourtant, aussi longtemps que je suis vivant, je ne puis m'empêcher d'être attiré par l'autre sexe. Je suis sûr que je serai ainsi jusqu'à l'heure de ma mort. Je n'ai pas la vigueur d'un homme comme Kuhara

Fusanosuke qui engendra un enfant à quatre-vingt-dix ans, je suis devenu totalement impuissant mais j'éprouve du plaisir aux excitations sexuelles par tous les moyens dénaturés ou indirects. Actuellement je vis pour ce plaisir et pour celui de manger. Satsuko seule semble soupçonner mon état d'esprit. A la maison, elle seule sait ; personne d'autre n'en a la moindre idée. Elle paraît vouloir m'éprouver par de petites expériences indirectes pour voir comment je réagis.

Je sais très bien que je suis un vieillard laid, ridé. Lorsque en me couchant je me regarde dans mon miroir après avoir enlevé mes fausses dents, j'aperçois un visage vraiment stupéfiant. Je n'ai pas une seule dent à moi, ni en haut ni en bas, à peine de gencives. Quand je ferme la bouche mes deux lèvres s'aplatissent l'une sur l'autre et mon nez pend sur mon menton. Je suis surpris de voir que c'est là mon visage. Il n'y a certes pas d'hommes ni même de singes qui soient aussi hideux. Avec une figure comme celle-là comment pourrait-on espérer être aimé par une femme ? En revanche elle désarme à l'avance la méfiance des gens en les convainquant que vous êtes un vieillard qui ne peut prétendre à rien. Mais, bien que je n'aspire à rien et ne puisse pas profiter de cet avantage, je puis être à côté d'une jolie femme sans exciter les soupçons. En compensation de ma propre impuissance, je puis trouver mon plaisir en amenant une jolie femme à s'amouracher d'un bel homme et en suscitant le trouble dans les ménages.

20 juin

Jokichi n'a plus l'air d'aimer Satsuko. Son amour s'est peut-être refroidi depuis la naissance de Keisuke. En tout cas il s'absente souvent pour des voyages d'affaires et quand il est à Tôkyô il passe la plupart de ses soirées à des banquets et rentre tard à la maison. Il a peut-être trouvé quelqu'un ailleurs mais je n'en suis pas certain. Il paraît maintenant plus intéressé par ses affaires que par les femmes. Il y eut un temps où Satsuko et lui s'aimaient passionnément. Je suppose qu'il a hérité de moi son humeur volage.

Ma femme était opposée au mariage, mais je suis partisan du laisser-faire et je n'ai pas fait d'objections. Satsuko dit qu'elle avait dansé au Concert Kichigeki. Cela n'a duré qu'un semestre. Qu'a-t-elle fait ensuite ? J'ai l'impression qu'elle travaillait dans une boîte de nuit, peut-être dans le quartier d'Asakusa.

— Tu danses sur les pointes ? lui demandai-je un jour.

— Je ne danse pas sur les pointes. J'ai pris des leçons pendant un an ou deux, espérant devenir

danseuse de ballet, mais je me demande si je
pourrais encore danser.

— Pourquoi as-tu abandonné, après avoir étudié
si longtemps ?

— Mais parce que mes pieds se déformaient, ils
devenaient vilains.

— Alors, tu as renoncé.

— Je ne peux pas souffrir d'avoir les pieds comme
cela.

— Comme quoi ?

— Comme des choses horribles. Les doigts
deviennent calleux, enflés, les ongles tombent.

— Mais tu as de jolis pieds maintenant.

— Ils étaient beaucoup plus jolis. Les cals les
rendaient si vilains que lorsque je cessai de danser,
j'essayai de tout : pierre ponce, limes, quoi encore,
tous les jours. Et ils ne sont pas redevenus ce qu'ils
étaient.

Je ne manquai pas cette occasion de toucher ses
pieds nus. Elle étendit ses deux jambes sur le sofa,
enleva ses bas de nylon pour me faire voir ses pieds.
Je posai ses pieds sur mes genoux et j'en palpai les
doigts les uns après les autres. Ils me paraissaient
doux à moi.

— Tu ne parais plus avoir de cals !

— Regardez de plus près. Essayez de presser là...

— Ici ?

— Vous voyez ! Je n'en suis pas complètement

débarrassée. Une danseuse est digne de pitié, quand on pense à ses pieds !

— Lepechinskaya elle-même aurait de vilains pieds ?

— Naturellement. Quand j'étudiais, le sang a goutté souvent de mes chaussons. Et puis, ce ne sont pas seulement les pieds : vous perdez toute la souplesse des mollets. Vous arrivez à avoir des muscles bossus comme ceux d'un ouvrier. La poitrine s'aplatit, les seins disparaissent, les muscles des épaules deviennent durs comme ceux d'un homme. Les danseuses commencent ainsi. Heureusement cela ne m'est pas arrivé.

Il est certain que c'est sa silhouette qui a charmé Jokichi mais elle ne paraît pas dénuée d'intelligence, bien qu'elle n'ait pas terminé ses études. Elle déteste se sentir surpassée. Depuis qu'elle est entrée dans la famille elle a étudié de manière à s'exprimer par bribes en français et en anglais. Elle aime conduire une auto et elle est folle de boxe ; mais d'autre part elle montre un goût inattendu pour les arrangements de fleurs dans le style classique. Deux fois par semaine le gendre d'Issotei, de Kyôto, vient à Tôkyô, apportant toutes sortes de fleurs rares, et il lui donne une leçon de l'école Hôfû. Ce matin dans ma chambre, une coupe en céladon portait des susuki diaprés, des saurures et des astilbes. Le kakemono est une calligraphie de Nagao Uzan :

Les chatons des saules se dispersent, mon ami n'est pas
  encore de retour,
Les fleurs des pruniers et le rossignol ont disparu, seuls
  mes rêves demeurent.
J'ai dépensé dix mille écus pour avoir du vin de la
  capitale
Je me tiens à la balustrade sous la pluie de printemps,
  et regarde les pivoines.

26 juin

Hier soir, j'ai mangé trop de tôfu froid ; cela m'a
fait mal et je me suis levé deux ou trois fois avec la
diarrhée. J'ai pris trois comprimés d'entérovioforme
mais je ne suis pas soulagé. Je passe la journée à me
coucher et à me relever.

29 juin

Cet après-midi j'ai demandé à Satsuko de me
conduire en voiture au temple de Meiji. J'avais choisi
le moment de m'échapper mais l'infirmière nous vit
partir et dit qu'elle allait venir avec nous. Tout mon
plaisir était gâté. Moins d'une heure après nous étions
rentrés.

Depuis quelques jours j'ai l'impression que ma tension s'élève. Ce matin elle était de 18-11. Pouls : 100. Sur les conseils de l'infirmière j'ai pris deux comprimés de serpasil et deux d'adaline. Le refroidissement de ma main et la douleur sont intenses. Ils m'éveillent rarement mais la nuit dernière je ne pouvais fermer l'œil et, comme je n'y pouvais plus tenir, Sasaki m'a fait une piqûre de nobulon. Le nobulon agit bien mais ensuite on ne se trouve pas à l'aise.

— Le corset et la table roulante sont là. Ne voulez-vous pas les essayer ?

Je n'en avais guère envie mais l'état dans lequel je me trouvais me fit accepter.

Aujourd'hui j'ai essayé mon collier. C'est une sorte de carcasse en plâtre qui maintient le menton relevé. Il ne fait pas mal mais il est impossible de tourner la tête à droite, à gauche, ou vers le bas. Tout ce que vous pouvez faire est de regarder droit devant vous.

— C'est vraiment un instrument de torture de l'enfer.

C'est dimanche aujourd'hui ; Jokichi et Keisuke sont allés en promenade avec ma femme et Satsuko.

— Pauvre Père, dit Satsuko, vous êtes à plaindre...

— Combien de temps allez-vous porter cela ? demanda Jokichi.

— Je me demande combien de jours cela sera nécessaire, dit ma femme.

— Ne pourriez-vous pas cesser, Père ? A votre âge c'est cruel !

J'entendais leur bavardage autour de moi mais je ne pouvais tourner la tête pour les regarder.

Finalement je décidai d'abandonner le collier et d'essayer la planche inclinée et la traction du cou avec cette bretelle Gilson. Quinze minutes matin et soir, pour commencer. Mon menton repose sur une bande d'étoffe plus douce que le collier, ce qui est moins pénible, mais je ne peux pas remuer la tête plus aisément. Etendu, je regarde le plafond.

— Allons ! Cela fait quinze minutes, dit l'infirmière en regardant la montre de son poignet.

— Fin du premier round ! s'écria Keisuke, s'enfuyant dans le couloir.

10 juillet

Il y a une semaine que je me soumets à l'élongation. J'ai peu à peu amené la durée de quinze minutes à vingt et l'on m'a accentué l'inclinaison de la planche pour me relever la tête. Mais cela ne m'apporte pas de soulagement. D'après l'infirmière il faudrait persévérer plusieurs mois avant que je ne me sente mieux. Je me demande si je résisterai aussi longtemps.

Ce soir toute la famille est venue bavarder avec moi. Satsuko dit que l'élongation était trop pénible pour un vieillard, surtout en pleine chaleur, et qu'il fallait trouver un autre traitement. Un de ses amis étrangers lui avait dit qu'on trouvait à la Pharmacie américaine un remède contre les névralgies appelé dolcine. Ce n'était pas un véritable traitement des névralgies mais trois ou quatre comprimés m'enlèveraient sûrement mes souffrances. L'efficacité était certaine. Elle m'en avait acheté. Ne voudrais-je pas les essayer ?

Ma femme suggéra de me faire faire de l'acuponcture par le docteur Suzuki de Denenchôfu. Peut-être que les aiguilles me guériraient bien. Ne pourrait-on l'appeler ? Elle resta longtemps au téléphone. Le docteur Suzuki dit qu'il était extrêmement occupé ; il désirait que j'aille chez lui ; mais s'il le fallait il pourrait venir deux ou trois fois par semaine. Il ne pouvait rien dire avant de m'avoir examiné mais, à en juger d'après ce qu'elle disait, il pensait pouvoir améliorer mon état. Le traitement prendrait probablement deux ou trois mois.

Il y a quelques années le docteur Suzuki m'a soigné

33

pour des palpitations dont personne ne pouvait me débarrasser et puis aussi quand j'ai été sujet à des vertiges. Alors je lui demande de venir à partir de la semaine prochaine.

J'ai toujours joui d'une bonne constitution. Depuis mon enfance jusqu'à la soixantaine je n'ai jamais été vraiment malade, sauf une fois quand j'ai passé une semaine à l'hôpital pour une petite opération au rectum. A soixante-deux ou soixante-trois ans j'ai commencé à éprouver des symptômes d'une pression sanguine élevée et à soixante-six ou soixante-sept ans je suis resté un mois au lit à cause d'une légère hémorragie cérébrale, mais ce n'est qu'après avoir célébré mon soixante-quinzième anniversaire que j'ai connu de sérieuses souffrances physiques. D'abord elles me tinrent dans la main gauche puis elles ont gagné le coude, puis l'épaule, ensuite elles m'ont pris les pieds et les jambes. Je n'éprouve pas plus de difficultés dans la jambe gauche que dans la droite mais chaque jour je trouve la marche un peu plus malaisée. La plupart des gens doivent se demander quel plaisir j'ai à vivre ainsi ; je me le demande moi-même. Néanmoins il est assez curieux — et de cela je devrais me trouver heureux — que j'aie gardé bon sommeil, bon estomac, que mes évacuations soient faciles. L'alcool ne m'est pas permis, ni les conserves salées ou épicées, mais j'ai un appétit exceptionnel. On ne s'oppose pas à ce que je mange un bifteck ou de l'anguille à condition de ne pas abuser et je peux manger ce qui me plaît. Pour ce qui est du sommeil, je dors presque trop ; en comptant ma sieste j'arrive à dormir neuf ou dix heures par jour. Je vais deux fois par jour à la selle. J'urine abondamment mais, bien que je me relève deux ou trois fois la nuit, je me rendors ensuite. Quand je m'éveille, je vais à la toilette, me remets au lit, je me lève à moitié endormi puis je reprends mon sommeil.

Une fois de temps en temps je ressens dans mon assoupissement la douleur de ma main mais je me rendors. Quand je souffre beaucoup, une piqûre de nobulon me rendort immédiatement. Cette capacité de sommeil est ce qui me tient en vie. Sans elle je ne sais si je ne serais pas mort depuis longtemps.

— Vous vous plaignez de douleurs dans la main et de ne pouvoir marcher, me dit-on parfois, mais vous jouissez bien des plaisirs de la vie, n'est-ce pas ? Alors vous ne devez pas être si malade !

Pourtant je le suis. Naturellement il y a des moments de douleur aiguë et d'autres où elle ne l'est pas. Elle n'est pas constante. Il y a même des instants où je ne souffre pas du tout. Il semble que cela varie avec la température, l'humidité, que sais-je encore.

C'est bizarre mais même quand je souffre j'ai des désirs sexuels et peut-être plus précisément quand j'ai mal. Ne devrais-je pas plutôt dire que je me sens d'autant plus attiré, d'autant plus fasciné par les femmes qui provoquent ma douleur ? On dira sans doute que c'est là une tendance masochiste. Je ne crois pas l'avoir toujours eue ; elle s'est développée dans mes années de vieillesse.

Supposons deux femmes également belles, répondant également à mes goûts esthétiques. A est bonne, honnête et sympathique ; B est mauvaise et ment habilement. Si vous me demandez laquelle m'attire le plus, je répondrai qu'en ce moment c'est B que je préfère. Encore faut-il que B soit aussi belle que A. Or en ce qui touche la beauté j'ai mes goûts à moi ; une femme doit posséder un joli visage et une belle silhouette. Avant tout, il est essentiel qu'elle ait de longues jambes blanches splendides. A beauté égale sur les autres points, je serais plus porté vers la femme à l'esprit inférieur. Il arrive que des visages de femmes trahissent un trait de cruauté ; ce sont celles-là que je préfère. Lorsque j'aperçois une femme avec un tel visage j'ai l'impression que sa nature est cruelle et en vérité je le souhaite. C'est l'impression que me donnait Sawamura Gennosuke dans ses rôles féminins. Il en est de même pour le visage de la Française Simone Signoret dans *Les Diaboliques* et pour celui de Honoo Kayoko, la jeune actrice dont on parle tant maintenant. Ces femmes sont très probablement des femmes parfaitement droites et honnêtes mais si je trouvais une femme vraiment mauvaise et que je puisse vivre avec elle ou du moins vivre en sa présence, dans son intimité, je serais très heureux.

Une femme peut être mauvaise au fond mais elle ne doit pas trop le faire voir. Plus elle est mauvaise plus elle doit être habile. C'est indispensable. Naturellement il y a des limites : la kleptomanie ou un penchant au meurtre seraient difficilement admissibles, mais je ne les rejette pas entièrement. Je pourrais être attiré par une femme dont je saurais qu'elle cambriole la nuit ; en fait je ne sais si je pourrais lui résister.

Au temps où j'étais à l'université je connaissais un étudiant en droit appelé Yamada Uruu. Il fut plus tard employé à la mairie d'Osaka. Il est mort depuis des années. Son père était un avocat qui, au début de Meiji, avait défendu une criminelle fameuse, Takahashi Oden. Le père avait souvent parlé de la beauté d'Oden. Il revenait sans cesse sur le sujet avec une sorte de profonde émotion : « On pouvait dire qu'elle était ravissante, fascinante. Je n'ai jamais connu une femme aussi ensorcelante. C'était un véritable vampire. En la voyant je me disais que cela me serait égal de mourir de la main d'une pareille femme. »

Comme je n'ai pas de raison particulière pour m'attacher à la vie, je pense quelquefois que je serais plus heureux si une femme comme celle-là en venait à me tuer. Plutôt que d'endurer les souffrances de ces jambes et de ces bras à moitié morts, j'en aurais fini et en même temps j'aimerais voir ce que c'est que d'être assassiné.

Mon amour pour Satsuko vient-il de l'impression que j'ai qu'il y a quelque chose d'Oden en elle ? Elle a un certain fonds de méchanceté, de cynisme. Elle ment volontiers. Elle ne s'entend pas très bien avec sa belle-mère ni avec ses belles-sœurs. Son affection pour son fils est superficielle. Quand elle était fiancée elle ne paraissait pas avoir tant de malice, mais elle est devenue ainsi dès la troisième ou la quatrième année de son mariage. Cela tient peut-être dans une certaine mesure à ce que je l'aie provoquée. Elle n'a pas toujours été ainsi. Même maintenant je lui crois un bon cœur mais elle en est arrivée à placer son orgueil dans une malice factice. Il n'est pas douteux que cela vient de ce que son comportement a l'air de plaire au vieillard que je suis. Je ne sais pourquoi, mais je l'aime plus que mes filles ; j'aime mieux qu'elle soit en mauvais termes avec elles. Moins elle s'entend avec elles, plus je la trouve fascinante. Il n'y a que peu de temps que je me suis découvert cette disposition d'esprit mais celle-ci s'est développée considérablement en moi. Est-il possible que la souffrance physique, que l'impossibilité de jouir des plaisirs sexuels normaux peuvent faire dévier à ce point l'esprit d'un homme ?

Je me rappelle une querelle qui a éclaté ici l'autre jour. Bien que Keisuke n'ait pas six ans et vienne d'entrer à l'école, le ménage n'a pas eu d'autre enfant. Ma femme soupçonne Satsuko d'employer des moyens artificiels pour ne pas devenir enceinte. Au fond de moi, je crois qu'elle a raison mais j'ai toujours soutenu le contraire à ma femme. Celle-ci n'a pu s'empêcher de s'en entretenir deux ou trois fois avec Jokichi. Il s'est contenté de rire et ne voulut pas discuter le sujet avec elle.

— Vous vous trompez tous, dit-il.

— J'en suis sûre ! J'en jurerais !

Il rit et ajouta qu'alors elle pouvait s'adresser à Satsuko.

— Il n'y a pas de quoi rire. C'est sérieux ! Tu ne devrais pas être aussi coulant avec Satsuko ; elle se moque de toi.

Finalement Jokichi a fait venir Satsuko pour la défendre contre ma femme. De temps à autre m'arrivait la voix perçante de Satsuko : une discussion animée dura une bonne heure et à la fin ma femme m'appela :

— Père, ne voulez-vous pas venir un instant ? — Je ne bougeai pas et je ne sais pas exactement ce qui est arrivé mais j'ai entendu ensuite que Satsuko, s'entendant critiquée par ma femme, contre-attaqua vertement. « Je n'aime pas tellement les enfants ! » et puis : « Quand je serai tombée en poussière après ma mort, à quoi m'aura servi d'avoir mis au monde tant d'enfants ? » Ma femme ne s'avouait pas vaincue le moins du monde. « En dehors de ma présence tu ne parles pas de Jokichi en termes assez respectueux. Quand nous sommes là Jokichi t'appelle avec la familiarité d'usage mais devant le monde il emploie des expressions convenables. » Cette discussion véhémente ne paraissait pas devoir finir, ma femme et Satsuko si dressées l'une contre l'autre que Jokichi ne pouvait les réconcilier.

— Si vous nous haïssez tellement, nous ferions mieux d'aller vivre ailleurs. N'êtes-vous pas de cet avis ? ajouta-t-elle en s'adressant à Jokichi.

Cet argument mit ma femme dans l'impossibilité d'ajouter un mot, elle savait, et Satsuko savait aussi, que je ne consentirais pas à cette séparation.

— Pour les soins à donner à Père, vous pouvez les assurer avec l'aide de Sasaki. N'est-ce pas, Jokichi ? C'est ce que nous allons faire.

Maintenant que ma femme était battue à fond, Satsuko jubilait. Ainsi finit la discusion. Je regrettais de ne pas avoir eu le plaisir d'y assister.

Aujourd'hui ma femme est revenue dans ma chambre. Elle paraissait désemparée, la querelle d'hier lui tourmentait encore l'esprit.

— J'espère que les pluies touchent à leur fin, dit-elle.

— Est-ce qu'il n'a pas moins plu cette année que d'habitude ? Le moment va arriver de faire des achats pour les offrandes du Bon[1]. A propos,

1. La Fête des morts ; on leur présente des offrandes.

qu'entendez-vous faire au sujet de votre tombe ?

— Cela ne presse pas. Ainsi que je te le disais l'autre jour, je ne voudrais pas être enterré à Tôkyô, quoique j'y sois né. Je n'aime pas le Tôkyô d'aujourd'hui. Si l'on y fait construire une tombe on ne sait pas si un beau jour on ne sera pas transféré ailleurs pour une raison quelconque. Il pourrait en être ainsi au cimetière de Tama [1] par exemple, je ne tiens pas à être enterré en un endroit pareil.

— Je vous comprends bien, mais vous avez dit que vous choisiriez Kyôto et que vous régleriez la question à la mi-juillet.

— Cela va, il y a encore un mois. Je demanderai à Jokichi d'y aller.

— Vous ne voudriez pas agir vous-même ?

— Dans mon état je ne crois pas pouvoir y aller par une telle chaleur. Je remettrai peut-être cela à l'automne.

Il y a deux ou trois ans ma femme et moi avions demandé que l'on nous donnât nos noms posthumes. Le mien était Takumyôn Yûken Nissô. Celui de ma femme : Jôinmyôkô shun Daishi. Mais ces noms venaient de la secte Nichiren que je n'aime pas, alors je veux en avoir d'autres de la secte Jôdo ou de la secte Tendai. Si je déteste la secte Nichiren c'est que sur les autels domestiques de la secte il est représenté sous la forme d'une statuette d'argile avec une capuche

1. Faubourg de Tôkyô.

faite d'un morceau de soie et qu'il nous faut le vénérer ainsi. Si c'est possible je veux être enterré à Kyôto dans un temple comme le Hônenin ou le Shinnyodô [1].

Vers 5 heures Satsuko entra et se trouva brusquement nez à nez avec ma femme. Elles se saluèrent avec une politesse excessive. Ma femme ne tarda pas à s'éclipser.

— Tu as été absente toute la journée, dis-je à Satsuko. Où es-tu allée ?

— J'ai fait des courses çà et là et j'ai déjeuné avec Haruhisa au grill d'un hôtel et puis je suis allée dans un magasin étranger pour un essayage. Puis j'ai retrouvé Haruhisa et suis allée voir *Orphée noir*.

— Tu as un fameux coup de soleil sur le bras droit !

— C'est parce que je suis allée à Zushi [2] hier.

— Avec Haruhisa ?

— Oui, mais il n'est utile à rien ; j'ai dû conduire tout le temps.

— D'être brûlée à une seule place fait valoir l'éclat de la blancheur de ton corps !

— Le volant étant à droite le bras droit a été exposé au soleil toute la journée.

— Tu as le sang aux joues, comme si tu étais excitée par quelque chose.

1. Au Hônenin et au Shinnyodo le personnage vénéré est Amida, qui préside au Paradis de la Terre Pure (Jôdo).
2. Plage très réputée près de Kamakura.

— C'est possible. Je ne voudrais pas dire que je suis excitée mais Breno Mello a été vraiment bien.

— De qui parles-tu ?

— De la vedette noire d'*Orphée noir*. C'est un film d'après un mythe grec, avec un nègre dans le premier rôle, et cela se passe à Rio de Janeiro au carnaval. Tous les rôles sont tenus par des Noirs.

— Et alors, il est si bien que cela ?

— On dit que Breno Mello est un amateur qui fut un as au football. Dans le film il joue le rôle d'un conducteur de tramway. De temps en temps il fait de l'œil aux filles. Ah ! ce clignement de l'œil !

— Je ne sais pas si j'aurais grand plaisir à voir ce film !

— Vous ne voudriez pas m'y accompagner ?

— Tu voudrais y retourner avec moi ?

— Vous viendriez ?

— Hum !

— Je ne me lasserais jamais d'y aller ! C'est qu'il me rappelle Leo Espinosa que j'ai tant admiré.

— Encore un nom bizarre !

— Espinosa était un boxeur philippin qui a disputé une fois le titre de champion du monde des poids mouche. C'est un Noir aussi, mais moins beau. En tout cas Breno Mello vous produit la même impression, surtout quand il cligne de l'œil. Espinosa existe toujours mais il n'est plus aussi bon. Il était merveilleux, j'aime à me le rappeler.

— Je n'ai assisté qu'à un seul combat de boxe dans ma vie.

Pendant ce temps, ma femme et l'infirmière étaient entrées pour me dire que c'était l'heure de la planche inclinée et Satsuko continua à dessein de vanter les mérites du boxeur.

— Espinosa est un Noir de l'île de Cebu. Il a un gauche incomparable. Il détend son bras comme une flèche et, l'adversaire touché, il le replie immédiatement. Coup après coup : vous n'imaginez pas la vitesse de son bras. C'est merveilleux de le voir. Et il siffle à petits coups secs quand il attaque. La plupart des boxeurs tournent la tête à droite ou à gauche pour esquiver un coup mais Espinosa se renverse en arrière depuis la ceinture. Il est d'une souplesse étonnante.

— Ah! Ah! Et tu aimes Haruhisa parce qu'il a la peau noire comme celle d'un nègre, hein?

— Haruhisa a la poitrine velue mais les Noirs ne sont pas poilus. Quand la sueur dégouline, leur peau devient glissante et luisante : c'est fascinant! Je veux vous emmener un de ces jours à un match!

— Il ne doit pas y avoir beaucoup de beaux hommes parmi les boxeurs?

— Il y en a beaucoup qui ont le nez aplati.

— Que faut-il préférer, la lutte ou la boxe?

— La lutte est plutôt un spectacle; les lutteurs sont souvent couverts de sang, mais ce n'est pas sérieux.

— Dans la boxe, le sang doit couler aussi ?

— Bien sûr. Il arrive qu'un protège-dents jaillisse de la bouche, brisé en plusieurs morceaux ensanglantés. Mais ce n'est pas fait exprès comme dans la lutte ; vous ne voyez pas souvent de sang, excepté quand un homme frappe son adversaire au visage avec sa tête ; ou encore quand une paupière est fendue.

— Et des jeunes femmes comme vous vont voir cela ? interrompit Sasaki.

Ma femme était debout, épouvantée, sur le point de fuir.

— Je ne suis pas la seule. Beaucoup de femmes y vont.

— Je me trouverais mal !

— Quand vous voyez le sang, cela vous excite ! C'est l'agrément et le plaisir.

J'avais commencé à éprouver une violente souffrance dans la main gauche. En même temps je ressentis un plaisir intense. En regardant le fonds mauvais qui s'accusait sur son visage ma douleur et mon plaisir s'accroissaient de plus en plus.

2

Hier soir, dès que fut éteint le feu de clôture de la Fête des morts, Satsuko est partie en disant qu'elle allait prendre le dernier train de nuit pour aller à Kyôto assister au festival de Gion. Haruhisa était parti la veille pour le filmer quoiqu'il fît terriblement chaud pour faire ce métier. La Compagnie de Télévision est descendue au Kyôto Hôtel et Satsuko chez sa belle-sœur à Nanzenji.

— Je serai de retour mercredi 20, a-t-elle dit. Mais comme elle s'entend mal avec Itsuko, je pense qu'elle se bornera à coucher chez elle.

— Quand irez-vous à Karuizawa ? me demanda ma femme. Quand les enfants y arriveront ils feront du bruit. Vous devriez partir aussitôt que vous pourrez. C'est le 20 que commenceront les grandes chaleurs.

— Qu'est-ce que je vais faire cette année ? L'an dernier j'en ai eu assez d'un très long séjour. Et puis j'ai promis à Satsuko d'assister le 25 à un match de poids plume pour l'Orient au gymnase Kôrakuen.

— Vous ne voulez pas reconnaître que vous êtes un vieillard ? Vous aurez de la chance si vous n'êtes pas bousculé dans un endroit pareil.

23 juillet

Je tiens un journal simplement parce que cela m'intéresse de l'écrire. Je n'ai pas l'intention de le montrer à qui que ce soit. Ma vue s'est affaiblie terriblement de sorte que je ne peux pas lire autant que je le voudrais, alors, n'ayant pas d'autre moyen de me distraire, j'écris pour tuer le temps. J'écris au pinceau en gros caractères pour être lisible. Pour qu'il ne tombe pas sous les yeux d'indiscrets j'enferme mon carnet dans un coffre-fort. J'en ai déjà accumulé cinq maintenant. Je crois que je devrais brûler le tout un de ces jours mais j'ai peut-être avantage à les conserver. De temps en temps j'en ouvre un vieux, je suis étonné de voir combien je perds la mémoire. Les événements d'il y a un an me paraissent nouveaux ; je ne trouve pas que leur intérêt ait diminué.

L'été dernier, pendant que nous étions à Karui-zawa, j'ai fait faire ma chambre, la salle de bains et la toilette. Tout oublieux que je suis, je m'en souviens très bien. Mais en feuilletant mon journal de l'an dernier je vois que j'ai omis les détails. Aujourd'hui il y a quelque chose qui m'oblige à les noter.

Jusqu'à l'été dernier ma femme et moi dormions côte à côte dans une chambre de style japonais, mais l'année dernière nous avons remplacé les nattes par un parquet et installé deux lits. L'un est le mien, l'autre est devenu celui de Sasaki. Auparavant, ma femme avait l'habitude de coucher seule dans le salon de temps en temps. Depuis la réinstallation nous faisons régulièrement chambre à part. Je me lève de bonne heure et me couche tôt tandis que ma femme fait la grasse matinée et veille tard. Je préfère une toilette à l'occidentale mais cela ennuie ma femme si elle ne dispose pas d'une toilette basse à la japonaise. En outre, il fallait penser à des raisons de commodité pour le docteur et pour l'infirmière. J'ai donc fait installer dans une pièce à droite dans le couloir une toilette pour mon usage personnel avec un siège. On a ouvert une porte dans la cloison entre ma chambre et cette toilette qui m'évite de sortir dans le couloir. La salle de bains qui se trouve à gauche de ma chambre a été, elle aussi, complètement rénovée. Elle a été entièrement revêtue de carreaux vernissés, baignoire comprise, et une douche a été installée, ceci à la demande de Satsuko. On a ouvert une porte battante entre la salle de bains et la chambre mais si c'est nécessaire on peut la fermer de l'intérieur. J'ajouterai que la pièce de l'autre côté de la toilette est un bureau (nous avons également ouvert une porte entre les deux). L'infirmière dort dans le lit voisin du mien pendant la nuit mais pendant le jour elle se tient dans sa propre chambre qui se trouve de l'autre côté de mon bureau. La nuit comme le jour ma femme est dans le salon au bout du couloir ; elle passe presque tout son temps à regarder la télévision ou à écouter la radio. Elle en sort rarement sans nécessité.

Le ménage Jokichi et Keisuke habitent le premier étage où se trouve une salle de séjour. On a installé également une chambre d'ami meublée à l'occidentale. Il semble que les jeunes gens aient installé luxueusement leur salle de séjour, mais comme je tiens mal sur mes jambes il est rare que je m'aventure dans leur escalier en colimaçon.

Lors de la rénovation de la salle de bains on s'est un peu disputé. Ma femme tenait à une baignoire en bois, faisant valoir que l'eau ne reste pas longtemps chaude dans une baignoire vernissée dont les carreaux donnent froid en hiver. Mais j'ai suivi la suggestion de Satsuko (me gardant de dire à ma femme que l'idée venait d'elle), j'ai fait faire tout en vernissé. Ce fut une erreur de ma part (je devrais dire un succès) parce que les carreaux mouillés sont dangereusement glissants pour des vieillards. Une fois ma femme est tombée lourdement de tout son long. Une autre fois, alors que, les jambes allongées, j'avais agrippé le bord de la baignoire pour sortir du bain, ma main a glissé et je ne pus ramener mes jambes sous moi. Comme je ne puis me servir que d'une main, je me trouvais bien embarrassé. J'ai fait mettre des caillebotis de bois sur le dallage, mais pour la baignoire il n'y a rien à faire.

Quoi qu'il en soit, il y a eu du nouveau hier soir. Sasaki, l'infirmière, a un enfant. Une ou deux fois par mois elle se rend dans sa famille qui le lui garde. Elle part le soir, passe la nuit chez ses parents et revient le lendemain dans la matinée. Les nuits où elle n'est pas là, ma femme prend sa place dans le lit voisin du mien. J'ai l'habitude de me coucher à 10 heures, tout de suite après mon bain je me mets au lit. Depuis sa chute ma femme ne veut pas m'aider à prendre mon bain ; Satsuko ou la servante doivent m'aider mais elles ne sont pas si adroites ni si utiles que Sasaki. Satsuko est preste à se rendre utile mais elle se contente de regarder de loin et ne sert pas à grand-chose. C'est tout au plus si elle me passe une éponge ruisselante dans le dos. Quand je sors de l'eau, elle me sèche par-derrière avec une serviette, saupoudre mon dos avec du talc à bébés et met le ventilateur en marche. Est-ce par discrétion, est-ce par répulsion, elle ne vient jamais devant moi. Finalement elle m'aide à passer mon peignoir de bain et m'expédie dans ma chambre, après quoi elle disparaît dans le couloir. Elle répète que le reste est l'affaire de ma femme et ne la regarde pas.

Je voudrais bien que de temps en temps Satsuko vînt occuper le lit voisin du mien mais, peut-être parce que ma femme a l'œil sur elle, elle se dérobe carrément.

Ma femme déteste coucher dans un autre lit que le sien. Elle en change les draps, les couvertures et elle s'étend de mauvaise humeur. A cause de son âge elle doit se relever deux ou trois fois la nuit mais elle dit qu'elle ne peut se satisfaire sur un siège à l'occidentale ; elle fait tout un voyage pour aller à la toilette japonaise. Elle grommelle parce qu'à cause de moi, elle ne peut dormir tout son content.

J'espérais secrètement que Satsuko serait un de ces jours priée de prendre sa place une nuit où Sasaki serait absente.

C'est ce qui est arrivé fortuitement hier soir. Vers 18 heures Sasaki demanda à se rendre auprès de son enfant. Après le dîner, ma femme se sentit subitement mal à l'aise et elle s'étendit dans le salon. Naturellement c'était à Satsuko que revenait le soin de m'aider à prendre mon bain et à assurer le service de nuit dans ma chambre. Au moment de mon bain, elle portait une chemise de polo où se trouvait dessinée une Tour Eiffel et elle avait enfilé un pantalon corsaire. Elle avait un air étonnamment agile et élégant. Il est possible que ce ne soit là que de l'imagination de ma part mais il me parut qu'elle me frottait avec un soin inhabituel. Je sentis la pression de ses doigts sur mon cou, mes épaules, mes bras.

Après m'avoir reconduit dans ma chambre, elle me dit :

— Je reviens tout de suite. Attendez. Je vais prendre une douche. — Et elle se retira dans la salle de bains. Je dus attendre une demi-heure assis sur le bord du lit ; je me sentais étrangement nerveux. Enfin elle reparut à la porte de la salle de bains, portant cette fois une sortie de bain couleur saumon, les pieds chaussés de pantoufles genre chinois, brodées de pivoines.

— Excusez-moi de vous avoir fait attendre.

Au moment où elle entrait dans la chambre, O Shizu, la servante, arriva du couloir avec une chaise de rotin repliée.

— Vous n'êtes pas encore au lit, Père !

— J'allais m'y mettre, ma chérie.

Lorsque ma femme n'est pas autour de nous, j'emploie pour parler à Satsuko des expressions plus intimes que d'habitude. Souvent je le fais consciemment, mais cela me paraît naturel quand nous sommes seuls. Dans ces cas-là Satsuko elle-même emploie à mon égard un langage un peu trop familier. Elle connaît parfaitement la manière de me complaire.

— Vous dormez plus tôt que moi alors je vais m'asseoir et lire.

Elle déplia le rotin et en fit une sorte de chaise longue ; elle s'y pelotonna et ouvrit un livre qu'elle avait apporté. Ce devait être un livre d'enseignement du français. Elle avait voilé la lampe avec une étoffe de manière à m'éviter la lumière dans les yeux. Il n'est pas douteux qu'elle n'aime pas non plus le lit de Sasaki et qu'elle avait l'intention de passer la nuit sur la chaise. Elle s'y étendit. Je m'allongeai aussi.

Ma chambre est très petite ; je mis en marche au grand ralenti le conditionnement d'air par crainte pour mon bras.

Ces jours-ci le temps a été si lourd et si humide que le docteur et l'infirmière m'ont dit de le faire marcher, ne serait-ce que pour sécher l'air. Faisant semblant de dormir, je regardais les bouts des pantoufles chinoises qui pointaient hors de sa robe de chambre. Des pieds aussi délicatement effilés sont rares chez les Japonais.

— Vous ne dormez pas encore, Père ? Sasaki dit qu'elle vous entend ronfler dès que vous êtes couché.

— Je ne sais pourquoi mais je ne peux pas m'endormir.

— Est-ce parce que je suis près de vous ?

Comme je ne répondais pas elle eut un rire étouffé.

— C'est très mauvais pour vous de vous exciter.

Et un instant après :

— L'excitation ne vous valant rien je vous donnerai de l'adaline.

C'était la première fois que Satsuko faisait preuve de quelque coquetterie à mon égard. Je me sentais excité par ses paroles.

— Cela n'en vaut guère la peine.

— Tout de même, je vais vous en donner.

Tandis qu'elle était partie chercher le médicament, il me vint une idée plaisante.

— Voilà. Deux pilules suffiront sans doute.

Elle prit une soucoupe dans la main gauche et de la droite fit tomber deux pilules du flacon, puis elle alla chercher un verre d'eau dans la salle de bains.

— Et maintenant ouvrez la bouche tout grand. Est-ce que cela ne vous fait pas plaisir que ce soit moi qui vous les fasse avaler ?

— Si, mais ne me les donne pas dans la soucoupe. Prends-les dans tes doigts et mets-les-moi dans la bouche.

— Alors je vais me laver les mains.

Et elle retourna dans la salle de bains.

— Tu vas répandre de l'eau, dis-je dès qu'elle fut de retour. Pendant que nous y sommes, ne voudrais-tu pas me les passer de bouche à bouche ?

— Ah, cela non. Inutile de chercher à profiter de l'occasion.

Avant que je ne m'en rende compte elle me fourra les pilules dans la bouche et me fit boire pour les avaler. Je voulus avoir l'air de m'endormir sous l'effet des pilules, mais en réalité je m'endormis bien.

24 juillet

Je suis allé deux fois à la toilette la nuit dernière vers 2 heures et vers 4 heures. Satsuko dormait profondément sur la chaise longue. La lampe à pied était éteinte et le livre de français était tombé par terre. Comme l'adaline avait produit son effet, je me rappelle à peine ces deux déplacements dans la nuit. Ce matin je me suis éveillé à 6 heures comme d'habitude.

— Vous êtes réveillé, Père ?

Satsuko est une lève-tôt et lorsque j'ouvris les yeux je fus surpris de la voir déjà assise, le buste dressé à mi-corps.

— Tu es déjà réveillée ?

— Je n'ai pas dormi de la nuit.

Lorsque je relevai les persiennes elle s'enfuit dans la salle de bains comme si elle ne voulait pas que je visse son visage au réveil.

L'après-midi vers 14 heures, alors que je me reposais dans ma chambre après une heure de sieste, je vis la porte de la salle de bains s'entrouvrir brusquement et Satsuko montra sa tête dans l'entre-bâillement. La tête seulement. Le reste du corps n'était pas visible. Elle avait un bonnet de bain en vinyle et sa tête ruisselait. J'entendais le giclement de la douche.

— Désolée de vous déranger si tôt. Je viens de prendre une douche ; je pensais que vous aviez fait votre sieste et je jetais un œil pour voir.

— Nous devons être dimanche aujourd'hui. Joki-chi n'est pas là ?

Sans répondre à ma question elle passa à un autre sujet.

— Même quand je prends ma douche je ne ferme jamais la porte. On peut toujours l'ouvrir.

Me disait-elle cela parce que je prends régulièrement mon bain à 9 heures du soir passées, ou parce qu'elle a confiance en moi ? Voulait-elle dire : « Entrez et regardez si vous le voulez » ? Ou encore : « Un vieillard en enfance ne me dérange en aucune manière » ? Je n'ai pas la moindre idée de ce que signifiaient ces excuses.

— Jokichi est à la maison aujourd'hui. Il est tout aux préparatifs d'un pique-nique dans le jardin ce soir.

— Qui doit venir ?

— Haruhisa, M. Amari ; il viendra peut-être aussi quelqu'un de la famille de Kugako.

— Après ce qui s'est passé l'autre jour, il est peu probable que Kugako vienne me voir de quelque temps. S'il vient quelqu'un de Tsujido ce ne seront sans doute que les enfants.

25 juillet

Hier soir, j'ai fait une grosse erreur. Il était environ 6 heures et demie lorsque le pique-nique commença. Il y régnait une telle animation, une telle gaieté que j'eus envie de me joindre aux jeunes. Ma femme fit tout ce qu'elle put pour m'en empêcher, me faisant craindre un mauvais rhume si j'allais m'asseoir sur le gazon à cette heure de la journée. Mais Satsuko insistait.

— Juste un moment, Père, dit-elle.

Je ne me sentais pas d'appétit pour les morceaux de mouton, les cuisses et les ailes de poulet que tout le monde dévorait et je n'avais pas l'intention de manger de tout cela. Ce qui m'intéressait était de voir comment Haruhisa et Satsuko se comportaient vis-à-vis l'un de l'autre. Trente ou quarante minutes après avoir rejoint la fête je commençais à éprouver un refroidissement dans les jambes et dans les reins. Cela tenait pour une part à l'avertissement de ma femme qui m'avait rendu nerveux. Finalement, Sasaki elle-même, mise probablement au courant par ma femme, vint dans le jardin et me mit en garde. Alors, je m'entêtai, comme d'habitude, et refusai de me lever si vite. Mais je sentais que je me refroidissais davantage. Ma femme connaît trop bien mon caractère entêté pour me faire de nouvelles observations. Cependant Sasaki se montra si alarmée que, finalement, je tins seulement une autre demi-heure avant de me lever et de me retirer dans ma chambre.

Vers 2 heures je fus réveillé par une extrême démangeaison dans l'urètre. Je me précipitai à la toilette et constatai que mon urine était blanchâtre. Je me remis au lit et un quart d'heure plus tard j'avais encore besoin d'uriner. La même chose se reproduisit deux fois encore jusqu'à ce que Sasaki me donne quatre comprimés de sinomine et me chauffe la région intéressée avec une boule d'eau chaude, après quoi je me sentis mieux.

Au cours des dernières années j'ai souffert d'un grossissement de la prostate (on appelait cette glande d'un autre mot au temps de ma jeunesse quand j'ai eu ma maladie vénérienne) ; de temps en temps l'urine s'accumulait et parfois il fallut me sonder. On dit que cette rétention d'urine est fréquente chez les vieillards ; habituellement il me faut du temps pour uriner. Je suis très gêné de faire attendre une file d'hommes derrière moi lorsque je suis devant un urinoir au théâtre. Quelqu'un m'a dit que l'opération de la prostate était possible jusqu'à soixante-quinze ou soixante-seize ans, que je devrais m'y décider et me faire opérer. « Vous ne pouvez vous imaginer le mieux que vous ressentirez ; votre urine s'échappera librement comme lorsque vous étiez jeune. Vous vous croirez revenu au temps de votre enfance. » Mais d'autres m'ont dit que l'opération était difficile, pénible et, maintenant que j'ai hésité si longtemps, me voici trop vieux.

Pourtant mon état s'était amélioré jusqu'à cette erreur d'hier qui m'a valu une rechute. Le docteur me dit d'être prudent pendant quelque temps. La sinomine a des effets nocifs après un usage prolongé. Je dois en prendre quatre comprimés chaque fois, trois fois par jour, mais ne pas continuer au-delà de trois jours. Chaque matin je dois sans faute faire examiner mon urine et, si elle contient des bactéries, je dois boire de l'ubaurushi.

Il en résulte que je dois renoncer au match du Kôrakuen ce soir. Ma situation s'étant beaucoup améliorée, j'y serais bien allé mais Sasaki n'a rien voulu entendre :

— Quelle idée de vouloir sortir ce soir !

— C'est trop dommage, Père ! dit Satsuko qui passait.

« J'irai et puis je vous raconterai ce match. »

A contrecœur je suis resté tranquille et je me suis soumis aux aiguilles du docteur Suzuki. Une longue et pénible séance de deux heures et demie à trois heures et demie, mais entre-temps j'ai eu un repos de vingt minutes.

L'école est fermée pour l'été et Keisuke va bientôt aller à Karuizawa avec les enfants venus de Tsujido. Kugako et ma femme seront avec eux.

— J'irai le mois prochain, dit Satsuko, je leur confie Keisuke avec plaisir en attendant mon arrivée.

— Jokichi viendra passer dix jours le mois prochain. Il est probable aussi que le mari de Kugako viendra. Mon neveu Haruhisa dit qu'il est beaucoup trop occupé par son travail à la télévision. Un décorateur artistique a des loisirs dans la journée mais tous les soirs il est enchaîné.

Ces temps-ci voici l'emploi quotidien de mes journées. A 6 heures je sors du lit et vais à la toilette. Je prends les premières gouttes d'urine dans un tube stérilisé. Puis je me baigne les yeux dans de l'eau boriquée. Ensuite je me gargarise soigneusement et me rince la bouche avec une solution de bicarbonate de soude, je me nettoie les gencives avec un dentifrice Colgate à la chlorophylle et je mets mes fausses dents. Je me promène une demi-heure dans le jardin, après quoi je m'étends sur la planche inclinée pour une élongation de trente minutes. Le petit déjeuner est le seul repas que je prenne au lit. Un verre de lait, un toast avec du fromage, une tasse de bouillon de légumes, des fruits, du thé et un comprimé d'alinamin. Puis je vais dans mon cabinet de travail pour voir les journaux, écrire mon journal et parfois, quand il me reste du temps, lire un livre. Mais le plus souvent je passe la matinée tout entière à rédiger mon journal et parfois je l'écris encore l'après-midi et le soir. A 10 heures Sasaki entre dans mon cabinet de travail pour prendre ma tension. Une fois tous les trois jours on m'injecte cinquante milligrammes de vitamines. Nous déjeunons à midi dans la salle à manger. Un bol de nouilles et un fruit, c'est tout. De 13 heures à 14 heures, sieste dans ma chambre. Trois fois par semaine : lundi, mercredi et vendredi, acuponcture par le docteur Suzuki. A partir de 17 heures une autre demi-heure d'élongation. Promenade dans le jardin à partir de 18 heures. Sasaki m'accompagne dans mes promenades du matin et du soir mais quelquefois Satsuko la remplace. A 18 h 30 dîner. Je prends un petit bol de riz et des accompagnements variés : viande, poisson, légumes. Les changements sont nombreux chaque jour. Les préférences des vieux et des jeunes diffèrent pour tous les membres de la famille. Les heures varient beaucoup pour chacun. Après dîner j'écoute la radio dans mon cabinet de travail. Pour protéger mes yeux je ne lis pas le soir et je regarde à peine la télévision.

Je n'ai pas oublié ce que Satsuko a laissé échapper avant-hier dimanche dans l'après-midi. Vers 14 heures, alors que je sortais de ma sieste et me reposais nonchalamment dans mon lit, Satsuko avait montré sa tête hors de la salle de bains et m'avait dit :

— Même quand je prends ma douche, je ne ferme pas la porte, on peut toujours l'ouvrir.

Echappés par hasard ou par calcul des lèvres de Satsuko, ces mots me firent réfléchir. Ce jour-là il y eut le pique-nique, hier j'ai dû me soigner mais ses paroles ne me sont pas sorties de la tête pendant tout ce temps. Aujourd'hui à 14 heures, je me réveillai de ma sieste et passai dans mon cabinet de travail puis je revins vers ma chambre à 15 heures. Je savais que Satsuko a pris l'habitude de prendre une douche à cette heure-là chaque fois qu'elle est à la maison. Juste pour essayer j'appuyai légèrement sur la porte de la salle de bains ; sûrement elle n'était pas fermée, je pouvais entendre le sifflement de la douche.

— Vous désirez quelque chose ?

J'avais à peine touché la porte, tout juste assez pour la faire remuer, mais elle s'en aperçut immédiatement. Je fus pris de panique mais en un clin d'œil je recouvrai mon sang-froid.

— Tu m'as dit que tu ne fermais jamais ta porte, alors j'ai essayé pour voir.

Tout en parlant je jetais les yeux dans la salle de bains. Satsuko était debout sous la douche mais tout son corps était caché par les rideaux rayés vert et blanc de la douche.

— Vous voyez que ce n'était pas un mensonge ?

— Je vois bien.

— Pourquoi restez-vous là ? Entrez donc !

— On peut entrer ?

— Vous voulez entrer, n'est-ce pas ?

— Je n'avais pas de raison particulière...

— Allons, allons. Si vous vous excitez vous allez glisser et tomber. Du calme, du calme !

Les caillebotis étaient relevés ; le sol de carreaux vernissés ruisselait sous l'eau de la douche. Faisant grande attention à mes pas, j'entrai et fermai la porte derrière moi. Par les interstices des rideaux j'apercevais de temps en temps une épaule, un genou, le bout d'un pied.

— Je pourrais peut-être te donner une explication ?

La douche s'arrêta. Tournant son dos vers moi elle me présenta le haut de son buste hors des rideaux.

— Prenez cette serviette et essuyez-moi le dos, voulez-vous ? Attention : l'eau dégouline de ma tête — Quand elle enleva son bonnet de vinyl quelques gouttes m'éclaboussèrent.

— N'ayez pas peur de frotter. Mettez-y plus d'énergie. Oh ! j'oubliais que votre bras gauche est faible. Eh bien, frottez aussi fort que vous pourrez avec votre main droite.

Un instant, je saisis ses épaules sous la serviette et, au moment où je lui donnais un baiser sur la courbe molle de son cou vers l'épaule droite, elle m'envoya une claque sur la joue.

— Pour un vieillard, vous n'avez pas honte ?

— Je croyais que tu me permettrais juste cela.

— Je ne permets rien de la sorte. La prochaine fois, je le dirai à Jokichi.

— Je suis désolé.

— Veuillez vous en aller !

Puis elle se radoucit.

— Ne vous troublez pas comme cela. Cela glisse, il ne faut pas tomber.

Comme j'étais arrivé en tâtonnant jusqu'à la porte, je sentis le bout de ses doigts me toucher légèrement le dos. Je sortis et m'assis sur mon lit pour reprendre mon souffle. Peu après, elle entra vêtue de sa sortie de bain qui montrait le bout de ses pantoufles brodées de pivoines.

— Excusez-moi d'avoir fait ce que j'ai fait, dit-elle.

— Mais non, cela n'en vaut pas la peine.

— Je vous ai fait mal ?

— Non, j'ai été un peu éberlué.

— J'ai la mauvaise habitude de gifler un homme ; c'est ma réaction.

— C'est ce que je pensais. Tu dois avoir giflé des tas d'hommes !

— Mais j'ai eu tort de vous frapper, vous !

28 juillet

Hier il n'y avait rien à faire à cause de l'acuponcture. Mais aujourd'hui à 15 heures, j'ai appliqué de nouveau mon oreille à la porte de la salle de bains. Elle n'était pas fermée ; je pouvais entendre couler la douche.

— Entrez ! Je vous attendais, dit Satsuko. Je vous demande pardon pour avant-hier.

— Je pensais bien que cela se passerait ainsi.

— Quand on prend des années, on devient effronté.

— Pour m'avoir donné cette gifle avant-hier, tu me dois bien une compensation !

— Pas de plaisanterie. Promettez-moi de ne jamais recommencer !

— Tu pourras bien me permettre de t'embrasser le cou.

— Je n'aime pas qu'on m'embrasse dans le cou.

— Où, alors ?

— Nulle part. Cela me fait mal au cœur le reste de la journée, comme si j'avais été léchée par une limace !

— Et si c'était Haruhisa ? ajoutai-je en avalant ma salive avec peine.

— Je vais taper, je vous préviens. La dernière fois j'y suis allée doucement.

— Ne te retiens pas !

— Ma main ne ploiera pas. Si je vous frappe vraiment vous en verrez trente-six chandelles.

— Mais c'est ce que je voudrais voir !

— Vous êtes incorrigible. Un vieillard enfant terrible !

— Je te le demande encore : si tu ne veux pas de baiser dans le cou, où en veux-tu un ?

— Vous pouvez m'en donner un, un seul, au-dessous du genou, rappelez-vous ! Et rien que les lèvres, pas la langue !

Elle était complètement cachée par les rideaux de la douche, sauf une jambe qui passait, au-dessous du genou.

— Tu as l'air de te présenter à un examen gynécologique !

— Stupide.

— Cela n'a pas de sens de me demander un baiser sans employer la langue.

— Je ne vous demande pas de m'embrasser ; je vous laisse simplement me toucher avec vos lèvres. C'est ce qui convient à un vieillard.

— Au moins, ne veux-tu pas fermer la douche ?

— Je ne peux pas la fermer, j'ai une impression désagréable si je ne lave pas soigneusement les endroits où l'on m'a touchée.

J'eus l'impression d'avoir bu de l'eau et pas celle d'un baiser.

— A propos de Haruhisa, Père, j'ai une faveur à vous demander.

— Quoi donc ?

— Haruhisa désire venir ici prendre une douche à l'occasion par cette chaleur. Il m'a dit : « Demande à mon oncle si je peux venir ? »

— Ne pourrait-il pas se doucher à son bureau de la Télévision ?

— Il pourrait, toutefois il n'y a qu'une salle de bains pour les acteurs. Pour le reste du personnel il y en a une autre mais qui est si sale qu'il n'aime pas s'y rendre. Il faut qu'il aille à un établissement de bains près de Ginza ; mais s'il pouvait utiliser notre douche, comme nous ne sommes pas loin de son bureau cela lui serait très commode. Il m'a dit : « Demande à mon oncle. »

— Décide ce que tu voudras. Tu n'as pas à me le demander.

— Pour dire la vérité, je l'ai amené une fois en secret, il y a peu de temps ; mais il prétend que c'est mal de venir sans rien dire.

— En ce qui me concerne, je veux bien, mais si tu veux avoir la permission, adresse-toi à Grand-Mère.

— Ne voudriez-vous pas lui en parler vous-même ? J'ai peur d'elle.

Ainsi parla-t-elle, mais Satsuko se gêne beaucoup plus avec ma femme qu'avec moi. Comme il s'agit de Haruhisa, èlle croit qu'il lui faut une permission particulière.

29 juillet

Aujourd'hui la séance d'acuponcture a commencé comme d'habitude à 14 heures. Je m'étends sur le lit et le docteur Suzuki s'assoit sur une chaise à côté de moi. Quoiqu'il veille à tout lui-même, même pour prendre les aiguilles dans leur étui et les stériliser dans l'alcool, il a toujours un élève derrière lui. Jusqu'ici je n'ai ressenti aucune amélioration dans le refroidissement de ma main ni dans l'engourdissement de mes doigts.

Une demi-heure plus tard Haruhisa entra par la porte du couloir.

— Excusez-moi, oncle Tokusuke, je ne reste

qu'une minute. Je suis désolé de vous déranger au moment de votre traitement mais Satsuko m'a dit que vous aviez donné votre permission l'autre jour et je voulais vous exprimer mes remerciements. J'en profiterai à partir d'aujourd'hui et je voulais vous saluer.

— Oh ! c'est si peu de chose qu'il n'est pas besoin de t'excuser. Tu peux venir toutes les fois que tu voudras.

— Merci infiniment. Puisque vous le voulez bien, je viendrai souvent mais pas tous les jours, bien entendu. Ces temps-ci, mon oncle, vous me paraissez en bonne santé.

— Ne dis pas pareille chose. La vieillesse me ronge terriblement. Satsuko ne fait que me gronder chaque jour.

— Mais non, Satsuko admire combien vous gardez votre jeunesse.

— C'est absurde. Aujourd'hui encore je me fais faire de l'acuponcture juste pour me tenir un peu plus longtemps en vie.

— Vous n'en êtes pas là ! Mon oncle, vous avez encore de longues années devant vous. Allons, je vous ai dérangé. Je vais aller saluer ma tante et m'en aller sans tarder.

— Par une telle chaleur ! Repose-toi un peu.

— Merci beaucoup, mais il m'est impossible de rester.

Un peu après le départ de Haruhisa, O Shizu apporta un plateau avec du thé pour deux personnes

et des gâteaux. C'était le moment de repos. Aujour-
d'hui elle avait apporté de la crème aux œufs et du
thé rafraîchi. Puis on reprit le traitement qui dura
jusqu'à 16 h 30.

Pendant que j'étais soumis au traitement je pensais
à autre chose. En me demandant la permission de
venir se doucher, n'a-t-il pas un dessein en tête ?
N'est-ce pas un stratagème inventé par Satsuko ?
Aujourd'hui même n'a-t-il pas fait exprès de venir
pendant que j'étais en traitement ? N'a-t-il pas
pensé : « Si j'y vais j'échapperai plus aisément aux
griffes du vieux. » ? Je l'ai entendu dire un soir qu'il
était occupé le soir mais qu'il pouvait s'absenter
n'importe quand dans la journée. Alors il viendra
probablement prendre sa douche dans l'après-midi à
l'heure où Satsuko se douche aussi : bref, il viendra
quand je suis dans mon cabinet de travail ou dans ma
chambre avec l'acuponcteur. La porte n'est certainement pas entrouverte quand elle est sous la douche ;
le verrou doit être fermé à ce moment. Je me
demande si Satsuko ne regrette pas d'avoir instauré
une si mauvaise habitude.

Une autre chose m'inquiète. Dans trois jours, le
1er août, ma femme, Keisuke, Kugaro et ses trois
enfants de Tsujido partiront pour Karuizawa avec
notre deuxième servante O Setsu. Jokichi dit qu'il
partira le jour suivant pour le Kansai, reviendra à
Tôkyô le 6 et rejoindra le reste de la famille à
Karuizawa le dimanche 7 pour y demeurer un peu

plus d'une dizaine de jours. Quant à Satsuko, ces arrangements lui donneront toutes sortes de bonnes occasions. Elle a dit : « Le mois prochain j'irai passer de temps en temps deux ou trois jours à Karuizawa. Même si Sasaki et O Shizu restent avec lui, cela m'ennuie de laisser Père à Tôkyô. En outre la piscine de Karuizawa est trop froide pour nager. Cela sera bien d'y aller une fois de temps en temps mais ne me demandez pas d'y séjourner longtemps. J'aime mieux le bord de la mer. » Cela me fit prévoir que je devais m'arranger pour rester à Tôkyô.

— Je pars avant vous, me dit ma femme. Quand viendrez-vous ?

— Laisse-moi voir. Maintenant que j'ai commencé avec le docteur Suzuki, je me demande si je ne dois pas continuer.

— Vous dites cela, mais ne m'avez-vous pas dit que ce traitement ne produisait aucun effet ? Pourquoi ne pas cesser jusqu'à ce que le temps se rafraîchisse ?

— Non, je crois que je commence à me sentir mieux. Ce serait dommage de m'arrêter maintenant, au bout de moins d'un mois.

— Alors vous n'avez pas l'intention de venir du tout cette année ?

— Non, je ne dis pas cela. J'irai tôt ou tard !
Par là j'arrivai péniblement à éluder ses questions.

3

A 14 h 30 le docteur Suzuki est arrivé. Il se mit immédiatement à me traiter. Le temps de repos commençait un peu après 15 heures. O Shizu apporta le thé et les rafraîchissements ; aujourd'hui c'était de la glace au café et du thé rafraîchi. Comme elle partait je lui demandai d'un ton indifférent :

— Haruhisa est-il venu aujourd'hui ?

— Oui, monsieur, mais il doit être reparti.

Sa réponse me semblait évasive.

Le docteur Suzuki mangeait avec lenteur ; entre deux cuillerées de glace il prenait une gorgée de thé.

— Excusez-moi, lui dis-je en me levant du lit et allant vers la porte de la salle de bains. — Je tournai le bouton : il était fermé. Pour satisfaire ma curiosité j'allai à la toilette, puis dans le couloir d'où je revins à la salle de bains. J'essayai la porte, elle était ouverte. La salle de bains était vide, toutefois la chemise de sport, le pantalon et les chaussettes de

Haruhisa étaient éparpillés. Je regardai sous les rideaux de la douche : personne. Cependant une grande quantité d'eau était répandue sur le sol et les murs ruisselaient. Cette O Shizu avait été embarrassée pour me répondre et semblait m'avoir menti.

Mais où était-il et où diable était Satsuko ?

Alors que je me dirigeais vers le bar de la salle à manger pour les chercher, je tombai tout à coup sur O Shizu qui allait monter l'escalier, portant un plateau avec deux verres et deux bouteilles de coca-cola. O Shizu devint soudain toute pâle et s'arrêta au pied de l'escalier. Le plateau tremblait dans ses mains. Je ne savais plus moi-même où j'en étais. Errer dans le couloir à cette heure était bizarre.

— Alors, Haruhisa est encore là ? demandai-je en m'efforçant de prendre un ton léger et gai.

— Oui, Monsieur. Je croyais qu'il était parti.

— Ah !

— Mais il est allé prendre le frais en haut.

Deux verres et deux bouteilles de coca-cola. Tous deux prenaient le frais au premier étage. Ayant abandonné ses vêtements dans la salle de bains il devait avoir pris un peignoir de bain.

Nous avons une chambre d'ami au premier étage, bien entendu, mais je me demandais où ils étaient. Il était assez naturel de lui prêter un peignoir mais ma femme étant absente et avec trois pièces au rez-de-chaussée il me paraissait peu nécessaire de l'emmener en haut... Il n'est pas douteux qu'ils croyaient que mon traitement durerait jusqu'à 16 h 30 et que je ne quitterais pas mon lit auparavant.

Après avoir regardé O Shizu monter au premier étage, je retournai tout de suite à ma chambre.

— Ah ! je vous demande pardon, dis-je en m'étendant sur mon lit. — Mon absence n'avait pas duré dix minutes. Le docteur avait à peine fini de manger.

Les aiguilles reprirent. Pendant quarante ou cinquante minutes encore, je me remis aux mains du docteur Suzuki.

Quand il fut 16 h 30 le docteur partit et je retournai dans mon cabinet de travail. Pendant ce temps Haruhisa devait avoir disparu du premier étage pour se glisser au rez-de-chaussée. Mais ils avaient mal fait leurs calculs. J'étais apparu dans le couloir d'une manière fortuite ; j'avais eu le malheur de tomber sur O Shizu. Si je n'avais pas rencontré cette dernière ils n'auraient pas su que j'étais au courant et, après tout, cela n'aurait pas eu beaucoup d'inconvénient. Si j'étais un peu plus soupçonneux je pourrais dire que Satsuko sachant que je la suspectais devinait que je pourrais sortir dans le couloir pour l'épier pendant l'intervalle de mes piqûres. Elle pouvait m'en avoir donné intentionnellement l'occasion en envoyant O Shizu chercher quelque chose à ce moment-là. Elle pensait peut-être qu'il serait avantageux pour elle de mettre le vieux au courant et de l'avertir aussitôt que possible.

Dans mon imagination j'entendais Satsuko lui

dire : « Cela va. Ne te presse pas. Repose-toi encore un peu. »

De 16 h 30 à 17 h 30, élongation puis repos jusqu'à 18 heures. Pendant ce temps, peut-être avant la fin de mon traitement, le visiteur du premier étage était sûrement parti. Satsuko était-elle allée avec lui, ou se sentait-elle trop coupable pour se montrer ? Je ne l'avais pas vue après le déjeuner. (Ces trois derniers jours j'ai pu prendre mes repas avec elle.) A 18 heures Sasaki est venue me prévenir que c'était l'heure de la promenade dans le jardin. Comme je descendais de la véranda Satsuko apparut de je ne sais où et dit à l'infirmière :

— Madame Sasaki, aujourd'hui vous pouvez disposer de votre temps. J'accompagnerai Monsieur.

— Quand Haruhisa est-il parti ? dis-je en arrivant au Pavillon.

— Tout de suite après.

— Après quoi ?

— Après que nous eûmes bu notre coca-cola. Je lui ai dit : « Après tout, puisqu'on t'a vu cela ferait plus mauvais effet si tu partais tout de suite. »

— On ne le croirait pas si timide !

— Il n'a cessé de me dire que son oncle allait se méprendre sur son compte, et de me demander de plaider pour lui.

— Cela suffit. N'en parlons plus !

— Si vous vous entêtez dans votre méprise, tant pis ! Nous sommes allés boire un coca-cola au premier étage parce qu'un souffle d'air y passe. Cela paraît étrange à une personne âgée. Je crois que Jokichi comprendrait.

— En voilà assez. Ce qui s'est passé m'importe peu.

— Mais cela m'importe à moi !

— Je voudrais te demander : ne te trompes-tu pas sur mon compte ?

— Que voulez-vous dire ?

— Même en supposant — c'est une supposition, remarque-le bien — qu'il s'est passé quelque chose entre Haruhisa et toi, je ne serais pas disposé à le dévoiler.

Satsuko prit un air étonné et ne dit rien.

— Je n'en soufflerais pas un mot à ma femme ou à Jokichi. Je garderais ton secret pour moi.

— Père, voulez-vous dire que je peux continuer ?

— Peut-être.

— C'est de la folie.

— C'est possible. Est-ce que tu ne l'as pas encore remarqué, une femme intelligente comme toi ?

— Mais d'où peuvent venir ces pensées ?

— Maintenant que je ne puis plus me livrer aux aventures de l'amour, je peux du moins goûter le plaisir de contempler les aventures amoureuses des autres. C'est navrant de voir un homme en arriver à ce point.

— C'est parce que vous n'espérez plus rien vous-même que vous brûlez de désirs ardents ?

— Et puis je suis jaloux. Tu me devrais d'avoir pitié de moi.

— Vous êtes habile ; je veux bien avoir pitié de vous, mais je refuse de me sacrifier pour vous faire plaisir.

— Il ne s'agit pas tant d'un sacrifice. N'en tirerais-tu pas de plaisir toi-même ? Un plaisir qui serait supérieur au mien ? Un homme dans ma situation est à plaindre.

— Prenez garde de ne pas recevoir une autre gifle.

— N'essayons pas de nous duper. Il ne s'agit pas particulièrement de Haruhisa. Ce pourrait être Amari ou n'importe qui.

— Lorsque nous venons au Pavillon, je peux être sûre que la même conversation va reprendre. Cessons de nous promener. Il ne s'agit pas seulement de vous dérouiller les jambes ; c'est dans la tête qu'est votre mal. Voyez : Sasaki nous observe de la véranda.

Le sentier était à peine assez large pour deux personnes de front. Sur les deux côtés les lespédèzes gênaient la marche.

— Le feuillage est si dru. Ne vous y entortillez pas les pieds, et tenez-moi bien.

— Nous devrions nous tenir par le bras.

— Ce n'est pas possible. Vous êtes trop petit.

Satsuko qui était à ma gauche tourna brusquement autour de moi pour venir à ma droite.

— Prêtez-moi votre canne. Voilà. Tenez-moi avec

votre bras droit. — Elle m'offrit son épaule et se mit à écarter les branches de lespédèze.

6 *août*
(suite d'hier)

— Je me demande bien ce que Jokichi pense de toi ?

— Je voudrais bien le savoir moi-même. Quelle est votre idée, Père ?

— Je n'en ai pas. J'essaie de ne pas penser à Jokichi.

— Moi non plus. Quand je le questionne il a l'air ennuyé et ne veut pas me dire la vérité. Mais je suis sûre qu'il ne m'aime plus.

— Que ferait-il s'il savait que tu as un amant ?

— Il dit que si j'en avais un, tant pis, que je n'ai pas à me gêner. Il a l'air de plaisanter en parlant ainsi mais je crois qu'il est sérieux. N'importe quel homme qui reçoit un tel aveu de sa femme fait contre mauvaise fortune bon cœur. Il doit avoir une maîtresse qui a un passé comme le mien, qui est dans un cabaret quelconque. Je lui ai dit que je consentirais à divorcer s'il me laissait voir Keisuke mais il m'a répondu qu'il n'en avait pas envie, par pitié pour Keisuke et encore plus pour vous qui me pleureriez.

— Il se moque bien de moi.

— Il sait tout à votre sujet, Père. Pourtant je ne lui en ai pas dit un mot.

— Tout de même il est mon fils !

— C'est une manière inattendue de témoigner un attachement filial !

— En réalité, il tient encore à toi, il se sert de moi comme prétexte.

La vérité est que je ne sais à peu près rien de Jokichi, mon fils aîné et héritier de la famille. Il ne doit pas y avoir beaucoup de pères aussi ignorants de leur précieuse progéniture. Je sais qu'il est diplômé de l'université de Tôkyô et qu'il est entré à la Compagnie des Plastiques du Pacifique. Toutefois je ne sais pas clairement ce qu'il y fait. Je comprends que sa compagnie achète des résines synthétiques à la Société chimique Mitsui ou ailleurs et qu'il fabrique des films pour photos, des vêtements en polyéthylène, des articles de plastique moulé tels que des bassines, des tubes pour mayonnaise. L'usine est du côté de Kawasaki mais les bureaux sont en ville, à Nihonbashi, et Jokichi y travaille à la direction commerciale. On dit qu'il en sera bientôt directeur mais j'ignore son traitement. Quoiqu'il soit l'héritier de la famille, c'est moi qui en reste le chef. Il paraît contribuer aux dépenses de la maison mais c'est moi qui en supporte la majeure partie avec mes revenus immobiliers et les dividendes que je reçois de mes valeurs.

Jusque dans ces dernières années, c'était ma

femme qui tenait les comptes mensuels de la maison mais maintenant Satsuko s'en charge. Au dire de ma femme, elle manie les chiffres avec une habileté surprenante et elle épluche de près les factures des fournisseurs. Elle va souvent à la cuisine pour examiner le contenu du réfrigérateur. Les servantes tremblent quand elles entendent sa voix. Aimant les nouveautés elle a fait installer une poubelle à couvercle l'an dernier, mais maintenant elle le regrette. Je l'ai entendue gronder sévèrement O Setsu parce qu'elle y avait jeté une patate douce qui paraissait mangeable.

— Si elle est mauvaise, ne peux-tu pas la donner au chien ? Vous vous amusez toutes à jeter n'importe quoi. Je n'aurais jamais dû acheter cette poubelle.

Ma femme dit que Satsuko tourmente les servantes pour leur faire réduire autant que possible les dépenses de maison et qu'elle met dans sa poche les économies faites, qu'elle met chacun dans la gêne mais qu'elle se permet toutes sortes de fantaisies personnelles. Quelquefois elle charge O Setsu de manier l'abaque mais généralement elle s'en charge personnellement. C'est un comptable qui établit les taxes mais elle confronte ses chiffres avec les siens. Bien que très occupée par la conduite du ménage en sa qualité de jeune maîtresse, elle entreprend toutes sortes de tâches concernant la maison et s'en acquitte avec célérité. Jokichi est enchanté. A l'heure actuelle, sa position dans la famille Utsugi est fortement établie ; en ce sens Jokichi doit la trouver indispensable.

Lorsque ma femme avait fait des objections à son mariage avec Satsuko il lui avait répondu :

— Tu dis qu'elle n'est qu'une danseuse, mais je suis certain qu'elle saura administrer une maison. Je t'assure qu'elle en a toutes les capacités.

A ce moment, Jokichi hasardait un jugement aventureux ; il ne devait pas avoir une vision claire de l'avenir. Devenue sa femme elle montra toutes ses capacités qu'elle ignorait elle-même jusqu'alors.

Bien que j'y aie consenti, je ne pensais pas que leur ménage durerait très longtemps. J'ai toujours cru que Jokichi avait hérité de moi la facilité que j'avais dans ma jeunesse de m'amouracher de toutes les femmes et d'en être vite las... Mais je crois que maintenant les choses ne sont pas aussi simples. Il est clair qu'il n'est pas aussi fou d'elle que lorsqu'il l'a épousée. Et pourtant, à mes yeux, elle est plus belle que jamais... Il y a presque dix ans qu'elle est entrée dans notre maison et, chaque jour, elle paraît plus jolie. Le fait a été vraiment frappant après qu'elle a eu Keisuke. Maintenant il ne lui reste rien de la vulgarité d'une ancienne danseuse.

Assurément, quand nous sommes seuls tous les deux, il arrive que les manières d'autrefois resurgissent. Il a dû en être de même entre Jokichi et elle au début de leur amour, mais cela ne doit plus arriver maintenant. Je crois qu'au contraire mon fils apprécie ses qualités de maîtresse de maison et serait ennuyé de la perdre. Quand elle joue l'innocence elle paraît être un modèle de femme. Son langage et ses mouvements sont animés, elle est extrêmement intelligente ; en même temps elle est avenante, pleine de charme et sait flatter chacun. Elle donne à tous cette impression, ce qui excite secrètement l'orgueil de Jokichi. Je ne puis donc croire qu'il veut la quitter ; même s'il avait des soupçons sur sa conduite, il feindrait de ne rien remarquer pourvu qu'elle agît habilement.

7 août

Jokichi est revenu hier soir du Kansai ; il part ce matin pour Karuizawa.

8 août

De 13 à 14 heures j'ai fait la sieste en attendant la visite du docteur Suzuki. J'entendis frapper à la porte de la salle de bains. Une voix dit :

— Je m'enferme.

— Il va venir, n'est-ce pas ?

Elle montra sa tête un instant puis ferma brusquement la porte en la faisant claquer et la verrouilla. Quoique je n'aie pu la voir que l'espace d'un éclair, je remarquai son air froid. Elle avait déjà pris sa douche car l'eau ruisselait de son bonnet de vinyl.

9 août

Ce n'était pas le jour de visite du docteur Suzuki mais je ne pus résister à l'envie de rester dans ma chambre après ma sieste. J'entendis de nouveau frapper à ma porte et Satsuko qui disait :

— Je vais m'enfermer !

C'était une demi-heure plus tôt qu'hier et elle ne me regarda pas. Un peu après 15 heures, je tournai le bouton de la porte. Il était encore bloqué. A 17 heures, alors que j'avais mon élongation, j'entendis Haruhisa me dire en passant :

— Merci encore, mon oncle ! J'use tous les jours de la permission.

Malheureusement je ne pouvais voir son expression quand il parlait.

A 18 heures, partant pour ma promenade dans le jardin, je demandai à Sasaki si Satsuko était là.

— Je crois que j'ai entendu la Hillman sortir il y a peu d'instants.

Elle alla questionner O Setsu.

— Il semble que la jeune maîtresse est sortie, me rapporta-t-elle.

84

Sieste de 13 à 14 heures. Tout s'est répété comme avant-hier.

Pas d'acuponcture. Cependant les événements n'ont pas ressemblé à ceux d'avant-hier. Satsuko sortit la tête et me dit :

— La porte est ouverte ! — Son visage était étonnamment radieux.

J'entendais couler la douche.

— Tu ne l'attends pas ?

— Non. Entrez donc.

J'entrai. Elle était cachée sous les rideaux de la douche.

— Aujourd'hui, vous pouvez m'embrasser.

La douche s'arrêta. Elle sortit une jambe hors des rideaux.

— Tu as l'air de te préparer à un examen gynécologique.

— Au-dessus du genou c'est défendu ! J'ai arrêté exprès la douche.

— Comme récompense, n'est-ce pas un peu mesquin ?

— Si cela ne vous plaît pas, renoncez-y. Je ne vous force pas.

Elle ajouta :

— Aujourd'hui non seulement les lèvres sont permises mais vous pouvez employer la langue.

Je pris la même position que le 28 juillet et je suçai le mollet de Satsuko à la même place ; je le savourai à loisir avec ma langue. Cela ressemblait bien à un baiser. Ma bouche glissait de plus en plus vers le talon. Contrairement à ce que je prévoyais, elle ne dit pas un mot. Elle me laissait faire à ma guise. Ma langue arriva au cou-de-pied, puis au bout du gros orteil. Je m'accroupis, levai sa jambe et je fourrai dans ma bouche ses trois premiers orteils. Ensuite j'embrassai jusqu'à la plante du pied tout humide, un pied qui était aussi fascinant qu'un visage.

— Cela suffit.

Brusquement la douche coula, m'inondant la tête, le visage et cet adorable pied.

A 17 heures Sasaki me prévint que c'était le moment de l'élongation.

— Holà ! Vous avez les yeux rouges ! s'écria-t-elle.

Ces dernières années le blanc de mes yeux a eu souvent tendance à s'injecter de sang ; il prenait une teinte rougeâtre. En regardant attentivement on peut voir un nombre incroyable de minuscules vaisseaux sanguins. Je me suis fait examiner un jour les yeux pour savoir s'il n'y avait pas danger d'hémorragie. On me dit que je n'avais pas à craindre d'hémorragie et qu'à mon âge c'était chose fréquente. La vérité est que lorsque mes yeux rougissent, mon pouls s'accentue et ma tension monte.

Sasaki me prit le pouls : Plus de 90 ! Que s'est-il passé ?

— Rien de particulier.

— Si vous le voulez bien, je vais mesurer votre tension.

Elle insista pour que je m'étende sur le sofa de mon cabinet de travail. Après un repos de dix minutes, elle fixa le tube de caoutchouc autour de mon bras droit. Je ne pouvais lire les degrés sur l'appareil mais je pus deviner à peu près d'après son air.

— Vous ne vous sentez pas mal en ce moment ?

— Pas particulièrement. Elle est haute ?

— Autour de 20.

Quand elle parle ainsi la pression est généralement plus haute, 20,5, 21 ou même 22. Il m'est arrivé plusieurs fois d'atteindre 24,5. De tels chiffres m'alarment moins que le docteur. Je suis résigné au fait que la fin peut survenir à n'importe quel moment.

— Ce matin elle était tout à fait normale : 14-8. Je suis étonnée qu'elle ait monté ainsi. Je n'y comprends rien. N'avez-vous pas fait de grands efforts étant à la selle ?

— Mais non.

— Il ne s'est rien passé ? Je suis étonnée.

Sasaki pencha la tête d'un air de doute. Je ne dis rien mais je comprenais très bien la cause. Le souvenir de la plante des pieds de Satsuko errait sur mes lèvres ; j'aurais essayé en vain de l'oublier. Il est certain que c'est au moment où je fourrai dans ma bouche les orteils de Satsuko que ma pression a atteint son maximum. J'avais le visage en feu et le sang se précipitait dans ma tête comme si j'avais dû mourir d'apoplexie dans l'instant. Je m'imaginais vraiment que j'allais mourir. J'avais souvent envisagé la mort et pourtant la pensée de mourir m'effrayait. Je me disais que je devais absolument me calmer, que je ne devais pas m'exciter et pourtant, en dépit de tous mes raisonnements, je continuais à chercher ses pieds. Je ne pouvais m'arrêter. Plus j'essayais de m'arrêter plus je les léchais comme un fou.

— Je meurs ! je meurs ! — Et je continuais à les lécher. Le plaisir, la terreur, l'excitation s'emparaient de moi tour à tour et me causaient des souffrances aiguës comme si j'avais dû mourir d'une crise cardiaque. Il devait y avoir deux heures de cela mais ma pression sanguine devait être encore élevée.

— Pourquoi ne pas supprimer l'élongation aujourd'hui ? suggéra Sasaki. Je crois que vous feriez bien de vous reposer.

Elle insista pour me reconduire à ma chambre et me fit mettre de nouveau au lit.

A 21 heures elle revint avec le tensiomètre.

— C'est mieux ! dit-elle. Quel soulagement ! Vous aviez 22 — plus que 15 !

— Cela doit m'arriver parfois.

— Même si cela n'arrive que parfois comme vous dites, c'était trop haut. Mais cela n'a duré qu'un instant.

Sasaki ne fut pas la seule à se sentir tranquillisée. Je poussai secrètement un soupir de soulagement plus profond que le sien.

— Enfin cela va !

Et pourtant la pensée couvait dans mon esprit que, les choses allant ainsi, je pourrais continuer à me comporter follement comme auparavant. Ce n'est pas le genre de frisson érotique que Satsuko aime au cinéma ou à la télévision mais je ne veux pas me priver au moins d'une aventure comme celle-là. Si j'en meurs, cela m'est égal.

12 août

Aujourd'hui Haruhisa est venu un peu après 14 heures. Il semble qu'il soit resté deux ou trois heures. Dès que le dîner fut terminé Satsuko partit. Elle me dit qu'elle voulait voir Martin de La Salle dans *Le Pickpocket* puis qu'elle irait à la piscine de l'hôtel Prince. Je peux m'imaginer sa silhouette dans son costume de bain décolleté, la blancheur de ses épaules nues, de son dos, inondée des rayons du projecteur.

13 août

Aujourd'hui vers 15 heures j'ai fait l'expérience de mon frisson érotique. Mais je n'ai pas eu les yeux rouges. Ma pression sanguine m'a semblé normale. J'ai ressenti une petite déception. Il me manque quelque chose si mes yeux ne s'injectent pas de sang et si ma pression ne monte pas au-dessus de 20.

14 août

Hier soir Jokichi est rentré seul de Karuizawa. Il paraît qu'il doit être au bureau dès demain lundi.

16 août

Satsuko est allée hier pour la première fois depuis longtemps se baigner à Hayama. Elle m'a dit qu'elle n'avait pu de tout l'été y aller se baigner, occupée qu'elle était à me garder et qu'il lui fallait absolument brunir. Sa peau était aussi blanche que celle d'une Occidentale et elle brunit facilement. Aujourd'hui un V cramoisi se dessinait sur sa nuque et sa poitrine. On ne peut croire à la blancheur dans les parties du corps, du ventre qui étaient protégées par le costume de bain. Il n'est pas douteux que c'était pour me montrer ce contraste qu'elle m'invita à passer dans la salle de bains.

17 août

Haruhisa paraît être venu aujourd'hui.

18 août

Aujourd'hui encore un frisson érotique, mais différent de ceux du 11 et du 13. Aujourd'hui elle est arrivée chaussée de sandales à hauts talons qu'elle garda en prenant sa douche.

— Pourquoi portes-tu ces sandales ?

— Toutes les filles en portent dans les représentations de nus des music-halls. Fou de mes pieds comme vous l'êtes, ne trouvez-vous pas cela fascinant ? De temps en temps elles montrent la plante de leurs pieds.

Cela suffisait, mais une autre chose arriva.

— Père, est-ce que je vous permettrai une accolade aujourd'hui ?

— Qu'entends-tu par une accolade ?

— Vous ne savez pas ? C'est ce que vous me faisiez l'autre jour.

— Des baisers dans le cou ?

— Mais oui. C'est une sorte de câlinerie.

— Il faut m'expliquer. Je ne connaissais pas cela dans ma jeunesse.

— Oh ! Comme il faut se donner de la peine avec les personnes âgées ! Cela veut dire caresser quelqu'un sur tout le corps. Et puis il y a la « grande accolade ». Je vois que j'ai beaucoup de choses à vous enseigner.

— Alors tu me laisses t'embrasser dans le cou ?

— Aussi longtemps que vous m'en saurez gré.

— Je ne saurais t'en être plus reconnaissant. Mais pourquoi ai-je une pareille faveur ? J'ai peur de la suite.

— Vous avez bien compris. Vous n'aurez qu'à vous en souvenir.

— Je ne peux le savoir dès maintenant ?

— Oh ! commencez par l'accolade.

La tentation était trop forte. Pendant plus de vingt minutes je me livrai à ce qu'elle appelle l'« accolade ».

— J'ai gagné ! Vous ne pouvez plus rien me refuser après tout cela.

— Que me demandes-tu ?

— Il ne faut pas que l'étonnement vous plonge dans une telle panique !

— De quoi diable s'agit-il ?

— De quelque chose dont j'ai envie depuis quelque temps.

— Quoi donc ?

— Un œil-de-chat.

— Un œil-de-chat ! Une pierre précieuse ?

— C'est cela. Mais il ne s'agit pas d'une petite. Je veux une bague avec une grosse pierre, comme les hommes en portent. Et j'en ai justement trouvé une dans un magasin des arcades de l'hôtel Impérial. De toute manière, c'est celle-là que je désire.

— Combien coûte-t-elle ?

— Trois millions de yens.

— Combien ?

— Trois millions de yens.

— Tu plaisantes !

— Je ne plaisante pas.

— Je n'ai pas cette somme-là en ce moment.

— Je sais très bien que vous pouvez me la donner. Alors j'ai dit que je réfléchirais et que je repasserais dans deux ou trois jours.

— Je ne croyais pas qu'une accolade coûte si cher !

— Mais ce n'est pas seulement pour aujourd'hui ; vous pouvez recommencer désormais.

— Au prix où est l' « accolade », un véritable baiser doit coûter cher !

— Comment ? Et vous qui disiez que vous ne sauriez m'en être reconnaissant !

— Mais c'est une chose prodigieuse. Que dira ma femme quand elle s'en apercevra ?

— Je ne serai pas aussi maladroite.

— Tu m'en rends malade. On ne torture pas un vieil homme de la sorte.

— Vous aviez l'air heureux, cependant.

A la vérité, je crois que j'avais l'air heureux.

19 août

On annonce un typhon. C'est peut-être pourquoi la main me fait si mal et que mes jambes se meuvent plus difficilement. Le dolosin que Satsuko est allée m'acheter me soulage un peu. J'en prends trois fois par jour, trois comprimés à la fois. Comme cela se prend par la bouche je le préfère au nobulon. Mais ce que j'y trouve d'ennuyeux est que cela me fait transpirer abondamment comme l'aspirine.

De bonne heure dans l'après-midi le docteur Suzuki a téléphoné pour dire qu'en raison du typhon possible il demandait à ajourner sa visite. Je répondis que j'étais d'accord avec lui et allai dans mon cabinet de travail. Satsuko y vint immédiatement.

— Je viens chercher ce que vous m'avez promis. Ensuite, je vais à la banque et de là je passerai par l'hôtel.

— Il y a un typhon en route, tu sais. Ne pourrais-tu éviter de sortir par ce temps. ?

— Je ne veux pas attendre que vous changiez d'avis. J'ai envie de mettre cette bague à mon doigt aussitôt que possible.

— Je ne reviens pas sur une promesse faite.

— Demain, ce sera dimanche ; je fais la grasse matinée, je n'arriverais pas à temps à la banque. Ne dit-on pas : Ne renvoie pas un plaisir au lendemain ?

J'avais d'autres projets pour l'emploi de cette somme. Dans ma jeunesse nous habitions dans le quartier de Honjo jusqu'à ce que mon père déménageât à Nihonbashi, dans le centre de Tôkyô. Après le grand tremblement de terre de 1923 nous sommes venus dans notre maison actuelle à Mamiama dans Azabu. C'est mon père qui l'a bâtie mais il est mort en 1925 alors que je venais d'avoir la quarantaine. Ma mère est morte peu après, en 1928. J'ai dit que c'est mon père qui bâtit notre maison d'Azabu, mais comme il y avait déjà là dans le quartier une villa ancienne (on dit que le célèbre homme d'Etat de Meiji Haseba Sumitaka y avait habité), il en laissa simplement une partie intacte et reconstruisit le reste. Père s'était déjà retiré des affaires à l'époque et mes parents vivaient tranquillement dans l'aile ancienne, goûtant le calme de l'endroit. Après les désastres de la guerre il fallut réparer les dommages mais la partie ancienne qu'avaient habitée mon père et ma mère avait miraculeusement échappé à l'incendie. Elle était maintenant trop délabrée pour être de quelque usage. Je voulais l'abattre et la remplacer par une maison moderne pour que ma femme et moi-même y vivions nos vieux jours mais jusqu'ici ma femme s'y était opposée. Elle dit que nous ne devions pas détruire à notre fantaisie le lieu où mon père et ma mère ont vécu leurs dernières années, nous devions le conserver le plus longtemps possible. Comme la discussion était sans fin je pensai à lui forcer la main et à faire venir les démolisseurs.

On ne peut dire que la vieille maison actuelle ne suffit pas à abriter toute la famille mais elle ne se prête pas à certains mauvais desseins que j'ai en tête. En construisant une aile nouvelle pour nous je projetais d'éloigner ma chambre à coucher et mon cabinet de travail de la chambre de ma femme et de lui ajouter une toilette privée. Elle aurait aussi sa salle de bains à elle « à sa mode » avec une baignoire de bois. Ma salle de bains serait en carreaux vernissés avec douche.

— N'est-ce pas inutile pour des vieux à la retraite, d'installer deux salles de bains ? Je peux utiliser celle de la vieille maison en la partageant avec Sasaki et O Setsu.

— Tu peux bien te permettre ce luxe-là. Lorsque l'on vieillit il est agréable de pouvoir s'allonger dans un grand bain.

Mon but était de voir ma femme rester autant que possible dans sa chambre au lieu d'errer par toute la maison. Puisque l'on reconstruisait la maison je voulais l'édifier en simple rez-de-chaussée, mais Satsuko n'était pas de cet avis. En outre, je ne disposais pas des fonds nécessaires. Forcément je devais me contenter de reconstruire l'ancienne demeure. Les trois millions que m'avait demandés Satsuko devaient en partie servir à cette reconstruction.

Satsuko ne tarda pas à revenir.

— Me voici ! dit-elle en entrant radieuse comme un général triomphant.

— Tu l'as déjà achetée ?

Sans dire un mot elle me tendit la bague dans la paume de sa main. Certainement c'était un œil-de-chat superbe. Je compris que mes rêves d'une aile nouvelle à la maison s'étaient évanouis dans ce petit objet posé sur une paume douce.

— Combien de carats pensez-vous qu'elle pèse ?

Je la pris dans ma propre paume.

— Quinze !

Instantanément, la douleur habituelle commença à se faire sentir dans mon bras gauche. Je pris immédiatement trois comprimés de dolosin. Le visage radieux de Satsuko me causait une volupté ineffable qui valait mieux que la reconstruction de la vieille maison.

20 août

Le typhon n° 14 est tout près. Le vent et la pluie augmentent. Sans en tenir compte je suis parti ce matin pour Karuizawa. Satsuko et Sasaki m'ont accompagné, Sasaki en seconde classe. Sasaki s'inquiétait du temps et me demanda si l'on pouvait remettre le départ au lendemain mais ni Satsuko ni moi n'avons consenti. Satsuko et moi avions un air indifférent comme pour dire : le typhon peut bien souffler ! Nous étions sous le charme de l'œil-de-chat.

23 août

Je pensais rentrer à Tôkyô aujourd'hui avec Satsuko, mais ma femme me dit que les enfants allaient bientôt rentrer en classe, alors on avait décidé de rentrer le 24. Ne voulais-je pas rester jusqu'à demain de manière à revenir tous ensemble ? Mon espoir de rentrer seul avec Satsuko s'évanouit.

24 août

J'étais censé reprendre mon élongation ce matin mais j'ai décidé d'y renoncer. Cela ne m'a soulagé en rien. Je crois que je vais abandonner l'acuponcture aussi à la fin du mois.

Satsuko est partie rapidement ce soir pour le gymnase Kôrakuen.

Il fait beau, bien que ce soit le deux cent dixième
jour de l'année (le jour des typhons d'après le vieux
calendrier). Jokichi est parti en avion pour Fukuoka
où il restera jusqu'à la fin de la semaine.

3 septembre

On commence réellement à sentir l'automne. Après
l'ondée de la nuit, le ciel est devenu radieux. Satsuko
a placé de hautes tiges de millet et des crêtes-de-coq
dans mon cabinet de travail et a mis les sept plantes
d'automne dans l'entrée. Pendant qu'elle y était, elle
a changé le kakemono aussi. Celui-ci porte des vers
composés et calligraphiés par Nagai Kafu [1].

J'ai passé sept automnes dans la vallée d'Azabu
La gelée blanche s'attarde ; le vieil arbre abrite le
*   Pavillon de l'Ouest*
En riant je travaille toute la décade.

Je balaie les feuilles, j'aère mes livres et mes
vêtements. Kafu a toujours été l'un de mes roman-
ciers favoris quoique sa calligraphie et sa versifica-
tion chinoise ne soient pas impeccables. J'ai acheté le
kakemono à un marchand il y a des années. Je ne suis

1. Ecrivain du début du XXᵉ siècle qui a influencé Tanizaki.

pas même sûr de son authenticité car il existe de nombreux et très habiles apocryphes... La maison occidentale aux bois apparents peints dans laquelle il vécut jusqu'à sa destruction par l'incendie au cours de la guerre était tout près d'ici. C'est pourquoi il avait écrit : « J'ai passé sept automnes dans la vallée d'Azabu. »

4 septembre

A l'aube, je pense qu'il était 5 heures environ, j'ai entendu un grillon chanter quelque part. Ce n'était qu'un faible grésillement et je dormais encore à moitié mais je l'entendais de manière continue. C'est déjà la saison des grillons mais il était étrange de pouvoir les entendre de ma chambre. Quoique nous ayons quelquefois des grillons dans le jardin, je devrais à peine les entendre de mon lit. Je me demandais si l'un d'eux n'était pas entré dans ma chambre. Involontairement un souvenir d'enfance me revint. Nous habitions dans Honjo ; j'avais cinq ou six ans et je me trouvais dans les bras de ma nourrice, un grillon se mit à chanter dehors. Il était peut-être caché derrière une dalle plate du jardin, ou sous la véranda, si perçant nous arrivait son cri. Il était toujours seul, à l'encontre des grillons chanteurs ou des grillons des pins qui vivent ensemble en grand nombre. Mais celui-là avait un cri perçant qui me pénétrait jusqu'au fond de l'oreille. Dès qu'elle l'entendait, ma nourrice me disait : « Ecoute, Tokusuke, c'est déjà l'automne, il y a un grillon. » Et elle chantait en l'imitant : « " Pique l'épaule. Pique le cou ! " N'est-ce pas ce qu'il dit ? Quand tu entends cela, l'automne est là. »

C'était peut-être l'imagination mais quand elle parlait, je ressentais un air frais courir par les ouvertures des manches de mon blanc kimono. Bien que je détestasse un kimono amidonné et raide, celui que je portais la nuit avait l'odeur fade caractéristique de l'amidon. Cette odeur, le chant du grillon et la fraîcheur des matins d'automne sont restés tenaces comme de vagues souvenirs lointains. Même maintenant, à soixante-dix-sept ans, il suffit de quelques cris de grillons à l'aube pour faire revivre dans ma mémoire cette odeur d'amidon, la voix de ma nourrice, la sensation d'un kimono raide contre mon cou. Rêvant encore à moitié, je m'imagine être dans notre maison de Honjo dans mon lit encore entre les bras de ma nourrice.

Mais ce matin, à mesure que ma conscience s'éveillait, je compris que ce cri-cri venait bien de ma chambre d'aujourd'hui avec le lit de l'infirmière Sasaki à côté du mien. Cela me parut bizarre. Il était difficile de croire qu'un grillon était dans la chambre ou qu'on pouvait en entendre un dehors, portes et fenêtres fermées.

— Quoi ? — Et je prêtai attentivement l'oreille.

— Ah ! c'est cela ! C'est bien cela. — Je compris enfin.

J'écoutai. J'écoutai encore. « Sûrement c'était cela ! Aucune erreur possible, c'est cela ! »

Ce que j'entendais n'était pas le cri du grillon... C'était le bruit de ma respiration. Ce matin l'air est sec et ma vieille gorge était sèche et il me sembla que je m'enrhumais ; il en résultait qu'à chaque inspiration ou expiration je produisais un cri de grillon. Je ne savais pas bien si cela venait de la gorge ou du nez mais apparemment cela se produisait quand l'air passait dans cette région. Le cri-cri paraissait venir d'ailleurs que de mon corps ; je ne pouvais croire que j'étais la cause de ce grésillement semblable au cri d'un grillon ; il n'y avait pourtant pas à s'y tromper quand je respirais fortement. Par curiosité je recommençai plusieurs fois. Plus je respirais profondément plus fort sortait le son, comme si j'avais soufflé dans un sifflet.

— Etes-vous réveillé, Monsieur ? me dit Sasaki à moitié assise dans son lit.

— Ecoutez... Ce bruit, ne le reconnaissez-vous pas ? fis-je en soufflant de la gorge.

— Mais c'est le son de votre respiration !

— Oh ! Vous l'aviez déjà entendu auparavant ?

— Bien sûr. Je l'entends chaque matin.

— Ah ! Je fais ce bruit-là tous les matins ?

— Vous ne vous en doutiez pas ?

— Je crois l'avoir entendu ces temps derniers. J'étais hébété et je croyais que c'était un grillon.

— Ce n'est pas un grillon ; cela vient de votre gorge. Il n'y a rien d'anormal. Quand une personne prend de l'âge, elle est sujette à respirer bruyamment.

— Tu étais déjà au courant ?

— Oui, dans ces derniers temps, écoutant attentivement le matin, j'ai entendu un gentil cri-cri qui sortait de votre gorge.

— Ma femme doit l'avoir entendu.

— Certainement... une chose comme celle-là...

— Si Satsuko l'a entendu, elle doit en avoir ri.

— La jeune maîtresse ne peut pas ne pas l'avoir entendu.

5 septembre

Ce matin de bonne heure j'ai rêvé de ma mère. C'était inhabituel pour moi. Cela vient sans doute de mes souvenirs de grillon et de ma vieille nourrice. Dans mon rêve, ma mère m'apparut dans sa prime jeunesse, extrêmement belle autant que je puisse me souvenir d'elle. Je ne sais pas exactement où nous étions mais nous devions nous trouver dans notre maison de Honjo. Elle portait une cape de crêpe de Chine noir par-dessus son kimono gris à jolis dessins. C'était toujours ainsi qu'elle s'habillait pour faire des visites. Je ne sais pas où elle avait l'intention d'aller, ni dans quelle pièce nous nous trouvions. Cela devait être dans le salon car elle s'assit et tira de sa poche de ceinture l'étui contenant sa pipe et une pochette à tabac. Elle fuma une bouffée. A un moment que je ne saurais préciser elle sortit et chaussa les socques que l'on met pour aller au Pavillon. Ses cheveux étaient coiffés dans le style des feuilles de ginkgo, relevés par un cordon de perles de corail et ornés d'une grosse perle de corail et d'un peigne d'écaille serti de nacre. Je pouvais observer sa coiffure dans tous ses détails mais son visage me restait caché. Comme presque toutes les femmes de son temps ma mère était petite, dans les cinq pieds. C'est peut-être pour cela que je ne voyais pas le haut de sa tête et que son visage ne m'apparaissait pas. Mais je savais bien que c'était ma mère. Malheureusement elle ne me regarda pas et ne me parla pas. Je n'essayais pas non plus de lui parler. J'avais peut-être peur d'être grondé. Comme nous avions des parents dans le voisinage je supposai qu'elle allait les voir. La vision ne dura qu'une minute puis elle s'évanouit dans le brouillard.

Après m'être réveillé, je ruminai dans mon esprit l'image de ma mère vue en rêve. C'était peut-être un beau jour des années 1890, alors que j'étais un jeune enfant. Mère marchait dans la rue, devant notre portail, et c'est là que je la rencontrai. L'impression revenait à ma mémoire. Chose curieuse, elle seule était jeune ; j'étais vieux comme maintenant et assez grand pour la regarder de mon haut. Et pourtant je savais que j'étais un enfant et qu'elle était ma mère. On devait être à l'époque de 1894-1895 alors que nous habitions Honjo. C'est ainsi que cela doit se passer dans les rêves.

Ma mère a connu son petit-fils Jokichi mais comme elle est morte en 1928, alors que Jokichi n'avait que quatre ans, elle n'a pu connaître Satsuko qui allait devenir sa femme. Etant donné l'opposition que fit ma femme au mariage, je me demande quelle eût été celle de ma mère si elle avait vécu jusqu'alors. Il est certain que le mariage n'aurait jamais eu lieu. En tout premier lieu il eût été impossible de penser à un engagement avec une ancienne danseuse de music-hall. Si elle avait jamais appris qu'un tel mariage serait suivi par la passion folle de son fils pour sa belle-petite-fille, par le gaspillage de trois millions de yens dans l'achat d'un œil-de-chat pour récompenser une « accolade », elle se fût évanouie d'horreur.

Si mon père avait été encore de ce monde, il nous aurait déshérités, Jokichi et moi. Et qui plus est, qu'aurait dit ma mère des manières de Satsuko ?

Ma mère avait la réputation d'une beauté, quand elle était jeune. Je me la rappelle à cette époque jusqu'à ma quinzième année, elle était plus belle que jamais. Quand je compare le souvenir gardé d'elle avec Satsuko, le contraste est vraiment frappant. Satsuko passe de nos jours pour une jolie femme. C'est bien pour cela que Jokichi l'a épousée. Mais quelle différence physique entre une beauté de 1890 et une autre de 1960 ! Ma mère avait de jolis pieds. Ceux de Satsuko sont beaux également mais d'une beauté très différente. Ils n'ont pas l'air d'appartenir à des femmes de même race. Mère avait des pieds si mignons que j'aurais pu les tenir dans le creux de mes mains. Quand elle marchait elle faisait de tout petits pas, les pieds en dedans. (Je me rappelle que dans mon rêve Mère avait les pieds nus, bien que se rendant en visite. Peut-être voulait-elle me montrer ses pieds.) Toutes les femmes de l'époque Meiji avaient cette démarche de pigeon, pas seulement les beautés. Quant aux pieds de Satsuko, ils sont longs et minces avec élégance ; elle se vante de ne trouver que des souliers japonais trop larges pour elle. Au contraire, les pieds de ma mère étaient assez larges, rappelant ceux du bodhisattva Kanon du Sangetsudô de Nara. En outre, les femmes de ce temps étaient moins grandes que celles de maintenant. Il n'était pas rare d'en rencontrer qui n'avaient pas cinq pieds. Né dans l'ère Meiji, je n'ai que cinq pieds deux mais Satsuko est plus grande d'un pouce et demi.

Le maquillage de ce temps était très différent et très simple. Toutes les femmes mariées, c'est-à-dire les femmes de plus de dix-huit ans, se rasaient les sourcils et se laquaient les dents en noir. Cette coutume avait presque disparu dans les dernières années de Meiji mais elle subsistait encore dans mon enfance. Je me rappelle toujours l'odeur métallique

que répandait cette teinture pour les dents. Je me demande ce que Satsuko aurait pensé si elle avait vu ma femme maquillée ainsi. Elle a une permanente, porte des boucles d'oreilles, se peint les lèvres en corail, en rose ou en brun foncé, elle souligne ses sourcils, met une ombre sur ses paupières, se fixe de faux cils qu'elle enduit de manière à les allonger. Le jour elle prolonge ses yeux au crayon brun foncé et la nuit elle s'applique sur les yeux un mélange d'encre de Chine et d' « ombre pour les yeux ». Elle apporte les mêmes soins à ses ongles ; il serait fastidieux d'en décrire les détails.

Comme la femme japonaise s'est transformée au cours des soixante dernières années ! Je ne peux assez m'émerveiller de cette longue période que j'ai vécue, à quels innombrables changements j'ai assisté. Que penserait-elle, ma mère, si elle savait que son fils Tokusuke, né en 1883, vit encore, qu'il s'est honteusement épris d'une femme comme Satsuko, sa belle-fille qui plus est, et qu'il trouve plaisir à s'amouracher d'elle au point de lui sacrifier sa femme et ses enfants ? Comment pourrait-elle s'imaginer, même en rêve, que trente-deux ans après sa mort, son fils tomberait dans une telle folie et qu'une femme pareille serait entrée dans la famille ? Je n'aurais pas cru moi-même que les choses tourneraient ainsi.

Vers 16 heures, ma femme et Kugako sont venues. Il y avait longtemps que je n'avais vu Kugako dans cette pièce. Depuis mon refus du 19 juin elle n'avait rien eu à faire avec moi. Même lorsque ma femme et Keinosuke sont partis pour Karuizawa, elle est allée les retrouver à la gare au lieu de venir chez nous et lorsque je suis allé les rejoindre plus tard, elle a tout fait pour m'éviter. Aujourd'hui il était clair qu'elle avait quelque chose en tête.

— Merci pour vous être encore encombrés des enfants cet été.

— Qu'est-ce que tu désires ? demandai-je à brûle-pourpoint.

— Rien de particulier.

— Ah ! les enfants m'ont paru pleins d'entrain !

— Merci. Grâce à vous ils ont passé une période merveilleuse à Karuizawa.

— C'est peut-être parce que je les vois si rarement mais tous les trois me paraissent incroyablement grands.

C'est alors que ma femme intervint : — A propos, Kugako a entendu dire de drôles de choses et elle voulait que vous soyez au courant, vous aussi.

— Ah oui ?

Je pensais : « Quelle mauvaise nouvelle est-elle venue m'apporter ? »

— Père, vous devez vous souvenir de M. Yûtani ?
dit ma femme.

— Yûtani, qui est allé au Brésil ?

— Il s'agit de son fils, un jeune homme qui est
venu au mariage de Jokichi, à la place de son père.

— Comment pourrais-je me le rappeler ? Que lui
arrive-t-il ?

— Je ne me souviens pas bien de lui moi-même
mais Kugako dit que son mari et lui sont amis et leurs
femmes et eux se voient de temps en temps.

— Au fait, dis-moi ce qui lui est arrivé.

— Eh bien, il paraît que M. et Mme Yûtani sont
venus à l'improviste dimanche dernier, disant qu'ils
se trouvaient dans le voisinage. Mais Mme Yûtani est
une telle bavarde que Kugako se demande si elle
n'est pas venue exprès pour lui raconter l'histoire.

— Quelle histoire ?

— Oh ! Je crois que vous feriez mieux de l'entendre raconter par Kugako.

J'étais assis dans mon fauteuil, les deux femmes
étaient debout puis elles s'assirent en soupirant sur le
sofa me faisant face. Alors Kugako reprit la conversation. Elle n'a que quatre ans de plus que Satsuko
mais elle paraît déjà arrivée à sa maturité. Elle dit
que Mme Yûtani est une bavarde mais elle ne lui cède
en rien à cet égard.

— Le 25 du mois dernier, le soir où nous sommes
revenus de Karuizawa, il y avait un match de poids
plume au gymnase Kôrakuen, n'est-ce pas ?

— Comme si je pouvais savoir !

— En tout cas, il y en avait un. C'est ce soir-là que le champion japonais bantam, Sakamoto Haruo, a remporté le championnat d'Extrême-Orient en mettant knock-out le premier bantam thaïlandais Shinoi Lukpurakis, répétait sans sourciller Kugako, un nom que je n'aurais pu débiter d'un trait sans m'emmêler la langue. Quoi qu'elle en dit, elle était volubile.

Le ménage Yûtani paraissait être venu de bonne heure pour assister au début. D'abord, les deux sièges qui se trouvaient à leur droite étaient vides puis, au moment où le championnat allait commencer, une femme extrêmement chic arriva, de luxueuses clés d'auto dans une main et un sac beige dans l'autre. Elle s'assit près d'eux. Qui croyez-vous que c'était ?

Je ne répondis rien.

— Mme Yûtani dit qu'elle n'avait pas revu Satsuko depuis le mariage, il y a sept ans ou huit ans ; il était donc naturel pour Satsuko d'avoir oublié son visage ou même d'être frappée par le souvenir d'une personne comme elle dans toute cette foule. « Mais je ne pouvais l'oublier, ajouta-t-elle. Elle est si incroyablement jolie qu'elle ne saurait échapper de la mémoire. Mais juste au moment où j'allais lui parler et lui demander si elle n'était pas Mme Utsugi, un inconnu se glissa près de Satsuko, de l'autre côté. » Mme Yûtani ajouta qu'il semblait être de ses amis ; ils se mirent à bavarder ensemble de sorte que je renonçai à l'occasion de lier conversation.

Je ne disais pas un mot.

— Jusque-là cela va. Je n'ai plus rien de bien à dire, je crois ; je vais laisser Mère raconter l'histoire.

— Ce n'est certainement rien de bien, s'exclama ma femme.

— Mère, voudriez-vous lui raconter cela vous-même ? J'aimerais mieux que ce ne fût pas moi. En tout cas, Mme Yûtani dit que la première chose qu'elle remarqua fut un œil-de-chat brillant au doigt de Satsuko. Celle-ci s'étant assise près d'elle elle ne pouvait manquer de voir une pierre pareille ! Elle dit qu'elle devait peser au moins quinze carats. Même pour un œil-de-chat on n'en rencontre pas tous les jours d'aussi splendide. Je ne savais pas que Satsuko eût une bague pareille et Mère dit qu'elle ne la lui connaissait pas non plus. Quand croyez-vous qu'elle l'a achetée ?

Kugako s'arrêta, me demandant une réponse.

— Cela me rappelle, poursuivit-elle, le scandale qui éclata lorsque Kishi était Premier ministre et qu'il acheta en Indochine française ou je ne sais où un œil-de-chat. Les journaux disaient qu'il valait deux millions de yens. Les pierres précieuses ne sont pas si chères en Indochine, alors si une pierre comme celle-ci vaut deux millions là-bas, son prix doit être double au Japon.

— Qui croyez-vous qui la lui a achetée ? demanda ma femme.

— Quoi qu'il en soit, la pierre était si magnifique,

si brillante, que Mme Yûtani ne pouvait que la regarder avec des yeux ronds, stupéfaite. Satsuko paraissait mal à l'aise ; elle sortit de son sac une paire de gants de dentelle et les enfila. Mais l'œil-de-chat n'apparaissait que plus brillant. Vous voyez : ces gants étaient en dentelle française à la main et noirs, qui plus est ! Il est possible qu'elle les portait exprès pour rehausser l'éclat de la pierre. Mme Yûtani dit que Satsuko était assise juste à sa droite, la bague à la main gauche, elle ne pouvait s'empêcher de la regarder. Cet œil-de-chat qui luisait au travers des gants de dentelle noire lui firent presque oublier le match de boxe.

4

— Dites-moi : comment Satsuko a-t-elle pu se procurer pareille chose ?

Ma femme se mit soudain à me presser. Je ne répondis rien, alors elle demanda :

— Quand la lui avez-vous achetée ?

— Qu'importe la date !

— Mais cela importe. D'abord comment avez-vous eu autant d'argent disponible ? Et vous qui disiez à Kugako que vous étiez limité dans vos dépenses parce que vous en aviez beaucoup à faire !

Je restai silencieux.

— C'étaient là vos dépenses ?

— C'étaient celles-là.

Un moment, ma femme et Kugako en eurent le souffle coupé.

— Je te dis que même si j'avais de l'argent pour Satsuko, je n'en aurais pas pour Kugako !

Après avoir assené un coup de cette violence, il m'arriva de trouver une bonne excuse.

— Tu te rappelles que je voulais démolir l'aile ancienne et la rebâtir, dis-je à ma femme. Et combien tu t'y es opposée ?

— Certainement j'étais contre cette idée. Qui donc approuverait un pareil manque de respect à la mémoire des parents ?

— Tous nos ancêtres défunts doivent se réjouir dans leurs tombes de posséder une arrière-belle-fille si dévouée à leur mémoire. C'est pourquoi j'ai mis de côté l'argent destiné à ces travaux.

— Même en agissant ainsi, pourquoi vous livrer à de telles extravagances à l'égard de Satsuko ?

— Quel mal y a-t-il à lui acheter une bague ? Elle est la femme de votre propre fils. Mes parents seraient fiers de nous voir nous montrer si généreux.

— Mais la construction d'une aile nouvelle aurait coûté davantage. Il doit vous rester de l'argent.

— Naturellement, je n'en ai consacré qu'une partie à l'achat de l'œil-de-chat.

— Eh bien, qu'allez-vous faire du reste ?

— Ce qu'il me plaira. Mes affaires ne vous regardent pas.

— A quoi voulez-vous l'employer ? Voilà ce que je vous demande.

— Ah ! je n'ai rien décidé encore. Elle dit qu'il serait agréable d'avoir une piscine, alors c'est peut-être une piscine que je construirai. Elle en serait heureuse.

Ma femme ne prononça plus un mot. Elle me regarda fixement avec des yeux pleins d'étonnement.

— Je me demande si vous pouvez construire une piscine aussi vite, dit Kugako ; l'automne approche.

— On dit que le béton met du temps à sécher ; même en commençant tout de suite, il faudra quatre ou cinq mois. Satsuko a déjà étudié l'affaire.

— Alors elle ne sera pas terminée avant l'hiver ?

— C'est pourquoi il n'y a rien qui presse. Nous pouvons prendre notre temps et finir vers mars ou avril prochain. Je voudrais seulement commencer d'assez bonne heure pour voir sa satisfaction.

Kugako en resta muette.

— Et Satsuko ne veut pas d'une petite piscine familiale. Elle la veut de quinze mètres sur vingt de manière à pouvoir s'y exercer au plaisir du ballet nautique. Elle m'a dit qu'elle ferait une démonstration devant moi. C'est comme si je construisais une piscine simplement dans ce but.

— Je suis sûre que ce sera très beau, dit Kugako. Je serais bien heureuse d'avoir chez moi une piscine ! Le petit Keisuke lui-même sera heureux d'avoir une piscine chez lui.

— Elle n'est pas d'une nature à penser à Keisuke, interrompit ma femme. Elle ne l'aide même pas pour ses devoirs à la maison ; il va avoir un étudiant pour s'occuper de lui. Et son grand-père ne pense pas davantage à lui. Les enfants de la maison sont bien à plaindre.

— Eh bien, lorsque vous aurez une piscine, Keisuke sera heureux de s'y plonger. J'espère que vous y laisserez venir souvent mes enfants aussi.

— Naturellement, aussi souvent qu'ils voudront !

Après tout, elle me rendait la pareille. Je ne pouvais défendre à Keisuke et à ses enfants d'utiliser la piscine ; ils aiment tant la natation ! Toutefois, ils vont à l'école jusqu'en fin juin et en juillet je les expédie à Karuizawa. Le seul problème à résoudre était Haruhisa.

Et combien coûtera la piscine ? Je m'étais attendu à la question mais dans leur trouble Kugako et ma femme oublièrent de soulever ce point capital.

Je me sentis un peu soulagé. De plus elles devaient avoir eu l'intention de pousser leur attaque à fond, en m'arrachant d'abord la confession relative à l'œil-de-chat et puis en soulevant la question des relations entre Satsuko et Haruhisa. Mais apparemment, elles hésitaient, de peur de voir s'envenimer la dispute et aussi parce que ma vigoureuse réplique leur en enleva l'occasion. Cependant la question serait certainement reprise tôt ou tard.

D'après le vieux calendrier, aujourd'hui est un jour favorable. Ce soir le ménage Jokichi est allé au mariage d'un de leurs amis bien qu'ils sortent rarement ensemble maintenant. Jokichi était en smoking, Satsuko portait un kimono de cérémonie.

Pour quelle raison Satsuko s'est-elle habillée à la japonaise malgré la chaleur qui persiste ? C'était une chose assez rare également. Elle portait un kimono en crêpe de Chine blanc sur lequel étaient dessinées trois branches d'arbre de tons différents sur un fond bleu pâle. On apercevait à travers le crêpe la lueur azurée de la doublure.

— Comment me trouvez-vous, Père ? Je suis venue pour que vous me voyiez.

— Tourne-toi par ici. Tourne, tourne.

Sa ceinture était d'une soie légère sur laquelle était brodé en jaune d'or un motif de Kenzan apparaissant sur un fond azur et argent. Elle était nouée en un joli nœud dont les bouts pendaient plus bas qu'il n'est d'usage. La ceinture de dessous était de soie légère blanche un peu rosée. Le ruban de retenue paraissait un cordon de brins d'or et d'argent. Elle portait une bague de jade vert foncé et tenait au bras gauche un petit sac en fausses perles blanches.

— Le costume japonais te va bien, une fois de temps en temps : tu as raison de ne porter dans ce cas ni boucles d'oreilles ni collier.

— Comme vous vous y connaissez, Père !

O Shizu entra, portant un carton de chaussures d'où elle tira une paire de sandales qu'elle aligna devant Satsuko. Celle-ci, qui portait des pantoufles, les chaussa immédiatement sous mes yeux. Ces sandales étaient de brocard d'argent avec triples talons, le dessous du cordon de pouce rose. Comme elles étaient flambant neuves, le talon entrait difficilement. O Shizu transpirait en aidant sa maîtresse. Finalement le talon entra et Satsuko fit quelques pas devant moi. Elle était fière parce que la finesse de ses chevilles était mise en valeur. C'était sans doute pour me les montrer qu'elle s'était habillée à la japonaise.

16 septembre

La chaleur persiste tous les jours ; il fait exceptionnellement chaud pour le milieu de septembre. C'est peut-être pour cette raison que mes jambes sont extrêmement lourdes et enflées. J'ai les pieds encore plus enflés que les jambes. Lorsque je presse le cou-de-pied avec le doigt, la chair s'enfonce de manière inquiétante et reste longtemps ainsi. Le quatrième et le cinquième orteil de mon pied gauche sont paralysés et gros comme des grains de raisin. La sensation de lourdeur est déjà pénible au-dessus des chevilles, mais elle l'est plus encore dans la plante des pieds. Non seulement au pied gauche mais aux deux pieds j'ai la sensation d'avoir des plaques de fer. Lorsque je marche mes jambes s'enchevêtrent au point de ne pouvoir les débrouiller. Quand j'essaie de descendre de la véranda en chaussant mes socques de jardin, je ne suis jamais capable de le faire en toute sécurité. Je vacille et perds l'équilibre. Je pose un pied sur une

dalle plate ou même sur la terre nue et je me salis.
Tous ces symptômes, je les connais depuis longtemps, mais ils sont devenus de plus en plus
fréquents. Sasaki s'inquiète et vérifie mes réflexes du
genou pour voir si ce n'est pas le béribéri ; mais cela
n'a pas l'air d'être le béribéri.

— Vous devriez prier le docteur Sugita de venir
vous examiner minutieusement, ne cesse-t-elle de me
dire. Et il faudrait faire faire un électrocardiogramme. Il y a très longtemps qu'on ne vous en a pas
fait. Ces enflures m'inquiètent.

Et puis, il m'est arrivé un accident ce matin. Je me
promenais dans le jardin avec Sasaki qui me conduisait par la main lorsque soudain notre colley bondit
de son chenil sur moi. Il voulait simplement jouer
mais je fus complètement surpris et j'eus la même
impression que si j'avais été attaqué par une bête
sauvage. Avant d'avoir pensé à me protéger, je fus
étendu sur le dos. C'était sur le gazon, de sorte que je
n'ai pas eu grand mal mais je n'en reçus pas moins
derrière la tête un coup violent qui se répercuta au
cerveau. J'essayai de me relever mais je ne le pus
immédiatement et il me fallut plusieurs minutes pour
retrouver ma canne et me remettre péniblement sur
mes jambes. Après m'avoir renversé le chien bondis-
sait joyeusement sur Sasaki. Satsuko entendit ses cris
et accourut dans son négligé.

— Leslie ! ici !

Aussitôt qu'il se sentit grondé le colley se calma et

la suivit, obéissant, jusqu'à son chenil en agitant la queue.

— Vous n'êtes pas blessé ? me demanda Sasaki en brossant le bas de mon léger kimono.

— Je ne suis pas blessé mais contre un animal de cette taille un vieillard titubant comme moi ne peut rien.

— Il est heureux que vous soyez tombé sur le gazon.

Jokichi et moi avons toujours aimé les chiens, mais nous n'avions que des petits chiens tels que des airedales ou des bassets ou des spitzers, du moins jusqu'après son mariage. Je crois que c'est six mois après qu'il fut marié que Jokichi dit qu'il voulait un barzoï et il ne tarda pas à en amener un magnifique à la maison. Et alors il engagea un homme chargé de dresser le chien chaque jour. Mais tout cela demandait tant de soins pour la nourriture, le bain, le brossage, etc., que ma femme et les servantes ne cessèrent de grommeler. Il est sûr que mon journal d'alors porte que tout cela était pour Jokichi, mais je crois que Satsuko devait être par-derrière.

Deux ans plus tard, le barzoï attrapa une méningite et mourut. Cette fois Satsuko déclara franchement qu'elle voulait un autre chien pour le remplacer ; elle demanda au vendeur de chiens de luxe de lui trouver un lévrier. Elle l'appela Gary Cooper ; elle se prit d'une passion folle pour lui, l'emmenant souvent se promener ou se faisant conduire par Nomura avec le

chien à ses côtés dans la voiture. Les servantes et la
jeune maîtresse paraissaient plus attachées à Gary
Cooper qu'à Keisuke. Mais le lévrier se trouva être un
vieil animal que le vendeur de chiens de luxe lui avait
repassé. Il mourut bientôt de filariose. Le colley
d'aujourd'hui était un troisième chien. D'après son
pedigree le père était né à Londres et s'appelait
Leslie, mais elle décida de l'appeler également
Leslie. J'ai dû noter tous ces détails dans mon
journal. Satsuko était aussi folle de lui qu'elle l'avait
été de Gary Cooper, mais Kugako ou quelqu'un
d'autre poussait secrètement ma femme à s'en débarrasser. Au cours des deux ou trois dernières années
on ne parlait à la maison que des désagréments
d'avoir un grand chien comme un lévrier...

— Eh bien, ne vous avais-je prévenu ? gronda ma
femme. Jusqu'à ces deux ou trois dernières années
vous teniez suffisamment sur vos jambes pour ne pas
craindre qu'un gros chien comme celui-là bondisse
sur vous. Il n'en est plus ainsi. Un chat vous ferait
tomber, à plus forte raison un chien. Et puis notre
jardin n'est pas tout en gazon, il y a des pentes, des
marches, des dalles plates. Qu'arriverait-il si vous
tombiez en ces endroits-là ? En fait, j'ai entendu
parler d'un monsieur qui est resté trois mois à
l'hôpital, et porte encore un plâtre parce qu'un chien
de berger l'avait fait trébucher. C'est pourquoi je
vous ai demandé de suggérer à Satsuko de se

débarrasser du colley. Si c'était moi qui le lui demandais, elle ne m'écouterait pas.

— Mais ce serait cruel de lui demander de se débarrasser d'un animal qu'elle aime tant !

— Votre sécurité ne passe-t-elle pas avant tout ?

— Supposons que je la décide à renoncer à lui, que ferons-nous d'un gros chien tel que celui-là ?

— Il y a certainement des amateurs de chiens qui aimeraient l'avoir !

— Ce serait possible s'il s'agissait d'un chiot, mais il est difficile de s'occuper d'un gros chien adulte. Et puis, j'aime assez Leslie.

— Je crois que vous avez peur que Satsuko vous en veuille. Vous ne craignez pas d'être blessé ?

— Pourquoi ne le lui demandes-tu pas ? Si Satsuko consent, je ne ferai pas d'objection.

En fait, ma femme n'ose pas parler de cela à Satsuko. De jour en jour la puissance de la « jeune maîtresse » supplante celle de la « maîtresse retraitée » de sorte qu'il est difficile de dire qu'une grosse querelle n'éclatera pas à propos de la question du chien. C'est en pensant à cela que ma femme n'ose ouvrir les hostilités.

A dire vrai, je ne tiens pas tellement à Leslie. Je sais que je prétends l'aimer uniquement à cause de Satsuko. Toujours est-il que je ne suis pas satisfait de la voir sortir en voiture avec ce chien. Il est naturel qu'elle sorte en voiture avec Jokichi et j'accepte même qu'elle sorte avec Haruhisa, mais le fait qu'on ne peut pas être jaloux d'un chien n'en rend la question que plus irritante. Et puis Leslie a un air aristocratique ; il y a de la noblesse en lui, il est peut-être plus distingué que ce Haruhisa qui fait penser à un nègre. Satsuko blottit Leslie auprès d'elle dans la voiture, et même quand elle conduit elle lui entoure le cou de son bras, frottant sa joue contre la sienne. Cela produit mauvais effet chez les gens qui la voient.

— Elle ne fait cela que lorsque vous la regardez, Monsieur, dit Nomura.

Si cela est vrai, c'est peut-être pour me taquiner.

Je me rappelle qu'un jour, espérant me faire bien voir d'elle, j'essayai de flatter Leslie devant elle et lui jetai des petits gâteaux par-dessus la barrière du chenil. Satsuko prit un air sévère et me gronda.

— Que faites-vous, Père ? me dit-elle d'un ton sec, je vous prie de ne rien lui donner sans me le demander. Voyez ! il est si bien dressé, qu'il ne touche pas à vos gâteaux !

Puis elle passa la barrière et se livra devant mes yeux à une grande démonstration de caresses, frottant sa joue, l'embrassant presque, et elle ajouta avec un sourire moqueur :

— Jaloux, hein ?

Il me serait indifférent d'être blessé si cela devait faire plaisir à Satsuko, et tant mieux si la blessure était mortelle. D'être piétiné à mort par Satsuko, passe encore, mais par son chien, non...

A 14 heures, le docteur Sugita est venu. Sasaki

s'était crue obligée de lui signaler immédiatement mon accident.

— J'apprends que vous avez fait encore une mauvaise chute.

— Ce n'était pas grand-chose.

— De toute manière, je vais vous examiner.

Il me demanda de m'étendre et commença par examiner minutieusement mes bras et mes jambes, les reins. Mes douleurs à allure rhumatismale que je ressens dans les épaules, les coudes et les rotules m'ont gêné depuis quelque temps, mais Leslie n'y est pour rien. Heureusement je ne semble pas avoir été blessé. Le docteur examina mon dos, me fit respirer profondément, me tapota la poitrine avec un cardio-graphe portatif et fit un électrocardiogramme.

— Je crois qu'il n'y a pas lieu de vous inquiéter, dit-il en partant. Je vous ferai connaître les résultats plus tard dans la journée.

Il téléphona le même soir.

— Le nouveau cardiogramme ne montre rien de sérieux, dit-il. Naturellement, chez les personnes de votre âge il est inévitable qu'il apparaisse quelques changements, mais il n'y a rien d'anormal. Il faudra vous faire examiner les reins un de ces jours.

24 septembre

Hier, Sasaki m'a demandé l'autorisation de passer

la nuit dans sa famille. C'était la première fois depuis le mois dernier; je ne pouvais vraiment pas lui refuser. Toutefois cela signifiait qu'elle ne serait de retour que dimanche vers midi. C'était un arrangement qui lui convenait car elle pouvait passer tranquillement la matinée du dimanche chez elle, mais je voulais voir ce qu'en pensait Satsuko. Depuis juillet ma femme m'a dit que Satsuko s'excusait de ne pas remplacer l'infirmière la nuit.

— Pourquoi ne pas la laisser partir ? dit Satsuko. Elle y comptait probablement.

— Cela te convient, alors ?

— Pourquoi me demandez-vous cela ?

— C'est demain dimanche, tu sais ?

— Eh bien oui. Qu'est-ce que cela peut faire ?

— Tu me diras peut-être que cela t'est indifférent, mais Jokichi n'a-t-il pas fait de nombreux voyages ces temps-ci ?

— Et alors ?

— Eh bien, par hasard il va se trouver à la maison pour le week-end.

— Bon, et alors ?

— Il aimerait probablement faire la grasse matinée avec sa femme.

— Ainsi, le méchant père lui-même paraît veiller quelquefois aux devoirs de son fils ?

— Je pense que c'est en expiation de mes fautes !

— En tout cas cela ne nous regarde pas. Jokichi

juge que vos attentions excessives sont des bontés déplacées.

— Est-ce tellement sûr ?

— Cela va. Ne vous faites pas de soucis ! Vous êtes un lève-tôt, alors je vais prendre la place de Sasaki cette nuit et j'irai le retrouver quand vous serez réveillé.

— Tu le tireras d'un profond sommeil, ce sera dommage pour lui.

— Mais non, je le trouverai éveillé, m'attendant.

— J'y renonce.

A 21 h 30, je pris mon bain, et à 22 heures je me mis au lit. Comme d'habitude O Shizu apporta la chaise longue de rotin pour Satsuko.

— Tu vas encore dormir sur cette chaise ?

— J'y serai parfaitement à mon aise, Père. Calmez-vous et dormez.

— Tu vas t'enrhumer là-dessus !

— Je ne m'enrhumerai pas ; je mettrai un tas de couvertures. O Shizu s'en chargera.

— Si je te fais attraper un rhume, je me sentirai coupable vis-à-vis de Jokichi et pas seulement de lui...

— Comme vous êtes ennuyeux ! Je crois que vous feriez bien de reprendre de l'adaline.

— Il est possible qu'il m'en faille plus de deux comprimés.

— Ne mentons pas. Le mois dernier, deux suffisaient parfaitement. A peine les aviez-vous avalés que vous tombiez dans un profond sommeil, la bouche grande ouverte et bavante.

— Sûrement je devais faire une drôle de tête !

— Je vous le laisse à penser. Mais, dites-moi, Père, pourquoi ne retirez-vous pas vos fausses dents quand je couche ici ? Je sais que c'est votre habitude.

— Il est plus confortable de les enlever pendant la nuit ; mais si je les retire, cela me donne un air de vieillard affreux. Toutefois, cela m'est égal que ma femme ou Sasaki me voient ainsi.

— Pensez-vous que je ne vous ai jamais vu non plus ?

— Cela a pu t'arriver.

— L'an dernier vous êtes resté dans le coma une demi-journée, vous vous rappelez ?

— Alors, tu as vu cela.

— Il importe peu d'avoir vu des fausses dents. Ce qui est ridicule c'est de les cacher.

— Ce que j'en fais n'est pas par envie de les cacher, mais je veux éviter aux autres un spectacle désagréable.

— Vous croyez qu'on ne juge pas votre visage si vous ne les enlevez pas ?

— Bon ! je les retire. Regardez un peu ma tête !

Je sortis du lit et allai me placer devant elle. Alors j'enlevai mes deux appareils, du haut et du bas, et les plaçai dans leur boîte sur la table de chevet. Je fermai bien les gencives et je rétrécis mes traits autant que je le pus. Mon nez descendit sur mes lèvres. Un chimpanzé aurait été moins hideux. Je fermai et ouvris les gencives nombre de fois et je tournai une langue jaune sur le tour de ma bouche. Satsuko regardait fixement ce visage.

— Votre visage ne me trouble pas le moins du monde. — Elle tira de la table de chevet un miroir à moi.

— Vous êtes-vous jamais bien regardé ? Permettez-moi de vous faire voir... Regardez !

Elle avait levé le miroir devant mon visage.

— Alors ? Qu'en pensez-vous ?

— C'est le visage d'un vieux affreusement laid.

Après m'être regardé dans le miroir, je regardai les traits de Satsuko. Il était impossible de croire à deux individus de la même race humaine.

Plus le visage aperçu dans le miroir me paraissait laid, plus celui de Satsuko me semblait splendide. Je regrettais de n'être pas plus affreux pour mieux faire ressortir la beauté de Satsuko.

— Allons ! Il faut dormir, Père. Veuillez vous remettre au lit.

— Je voudrais que tu m'apportes l'adaline, dis-je en me couchant.

— Vous croyez que vous ne pourrez pas dormir cette nuit ?

— D'être à côté de toi m'excite toujours.

— Après avoir vu ce visage, vous devriez comprendre qu'il ne peut être question d'excitation.

— C'est après l'avoir vu et puis vu le tien que je

ne peux m'empêcher de m'exciter. Je pense que tu ne peux comprendre cette disposition physiologique.

— Franchement, je ne la comprends pas.

— Je veux t'expliquer que plus laid je suis, plus ravissante tu m'apparais.

M'écoutant à peine, Satsuko alla chercher l'adaline. Quand elle revint, entre ses doigts une cigarette américaine « Kool » :

— Ouvrez tout grand ! Comme il ne faut pas vous accoutumer, je vous en donnerai deux autres au cours de la nuit.

— Tu ne pourrais pas me les donner de bouche à bouche ?

— Rappelez-vous ce visage !

A la fin, elle me les fourra dans la bouche avec ses doigts.

— Quand t'es-tu mise à fumer ?

— J'ai fumé en cachette au premier étage, de temps à autre.

Un briquet étincelait dans sa main.

— Je n'aime pas tellement à fumer, mais c'est une sorte d'accessoire. Ce soir c'est pour moi une manière de m'enlever le mauvais goût que j'ai dans la bouche.

28 septembre

Les jours de pluie j'ai plus mal que jamais aux bras et aux jambes. En vérité je sens venir cela la

129

veille. En me levant ce matin je souffrais extrêmement de l'engourdissement de mon bras et de l'en-
flure, de la lourdeur de mes jambes. A cause de la
pluie, je n'ai pu aller me promener dans le jardin
mais il m'est même difficile de marcher dans la
véranda. Je ne tarde pas à chanceler et à perdre
l'équilibre ; je cours le danger de tomber. L'engourdissement de mon bras s'étend du coude jusqu'à
l'épaule. Si cela continue j'ai peur d'être un jour
paralysé d'un côté.

Ce soir, vers 16 heures, le refroidissement des
membres était encore plus accentué comme si mon
bras était empaqueté de glace. Or, il n'est pas
absolument insensible ; quand le refroidissement
devient aussi intense on ressent une gêne proche de
la souffrance. Cependant on me dit qu'il n'est pas
froid au toucher ; mon bras paraît aussi chaud que
d'habitude. Moi seul constate ce refroidissement
intolérable. Ceci m'est déjà arrivé, généralement au
cœur de l'hiver ; il est rare de l'éprouver à ce point en
septembre. Pour lutter contre un tel refroidissement
j'ai tout le bras enveloppé dans une serviette plongée
dans l'eau bouillante et tordue, qui va jusqu'au bout
de mes doigts ; on la recouvre d'une flanelle de laine
et on m'applique deux chaufferettes de poche. Même
ainsi, mon bras se refroidit au bout de dix minutes,
de sorte que l'on tient de l'eau chaude à mon chevet ;
on y trempe la serviette pour me faire un nouvel
enveloppement. Le traitement doit être répété cinq ou

six fois, ce qui oblige à tenir l'eau toujours chaude...
On a dû m'appliquer ce procédé encore cette nuit et à
la fin le refroidissement s'est un peu atténué.

29 septembre

La nuit dernière la douleur dans mon bras a
diminué grâce à une longue application de serviettes
chaudes. J'ai pu avoir un bon sommeil mais lorsque
je m'éveillai à l'aube je sentis que mon bras me ferait
mal de nouveau. La pluie avait cessé et le ciel était
magnifiquement clair. Si seulement j'étais en bonne
santé, un beau jour d'automne m'aurait comblé de
joie. J'étais exaspéré à la pensée du plaisir que
j'aurais éprouvé quelques années auparavant. Je pris
trois comprimés de dolcine.

A 10 heures, Sasaki a mesuré ma pression sanguine. Elle était tombée à 10,5 - 5,8. Sasaki me
suggéra de prendre deux gâteaux secs avec un peu de
fromage et une coupe de thé. Trente minutes après,
elle reprit ma tension. Elle était montée à 15,8 - 9,2.
Il n'est pas bon d'avoir de tels changements de
pression dans un temps aussi court.

— Croyez-vous bon d'écrire assidûment comme
cela ? me demanda Sasaki en me voyant rédiger mon
journal. J'ai peur que ce ne soit mauvais pour vous.

J'évite autant que possible qu'elle ne lise ces

pages, mais j'ai un tel besoin de ses services qu'elle ne peut manquer d'en connaître plus ou moins le contenu. J'aurai peut-être besoin d'ici peu qu'elle me délaie de l'encre.

— Même si cela me fait un peu mal, écrire est une diversion pour moi. Si j'ai trop mal, je m'arrête, mais pour le moment je me trouve mieux en m'occupant. Vous pouvez vous en aller, maintenant.

A 13 heures, je me suis couché pour faire ma sieste et j'ai sommeillé environ une heure.

Lorsque je m'éveillai j'étais couvert de sueur.

— Vous allez vous enrhumer, dit Sasaki qui me changea mon gilet en coton inondé par la transpiration. — Je me sentais poisseux d'une manière désagréable sur le front et dans le cou.

— La dolcine est excellente mais je ne puis supporter cette transpiration profuse. Je me demande si je ne pourrais pas prendre autre chose.

A 17 heures, le docteur Sugita arriva. L'effet d'un remède s'était peut-être effacé mais je recommençais à beaucoup souffrir.

— Il dit que la dolcine le fait transpirer, dit Sasaki au docteur.

— Comme c'est ennuyeux, me dit le docteur avec sympathie. Ainsi que je vous l'ai déjà expliqué les radiographies ont montré que la plus grande partie de vos souffrances tient à des névralgies dues à des changements physiologiques dans les vertèbres cervicales, quoiqu'une partie paraisse provenir des centres

132

nerveux du cerveau. Le seul moyen de remédier à cela est d'atténuer la pression de vos nerfs par une élongation ou un plâtre, cela durera trois ou quatre mois. Toutefois, il est assez naturel chez un homme de votre âge de refuser de se soumettre à un traitement aussi rigoureux et alors tout ce qu'on peut faire est de vous soulager momentanément par une médication. Il existe des médicaments de toutes sortes ; si vous n'aimez pas la dolcine ou le nobulon, nous pourrons essayer une injection de parotine. Cela fait un peu mal, mais pas trop je pense.

Le résultat de l'injection est que je commence à me sentir un peu mieux.

1er octobre

Je continue à avoir mal à la main, surtout à mes deux derniers doigts, la douleur gagnant peu à peu le pouce. Toute ma main me fait souffrir jusqu'aux extrémités des os de mes avant-bras. Il m'est très difficile et pénible de tourner le poignet ; l'engourdissement est plus accentué encore de ce côté. Je ne saurais dire ce qui de l'engourdissement ou de la douleur me rend ce poignet plus raide. On me fait des piqûres de parotine deux fois par jour, dans l'après-midi et le soir. La douleur ne cesse pas. Sasaki a appelé le docteur Sugita et m'a fait une piqûre de salsobrocanon.

4 octobre

Etant donné que je n'aime pas les piqûres de nobulon, j'ai essayé des suppositoires, sans grand effet.

9 octobre

Depuis le 4, la douleur a tellement persisté que je n'ai pas eu le courage d'écrire mon journal. Je me suis tenu au lit, Sasaki ne quittait pas mon chevet. Aujourd'hui je me sens un peu mieux, plus disposé à écrire. Pendant ce temps, j'ai essayé toutes sortes de remèdes, par piqûres ou autrement : pyrabital, igapy-rine, doriden, noctane. Sasaki a dû me nommer tous ces remèdes mais je suis bien incapable d'en répéter tous les noms. Ces temps derniers les souffrances m'ont tenu éveillé, ce qui est anormal pour moi et j'ai dû recourir à des somnifères variés. Ma femme et Jokichi sont venus me voir de temps en temps pour voir comment je me sentais.

Ma femme s'est installée pour la première fois dans l'après-midi du 5 alors que mes douleurs étaient les plus terribles.

— Satsuko s'est demandé si elle ne devait pas venir vous voir.

Je ne répondis rien.

— Alors je lui ai répliqué qu'on ne pouvait lui reprocher une visite. Il vous suffirait de la regarder pour vous aider à oublier vos douleurs.

— Idiote, m'écriai-je dans un accès subit de rage. — Je savais combien il me serait gênant que Satsuko vît mon état misérable et pourtant, pour dire la vérité, il m'en coûtait de ne pas la voir.

— Alors vous aimeriez mieux qu'elle ne vînt pas ?

— Oui. Il ne s'agit pas seulement de Satsuko, et je ne veux pas voir entrer ici Kugako ni les autres !

— Je comprends. L'autre jour j'ai renvoyé Kugako en lui disant de patienter, si vous vous plaigniez de vos douleurs, et ce n'était juste que la main ; elle n'avait pas lieu de s'inquiéter. Comme elle insistait, je l'ai éloignée et elle pleurait.

— Pour quelle raison pleurer ?

— Et puis Itsuko tenait à venir mais je l'en ai empêchée. Mais qu'est-ce qui ne va pas avec Satsuko ? Qu'avez-vous contre elle ?

— Trois fois idiote ! Qui a dit que j'avais quelque chose contre Satsuko ? Loin de là, je l'aime trop, c'est pourquoi je ne tiens pas à ce qu'elle me voie en ce moment.

— Ah ! C'est là votre pensée ? Je parlais sans réfléchir, mais je vous en prie, ne vous mettez pas en colère. La colère est tout ce qu'il y a de plus mauvais pour vous.

Elle me parlait comme elle aurait parlé à un enfant

pour le consoler puis elle se glissa hors de la chambre.

Il était évident que ma femme avait touché un point sensible ; j'avais essayé de dissimuler mon embarras en me mettant en colère. En réfléchissant tranquillement après le départ de ma femme, je ne pouvais m'empêcher de regretter un fol accès de rage. Comment Satsuko le prendrait-elle quand elle l'apprendrait ! Sûrement elle voit trop clair dans tous les coins de mon esprit pour s'en offenser. « Oui, me dis-je, je ferais peut-être mieux de la voir. D'ici deux ou trois jours je trouverai bien une occasion. »

Cet après-midi il m'est venu soudain une idée. Il était certain que ma main me ferait mal les nuits suivantes — je l'espérais presque —, et alors j'appellerais Satsuko quand la douleur serait plus vive :

— Satsuko ! Satsuko ! J'ai mal ! Viens à mon secours, m'écrierai-je en sanglotant comme un enfant.

« Est-ce que le vieux pleure sérieusement ou ne joue-t-il pas la comédie ? » se demandera-t-elle, méfiante, pourtant elle viendra en ayant l'air d'être effrayée. « Satsuko est la seule dont j'ai besoin ! crierai-je pour chasser Sasaki. Je ne veux personne d'autre ! » Alors de quelle manière commencerai-je ?

— J'ai mal, viens à mon secours !

— Voilà, voilà, Père, dites-nous ce que vous désirez, je ferai tout ce que vous voudrez.

Ce serait parfait mais il est peu probable qu'elle tombe dans le piège. Toutefois, il doit y avoir un moyen de la persuader.

— Si je te donnais un baiser cela me ferait oublier ma douleur. Sur la jambe seulement n'irait pas, ni même une simple accolade ! Je ne serai pas satisfait sans un réel baiser.

Supposons que j'implore, que je gémisse et que je me mette à hurler. Cédera-t-elle ? Je ferai un essai dans deux ou trois jours. J'ai dit : quand la douleur sera aiguë, au plus haut point, mais je peux feindre, je n'ai pas besoin de souffrir réellement. Seulement il faudra d'abord que je me rase. Après être resté quatre ou cinq jours sans me raser, il m'a poussé de longs favoris. Peut-être cela m'aiderait-il jusqu'à un certain point parce que j'aurais l'air d'un invalide, mais un visage poilu n'est pas un avantage quand il s'agit d'un baiser. De toute manière, j'enlèverai mes fausses dents et je me tiendrai la bouche aussi fraîche et pure que possible...

Dans la soirée, la douleur m'a relancé. Je ne peux en écrire davantage. Je pose mon pinceau de côté et j'appelle Sasaki.

10 octobre

J'ai eu une injection de 5 centimètres cubes d'irgapyrine. Pour la première fois depuis longtemps je me suis senti pris de vertiges. Le plafond tournait, tournait. A la place d'un pilier j'en voyais deux ou trois. Cela a duré cinq minutes et m'a quitté en me laissant la sensation d'une lourdeur derrière la tête. J'ai pris un comprimé de luminal et je me suis endormi.

11 octobre

La douleur a été à peu près la même qu'hier. Aujourd'hui j'ai essayé un suppositoire de nobulon.

12 octobre

J'ai pris trois comprimés de dolcine. Comme d'habitude j'ai transpiré profusément.

Ce matin je me sens un peu soulagé de sorte que je me dépêche de noter les événements de la nuit.

A 20 heures, Jokichi est entré.

— Comment vas-tu ? Tu te sens un peu mieux ?

— Mieux ? Cela va plus mal de jour en jour.

— Tu le dis, mais tu es tout frais rasé !

En réalité, j'ai si mal à la main qu'il m'est difficile de manier un rasoir ; cependant j'ai réussi à me raser ce matin.

— Me raser n'est pas chose aisée. Mais si je laisse

pousser ma barbe trop long, j'aurai encore l'air d'un invalide.

— Tu ne pourrais pas demander à Satsuko de te raser ?

Quelle idée avait ce gaillard de Jokichi en me parlant ainsi ? Eut-il des soupçons en observant que j'étais rasé ? Il lui aurait déplu au début de voir Satsuko traitée avec des égards insuffisants par la famille parce qu'elle avait l'infériorité d'être une ancienne danseuse. Son sentiment était tout naturel mais eut pour résultat de donner à Satsuko le défaut de trop s'enorgueillir de sa position de « jeune maîtresse » de maison. Je ne puis dire que je n'ai pas là une part de responsabilité mais Jokichi n'a jamais cessé de lui témoigner le respect voulu. Qu'en est-il quand ils sont tous deux en tête à tête, je l'ignore, mais en public il s'applique à se comporter ainsi. Bien que je sois son père, sent-il réellement que sa précieuse femme s'acquitte sur moi d'une tâche aussi servile ?

— Je n'aimerais pas qu'une femme touche mon visage, lui dis-je. — En même temps je pensais que si j'étais étendu en arrière sur une chaise longue pour qu'elle me rase je pourrais probablement apercevoir jusqu'au fond de ses narines. Cette chair délicate et transparente aurait l'éclat d'un précieux corail.

— Satsuko se sert habilement d'un rasoir électrique. Elle m'a rasé pendant que j'étais malade.

— Vraiment ? Satsuko te rase ?

— Bien sûr ! Qu'y a-t-il d'étonnant à cela ?

— Je ne la croyais pas aussi aimable.

— Demande-lui non seulement de te raser, mais de te faire tout ce qu'il te plaira. Je lui parlerai à ce sujet.

— Est-ce possible ? Tu me dis cela, mais lui donnerais-tu un ordre tel que celui-là : Faire ce que Père désire ?

— Ne te fais pas de souci. Je vais m'en occuper.

J'ignore complètement ce qu'il lui dit, de quelle manière il lui parla, mais la nuit dernière, un peu après 22 heures, Satsuko apparut soudain.

— Vous avez dit que je ne devais pas venir vous voir, mais Jokichi m'a demandé de venir.

— Et qu'est devenu Jokichi ?

— Il est sorti de nouveau, juste pour aller boire quelque chose, a-t-il dit.

— J'espérais qu'il t'amènerait et te donnerait des ordres devant moi.

— Il n'a pas d'ordre à me donner. La situation étant embarrassante, il a fui. Quoi qu'il en soit, j'ai écouté ce qu'il avait à me dire et je l'ai renvoyé. Je lui ai dit qu'il serait gênant.

— C'est bien mais il y a encore quelqu'un qui est gênant ! — Sasaki comprit immédiatement et se déroba en nous priant de l'excuser.

A ce moment, comme sur un signal, la douleur de ma main s'accrut. Toute la main depuis le poignet jusqu'au bout des ongles devint dure comme du

140

carton, et je commençai à ressentir des démangeaisons çà et là des deux côtés du corps. J'avais l'impression d'avoir des fourmis qui couraient sur ma peau, mais les choses étaient plus compliquées et j'avais très mal. Ma main était aussi froide que si je l'avais plongée dans une bassine glacée de son de riz ; elle était engourdie et extrêmement douloureuse. Seul un malade peut comprendre une telle sensation. Le docteur lui-même ne la comprend pas, quelque peine que je prenne à la lui expliquer.

Je hurlai : « Satsu ! J'ai mal ! » Ce n'était pas de la comédie ; on ne pousse pas de tels cris à moins d'avoir réellement très mal. Si j'avais feint je ne serais jamais arrivé à un effet aussi réaliste. Tout d'abord, je l'avais appelée simplement Satsu pour la première fois, d'un nom intime et pourtant tout à fait spontané. J'en fus extrêmement heureux, heureux malgré ma douleur.

— Satsu ! Satsu ! J'ai mal ! — Je m'étais mis à gémir comme un enfant gâté. Je n'en avais pas l'intention, mais ma voix avait pris naturellement ce ton. « Satsu ! Satsu ! Satsu ! » répétai-je ; j'éclatai en sanglots. Les larmes me coulaient le long des joues ; mon nez coulait, la salive s'échappait de ma bouche. Je hurlai vraiment ; ce n'était pas de la comédie lorsque je criai Satsu ! J'étais redevenu un enfant méchant et indiscipliné. Je hurlai et pleurai sans arrêt.

Il m'aurait été impossible de cesser même si je

l'avais voulu. Ah! Peut-être étais-je devenu fou?
C'était peut-être cela la folie!

— Ouah! ouah! ouah!

Cela m'était égal d'être fou. Telles étaient mes
pensées; mais ce qui est pis c'est qu'elles firent
surgir soudain en moi la peur de la folie. Ensuite je
jouai clairement la comédie. Je me vois faire l'enfant
gâté :

— Satsu! Satsu!

— Cela suffit, Père!

Pendant quelque temps Satsuko avait gardé le
silence, me fixant avec quelque gêne, mais lorsque
nos regards se croisèrent elle parut saisir immédiatement ce qui se passait dans mon esprit.

Elle se pencha et approcha sa bouche de mon
oreille :

— Si vous continuez à prétendre que vous êtes
fou, vous le deviendrez sûrement, me dit-elle d'une
voix calme et en même temps moqueuse. Cette
comédie ridicule prouve que vous êtes déjà sur le
chemin de la folie.

Son ton ironique me fit l'effet d'une douche froide
sur la tête.

— Allons, dites-moi ce que vous voulez. Mais je
ne pourrai rien faire pour vous si vous criez comme
cela.

— Bien, je ne pleurerai plus, répondis-je froidement, en reprenant mon air habituel.

— Bien sûr, vous ne pleurerez plus. Je suis d'une

nature entêtée et ce genre de comédie ne fait que me rendre plus entêtée encore.

J'arrête cette longue narration. Finalement elle partit sans m'embrasser. Elle ne voulut pas que nos lèvres s'unissent, elle laissa un centimètre entre nos bouches ; elle m'avait fait ouvrir la mienne toute grande et se contenta d'y faire tomber une goutte de salive.

— Là ! C'est bien comme cela. Si cela ne vous convient pas, contentez-vous-en.

— J'ai mal ! Je te dis que j'ai mal !

— Vous devriez vous sentir mieux maintenant.

— J'ai mal !

— Voilà que vous criez encore ! Je vais m'en aller, alors vous pleurerez tant que vous voudrez.

— Ecoute, Satsuko, laisse-moi maintenant t'appeler quelquefois Satsu.

— C'est idiot.

— Satsu !

— Vous êtes un enfant gâté et menteur. Qui se laisserait berner ainsi ?

Elle partit en colère.

15 octobre

Cette nuit j'ai pris trois centimètres cubes de barbital, trois centimètres cubes de bromural. Il faut que je varie mes somnifères ou bien ils cessent d'agir. Le luminal n'a aucun effet sur moi.

Le docteur Sugita a conseillé d'appeler en consultation le docteur Kajiura de l'hôpital de l'université de Tôkyô. Ce dernier est venu cet après-midi. J'ai fait sa connaissance il y a quelques années, lorsque j'avais eu une hémorragie cérébrale. Aujourd'hui le docteur Sugita lui a expliqué minutieusement le cours de ma maladie depuis cette époque et il lui a montré les radiographies de mes vertèbres cervicales et lombaires.

Le docteur Kajiura dit que sa spécialité étant différente il ne pouvait porter de diagnostic relativement à ma douleur dans la main gauche, mais il pensait se trouver d'accord avec ce que l'on m'avait dit à l'hôpital Toranomon. Il allait emporter les radios pour les soumettre à l'examen de collègues avant de donner une opinion définitive. Toutefois, même aux yeux d'un non-spécialiste, il semblait évident qu'une modification s'était produite dans la région des nerfs de ma main gauche. Dès lors, si je ne voulais pas me résoudre à un traitement dans le plâtre, ou à la planche inclinée ou à l'élongation, on ne pouvait rien faire pour éliminer la tension de mes nerfs ; je devais me reposer sur les diverses mesures temporaires auxquelles le docteur Sugita avait eu recours.

Comme remèdes, les piqûres de parotine étaient

incontestablement les meilleures. L'irgapyrine ayant des effets secondaires pénibles il fallait les supprimer.

Il se livra à un examen extrêmement détaillé et me quitta en emportant les radios.

19 octobre

Le docteur Kajiura a téléphoné au docteur Sugita. Il lui a dit que le diagnostic de la section d'orthopédie de l'hôpital de l'université était identique à celui de l'hôpital Toranomon.

Vers 20 h 30 quelqu'un a ouvert timidement la porte, sans frapper.

— Qui est là ? demandai-je.

Je ne reçus pas de réponse.

— Qui est là ? répétai-je.

C'était Keisuke en kimono de nuit qui était entré furtivement dans ma chambre.

— Que viens-tu faire à cette heure ?

— Grand-père, la main vous fait mal ?

— Ce n'est pas l'affaire des enfants de s'en inquiéter. N'est-ce pas l'heure où tu devrais te coucher ?

— J'étais déjà au lit. J'en suis sorti sans rien dire pour venir vous voir.

— Retourne au lit. Les enfants n'ont pas à s'inquiéter de cela.

Ma voix s'étrangla et les larmes coulèrent sur mes joues. Ce n'était pas les mêmes larmes que celles que j'avais versées l'autre jour devant sa mère. Alors j'avais hurlé et pleuré exagérément, mais cette fois quelques larmes seulement me gonflaient les yeux. Pour les cacher je mis en hâte mes lunettes, puis elles se couvrirent de buée, rendant la situation difficile. L'enfant lui-même pouvait dire que je pleurais.

Si mes larmes de l'autre jour faisaient penser à la folie, que dire de celles d'aujourd'hui ? Cette fois elles étaient tout à fait inattendues. Comme Satsuko, j'ai le goût de choquer les gens et je crois que pleurer est honteux pour un homme. Pourtant les larmes me viennent facilement aux yeux pour le motif le plus futile. C'est une chose que j'ai toujours essayé de cacher. Depuis ma jeunesse, j'ai joué les mauvais garçons ; par exemple je dis constamment des choses méchantes à ma femme mais aussitôt qu'elle se met à pleurer je perds pied. Alors j'ai fait tout ce que je pouvais pour l'empêcher de connaître ma faiblesse. En d'autres mots, même si je ne suis pas mauvais, si je suis sentimental et porté aux larmes, ma vraie nature est perverse et j'ai le cœur froid à l'extrême. Voilà l'homme que je suis et pourtant lorsqu'un enfant innocent me montre une telle affection il m'est impossible de ne pas mouiller les verres de mes lunettes.

— Du courage, Grand-père ! Avec de la patience vous irez beaucoup mieux.

Pour cacher mes larmes je tirai la couverture par-dessus ma tête.

Ce qui m'ennuyait particulièrement, c'est que Sasaki avait tout observé.

— Oui, j'irai mieux bientôt. Maintenant monte au premier étage et couche-toi.

Voilà ce que j'essayais de dire mais la voix me manquait. Dans la nuit noire sous les couvertures les larmes coulaient à flots sur mes joues comme si on avait ouvert une écluse. « Je voudrais qu'il s'en aille. Va-t-il m'importuner toute la nuit ? »

Au bout d'une demi-heure, mes pleurs ayant séché, je sortis la tête des couvertures. Keisuke était parti.

— Comme il est gentil ! Il a beau être jeune il s'inquiète de la santé de son grand-père, observa Sasaki.

— Il est très précoce. Je déteste les gosses aussi impertinents.

— Oh ! Comment pouvez-vous dire cela !

— J'ai donné des ordres pour que les enfants ne pénètrent pas dans ma chambre de malade et malgré cela il entre à sa guise. Un enfant devrait être plus obéissant.

J'étais exaspéré à la pensée qu'il m'avait fait pleurer si facilement à mon âge. C'était vraiment inhabituel de ma part. Je me demande si ce n'est pas parce que je suis proche de la mort...

Aujourd'hui Sasaki m'a donné une information intéressante. Elle a été employée auparavant à l'hôpital P.Q. Or, hier, elle m'a demandé une heure de congé pour aller jusqu'à Shinagawa afin de se faire soigner une dent. Chez le dentiste elle a rencontré par hasard le docteur Fukushima, un orthopédiste. Ils bavardèrent une vingtaine de minutes en attendant leur tour. Le docteur Fukushima lui demanda ce qu'elle faisait maintenant. Elle répondit qu'elle était infirmière chez un certain monsieur ; ils en vinrent alors à parler de ma douleur à la main. Elle lui demanda s'il n'existait pas un bon traitement autre que l'élongation, étant donné que le vieillard que je suis détestait un tel traitement.

On ne pouvait dire qu'il n'existe pas un autre moyen, assura le docteur. La méthode comportait quelques risques et demandait une dextérité telle que peu de médecins l'employaient. Mais il était sûr de la mener à bien. Cette maladie devait être ce qu'on appelle le syndrome épaule-bras-cou. Si la sixième vertèbre cervicale était atteinte, il fallait injecter de la xylocaïne autour de sa protubérance afin de bloquer les nerfs sympathiques en ce point. Toutefois les nerfs cervicaux passant derrière l'artère principale du cou, il est très difficile d'insérer l'aiguille

avec exactitude. Blesser l'artère serait chose sérieuse ; en outre il existe d'innombrables vaisseaux
capillaires qui parcourent tout le cou. Si de la
xylocaïne ou un peu d'air s'introduisait dans l'un
d'eux, le malade commencerait immédiatement à
souffrir de troubles respiratoires. Voilà pourquoi
beaucoup de médecins évitent ce traitement, mais il
l'avait expérimenté avec succès sur de nombreux
malades sans un seul échec et il était certain de le
répéter encore.

Quand elle lui eut demandé si le traitement
durerait très longtemps, il répondit qu'il n'était pas
long.

L'injection en elle-même prenait une minute ou
deux, et la radiographie préliminaire ne prenait pas
plus d'une demi-heure. Comme s'il s'agissait de
bloquer un nerf, la douleur disparaîtrait au moment
où l'injection serait complète. En un après-midi je
pourrais être soulagé et rentrer chez moi heureux.

C'était ce qu'il lui avait dit.

— N'auriez-vous pas envie d'essayer ?

— Alors le docteur Fukushima est un homme en
qui on peut avoir confiance ?

— Assurément. On ne peut en douter. Il appartient au service orthopédique de l'hôpital P.Q. Il est
sorti de la faculté de médecine de l'université de
Tôkyô. Je le connais depuis des années.

— Vous croyez qu'il n'y a pas de danger ? Qu'arriverait-il s'il échouait ?

— D'après ses dires je ne crois pas qu'il y ait un danger. Mais si vous le désirez, je puis aller le voir et obtenir des explications plus détaillées.

— Je crois que si c'était si sûr, il n'y aurait pas besoin de tant de discours.

Je consultai immédiatement le docteur Sugita; il parut méfiant.

— Ah! Je me demande s'il est assez habile pour faire cela. S'il réussit ce sera vraiment un miracle.

Il doutait et restait réticent.

22 octobre

Sasaki est allée voir le docteur Fukushima pour avoir plus d'explications. Je ne peux comprendre tous les détails techniques qu'il lui a donnés. De toute manière elle m'a dit que le docteur lui avait répété qu'il avait traité des dizaines de malades, que la réussite n'avait rien d'un miracle. Ses malades n'avaient témoigné d'aucune appréhension, d'aucune crainte; ils avaient accepté leur injection, s'étaient sentis soulagés sur-le-champ et étaient rentrés chez eux très heureux. Toutefois il ne voyait pas d'inconvénient à être assisté par un anesthésiste avec de l'oxygène en cas de besoin. En d'autres termes, si le liquide ou de l'air s'introduisait dans un vaisseau sanguin, on pouvait immédiatement introduire dans la trachée un tube apportant de l'oxygène. Il n'avait jamais pris cette précaution jusqu'ici et il n'y avait jamais eu lieu d'y recourir, mais comme le malade était un homme âgé on pouvait prendre cette précaution. Je n'avais pas à m'inquiéter.

— Qu'est-ce que vous allez faire ? me demanda-t-elle. Le docteur n'a nulle intention de vous forcer. Il dit qu'il aime mieux que vous y renonciez si cela ne vous dit rien. Eh bien, réfléchissez...

Le souvenir de ce soir où j'ai éclaté brusquement en pleurs en présence de l'enfant m'est resté dans l'esprit. Il me vient à l'idée que c'est un mauvais présage. Sûrement, la raison qui me faisait tant pleurer est une prémonition de ma mort. Il n'est pas dans la nature des choses qu'un homme intrépide en apparence, en réalité poltron et prudent à l'extrême, laisse son infirmière l'inciter à subir une injection dangereuse. Peut-être la fatalité voudra-t-elle que l'injection me fasse suffoquer à en mourir.

Pourtant n'ai-je pas dit que je ne craignais pas de mourir ? n'ai-je pas envisagé la mort depuis longtemps ? Par exemple, lorsque l'on m'a dit l'été dernier que j'avais peut-être un cancer des vertèbres cervicales, je suis resté calme tandis que ma femme et Sasaki ont changé de couleur. J'étais étonné de me trouver si calme... J'éprouvais presque un soulagement à la pensée que ma vie touchait à sa fin. Dès lors, l'injection ne me donne-t-elle pas une bonne occasion de tenter ma chance ? Si je perds, qu'y aura-t-il à regretter ?

Les tortures que je ressens nuit et jour à la main m'empêchent de regarder Satsuko avec plaisir et elle me traite en invalide ennuyeux. Pourquoi donc chercherais-je à m'accrocher à une pareille existence ? Quand je pense à Satsuko j'ai l'impression de jouer la plus petite chance qui me reste de vivre encore... Tout le reste ne signifie rien.

23 octobre

La douleur continue comme auparavant. J'ai essayé du doriden et me suis presque endormi mais pour me retrouver bientôt aussi éveillé qu'avant. On m'a alors fait une piqûre de salsobrocanon.

Je me suis réveillé vers 6 heures et de nouveau j'ai pensé au risque de mourir. Je n'ai pas la moindre crainte de la mort, mais quand je pense que la mort peut se présenter à moi à tout instant, qu'elle me poursuit, je trouve l'idée terrifiante. Je voudrais mourir comme on s'endort, si doucement que personne ne s'en apercevrait. Et puis, je voudrais mourir dans cette chambre, étendu paisiblement sur mon lit habituel, entouré de ma famille. Non, il serait mieux qu'ils ne fussent pas là, surtout Satsuko ; je recommencerais probablement à pleurer en lui disant : « Adieu, Satsu, tu m'as longtemps prodigué tes soins » et Satsuko elle-même se croirait peut-être obligée de montrer quelques larmes. De toute manière la fin n'en serait que plus pénible. A l'heure de ma mort j'espère qu'elle m'oubliera froidement et courra à un match de boxe ou qu'elle plongera dans la piscine au ballet nautique. Ah ! A moins d'être encore vivant l'été prochain je ne l'aurai jamais vue nager.

J'ignore quand viendra ma mort, mais je voudrais qu'elle ressemblât au sommeil. Il me déplairait d'être transporté sur un lit de cet hôpital P.Q. que je ne connais pas, entouré de grands médecins que je ne connais pas, traité avec des précautions exagérées par le chirurgien orthopédiste, un anesthésiste, un radiologue, d'autres encore au moment où je serais sur le point de mourir par suffocation. A elle seule cette atmosphère tendue me tuerait. Quelle sera ma sensation quand je respirerai avec difficulté, commençant à haleter, perdant peu à peu conscience et surtout un tube introduit dans ma trachée ? Je n'ai pas peur de la mort mais je voudrais que la souffrance, l'angoisse, la terreur me fussent épargnées.

Je ne doute pas qu'à mes derniers moments, les méfaits que j'ai accumulés au cours des soixante-dix dernières années surgiront les uns après les autres devant moi, comme les scènes projetées sur le cylindre extérieur de ces vieilles lanternes tournantes. J'entends une voix qui me dira : « Ah ! Ah ! C'est toi qui as fait cela... Et puis cela... Quelle impudence est la tienne de vouloir mourir en paix. Il n'est que trop juste que tu souffres ainsi. Tu n'as que ce que tu mérites. »

Après tout je ferais mieux de renoncer à cette injection. Aujourd'hui est dimanche. Le ciel est nuageux et il pleut. Ruminant mes pensées je reprends la discussion avec Sasaki.

— Eh bien, supposons que j'aille voir le docteur Kajiura demain à la faculté. Je lui dirai tout ce que le docteur Fukushima nous a dit et lui demanderai son avis. Alors, vous vous ferez faire l'injection ou vous renoncerez, suivant son opinion. Qu'en pensez-vous ?

Je lui donnai mon accord.

24 octobre

Sasaki est rentrée dans la soirée. D'après elle, le professeur Kajiura a dit qu'il ne connaissait personne du nom de Fukushima à l'hôpital P.Q. et que de plus il était incapable de donner son avis sur un traitement hors de sa spécialité. Toutefois on devait pouvoir avoir confiance en un médecin de la faculté de médecine de Tôkyô et qui appartenait aux cadres de cet hôpital. Certainement ce n'était pas un charlatan.

Il était sûr que toutes les précautions seraient prises, dès lors « pourquoi ne pas avoir confiance et le laisser opérer ? »

J'avais secrètement espéré que le professeur désapprouverait l'opération, ce qui eût été pour moi un grand soulagement. Maintenant il n'y avait plus à se dérober ; je devais suivre mon destin. Pourtant tout en ruminant ces pensées, j'essayais encore de trouver une excuse pour échapper à l'injection. Pendant ce temps la date fut fixée.

25 octobre

— Sasaki m'a raconté l'affaire, mais croyez-vous qu'il n'y a pas de danger ?

Ma femme avait l'air pensive.

— Je suis sûre qu'avec le temps vous irez mieux sans recourir à des moyens tels que celui-là.

— Même s'il échoue je n'en mourrai pas.

— Même si vous n'en mourez pas, je ne pourrai supporter de vous voir vous trouver mal comme si vous alliez bientôt mourir !

— Je pourrais aussi bien mourir en continuant de souffrir comme cela ! déclarai-je sur un ton tragique.

— Quand cela se fera-t-il ?

— A l'hôpital on a dit que je pourrais venir dès que je le voudrais. Mais le plus tôt est le mieux, alors j'irai demain.

— Ah ! Attendez un peu ! Vous êtes toujours aussi impétueux.

Elle sortit et revint immédiatement avec un almanach prédisant l'avenir.

— Demain est un mauvais jour et après-demain est pire ! Mais le 28 est un jour faste : attendez le 28 !

— Comment peut-on se fier à un almanach ! Le plus tôt sera le mieux, même si c'est un jour néfaste.

Naturellement je savais que ma femme soulèverait des objections.

— Non : fixez la date au 28 et je vous accompagnerai.

— Tu n'as pas besoin de venir, ni personne d'autre.

— Oh ! si, j'irai !

Sasaki elle-même dit qu'ayant entendu les prédictions, elle aurait été tranquille si la date avait été ajournée.

27 octobre

Aujourd'hui est un jour « néfaste ». D'après l'almanach il est hasardeux de déménager, d'ouvrir un commerce, et beaucoup d'autres choses encore.

Demain j'irai à l'hôpital P.Q. à 14 heures, avec ma femme, Sasaki et le docteur Sugita. L'injection est projetée pour 15 heures. Malheureusement j'ai commencé ce matin de bonne heure à souffrir horriblement, alors j'ai eu une piqûre de pyrabital. La douleur a été encore intense ce soir, j'ai eu un suppositoire de nobulon et plus tard une piqûre d'opystan. C'est la première fois que j'emploie ce remède ; on dit que c'est un opiacé, mais ce n'est pas de la morphine.

Heureusement la douleur a cessé et j'ai bien dormi. Au cours des jours prochains je ne pourrai pas écrire, de sorte que j'aurai recours aux notes que prend Sasaki pour rédiger ensuite mon journal.

28 octobre

Je me suis éveillé à 6 heures. Enfin le jour qui décidera de mon sort est venu. Mon cœur battait fort et j'étais agité. Comme on m'a prescrit de rester aussi calme que possible, je suis resté au lit où j'ai pris mon petit déjeuner et mon déjeuner. Sasaki a ri quand je lui ai dit que je voulais manger un certain mets chinois.

— Si vous avez tant d'appétit, il n'y a pas à s'inquiéter.

Naturellement je n'en avais pas envie, mais je voulais essayer de paraître plein d'entrain.

Au déjeuner on me donna un verre de lait non écrémé, un toast, une omelette espagnole, une pomme « délicieuse », une tasse de thé.

J'avais pensé que je pourrais aller à la salle à manger de manière à voir Satsuko, mais Sasaki m'en dissuada et je n'insistai pas. Ensuite j'ai dormi une demi-heure, bien que d'un mauvais sommeil.

Le docteur Sugita arriva à 13 h 30. Il m'examina rapidement et prit ma tension. Nous partîmes à 14 heures. J'étais assis entre le docteur et ma femme,

Sasaki près du chauffeur. Juste au moment où la voiture allait démarrer la Hillman de Satsuko entra.

Satsuko arrêta sa voiture :

— Père ! Où allez-vous ?

— Oh ! Juste à l'hôpital P.Q. pour une injection. Je serai à peu près une heure absent.

— Mère vous accompagne ?

— Elle croit qu'elle a peut-être un cancer à l'estomac, alors elle veut se faire examiner. C'est seulement nerveux !

— Sûrement.

— Et toi, Satsu... (je me corrigeai immédiatement) Satsuko, où vas-tu ?

— Au cinéma Yûrakuza. Veuillez m'excuser aujourd'hui.

Je me souvins tout à coup que Haruhisa ne s'était pas montré depuis quelque temps, maintenant que la saison des douches était passée.

— Que donne-t-on ce mois-ci ?

— Chaplin dans *Le Dictateur.*

La Hillman démarra devant nous et fut bientôt hors de vue.

Satsuko était censée ne pas connaître mes projets pour aujourd'hui mais il n'est pas douteux que ma femme et Sasaki l'avaient informée. Elle faisait l'innocente et avait attendu de partir de manière à me souhaiter bon courage. Ma femme lui avait peut-être demandé de faire ainsi. Quoi qu'il en soit, j'ai été heureux de l'apercevoir.

Experte dans l'art de feindre, elle est partie à son ordinaire… J'ai eu la gorge serrée, d'autant plus que tout cela doit être dû à l'affection de ma femme pour moi.

Nous arrivâmes à l'hôpital à l'heure fixée et je fus conduit immédiatement dans une chambre sur la porte de laquelle était fixé un carton : Utsugi Tokusuke. Apparemment j'étais formellement admis à l'hôpital pour cette journée. Je fus alors assis dans un fauteuil roulant qui descendit un long couloir conduisant à la salle de radiographie. Le docteur Sugita, Sasaki et ma femme m'accompagnèrent. Ma femme est si mauvaise marcheuse qu'elle haletait pour me suivre.

J'étais venu en costume japonais, pensant que ce serait moins gênant. Avec l'aide de ma femme on me mit à nu, puis on m'étendit sur une plate-forme de bois élastique et on me fit prendre diverses positions. Au-dessus de ma tête un gros appareil de photographie descendait du plafond ; il fut placé exactement comme le demandait mon corps. Comme ils manipulaient à une grande distance un énorme appareil compliqué et qu'il fallait ajuster à un millimètre près, il se passa longtemps avant que l'on amenât l'appareil photo exactement où il fallait. La plate-forme était plutôt froide car nous sommes déjà à la fin d'octobre et ma main continuait à me faire mal, mais ni le froid ni le chaud ne me gênaient, sans doute à cause d'une tension inhabituelle et de l'étonnement que j'éprouvais.

Les photos furent prises de mon dos et de mon cou sous tous les angles possibles ; d'abord quand j'étais étendu sur le côté gauche puis sur le côté droit, puis le visage contre terre. Chaque fois l'appareil photo devait être rajusté avant que l'on me demandât de retenir ma respiration. C'était la répétition de ce qu'on m'avait fait à l'hôpital Toranomon.

Je fus conduit à ma chambre et l'on m'aida à me mettre au lit. Les films furent apportés alors qu'ils étaient à peine secs. Après les avoir examinés le docteur Fukushima annonça qu'il allait procéder à l'injection. Il avait déjà en main une seringue remplie de xylocaïne.

— Voulez-vous venir ici ? dit-il. Ce sera plus facile.

— Très bien. — Je descendis du lit et traversai la chambre d'un pas ferme et assuré et me plaçai en face de lui près de la fenêtre.

— Maintenant, nous sommes prêts pour l'injection. N'ayez pas peur, car cela ne fait pas particulièrement mal.

— Je n'ai pas peur. Allez-y.

— Parfait.

Je sentis l'aiguille dans mon cou. « Alors ce n'est que cela ? » pensai-je. Je ne sentais absolument aucune douleur. Je suis sûr que mon visage n'avait pas changé de couleur et que je ne tremblais même

160

pas. Je puis dire que j'étais resté calme, bien prêt à la mort ; il ne me semblait pas que je dusse mourir. Le docteur Fukushima retira l'aiguille pour l'examiner avant de procéder à l'injection, pour s'assurer qu'il n'y avait pas de sang. C'est une pratique nouvelle pour toutes les injections, même les vitamines, pour se mettre en garde contre l'injection du liquide dans un vaisseau sanguin. Un médecin scrupuleux ne se dispense jamais de cette précaution et naturellement le docteur Fukushima l'avait prise, dans un cas aussi sérieux que celui-ci.

Mais, tout d'un coup, il parut décontenancé.

— Cela ne va pas, dit-il. Je n'ai jamais touché un vaisseau sanguin en faisant une injection à je ne sais combien de malades. Que s'est-il passé aujourd'hui ! Regardez, vous voyez le sang ! J'ai dû percer un vaisseau capillaire.

— Alors vous allez recommencer ?

— Non ; après un échec comme celui-ci, il faut s'arrêter. Je suis désolé de vous obliger à un autre voyage, mais demain il n'y aura plus d'échec. C'est la première fois que cela arrive.

Aujourd'hui, j'étais soulagé : mon sort a été ajourné, pensai-je avec reconnaissance. En même temps j'aurais mieux aimé le voir recommencer plutôt que de remettre l'opération au lendemain.

— Il est vraiment trop consciencieux, murmura Sasaki.

— N'aurait-il pas pu continuer même s'il y avait un peu de sang ?

— Non, c'est à son honneur, dit le docteur Sugita. N'importe qui voudrait en finir après avoir fait venir un anesthésiste et procédé à tous ces préparatifs. Il n'est pas facile de s'arrêter après avoir vu une goutte de sang. Puisqu'il l'a fait, cela prouve qu'il a l'âme d'un excellent médecin. Tous les médecins devraient être aussi soigneurs. Ceci a été une bonne leçon pour moi.

Je fixai un autre rendez-vous et rentrai immédiatement à la maison. Même dans la voiture le docteur Sugita ne cessa de louer l'attitude du docteur Fukushima. Sasaki répétait de son côté :

— N'aurait-il pas dû continuer résolument ?

En bref, c'est son scrupule qui est à l'origine de l'échec. S'il avait réfléchi d'un esprit plus libre, ayant tout prévu, ayant procédé à tous les préparatifs voulus, cela aurait mieux valu.

Le docteur avait des nerfs trop aiguisés et c'est pourquoi cela n'avait pas marché. Sur ce point tous deux tombèrent d'accord.

— Opérer autour d'une artère est trop dangereux ! J'y étais opposée dès le début, dit ma femme qui voulait me faire tout abandonner.

Quand nous arrivâmes à la maison, Satsuko n'avait pas l'air d'être revenue. Keisuke jouait avec le chien devant le chenil.

Je pris mon dîner dans ma chambre et on m'ordonna de me reposer. Ma main recommença à me faire souffrir.

29 octobre

Aujourd'hui je suis parti de la maison à la même heure qu'hier. Malheureusement le résultat a été le même. Le docteur Fukushima avait percé un vaisseau sanguin. Il y avait du sang sur l'aiguille. Après avoir pris des précautions minutieuses, le docteur était complètement désespéré. Il nous faisait pitié. Nous discutâmes la question et nous décidâmes avec regret que dans ces circonstances il valait mieux renoncer pour le présent. Le docteur Fukushima lui-même ne semblait pas avoir envie de recommencer et de risquer un autre échec. Cette fois, je ressentis un sentiment sincère de soulagement.

J'étais à la maison à 16 heures. Il y avait des fleurs fraîches dans l'alcôve de ma chambre ; des chardons d'eau et des chrysanthèmes dans une corbeille de vannerie par Rokonsai. Le professeur d'arrangements de fleurs a dû venir de Kyôto aujourd'hui. Satsuko avait-elle voulu témoigner quelque compassion pour le vieillard ? Avait-elle eu l'idée de me réconforter ? Même le kakemono de Kafu avait finalement été remplacé par une peinture de Suga Tatehiko, un rouleau extrêmement long et étroit représentant la lumière qui brillait en haut d'un phare. Takehiko ajoute souvent un poème chinois ou japonais à ses

peintures. Celui-ci portait un poème du Manyôshi
écrit sur une seule ligne verticale :

Où est mon aimée aujourd'hui,
Traverse-t-elle de lointaines montagnes,
Solitaire comme une algue au large ?

9 novembre

Dix jours se sont écoulés depuis ma dernière visite
à l'hôpital P.Q. Il se trouve que je vais mieux, assure
ma femme, de toute manière je m'en réjouis un peu.
J'ai supporté exclusivement le neogralen et le sedes ;
il est curieux de constater que même de telles
spécialités sont efficaces maintenant. S'il en est ainsi
je crois que je pourrais aller chercher un emplacement pour ma tombe. Depuis le printemps dernier j'ai
été obsédé par cette idée ; ne serait-ce pas une bonne
occasion pour faire le voyage de Kyôto.

10 novembre

— Parce que vous allez mieux, cela m'ennuie de
vous voir entreprendre ce voyage. Si vous attendiez
un peu pour voir ? Et si votre main vous faisait
souffrir quand vous serez dans le train ?

— Mais cela va à peu près bien. Nous voilà déjà
au 10 novembre, or l'hiver vient tôt à Kyôto.

— Il n'y a pas de raison pour ne pas attendre jusqu'au printemps, n'est-ce pas ?

— Ce n'est pas une chose qu'on peut se permettre d'ajourner ! Ce sera peut-être la dernière fois que je verrai Kyôto.

— Vous voilà reparti dans ces pensées ennuyeuses ! Par qui comptez-vous vous faire accompagner ?

— Ce serait un peu mélancolique d'être seul avec Sasaki, alors je pense emmener Satsuko aussi.

En réalité c'était le but principal de mon voyage. Trouver une place pour ma tombe n'était guère qu'un prétexte.

— Descendrez-vous chez Itsuko à Nanzenji ?

— Leur demander de loger aussi une infirmière serait trop d'embarras. Et puis Satsuko dit qu'elle en a assez de Nanzenji et qu'elle aimerait mieux ne pas y descendre.

— De toute manière, si Satsuko y va, il y aura une autre querelle ! Ce serait amusant de les voir s'empoigner !

Ma femme changea de sujet.

— Puisque nous parlons de Nanzenji, les érables d'Eikandô doivent être splendides maintenant. Je me demande depuis combien d'années je ne les ai vus ?

— Il est trop tôt pour Eikandô. En ce moment c'est à Takao ou à Maki-no-o qu'il faut les voir, mais avec mes jambes je ne crois pas que je puisse aller en faire le tour.

Nous sommes partis par l'express de 14 h 30 pour Kyôto, ma femme, O Shizu et Nomura nous ont accompagnés pour nous dire au revoir.

J'avais projeté de m'asseoir près de la fenêtre. Satsuko était près de moi et Sasaki de l'autre côté du couloir central, mais elle vint me dire que j'aurais trop de courants d'air dès que le train serait en marche, de sorte que j'ai dû m'asseoir de l'autre côté du couloir. Malheureusement ma main me faisait cruellement souffrir. Je dis que j'avais soif et je me fis apporter du thé par le garçon, alors je pris deux comprimés de sedes que j'avais dissimulés à cet effet dans ma poche et je les avalai furtivement sans me faire voir de Satsuko ou de Sasaki. Si elles s'en étaient aperçues j'aurais reçu une semonce de leur part. Ma pression sanguine était 15-9 avant le départ mais je sentais l'excitation me gagner. Cela tenait évidemment à ce que c'était la première fois depuis des mois que j'avais l'occasion d'être assis à côté de Satsuko ; même si une personne gênante était là, et puis Satsuko était vêtue d'une manière étrange et provocante. (Elle était vêtue d'un costume sobre mais avec une blouse élégante et un collier de fabrication française à cinq rangs de pierres d'imitation, tombant sur son sein. Quoique l'on puisse voir des colliers analogues de fabrication japonaise, celui-là avait un fermoir serti de pierres fines que l'on ne saurait imiter ici.)

Lorsque ma pression sanguine est élevée, il me faut uriner fréquemment et cela la fait monter encore. Il est difficile de distinguer ce qui est la cause et ce qui est l'effet. J'allai une fois à la toilette avant Yokohama et de nouveau avant Atami, titubant le long du couloir. Sasaki tremblait de peur en me suivant. Je mis un temps si long avant d'uriner que ma deuxième visite à la toilette dura bien au-delà du tunnel de Tama.

En m'en retournant je faillis tomber et je m'agrippai à l'épaule d'un voyageur.

— Votre pression vous paraît-elle élevée ? me demanda Sasaki en reprenant nos places. Elle se pencha pour me prendre le pouls mais je lui repoussai la main, exaspéré.

Ceci se répéta nombre de fois avant notre arrivée à Kyôto à 20 h 30. Itsuko et ses deux fils aînés, Kikutarô et Keijirô nous attendaient sur le quai.

— Comme c'est gentil de votre part à tous d'être venus à la gare, dit Satsuko avec une politesse qui ne lui était pas habituelle.

— Mais non, c'est un plaisir pour nous.

Le pont qui passe au-dessus des voies à la gare de Kyôto demande une suite ennuyeuse d'ascensions. Kikutarô s'accroupit pour me prendre sur son dos.

— Je vais vous porter dans les escaliers, Grand-père !

— Ne dis pas de bêtises ! Je ne suis pas encore si faible.

Mais je fus heureux d'être poussé par-derrière par Sasaki. Par pur orgueil je me forçai à monter tous les escaliers sans m'arrêter pour me reposer sur le palier ; l'effort m'avait coupé le souffle. Tout le monde me regardait anxieusement.

— Combien de temps restez-vous cette fois ?

— Oh ! une semaine au moins, je pense. J'aimerais passer une nuit chez toi mais pour le moment je vais descendre au Kyôto Hotel.

Nous avions une suite comprenant une chambre avec deux lits et une autre chambre à un lit. C'était ce que j'avais fait réserver.

— Sasaki, voulez-vous prendre la chambre à côté ? Je partagerai celle-ci avec Satsu.

Je l'avais appelée « Satsu » devant tout le monde.

Itsuko avait pris un visage étrange.

— Je voudrais dormir seule, dans l'autre chambre, objecta Satsuko. Demandez à Sasaki de coucher ici, Père !

— Quel mal y a-t-il de coucher dans la même chambre que moi ? Tu le faisais de temps en temps à Tôkyô, n'est-ce pas !

Je disais cela pour Itsuko et les autres. Sasaki sera tout près si j'ai besoin d'elle, il n'y a pas à s'en inquiéter.

— Je t'en prie, Satsu, couche ici.

— Cela me gênerait de ne pouvoir fumer.

— Mais tu pourras fumer tant que tu voudras.

— Alors Sasaki me grondera.

— C'est parce qu'il a de telles quintes de toux, intervint Sasaki. Quand on fume autour de lui, il ne cesse pas de tousser et de suffoquer.

— Porteur, portez cette valise, là.

Satsuko ne se soucia pas de moi et entra prestement dans l'autre chambre.

— Vous ne souffrez plus du tout de la main ? me demanda Itsuko qui, intimidée depuis cette arrivée, avait finalement trouvé quelques mots à me dire.

— Oh ! si. J'en souffre à tout moment.

— Vraiment ? Dans sa lettre, Mère disait que vous alliez bien.

— C'est ce que je lui avais dit, autrement elle ne m'aurait pas laissé venir.

Satsuko reparut après s'être rapidement refardée et avoir changé sa blouse pour une autre, cette fois avec un collier de perles à trois rangs.

— Je meurs de faim, Père ! Allons tout de suite à la salle à manger.

Itsuko dit que ses enfants et elle avaient déjà mangé, de sorte que nous ne fûmes que trois à table. Je commandai une bouteille de vin du Rhin pour Satsuko, avec des huîtres qu'elle aime ; celles-ci provenaient de la baie de Matoya et on peut les manger de confiance. Après le déjeuner nous allâmes tous bavarder dans la galerie pendant une heure.

— Il m'est permis de fumer ma cigarette ? demanda Satsuko à Sasaki en tirant son habituelle « Kool » de son sac à main. La fumée ne se condensera pas ici.

A ma surprise, elle sortit aussi un fume-cigarette écarlate long et fin. Son vernis à ongles était d'un rouge assorti, d'une nuance plus foncée que celle que je lui connaissais, et son bâton de rouge de même couleur. Ses doigts paraissaient d'une blancheur étonnante. Elle voulait peut-être montrer le contraste à Itsuko.

13 novembre

A 10 heures, je suis allé faire une visite à Itsuko et à sa famille, accompagné de Satsuko et de Sasaki. On me dit que je suis déjà venu une fois dans cette maison, mais je m'en souviens à peine. Je suis allé souvent les voir à Yoshidayama quand son mari vivait encore mais j'ai à peine vu Itsuko et les enfants depuis qu'ils ont déménagé dans le quartier de Nanzenji.

Aujourd'hui Kikutarô était à son travail dans un grand magasin mais Keijirô, qui étudie la mécanique à l'université de Kyôto, était à la maison. Satsuko dit qu'elle en avait assez de m'accompagner à la recherche du lieu pour ma tombe ; elle demanda qu'on voulût bien l'excuser mais elle allait dans la Shijôdôri pour y faire des emplettes. Dans l'après-midi elle voulait aller voir les feuilles d'automne à Takao, mais cela l'ennuyait d'y aller seule. Quelqu'un de la maison pouvait-il l'accompagner ? Keijirô s'offrit, disant que cela valait mieux que de visiter des cimetières. Itsuko, Sasaki et moi décidâmes de prendre un déjeuner léger au restaurant Hyôtei et de là de faire un tour en voiture à divers temples, en commençant par le Hônenin. Il était probable que Satsuko et son compagnon ainsi que Kikutarô nous rejoindraient à une auberge à Saga vers la soirée et nous dînerions tous ensemble.

Dans un passé lointain il semble que mes ancêtres étaient des marchands dans la province d'Omi. Je suis né dans le vieux quartier de Honjo, je suis donc un vrai enfant d'Edo, la filiation remonte loin dans le passé de la ville d'Edo, avant que son nom fût changé en Tôkyô. Cependant je n'aime pas le Tôkyô d'aujourd'hui. Je ressens une nostalgie pour Kyôto qui a un charme particulier me rappelant ce que fut jadis Tôkyô. Quels sont les créateurs de ce Tôkyô, une ville misérable et chaotique ? N'étaient-ils pas tous des politiciens de province, des campagnards issus de paysans qui ne comprenaient rien à la saveur du Tôkyô d'autrefois ? Est-ce eux qui ont transformé les magnifiques canaux des quartiers de Nihonbashi, de Yorobashi, de Tsukijibashi, de Yanagibashi en fossés remplis d'une boue noire ? Ils ignoraient sans doute que la blanchaille nageait dans la Sumidagawa ?

Je vois qu'il importe peu, quand on est mort, d'être mis n'importe où, mais je n'aimerais à aucun prix être enterré en un lieu aussi déplaisant que Tôkyô, qui a perdu tout intérêt pour moi. La tombe de mes parents et de mes grands-parents se trouvait à un certain temple proche de Onagigawa, à Fukagawa, mais bientôt le temple se trouvant englobé dans des usines a été transféré dans un quartier d'Asakusa et, comme ce dernier lieu a disparu dans l'incendie suivant le grand tremblement de terre, les restes ont été transférés au cimetière de Tama. Au lieu de reposer pour toujours à Tôkyô, les ossements de mes défunts ont été fatalement promenés de-ci de-là.

A ce seul point de vue, Kyôto est un endroit plus tranquille. Quoi qu'il en soit, mes ancêtres devaient être de la région de Kyôto et les membres de ma famille seront heureux d'y venir en excursion.

— Ah ! C'est ici que le vieux a été enterré, diront-ils en s'arrêtant pour brûler une baguette d'encens devant mon tombeau. — Cela vaudra infiniment mieux que d'être enterré au cimetière de Tama, dans le district de Kilama, lieu qui m'est entièrement étranger.

— Alors, est-ce que le Hônenin n'est pas ce qui convient le mieux ? demanda Itsuko en descendant les escaliers du Manjuin.

— Ce temple se trouve dans un endroit trop écarté et, même pour voir Kurodani, personne ne ferait l'ascension de la colline à moins d'une intention spéciale.

— C'est ce que je pense aussi.

— Hônenin est englobé dans la ville, aujourd'hui proche d'un tramway, et quand les cerisiers sont fleuris le long du canal l'endroit est charmant ; toutefois, une fois que vous avez pénétré dans l'enceinte du temple et que vous en goûtez le calme, vous vous sentez en tranquillité. Je disais que c'est juste l'endroit qui vous convient.

— Je n'aime pas la secte Nichiren, de sorte que je ne serais pas exposé à changer de secte pour celle de Terre Pure. Crois-tu qu'ils me permettraient d'y avoir ma tombe ? J'ai justement parlé de cette question avec l'abbé car je viens si souvent me promener au Hônenin que je le connais bien. Il m'a dit qu'il serait heureux d'arranger cela ; vous n'avez pas besoin d'être un adepte de la secte de la Terre Pure. Le lieu n'est pas réservé à la secte et peut accueillir un adepte de la secte de Nichiren.

Nous arrêtâmes là la recherche de la tombe. Par le Daitokuji nous partîmes vers Kitano et de là, passant devant le Tennyuji, nous arrivâmes à l'auberge de l' « Heureux Présage » de Saga longtemps avant les autres. On nous donna un salon privé pour nous reposer en les attendant. Enfin, Kikutarô arriva, puis, après 18 h 30, Satsuko et Keijirô. Satsuko expliqua qu'ils étaient repassés par le Kyôto Hotel et nous demanda si nous avions attendu longtemps.

— Oh ! si. Pourquoi n'êtes-vous pas venus directement ici ?

— Il m'a semblé que le temps se refroidissait, alors je voulais changer de costume.

Vous devriez faire de même, Père !

Il n'est pas douteux qu'elle voulait essayer ce qu'elle avait acheté à Shijô. Elle avait maintenant une blouse blanche et un sweater bleu lamé d'argent. Elle avait changé de bague aussi et pour une raison que j'ignore elle portait l'œil-de-chat qui avait soulevé tant de problèmes.

— Avez-vous trouvé un emplacement pour votre tombeau ?

— Je me suis décidé pour l'Hônenin. L'arrangement avec le temple semble assuré.

— Parfait. Alors, quand rentrons-nous à Tôkyô ?

— Pas d'absurdités ! Il faut d'abord que je discute longuement avec le tailleur de pierre et que je choisisse le style du tombeau que je veux. Tout cela ne se décide pas si rapidement.

— Mais, Père, ne vous ai-je pas vu compulser assidûment un ouvrage sur l'architecture de pierre ? Vous avez dit que vous vouliez une petite pagode à cinq étages.

— Je suis en train de changer d'idée. Je ne suis pas si sûr que ce sera une pagode à cinq étages.

— Je n'ai pas la moindre idée de ce que cela pourrait être. En tout cas, cela ne me regarde pas.

— Ah ! mais si, Satsu ! — je rectifiai : Satsuko — elle a beaucoup de rapports avec toi !

— Comment cela ?

— Tu le sauras bientôt.

— Quoi qu'il en soit, je voudrais que vous vous décidiez pour que nous puissions rentrer à Tôkyô.

— Qu'est-ce qui te presse ainsi ? Un match de boxe ?

— Quelque chose comme cela.

Tous les autres, Itsuko, Kikutarô, Keijirô et Sasaki avaient les yeux fixés sur l'anneau de sa main gauche.

Satsuko paraissait moins gênée que jamais. Elle était assise la main gauche posée sur son genou de manière à faire valoir l'éclat de l'œil-de-chat.

— Ma tante ! Est-ce la pierre qu'on appelle « œil-de-chat » ? dit brusquement Kikutarô en rompant un silence qui devenait pesant.

— C'est exact.

— Une pierre comme celle-là coûte des millions ?

— Une pierre comme celle-là coûte trois millions de yens !

— Vous êtes étonnante, ma tante, d'avoir pu tirer trois millions de Grand-père !

— Ecoute, Kikutarô, je voudrais que tu cesses de m'appeler « ma tante ». Tu n'es plus un enfant et tu n'as pas à me traiter de « tante » d'un certain âge, alors qu'il n'y a que deux ou trois ans de différence entre nous.

— Alors, comment vous appeler ? Bien que vous soyez très jeune, vous êtes tout de même ma tante.

— Dis simplement : Satsu, toi et Keijirô aussi. Autrement je ne vous répondrai pas.

— Ma tante... Ah ! cela m'a encore échappé. Pardon. Ce serait très bien avec vous, mais l'oncle Jokichi n'en sera-t-il pas offensé ?

— Pourquoi le serait-il ? S'il l'était, c'est moi qui serais en colère vis-à-vis de lui.

— Si Père n'a pas d'objection à Satsu ; mais je ne veux pas que mes enfants soient si familiers, dit Itsuko, fronçant les sourcils. S'ils vous appelaient Satsuko il me semble que ce serait mieux.

Il m'est strictement interdit de boire ; Itsuko et Sasaki refusent de boire, quoique je suppose qu'elles auraient aimé boire un peu ; mais Satsuko et les deux garçons se traitèrent largement.

Nous finîmes de dîner quelque peu avant 21 heures. Satsuko reconduisit Itsuko et ses enfants chez eux et revint à l'hôtel ; il était si tard que Sasaki et moi passâmes la nuit à l'auberge.

14 novembre

Levé à 8 heures. Pour le petit déjeuner je me fis servir une spécialité du pays. J'en emportai un peu à

Itsuko vers 10 heures. Lorsque je passai chez elle pour visiter le Hônenin, Satsuko avait téléphoné à une maison de thé pour inviter deux ou trois geishas de ses amies qu'elle avait rencontrées l'été dernier quand elle était ici avec Haruhisa ; elles devaient déjeuner et aller ensemble au cinéma ; le soir elle devait les emmener dans un cabaret.

Itsuko me présenta à l'abbé du Hônenin qui me proposa immédiatement un endroit pour mon tombeau. L'enceinte du temple était vraiment d'un calme qui confirmait le jugement d'Itsuko. Bien que j'y fusse venu deux ou trois fois m'y promener, j'étais étonné à la pensée que nous étions dans une grande ville.

Au premier coup d'œil vous jugiez que ce n'était pas à comparer avec ce tas d'ordures bouleversées qu'est ce Tôkyô. J'étais heureux de m'être décidé pour ce lieu. Sur le chemin du retour, Itsuko et moi nous arrêtâmes pour déjeuner au restaurant Tankuma. Nous rentrâmes à l'hôtel à 14 heures. A 15 heures, le tailleur de pierre du temple vint me voir, s'étant préalablement entendu avec l'abbé. Nous bavardâmes dans la galerie. Itsuko et Sasaki étaient présentes.

Je n'étais pas encore décidé quant au style de pierre tombale que je voulais. Quand vous êtes mort peu importe la forme de la pierre qui vous recouvre. Pourtant je m'en préoccupe. Je ne veux pas être enterré sous la première pierre venue. Je suis beaucoup trop capricieux pour me contenter de la pierre vulgaire que presque tout le monde a maintenant ; un bloc plat, à section plus ou moins rectangulaire, avec l'inscription voulue, posé sur un socle bas, avec un trou pour y brûler l'encens et un autre pour l'eau d'offrande. Sans doute je devrais adopter la forme traditionnelle dans ma famille, mais je suis décidé pour une pagode à cinq étages ; elle n'aura pas besoin d'être d'un style très antique, la fin de Kamakura me satisferait. Je pourrai par exemple en commander une sur le modèle du temple d'Anrakuju à Fushini dont Kawakatsu Masatarô parle comme du « monument typique de la transition entre le moyen Kamakura et la fin de cette période ». Il a « l'étage de l'eau » arrondi au-dessous comme le fond d'une jarre. La saillie de « l'étage du feu » se relève plus épaisse, « l'étage du vent » et le pinacle s'harmonisent avec le reste. Et puis il y a la pagode du Zenjôji à Uji dont on dit qu'elle est un spécimen classique de la période de Yoshiro et un style qui paraît s'être épanoui en tous points de la région culturelle du Yamato.

Toutefois, j'avais aussi une autre idée en tête. Dans le livre de Kawakatsu se trouvent des photographies d'une splendide triade d'Amida au temple de Sekizôji, dans le nord de Kyôto ; le sujet central est le buddha Amida assis, ses deux acolytes debout à ses côtés, Kannon à droite et Seishi à gauche. Quoique la statue de Kannon ait souffert quelques dommages, celle de Seishi se trouve dans un état de conservation parfaite. Elle a les mêmes ornements que Kannon, la couronne frontale, des pendeloques de pierres précieuses, une robe céleste, le nimbe, etc., le tout admirablement sculpté. Devant la couronne est placée une coupe à joyaux ; ses deux mains sont jointes pour la prière.

« On rencontre rarement une statue bouddhique de granit d'une telle beauté. Une inscription sur le dos de la figure centrale indique que la statue a été dédicacée dans la 2e année Gennin (1225). Elle est donc à la fois une précieuse relique en tant que la plus ancienne statue bouddhique de notre pays qui eût été sculptée dans un simple bloc de pierre, socle et nimbe compris, et en tant qu'œuvre nous permettant de constater le style bouddhique de la première partie de Kamakura. »

Lorsque je vis l'illustration, une nouvelle idée me vint. Ne serait-il pas possible de sculpter le visage et la silhouette de Satsuko à la manière de ces bodhisattva, d'emprunter ses traits pour en faire un modèle secret de Kannon ou de Seishi ? Après tout, je n'ai aucune croyance religieuse ; toute doctrine m'est bonne, la seule divinité que je conçoive est Satsuko. Je serais au comble de la joie si je pouvais reposer sous les pieds d'une statue de Satsuko. Mais le problème était la réalisation de ce désir. Je pouvais cacher l'identité du modèle à Satsuko elle-même, à ma femme, à Jokichi lui-même si la ressemblance n'était pas trop frappante ou si la sculpture la rappelait seulement d'une manière vague. Je pourrais employer comme matériau une pierre tendre au lieu de granit et faire sculpter son image en bas-relief avec des lignes aussi estompées que possible ; de sorte que personne ne perçoive la ressemblance, sauf moi. Mais ce qui m'ennuyait était de ne pas mettre le sculpteur dans le secret. A qui pourrais-je m'adresser ? Qui voudrait se mettre à une tâche aussi difficile ? Ce ne serait pas une petite affaire pour un sculpteur de talent moyen, et malheureusement je n'avais pas un seul sculpteur parmi mes amis. A supposer que j'eusse un tel ami, je me demande s'il accepterait volontiers de sculpter cette œuvre ; une fois qu'il aurait été au courant de mon intention, serait-il content de me prêter la main à la réalisation d'un projet aussi fou que blasphématoire ? Ne serait-il pas d'autant plus porté à me refuser net qu'il serait un artiste de talent ? (Ce n'est pas que j'aie le front de faire une demande aussi impudente, j'aurais honte s'il pensait qu'il a affaire à un vieillard détraqué.)

Après mûre réflexion je tombai sur une solution possible. Seul un expert pouvait sculpter un bodhisattva en relief, mais n'importe quel artiste serait capable de le graver en une ligne peu profonde. Kawakatsu décrit une œuvre telle que celle-là : « le buddha à quatre faces gravées sur pierre » au temple Imamiya dans le nord-ouest de Kyôto. Les buddhas des Quatre Directions sont gravés au burin sur un bloc de deux pieds carrés d'une pierre demi-dure connue sous le nom de « pierre de la rivière Kamo »... Dédiée en la 2e année Tenji (1125) elle est l'une des plus importantes statues bouddhiques du Japon portant une date. Le livre reproduit des estampages des quatre buddhas assis : Amida, Shakya, Yakusi et Miroku. En outre, Kawakatsu montre un estampage de Seishi dans une triade d'Amida gravée sur les trois côtés d'un bloc unique. Ailleurs il montre une autre image de la triade représentant l'Amida, le Sauveur entouré de ses deux bodhisattva acolytes, gravée sur trois côtés d'un bloc naturel de grès dur ; ce côté, qui est le mieux conservé des trois, a une magnifique figure de bodhisattva, Seishi flottant sur un nuage dans le ciel. Agenouillé, les mains jointes pour la prière, la robe céleste ondulant dans le vent, l'ensemble est imprégné de l'atmosphère de la période Heian alors que l'art de représenter Amida et ses acolytes était le plus florissant. Les divers buddhas sont assis, jambes croisées à la manière des hommes, mais Seishi est dévotement agenouillée, comme une femme. Je fus particulièrement attiré par ce bodhisattva.

15 novembre
(suite d'hier)

Je n'ai pas besoin d'un buddha sculpté sur les quatre faces ; un bodhisattva Seishi est suffisant. Je n'ai donc pas besoin d'un bloc de pierre carré, d'une épaisseur suffisante pour sculpter un bodhisattva sur la face antérieure avec mon nom, les dates et, si c'est nécessaire, mon nom posthume au dos. Je voudrais connaître la technique du burin. Etant enfant j'avais l'habitude de me rendre au temple les jours de fête ; je passais devant nombre de marchands d'amulettes et j'écoutais le grincement d'un outil analogue à un ciseau qui gravait sur une amulette de cuivre le nom d'un enfant, son âge, son adresse. L'outil pouvait tracer des lignes extrêmement fines ; c'était peut-être un burin. Alors, le travail ne devait pas être trop difficile.

Il me vient à l'idée que je pourrais faire exécuter l'ouvrage sans que le graveur connût le modèle. La première chose était de trouver un habile dessinateur parmi les fabricants d'articles de bouddhisme proches de Nara et de lui faire copier une Seishi agenouillée, un peu dans la manière des buddhas du temple d'Imamiya. Puis je pourrais lui montrer des photographies de Satsuko suivant des poses variées et lui faire regraver un bodhisattva qui rappellerait le visage et la silhouette de Satsuko. Je pourrais alors porter le dessin à un sculpteur et lui demander de le reproduire sur la pierre. Je pourrais avoir ainsi le bodhisattva que je voulais sans crainte de voir quelqu'un pénétrer mon secret. Ainsi pourrais-je dormir éternellement dans l'image du bodhisattva Satsuko portant une couronne et des pendeloques ballottant sur sa poitrine, sa robe céleste ondulant dans le vent.

De 15 heures à 17 heures, le tailleur de pierre et moi, avec Itsuko et Sasaki près de nous, discutâmes, dans la galerie de l'hôtel, de pierres tombales. Naturellement je ne nommai pas Satsuko, tout ce que je dis était puisé savamment dans les illustrations du livre de Kawakatsu. Tout en les éblouissant des connaissances des pagodes de Heian et de Kamakura, de la ciselure des buddhas à quatre faces du temple d'Inamiya, je gardais profondément caché dans mon cœur mon projet d'un bodhisattva Satsuko.

— Finalement, quelle sorte de pierre désirez-vous pour votre tombe ? Comme vous en savez plus que bien des spécialistes je ne sais vraiment quoi vous conseiller.

— Je ne suis pas encore tout à fait fixé. Il me vient à l'instant une idée un peu différente ; voulez-vous m'y laisser réfléchir deux ou trois jours et revenir ensuite ? Je suis désolé de vous avoir retenu si longtemps.

Itsuko partit peu après le tailleur de pierre. Je retournai dans ma chambre et me fit masser.

Après dîner j'appelai un taxi, ayant soudain décidé de sortir.

Sasaki fut effrayée et essaya de me retenir.

— Vous voulez sortir à cette heure ? Les soirées

sont fraîches maintenant ; ne pourriez-vous pas remettre à demain ?

— C'est à deux pas d'ici. Je pourrais y aller à pied.

— Quelle idée ! Vous savez combien Mme Utsugi vous a mis en garde contre le danger d'attraper un rhume le soir.

— J'ai absolument besoin d'acheter quelque chose. Venez avec moi. Cela sera fait en cinq ou dix minutes.

Voyant que je ne l'écoutais pas, Sasaki me suivit, mécontente.

Je voulais aller chez un papetier dans la Kawara-machi en entrant à l'est par la Nijô, à moins de cinq minutes de voiture de l'hôtel. Le propriétaire, qui était un vieil ami, se trouvait là. Après échange de salutations je lui achetai pour deux mille yens un bâton du meilleur vermillon de Chine. Je consacrai encore dix mille yens à l'acquisition d'un superbe encrier marbré de violet qui aurait appartenu à feu Kuwano Tetsujô et j'achetai en outre vingt feuilles épaisses d'un papier chinois frangé d'or.

— Vous me paraissez en aussi bonne santé que jamais, après tant d'années pendant lesquelles nous ne nous sommes pas vus !

— Mais non, je ne me porte pas bien du tout. Je suis venu à Kyôto pour choisir un emplacement pour ma tombe avant qu'il ne soit trop tard.

— Vous plaisantez ! Un homme de votre âge a

encore de longues années devant lui... Désirez-vous
encore autre chose ? Voudriez-vous voir une calligraphie ?

— En fait, j'aurais besoin de quelque chose, si
vous l'avez par hasard.

— Quoi donc ?

— Cela peut vous paraître bizarre mais je voudrais un morceau d'environ deux pieds de soie rouge
et un tampon de coton.

— Ah ! que voulez-vous en faire ?

— Je voudrais faire des estampages tout de suite,
de sorte qu'il me faut un tampon.

— Je vois, c'est pour un tampon ? Je dois bien
avoir cela ici. Je vais demander à ma femme de
regarder.

Quelques minutes plus tard sa femme revenait de
leur logement avec une pièce de soie rouge et du
coton en floches.

— Cela vous irait ?

— C'est parfait. Je peux maintenant me mettre
tout de suite à l'ouvrage. Combien vous dois-je ?

— Rien du tout. Vous pourrez prendre tout ce que
vous voudrez.

A ce moment, Sasaki paraissait au comble de
l'étonnement.

— C'est bien. J'ai fini. Allons-nous-en.

Je montai immédiatement en voiture pour retourner
à l'hôtel. Satsuko était sortie.

Aujourd'hui il fait froid et je reste à l'hôtel. Depuis mon départ de Tôkyô j'ai été plus actif qu'à l'habitude, et puis j'ai tenu mon journal ennuyeux, de sorte qu'il est vrai que j'ai besoin de repos ; de plus j'ai promis à Sasaki un jour de congé. Originaire du département de Saitama, dans le Kantô, c'est son premier voyage dans le Kansai ; elle espérait depuis longtemps pouvoir le faire et elle m'a dit qu'elle aimerait avoir un jour de liberté pour aller visiter Nara. Pour des raisons à moi j'ai choisi de lui donner ce jour et j'ai pris soin de la faire accompagner par Itsuko pour la guider. A vrai dire, j'ai engagé Itsuko à saisir cette occasion de sortir, car elle n'est pas allée à Nara depuis longtemps. Itsuko aime vivre chez elle et elle ne sortait guère, même du vivant de son mari.

— Au moins vous devriez aller voir le temple de Nara, lui dis-je, d'autant plus que j'essaie de fixer un nouveau tombeau de famille. Tu auras fait sûrement des observations qui me seront utiles.

Je louai une auto pour la journée et leur recommandai d'en bien profiter.

— Arrêtez-vous en route au Byôdôin d'Uji. N'oubliez pas à Nara de voir le Tôdaiji, le Shin Yakushiji, le Hôkeji, le Yakushiji. Voir tout cela en un jour sera un peu fatigant mais si vous partez de bonne heure en emportant un repas froid, du riz avec de l'anguille hamo, par exemple, vous pouvez avoir fini de voir le Tōdaiji vers midi, vous prendrez votre repas au stand de thé qui se trouve devant le Grand Buddha, ensuite vous irez autour du Shin Yakushiji, le temple du Lotus, à l'ouest de la ville, et le Yakushiji.

« Les jours sont courts maintenant, il faudra faire vos visites avant la tombée de la nuit et puis dîner au Nara Hôtel avant de revenir à Kyôtô. Je ne vous attends pas avant une heure tardive. Ne vous souciez pas de moi ; il fait froid ; je ne sortirai pas et garderai la chambre. Satsuko m'a dit qu'elle resterait toute la journée. »

A 7 heures du matin, Itsuko arriva avec l'auto pour prendre Sasaki.

— Bonjour, Père, vous vous levez toujours tôt, n'est-ce pas ? — Elle déroula son furoshiki [1] et plaça deux paquets enveloppés de feuilles de bambou sur la table de chevet. — J'ai acheté hier des gâteaux de riz avec du hamo, alors je vous en ai apporté quelques-uns pour vous et Satsuko. Vous pourrez les manger au petit déjeuner.

— Je te remercie.

— Est-ce que je peux vous rapporter quelque chose de Nara ? Du warabimochi [2], peut-être ?

---

1. Pièce carrée d'étoffe que tout Japonais porte avec lui pour y emballer ses paquets.
2. Gâteau de racine de fougère réduite en poudre.

— Merci, je ne désire pas de cadeaux; mais n'oubliez pas de saluer respectueusement l'empreinte sur pierre du pied de Buddha quand vous irez au Yakushiji.

— La pierre qui porte l'empreinte du pied de Buddha?

— Oui. C'est une pierre où se trouve l'empreinte du pied de Çakyamuni. Lorsque le Buddha marchait il était à quatre pouces au-dessus du sol et il laissait sa trace montrant les roues qu'il porte à la plante du pied. Les insectes sur lesquels il marchait ne subissaient aucune atteinte pendant sept jours. On trouve de ces pierres gravées en Chine et en Corée. Au Japon nous en avons une au Yakushiji de Nara. Ne manquez pas de la saluer avec dévotion.

— Assurément, nous la saluerons. Eh bien, nous allons partir. Je prendrai soin de Sasaki et, je vous en prie, Père, ne vous fatiguez pas.

— Bonjour! dit Satsuko qui sortit de la chambre voisine en frottant ses yeux ensommeillés.

— Nous sommes désolées de vous faire lever si tôt et de troubler ainsi votre sommeil, dit Sasaki en manière d'excuse. Je vous remercie beaucoup pour cette journée de congé.

Remerciant mille fois Satsuko, elle partit avec Itsuko.

Satsuko portait une robe de chambre ouatée bleue par-dessus un négligé, s'harmonisant avec ses pantoufles de satin bleu décoré d'un motif floral rose.

Elle tenait son oreiller. Sans se coucher sur le lit de Sasaki elle se jeta sur le sofa, tirant sur ses genoux une couverture de voiture qui me servait dans mes sorties, et se disposa à se rendormir. Elle était étendue les yeux fermés, le nez pointant vers le plafond, ne faisant aucune attention à moi. Je ne suis pas sûr si elle avait encore envie de dormir après être rentrée tard du cabaret, ou si c'était une feinte pour éviter d'être ennuyée par ma conversation.

Je sortis du lit, me lavai et mangeai les gâteaux de riz. Trois me suffisaient pour le petit déjeuner. Je mangeai en silence, essayant de ne pas troubler le sommeil de Satsuko. Quand j'eus fini, elle n'était pas encore réveillée. Je sortis ma nouvelle pierre à encre et la plaçai sur un bureau, je versai un peu d'eau et me mis à frotter en avant, en arrière, le bâton de vermillon pour faire de l'encre. J'usai la moitié du bâton. Je déchirai ensuite des flocons de coton, deux gros et deux petits, de trois pouces et d'un pouce, et les enveloppai dans la soie rouge pour en faire des tampons.

— Père, puis-je m'absenter une demi-heure ? Je voudrais aller à la salle à manger.

Satsuko s'était réveillée alors que j'étais trop occupé pour m'en rendre compte. Elle était assise sur le sofa, les genoux pointant hors de la robe de chambre bleue. Je me souvins de la pose du bodhisattva Seishi agenouillé.

— Pourquoi aller à la salle à manger tandis qu'il y a tous ces gâteaux de riz à manger ? Sers-toi.

— Volontiers.

— Voilà le premier hamo que nous ayons tous deux ensemble depuis ce jour du Hamasaku.

— C'est bien vrai. Père, qu'est-ce que vous faisiez ?

— Tu veux dire : en ce moment ?

— Pourquoi faites-vous de l'encre vermillon ?

— N'en demande pas tant. Essaie le hamo.

On ne sait jamais si une observation qu'on a faite un jour par hasard ne vous sera pas utile plus tard. Quand j'étais jeune j'ai voyagé en Chine plusieurs fois et là comme au Japon j'ai vu prendre des estampages. Les Chinois sont d'une habileté remarquable dans cet art ; même dehors, par un temps de vent, ils exécutent leur tâche avec calme, humectant leur papier blanc, l'étendant sur la surface du monument, le tapotant avec leur tampon d'encre, et ils font un travail superbe. Les Japonais procèdent méticuleusement, nerveusement, avec un soin extrême, saturant des tampons de toutes grosseurs d'encre ou de pâte d'encre qu'ils passent avec le plus grand soin sur les lignes fines, les unes après les autres. On emploie parfois le noir, parfois le vermillon. J'aime particulièrement les estampages au vermillon.

— Merci beaucoup. Le hamo m'a semblé bon, depuis si longtemps que je n'en avais mangé.

Comme Satsuko buvait son thé je saisis la chance de commencer en douceur une explication.

— Ces boules de coton sont des tampons, dis-je.

— Que voulez-vous en faire ?

— On les imprègne de noir ou de vermillon et on les tapote sur une pierre gravée pour faire un estampage. J'adore faire des estampages au vermillon.

— Mais vous n'avez pas de pierre ici ?

— Aujourd'hui je n'ai pas besoin d'une pierre. Je me servirai de quelque chose d'autre.

— Quoi donc ?

— Je voudrais encrer la plante de tes pieds et en prendre l'empreinte sur ces carrés de papier de Chine.

— Que voulez-vous en faire ?

— J'ai l'intention d'avoir une pierre gravée du pied de Buddha sur un modèle de tes pieds, Satsu. Quand je serai mort mes cendres reposeront sous cette pierre. Ce sera mon nirvâna.

17 novembre
(suite d'hier)

Au début, j'avais l'intention de cacher mon projet à Satsuko. Je pensais que le mieux était de ne pas lui dévoiler mes derniers plans : faire graver l'empreinte de ses pieds à la manière de ceux du Buddha et faire enterrer mes cendres sous cette pierre, ma tombe à moi Utsugi Tokusuke. Cependant je changeai brusquement d'idée et décidai d'être franc avec elle. Pourquoi ai-je fait cela ? Pourquoi me suis-je confié à Satsuko ?

Une raison est que je voulais voir sa réaction, voir quelle expression elle allait prendre, son changement de contenance, je voulais connaître son impression lorsque, après avoir compris mon projet, elle regarderait l'empreinte vermillon de ses pieds sur un carré de papier de Chine. Elle était si fière de ses pieds qu'elle ne pourrait cacher sa joie à la vue de ce sceau rouge imprimé sur du papier blanc, comme s'ils étaient ceux du Buddha. Je voulais voir la joie sur son visage à ce moment. Naturellement elle appellerait cet acte une idée de fou mais, au fond, comme elle serait heureuse !

Alors, quand je serai mort, ce qui ne tardera plus maintenant, elle ne pourra se défendre de penser : « Ce fou de vieillard repose sous ces magnifiques pieds, les miens. En ce moment même j'ai les pieds posés sur les ossements de ce pauvre vieux. » Il n'est pas douteux qu'elle en éprouvera un frisson agréable bien que je doive dire qu'elle en aura un sentiment de répulsion plus intense. Il ne lui sera pas facile, il lui sera peut-être toujours impossible de pouvoir effacer ce souvenir de répulsion.

Pendant ma vie j'ai aimé aveuglément Satsuko, mais quand je serai mort, supposant qu'il me vienne une idée de vengeance à son égard, je n'aurai peut-être pas de meilleur moyen de vengeance. Il est possible que je n'éprouve pas le moindre sentiment de vengeance quand je serai mort. Du moins, j'ai peine à le croire... Après la mort la volonté doit mourir avec le corps. C'est ce que dicte la raison, mais il peut y avoir des exceptions. Par exemple, une part de ma volonté peut survivre dans sa volonté. Quand elle aura les pieds sur ma pierre tombale elle pensera : « Maintenant je marche sur les ossements de ce vieillard en enfance », mon esprit vivra, je ressentirai tout le poids de son corps, j'aurai un peu mal, sentant la douceur de velours de la plante de ses pieds. Même mort j'aurai conscience de cela. Il n'est pas possible qu'il n'en soit pas ainsi. De même Satsuko aura conscience de la présence de mon esprit supportant avec bonheur le poids de son corps. Elle entendra peut-être même mes os s'entrechoquer, s'enlacer, rire, chanter, grincer. Et cela n'arrivera pas seulement quand elle marchera réellement sur ma tombe. A la seule pensée de ses pieds de Buddha modelés d'après ses propres pieds, elle entendra mes ossements gémir sous la pierre. Entre deux sanglots, je crierai : « J'ai mal ! J'ai mal ! Mais même si je souffre, je suis heureux, je n'ai jamais été plus heureux. Je suis infiniment plus heureux que lorsque j'étais vivant. Appuie plus fort, plus fort ! »

— Aujourd'hui je n'emploierai pas une pierre, lui avais-je dit. Je me servirai de quelque chose d'autre.

193

— De quoi vous servirez-vous ? demanda-t-elle.
Je lui répondis :

— Je désire te tapoter la plante des pieds, puis j'en prendrai l'empreinte en vermillon sur ce papier blanc.

Si l'idée l'avait vraiment dégoûtée elle aurait dû prendre alors une expression un peu différente, mais elle dit simplement :

— Qu'en voulez-vous faire ?

Même quand elle sut que je voulais avoir une empreinte du pied de Buddha modelée sur ses pieds, et qu'après ma mort mes cendres reposeraient sous cette pierre, elle n'éleva aucune objection, alors je compris qu'elle trouvait l'idée amusante.

Heureusement notre suite comprenait une pièce de huit nattes à côté de ma chambre. Je fis venir par un valet deux larges draps que j'étendis l'un sur l'autre de manière à ne pas maculer les nattes. A l'une des extrémités je plaçai un plateau sur lequel je disposai ma pierre à encre et les tampons ; à l'autre extrémité je plaçai l'oreiller de Satsuko que j'enlevai du sofa.

— Voilà, Satsu. Ce ne sera pas ennuyeux. Couche-toi sur ces draps. Le reste me regarde.

— Ne dois-je pas me changer ? L'encre ne salira-t-elle pas mes vêtements ?

— Il n'y a aucun danger pour tes vêtements. Je veux seulement encrer la plante de tes pieds.

Satsuko s'exécuta. Elle était étendue le visage regardant en l'air, ses jambes gentiment côte à côte, et elle redressa légèrement ses pieds pour m'en faire mieux voir la plante.

Ces préparatifs achevés j'imprégnai à fond le premier tampon avec le vermillon puis je le tapotai contre le second tampon pour avoir une nuance plus légère. J'écartai les deux pieds de quelques centimètres et je commençai à enduire soigneusement la plante de son pied droit de manière à obtenir les plus fins détails.

Les lignes entre la boule qui forme le talon et la voussure de la plante me donnèrent beaucoup de mal. J'étais particulièrement maladroit à cause des difficultés que me causait ma main gauche. Bien que j'eusse promis que j'enduirais d'encre seulement la plante des pieds, sans maculer ses vêtements, je ne réussis pas toujours et je salis le bout de ses pieds et le bord de son négligé. Mais j'étais en même temps ravi d'essuyer et d'encrer de nouveau ses pieds.

Echouant souvent dans ma tâche, j'essuyais avec un chiffon ses pieds pour corriger l'encrage, ce qui me causait un plaisir sans bornes et m'excitait. Sans me lasser je reprenais indéfiniment mon travail avec enthousiasme.

Enfin je finis d'encrer les deux pieds d'une manière qui me satisfaisait. Alors je soulevai un peu ses pieds un à la fois, et pressai une feuille de papier à partir du bas pour donner l'impression de la plante. Mais chaque chose allait mal, je ne pouvais obtenir la sorte d'estampage que je voulais. Les vingt feuilles de papier furent gâchées. Je téléphonai au papetier et lui demandai de m'envoyer immédiatement quarante autres feuilles. Cette fois, je changeai ma méthode. Je lavai les pieds complètement pour en retirer l'encre, même entre les orteils, et je la fis asseoir sur une chaise pendant que je me couchais sur mon dos dans une position incommode et tamponnais la plante de ses pieds. Je lui demandai d'avoir l'impression de marcher sur le papier.

Mon intention première était de terminer l'ouvrage et d'en faire disparaître toute trace avant le retour d'Itsuko et de Sasaki.

Je pensais donner les draps maculés au valet, envoyer les douzaines d'estampages au papetier pour qu'il me les garde avec soin et saluer le retour des voyageuses comme si rien n'était arrivé.

Malheureusement, cela ne se passa pas ainsi. Elles étaient de retour à 9 heures, beaucoup plus tôt que je ne les attendais. J'entendis frapper un coup à la porte mais, avant même que je ne réponde, la porte s'ouvrit et elles entrèrent. Satsuko disparut promptement dans la salle de bains. D'innombrables taches de vermillon se dessinaient sur le blanc de la pièce japonaise. Itsuko et Sasaki échangèrent des regards ahuris.

Sasaki se mit en silence à prendre ma tension.

— 23, annonça-t-elle gravement.

C'est vers 11 heures que j'appris que Satsuko était partie pour Tôkyô sans me laisser un mot. Quand je ne la vis pas dans la salle à manger pour le petit déjeuner je pensai qu'elle faisait la grasse matinée à son habitude. A ce moment elle était déjà en route vers l'aérodrome. Itsuko entra dans ma chambre et m'apporta la mauvaise nouvelle.

— Quand as-tu découvert cela ? lui demandai-je.

— A l'instant même. J'allais voir si je pouvais l'accompagner quelque part dans la journée, mais à la réception on me dit que Mme Utsugi était partie en auto pour l'aéroport d'Osaka.

— Idiote ! Tu devais le savoir déjà !

— Cela n'a pas de sens. Comment l'aurais-je su ?

— Qu'est-ce que tu me racontes ? Sotte. Cela devait être un coup monté !

— Vous vous trompez. La première nouvelle m'a été donnée par l'employé de la réception. Il paraît qu'elle lui avait dit qu'elle partait un peu plus tôt par avion mais qu'il ne fallait prévenir ni son père ni personne jusqu'au moment où elle serait à l'aéroport. Cela m'a vraiment donné un choc.

— Menteuse ! Je suis sûr que tu l'as contrariée, au point de la faire partir. Kugako et toi vous vous êtes toujours appliquées à dresser les personnes les unes contre les autres, à les tromper. Je n'aurais pas dû oublier cela.

— Oh ! C'est affreux ! Comment pouvez-vous dire pareilles choses !

— Sasaki !

— Monsieur ?

— Pas de « monsieur » avec moi. Je suis sûr que vous étiez au courant de tout cela par Itsuko. Vous m'avez trompé toutes les deux. Toutes deux vous avez fait de votre mieux pour ennuyer Satsuko.

— Si c'est ce que vous pensez, je crois que ce serait le moment de prier Sasaki de s'éloigner. Je vous en prie, mademoiselle Sasaki, allez m'attendre dans la galerie. C'est une bonne occasion pour dire à Père certaines vérités. Puisqu'il m'a appelée menteuse j'ai des choses à lui dire.

— Sa pression sanguine est élevée. Traitez-le avec ménagement.

— Oui, oui, je comprends.

Alors Itsuko commença.

— Il est absolument faux de m'accuser d'avoir fait partir Satsuko parce que je ne l'aurais pas traitée comme il convient. Ceci n'est qu'une supposition de ma part, mais n'avait-elle pas une raison pour retourner à Tôkyô ? Cette raison, je ne la connais pas bien ; mais je me demande, Père, si vous n'avez pas quelque idée de son motif.

Elle parlait d'un ton singulier.

198

— Je ne suis pas le seul à savoir qu'elle est en bons termes avec Haruhisa, répondis-je.

— Elle le fait voir ouvertement et Jokichi n'en ignore rien. Actuellement ce n'est un secret pour personne. Cependant, elle ne veut pas dire qu'ils ont une liaison et personne ne le pense non plus.

— Vraiment personne ?

Itsuko me lança un sourire énigmatique.

— Je ne sais pas si je devrais parler de cela mais l'attitude de Jokichi paraît assez étrange. A supposer qu'il y ait vraiment une liaison entre Satsu et Haruhisa, ne veut-il pas simplement fermer les yeux ? Je ne peux m'empêcher de penser qu'il a lui-même quelqu'un d'autre que Satsu. Naturellement Satsu et Haruhisa agissent dans l'ombre. En fait il est probable qu'il existe une entente entre les trois.

Au moment où Itsuko parlait ainsi je sentis bouillir en moi à son égard le tourbillon d'un indescriptible mouvement de rage et de haine. Je me retins de pousser un hurlement de colère par crainte de sentir éclater un vaisseau sanguin. Mais, même assis, ma tête tournait et j'avais le vertige. Mon expression de fureur fit pâlir Itsuko.

— Trêve à cette conversation. En voilà assez, et va-t'en.

Je parlais aussi bas que je le pouvais, mais ma voix tremblait. Qu'est-ce qui me rendait si furieux ? Etait-ce parce que cette vieille renarde d'Itsuko m'avait surpris en dévoilant un secret jusque-là insoupçonné, ou parce qu'elle m'avait révélé ce que je savais depuis longtemps mais à quoi je m'étais efforcé de ne pas penser ?

Itsuko était partie. Comme je souffrais de douleurs aiguës dans le dos, le cou, les épaules, conséquences des efforts exagérés de la veille, et de mon manque de sommeil la nuit précédente, je pris trois comprimés d'adaline et trois d'atraxine, je me fis badigeonner de salonpas par Sasaki sur toutes les régions douloureuses et me mis au lit. Mais je ne pouvais toujours pas m'endormir. Je pensai à une piqûre de luminal mais j'y renonçai, ayant peur de dormir trop longtemps. Je décidai de prendre un train d'après-midi (je ne suis jamais monté en avion) et de me lancer à la poursuite de Satsuko. Un ami des bureaux du journal Mainichi me fit réserver une place à la dernière minute.

Sasaki me pria de ne pas partir.

— Vous ne devez pas songer à un voyage avec une pression si élevée, dit-elle, sur le point de pleurer. Reposez-vous, je vous prie, encore trois ou quatre jours, jusqu'à ce que nous soyons sûrs que la pression est redevenue normale.

Mais je ne voulus pas l'écouter.

Itsuko vint me présenter ses excuses et dit qu'elle m'accompagnerait jusqu'à Tôkyô. Je lui dis que si elle venait, elle voyagerait dans une autre voiture, sa seule vue me mettant en rage.

Je suis parti de Tôkyô hier par l'express de 15 h 2. Sasaki et moi étions en première classe. Itsuko en seconde. Nous arrivâmes à Tôkyô à 21 heures. Satsuko, Jokichi, Kugako et ma femme m'attendaient sur le quai. Un fauteuil roulant était là, soit parce qu'ils pensaient que j'aurais peine à marcher, soit parce qu'ils avaient décidé de ne pas me permettre de marcher. Il n'était pas douteux que cette Itsuko avait pris sur elle de tout arranger par téléphone.

— Idiot ! Idiot ! Je ne suis pas un paralytique !

J'étais dans un tel état d'excitation qu'ils ne savaient plus que faire de moi jusqu'à ce qu'une main douce se logeât dans la mienne. C'était la main de Satsuko.

— Allons, Père, vous feriez mieux de m'écouter !

Obéissant je me calmai et le fauteuil se mit immédiatement en marche. Un ascenseur nous descendit à un passage souterrain, puis nous roulâmes dans un corridor long et obscur. Tous me suivaient en troupe mais mon fauteuil allait si vite qu'ils avaient peine à me suivre. A un certain moment ma femme était restée si loin en arrière que Jokichi retourna pour la rechercher. J'étais éberlué par la grandeur et la complexité des passages souterrains de la gare de Tôkyô. Nous sortîmes du côté Marunouchi, puis, par un couloir spécial, vers la cour d'entrée. Deux autos attendaient. Je montai dans la première entre Satsuko et Sasaki. Les autres suivirent dans la seconde voiture.

— Excusez-moi, Père, je suis désolée d'être partie sans vous le dire.

— Je suppose que tu avais un rendez-vous ?

— Ce n'était pas cela. Pour dire la vérité, je n'en pouvais réellement plus de me prêter à vos fantaisies de toute la journée d'hier. Je ne pouvais plus supporter d'avoir les pieds tripotés ainsi depuis le matin jusqu'au soir. Une journée a suffi pour m'épuiser à fond, alors je me suis enfuie ! Je vous demande pardon !

Sa voix n'était pas naturelle et paraissait étudiée.

— Vous devez être fatigué, Père. Mon avion est parti à 12 h 20 et il est arrivé à l'aéroport d'Hameda à 14 heures. Quelle différence quand on voyage par avion !

EXTRAIT DU BULLETIN DE SANTÉ
TENU PAR
L'INFIRMIÈRE SASAKI

Le malade est revenu à Tôkyô dans la nuit du 17 novembre et a passé au lit la plus grande partie des 18 et 19. Probablement par suite de la fatigue accumulée, quoiqu'il se soit levé de temps en temps dans son cabinet de travail pour compléter son journal. Toutefois il a eu une crise à 10 h 55 le 20, telle que je l'ai notée ci-dessous.

Auparavant, Mme Satsuko était revenue seule de Kyôto, arrivant à la maison le 17 à 15 heures. Elle a téléphoné immédiatement à son mari et lui a dit qu'elle était rentrée plus tôt que le vieux monsieur parce qu'elle ne pouvait supporter un jour de plus les exigences d'un esprit qui allait de mal en pis. Après avoir discuté la question M. et Mme Utsuji sont allés consulter le docteur Inoue, un psychiatre qui est de leurs amis, sans rien dire à Mme Utsugi mère, pour lui demander quelles mesures il convenait de prendre.

Le docteur donna son opinion que le vieux monsieur était sujet à ce qu'on pourrait appeler des impulsions sexuelles anormales. Pour le moment son état n'était pas assez sérieux pour le considérer comme un malade mental ; c'était tout simplement un malade qui éprouvait constamment des désirs sexuels et pour ménager ses jours il fallait absolument tenir compte de ce fait dans les rapports que l'on avait avec lui, en le traitant avec douceur. Il recommanda à Mme Utsugi de ne pas l'exciter sans nécessité mais de ne pas contrarier ses désirs. C'était là le seul traitement qui convenait.

Après le retour du malade à Tôkyô, le ménage Jokichi s'est efforcé de se conformer aux prescriptions du médecin.

Dimanche 20
Temps clair

8 heures. Température 35°,5. Pouls 78. Respiration 15. Pression sanguine 13-8. Etat général sans changement. Signes de mauvaise humeur dans le langage et le comportement.

Le malade est allé dans son cabinet de travail après le petit déjeuner, probablement pour écrire son journal.

10 h 55. Il est revenu dans sa chambre dans un état d'excitation extrême. Il a paru vouloir dire quelque chose que je n'ai pas compris. Je l'ai aidé à se mettre au lit pour qu'il se repose. Pouls 136, tendu mais pas intermittent ni irrégulier. Respiration 23, tension sion 15,8 - 9.

S'est plaint par gestes de palpitations et d'un violent mal de tête, le visage crispé par la frayeur. J'ai téléphoné au docteur Sugita mais il ne m'a pas donné d'instructions particulières. Le docteur a l'habitude de ne pas tenir compte des observations d'une infirmière.

11 h 15. Pouls 143, respiration 38, tension 8 - 10. J'ai rappelé le docteur Sugita au téléphone pour la deuxième fois, mais de nouveau il ne m'a donné aucune instruction. J'ai contrôlé la température de la chambre, la lumière, la ventilation. La femme du malade est la seule de la famille à son chevet. J'ai téléphoné à l'hôpital Toranomon pour qu'il m'envoie une tente à oxygène.

11 h 40. Le docteur Sugita est arrivé. Je lui ai rendu compte du cours de la maladie. Après avoir examiné le malade le docteur a injecté une ampoule de vitamine K, contomine et néophylline. Au moment où le docteur Sugita arrivait à la porte de la maison, le malade poussa soudain un grand cri et perdit conscience. Son corps se tordait en violentes convulsions et son agitation était extrême, comme s'il s'efforçait de chasser une contrainte. Les lèvres et le bout des doigts se violacèrent. Incontinence de la vessie et de l'intestin. L'attaque dura en tout douze minutes puis le malade tomba dans un profond sommeil.

12 h 15. Mme Utsugi, qui avait aidé à soigner son mari, a été prise de vertiges ; je l'ai fait coucher dans une autre pièce. Elle a repris tous ses sens au bout de dix minutes. Mme Itsuko a pris sa place au chevet du malade.

12 h 50. Le malade dort paisiblement. Pouls 80, respiration 16. Mme Satsuko est entrée dans la chambre.

13 h 15. Le docteur Sugita est rentré chez lui. Il a formellement défendu les visites.

13 h 35. Température 37°. Pouls 98. Respiration 18. Toux occasionnelle. Le corps est couvert de sueur froide. Je change son kimono de nuit.

14 h 10. Le docteur Koizumi, un parent, est venu voir le malade. Je lui ai rendu compte du cours de la maladie.

14 h 40. Il se réveille en pleine conscience. Aucun embarras pour s'exprimer. Le malade se plaint de ressentir des coups dans le visage, la tête, le derrière du cou. La douleur au bras gauche a disparu depuis la crise. Suivant les instructions du docteur Koizumi j'ai fait prendre au malade un comprimé de salidone et deux d'adaline. Bien qu'il ait reconnu la jeune Mme Utsugi, il a fermé les yeux et il est resté calme.

14 h 55. Il urine naturellement cent dix centimètres cubes d'urine limpide.

20 h 45. Il se plaint d'une soif extrême. Mme Satsuko lui a donné cent cinquante centimètres cubes de lait et deux cent cinquante centimètres cubes de bouillon de légumes.

23 h 5. Léger sommeil. Le malade paraît hors de danger. Toutefois, dans la crainte d'un retour de la crise, j'ai suggéré que le professeur Kajiura de l'université de Tôkyô vienne le voir et Madame est allée le chercher malgré l'heure tardive.

Après examen, le docteur Kajiura a dit que l'attaque avait été causée par des spasmes des vaisseaux sanguins du cerveau et non par une hémorragie cérébrale, de sorte qu'il n'y avait pas de raison particulière pour s'inquiéter. Il m'a dit de lui administrer une fois le matin et une fois le soir vingt centimètres cubes de glycose à 20 % ainsi que deux comprimés d'adaline et un quart de comprimé de solven une demi-heure avant le coucher. Le docteur Kajiura me laissa des instructions très détaillées. L'essentiel était de laisser le malade au repos environ deux semaines ; nous devions continuer à refuser les visites ; le bain devait être ajourné jusqu'à ce qu'il se sentît bien ; même après qu'il pourrait quitter le lit, il devrait continuer à garder la chambre ; dès que son état le permettrait il pourrait se promener dans son jardin aux jours de soleil mais il lui était absolument interdit de quitter la maison ; autant que possible il fallait lui laisser l'esprit en repos, ne pas le laisser réfléchir longuement à des sujets ni avoir de préoccupations. La rédaction de son journal lui était absolument interdite.

15 décembre
Temps clair, suivi par une brume épaisse,
s'éclaircissant ensuite

Plainte principale : attaques d'angine de poitrine.
Historique. Tension sanguine élevée depuis trente ans.
Maxima : 15 - 20 ; minima : 7 - 9. Atteint parfois 24.

A souffert il y a dix ans d'une attaque d'apoplexie
suivie d'une légère difficulté dans la marche. Pendant plusieurs années a ressenti des douleurs névralgiques dans le bras gauche et particulièrement dans
la main gauche ; le froid augmente la douleur. A eu
une maladie vénérienne dans sa jeunesse, buvait près
d'un litre quatre-vingts de saké par jour, mais n'en
prend actuellement qu'une ou deux coupes. A cessé
de fumer en 1936.

Historique de sa maladie actuelle. Il y a près d'un
an une chute dans l'onde S.T. du cardiogramme et un
aplatissement dans l'onde T ont indiqué la possibilité
d'une lésion du myocarde mais jusqu'à ces temps

derniers le malade ne s'est pas plaint du cœur. Le 20 novembre une attaque de maux de tête violents, des convulsions, un obscurcissement de la conscience ont fait diagnostiquer par le docteur Kajiura des spasmes dans les vaisseaux sanguins du cerveau. Le 30 novembre s'est querellé avec une fille qu'il n'aime pas et a ressenti une légère douleur d'angine au côté gauche, pendant une quinzaine de minutes, et depuis lors de fréquentes attaques similaires. Un nouvel électrocardiogramme n'a pas révélé de changement notable depuis celui de l'an dernier.

Dans la nuit du 2 décembre, après avoir fait des efforts à la selle, a éprouvé des pincements aigus dans la région cardiaque pendant près d'une heure ; un docteur du voisinage a été appelé et l'électrocardiogramme pris le lendemain a indiqué la possibilité d'un infarctus. Dans la nuit du 5 décembre s'est produite une autre violente attaque d'environ quinze minutes, suivie chaque jour de fréquentes légères attaques, particulièrement après les mouvements d'intestins. Les traitements ont compris des médicaments buccaux variés, de l'inhalation d'oxygène, des piqûres de papavérine, des sédatifs, etc.

Le 15 décembre, le malade est entré à l'hôpital de l'université de Tôkyô, section de médecine interne, et a occupé la chambre A.

J'ai entendu le docteur Sugita, le médecin traitant, Mme Utsugi Satsuko et j'ai procédé à un examen sommaire. Le malade est plutôt corpulent, il ne présente aucun indice d'anémie ni de jaunisse ; il y a un peu d'œdème dans la partie inférieure des jambes. Tension 15 - 7,5, pouls 90 régulier. Aucune dilatation visible des veines du cou. Poitrine : de faibles râles humides à la partie inférieure des deux poumons. Cœur : non dilaté ; faible murmure systolique dans la valve aortique. Pas de palpation du foie ni de la rate. Une gêne dans les mouvements du bras et de la jambe du côté droit ; sans affaiblissement des forces, aucune trace de réflexes anormaux. Les réflexes rotuliens faibles des deux côtés, au même degré.

Aucun signe anormal dans les nerfs crâniens.

Les membres de sa famille disent qu'ils ne remarquent pas de changement dans sa manière de parler, quoique le malade lui-même considère qu'il a été un peu gêné depuis son attaque. Le docteur Sugita a mis en garde contre une sensibilité exceptionnelle aux médicaments ; le tiers ou la moitié de la dose normale suffit pour agir : les doses normales sont trop fortes. Mme Utsugi a dit que l'on devrait éviter les piqûres intraveineuses, car elles avaient causé des spasmes.

16 décembre
Temps clair, nuages occasionnels

Peut-être l'entrée à l'hôpital a-t-elle entraîné la tranquillité de l'esprit ; le malade a bien dormi la nuit dernière. Vers le matin il a ressenti quelques légers malaises angineux en haut de la poitrine qui n'ont duré que quelques secondes et sont peut-être nerveux. J'ai recommandé un laxatif pour éviter la constipation mais il avait déjà pris de l'istizin Bayer qu'il avait fait venir d'Allemagne. Ayant souffert longtemps de tension sanguine élevée et de névralgies il connaît tous les médicaments, suffisamment pour en discuter ardemment avec un jeune docteur. Il avait apporté tant de médicaments que je n'avais qu'à choisir. Au cas d'une autre attaque, il prendrait des comprimés de nitroglycérine sous la langue. Un équipement d'oxygène a été disposé à son chevet ainsi que tout ce qui est nécessaire pour une piqûre d'urgence. Tension 14,2 - 7,8. Electrocardiogramme à peu près le même que celui du 3 décembre, indiquant un tracé S.T. anormal et peut-être un infarctus antéroseptal. Une radio de la poitrine n'a montré qu'un léger élargissement du cœur mais aucun signe d'artériosclérose. Pas d'accroissement des leucocytes ou de changements dans la sédimentation. Le malade a eu de l'hypertrophie de la prostate pendant plusieurs années et dit qu'il a souvent des difficultés pour uriner et que son urine est trouble, mais aujourd'hui elle était limpide, ne montrant pas d'albumine et seulement une trace de sucre.

18 décembre
Temps clair, nuageux plus tard

Aucune attaque grave depuis l'hospitalisation. Se plaint surtout de légères douleurs anginales dans le haut ou le côté gauche de la poitrine, durant rarement plus de quelques minutes. Un radiateur électrique et un poêle à propane ont été installés, pour suppléer au chauffage central insuffisant. En effet le froid entraîne des attaques cardiaques, en outre des douleurs névralgiques.

20 décembre
Nuages légers qui se sont éclaircis

Entre 20 heures et 20 h 30 de la nuit dernière douleurs anginales depuis le plexus solaire jusqu'au sternum dorsal. A été soulagé rapidement par des comprimés de nitroglycérine, une piqûre sédative et un vaso-dilatateur administrés par le médecin de service. Pas de changement sur l'électrocardiogramme. Tension 15,6 - 7,8.

23 décembre
Temps clair, devenant nuageux

Légères attaques quotidiennes. En raison de la présence de sucre dans l'urine, il a été donné ce matin au malade un petit déjeuner copieux pour veiller au diabète.

Appelé à l'hôpital vers 18 h 45 en raison de douleurs anginales violentes au côté gauche, durant plus de dix minutes, j'ai donné des instructions d'urgence au médecin de service et suis arrivé à l'hôpital à 19 heures. Tension 18,5 - 9,7, pouls 92 régulier, le malade s'est calmé peu après injection sédative. Il a souvent des attaques le dimanche, peut-être parce qu'il est inquiet de l'absence de ses médecins. La pression sanguine a tendance à s'élever pendant les attaques.

29 décembre
Temps clair suivi de grêle
et d'une brume épaisse
qui s'éclaircit ensuite

Aucune attaque sérieuse depuis quelque temps. Le cardiogramme confirme le soupçon d'infarctus anté-roseptal. Sérum Wassermann négatif. Demain on commencera un vaso-dilatateur nouveau d'Amérique.

Le malade paraît en bonne voie, peut-être en raison du nouveau médicament. Urine louche, pleine de cellules blanches.

8 janvier
Temps clair, suivi de brume épaisse
qui s'éclaircit ensuite

Le malade a été examiné par le docteur K., de la section d'urologie. Constaté une hypertrophie de la prostate et une infection due à l'anurie. A conseillé un massage de la prostate et des antibiotiques. Léger progrès dans le cardiogramme. Pression 14,3 - 6,5.

Violentes douleurs lombaires pendant plusieurs jours. Cet après-midi des pincements des deux côtés de la poitrine pendant quinze minutes. La plus mauvaise attaque depuis quelque temps. Tension 17,6 - 9,1, pouls 87. Soulagé rapidement par des comprimés de nitroglycérine, le vaso-dilatateur et un sédatif. Peu de changement dans le cardiogramme.

15 janvier
Beau temps

Une radio prise hier montre une déformation des vertèbres. Le dos doit être tenu droit en se couchant sur une planche.

Omission [1].

3 février
Beau temps

Le cardiogramme très amélioré ; les attaques, mêmes faibles, sont rares. Le malade quittera probablement bientôt l'hôpital.

7 février
En partie couvert

Sorti de l'hôpital en bonnes dispositions. Aujourd'hui il fait extraordinairement tiède pour un temps

1. « Omission » est dans le texte.

de février. Comme le malade est sensible au froid, il est parti en ambulance chauffée à un moment où il faisait tiède. Un grand poêle a été installé dans le cabinet de travail de M. Utsugi.

EXTRAIT D'UN CARNET DE NOTES
DE SHIROYAMA ITSUKO

Peu après son attaque, le 20 novembre, Père a commencé à souffrir d'angine de poitrine. Il est entré à l'hôpital de l'université de Tôkyô le 15 décembre. Par bonheur il a surmonté cette attaque grâce au docteur Katsumi et il a pu rentrer à la maison le 7 février. Mais cette angine n'est pas guérie, il éprouve de temps en temps une légère attaque et doit recourir à la nitroglycérine. Depuis le début de février il n'a pas mis le pied hors de la chambre. Sasaki est restée pour veiller ma mère et a donné des soins à mon père avec l'aide d'O Shizu. Elle lui fait prendre tous ses repas, l'accompagne à la toilette, etc.

Comme je ne suis pas très occupée à Kyôto ces temps-ci j'ai passé ici la moitié du mois pour garder ma mère à la place de Sasaki. Aussitôt que Père me voit, il est de mauvaise humeur, de sorte que je m'efforce de rester loin de ses yeux. Pour Kugako le problème est le même. Satsuko se trouve dans une position particulièrement délicate et difficile.

Elle a essayé de lui témoigner de l'affection ainsi que le suggérait le docteur Inoue, mais si elle se montre trop affectueuse ou reste trop longtemps à son chevet, il s'excite anormalement, ce qui entraîne parfois une attaque. Si elle ne vient pas le voir souvent il en est ennuyé, ce qui rend la situation encore plus délicate.

Père me semble présenter un dilemme dans la même mesure que Satsuko. Une attaque d'angine peut être extrêmement douloureuse et bien qu'il prétende ne pas avoir peur de la mort, l'agonie l'effraie. On peut dire qu'il lutte intérieurement pour éviter d'être traité trop affectueusement par Satsuko, bien qu'il ne puisse supporter d'être entièrement séparé d'elle.

Je ne suis jamais allée au premier étage chez Jokichi et Satsuko. D'après Sasaki, ils font chambre à part maintenant et j'entends parfois Haruhisa se glisser chez eux.

Un jour où j'étais rentrée à Kyôto, j'ai eu un coup de téléphone de Père qui me demandait de prendre chez un papetier des estampages du pied de Satsuko qu'il lui avait laissés. Et, en outre, de les faire graver par le tailleur de pierre que nous avons vu, sur une pierre tombale à la manière de la pierre du pied de Buddha. Il m'a dit que les documents chinois donnent aux empreintes des pieds de Buddha vingt et un pouces de long et sept de large avec les marques des roues sur les deux pieds. Il n'était pas nécessaire de graver les roues mais il voulait que les dessins des pieds de Satsuko fussent de la même longueur, sans les déformer toutefois. Il m'a recommandé de m'assurer que les dessins seraient exécutés ainsi.

Je ne pouvais faire une demande aussi ridicule, aussi je rappelai mon père au téléphone et lui dis que le tailleur de pierre, étant en voyage en Kyûshû, répondrait plus tard. Quelques jours après, nouvel appel de Père au téléphone me demandant d'envoyer tous les estampages à Tôkyô. C'est ce que j'ai fait.

Finalement j'ai appris par Sasaki que les estampages étaient arrivés. Elle m'a dit que Père avait regardé attentivement la douzaine d'estampages, choisissant les meilleurs qu'il a regardés pendant des heures, un à un, dans le ravissement. Elle a eu peur d'une nouvelle excitation mais elle ne pouvait guère lui interdire ce petit plaisir. Du moins n'était-ce point si terrible que d'être en contact avec Satsuko.

Vers le mois d'août il a commencé à se promener une demi-heure dans le jardin quand le temps le permettait. D'habitude l'infirmière l'accompagne mais parfois Satsuko le conduit par la main.

C'est alors que l'on a creusé le jardin pour construire la fameuse piscine.

— Pourquoi s'embarquer dans toutes ces dépenses ? demanda Satsuko à son mari. Dès que l'été sera arrivé Père ne sera pas capable de sortir au soleil

Mais Jokichi n'était pas du même avis.

Regarder le commencement des travaux de la

piscine promise n'est que l'un de ces rêves qui flottent dans la tête du vieux père. Et puis les enfants s'en réjouissent par avance.

Impression Bussière à Saint-Amand (Cher),
le 17 novembre 1986.
Dépôt légal : novembre 1986.
1ᵉʳ dépôt légal dans la collection : novembre 1980.
Numéro d'imprimeur : 3224.
ISBN 2-07-037246-4./Imprimé en France.